Friesenrecht

Lieber tot als Sklave

AKT VII – Kronenberger Spiele

Eine Mittelalter-Fantasy Geschichte

Von Gerd B. Freimuth

Organisatorisches

Die präsentierte Geschichte ist rein fiktiv und Ähnlichkeiten mit lebenden oder verstorbenen, realen Personen sind nicht beabsichtigt / rein zufälliger Natur. Die handelnden Charaktere basieren in Teilen auf historischen Personen sind aber letztlich ebenso frei erfunden wie alles Andere und bedienen sich maximal der Namen und Bezeichnungen sind jedoch niemals Objekte ihrer realweltlichen Entsprechung. Was gesagt wird muss nicht mit der Meinung des Autors übereinstimmen, kann es aber.

© / Copyright: 2017 Gerd B. Freimuth

Erstauflage

Umschlaggestaltung, Illustration: Gerd B. Freimuth

Herstellung / Verlag: BoD - Books on Demand, Norderstedt

ISBN: 978-3-7448-0295-6

Dank an alle, die mir geholfen haben dies Buch zu schreiben, zu korrigieren und zu verbessern. Es möge nützen!

Hinweis: Rechtschreibfehler günstig abzugeben!

Wer etwas mehr über Altera, mich oder Friesenrecht erfahren oder Details nachschlagen möchte kann dieses auf meiner Homepage tun erreichbar unter den Adressen:

www.friesenrecht.de / www.worldofgila.de

Ich wünsche euch auf jeden Fall viel Spaß bei Akt 7.
Bis zum nächsten Akt verbleibe ich fürderhin mit unerschöpflich freundlichen Grüßen,

Ergebenst Euer,

Gerd B. Freimuth akaDerAltmeister am 03. Ostermond, Anno Domini 2017

Was bisher geschah:

Der Friesenjunge Hinnerk fand bei seiner Deichwacht ein Mädchen namens Leevke welches über die Fähigkeit verfügt das Meer zu kontrollieren und nach ihrem Willen zu formen. Der verfluchte Friesenkönig Radbod entführte sie um sich mithilfe ihrer Fähigkeiten selbst aus seinem Gefängnis, der Felseninsel Bant, zu befreien an die er gekettet worden war. Dank vereinter Anstrengungen konnte er jedoch am Strand zurückgeschlagen werden. (AKT 1)

Doch noch wollte kein Frieden in Friesland einkehren: Eine Gruppe von Disruptoren heizten die Fehden der Friesen untereinander an konnten aber ebenfalls gerade noch rechtzeitig nördlich von Bruchtorf besiegt werden nachdem die Spinnenchimäre Silke sich ihrer Herkunft entsann die mit Jens Janssens Schicksal eng verbunden war. (AKT 2)

Graf Gerhard der Eidbrecher nutzte den Vorfall in Bruchtorf um seinen Plan die Friesen zu unterjochen endlich in die Tat umzusetzen. Aber auch hier machte ihm das vereinte Heer der freiheitsliebenden Menschen einen Strich durch die Rechnung. Der Graf selbst fand den Tod auf dem Schlachtfeld durch die Hand Störtefads. Während nun Keno tom Brok und die anderen Hauptlinger das große Friesenheer gen Rüstringen und Stedingen führen um diese aus Oldenburgs Einflussbereich herauszulösen kehrt der fanatische Inquisitor Salvatorus in Emden ein und sucht auf Geheiß des Heiligen Stuhls nach dem Mädchen mit den Wasserkräften. Bei Hof Wiards stellt sich ihm und seinem Ordensritter der halbtote Abbo entgegen und ermöglicht Hinnerk und Leevke so die Flucht vor dem Jäger der Kirche. Leider bezahlt Hinnerks wahrer Vater diese Tat mit seinem Leben. Die beiden jungen Menschen werden im Esener Hafen von ihrem alten Freund Jens Janssen aufgenommen und nehmen Kurs auf Bant, so wie Abbo ihnen noch kurz vor seinem Tod geraten hatte. (AKT3)

Sie machen Halt bei Radbod und auf der schwimmenden Holzfestung Mudington, wo sie Zeuge eines explosiven Anschlags werden, welcher in einen Krieg zwischen den großen Seemächten führen könnte. Es gelingt ihnen gemeinsam, die wahren Hintermänner aufzudecken, den Schmugglerkönig Lassmann dingfest zu machen und so den großen ‚Krieg der Küsten' zu verhindern. Ihnen schließt sich dabei die 25-jährige

Seeräuberin, die „grabschende Gerlinde" an und sorgt mit ihrem losen Mundwerk für einige Turbulenz an Bord. In Angelland merken die vier schnell, dass das kriegszerrüttete Land sie nicht wirklich willkommen heißt (insbesondere ihre männlichen Freunde). Sie treffen im Wald auf zwei der Korriganen (Zauberinnen des keltischen Icenerstammes unter dem Kommando ihrer Hochkönigin Boudicca) welche Hinnerk und Jens in die Lehmgruben verbannen und Leevke davon überzeugen können sich den Hexen anzuschließen. Gerlinde befreit Jens, Hinnerk, Barik und weitere Sklaven aus den Lehmgruben. Dies schafft sie mithilfe der sprechenden, magischen Amsel namens Runa, welche Jens als Lehrling bezeichnet (offenbar wegen des Zauberbuches, welches er einst einem wirren alten Mann abkaufte). Hinnerk reist daraufhin mit Runas Hilfe durch die Anderswelt, entkommt dort knapp der Eisgöttin Caillach, und versucht in den Knisterhöhlen Leevke von den Korriganen zurückzuholen. Diese weigert sich, da sie sich mit diesen angefreundet hat. (AKT 4)

Hinnerk findet daraufhin den gefangenen, römisch-byzantinischen Spionjungen Puk und beide kehren sogleich zu Jens und Runa zurück. Sie erfahren durch den kauzigen Druiden Katzwiesel von den Korriganen und dass diese die echten Göttinnen im verbotenen Hain eingesperrt haben um mit deren Mächten die Kontrolle über den Stamm zu übernehmen und letztlich alle Männer zu vernichten. Es kommt schließlich zur Schlacht mit den Römern aber die Korrgianen werden nacheinander besiegt, bis sie sich zu Caillach-Morrigan vereinen, einem bizarren, göttlichen Hybridwesen. Dieses Wesen wird von Koralle (Leevkes rothaariges Alter Ego) sowie Katzwiesel besiegt, indem er Muingens hasserfüllte Seele freilegt. Nach der Schlacht und nachdem Boudicca sich bei allen entschuldigt hat, kehren Jens, Hinnerk, Leevke, Gerlinde und Runa nach King's Lynn zurück. Dort erfahren sie durch einen grünen Boten von Jens angeblich immensem Schuldenberg, welcher sich in Hamburg angehäuft haben soll. Puk schließt sich ihnen ebenfalls in letzter Minute an und mit tiefer Sorgenmiene legen sie alle aus King's Lynn ab um herauszufinden, was es mit den Schulden auf sich hat. Zur gleichen Zeit findet in der großen Hansestadt ein außergewöhnlicher Tag statt – ein neuer Hansetag! (AKT 5)

Bei diesem Hansetag geht es Eldermann ‚Bruno von Huse' vor allem darum, einen großen Vertrag abzuschließen welcher so ausgeklügelt ist, dass die Kaufleute künftig wie König herrschen könnten (auch über Könige selbst!). Um Jens aber von seinen Schulden zu befreien, entwickeln seine Freunde Pläne um den brodelnden Unfrieden in der Stadt Hamburg auszunutzen und an seine Schuldunterlagen zu kommen, welche im Inneren der Stadt schwer bewacht werden. Gerlinde stachelt z.B. die Huren Hamburgs zum Aufstand auf (wobei leider auch die junge Hure Perle durch die Hand ihres einstigen Freundes, Lambert Hasborger (nun Hauptmann und Marktinspektor) stirbt) und belebt dabei auch die alte, soziale Bewegung des ‚geselligen Mannes' wieder. Hinnerk treibt als ‚Geist der Freiheit' sein Unwesen im Armenviertel um Unterstützer zu finden, doch dies gelingt ihm nicht und sowohl die drei Söldner; Geifer, Dimitri Ratte und Bo Wildschwein; als auch der weibliche ‚Reichsengel Tarpeja' machen bald Jagd auf ihn. Jens selbst macht sich derweil mit Runa ins Marktviertel auf und schafft es dort mittels der Magie eine Hysterie zu schaffen, welche am Ende das gesamte ‚Borsengebäude' in Schutt und Asche legt. Leevke indes verbleibt getarnt in einem Gasthaus. Es kommt bald zum Eklat und nur der innerste Bereich Hamburgs bleibt von den Kämpfen verschont. Auf von Huses Befehl belagern dann Reichsadmiral Bismark und der neue Graf Oldenburgs, ‚Moritz die Hyäne' die Stadt vom Land- und Wasserweg her. Doch in der Hammaburg bebt plötzlich die Erde und ein *Naudreyacallo* (ein fleischfressendes Pflanzenmonster) sorgt für viele Tote im Kerker unterhalb der Festung. Es stellt sich heraus, dass das Monster zu einem Plan der Likedeeler gehörte, denn Drömel Störtefad landet nun mit einem Luftschiff von Wigbold ganz oben auf der Hammaburg. Dort befreit er zuerst Gödeke Michels und stellt dann dem ‚Lehmmenschen' Joffe Schmuhling zum Kampf und vernichtet den ‚großen Vertrag'. Störtefad rettet einen der letzten Schreiber (Trepot Turfner) und zusammen mit ihm und Michels schweben sie via Luftschiff wieder in den Hafen zurück. Während Hinnerk Puk aus einer Falle im Rathaus befreit und Hasborgers Leben nach kurzem Kampf verschont, wird Leevke von Tarpeja und Geifer über die Elbe entführt. Dimitri und Bo werden eingesperrt und Viktor Patuschke (Jens alter Freund aus Hamburger Tagen) ist sich in diesen Stunden nicht sicher, was er mit seinem Leben machen soll... (AKT 6)

Hauptcharaktere:

Hinnerk "Hinni" Wiards (16)
Adoptiv-Sohn des Deichbauern Okko und
Ehren-Likedeeler nach der Belagerung
Marienhafes durch Ukko Fockena. Er will ein
großer Kämpe wie sein Vater Abbo werden. Er
hat einen typisch friesischen Dickkopf und ist
direkt in allem was er tut und sagt. Hinnerk hat
Leevke am Strand gefunden und fühlt sich
seitdem für sie verantwortlich. Er kämpft auch
verbissen gegen Unterdrückung und führt das
magische Sax Pakhaou, welches sich durch
seinen Willen verformen kann und in dem eine
‚Fylgie' namens Thianna haust..

Leevke Pultjen (15)
Das Mädchen mit den Wasserkräften
hat Kiemen am Hals, purpur-blaues
Haar und golden-gefächerte Augen.
Sie hat ein friedfertiges, lebensfrohes
Gemüt und liebt das Meer. Leevke
versteht sich gut mit Tieren und
reagiert empfindlich auf jede Art von
Gewalt. Sie liebt Hinnerk und macht
sich Vorwürfe wegen all dem Elend
das ihretwegen geschieht.

Jens "Hühnerjens" Janssen (25)
Ein mittelmäßig erfolgreicher Kaufmann aus
Greetsiel. Besitzt eine Schnigge namens Labskaus
die ihm sein Onkel Ulrich vermacht hat. Jens ist ein
respektvoller, ehrlicher und höflicher Mann
weshalben seine Geschäfte bisweilen leiden. Er ist
mit der Tochter des Hauptlingers Armin Harger
(Taalke) liiert und versucht sich diesem und damit
ihr als würdig zu erweisen. Er ist mit Hinnerk und
Leevke befreundet und hat Okko geschworen auf
die beiden ‚Kinder' aufzupassen. Ihm gehört ein
Zauberbuch, welches ihm der Zauberer Wirringer
verkauft hat. Dessen alte Amsel-Vertraute ‚Runa'
ist seit Angelland seine ständige Begleiterin.

Inquisitor „Salve" Salvatorus (19)
Ein Mitglied der kirchlichen Inquisition. Salvatorus hat jüngst erst seinen ersten Auftrag erfolgreich absolviert; die Vernichtung des ‚Weltenhundes von Wieringen'. Nun soll er in päpstlichem Auftrag das „Mädchen mit den Wasserkräften" (Leevke) festnehmen und nach Rom zum Papst verschaffen. Der knochendürre Mann mit dem lila-farbenen Streifenhaarschnitt gilt in seiner Institution als zielstrebig und fanatisch, genau wie sein Lehrmeister, Großinquisitor Gral. Da er in einem Kloster aufwuchs ist Salvatorus eher weltfremd in seinen Ansichten normalem Leben gegenüber – was seinen scharfen, logischen Verstand jedoch nicht mindert, und welchen er gekonnt einsetzt um jede Problematik zu meistern die sich ihm bei der Verfolgung des Mädchens stellt. Für alles andere dient ihm ‚Bruder Böhme' als starker Arm. Hat bisweilen einen kindisch-naiven Blick auf die Welt.

Branko Kratochvil, ehem. Komtur von Ragnit, „Bruder Böhme" (34)
Aufgrund eines bislang unbekannten Zerwürfnisses mit seinen Vorgesetzten im ‚Deutschen Orden' wurde dem böhmisch-stämmigen Ex-Komtur zur Strafe der Bart gestutzt. Um die erlittene Scharte auszuwetzen muss Branko nun auf Geheiß des Ordensmeisters dem Inquisitor bei dessen Mission beistehen und ihn auf seinen Reisen beschützen. Als Veteran der ‚ewigen Prussenkriege' ist dieser Ritter ein tödlicher Widersacher und fackelt auch nicht lange. Absolut pflichtbewusst befolgt er jeden Befehl ohne Nachfrage und redet eigentlich nur dann, wenn es ihrer Erfüllung dienlich ist.

Die grabschende Gerlinde (25)

Eine berüchtigte (weniger berühmte) Seeräuberin von der Westküste Jütlands. Gerlinde ist ein raues Weib, welches rauft, säuft und in ihrem Gebahren nur wenig Feminines erahnen lässt. Sie hat rotblondes, kurzgeschorenes Haar, Somersprossen und einen Bierbauch auf den sie ganz besonders stolz ist. Ihr fehlt der obere rechte Eckzahn und sie ist eine eine sehr gute Messerwerferin. Als sie gezwungen wurde Lassmann bei der Zerstörung Mudingtons behilflich sein, erbarmt sich Jens ihrer und nahm sie bei sich auf. Gerlindes ungestüme, direkte Art ist zwar oft gewöhnungsbedürftig aber für ihre Freunde und Kameraden geht sie durchs Feuer wenn es sein muss.

Puk (14)

Der bzyantinische, kahlgeschorene Junge mit der Kette im Gesicht sieht zwar eher harmlos aus, ist aber in der Tat ein voll-ausgebildeter Spion aus Konstantinopel; der Hauptstadt des östlichen Imperiums in römisch-griechischer Tradition. Als ‚Agentus in Rebus' sind seine Fähigkeiten in Kundschaftung, Spionage und Meuchelmord bestens geeignet um seine Auftraggeber über alle Feinaktivitäten informiert zu halten. Trotz seiner höflichen Art schimmert immer wieder eine kalte Professionalität durch, welche kein Gewissen zu kennen scheint. Er wurde von den Korriganen gefangen genommen und von Hinnerk befreit, wofür er ihm seitdem sehr dankbar ist.

Prolog

Für eine Hand voll Gulden

Er atmete tief durch. Dies war der Augenblick der Wahrheit, die entscheidende Wende in seinem bislang belanglos dahinplätschernden Leben. Viktor Patuschke überprüfte ein letztes Mal den Sitz seiner kaufmännischen Kleidung und straffte sich auch zum gefühlt hundertsten Mal; atmete noch einmal tief durch. Ihm war durchaus klar, dass seine bloße Erscheinung niemanden in Angst und Schrecken versetzen würde: Eine durchschnittliche Körperhöhe gepaart mit einer rundlichen Erscheinung und einem weichen Gesicht, aus welchem nur die spitze Nase markant hervorragte.

Viktor „Patsche" Patuschke war also weder sonderlich attraktiv noch von starkem Körperbau; ein geborener *Bückling*; einer jener Menschen, die oft nur durch Unterwerfung, dumme Scherze und peinliche Schmeicheleien weitergekommen waren. Für den Rest der Menschheit war er schlicht unsichtbar, einer von den vielen, gesichtslosen Verlieren dieser ihrer gemeinsamen Welt, Altera. Als gelernter aber eher glückloser Kaufmann lungerte er stets am Rande des Bankrotts herum; mal mit roten, mal mit schwarzen Zahlen, je nach Wetterlage und ebenso launisch. Nur einer von den durchschnittlichen Menschen die ebenso durchschnittlich lebten und durchschnittlich starben. Er hatte sich aber trotzdem viele lübsche Mark als Rentenversicherung zurückgelegt können. In einer starken, eisernen Schatulle unter den Bodendiehlen seines Krämerladens bewahrte er alles an überschüssigem Gewinn akribisch auf, hortete es seit Jahren.

Diese Schatulle war sein Lebenswerk, seitdem er damals mit vierzehn Sommern im Geschäft seines Vaters in Lübeck aushalf und seinen ersten Pfennig verdient hatte, nach hartem Tagewerk beim Kornsäcke schleppen. Schon damals hatte sein Vater ihm mit strenger Miene geraten: „Siehst du wie schwer es all diejenigen haben die nicht klug und gerissen genug sind? Du musst dir mit Verstand eine *Nische* schaffen und dich dort festbeißen wie eine nimmersatte Zecke! Hau die anderen beiseite aber halte dir auch den Weg offen um eine noch bessere Ader zu erwischen. Hangele dich so immer weiter nach oben, Junge, dann schaffst du was! So wie ich. Mach mich stolz, Sohn! Mach deine Familie stolz! Kämpfe! Kämpfe und erobere!"

Viktor hatte in Folge dessen alsbald sein eigenes Geschäft aufgebaut, hatte sich vehement *festgebissen* in allem was ihm ansatzweise gewinnbringend erschien. Es gab dabei nur ein markantes Problem: Er war niemals eine Kämpfernatur gewesen. Seine eher sanftmütige, zurückhaltende Art beschwerte seinen Aufstieg; selbst wenn er über alles irdische verfügte um es möglich zu machen. Ihm fehlte aber einfach der ‚Wille zum Aufstieg' und oft die dazu notwendige Kaltschnäuzigkeit. Er tat es nur um seiner Familie zu gefallen, aber nicht weil er selbst hungrig wäre oder es ihn beglückte.

Denn wofür sollte er sich auch so hart abrackern? Wohin führte das alles und wann hörte diese Quälerei auf? Wann konnte sein ‚eigenes Leben' beginnen? Er schmachtete darum müde in seinen Tagträumen, bis zu dem verhängnisvollen Tag als ‚sie' in sein Leben platzte. Jenes burschikose, sommersprossige Mädchen mit den kurz zuvor eigenhändig abgesäbelten, hellroten Haaren. So rabiat abgetrennt waren sie gewesen, dass ihr die Haare noch beim Laufen ausfielen und sich quer im Hafen verteilten. Rückblickend hätte Viktor einige davon einsammeln sollen dachte er im Nachhinein oft. Sie hätten nach Schweiß und Freiheit gerochen, so war er sich sicher. Nach Leben selbst.

Das wilde Mädchen rempelte ihn so kräftig beiseite, dass Viktor beinahe vom Steg des Lübecker Hafens ins Wasser gepurzelt wäre. Sie rief heiter: „Tschuldigung, Klopsi!" Sie rannte weiter zu einem der Schiffe der Viktualienbrüder, legte mit den Söldnern sofort ab und fuhr den fassungslosen Bürgern Lübecks davon; inklusive ihren fassungslos brüllenden Eltern (welche eigentlich aus gutem, pommerschem Hause stammten und nicht wussten wie ihnen geschah). „Gerlinde Banzkow! Sofort kommst du zurück! Sofort!", brüllte der Vater und die Mutter sorgte sich mehr um ihre Reputation und versuchte die Situation runterzuspielen: „Achja, Kinder?! Nur Unfug im Kopf, hahaha. Die kommt zurück."

Doch Gerlinde kam nicht zurück. Denn sie war glücklicher, dort, wo sie jetzt war. So voller Leben und unverhohlener Freude war sie gewesen, dass Patuschke diesen Moment nie vergessen konnte. Auch nicht den Kontrast der fluchenden Eltern und dieses einen Mädchens, welches ihrer grauen Alltagswelt eine meilenlange Nase drehte und über beide Backen windumspült grinste und einfach *floh*. Es war göttlich, ein Sommerstrahl in düsteren Winterwolken. Dieses Mädchen war von ihren Ketten frei gekommen und das ganz ohne harte Arbeit, ohne jahrelanges Ackern und Schuften. Sie war ‚einfach losgegangen‘. Auf und davon. Ohne Vorbereitung, ohne Versicherungen, ohne Scheu, ohne Sicherheitsleine. Ein Sprung und frei. Blanker Wahnsinn, nüchtern betrachtet.

Viktor Patuschke hatte zwar viel Gold in seiner Schatulle, nur bedeutete es ihm alles nichts, waren letztlich nur klimpernde Zahlen in Münzform. Schlimmer noch, es war wie ein Anker welcher ihn vom rettenden Ufer fernhielt, während es ihn gleichzeitig in die schwarze Tiefe hinabriss. Immer verzweifelter versuchte er sich einzureden dass es etwas Gutes sei, welches es ihm erlaubte sich alles zu kaufen was er sich wünschte - aber wirklich glauben konnte er es nie. Denn es hörte sich verlogen an, waren hohle Phrasen. Dies machte ihn wütend, doch da dies seinem Geschäft abträglich war (denn er musste stets freundlich sein) ließ er es bleiben überhaupt noch groß darüber nachzudenken oder zu reden. Frauen hatte es in seinem Leben auch nur wenige gegeben und immer war es der Vater gewesen, welcher sie für ihn ausgesucht hatte. Fein säuberlich vorsortiert nach Reichtum und Einfluss, Fruchtbarkeit, Mitgift, Dynastie und Besitz. Gut sortiert, wie im Regal.

Doch all diese Mädchen waren hochnäsige, überkritische und gehässige Wesen gewesen, vor denen Viktor am liebsten die Flucht oder sogar ein Schwert ergriffen hätte um die restliche Welt vor diesen garstigen Drachen zu erretten wie ein tapferer Rittersmann. Sein leicht angesäuselter Vater hatte ihn nach den Fehlschlägen immer beiseite genommen: „Charakter ist eh überbewertet, mein Sohn. Im Dunkeln sind se‘ alle gleich. Glaub mir. Da ist Loch gleich Loch. Es sei denn es ist das Falsche, hehe.“ Patuschke hielt seinen Vater nicht für einen schlechten Menschen. Gniwomir Patuschke war beliebt bei allen die ihn kannten und galt als vernünftiger, redlicher und arbeitsamer Geschäftsmann. Einer von uns, hieß es. Einer der mit uns anpackt und hart arbeitet. Darauf war er stolz.

Gniwomir wollte, dass sein Sohn genauso wurde wie er, die Familie erweiterte und sich so verhielt wie seine älteren Brüder welche Viktor kaum noch kannte, da sie alle schon in West- und Ostsee verteilt waren um ihren eigenen Geschäften nachzugehen. Die Patuschkes blickten überhaupt auf eine stolze Tradition standfester, pyritzerstämmiger Kaufleute zurück, zurück bis zu den Anfängen, als die Hanse die Ostsee erstmalig für sich erschloss. Die ersten Jahre waren für Viktor ein Wechselbad aus Erfolgen und Rückschlägen, aber im Großen und Ganzen ging es immer voran. Und als er schließlich in Hamburg sein eigenes Geschäft aufmachte, traf er auf den friesischen Kaufmann; Jens Janssen, einen schlaksigen Kerl mit langer, gespaltener Nase, schmalem Gesicht und einer beinahe peinlichen Freundlichkeit - aber auch großen Ideen.

Jens konnte jedoch (wie Viktor) in Hamburg keinen rechten Fuß in die Tür kriegen und so kam es dass sich die beiden öfters frustvoll betranken, einander lallend zuprosteten und die wildesten Ideen für ihre ‚sichere Geschäftsnische‘ ausheckten. Aus dieser Spinnerei entwuchsen alsbald konkretere Vorstellungen und der Grundstein für ihrer beider Zusammenarbeit war gelegt. Letztlich änderte sich aber am ewigen Auf und Ab des Erfolges nicht viel; der Durchbruch blieb ihnen letztlich versagt. Jede frische, im Prinzip geniale Idee, scheiterte dabei spätestens an den eingesessenen, privilegierten Kaufleuten, welche ihre Privilegien bedroht sahen und sich immer wieder quer stellten, liebend gerne auch im Gerichtssaal, oft mit haarspalterischen, idiotischen Begründungen.

Jens hatte seinerzeit frustriert gestöhnt: „Der Kuchen ist verteilt, Patsche! Wo sollen wir noch hin?! Ist nichts mehr übrig. Die lassen uns einfach nicht ran an ihren Schweinetrog! Geschlossene Gesellschaft! Ende Gelände!“ Dem war nichts mehr hinzuzufügen. Zwar betrieben die beiden auch kein wirkliches Verlustgeschäft aber von ‚Gewinngeschäft‘ wollte auch keiner wirklich reden ohne sich dabei beim anderen lächerlich zu machen.

So kam es, dass sich ihre Wege doch noch trennten. Jens wollte in seine Heimat nach Ostfriesland zurückkehren um erneut dort sein Glück zu versuchen. Patuschke aber hatte seinen festen Laden in Hamburg und blieb darum hier. Sie verabschiedeten sich sehr herzlich voneinander. Gemeinsam hatten sie oftmals bis spät in die Nacht, bei fahlem Kerzenlicht über Schiefertafeln und Pergamenten gebrütet, tausende Zahlen verglichen, Ober- und Unterpreise errechnet nur um ihre Kosten zu decken. Dieses gemeinsame Leiden hatte sie fest verbunden. Nun aber fühlte Patuschke umso mehr wie die gesamte Last der Welt sich erneut auf seine Schultern presste und sich wie ein Alb auf seine Brust niedersetzte. In Hamburg hielt er sich als Krämer für allerlei Dinge; kaufte günstig ein und verkaufte für etwas mehr, so verbrachte er sein Leben. Zu keinem Zeitpunkt jedoch hatte er das Mädchen vergessen, welches aus dieser tristen Leere abgehauen war, das sämtliche Regeln in den Wind schoss und sich ihr Schicksal selbst aussuchte. Einfach so.

Viktor erfuhr bald über seine Kontakte, dass Gerlinde Banzkow mit dem alten Likedeeler Niklas Milies mitgefahren und bei ihm eine echte Seeräuberin geworden sei. Von den Berichten betroffener Kaufleute erfuhr er später auch, dass sie gut mit Wurfmessern umgehen konnte, aber nie niemanden ernsthaft verletzte, es sei denn er stellte sich vehement stur. Den Leuten unter Milies war eh nur an der Beute gelegen; Blutdurst verspürte keiner der Brüder. Es war ja auch kontraproduktiv: Getötete Menschen zogen oft jene an, welche sich dafür rächen wollten.

Die Likedeeler waren ein frivoler, direkter Haufen und selbst das Mädchen bekam den (durchaus doppeldeutigen) Namen ‚die grabschende Gerlinde‘. Nicht wenige hielten sie auch bald nur für einen Mann, welcher sich nur als Frau ausgab, worüber Viktor nur schweigend schmunzeln konnte. Manchmal verspürte er große Lust sie mit seiner kleinen Kogge aufzusuchen und sich der freien Bande anzuschließen, insbesondere wenn er wieder mehr getrunken hatte und ins Feuer starrte. Aber Verantwortungsbewusstsein für seinen Laden und generelle Feigheit hielten ihn stets davon ab. Er fuhr zwar mit seinem eigenen Schiff die Küsten rauf und runter aber er überließ die Seefahrt fähigeren Matrosen und angeheuerten Schiffsmeistern. So dümpelte er einsam in Hamburg vor sich hin während die Kraft der Jugend ihn Tag für Tag mehr verließ. Er wartete eigentlich nur noch auf den erlösenden Tod, stellte er mit erschreckender Gleichgültigkeit fest.

Vor wenigen Tagen dann war diese legendäre Gerlinde erneut in sein Leben geplatzt; wie ein nasses, eiskaltes Handtuch welches hart und laut an den Kopf klatschte. Mitsamt Patuschkes altem Leidensgenossen, Jens Janssen und dessen Begleitern, war sie gekommen. Darunter der kriegerische Friesenbursche Hinnerk Wiards, dessen zurückhaltende Freundin Leevke Pultjen von Kleene Wacht, einer sprechenden Amsel namens Runa sowie einem byzantinischen Jungen mit einer Nasen-Ohr-Kette namens Puk. Es war eine sehr merkwürdige, bunte Gesellschaft deren Beziehungen untereinander Viktor nicht wirklich verstand. Aber es schien ihm, als wären sie gute

Freunde oder zumindest Vertraute.

Sein Augenmerk galt sowieso hauptsächlich Gerlinde; welche ihr Haar noch kürzer trug als an jenem Tag in Lübeck. Nur auf dem oberen Kopf befand sich noch ein dickes Haarbüschel hellrötlichen Haares, an den Seiten war es auf wenige Millimeter abrasiert. Ihr Gesicht war klar von der rauen See geprägt aber immer noch sehr lebhaft und von einer pausbäckig-robusten Schönheit. Ihre hellen Augen strahlten (obgleich von Schnaps leicht gerötet), darunter lag eine leicht knollige Nase, volle, breite Lippen und ein beständig schelmisches Grinsen, welches die Zahnlücke ihres oberen, rechten Eckzahns betonte als wäre es ihr ureigenstes Markenzeichen. Sie war überdies von hochgewachsener, kräftiger Gestalt mit vorgeschobenen, großen Brüsten, bei der nur der vortretende Bierbauch befremdlich wirkte. Diese Frau hatte schon so manches erlebt und schien trotz all dem keinen Deut weniger fidel wie bei ihrer ersten Begegnung: eher noch mehr.

Sie erkannte Viktor nicht sofort und er unterließ es ihr seine Gefühle zu offenbaren. Erst als in Folge der Operation ‚Silkes Rache' in Hamburg das allgemeine Chaos ausbrach (ein Werk von Jens und seinen Freunden um diesen von einem Schuldenvertrag zu befreien) brachte er es fertig mit ihr offen über sein Leben zu reden. Hätte sie ihn ausgelacht hätte er sich sofort das Leben genommen, denn an ihr hingen all seine Hoffnungen, der letzte Rest Selbstachtung.

Aber seine Furcht war unbegründet. Gerlinde hatte ihm Mut zugesprochen und sogar klar geraten sein Leben nicht an ihres zu *ketten*. Er sollte endlich tun was er tun wollte, der Rest käme dann von allein. Viktor beschloss daher es mal mit dem ‚geselligen Mann' zu probieren. Dieser gehörte zu jenen sozialen Bewegungen, welche sich als Folge von Klaas Störtebekkers Hinrichtung am Grasbrook überall im ganzen Hanseraum ausbreiteten und sogar schon bis ins Land der Bajuwaren vorgedrungen sein sollte.

Beflügelt durch Störtebekkers Rede hatten damals viele Menschen versucht, sich von dem Zwang der Hanse und ihrer Reglementierungen zu lösen und ein eigenes, unabhängiges Versorgungsnetzwerk aufzubauen, den ‚geselligen Mann'. Sie verlangten kein Geld oder sonstige Entlohnungen; denn ihr grundlegendes Prinzip war das der Freiwilligkeit, Aufrichtigkeit und vor allem: Dankbarkeit. Jeder der etwas beisteuern wollte, konnte es den genossenschaftlich verwalteten Schiffen, Karren oder Wandersleuten mitgeben, damit diese es dann an Ansprechpartner verteilten. Es gab dabei keine Garantie, dass etwas in selber Höhe wiederkehrte, aber dennoch kam meist mehr zurück. Diese ‚Unterwanderung des Geldes' schmeckte den Kaufleuten freilich nicht und sie erhoben darum Sonder-Zölle und Abgaben in Form von Münzen, welche der gemeine Mann natürlich nicht aufbringen konnte da er nicht damit handelte; und Naturalien nahmen sie *explizit* nicht als Bezahlung an, selbst der eigentliche Wert weit darüber lag.

Und als die Händler des geselligen Mannes diese Naturalien auf Märkten für Geld umtauschen wollten, bekamen sie oft nur lächerliche Beträge unter Wert angeboten und mussten es schließlich heimlich auf dem Schwarzmarkt verkaufen um überhaupt am Leben bleiben zu können. Dies war natürlich wie Öl ins Feuer der streitsüchtigen Patrizier und zeitgleich wurden Schmährufe laut, dass der gesellige Mann, doch nur eine ‚idiotische Illusion' wäre, eine Täuschung um rechtschaffene Menschen um ihren verdienten Lohn zu bringen indem ihre Gutmütigkeit schamlos ausgenutzt wurde. Ein einziger Betrug, ein mieser Scherz.

Wirkliche Beweise gab es dafür zwar keine aber die Zustimmung und Unterstützung sank dennoch spürbar. Der Zweifel wuchs, das Vertrauen starb. Derart bedrängt verging die Bewegung und wurde nachträglich verboten, als sie ohnehin kurz vor ihrem Ende war und ihre erschöpften Mitglieder vor Gericht nicht mehr angehört, sondern nur noch kollektiv ausgelacht wurden. Es war ein bitteres Ende für die einst so hoffnungsvolle Bewegung. Man hatte einem gutmeinenden Kind endlich wieder Gehorsam eingeprügelt und manch einer nahm ein Mitglied nahm sich daraufhin auch das Leben.

Erst dieser Tage, mit dem ‚Gassen-Aufstand' von Hamburg, flammte die erkaltete Glut der Bewegung erneut auf. Das gesamte Hafenviertel wollte jetzt mit Nachdruck die rechtliche Existenz des geselligen Mannes wieder festschreiben. Die Menschen hier waren soweit ausgeplündert worden, dass sie jetzt lieber dem geselligen Mann ihre Hoffnung anvertrauten, als weiter in den dunklen Ecken der Gesellschaft leise zu verrecken. Sie wollten endlich wieder *leben*.

Jener Aufstand, welcher im westlichen Armenviertel begonnen hatte war bis in das

Zunft- und Marktviertel geschwappt, darunter auch Patuschkes Laden. Er raffte noch rechtzeitig seine wertvolle Schatulle an sich und floh in Richtung Hafenviertel, wo ihm der Anführer der Bewegung (Tomsen Sanders genannt ,Piepenroker') auch kurzfristig Asyl gewährte. Es war dieser Moment, in dem er froh darüber war, dass es sich nie mit den Seeleuten verscherzt und sie auch dann noch höflich behandelt hatte wenn er sie problemlos übervorteilen hätte können. Zum Beispiel wenn sie betrunken in seinen Laden gestolpert kamen und ihre Heuer nicht mehr richtig zählen konnten. Diese Zurückhaltung wurde nun belohnt, da ihn viele Seeleute als ,echten Freund' wieder erkannten.

Im Hafen trafen auch Jens und seine ganzen Freunde zusammen als mitten in der turbulenten Nacht die Außenhülle der großen Hammaburg weggesprengt wurde und ein helles Feuer weithin sichtbar brannte. Drömel Störtefad, Störtebekkers Sohn, hatte alle Verträge der Hanse welche dort oben lagerten in Brand gesteckt und verkündete lauten Halses die Befreiung vom ,vertraglichen Joch', jedem Joch. Dies versetzte das Hafenviertel in helle Aufregung und eine betrunkene Freude. Die Kämpfe in den anderen Vierteln nahmen sogleich ab, als klar wurde dass die Menschen nun nicht mehr wie wilde Tiere eingesperrt leben mussten und es nun Alternativen geben konnte. Viktor weinte sogar als er dies vernahm, er weinte und lachte mit zitternden Beinen.

Kurze Zeit darauf landete auch eine komische Art von ,Luftschiff' im Hafen, wo dann ein Schreiberling namens Trepot Turfner die beiden bewusstlosen Likedeeler-Anführer Gödeke Michels und auch Störtefad in den Hafen rettete. Magister Wigbold, der dritte Anführer im Likedeeler-Bund, kam später hinzu und rettete nicht nur seinen beiden Gefährten das Leben sondern auch dem arg verbrannten Byzantiner Puk.

Daraufhin wurden viele Becher Hamburger Bieres ausgeschenkt um die Befreiung von den Knebelverträgen groß zu feiern. Auch Patuschke kam schließlich dazu, und er beobachtete wie Gerlinde sich überschwänglich mit den Likedeelern unterhielt und über ihre Zeiten mit der Legende Niklas Milies schwadronierte. Sie wirkte wie ein begeistertes Kind inmitten ihrer Idole von einst. Genau wie sie war Gerlinde auch ein Freigeist und schätzte nichts mehr als mit ihren Freunden die Meere zu befahren und frei nach Schnauze zu leben. Solange sie zusammen waren, war alles andere egal.

Viktor konnte da nicht mithalten. Er wusste, dass er zu feige war um je so ein offenes

Leben führen zu können. Dennoch überhörte er ihr Gespräch. Noch immer hatte ihn keiner der anderen erkannt; nur der sprechende Vogel blickte ihn kurz an und blinzelte, sagte aber nichts weiter. Viktor dankte Runa für diese Umsicht. Sie hatte offenbar ein gutes Gespür für innere Absichten.

Jens fragte die Likedeeler leicht beschwipst: „Aber eines verstehe ich noch nicht: Was war das für ein komischer *Flugapperatus* und wie habt ihr es in die Luft bekommen, Magister Wigbold?" Der Likedeeler lehnte sich zufrieden zurück und erklärte süffisant: „Es ist ein sogenanntes ‚Luftschiff‘, Herr Janssen. Ein mit Gasen oder auch heißer Luft befeuertes Wölbungstuch welches doch leichter als die Luft ist und somit nach oben steigt. Genügend groß kann man damit einen Korb und auch Menschen transportieren. Es war nach allerdings nur für zwei Leute gedacht, nicht noch für einen dritten – darum der Absturz in den Hafen. Zu meiner Schande muss ich gestehen, dass ich zwar die grundlegende Idee kannte aber nicht die genaue Formel, Materialien und das benötigte Gasgemisch... Dieses wurde mir (unfreiwilliger Weise) durch einen erfindungsreichen ‚Herrn von Mücklingen‘ zugetragen."

Michels brummte: „Du hast es ihm geklaut." Wigbold schlürfte an seinem Wein: „Ideen kann man nicht stehlen, nur teilen. He, sauft nicht so viel, ihr Idioten! Ihr seid gerade erst dem Tod von der Schippe gesprungen!" Drömel Störtefad lallte: „Jajaja – hab dich auch lieb, du Wigg‘sbold, du!" Und auch Michels lachte grölend auf: „Bwahaha! Der war gut, Junge! Bwahaha! Komm, sauf noch einen! Hier!" Wigbold seufzte: „Ich muss euch wohl oder übel bitten die beiden mitzunehmen, Herr Janssen. Wir sind nach wie vor gesuchte Verbrecher und selbst hier im Hafenviertel gibt es sicher einige, die uns lieber tot sehen würden."

Jens nickte: „Ihr habt mich von diesen elenden Schulden befreit, dann ist dies das mindeste was ich für euch tun kann." Puk (immer noch von Brandblasen übersäht) meinte mit heiserer Stimme: „Ich könnte mich einschleichen und das Tor von innen öffnen." Hinnerk verpasste ihm solch einen Klaps auf den Rücken, dass er zusammenzuckte: „Ruhe! Du hast schon genug angerichtet, dekidenter Kerl! Lässt dich erst wild ankokeln und dann willst du dich auch noch so verbrüht in die Höhle des

Löwen begeben?! Du bist doch gar in der Birne!"

Puk lächelte zwischen den Schmerzenstränen: „Sorgst du dich etwa um mich, Hinnerkus? Ich bin gerührt." „Pah, bild dir nicht zu viel darauf ein, dass ich dich gerettet hab. Wir brauchen dich nur um Leevke zurückzuholen! Diese Reichsengel-Geschichte von dir ist noch nicht vergessen. Du hast diese.... ‚Tapete' überhaupt erst mit dem Leben davonkommen lassen!" Jens schlürfte an seinem Metbecher: „Zu Puks Verteidigung: Ich denke niemand rechnet damit, dass jemand mit einem durchschnittenen Hals noch leben, geschweige denn jemanden wie Leevke überwältigen könnte."

„Nun komm hier nicht mit Ausreden, Jens! Puk hat Scheisse gebaut. Ein echter Mann steht dazu!" Puk nickte. Er war und blieb stets höflich und ließ sich zu keiner Gefühlsäußerung provozieren: „Danke, Herr Janssen, aber Hinni hat durchaus Recht. Leevke hat mir vertraut und ich habe sie enttäuscht. Das wird nicht nochmal vorkommen. Ihr Schicksal ist nun auch das meinige."

Gerlinde rülpste ungeniert: „Wie tiefgründig! Ach, unser Liebchen kommt schon klar. Sie is' ne Wassergöttin oder sowas und ist viel zu wertvoll, als dass ihr jemand was antun würde! Und obendrein: Sie hat ja noch ihr Alter-Ego, diese Kurulle, nich?" Jens korrigierte: „Koralle." „Sag ich doch, Nasifix. Die haut jeden wech der ihr an die Wäsche will." „Hoffen wir dass Tarpeja nicht so dumm ist." Hinnerk sagte: „Sie vielleicht nicht, aber Geifer schon."

Magister Wigbold verschluckte sich und glitzernder Schweiß stand ihm auf der Stirn. Gerlinde bemerkte es: „Bist auch nicht mehr der Jüngste oder?" Dieser schnaufte schwer: „Es ist nur: Die drei Heilungen haben meine Seele schwerer in Mitleidenschaft gezogen als ich dachte. Ich musste sogar meine körperlichen Reserven angehen..." Michels und Störtefad ließen ihre Faxen umgehend sein: „So schlimm ist es?", fragte Michels besorgt und jener nickte: „Seelen sind das Bindeglied zwischen Verstand und Körper. Wenn sie leiden, leidet auch die Verbindung... Fliegen kann ich jedenfalls erstmal nicht mehr. Puh." Er blickte Hinnerk an und lächelte: „Du hättest also jetzt eine Chance gegen mich, Friesenjunge." Dieser zuckte nur mit den Schultern: „Nein. Einen Krüppel schlag ich nicht." Wigbold grinste und setzte sich wieder, er zitterte: „Ich hätte meine *Essenzen* nicht im Schiff lassen sollen. Die bräucht ich jetzt..."

Hinnerk meinte: „Nun gut, dann mach ich eben das Tor zur Elbe für uns auf!" Jens fragte: „Und wie stellst du dir das vor? Ostrak hält ‚Elbetor' gut besetzt... Nein, warte. Du willst sie doch nicht alle umbringen, oder?!" Der junge Friese zuckte mit den Schultern: „Wenn sie sich nicht vorher ergeben, klar! Das Recht des Stärkeren wird sich immer durchsetzen. Wenn die meinen, sich unserem Freiheitsdrang entgegenzustellen zu müssen... ihr Pech, nicht unseres." Michels prostete ihm zu: „Hört, Hört. Einer der weiß wie es in der Welt zugeht!" Drömel Störtefad knuffte ihn in die Seite: „Ich weiß es wird schwer für dich zu verstehen sein, Hinnerk Wiards, aber ich möchte nicht, dass noch weitere Menschen wegen uns sterben müssen. Es würde mir den Tag massivst versauen. Verstanden?"

Gerlinde schnaufte: „Aber haben wir denn eine andere Wahl? Wer is'n sonst noch da der uns hier ohne großen Kampf raushelfen könnte? Menno von Bismark blockiert den nördlichen Hafen und Moritz die Hyäne lauert mit seinen Reitern vor den Toren. Ostrak hat hunderte Mann bei Elbeschleuss! Wo sollen wir noch raus?" Ratlose Blicke trafen einander als Patuschke an den Tisch torkelte. Er ließ seinen Bierhumpen niederkrachen und rülpste zur Begrüßung: „Moin alle'midm'nander!"

Jens rief: „Meine Güte, Patsche! Du lebst?!" „Klar! Hört! Ihr habe noch eine – börks – Wahl! Misch! Ich mach das! Ich kümmere mich drum dass ihr hier heil rauskommt, ganz ohne Blutvergießen! Setzt euch nur schon mal ruhig in die Labskaus und fahrt beschwingt, beim ersten Morgengrauen nach Süden raus. Ihr werdet dann scho' sehen! Das Tor is offen. Garan-ti-li-iert! So! Geil, wes?"

Jens sah ihn nachdenklich an: „A-aber wie willst du das denn machen? Ostrak hockt doch da." „Lass das nur meine Sorge sein, mein Jensel-Pensel. Ich bin dir noch was schuldig, weil ich dich ja auch hierher gelotst habe..." Jens winkte ab: „Ich hab ich dir doch schon verziehen und es war ja auch nie deine Schuld. Aber wer weiß, wie die Kerle reagieren?! Ostrak soll sogar auf Kinder schießen lassen die dem Elbentor zu nahe kommen." Viktor Patuschke grummelte: „Ach wasch! Ihr werdet es noch erleben, dass ich euch allen den Ar-hicks-sch redde! Bis dahin bin ich sogar wieder nüchtan! Hab nen guten Magen! Also vertraut ihr mir?! Oder eher nich'? Eh?!" Patuschke blickte in eine vornehmlich skeptische Runde. Er verzog angewidert das Gesicht: „Ah, so ist das also. Wer vertraut schon dem dicken, unfähigen, feigen – Kaufmann, he?!

Tybbisch."

Störtefad hob beschwichtigend die Hände: „Ich vertraue dir." Wigbold hob eine Augenbraue, schwieg aber. Wenn es um Menschenkenntnis ging war Störtefad ihm überlegen. Jens stimmte auch zu: „Wir alle vertrauen dir, Patsche. Aber an deiner Stelle würde ich den Alkohol ab jetzt weglassen." Patuschke nickte und schwankte: „Hat ich eh vor… Danke für euer *hicks* Verdrauen…" Er verbeugte sich gen Gerlinde: „Meine holde Dame? Gute Nacht. Geruht euch wohl…"

Er tapste davon und Jens stand auf um ihn in seine Schlafkoje zu bringen. Michels fragte hernach: „Und wer war jetzt dieser Lall-Vogel?!" Hinnerk erklärte es kurz: „Ein alter Geschäftsfreund von Jens. Er hat uns geholfen, bis ihm die Sache zu bunt wurde." Gerlinde schüttelte verärgert Kopf: „Der Depp wird sich nur selbst umbringen. Wir sollten uns lieber was Eigenes überlegen!" Drömel Störtefad grinste schelmisch: „Nein, ich glaube, dass er uns helfen wird. Ich habe schon so manch Betrunkenen gesehen und dass hier war eine ganz ‚spezielle Sorte' Betrunkener. Ganz speziell..."

Gerlinde lachte auf: „Och! Willst du mir etwas über Säufer-Varianten verzählen? Ich war über zehn Jahre mit euresgleichen unterwegs; da sieht man alle Sorten von Besoffenen: Die Wilden, die Ruhigen, die Verträumten, die Kotzenden, die Schlafenden…" Störtefad spielte an seinem Becher herum: „Vertraut mir. Patuschke wird uns nicht im Stich lassen. Ihr solltet euch nun auf die Abfahrt vorbereiten. Bis morgen ist es nicht mehr als zu lang." Hinnerk fragte: „Ja, kommt ihr denn nicht mit uns? Ist doch die Gelegenheit für euch!"

Auch Wigbold und Michels sahen Störtefad skeptisch an. Gödeke entrüstete sich: „Natürlich gehen wir mit. Wir sind am Arsch wenn wir hierbleiben, Junge!", und Wigbold stimmte ausnahmsweise zu: „In ein paar Stunden wird Reichsadmiral Bismarkus den Hafen stürmen lassen. Von Huse will so schnell wie möglich die Kontrolle über die Stadt wiederhaben wollen, damit sich die Kunde vom Vertragsbrand nicht über Hamburgs Mauern hinaus verbreiten kann und im ganzen Hanseraum das totale Chaos ausbricht. Er will die Flamme im Keim ersticken. Wir würden diesen Ansturm niemals überleben und unsere Mannschaften warten in Wedel auf uns. Hoffentlich hat der Herr der Hatzburg sie noch nicht entdeckt." Michels meinte: „Schelt hat die Lage im Griff."

Störtefad aber lächelte grimmig: „Ich bleibe hier. Hier gefällt es mir und ich möchte sehen wie der gesellige Mann sich behauptet." Michels meinte: „Gegen die Truppen der Hyäne und des Reichsadmirals?! Vergiss nicht die schwarze Stadtwache und was für Söldnerschaaren der Stadtrat noch schnell zusammenziehen kann! Sinnlos!" Der junge Likedeeleranführer presste die Lippen aufeinander: „Warum sind wir dann hierher gekommen, hm? Nur um ein Signal zu senden, dass sogleich wieder im Keim erstickt wird? Nein. Es muss endlich mehr daraus werden! Und ich weiß – ich spüre – dass es das werden kann, wenn wir nur nicht wieder abhauen! Ich will den Beginn sehen; will dass all unsere Mühen endlich einmal lebende Früchte tragen! Ihr denn nicht?! Wollt ihr das denn nicht auch?!" Wigbold legte Zeigefinger und Daumen an sein Kinn und starrte nachdenklich vor sich in die Kerze. Auch Michels schlürfte nur langsam an seinem Krug; wie um seine Art Nachdenklichkeit kenntlich zu machen.

Störtefad führte weiter aus: „Ich möchte sie nicht im Stich lassen. Seht euch doch nur mal um; was hier schon heranwächst…" Es war in der Tat spürbar, an jeder Ecke. Auch dies Gasthaus war erfüllt von Leuten, die aufgeregt miteinander redeten, Pläne schmiedeten, lachten oder sich einfach nur vergnügten. Es gab keine Beschränkungen mehr. Schiffsmeister saßen neben einfachen Matrosen, Huren wurden umworben wie gehobene Damen und auch sonst schien jeder und jede bemüht, einander kennenzulernen und sich vorzustellen. Keiner wollte in diesen dunklen Stunden alleine sein; und alle klammerten sie sich an den Lichtblick, welchen der große Vertragsbrand ihnen gebracht hatte. Die Zukunft war ungewiss und so suchten sie Schutz in der Gemeinsamkeit um eine neue Zukunft zu planen. Selbst die Kirche hatte sie inzwischen verlassen als Bischof Trog den gesamten Hafen zwangs-exkommunizieren ließ. Sie hatten nur noch sich selbst und das, was sie bei sich trugen. Verbunden durch ihre gemeinsame Notlage wurden Stellungen und vorherige Berufe unwichtig, wurden fallengelassen wie heiße Brotlaibe. Allen wurde klar, dass sie wohl einmalige Gelegenheit hatten ihr Leben wieder selbst in die Hände zu nehmen, sich nicht mehr herumschubsen lassen zu müssen.

Drömel lächelte gerührt: „Das ist die Geburtsstunde einer neuen Welt, ein erster Schritt in die richtige Richtung." Michels schnaufte: „Es könnte auch unser Ende sein, Junge." „Das glaube ich nicht, Onkel Michels, nein. Etwas sagt mir, dass es ganz anders kommt..." Michels sah ihn direkt an, die Sorge im Blick: „Sie müssen auf ihren eigenen Beinen stehen, Drömel. Anders geht es nicht." Jener winkte entnervt ab: „Ich bin es so leid immer nur wegzulaufen. Ich brauche endlich einen Beweis! Ich will sehen ob Papa Recht hatte oder nicht! Ich meine Vater... Ach egal! Er war mein ‚Papa' und wenn er sich geirrt hat bin ich froh an demselben Ort zu sterben wie er! Ich könnt es sonst auch nicht mehr mitansehen, es drückt mir auf mein Gemüt! Wäre lieber tot!" Er prostete Hinnerk und Jens zu, als Michels lauter wurde: „He hey, Bursche! Nun Mal langsam mit den fluschtigen Schniggen! Niemand stirbt mir wegen eines Gefühls du Dummkopf!"

Störtefad schob trotzig das Kinn vor: „Pfff. Etwas stirbt in jedem Fall: Mein Lebenswille, und der ist direkt an mein Gefühl gekoppelt. Ob nun der arme Henker Mors Rosenfeld oder Trepot Turfner da vorne - sogar der aufgeblasene Markward! - alle habe ich sie am Leben gelassen, weil ich *gehofft* habe. Gehofft, es würde sich zum Besseren wenden. Aber wenn das nicht eintrifft ‚dann war alles umsonst'." Hinnerk horchte bei letzteren Worten auf. Ähnliches hatte auch seine Mutter einst gesagt, wie er von Abbo wusste.

Gödeke Michels schnaufte: „Diese elenden Störtes! Unbelehrbare Familie!" Auch Wigbold atmete tief durch: „Erneut in Hamburg, erneut im Angesicht des Todes? Das wird langsam zur Gewohnheit... Aber ehrlich: Wir hätten diese Operation nicht ausgeführt wenn wir uns nicht etwas davon erhofft hätten, oder? So sehr ich auch zur Vorsicht rate bin ich immer wieder neugierig, was das Leben für uns bereithält. Gottes Wege sind unergründlich und nicht immer kann Logik dem Geschehen folgen..." Michels lenkte wutschnaubend ein: „Wenn sogar der Mönch meint, wir sollten ‚unseren Gedärmen vertrauen' kann ich ja nicht wie ein Kammermädchen daneben hocken und mich davor drücken, wie? Ich mach's beim Segeln ja nicht anders. Verdammt, ihr Penner, ihr elenden!" Sie beschlossen also in Hamburg zu bleiben und den Hafenleuten zu helfen.

Hinnerk fragte Gerlinde: „Was is'n mit dir, Linde? Willst du dich nicht der anschließen? Immerhin war das hauptsächlich dein Aufstand hier im Hafen. Es sind deine Leute." Gerlinde druckste herum: „Schon, aber... Ihr braucht mich auch, oder nicht, mein kleiner *Hengst*?" Hinnerk zuckte mit den Schultern: „Wofür brauchen wir dich?" Gerlinde sprang auf: „Damit ich dir meine Hupen um die Ohren hauen kann!" Sie überwand die Distanz zwischen sich und schob ihm ihre Brüste in Gesicht. Er drückte sie weg und schnappte mit hochrotem Kopf nach Luft. Gerlinde grinste: „Und? Hab ich Recht?" Hinnerk keuchte betreten: „Kacke. Lass das, ja?" Jens kehrte in diesem Moment von den Zimmern zurück: „Nanu? Hab ich was verpasst?"

Die Likedeeler verblieben also weiterhin im Gasthaus während sich Jens und die anderen daran machten die Labskaus reisefertig zu machen. Noch war es dunkel und die Sterne tanzten blinkend am klaren Firmament aber die Mitternacht war schon lang vorüber. „Jetzt kommt es auf dich an, Patuschke...", murmelte Jens als sie die letzten Kisten festzurrten. Noch waren sie nicht aus Hamburg heraus, noch konnte es sehr, sehr *hässlich* ausgehen. Aber mit jedem Moment den sie abwarteten würde sich Tarpejas Spur mehr und mehr verlieren und damit auch ihre Chance Leevke zu retten. Hinnerk scharte schon seit ihrer Abwesenheit mit den Hufen und auch Jens hatte nicht vor ihre Freundin länger warten zu lassen. Es war nicht das erste Mal, dass man das Mädchen entführt hatte. Erstmalig von Treibholz-Theo im Auftrag König Radbods und dann durch die Korriganen, wobei sie sich denen mehr oder weniger freiwillig angeschlossen hatte, ehe sie bemerkte was deren wahre Absicht gewesen war.

Das große Interesse an Leevke war nicht unbegründet, denn abgesehen von einem hübschen, exotischen Äußeren mit dem dunkelblauem, lilastichigem Haar, gold-gefächerten Augen sowie Kiemen am Hals, besaß sie die Fähigkeit das Meereswasser ihrem Willen unterwerfen zu können. Zu diesem Zweck trug sie auch immer zwei Hüftbeutel mit Salzwasser bei sich. Süßwasser konnte sie zwar auch beeinflussen aber in weitaus geringerem Maße. Jens vermutete daher, dass selbst Süßwasser eine kleine Menge Salzkristalle enthielt um es so für sie nutzbar zu machen.

Leevke selbst hatte ein eher fröhlich-harmonisches Gemüt und verstand sich auf Anhieb mit der Tierwelt; vermied Fisch- und Fleischspeisen und liebte insbesondere Süßigkeiten (welche sie in einen Rausch versetzten, wie andere Leute von zu viel Alkohol). Sie hatte jahrelang isoliert mit ihren Ziehgroßeltern auf der Leuchtturm-Felseninsel ‚Kleene Wacht' gelebt, ehe sie auf der Flucht vor Treibholz-Theos Mannschaft in einen Sturm geriet und an Land gespült wurde. Dort hatte sie dann

Hinnerk bei seiner Deichwacht gefunden.

Seitdem war Leevke stets bestrebt gewesen zu erfahren woher sie wirklich stammte, aber außer dem Hinweis ihrer Großeltern, dass sie aus einem angespülten Eisblock aufgetaut wurde, gab es nur die ominöse Hintergrundgeschichte der Suma aus Angelland; einem verfallenen Echsen-Dienervolk, welches einst dem ‚alten Volk' gedient hatte welchem Leevke angeblich angehören sollte. Das Haifischmädchen Selachi aus dem ‚garstigen Moor', welches ähnlich wie Leevke aussah, konnte jedenfalls keine Antworten mehr auf ihre Fragen geben denn sie musste von Hinnerk erschlagen werden. Sie war ohnehin geistig völlig verwahrlost gewesen. Und selbst Runa hatte nie magische Kräfte in Leevke erspüren können, ebenso wenig wie der Emder Bischof Hunger Frisus, welcher zudem ‚keine Seele' in ihr hatte feststellen können.

Leevke selbst wollte der ganzen Jagd nach ihr am liebsten ein Ende setzen und endlich wieder in Ruhe in Friesland leben, aber solange sie diese Kräfte besaß war ihr das wohl nicht vergönnt. Auch ihre Versuche mit ihren Kräften zu leben und sie für etwas Gutes einzusetzen waren mit den Lügen der Korriganen-Hexen verdorben worden. Diese verlogenen, icenischen Zauberinnen hatten Leevke nur dazu missbraucht um einen Giftzauber zu sprechen, der alle Männer umgebracht hätte, Kinder und Erwachsene gleichermaßen. Sie sprach nicht darüber, aber Jens konnte oft spüren, wie sehr sie diese Tat belastete.

Er seufzte. Er war so sehr mit seinen eigenen Problemen der immensen Schulden beschäftigt gewesen, dass er ihren Schmerz gar nicht mehr wahrgenommen hatte. Im Nachhinein wurde es aber immer klarer. Seit der Rückkehr aus Angelland war Leevke in den Hintergrund getreten, überließ anderen sämtliche Entscheidungen und begnügte sich damit Essen zu kochen und moralische Unterstützung zu geben. Von ihren eigenen Wünschen sprach sie gar nicht mehr, als stünde es ihr nicht zu.

Jens spürte wieder die Last auf seiner Brust, denn er war für sie und Hinnerk verantwortlich und nun auch noch für Puk. Gerlinde konnte auf sich selbst aufpassen und Jens war heilfroh, dass sie dabei war und als weitere Erwachsene die Last der Verantwortung besser verteilte. Trotz ihrer Art war sie doch schnell zum heiteren Kern der Truppe geworden, insbesondere seitdem Leevke so zurückhaltend geworden war.

„Was ist mit dir, Jens? Kannste nicht schlafen?", fragte Hinnerk, welcher aus der Koje mit der schnarchenden Gerlinde kam und gerade Pakhaou mit einem Reinigungstuch abrieb.

Jens schmunzelte: „Bin nicht der einzige wie es scheint. Nein, ich hab an Leevke gedacht." „Wir haben ganz Hamburg in Brand gesteckt, da schaffen wir zur Not auch noch den Kaiser. Ein Klacks." Jens schluckte: „Denkst du wirklich er steckt hinter Tarpeja?" „Wer sonst? Puk hat es selbst gesagt: Die Reichsengel stehen so loyal zum Kaiser wie er zu seinem byzantinischen Imperator." „Den Puk betrogen hat." Hinnerk verneinte: „Puk sagte, dass könne er gar nicht. Nie. Er arbeitet nur auf ‚andere Weise' für ihn. Keine Ahnung was er damit meint. Vielleicht verstehst du ja jetzt, warum ich ihm nicht ganz über den Weg traue? Der Kerl verbirgt etwas, ist zu aalglatt… Die einzigen auf die mich verlassen kann sind Leevke und du." „Na, ich denke Gerlinde und Runa kannst du auch dazuzählen, oder?" Hinnerk machte eine skeptische Geste: „Denen fehlt das Verständnis für unsere Freiheit und Gerechtigkeit. Gerlinde macht was sie will, lässt sich nur treiben. Und Runa ist ein sprechender Vogel, wer weiß schon was so jemand wirklich denkt? Wir aber sind friesischen Blutes! Wir kennen den Wert der Freiheit noch. Durch unsere Ahnen."

Jens runzelte die Stirn. Ihm kam Hinnerks Gedanken leicht absonderlich vor: „Leevke rechnest du mit dazu? Zu uns Friesen? Oder was ist dein Kriterium?" Der junge Mann sah ihm direkt in die Augen: „Sie gehört zu *mir*. Das reicht." Jens machte eine abschätzende Bewegung mit der Hand: „Nicht ganz einleuchtend, Herr Wiards." „Und was wäre dann einleuchtend, hm?" Der Kaufmann legte Hinnerk die Arme auf die Schulter: „Das wir alle im selben Boot sitzen, wortwörtlich." „Sehr witzig." „Was erwartest du, Bub? Ich bin müde, erschöpft und sterbe vielleicht heute oder morgen." Jens gähnte herzhaft und legte sich dann in die Hängematte im kleinen Häuschen der Labskaus, zwischen den Fässern mit Proviant, getrockneten Früchten, Puk, Runa und Gerlinde. Sie alle brauchten dringend etwas Schlaf.

Puk zitterte leicht und schien seine Verbrennungen, welche er im Rathaus erlitten hatte noch lange nicht überwunden zu haben. Jens deckte ihn noch einmal feste zu ehe auch er mit müden Augen darnieder sank. Seine Gedanken wirbelten wild umher. Soviel war zu Bedenken, soviel war Geschehen. Er fiel schließlich in dumpfen Schlaf, wenigstens für wenige Stunden…

Hinnerk saß noch bis zum Morgen alleine in der Bugregion der Labskaus und überhörte wie vom Hafenviertel aus Musik und Gelächter erklangen. Die Menschen feierten den Augenblick und die Anwesenheit der Likedeeler mit denen sie sich aufgrund ihrer ähnlich unsicheren Lage verbunden sahen. Er verstand jedoch nicht was Störtefad hier erreichen wollte. Es musste noch viel schlimmer werden bis es wirklich besser wurde. Beim nächsten Hahnenruf würde die knallharte Realität alle jene trunkenen Träumer wachrütteln die da dachten sie könnten nun, befreit von Knebels Verträgen, ein neues, besseres Leben führen, aber ohne dass sich die Mächtigen dagegen wehren würden. Nein, nur ein harter Kern würde übrigbleiben. Jene, die ihren Ahnen treu blieben. Deren Blut sie band.

Eine heitere Mädchenstimme erfüllte seinen Kopf. Es war Thianna, der Schutzgeist von Pakhaou und sie sprach: „Du fragst dich, ob die Likedeeler überhaupt wissen was sie tun, nich? Du fragst dich, ob sie nicht auf dem Holzweg sind, nich?" Hinnerk fühlte sich ertappt: „Was sie tun ist zwar nett gemeint, aber es reicht nicht aus. Der Eldermann sitzt immer noch fest im Sattel, genau wie alle die anderen Pfeffersäcke in ihrer gepanzerten Innenstadt. Die sitzen den Mist einfach aus und verhandeln neu wenn der Rausch vorüber ist. Der gesellige Mann kann nicht funktionieren und doch setzen sie alle Hoffnung darauf… Es geht nur hiermit." Hinnerk drehte das magische Sax in seinen Händen: „Nur damit kann man die Ungerechtigkeit beseitigen. Denn so kommt sie ja auch erst zustande."

Thianna kicherte hell: „Mir musst du das nicht sagen, meen Harth. Ich bin da lääängst einer Meinung mit dir. Und nicht nur weil ich ein Schwert bin." „Da bist du aber auch so ziemlich die einzige. Die anderen halten mich für einen durchgeknallten Schwertschwinger; dabei bin ich nur reali-ti-isch. Ohne die Kraft des ,Geistes der Freiheit' wäre doch nichts hiervon passiert. Denken die etwa ihre kleine Vertragsbrand-Aktion hätte so viel bewirkt wenn nicht vorher schon ein handfester Aufstand gewesen wäre? Niemals." Thianna seufzte: „Sie wollen es halt gewaltfrei lösen. Glauben an die Einsicht der Menschen." „Einsicht?! Etwa die Einsicht von dieser beschissenen Tarpeja-

Schlampe? Oder die Einsicht von Graf Gerhard? Einsicht der Korriganen? Nein, es gibt Leute die *wollen* nicht reden. Die kann man nur…" Hinnerk ballte die Hände zu Fäusten.

Er erinnerte sich jetzt an Abbo, welcher durch die Hand des Inquisitor Salvatorus gestorben war: „Mein Vater hat mir gesagt, ich soll auf jene aufpassen, die mir etwas bedeuten. Und genau das tue ich. Wenn jemand meint sich zwischen ihnen und mir stellen zu müssen; so wird das sein Ende sein. Darum geht es im Leben, um das was man selber tun kann. Treu gegenüber jenen sein, die man liebt. Aber nicht alle verhätscheln, die einen verspotten; sich anbiedern und darauf hoffen, dass sie ein ‚einsehen' haben! Wann? In tausend Jahren?! Nein… Ich brauche die Likedeeler nicht. Nicht mehr. Und ich weiß jetzt, was ich tun muss. Ich vernichte all diejenigen, die zwischen mir und meiner Freiheit stellen wollen und wenn es der Kaiser selbst ist!" Thianna fügte hinzu: „Oder Gott?" „Auch!"

„Heheh…", kicherte die Fylgie, „Ich bin dabei, *meen Harth*. Lass uns diesen Bastarden zeigen was es heißt einen Friesen herauszufordern, lass sie uns gemeinsam in ihre Schranken weisen, wie grunzende Schweine!" Hinnerks Miene nahm entschlossene Züge an, ein Grinsen auf den Lippen: „Der ‚Geist der Freiheit' tobt weiter durch ihre Reihen." Er blickte hinunter auf Pakhaous Klinge und sah darin Thiannas grün-strahlende Augen. Wenn sie gewollt hätte, hätte sie ihre Gestalt aus dem Schwert lösen können um als Mensch vor ihm zu stehen. Hinnerk hatte das Mädchen nur einmal kurz in dieser Form gesehen, als er auf dem Nebelschiff des Schmugglerkönigs Lassmann gegen dessen Nebelleuchte und die mehrköpfige ‚Hydren-Kreatur' gekämpft hatte. Thianna besaß einen knabenhaft-schlanken Körper mit kleinen, spitzen Brüsten unter einem dünnen Hemd, eine lederne Hose welcher geradeso ihren straffen Hintern bedeckte, grellgrüne Augen und zwei kleine Haarzöpfe, die ihr an den Ohren vorbeifielen. Ihr Körper war über und über mit schmalen dunkelgrünen Streifen übersät; heidnisch-kultische Markierungen.

‚Thi' hatte sich schon mehrfach mit seinem Geist verbunden und gemeinsam konnten sie sogar leichte Magie bewirken, wie einen Schutzpanzer, grünlichen Nebel oder Truggestalten. Die Fylgie barg viele Kräfte in sich und Hinnerk bildete ihre Verbindung zur Außenwelt. Je näher sie sich dabei kamen desto stärker wurden beide, wie in stetiger, ansteigender Wechselwirkung. Diesen ‚schwunghaften Rausch' spürte auch Hinnerk. Mit ihrer Kraft war er sehr viel schneller, stärker und robuster. Niemals mehr wollte er Pakhaou (so der Eigenname des „Schwertes aus dem Teufelsmoor") aus der Hand geben, denn mit ihr zusammen konnte er es sogar mit einem Reichsengel oder sogar Ritter aufnehmen. Er und sie waren Friesen, waren frei und würden es auch bleiben. Wenn er dazu die ganze Welt mit in den Abgrund reißen musste, dann hatte es diese Welt eben nicht anders verdient!

Patuschke dröhnte der Kopf und stinkende Schweißperlen liefen ihm von der Stirn als er, mit dem Beutel auf seinem ebenso schweißnassen Rücken, nun durch die Gassen torkelte. Mehrfach knallte er gegen die Häuserwände oder umherliegenden Kisten. Der Morgen war heran und es war eigentlich nur der ‚behutsamen' Weckung durch Gödeke Michels zu verdanken, dass er seinen groß-angekündigten Moment nicht verpennt hatte. Viktor blieb nun in der Gasse stehen, leichenblass wie er war und übergab sich kurzerhand in einen kleinen Abflussgraben ehe er weiterhechtete. Nie war er sonderlich sportlich gewesen, stets hatte er versucht allein mit seinem Verstand vorranzukommen. Das war ihm auch gelungen doch glücklich hatte ihn das nie gemacht.
Er durchquerte weiter die Straßen in denen erschöpfte Menschen lagen und lungerten. Es waren teils die betrunkenen Überreste des großen Aufstandes aus dem Armenviertel, welche hier im Zunftviertel für Feuer und Chaos gesorgt hatten. Die selbsternannten ‚Könige der brennenden Stadt' unter ihren Anführern: Pissernelke und Blutwurst, hatten sich schon wieder aufgelöst, denn das jeweilige Zweckbündnis war nach dem Vertragsbrand überflüssig geworden.
In ganz Hamburg war es nun merklich ruhiger und nur vereinzelt hörte man noch Gebrülle oder Schreie aus den Häusern. Die meisten Menschen wirkten verwirrt und keiner wusste so recht was als nächstes geschehen würde. Die Armen hatten zwar viel geplündert aber was brachte es ihnen letztlich, wenn sie dafür morgen schon am Galgen baumeln würden? Die Stadt war ja von den Truppen des Oldenburger Grafen Moritz umstellt worden. Jener war der Nachfolger des in der Schlacht nahe Wittmund verstorbenen Grafen Gerhard ‚des Eidbrechers'. Moritz hatte wieder ein großes Heer

aufstellen können, welches aber nach der Schlacht bei Wittmund gegen das friesische Bündnisheer größtenteils nur noch aus Söldnern bestand.

Moritz galt als Aasfresser und generell unangenehmer Zeitgenosse der aber gute Verbindungen zum gelfischen Hochadel unterhielt. In jedem Fall sorgte sein Belagerungsring für eine allgemeine Unsicherheit, sodass Patuschke es leichter hatte durch die Hamburger Gassen zu laufen, bis er schließlich am südlichen Elbetor der Stadt ankam. Es war die einzige Enklave der Stadt (abgesehen vom Innenviertel), welche noch nicht gefallen war. Der komplett eingemauerte Komplex wurde von gut und gerne hundert Wachleuten gehalten und zwei schwere Eisengatter blockierten die Zufahrt in und aus der Stadt heraus. Eine Flucht die Elbe hinauf war somit unmöglich und den anderen Ausweg; Richtung Westsee, blockierte Reichsadmiral Bismark mit seiner Boykotts-Flottille aus Schlachtholken und Kampfkoggen.

Viktor rutschte auf einer Pisslache aus, versuchte sich zu fangen, bekam einen verkohlten Balken eines abgefackelten Hauses zu fassen der allerdings abbrach und landete bäuchlings im feuchtnassen Dreck. Wutschnaubend kam er wieder hoch, riss seinen Beutel an sich und fühlte sich zugleich hundeelend. Noch hämmerte der Alkohol gegen seine Schläfen und er konnte die ihm innewohnenden Emotionen nicht länger kontrollieren oder aufhalten: „Nichts als *Scheiße*! Nichts als Idioten wohin das Auge blickt!", knurrte er und hieb mit der Faust auf den Boden vor sich. Er schnaufte zornig: „Patsche, Fußabtreter für alle, aber nun nicht mehr - oohhh nein! Ich hasse sie, hasse sie alle! Diese ganze Pack, die ganzen Schleimscheisser und Heuchler! Das falsche Grinsen, die Fäulnis in den Augen; das Gift in den Stimmen, die ausgekotzten Floskeln, das tonlose Loblied auf die Schufterei! Ich hasse sie. Alle…"

Langsam richtete er sich auf; die Augen unstet, die Zähne zusammengebissen. Nicht mehr wiederzuerkennen war der vorsichtige, leicht schmunzelnde Mann, wie ihn jeder in der Stadt kannte und ignorierte. Er schäumte regelrecht vor Wut: „Nicht einmal *sie* hat mich beachtet! Hatte nur Augen für Störtefad und diese miese Räuberbande, die von Raub lebt während ich mir jeden Furz vom Mund absparen muss! Ist das etwa gerecht?! Soll ich so bis zu meinem glücklichen Lebensende herumkrebsen, auf allen Vieren kriechen wie ein *Tier*?!" Er griff nach dem Beutel und schulterte ihn erneut.

Ruhiger sprach er dann zu sich selbst: „Alles was ich jemals wollte, war nur meine beschissene Ruhe. Aber sie lassen mich nicht. Sie lassen niemanden in Ruhe, jemals. Also muss man es selbst beenden, denn andere werden einen nicht befreien, die haben besseres zu tun. Niemand liebt dich, niemand braucht dich. Außer dir selbst. Niemand ist bei dir. Jeder hasst dich. Aber du wirst sie nicht mehr hassen, nein! Du wirst *besser* sein als das. Sie werden dir egal sein, du wirst die Wahrheit suchen; irgendwo da draußen muss es noch andere wie dich geben?! Muss. Welche, die genauso angepisst sind wie du. Also vorwärts mit allem was du hast, du Klops! Denn mehr hast du nicht, mehr brauchst du nicht! Los! LOS!"

Er stapfte direkt zu auf das Elbetorer Wachhaus, holte sein Kaufmannsmesser hervor und hielt es dicht bei seinem Körper als gerade er an einer Gruppe lungernder Plünderer vorbeiging welche spontanes Interesse an seinem Beutel zeigten. Sie überlegten wohl ob es sich lohnte den dicken Kaufmann zu überfallen, bemerkten aber wie angespannt dieser dreinblickte. Dieser Mann hatte eine Absicht und würde um sein Leben kämpfen um sie zu verwirklichen. „Wer mir zu nahe kommt kriegt das Messer ins Auge.", sagte er wie beiläufig ohne den Blick vom Weg zu nehmen. Die Plünderer verloren spontan das Interesse. Sie hatten eine schwere, blutige Nacht hinter sich und waren auf Opfer eingestellt die nicht so entschlossen waren einem das ‚Auge auszustechen'.

Viktor Patuschke verströmte eine Aura, die so stark war, dass selbst Runa auf der Labskaus ein erschrecktes Fiepen ausstieß und wie angewurzelt stehenblieb. In letzter Zeit war ohnehin viel Leid durch den magischen Äther geschwappt, doch von ihm hatte sie es nicht erwartet. „Sommergewitter...", fiepte sie geheimnisvoll und erntete dafür einen skeptischen Blick von Jens. Die Labskaus setzte Segel und Hinnerk sagte: „Na, dann hoffen wir mal das dein alter Freund Wort hält." Jens lächelte: „Er wird. Auf ihn ist Verlass."

Patuschke trat vor den Seiteneingang von Elbetor. Diese Schleusenanlage war wie eine kleine Festung aufgebaut und besaß insgesamt zwei Gattertore die den Zugang zur Elbe versperrten, eins innen, eins außen. Dazwischen wurden dann die Waren kontrolliert und inspiziert. Auf den Mauern, welche sogar höher lagen als die umliegenden Stadtmauern des Marktviertels, standen mit Armbrüsten bewaffnete Wachleute und hielten mit Argusaugen nach eventuellen Angreifern Ausschau. Seiner guten Abwehr war es zu verdanken, dass Elbetor mit der einzige Stadtbereich geblieben war, der nicht von den aufständischen Armen überrannt worden war. Nur das Innenviertel war noch besser geschützt als Elbetor.

„Ich verlange sofort den obersten Wachhabenden zu sprechen!", rief Viktor. Eine der Wachen lehnte sich über die Zinnen: „Oi, da unten! Nur der Eldermann vermag uns Befehle zu erteilen, und ihr tragt nicht sein Siegel?!" Patuschke schnauzte zurück: „Was denkt ihr war hier die Nacht über los, hä?! Auf dem Weg hierher wurde ich überfallen, kaum außerhalb der Reichweite eurer Spucke! Also lasst mich ein oder ich muss von Huse mitteilen, dass ihr seine direkten Befehle missachtet habt!" „Warum aber keine Brieftaube?" „Wurde abgeschossen, was weiß ich!? Also was ist jetzt?" Die Wachen sahen einander skeptisch an. Aber die Angst vor einer Bestrafung wegen Missachtung direkter Befehle wog letztlich schwerer. Abgesehen davon, hatten sie von nur einem einzelnen, dicken Kaufmann nichts zu befürchten: „Wartet da unten, wir machen euch auf."

Das Tor rasselte nach oben als die Wachleute die quietschende Winde bedienten. Eilig schob sich Viktor hinein. Im Innenhof kam ihm schon der Kommandant von Elbetor entgegen. Viktor hatte schon viel von ihm gehört und es war meist nichts Gutes. Hauptmann ‚Ostrak von Elbeschleuss‘ war einer von der arroganten Sorte, die sich stets genüsslich neben einen verzweifelten Kaufmann stellte wenn dieser seine Passgebühr nicht bezahlen konnte, selbst wenn offensichtlich war, dass wendische Flussdiebe ihn zuvor ausgeraubt hatten und er eigentlich dringend in die Stadt musste.

Ostrak war schlank und hochgewachsen, trug glattgekämmtes, schwarz-öliges Haar und war im kantig-schmalen Gesicht so sauber rasiert dass sich ein Neugeborenes dagegen wie ein haariger Zausel ausnahm. Arroganz und Selbstgefälligkeit gaben sich bei ihm ein heiteres Stelldichein. Er rümpfte die schmale, feine Nase: „Nun, ich hoffe euer Anliegen ist eurem Auftritt angemessen, Herr...?" Viktor wäre üblicherweise spätestens an diesem Punkt eingeknickt. Dutzende Wachleute, brutale Männer welche das Töten gelernt hatten, starrten ihn mürrisch an. Es waren dieselben Blicke die ihn heimlich für einen fetten Versager hielten. Hinzu kamen die überlegen glitzernden Augen Ostraks, eines schlanken, muskulösen und durchweg schönen Mannes (wäre da nicht die Brandnarbe an der oberen rechten Schläfe gewesen). Doch heute war es nicht mehr

‚üblicherweise'. Viktor hatte genug.

Der Kaufmann riss seinen mitgeschleppten Beutel hoch in die Luft und rief: „Also gut! Hört mir gut zu! In diesem Beutel befinden sich fünftausend Gulden! 5168 um genau zu sein! Das ist eine stattliche Summe!" Er raschelte mit dem Beutel und es klimperte entsprechend. Der Innenhof wurde leise und Patuschke lachte: „Aha! Da hab ich also doch eure Aufmerksamkeit wie?! Also folgendermaßen wird es ablaufen! Ihr nehmt dieses Geld und lasst die Schnigge durch, welche dort im Fluss schwimmt - und keiner wird verletzt. Abgemacht?!" Hauptmann Ostrak lachte als erster los: „Wie? Hahaha! Also doch nicht von Huse kommend?! Interessant! Aber sag mir, warum sollten wir diesen Bestechungsversuch erwägen, wenn wir es als Pfand für deinen fetten Wanst einfach an uns reißen könnten, hm?" Patuschkes Bewegung war zu schnell um sie noch zu stoppen. Seine Messerspitze hing jetzt direkt vor dem Auge des Hauptmannes. Niemand - nicht einmal Ostrak - hatte mit so einer Attacke gerechnet.

„Eine Bewegung und die Klinge steckt fingertief in deinem Kopf. Nur zu. Teste mich, Hauptmann. *Tritt vor.*" Ostrak machte so große Augen dass sie ihm fast heraussprangen. „D-Du Schwein!? Lass ab!" „Nicht bevor wir eine Vereinbarung haben!" Ostrak versuchte sich rauszureden. Auf einmal wirkte er nicht mehr so mächtig auch wenn er sich vergebliche Mühe machte nach wie vor so zu klingen: „Tjah, das geht nicht! Der Eldermann würde mich töten wenn ich Elbeschleuss aufmachte! Befehl ist Bef..." Patuschke vervollständigte genervt den Satz: „Befehl! Blabla. Immer die gleichen Ausreden. ‚Ich habe nur Befehle befolgt!' ‚Was hätte ich denn tun sollen?' Mimimi. Wimmer, heul, rotz! Scheiss auf euch und eure Befehle. Hättet besser mit Ehre im Leib abkratzen sollen, hättet für etwas wirklich *Gutes* einstehen sollen, wie Kinder aus den Flammen retten! Aber für euch gilt nur das nackte Überleben, nicht wahr? Wie ist euch scheissegal."

Der Kaufmann grinste: „Aber ich war genauso. Ich weiß wie das ist. Nur wenn man seinen Frust an anderen ablässt ist der Mist überhaupt noch erträglich. Immer auf der Suche nach neuen Sündenböcken für das eigene Versagen. Wie erbärmlich wir doch sind…" Er beugte sich vor und Ostrak beugte sich entsprechend zurück. „Außerdem: Habt ihr den Brand in der Hammaburg nicht gesehen? Wisst ihr nicht was das heißt?" „W-Was denn? Pa-Pass mit dem Messer auf!" Patuschke wandte sich wieder an alle

Wachleute: „All die Verträge, und damit auch eure Arbeitsverträge sind verbrannt, nur noch *Asche*! Ihr seid somit nicht länger offiziell die Angestellten des Eldermanns! Ihr seid im Grunde freie Männer welche dieses wichtige Tor besetzt halten. Ihr arbeitet derzeit für lau. Oder denkt ihr ihr würdet außervertraglich entlohnt für diese eure Arbeitsstunden?" Dies brachte einige der Wachen in der Tat ins Grübeln. „Wenn ihr nur wolltet könntet ihr jedoch hier ausharren und bessere Arbeitsbedingungen mit der Stadt ausmachen. Mehr Lohn? Mehr Freizeit? Mehr Fleisch im Eintopf? Alles steht euch nun offen! Ihr habt die Macht!" Manch einer senkte die Armbrust, welche auf ihn gerichtet war seitdem er den Hauptmann bedrohte.

„Also, Herr Ostrak von Elbetor! Was sagt ihr?" Ostrak schluckte, sein Blick wanderte immer wieder von Patuschke zu der Messerspitze welche er auf die kurze Distanz weniger sehen als vielmehr *spüren* konnte: „Unter diesem ‚speziellen Gesichtspunkt' denke ich, dass man euer Angebot annehmen kann. Also - Männer! Öffnet die Tore! Lasst diese Schnigge durch! Na los! Aufmachen!"

Viktor Patuschke nickte gönnerhaft: „Keine faulen Tricks, Ostrak. Keine Bescheiße. Sonst ist dein Auge draußen." Der Hauptmann brüllte: „Lasst endlich das beschissene Schiff durch! Niemand rührt es an, klar? Das ist ein *Befehl*!" Die entsprechenden Wachleute stoben auseinander. Sie waren froh, dass es wieder klare Order gab. Was bedeutete denn schon eine kleine Schnigge? Hier war ohnehin nichts mehr wie früher.

Das Schleusengatter wurde tatsächlich geöffnet. Als Jens und Gerlinde dies aus ihrem Seitenkanal heraus saßen, stießen sie das Schiff gegen die Strömung ab und ruderten eilig den Kanal hinauf. Hinnerk stand vorne mit Pakhaou und beäugte misstrauisch die Zinnen von Elbetor. Die Wachen winkten sie schon herein: „Kommt! Kommt! Ihr dürft passieren!" Jens schüttelte den Kopf: „Patsche, der Teufelskerl. Wie hat er das nur gemacht?" Gerlinde zog indes eine nachdenkliche Schnute. Die Labskaus durfte ohne Probleme passieren und Patuschke deutete dem Hauptmann ihm (mit dem Messer am Auge) bis zur elbseitigen Brüstung zu folgen. Die Wachleute wurden weggescheucht. Dann setzte der Kaufmann seinen Beutel mit dem Geld ab. „So. Ihr nehmt euch alle eure Belohnung. Ein gutes Geschäft, oder? Und niemandem ist etwas passiert." Ostrak blinzelte irritiert: „Wie? Du gibst uns das Gold?!" „Ja. Nehmt es und lasst mich dafür nur einen Moment hier oben allein. Ich will mich verabschieden." Er stieß Ostrak von sich. Er hätte nun die Möglichkeit ihn festzunehmen doch die Labskaus war schon unter dem Tor vorbeigezogen. Überdies näherten sich schon einige Wachleute von hinten dem wertvollen Guldenbeutel. Ostrak fluchte: „Ihr da! Zurück auf eure Posten!" Die Männer aber grinsten wie hungrige Wölfe: „Der Mann hat Recht; die Verträge sind erloschen, Ostrak!" „Ich bin immer noch *Hauptmann* Ostrak und das Gold gehört mir – a-also der Wache!" Ein Streit brach aus und Ostrak musste sich jetzt seiner eigenen Leute erwehren. Alle hatten sie nur noch Augen für den Beutel mit dem Vermögen darin. Patuschke war dies nur Recht, denn es verschaffte ihm Zeit.

Er sah von den Zinnen wie die Labskaus unter ihm von Hamburg fort ruderte. Gerlinde und Jens standen am Heck und Hinnerk lehnte gegen den Mast während Puk immer noch in seiner Hängematte ruhte um sich von seinen Verbrennungen zu erholen. Viktor riss spontan die Arme hoch und schrie aus Leibeskräften: „Na, was hab ich euch gesagt?! Ihr seid durch! Los! Holt euch eure Freundin zurück! Gebt den Pennern eine von mir mit!"

Jens schüttelte nur fassungslos den Kopf und rief: „Wie hast du das angestellt, du Teufelskerl?!" „Ich hab all mein Geld ausgegeben, den ganzen Plunder! Vielleicht wär auch weniger ausreichend gewesen aber ich wollte mir nichts mehr vorwerfen, falls es sonst nicht klappt! Jetzt bin ich wirklich *frei*, Jens! Frei von all diesen verschwendeten Jahren! Die waren mir sogar scheissegal! Wofür – Wofür lebe ich eigentlich?! Keine Ahnung, Mann! Aber *so* kann ich nicht weitermachen!" Jens seufzte: „Patsche, du armer Kerl, du hast den Verstand verloren… Alles aufzugeben!"

Er rief ihm zu: „Komm mit uns! Spring!" Viktor lachte so hell wie nie zuvor: „Nein, Jens! Ich muss hierbleiben, muss denen die Stirn bieten, wenigstens einmal nur. Sollen sie mich doch wegsperren, ich genieße diesen Moment zu sehr! Ha! Ich bin ein wahnsinniger Verbrecher!" „Verdammt, Patsche, es tut mir leid! Wenn du jemals frei kommen solltest, geh bloß nach Greetsiel! Geh nach Hof Harger und sag ihnen ich hätte dich geschickt! Die werden dich versorgen, bis ich wiederkomme! Und dann machen wir uns beide ein schönes Leben, in Freiheit und Ruhe! Du und ich! Versprochen! Hast du gehört, du irrer Bastard?!" Patuschkes Augen wurden feucht. Gefühle, zulange unterdrückt im grauen Alltagstrott quollen nun in ihm hoch: „Ist gut, Jens… Danke… Ich weiß es zu schätzen."

Runa wippte auf und ab: „Er ist jetzt bei sich, aber auch sehr einsam." Mit Anerkennung nickte Hinnerk Patuschke zu: „Guter Mann. Kein Friese, aber ein guter Mann. Respekt." Gerlinde rief: „Du hast auch einen gut bei mir, Klopsi! Pass ja auf dich auf!" Viktor nickte, sein Lächeln erstarb jedoch schnell. Im Hof von Elbetor war Tumult und Kampfgeräusche erklangen. Ostrak und seine eigenen Wachen kämpften mit harten Bandagen um die vielen Münzen.

Viktor wollte noch etwas Wichtiges sagen doch er brachte es nur zu einem: „Folgt dem Strom und haltet euch von den Ufern fern! Es sind viele Pyrks und räuberische Wenden unterwegs!" Jens griff wieder nach dem Ruder: „Machen wir! Dann mach' es gut, alter Freund. Und halte durch, wir kommen wieder! Versprochen!" Er und Gelinde ruderten kräftig weiter und Viktor starrte sehnsüchtig auf die Schnigge, träumte vor sich hin. Trotz all seiner Mühen brachte er die entscheidenden Worte immer noch nicht über die Lippen. Soeben hatte er alles aufgegeben für diesen einen Moment und jetzt hatte er doch wieder einen Frosch im Hals stecken. Wie dumm war denn das? Wie verschwendet dieser einmalige Moment? Warum tat er das? Je mehr er es rauspressen wollte desto schwieriger wurde es und er verkrampfte innerlich, sein Hals war trocken. Er merkte nicht wie jemand hinter ihn trat oder hörte, dass der Kampflärm inzwischen verklungen war. Viktor sah nur noch wie die Labskaus immer kleiner wurde und aus seinem Blick verschwand.

Jens und Gerlinde winkten noch lange nach. Der Greetsieler Kaufmann konnte es nicht fassen: „All die Jahre für diesen Moment geopfert. Unglaublich…" Gerlinde lächelte: „Ich hab's geahnt! Patsche hat mehr drauf als er selber ahnt, thehe…" Jens schwieg. Etwas fehlte noch. Patuschkes Jubeln war genau in dem Moment abgestorben nachdem Gerlinde sich bei ihm bedankt hatte. Jens brauchte nur eins und eins zusammenzuzählen und murmelte mehrmals: „Komm schon, Patsche. Hau es endlich raus. Vielleicht siehst du sie nie wieder."

Doch Viktor rief nichts, während sie weiter die Elbe hinaufruderten. Elbetor wurde immer kleiner, doch dann war da ein großer Mann hinter Patuschke. Jens fürchtete schon das schlimmste als kurz darauf Patuschkes Stimme doch noch über die Ebene schwappte, kaum zu verstehen; zumindest für denjenigen, der nicht wusste was er sagen wollte. Jens indes verstand die Worte so gut als stünde er direkt neben ihm.

Gerlinde hörte sie auch, blinzelte irritiert: „Nanu?! Ruft Klopsi um Hilfe?" Jens blickte zu Hinnerk und der konnte sich ein Lächeln auch nicht verkneifen. Selbst er verstand was Patuschke da brüllte (auch dank Thiannas Hilfe). Nur just diejenige, an die die Worte gerichtet waren verstand es nicht: „Es geht ihm gut, Gerlinde.", sagte Jens, „Aber ihr solltet nochmal miteinander reden wenn ihr euch wiedertrefft, hm?" Gerlinde blinzelte mehrmals: „Na sicher. Mit dem Kerl heb ich noch so manchen Humpen… Aber was sagt er jetzt?" Sie lauschte angestrengt den Worten welche von den Bäumen und Büschen teils verschluckt wurden. „Drei Worte? ,I-Ich muss… kacken?' Vielleicht?! Hehe, wär witzig… Aber nein. Ich ,knieble mich'?! Was zur Hölle ist kniebeln?! Sowas wie Knebeln? Zwiebeln? Ne. Komischer Kauz. Aber in Ordnung."
Jens seufzte nur…

Kapitel 1

Für eine Hand voll Gulden

Hamburg entglitt letztlich ihrem Sichtfeld, die noch immer qualmende Hammaburg wurde vom rötlichen Morgenlicht hell bestrahlt. Sie befuhren den Fluss nach Süden und links und rechts von ihnen nahm der Wald zu, wurde stetig dichter. Nur sporadisch wurde er von hellen Lichtungen durchbrochen. Hinnerk fragte Jens: „Und wie geht es dir nach all dem Debakel?" Jens grinste breit: „Besser. Fast wie neugeboren könnte man sagen. Ich dachte echt diese Schulden wären mein Ende, du kannst dir die Erleichterung nicht vorstellen als es vorbei war." „Man sieht es dir an. Siehst *frisch* aus." Jens lachte: „Ha, weißt du; ich find es mal zur Abwechslung ganz gut, dass wir nicht in einer großen, alles entscheidenden Schlacht mitkämpfen mussten in der uns Hexen mit ihren Zaubern zerstückeln oder Trolle mit Stinkeatem ersticken wollten. Kann gerne so bleiben!"

Gerlinde meinte da: „Nunja, es gab schon eine Schlacht und viele kleine Scharmützel. Die ‚Gossenschlacht von Hamburg'. Ja, so wird man sie nennen! Genau." Jens rollte mit den Augen: „Ich mein ja nur dass wir mal nicht auf einer beiden Seiten stehen mussten." Hinnerk stimmte zu: „Ja, denn wir standen auf *unserer* Seite. Das dort ist nun nicht mehr unser Kampf, Jens. Das müssen die jetzt selbst ausmachen. Entweder sie lernen aus den Fehlern oder sie machen sie bis in alle Ewigkeit. Ich teile nicht Störtefads Zuversicht dass sich die Menschen ändern nur, weil die Verträge kurzfristig nicht mehr gelten." Jens runzelte die Stirn: „Wie meinst du das?" Hinnerk schüttelte sachte den Kopf: „Nun ich glaub vielmehr, dass es schlichtweg Menschen gibt die sich als Sklaven gefallen. Die welche keine Verantwortung für ihr eigenes Leben übernehmen *wollen* und alles mit sich machen lassen... Es sind ‚Niedermenschen', schwaches Sklavenblut. Meister Wigbold meinte zwar es sei nur Gewöhnungssache aber es ist wohl eher natürliche Ordnung: Die Schwachen stehen unten und wenn sie zu dumm sind sich zusammenzutun ist es eben ihr Schicksal. Man kann die Menschen nicht gewaltsam zur Freiheit hinführen wenn sie sich weigern wie störrische Esel. Letztlich gibt es deshalb nur zwei Arten von Menschen: Jene, die frei sein wollen und sich ihr eigenes Schicksal schmieden und der ganze Rest der folgsam hinterhertrottet und sich von Ersteren fremdbestimmen lässt."

Jens rieb sich nervös den Nacken: „Du meinst also es gibt Menschen, die es nicht wert sind das man ihnen hilft, ja?" Hinnerk betonte jedes Wort: „Sie *wollen* es nicht. Denen steckt die Dienerschaft einfach im Blut." „So wie mir und Patuschke?" „Quatsch! Ihr habt euch ja dagegengestemmt, seid endlich aufgewacht. Das kann aber nicht jeder. Die meisten…", er machte eine weitschweifende Handbewegung welche ganz Hamburg einschloss, „…dümpeln stumpf und dumpf herum, haben weder Willen noch die Klasse etwas anderes zu machen als jedem Leithammel brav hinterherzulaufen. Man kriecht zwar im Dreck, aber man lebt. Irgendwie jedenfalls."

Jens war sich nicht sicher ob er seinem jungen Freund zustimmen konnte oder nicht. Einerseits war er ja stets geneigt einem anderen Menschen offen entgegenzutreten aber andererseits hatte er in Hamburg größtenteils wirklich nur gehässige Knechte und Mägde kennengelernt, welche zwar ihr Schicksal oft genug verfluchten, aber es dennoch hinnahmen und sogar ihren Kindern genau das einprügelten, was sie selbst als ungerecht empfanden. Manchmal schien es auch Jens so, als wären die Menschen im Kern froh über diesen Zustand, weil sie somit die Schuld an ihrem eigenen Elend an andere abgeben konnten. Es waren verantwortungslose ‚erwachsene Kinder'. Selbst die Armen waren ja nicht gewillt gewesen zusammen etwas zu bewirken. Stattdessen bekämpften sie sich untereinander wie wilde Hunde wannimmer Ratsherr Knebel ihnen mit Arbeitsverträgen vor der Nase herumwedelte. Eigennutz und Gier, selbst in absoluter Armut. Selbst bei denen, die eigentlich nichts mehr zu verlieren hatten außer ihrer Moral. Es war erschütternd mitanzusehen wie sie diese leichtfertig verwarfen. Ohne Brot war sie Nichts. Ein absolutes *Luxusgut*.

Und erst als Hinnerk als ‚Geist der Freiheit' verkleidet für körperlich spürbare Unruhe gesorgt hatte (indem er ihre Häuser anzündete) hatten sich erste Zweckbündnisse gebildet: aber um somit gemeinsam besser zu plündern und morden. Lose Schlägerbanden, die nur ihre entfesselte Gier zusammenbrachte, sobald die hauchdünne Ordnung der Wachen zerbrach. Jens seufzte: „Das es immer erst soweit kommen muss ist schon bitter."

Gerlinde rollte mit den Augen: „Sagt mal ihr Hübschen, labert ihr eigentlich immer so viel Mist? Wenn kümmert der ganze *Schissmuss* jetzt noch? Oder denkt ihr etwa ihr seid sowas wie Heilige, die mal eben die Welt auf den Kopf stellen können? Hm? Hier mal mein persönlicher Ratschlag an euch zwei Pfeifenköppe: Kümmert euch um euren eigenen Kram und scheißt auf den ganzen Rest. Die Menschen verarschen und belügen sich halt gerne, da liegt nichts Neues am Strand! So! Aber wie geht es jetzt bei uns weiter? Meine Arme werden schon ganz lahm und gegen den Strom anzupaddeln ist ganz schön *dämlich* wollt ich mal anmerken."

Jens lächelte breit: „Man kann deine Art lieben oder hassen Gerlindis, aber du hast auch bisweilen einfach nur Recht. Seht! Dort hinten ist schon eine Treidel-Bude. Da heuern wir uns einige kräftige Treidler an!" Hinnerk sah ihn völlig perplex an und Jens erklärte bereitwillig das System: „Treideln nennt man es, wenn ein Schiff flussaufwärts gezogen werden muss. Vn Männern oder Vieh, wie zum Beispiel Eseln oder Ochsen. Der Strömung entgegen zu staken ist für uns auf Dauer sonst viel zu kräfteaufreibend und dauert zu lange." Hinnerk überlegte kurz: „Dann werden Tarpeja, Geifer und Leevke auf die gleiche Art reisen?"

Der Greetsieler zuckte mit den Schultern: „Sofern sie nicht einen anderen, schnelleren Weg gefunden haben?" „Hm. Wäre es dann nicht besser wenn wir ihnen hinterher reiten würden? So ein Ochsengespann ist ja nicht sonderlich schnell, oder?" „Da ist was dran. Wir fragen mal bei den Treidlern nach. Sie könnten mehr wissen." „Sofern Tarpeja sie nicht alle umgebracht hat…", hörte man Puk aus seiner Hängematte sagen, „Also ich hätte es so gemacht. Ist eigentlich Standardverfahren wenn man verfolgt wird." „Bei euch vielleicht.", sagte Hinnerk erbost.

Sie ankerten zunächst die Labskaus am Ufer wo ein Steg zu einem kleinen Weiler führte. Es war niemand zu sehen und nur in einem umzäunten Gehege grunzte eine mehrköpfige Schweinefamilie. Während sich die anderen die Beine vertraten holte Jens bei den (doch noch lebendigen) Treidlern Informationen über die Elbreise sowie die Gegend ein. Als er wieder aus der Hütte hinauskam war seine Miene keine besonders helle: „Schlechte Neuigkeiten. Jemand hat das schnellere Pferdegespann für Notfälle schon beschlagnahmen lassen. Und es scheint wirklich Tarpeja gewesen zu sein. Ochsen und einige Männer sind das einzige was sie uns anbieten und selbst das ist teurer als ich angenommen hatte."

Gerlinde stöhnte genervt: „Ne-wa? Lass mich mal machen! Aus dem Weg, Nasenmann! Ich ‚regliere‘ dies!" Sie stapfte entschlossen in die Gemeinschaftskammer der Treidler und kam einige Zeit später angetrunken wieder heraus: „So, erledischt. Sie machen es zum halben Preisch!" Sie holte eine dunkle Flasche mit Schnaps hervor: „Die hab ich noch gratisch dazu gekriecht, hehe! Na was sagen sie jetzt, Herr Jensch?" Dieser sah sie besorgt an: „Ich hoffe nur, du hast dafür nichts getan was dir leid tut sobald du wieder nüchtern bist?" Gerlinde wischte sich einmal über den nassen Mund und grinste breit: „Wasch – bissu eifersüchtig, ej? Ej? Büschde doch! Ej!" Jens wurde schlecht: „Bei Radbods grauem Haar! Jetzt riech ich es erst! W-was zum Grasbrok-Henker ist denn das für ein Gesöff?!"

„Schlammwurz-Gebrannter, sagen se zumindest. Kannschte den Boden mit *wichschen*! W-Wischen! Tschuli‘je." Jens glaubte es sofort und Hinnerk half ihm Gerlinde in die Labskaus zu verbringen wo sie – einige gelallte Lieder später - erstmal ein lautstarkes Nickerchen machte. Puk seufzte, da er nun eh nicht mehr einschlafen konnte. Jens tat es ihm (im Seufzen) gleich während sie und die Treidler die Labskaus für den Transport mit dem Ochsengespann vorbereiten und die Seile vorne an der Labskaus vertäuten: „Ich weiß bis heute nicht ob sie eine Hilfe oder eine Belastung ist..." Hinnerk lächelte: „Na so wie du dabei grinst ist sie beides zugleich." „Stimmt wohl." Eine Hand voll Treidler begleitete den Ochsenkarren und alle waren sie mit Äxten oder kurzen Sax-Klingen bewaffnet. Zwei davon trugen sogar leichte Kettenhemden älterer Machart und dazu zugehörige, klassische Spangenhelme aus gotischer Fertigung.

Jens fragte sie: „Erwarten wir Ärger?" Einer der Treidler nickte grimmig: „Aje, Herr Janssen. Es ist viel Wendenpack unterwegs. Zwar nicht so viel auf der Westseite, aber immer mal wieder greifen sie auch hier Schiffe an. Besonders, wenn sie so langsam den Fluss entlanggezogen werden wie wir jetzt." Jens war neugierig: „Wieso seid ihr mit dem Preis heruntergegangen?" Der Kerl grinste breit: „Das kannste die Braut am besten selber fragen. Ich sag dazu nichts. So. Dann Abmarsch! Und haltet die Augen offen! Der Elbewald ist voll miesem Gesockse!"

Der Kaufmann beschloss Gerlinde bei passender Gelegenheit nach ihren ‚Verhandlungen‘ zu fragen. Dumpfe Vorahnungen quälten seinen Verstand als er erstaunt feststellte dass er sich ernsthafte Sorgen um ihr Wohlbefinden machte. Nicht, dass sie nicht auf sich selbst aufpassen konnte, aber sie sollte auch nicht zu viel riskieren.

Der Hauptmann der Hamburger Wache, Lambert Hasborger, stellte sich hinter Viktor Patuschke, welcher sich gerade eben die Seele aus dem Leib gebrüllt hatte. Seine Stimme war heiser geworden da sie nicht gewöhnt war so lang und laut zu tönen. Aber niemals zuvor hatte Viktor solch eine Erleichterung empfunden und er sagte mit Tränen in den Augen: „Danke. Es musste raus." „Dankt mir nicht zu früh, Viktor Patuschke. Ich bin immer noch Hauptmann der Wache und muss euch jetzt festnehmen. Wegen Bestechung und Erpressung." „Jaja, der berüchtigte Hasborger. Das ihr einem wie mir ratet meine Liebe zu gestehen?" „Es war nur dumpfe Ahnung. Bild dir nicht zu viel darauf ein, Junge."

Viktor lächelte: „Die Dinge ändern sich also doch. Auch für mich? Haha, wär schön!" Er runzelte die Stirn bis der Hauptmann sagte: „Du weißt schon dass du hier nicht ohne Strafe herauskommen wirst, oder? Das Gold für Ostrak hin oder her: Es wäre für dich am besten ich nehme dich fest. Wer weiß ob sie dich nicht doch noch abstechen? Allein für den Fall, dass du noch mehr Münzen bei dir trägst..." Der Kaufmann nickte, mit Blick auf die im Morgenlicht glitzernde Elbe unter sich: „Es war es trotzdem wert. Mehr als das sogar."

Lambert war in der Tat beeindruckt: „Und all das nur für ein Weib dass du kaum kennst?" Viktor Patuschke schüttelte leicht den Kopf: „Ich kenne sie gut. Und sie verkörpert für mich etwas. Denn ich bin weder stark, noch schön - nicht einmal sonderlich intelligent, obwohl ich mir was anderes einbilde. Ich bin auch kein Held. Nur einer von den Abertausenden, die bedeutungslos im durchschnittlichen Strom der Gezeiten umherschwimmen. Die kommen und gehen, ohne große Wellen zu schlagen. Aber jetzt gerade habe ich einmal etwas Großes vollbracht! Einmal etwas das Auswirkungen haben wird, welche wir jetzt noch gar nicht überblicken können! Es ist nicht nur ‚Gerlinde das Weib'. Auch wenn ich sie sehr mag. Nein, es ist das wofür sie steht. Ich halte dieses graue Dasein nun keinen Tag mehr aus, keine Stunde, nicht einmal einen *Augenblick*! Es ist als hätte ich die Tür aufgestoßen, raus aus meinem kleinen, dunklen Kerker hinaus auf eine grüne, fette Weide. Alles in mir will nur noch raus, weg von hier, frei sein! Weg vom Gleichen, von Gleichgültigkeit und Arroganz, von falschem Spiel, Lügen und Tristesse."

Patuschke grinste den Hauptmann breit an: „Dafür gehe ich auch gerne ins Gefängnis. Denn wenigstens ist es für etwas, auf dass ich wirklich stolz sein kann." Lambert schwieg zunächst und erzählte schließlich: „Nun, die einzige Zeit in der ich wirklich zufrieden war hat man mir madig gemacht, bis ich selbst ‚madig' wurde.... Doch seit gestern Nacht kann das nicht mehr so bleiben. Die Schuld meiner Verbrechen lastet schwer auf mir…" Viktor Patuschke drehte sich zu dem kahlgeschorenen, narbengeprägten Krieger. Der muskulöse Hauptmann wirkte nun nicht wie ein Schlächter, sein Blick war mehr der eines verlorenen Kindes. Wie jemand, der aus einem dunklen Kerker entlassen worden war nach Jahren der Misshandlung und dabei vergessen hatte wie man sich normal verhielt. Er schluchzte: „Ich habe… auf Kinder… schießen lassen. *Auf Kinder*! Bei Gott… Perle, ich…" Viktor erbarmte sich und nahm ihn in den Arm.

„Nun, Freund.", sprach er und wunderte sich über seine eigene Ruhe: „Es scheint, als wären wir beide heute morgen aufgewacht." Lambert lächelte zum ersten Mal seit dem Tag, an dem man ihn beinahe zu Tode geprügelt hatte; nur weil er Leuten unentgeltlich helfen wollte, im Dienst vom geselligen Mann. „Ich hatte ganz vergessen, wie es ist." Viktor klopfte ihm aufmunternd auf die Schulter, holte tief Luft und sah ein letztes Mal die Elbe hinunter. Die Labskaus war nun fort. Ihm blieb vorerst wieder Hamburg und dessen Kerker. Aber dies waren die Momente die einem ewig in Erinnerung blieben. Für die rational Denkenden war es klar eine selten große Dummheit, für ihn selbst aber das Beste und Größte was er je getan hatte. Und das konnte ihm nun niemand mehr nehmen. Am Ende gehörte er doch noch zu den ‚Furzenden Bohnen der Freiheitsliebe'.

„Gehen wir, Hauptmann. Je eher ich im Kerker sitze desto eher kann ich wieder raus. Es gibt noch viel zu tun." Der Hasborger führte ihn ab und der blutende Ostrak ließ es zähneknirschend geschehen. Er hatte ohnehin genug mit seinen eigenen Leuten zu tun, die sich immer noch wie wildgewordene Hühner um die vielen, dreck-verschlammten Münzen prügelten…

Eldermann Bruno von Huse konnte die Zerstörung seiner Stadt immer noch nicht zur Gänze fassen. Es war eigentlich undenkbar und doch (oder just deshalb?) geschehen, allen Schutzvorkehrungen zum Trotze. Nicht dass ihm oder seinen Ratsherren sowie dem Rest der reichen Patrizier etwas zugestoßen wäre, aber nun saßen sie in der Falle, und standen gleich auf mehreren Ebenen mit dem Rücken zur Wand gepresst.

Die Ratsherren hatten inzwischen im Erdgeschoss der Hammaburg provisorisch Stellung bezogen und Tische und Stühle heranbringen lassen um dort einen Kommandoposten zu betreiben. Zettel flogen flatternd durch die Luft und Handwerker stellten Balken auf um die entstandenen Schäden an der Hammaburg schleunigst zu reparieren. Immer wieder bröckelte etwas Wandverputz oder Farbe von den großen Fresken byzantinischer Maler herunter auf die Unterlagen. Darauf standen Zahlen von den entstandenen Schäden, den Verlusten, dazu Beschwerden der reichen Patrizierinnen wegen *Lärmbelästigung* und dergleichen mehr.

Der Eldermann überließ es seinen Ratsherren die Kleinstarbeit zu erledigen, darunter befanden sich Henning von Murkelen, Niklas Knebel und Peter Klimper. Er selbst schloss kurz die Augen und erinnerte sich an das turbulente Geschehen der letzten Wochen. Von draußen auf dem Marktplatz kam inzwischen keine Musik mehr. Die illustre Feier, welche der Rat während des brutalen Aufstandes organisiert hatte; hatte ihr jähes Ende mit der Explosion in den oberen Etagen der Hammaburg gefunden. Seitdem war alles sehr ruhig geworden, besonders im sicheren Innenviertel.

Das uneinnehmbare Bollwerk der Hammaburg war zwar derart gebaut dass es Jahre der Belagerung widerstehen konnte allerdings gab es nun nichts mehr zum Beschützen. Die Verträge waren allesamt hundermal mehr wert gewesen war als alles Gold und alle Mauern und Rüstungen der Welt. Nun waren sie zu Asche und Rauch verbrannt. „Der ‚große Vertragsbrand von Hamburg' so wird man ihn nennen. Diesen miesen Tag...", murmelte der bucklige Eldermann; oberster gewählter Repräsentant des einflussreichen Handelsbundes nahezu aller Städte in West- und Ostsee, der großmächtigen Hanse.

Erst wenige Tage zuvor hatte er mit den anderen Bürgermeistern den wohlmöglich größten und umfassendsten Vertrag aller Zeiten verabschiedet. Und Bruno hatte an alles gedacht: An eigenes Geld, welches sie selbst nach Belieben herstellen konnten; an die geistig-mentale Kontrolle der aufmüpfigen Elemente durch das Anwenden des römisches Prinzips von Teilen und Herrschen - ja, sogar die ‚Indoktrination der Kinder im Sinne von willigen Arbeitern und Konsumenten' war darin festgelegt! Als das hätte die Hanseaten göttergleich über alle anderen erhoben, mit mehr *faktischer Macht* als alle Fürsten und Könige! Die Fäden aus unsichtbarer Sicherheit spinnend, mit Marionetten-Heeren aus vorgeschobenen, gewählten Repräsentanten wie er selbst einer war und nun auch bleiben würde. Doch dieser göttliche Traum war nun zerplatzt.

Alles begann mit den idiotischen Aufständen im Armenviertel, den Bränden und einem durchgeknallten Irren der sich selbst großspurig ‚Geist der Freiheit' nannte. Welch ein Hohn! Seinem brandstifterischen Treiben folgte aber ein großer Aufstand im Armenviertel, dicht gefolgt von einem Aufstand der Seeleute im Hafenviertel. Angezettelt wurde dieser Aufstand widerum von den Hafenhuren unter irgendeiner ‚Perle', die inzwischen als Märtyrerin gefeiert wurde. Der alte Seebär Tomsen ‚Piepenroker' Sanders hatte nun das Oberkommando über den Hafen.

Doch damit nicht genug: Es öffneten sich am gestrigen Abend simultan alle Tore zum Zunft- und Marktviertel, in welchem nur wenige Stunden zuvor ein bizarrer Tanzrausch ausgebrochen war, welcher wohl in der Handelsborse ihren Anfang nahm. Sie nannten es das ‚grüne Fieber'. Die Borse selbst lag nun in Schutt und Asche, war förmlich *explodiert*. Alle Händel mit Parten und Wetten lag völlig brach. Der Aufstand brach über die ganze Stadt ein und nur die vom schwarzen Storch befestigte Innenstadt konnte dem Angriff der ‚Könige der brennenden Stadt' noch wirksam trotzen.

Von Huses Anordnung war es darum sofort, niemanden mehr einzulassen und die Tore besonders stark zu bewachen während er zeitgleich eine Nachricht mittels Botenmöwen an Menno von Bismark und Graf Moritz schickte, in welcher stand, dass diese die Stadt am nächsten Tag in einer gemeinsamen Zangenbewegung stürmen und wieder für Ordnung sorgen sollten. Die Menschen brauchten jetzt wieder ein brutales Exempel um die inzwischen vergessenen Machtverhältnisse für alle klar zu ‚reformieren'. Darum hatte von Huse auch keine extenzielle Angst gehabt. Noch nicht einmal, als die Hammaburg von den Schlägen einer pflanzenartigen Bestie namens Naudreyacello erschüttert wurde, welche aus den Gold- und Silberkellern emporstieg und sich durch die Grundstruktur der Burg zu fressen drohte. Dieses gefährliche Urwesen zerstörte viele der Kerker und Folterkammern welche sich noch über den Schatzkammern befanden und tötete so manchen der Wachleute, welche der Eldermann mit dem schwarzen Storch in den Kampf schickte.

Letzterer aber schaffte es mit Müh und Not die Kreatur in die unteren Etagen zurückzutreiben, noch während die Gefangenen wie Wahnsinnige durch die Trümmer geisterten und jeden angriffen der ihnen zu nahe kam. Noch heute war der Kampf nicht ganz ausgestanden und das Naudreyacello hatte sich wohl ins tiefste Erdreich zurückgezogen, hoffentlich für immer.

Aber selbst all das zusammengenommen war nicht so schlimm gewesen wie die Explosion in den oberen Etagen der Hammaburg, wie der Vertragsbrand. Dort hatte der große Vertrag gehangen und neben ihm vielen tausend andere, welche der Hanse erst ihre Vormachtstellung sicherte. Nun aber waren sie verbrannt und Drömel Störtefad, der lumpige Likedeeler und Sohn des Störtebekker hatte es höhnisch hinausgebrüllt: „Die Verträge sind nicht mehr! Ihr seid frei! FREI!" Die Stadt hatte danach zu einer Ruhe gefunden, die dem Eldermann weit weniger behagte als der tosende Tumult zuvor. Ratsherr und oberster Richter, Peter Klimper, bemerkte dies ebenfalls mit den Worten: „Mir wäre es lieber wenn sie weiterkämpfen würden. Es riecht verdächtig nach *Einigkeit*. Und nach Aushandlung neuer… *Verbindungen*."

Ratsherr Niklas Knebel war indes schon wieder fleißig dabei und kritzelte neue Verträge für die künftigen Verurteilungen diverser Rädelsführer um damit einen Keil zwischen die vereinten Mengen zu treiben. Er stotterte: „K-keine Sorge. Es wird nicht lange halten! H-heut schon kommt der Moritz und dann wenden sich die Menschen an uns um sie vor *ihm* zu retten! Es wird – hehe – alles so wie vorher, ihr werdet sehen. Hier bitte, Peter. Ist nicht wasserdicht aber reicht für das Packvolk." Er überreichte Klimper den eiligst gekritzelten Vertrag. „Es ist eine ‚Anordnung gemäß der notwendigen Hinrichtung von aufrührerischen Elementen im Rahmen der Wiederherstellung von Recht und Ordnung in der Hansestadt Hamburg'. Wir töten einfach die Schlimmsten und der Rest wird es schon nicht mehr wagen sich aufzulehnen. Denn alle wollen ja leben, nicht wahr?!"

Peter Klimper verzog angewidert das Gesicht. Knebel war schon immer etwas labil gewesen aber nun zeigten sich klar die Grenzen seiner Belastbarkeit. Peter indes – als der oberste Richter der Stadt – blieb komplett ruhig und war nun auch der mächtigste Ratsherr in Hamburg; nun da Joffe Schmuhling nicht mehr da war: „Kriegt euch wieder ein, Knebel. Es ist für alles gesorgt." Von Huse öffnete wieder die Augen: „So ist es. Diese Rebellion wird heute im Keim erstickt. In gewisser Weise ist es sogar gut. So können wir unsere Position neu konsolidieren und ganz legitim all die Gegenstimmen ausradieren, die uns sonst noch belästigt hätten. Nun haben sie uns selbst einen Vorwand geliefert um dies zu tun und sie einzustampfen." Klimper nickte: „Genau. Und juristisch ist das auch kein Problem. Wir verhängen einfach den ‚Notstand'. Dagegen sagt dann keiner was."

Ein Botschafter kam jetzt herbeigeilt und trug die Hamburger Nachrichtenmöwe auf seiner Schulter. Er überreichte das mitgebrachte Schreiben dem Eldermann mit zitternden Fingern. Von Huse beäugte ihn scharf, so als wollte er ihn für den Inhalt der Nachricht persönlich verantwortlich machen. „E-Eine Botschaft von Reichsadmiral Bismark, Herr von Hu-Hu-Huse..." Mit einer Handbewegung entließ dieser den übermüdeten Boten. Ratsherr Klimper schüttelte den Kopf: „Gutes Personal ist heute schwer zu finden. Aber wenigstens sind sie billig. In Relation natürlich." Niklas Knebel lächelte nervös: „N-nun? Was sagt der olle Bismark? Greift er jetzt an? Wie ist es sein P-Pl-Plan?"

Klimper erklärte: „Von Moritz haben wir die Antwort ja schon. Oder wird der gute Reichsadmiral doch zu alt für seine Aufgabe? Vielleicht sollten wir den Kaiser bitten?!" „Schnauze!", befahl von Huse laut. Umgehend wurde es still in der geschäftigen Halle. Seine Augen wanderten unstet über das von Salzwasser benetzte Papyrus. Sein Blick wurde mit jedem Moment finsterer und finsterer. Keiner wagte es mehr zu atmen, so intensiv war sein Lesen allein. Dann legte er das Papier zu Tisch, stemmte sich darauf und starrte auf den Haufen vor sich, sah ihn aber nicht an. Sein Blick war hohl.

Seine Stimme war nur oberflächlich beherrscht: „Er wird nicht angreifen..." Klimper sprang auf: „Was?" „ER WIRD NICHT ANGREIFEN! DIESER HURENBOCK WIRD NICHT ANGREIFEN! IST DAS SO SCHWER ZU BEGREIFEN!?" Der oberste Richter tat einen Schritt zurück sodass sein Stuhl umkippte. Niklas Knebel sah sich irritiert um: „A-Aber das *muss* er doch?! Er soll unsere Interessen wahren, das ist der

Vertrag von…" Von Huses Blick strafte ihn Schweigen. Er schnaufte und rieb sich die Brust, insbesondere die linke Mitte wo sein Herz gegen die Rippen pochte. „Nun, es ist es ja auch nicht so wichtig. Mit dem Angriff von Moritz kommt das alles in Ordnung." Knebel nahm das Schreiben und las es selbst nochmal nach. Darin stand:

„An den großen Rat der Stadt Hamburg unter Lukas ‚Wattekopf' Ybing sowie den ehrenwerten Eldermann Bruno von Huse, gewähltes Oberhaupt der Hanse.

Folgendliches sei kundgetan: Wer nicht Maß halten kann wird alsbalden maßgeregelt. Einfache Regeln nach welchen selbst die Tiere leben. Was braucht ihr mehr als ihr schon habt? Was braucht ihr mehr als schon genug? Der Schnitter gibt euch keinen Rabatt, ihr maßt euch Zuviel an wenn ihr dies denktet.
Der ‚gesellige Mann' hingegen bedeutet einen möglichen Weg aus dem Joch einer künstlichen, im Grunde unnötigen Abhängigkeit; die schlimmer als die der Fürsten noch, da unpersönlich und versteckt. Das passt euresgleichen nicht weil ihr sodann erkennen müsstet was für Verbrecher ihr im Wesenskerne seid. Sodann werde ich, Reichsadmiral Menno von Bismark, eurer Anordnung zum Sturmangriff auf den Hafen nicht Folge leisten. Denn alle Reichsbürger haben höheres Recht auf ihr Leben als euresgleichen auf eure Maßlosigkeit.
Der große Vertrag, von dem mir berichtet wurde, bestätigt mir zudem jeden Verdacht welchen ich schon seit Längerem hege und vor dem mich Eldermann Flottmann noch am Sterbebett noch warnen wollte. Ihr seid die wahren Verbrecher indem ihr gegen althergebrachte Sitten des Anstandes und der völkischen Gerechtigkeit verstoßt und dies mit eiskalter Berechnung und Schmeichelei umzusetzen gesucht. Ihr seid nichts besser als ein Schmuggler wie Lassmann, seid Verräter an der Reichskrone, dessen Diener ich in erster Linie sei, vom Kaiser berufen und in Treue ernannt.
Aber ihr seid auch allesamt kluge Kaufleute und Händelsleut wie jeder wisse. Also handelt und verhandelt mit den Leuten. Sie warten schon sehnsüchtig auf euer Angebot, ich weiß es. Der ‚gesellige Mann' wird ewig wiederkehren, denn es ist ein Traum aus Leben geboren. Ihr müsstet euch schon selbst entleiben um ihn vollends zu bezwingen. Dies hielte ich persönlich jedoch für ein Verlustgeschäft, doch ihr seid die

Fachkundigen in Händeldingen, nicht ich. Ich bin zu alt für diese Dinge. Lebet wohl und stellt mal beizeiten den Abakus beiseite und redet wieder mit den Menschen. Darin liegt ein potenziell großer Gewinn verborgen. Für uns alle.

Gezeichnet: Reichsadmiral Menno von Bismark"

Von Huse stapfte mit verkniffenem Mund nach draußen ins Freie und stieg auf die nördlichen Mauern. Er sah die Hauptstraße hinunter bis zum Tor des verlorenen Hafenviertels. Im Morgennebel waren Bismarks Schiffe am Horizont kaum mehr auszumachen, dafür aber die Schiffe des geselligen Mannes welche im Hafen dümpelnd auf diesen Angriff gewartet hatten. Sie setzten nun ihre Segel, waren frei. Menno von Bismark hatte sie in Kenntnis gesetzt und nun handelten sie auf eigene Faust, warteten nicht einmal die Verhandlungen mit dem Stadtrat ab! Sie übergingen die großmächtige Hanse einfach.

Die Ratsherren Knebel und Klimper waren ihm gefolgt: „F-Fliehen sie schon? Auch nicht schlecht, oder?", fragte Knebel vorsichtig und Klimper zog es vor zu schweigen. Von Huses Finger krallten sich in die Zinnen fest: „Die meisten bleiben und werden das Hafenviertel weiterhin besetzt halten. Und das ist die Hauptschlagader dieser vermaledeiten Stadt!"

Peter Klimper straffte sich: „Moritz wird auch sie beseitigen. Ganz sicher." Von Huse knurrte: „Das wird er nicht. Er wird eher alles in Schutt und Asche legen! Die Söldner-Hunde welche Oldenburg angeheuert hat um die Verluste in der Schlacht bei Wittmund gegen die Friesen auszumerzen sind allesamt von minderer Qualität. Kaum mehr als ein gieriger Haufen Mörder, Herumtreiber und Vergewaltiger! Gegen die Hafenleute und deren Entschlossenheit werden sie nicht ankommen… Und falls doch wird der Hafen mehr Schaden nehmen als wenn Bismark einfach seinen Teil der Verpflichtungen eingehalten hätte. Hamburg würde um Jahre der Entwicklung zurückgeworfen werden!"

Brunos Wangenknochen malten und er schielte erneut zu dem hässlichen Loch, oben in der Hammaburg. Noch immer flatterten verkohlte Verträge heraus und der schwarze Qualm stieg den roten Morgenhimmel empor…

Peter Klimpers Augen wanderten unstet hin und her: „Aber was wollen wir dann tun,

Eldermann? Wenn doch erst Moritz die Kontrolle über die Stadt zurückerlangt hat, dann…" Von Huse lachte auf: „*Kontrolle*?! Hier steht alles auf Messers Schneide du Narr! Nur ein dummer Gedanke, nur eine naive Frage kann uns heute alles kosten wofür Generationen von Ratsherren und Patrizier zuvor gekämpft haben! Kontrolle! Wir… wir müssen retten was zu retten ist. Moritz soll den Angriff abblasen, *sofort*! Und macht eine Eskorte für mich bereit! Ich gehe selbst hin und rede mit Sanders. Der Handel muss weitergehen! Um jeden Preis. Verluste machen wir sowieso schon zu viele. Das könnte uns jetzt sonst das Genick brechen!"

Klimper und Knebel sahen einander skeptisch an, aber auch sie wussten keine Alternativen. Hamburgs Zerstörung durch ‚hyänische' Söldnerhorden bedeutete auch ihr Ende, soviel begriffen auch sie. Eine Stadt welche nur noch aus einem reichen Innenviertel bestand würde nicht lange überleben. Von Bismarks Verrat hatte all ihre bisherigen Kalkulationen durcheinander gewirbelt und der gesellige Mann war damit gerettet. Aber Bruno von Huse würde einen Teufel tun es dabei bewenden zu lassen und die Zeit würde für ihn arbeiten. Davon war er mehr als überzeugt denn die Hanse war nicht die einzige Macht die sich derzeit über die alte Ordnung erhob…

Süd-östlich von Hamburg, Fluss Elbe

Den ganzen Tag über treidelten sie gemächlich die Elbe hinauf wobei Hinnerk es nicht schnell genug gehen konnte und er die Treidler zusätzlich unterstützte und das Schiff kräftig mitzog. Jens indes beschloss dass es schon eine Hilfe war wenn er ausstieg und neben dem Schiff herlief, da sein Gewicht sie damit nicht zusätzlich belastete. Die Nähe zum düsteren Elbewald machte ihn jedoch nervös und die Treidler selbst hatten auch keine erbaulichen Geschichten darüber zu erzählen. Von Lindwürmern, Menschenfressern und wilden Barbaren war bei ihnen die Rede. Von Wilden, welche den Gefangenen die Haut abzogen und sie bei lebendigem Leib ihren blutdürstigen Götzen opferten und dabei ihr noch pochendes Fleisch aßen.

Auf die Frage hin ob die Sachsen und Wenden (welche im Wald lebten) nicht inzwischen christianisiert wären zuckten die Treidler nur mit den Schultern und meinten, dass dies für jeden gelte wenn man ihm ein Schwert auf die Brust setzte. Im besten Falle waren die Waldbewohner oberflächlich missioniert worden im Herzen aber immer noch Heiden mit alten Götterbildern und blutgestützter Zauberkraft. Dieser ungewöhnliche Umstand rührte noch von den Sachsenkriegen her, als Karl der Große gegen den Sachsenherzog Widukind Krieg führte und sie alle, wie dereinst die Friesen, mit dem Schwert zum christlichen Glauben bekehren wollte. Die alten Sachsen hatten die Missionierung aber sofort als Vorstufe zur späteren Versklavung verstanden und ihre Freiheiten bis heute verbissen verteidigt, auch wenn sie offiziell besiegt waren und Widukind die Taufe letztlich annahm.

Die Sachsen waren Meister des tückischen Waldkampfes und mit ihren kurzen Sax-Klingen und tödlichen Langbögen vermochten sie es sich auch gegen die schweren fränkischen Speere, Kettenhemden und Spatha-Schwerter zu behaupten. Die berühmte ‚Martell-Garde' der Franken konnte seinerzeit ihre schwere Reiterei hier nicht zum Einsatz bringen; zu unwegsam war das bewaldete Gebiet, zu tückisch waren die Sachsen mit ihren Hinterhalten. Sie kämpften wie einst Arminius gegen Varus Legionen kämpfte.

Erst als Widukind das langsame Ausbluten seines Volkes nicht mehr mitansehen konnte und wie es zwangsumgesiedelt werden sollte, ließ er sich taufen. Er selbst verschwand danach aber wie vom Erdboden. Man sagte, er führte den Widerstand aus dem Geheimen weiter, bis heute. Seitdem gehörte das Sachsenland entlang der westlichen Elbe offiziell zum fränkischen Reich Karls, welches später dem Ostfränkischen und dann dem heutigen Kaiserreich zufiel. Aber in diesen Wäldern lebten immer noch jene alten Bündnisse weiter welche den alten Herzog in Ehren hielten und dabei Freiheiten genossen, welche denen der Friesen sehr wohl gleich kamen.

Wie die Chauken auch lebten vornehmlich Arianer in dem Wendenwald und ihre Treue galt darum direkt dem Kaiser, nicht erst Kurfürsten, Bischöfen, der Kirche, Baronen oder Grafen. Sie bildeten ‚freie Reichsgebiete' welche keiner Familie oder Dynastie gehörten sondern einzig dem Kaiser direkt unterstanden. Insofern waren sie die natürlichen Verbündeten der Friesen. Jens hoffte nur, dass die Waldbewohner dies auch wussten.

Am Abend des zweiten Tages machten sie eine längere Rast am Westufer der Elbe und fütterten die schnaufenden Ochsen. Jens pflegte Puks Verbrennungen mit einigen Salben während Hinnerk angespannt in den Wald hinausstarrte und Gerlinde mit den Treidlern ein Würfelspiel aus kleinen Knochen spielte. Jens war von Puks Geräuschlosigkeit irritiert als er die aufgeplatzte Haut entfernte und mit arg brennenden Heilkräutern belegte. Runa hockte dabei auf seiner Schulter und beobachtete seine Tätigkeiten mit Argusaugen, gab hin und wieder weise Ratschläge.

Jens lächelte: „Du darfst ruhig eine Reaktion zeigen, Puk. Ich weiß nicht, ob ich das hier richtig mache." Puk schüttelte höflich den Kopf: „Die Verbrennungen waren weitaus schmerzhafter. Das und keine Luft mehr zu kriegen... Ich werde wohl noch eine Zeit lang schwarze Klumpen husten müssen. Aber ihr macht das sehr gut, Herr Janssen. Achja und ihr braucht auch nicht so behutsam zu sein. Ich bin ja nicht aus Zucker." Jens seufzte: „Gut für dich. Denn sonst würde Leevke dich sofort auffressen, he… Ich kann ja mal Hinni fragen ob er übernehmen will?" Puk schien daran interessiert, aber Jens winkte ab: „Aber das würdest du wohl kaum überleben. So. Das sollte vorerst halten." Jens zurrte den Verband um Puks Fuß fest. Runa flatterte herab und bestätigte den Verband mit einem Nicken: „Jaja, ganz manierlich. Gut gemacht, Lehrling-Jens! Das mit zerriebenem Wundzweig versetzte Schleimkraut sollte die Neubildung von Hautpartikeln begünstigen!" Jens kratzte sich am Kopf: „Wenn du das sagst? Allerdings befürchte ich dass davon Narben bleiben werden. Wenn wir noch was von Leevkes Heilwässerchen hätten würde es sicher schneller verheilen." Puk nickte: „Ein Grund mehr sie zu retten."

Jens fragte nach draußen: „Und, Meister Guck? Ist da draußen etwas?" Hinnerk drehte sich nicht um: „Eine ganze Menge sogar. Der Wald kreucht und fleucht wie nichts Gutes. Hab auch schon eine fette *Fingerspinne* durch die Äste fliegen sehen!" Jens bekam schlagartig eine Gänsehaut: „Oh Gott. Warum musste ich auch fragen. Behalt deine Horrorgeschichten für dich, ja?" Puk blickte fragend: „Fingerspinnen? Die sind mir nicht geläufig." Jens Nackenhaare stellten sich auf: „Sei froh darum. Bähhhh…. Muss ich das erklären?!" Er seufzte als er Puks unschuldig-neugierigen Blick nicht widerstehen konnte: „Also. Stell dir eine Spinne vor die vor allem aus dünnen, schwarzen Beinen besteht." Puk nickte wie ein gelehriger Schüler: „Klingt nicht so schlimm." Jens lachte auf: „Nicht bis du sie in Bewegung siehst. Sie können stundenlang regunglos in einer Astgabel hocken wie ein zusammengeknülltes Stück Papyrus, aber sobald sie Beute wittern, springen sie auf, rennen flink mit ihren überlangen, dürren Beinchen und stülpen sich über ihre Opfer. Dann beißen sie sich mit ihren kräftigen Giftzangen an deiner Kopfhaut fest und saugen dir das Blut aus, so kraftvoll, dass du ohnmächtig werden kannst! Dann krabbeln sie so schnell wie sie gekommen sind wieder in ihr Nest zurück; den Leib voll mit deinem Blut… Widerliche, flinke Biester! Zum Glück sehr selten. Sollen aber schon manchen ‚das Gehirn ausgesaugt' haben. Diese armen Schweine bleiben dann als eine Art Untote zurück. Aber sie sind es nicht. Schrecklich."

Jens sah nicht, wie Hinnerk ein breites Grinsen über die Lippen huschte. Er hatte in Wahrheit gar keine Fingerspinne gesehen und wollte Jens nur foppen so wie er es gerne mal machte. Trotzdem hatte er wirklich merkwürdige Bewegungen im Unterholz des Waldes erblickt. Etwas war da draußen und beobachtete sie. Hungrig.

Sie teilten bei Einbruch der Dunkelheit die Wachen ein und errichteten ein kleines Lager am Ufer nahe beim Schiff. Doch kaum war es ruhiger geworden, als auch schon tiefes, dumpfes, rhythmisches Trommeln aus dem Wald ertönte. Die Treidler waren schnell auf den Beinen und auch Hinnerk war umgehend wach, Pakhaou bereit. Jens warf sich unruhig in seiner Hängematte auf der Labskaus hin und her und träumte von Fingerspinnen im Haar, als Gerlinde ihn wachrüttelte. Zusammen mit dem ebenfalls hellwachen Puk gingen sie hinaus in eine düstere Szenerie. Vor ihnen lag der undurchdringlich, pechschwarze Wald wie ein knisterndes Ungetüm. Das Trommeln wurde stetig lauter und schien bald von allen Seiten zu kommen.

Die Treidler beruhigten gerade die Ochsen als einer von ihnen das Trommeln erkannte: „Das sind keine Wenden oder Sachsen." Jens, der es nicht wagen wollte zu brüllen, fragte leise: „Was sind sie dann?!" Aber noch bevor der Treidler antworten konnte, raschelte und knackte es im Unterholz und ein Hornstoß dröhnte bleiern über das kleine Lager hinweg. Hinnerk, die Treidler, Gerlinde und Puk machten sich jeweils kampfbereit und Jens holte ebenfalls sein Zauberbuch hervor, schlug es vorsichtshalber auf. „Was wir bräuchten ist mehr Licht.", flüsterte er Runa zu und diese stieß mit ihrem Schnabel auf die passende Seite: „Versuch das hier, Lehrling! Los!" Jens las die simplen Runen vor aber viel mehr wollte er nicht wagen. So nützlich die Magie sein konnte so wankelmütig war sie auch und konnte schnell in einer Katastrophe enden. Jens konnte zudem keine ‚eigene Magie' kanalisieren, sodass er mit seinem Finger über die Buchseiten gleiten musste um die benötigte Initiations-Kraft aufzunehmen. Je mehr er dabei auf seinen Finger ‚lud' desto mehr zuckte dieser unter der eigenwilligen Magie, wurde irgendwann unkontrollierbar, seinem Gehirn fremd. Runa fiepte: „Das reicht! Genug!" Jens nickte und reckte den rötlich glühenden Finger in die Luft. Er sprach: „Glünze, glünze Sternenzelt! Glünze über'm ganzen Feld!"

Wie so oft verharrte die Magie einen Moment in stiller Andacht, so als würde sie abwägen ob sie dem Befehl Folge leisten oder nicht lieber Jens und alle Menschen in Brand stecken sollte. Sie entschied sich dann für ersteres und schoss bogenartig zum Wald wo die rote Leuchtspur sich mehrfach aufteilte und ungezählte Glühkörperchen bildeten, welche den Wald in gespenstisch-rötliches Licht tauchten.

Keine Sekunde zu früh denn schon stürmten dutzende Feinde heran. Die bulligen, zweibeinigen Angreifer waren etwas kleiner als ein Mensch aber breiter gebaut und mit drei klobigen Fingern an den Händen. Sie waren in Felle und Lumpen gehüllt und schwangen krude Schilde, Knüppel und veraltete Kupferäxte. Ihr Schnaufen und Grunzen passte zu ihren breiten Schweinsköpfen mit den Hauern. Hinnerk erkannte, dass er es nicht mit Meistern der Kampftechnik zu tun hatte sondern mit Wesen die vor allem auf rohe Gewalt setzten. In ihren kleinen, schwarzen Augen blitzte es gierig, und einer der Treidler brüllte: „Pyrk-Überfaaalllll!"

Ein heftiger Kampf entbrannte jetzt am nächtlichen, roterleuchteten Ufer. Jens war geistesgegenwärtig (und inzwischen auch abgehärtet) genug um seine Schiffswaffe; ein kleines, mobiles Treibend-Werk, zu laden und mitten in die Horde abzufeuern. Der von ihm anvisierte Pyrk wurde frontal in der Brust getroffen und von der Wucht des Geschosses gegen einen seiner Kollegen geschleudert, der sofort mit aufgespießt wurde. „Guter Treffer!", lobte Gerlinde. Die Treidler, Hinnerk und Puk schlugen sich indes wacker im Nahkampf, wobei Hinnerk mit dem grün leuchtenden Pakhaou eine besonders blutige Schneise durch die pyrkischen Reihen schlug. Arme, Beine, Köpfe flogen in hohen, blutigen Bögen. Puk seinerseits setzte auf schnelle Attacken und seine Wendigkeit welcher trotz seiner erst kürzlichen Verwundung immer noch fast übermenschlich war. Gerlinde indes warf wieder ihre Messer und nutzte dabei vor allem ihre beiden Exemplare welche mittels elastischen Seilen an ihren Unterarmen befestigt waren und so immer wieder zu ihr zurücksprangen. Auch die Treidler schlugen sich wacker. Man merkte dass dies nicht ihr erster Kampf gegen die wilden Schweinemenschen war.

Die grunzenden Pyrks stiegen jedoch einfach über ihre Toten hinweg. Ihre Haut war zäh wie Leder und ihre Muskeln und das viele Fett wirkten wie eine zusätzliche Schutzschicht, glich einem Lederpanzer. Lange konnte das nicht so weitergehen, stellte Jens fest und zur Not mussten sie alle in die Labskaus fliehen. Zum Glück galten Pyrks allgemein als miserable Schwimmer denn sie waren eigentlich Grubenbewohner. Was sie im Wald machten war eine ausgezeichnete Frage zu deren Beantwortung Jens aber derzeit die Muße fehlte.

Ein besonders breiter Vertreter der Pyrks trat schließlich vor als die anderen nicht zum Schiff durchbrechen konnten. Sie zogen sich demütig vor dem Koloss zurück. Dieser ‚Riesenpyrk' war gänzlich in eine fellbewehrte Rüstung gekleidet, hatte größere Hauer als der Rest und trug in den massiven Händen eine übergroße Stachelkeule. Seine kleinen, tiefliegend roten Augen verliehen ihm ein dämonisches Aussehen und außerdem sabberte er in einem zu. Er brüllte so laut dass selbst Jens noch seinen stinkenden Atem vernehmen konnte und ihm davon schwindelig wurde. Es roch nach Verwesung. Die Kreatur grunzte in gebrochenem Tedeschi: „Bwoho! Ihr Kleinen! Ich Domino-ho! Ich fressen auf, mit Haut un' Haar'n!" Runa keuchte benommen von dem Muff aus seinem hauerbewehrten Maul. Die Pyrks griffen mit neuer Kraft wieder an.

Die Menschen kämpften weiter mit den Pyrks deren Grunzen und Schnaufen die Geräuschkulisse vor dem von Glitzersternen erleuchteten Panorama bildete. Und für einen kurzen Moment hatte Jens den Eindruck eines (reichlich abstrakten) Gemäldes vor sich. Einer der kleineren Pyrks würgte und bespuckte einen der Treidler mit stinkendem Erbrochenem, sodass dieser nichts mehr sehen konnte. Drei weitere stürzten sich auf ihn und ihn mit starken Händen rissen sie den armen Kerl regelrecht auseinander. Blut und Innereien spritzten in alle Richtungen.

Zu ihrem Glück im Unglück zählte es da, dass ein großer Teil der Pyrks sich den Ochsen zugewandt hatte und sich über diese hermachte wie ausgehungerte Wildtiere. Überhaupt bemerkte Jens wie *hungrig* diese Kreaturen insgesamt schienen. Pyrks waren eigentlich für ihre Speckschwarten bekannt, welche sie wie ein natürlicher Panzer vor Schnitt- und Wuchtverletzungen schützte aber hier waren es nur die größeren Pyrks die einigermaßen gut genährt waren. Die anderen hatten eher dürre Leiber. Nicht das Jens Experte für Schweinemenschen war, aber in ihrem Angriff lag weniger Angriffslust als vielmehr eine ausgehungerte Verzweiflung.

Jens beschloss daher ein Experiment zu wagen und holte ein ganzes Faß Bohnen aus dem Laderaum. Trotz seiner Verkäufe und des ständigen Eigenverbrauchs war er immer noch nicht alle Fässer dieser Hülsenfrüchte losgeworden. Mit einem hingeworfenen Ladebalken rollte er nun das Faß dann über die Reling hinweg, direkt in die Pyrks hinein. Diese stürzten sich sofort darauf und die Saubohnen flogen nur so umher. Lautes Schmatzen erfüllte bald die Luft und das Interesse am Kampf erlahmte. Jens sah sich bestätigt: „Die wollen nur was zu fressen!" Hinnerk, der sich dem Anführer der Pyrks gegenüberstellte, sagte blutverschmiert: „Dann lass sie Bohnen fressen! Mäste sie!" Jens nickte und rollte sogleich noch weitere Fässer aus dem Schiff auf die Pyrks zu. Die plötzliche Anwesenheit von so viel Nahrung veranlasste diese schnell übereinander herzufallen.

Der Anführer Dominoho versuchte zwar mit seiner Keule ‚Ordnung' reinzubringen doch es gelang ihm nicht. Hinnerk, der sich den Größten als Trophäe auserkoren hatte griff ihn nun an, duckte sich unter dessen schwerfälligen Hieben hinweg, zog sich am Oberarm der Bestie empor, hing kurz in der Luft und schlug dem Riesen-Pyrk dann mit einem kräftigen Hieb vom grün-leuchtenden Sax den speckigen Kopf vom Leib. Die Pyrks gerieten daraufhin in Unordnung, aber auch nur teilweise.

Gerlinde keuchte: „Sie... sie beachten uns gar nicht richtig?! Wie frech." Und Puk meinte: „Herr Janssen hatte den richtigen Riecher. Diese Kreaturen waren nur hungrig." Hinnerk spuckte aus: „Ach! Soll ich jetzt Mitleid haben?" Jens rief: „Ich unterbreche eure ‚mystische Diskussion' ja nur ungern aber die Pyrks formieren sich gerade neu! Und mir geht das Futter aus! Los doch, alle Mann auf's Schiff! Wir hauen ab! Drauf geschissen!" Tatsächlich verschlangen die Pyrks die Bohnen wie Schweine an einem Schweinetrog. Aber noch waren nicht alle gesättigt und machten sich trotz Verlust ihres Anführers für den finalen Angriff bereit.

Hinnerk, Puk, Gerlinde und der verbliebene Treidler wurden an den Bootsrand gedrängt und Jens half allen an Bord zu kommen. Die Pyrks kreisten sie ein aber Hinnerk war Unwillens die Flucht anzutreten: „Was soll ich vor diesen Biestern fliehen?!" Gerlinde zog ihn mit sich: „Taktischer Rückzug nennt sich das. Was du aber machen willst, ist taktische *Dummheit!*" Hinnerk riss sich von ihr los als ein weiteres, helles Horn ertönte. Pfeile surrten sogleich durch die Dunkelheit und trafen die Pyrks in den Rücken. Sie wandten sich jetzt gen Norden und flohen humpelnd am Ufer entlang in den Wald zurück als Pfeile sie dort fällten wie herbstliche Blätter im Sturm. Im Wald bewegte sich etwas und folgte den Pyrks entlang ihrem Fluchtweg. Es hatte etwas von einer Treibjagd und das Schiff war gerettet.

Jens zuckte mit den Schultern: „Glück gehabt!" Hinnerk trat näher an Wald heran als Puk ihn mit fester Hand zurückhielt. Keine Sekunde zu früh denn ein Pfeil bohrte sich genau zwischen Hinnerks Stiefel in die Erde. Er aber zeigte sich davon unbeeindruckt: „Wer seid ihr?!", rief er hinaus und es dauerte einige Sekunden bis sich im Dickicht jemand zeigte. In grünlich-bräunliche Kleidung gehüllt und mit ledernen Arm- und

Beinschienen bewehrt, trat ein schnauzbärtiger Mann mit Langbogen und Sax aus dem Gebüsch. Er breitete die Arme aus und sprach mit einem urigen, hochelbischem Akzent: „Ditt ist unser Wald, Fremde." Er zeigte mit dem Bogen auf die kopflose Leiche Dominhohos: „Ihr habt also den großen Dominoho erlegt? Wir sind schon lange auf der Jagd nach ihm und seiner Bande. Ihr habt euch damit um euer eigenes Leben verdient gemacht. Vorerst jedenfalls."

Hinnerk knurrte: „Sülz uns nicht voll, wilder Waldmann! Wir sind hier nur auf der Durchreise, klar? Kein Grund uns zu drohen!" Der Mann kniff die Augen zusammen: „Dreistes Mundwerk für einen Friesen. Aber gut zu wissen dass man es euch auch noch nicht zur Gänze gestopft hat, ha!" Der Mann trat näher und reichte ihm die Hand: „Ich bin der den sie ‚Arkim Mentzeler' nennen. Ihr habt hier unrechtmäßig Bäume gefällt für euer Lagerfeuer dort. Dies wird bei uns üblicherweise mit dem Tode bestraft." Hinnerk schnaufte: „Wegen einem Baum?" Der Waldläufer nickte: „Ja. Aber ihr habt uns zugleich einen Bärendienst erwiesen und Dominoho erlegt. Soll der Rat entscheiden wie mit euch zu verfahren ist." „Dafür haben wir keine Zeit, Kerl!"

Mentzeler seufzte, gespielt übertrieben: „Die müsst ihr euch wohl oder übel nehmen. Denn zehn Peile sind in diesem Moment auf all deine wichtigen Körperregionen gerichtet, mein junger Freund. Und ich meine *alle*. Ein Zeichen von mir und die Sehnen werden entspannt. Also bitte. Erspart uns allen das hässliche und unnötige Blutbad und kommt mit uns. Es ist ja auch nicht allzu weit. Kommt." Puk atmete innerlich auf als endlich Jens Janssen dazu kam und dem Mentzeler die Hand schüttelte: „Ihr kommt wahrlich zur rechten Zeit, guter Mann." Arkim blinzelte irritiert: „Und ihr seid? Auch ein Friese? Ist hier ein Nest von euch?!" „Nein, kein Nest. Aber bin ich auch einer: Jens Janssen der Name, Kaufmann aus Greetsiel. Bekannt für jene Bohnen deren Überreste hier überall auf dem Boden verstreut liegen. Nunja! Ihr habt uns unser Leben gerettet. Dafür sei euch Dank gesagt!"

Hinnerk schnaufte: „Sie wollen es uns aber auch gewaltsam mitnehmen, Jens." Dieser wirkte irritiert: „Stimmt denn etwas nicht, Herr Mentzeler?" Der Waldmann wirkte jetzt wie vor den Kopf gestoßen, so als sei es ihm peinlich: „Nunja, seht ihr… Ihr habt einen Baum gefällt und ditt ist hierzulande ein großes Verbrechen." Jens nickte seriös: „Oh. Ich verstehe. Nun, seht ihr, guter Mann, wir sind fremd und die Treidler dort haben den

Baum gefällt um ein neues Joch für die Ochsen zu schnitzen da das Alte durchgefault war… Rein provisorisch, wie sooft. Es lag keine böse Absicht dahinter aber ich werde natürlich für den Schaden aufkommen wenn es eines eurer heiligsten Gesetze verletzt haben sollte. Ich bitte darum um eure edelmütige Nachsicht. Wir sind wirklich in Eile, denn eine gute Freundin von uns wurde verschleppt und wir müssen ihr schleunigst hinterher. Es dünkt euch vielleicht wie eine dumme Ausrede aber mein junger Freund hier… naja ihr wisst schon. Er ist mit ihr - tjah."

Mentzeler machte große Augen und sagte dann: „Ahhhh! Ich verstehe! Soso!" Er schmunzelte: „Das erklärt einiges…" Er überlegte eine Weile und brach dann in ein laut-schallendes Gelächter aus: „Tjahaha! Ihr seid mir ein komischer Haufen das muss ich schon sagen! Ein dreister Bengel, die glatzköpfige Göre und nun noch ein höflicher Kaufmann?! Und aus Friesland?! Hm. Aber ich kann keine Lüge in euren Worten erkennen und würde euch daher *freundlichst anbieten* mit uns zu kommen. Etwas weiter flussabwärts gibt es einen Nebenstrom der Elbe dort könnten wir euer Schiff unterbringen. Ihr seht auch so aus als könntet ihr was zu essen gebrauchen. Ich denke nicht dass der Rat euch bestrafen wird denn ich werde für euch sprechen. Spätestens an Tangermünde wärt ihr ohnehin gescheitert. Wir aber könnten euch ohne Probleme daran vorbeischleusen."

Jens fragte: „Tangermünde? Was ist dort?" „Tjaha! Der verfluchte Niederkönig, Lerach von Elbeschleuss hat dort einen totalen Boykott gegen Hamburg verhängt! Er hat schwere Ketten als Sperre über die Elbe gehängt und verlangt horrende Preise für die Weiterfahrt!" Jens konnte nicht umhin es zuzugeben: „Wir kommen just aus Hamburg." Mentzeler nickte: „Dacht ich mir ihr riecht danach. Nach Gosse und Kaltschnäuzigkeit. Also wenn ihr wollt könnt ihr mir auf dem Weg ins Lager davon berichten, werter Herr? Tjahaha!" Jens sah sich um.

Ein Treidler warf verächtliche Blicke auf den schnauzbärtigen Waldmann und sagte: „Das ist einer von den Wenden. Bösartiges Volk, hinterlistig und gerissen. Ich geh nicht mit. Wenn ihr euch mit Waldvolk einlassen wollt, so bleibt es eure Sache, Herr Janssen." Jens verstand: „Ihr habt uns gut vorangebracht, werter Treidler. Hier habt ihr euren versprochenen Lohn." Der Mann zählte schnell die Münzen: „Aber das ist ja der Betrag für die ganze Strecke?! Ihr müsst aber nur so viel zahlen wie wir auch gegangen sind!" Jens winkte ab: „Ihr habt euren Freund verloren. Das ist das mindeste was ich für euch tun kann. Abgesehen davon will ich nicht um *alles* feilschen müssen. Nehmt es also ruhigen Gewissens an."

Der Treidler nickte dankbar und gab das Geld an Mentzeler weiter: „Nehmt das Geld um euren kostbaren Baum zu bezahlen!" Der Waldläufer schüttelte die Kapuze: „Geld hat für uns nur geringen Wert sonst wären wir gar nicht mehr hier. Achja, und eigentlich seid ihr diejenigen, die verurteilt werden müssten. Ihr habt den Baum ja gefällt." Jens lächelte: „Wenn möglich übernehme ich auch ihre Schuld, Mentzeler?" Dieser schnaufte: „Nagut, ich will zur Feier des Tages mal nicht so sein. Ihr gefallt mir wohl!"

Jens fragte in die Runde: „Was denkt ihr darüber, Leute? Dieser ‚Wende' scheint doch ein ganz vernünftiger Kerl zu sein?" Hinnerk meinte: „Wenn die Treidler aber Recht haben? Das sind auch Sachsen. Die lieben es Leute in Sicherheit zu wiegen und dann hinterrücks abzustechen." Puk bestätigte: „Ja, sie tragen ihre Messer gut versteckt am Körper. Mehrere an Unterarm und Beinwickeln, bisweilen sogar an anderen Stellen." Jens wandte sich an Runa: „Und was denkst du?" Die Amsel legte den Kopf schief: „Seine Aura ist offen und direkt. Vorsichtig, aber er hat keine bösen Hintergedanken. Grober Stamm aber ohne düstere Verzweigungen…" Gerlinde fragte: „Bist du dir sicher, magischer Vogel?" Runa sah sie direkt an: „Seine Aura ähnelt im Grunde der deinigen, Gerlindis-Weibchen! Nur ist seine nicht so verborgen verletzt wie die deinig…" Gerlinde würgte sie sofort ab und klatschte dann in die Hände: „Diese Vögel! Immer nur plappern, plappern! He?!" Sie blinzelte nachdenklich als sie nun Puk erblickte: „Du siehst wirklich wie ein Mädel aus. Sag mal: Schminkst du dich eigentlich oder biste wirklich so hübsch?" Alle anderen kommentierten zugleich: „Total vom Thema abgelenkt!"

Puk aber nickte nur höflich und schien nicht gekränkt: „Es ist bisweilen hilfreich in bestimmten Situationen, Gerlindula." Hinnerk stöhnte: „Deine dekidenten Geschichten will hier niemand hören! Also wenn Tangermünde eh ‚blocka-diert' ist, können wir auch genauso gut durch den Wald latschen, oder? Nur nicht stehenbleiben!" Es war somit beschlossen und sie versteckten die Labskaus in einem Seitenarm der Elbe um Mentzeler danach in das Lager der Wenden folgten. Sie packten ihre nötigsten Sachen und Proviant, brachten die Labskaus in Stellung, holten das Segel ein und verdeckten es mit Ästen und Zweigen vor neugierigen Blicken.

Der Anführer der Waldläufer zeigte sich erfreut über ihre Entscheidung: „Wusste doch gleich, dass ihr vernünftige Leute seid. Ihr beratet bevor ihr entscheidet. Gemeinsam, genau wie wir! Ha! Kommt mit, und passt auf wo ihr hintretet. Die Fingerspinnen sind heut Abend besonders aufgeregt. Es ist *Paarungszeit*." Jens lächelte nur schlapp und warf einen wehmütigen Blick zur Labskaus zurück. Er hatte so ein dumpfes Gefühl dabei…

Mentzeler pfiff einen seiner Kollegen herbei, welche beständig im nahen Wald Ausschau hielten: „Oi, Sirko! Pass du bitte auf dass niemand diese feine Schnigge stibitzt, ja?" Der junge Waldläufer zupfte einmal an seiner Kapuze um zu zeigen, dass er verstanden hatte, sprach aber kein Wort. Sie folgten Mentzeler und seinen beinahe unsichtbaren Kollegen welche nicht weit entfernt auf geheimen Pfaden durch den dunklen Wald huschten. Bald schon verloren die Gäste die Orientierung und Jens wurde mulmig zumute. Konnte sich Runa wegen den Waldläufern geirrt haben? Liefen sie direkt in eine Falle?! Hinnerk gefiel der Marsch durch den dichtbewachsenen Wald überhaupt nicht und Thianna war ebenfalls misstrauisch je länger die Wanderschaft andauerte. Sie flüsterte in seinen Gedanken: „Etwas ist hier und beobachtet uns. Ein verwandter Geist vielleicht?" Als sie später eine kleine Rast einlegten um den Morgen abzuwarten lauschten sie den Geräuschen des feucht-moosigen Waldes. Das Knistern und Tropfen schien bisweilen leise einen Namen zu flüstern…

Widukind…

Kapitel 2

Bismarks Verrat

Die Pferde hatten schon Schaum vor dem Mund und standen kurz vor dem Zusammenbruch. Sie zogen das Schiff seit mehreren Stunden unter körperlicher Volllast und waren am Ende. „Ich verstehe nicht, wieso wir nicht einfach durch den Wald *reiten*, meine Liebe?", maulte der Mann in der verbeulten und verdreckten Ritterrüstung. „Ich meine das ginge doch viel schneller oder, *Beccolina*?"

An Bord des einmastigen Kraiers befanden sich noch zwei weitere Personen während die Matrosen den Treidlern Gesellschaft leisteten und mit den Pferden zusammen das Schiff ziehen mussten. Ohne Unterlass, ohne Pause. Beide Mitfahrer schwiegen; die eine mit Absicht, die andere aus Furcht. Der Mann in der Rüstung lehnte sich genervt vor und knackte mit den muskulösen Halswirbeln: „Hääää?! Gibt es auf diesem ollen Weiber-Kahn auch ein paar Antworten zu hören?" Die in eine schwarze Kutte gehüllte Frau zischte, und ihre Stimme war ein heiseres Krächzen: „Dies ist keine Schwatzfahrt und dich zu töten wäre eine Erleichterung, Geiferhund..."

Geifer aber ließ sich von der Drohung des Reichsengels nicht beeindrucken. Er war ein Kämpe der ‚endlosen Stadtstaatenkriege Norditaliens' und schon seit jüngsten Jahren im Kriegshandwerk tätig. Als langjährigen Söldner hatte es ihn nach Norden bis zum Hof des Grafen von Oldenburg verschlagen, wo er als Disruptor gedient hatte; allein und abgeschnitten von jedweder Unterstützung. Auch in der darauffolgenden Schlacht nahe Wittmund kämpfte er an der Seite des Grafen bis er sich nach dessen Niederlage (sowie einem *unrühmlichen Zwischenstopp* in Bremen) in den Diensten der Hansestadt Hamburg wiederfand, wo er bis vor wenigen Stunden noch als niederer Wachmann die Drecksarbeit im Armenviertel verrichten durfte. Er hatte genug Elend gesehen, ihn schockierte nichts mehr, auch kein Reichsengel.

Er schniefte und fuhr sich mit fahrigen Fingern durch das taufeuchte, hellblonde, fast weiße, Haar. Der Nebel aus dem Wendenwald war kalt und belegte die Elbe mit einem dunstigen, modrigen Schleier. Hochgewachsen und wohlgestaltet, mit einem fast engelgleichen Antlitz war es nur schwer vorstellbar dass just er zu den berüchtigtsten und ruchlosesten Kriegern gehörte, von denen man im Abendland je Kenntnis nehmen musste. Sein wahrer Name kümmerte ihn schon lange nicht mehr und inzwischen hatte sein Spitzname die Überhand übernommen. Seine Eigenart, bei dem Gedanken an eine ausstehende Besoldung (bestehend Fleisch, Bier und willige Weiber) ins Sabbern zu verfallen brachten ihm den Beinamen Geifer ein. Diesen trug er seitdem so stolz vor sich her, wie einen Adelstitel.

Dennoch konnten auch seine schönen Züge nicht den Stress verbergen, welchen sein Geist und Körper derzeit durchlitten. Er schwitzte stark, aber nicht, weil er angestrengt war sondern weil sein Körper nach einer bestimmten Substanz verlangte, die er seit dem Antritt in Hamburg vermehrt zu sich genommen hatte. Dieses Gesöff war ihm in Hamburg von einem Händler verkauft worden, welcher sich ‚feines Mundwerk‘ nannte, sich aber letztlich als bizarres Ungeheuer namens ‚Koto‘ mit telepathischen Kräften entpuppte. Nur Bos einfache Gesinnung hatte Dimitri und Geifer vor dem Wahnsinn retten können, indem er ‚Koto‘ mit seinem Kriegshammer den aufgeblasenen Kopf zerplatzen ließ, wie eine überreife Frucht.

Sanguin sorgte kurzfristig für übermenschliche Kräfte, steigerte die Konzentration und machte gegen Schmerzen immun. Nur so war Geifer (im Gegensatz zu seinen Semi-Gefährten Dimitri Ratte aus Minsk und Bo dem Wildschwein) den Wasserattacken ausgewichen welche die ‚rothaarige Leevke‘ in Hamburg mobilisiert hatte. Er fragte sich kurz ob es den beiden Deppen gut ging, bekam dann aber hämmernde Kopfschmerzen. Der Söldner hatte nur noch wenige Tropfen Sanguin und vermischte es jetzt ständig mit einem billigen Fusel um die Entzugsschmerzen zu übertünchen.

Er trat grinsend hinter Tarpeja und das gefangene Mädchen. Sie saßen beide auf der Bank der überdachten Heckregion. Säuselnd lehnte er sich zu dem gefesselten Mädchen herab: „So sieht man sich wieder, wie? Man könnte meinen es wäre Schicksal. Wenn ich an so etwas glaubten würde, ghiehaha.“ Tarpeja knurrte: „Tust du nicht?“ „Natürlich nicht! Scheisse passiert einfach. Da steckt kein ‚kosmischer Plan‘ hinter, nicht mal ein chaotischer! Es ist einfach nur das. Scheisse.“

Da Tarpeja nicht reagierte wandte er sich an Leevke: „Du bist doch die Alte von diesem *Hickbert*, nicht? Und wie war doch gleich dein Name?“ „Leevke. Und er heißt Hinnerk, nicht Hickbert.“, meinte das Mädchen trotzig und die drei Kiemenschlitze an jeder ihrer

Halsseite hoben und senkten sich nun schneller. Sie wagte es nicht sich zu ihm umzudrehen. Geifer lehnte sich darum nur noch mehr vor, hing direkt neben ihrem Ohr. Er hauchte: „Schade das Hinnerk nicht hier ist, wie? Ich vermisse ihn ja auch, weißt du? Bruchtorf, Hamburg... Er hat mir wieder meine schöne Lebensplanung ruiniert...“ Leevke verkrampfte innerlich als Tarpeja Geifer blitzschnell eines ihrer Messer an die Halsschlagader anlegte: „Sie gehört mir, klar? Beschädige sie und du sabberst aus ganz anderen Stellen.“ Geifer kicherte ungerührt: „Ruhig bleiben, Beccolina, meine Liebste. Ich betreibe hier nur etwas gehobene Konversation. Das ist kultiviert, das ist schick!“ Tarpejas Mundwinkel zuckten spottend: „Als ob du irgendeine Ahnung von Etikette oder Benimmregeln hättest, *Mozzicone*. Und jetzt verschwinde wieder bevor ich dich über Bord werden lasse. Kapische'?“ „Laut und deutlich, mein achso heiseres Vögelchen.“ Geifer zog sich zurück, nicht ohne Leevke noch sacht über das bläulich-purpurne, kurz geschnittenes Haar zu fahren sodass sie zusammenzuckte.

Tarpeja hatte sie die ganze Zeit über im Blick, auch aus den Augenwinkeln. Das schmale Gesicht der ständig verhüllten Frau war eingefallen und spitz, so wie auch die stark gekrümmte Hakennase. Ihr Hals war mit einem blutigen Tuch verbunden und insgesamt erweckte sie unweigerlich den Eindruck eines Raubvogels. Die aufeinander gepressten, blassen Lippen machten klar wie wenig sie zu Scherzen aufgelegt war: „Denk nur nicht, dass ich jetzt deine Freundin wär. Eine falsche Bewegung und ich schlitz dir die Kehle auf, klar?“ Leevke nickte nur.

Seitdem sie wieder bei Bewusstsein war hielt Tarpeja beständig einen Dolch in der Nähe ihrer Kehle. Leevke ballte jetzt frustriert die Hände: „Warum tust du das?“ Immerhin das wollte sie noch wissen. Tarpejas Mundwinkel zuckten: „Das alles wirst du noch früh genug erfahren. Ihr habt mir meine Unternehmung in Hamburg ruiniert aber deine Fähigkeiten könnten mir die nötige Entschädigung dafür liefern. Reicht das als Erklärung?“

Leevke dachte wieder an die Korriganen zurück, jene icenischen Hexen, welche sie mit ihren Lügen für ihre Zwecke eingesponnen hatten und denen sie sich dummerweise angeschlossen hatte. Nachdem aber klar geworden war, dass die Korriganen unter Macha alle Männer nur abschlachten wollten, schämte sich Leevke für ihre Teilnahme in Grund und Boden. Sie hatte nie etwas Besseres sein wollen, hatte nur naiver Weise geglaubt es ginge den Korriganen wirklich um Frieden und nicht um die Versklavung und Ausrottung von Menschen… Insbesondere Morrigan – alias Muingen – hatte sie zutiefst enttäuscht. So sehr, dass Koralle – Leevkes aggressive, rote Hälfte – die Kontrolle übernehmen musste.

Darum hatte Leevke für sich entschieden so etwas nie wieder zuzulassen: „Ich werde niemandem von euch helfen, was immer es ist. Egal wie schön ihr es sagt. Es wird nur Leid bringen. Hört also auf solange ihr könnt. Bitte." Tarpeja grinste kurz: „Du wirst keine Wahl haben. Just jemand wie du nicht." „Du kennst mich doch gar nicht." Der Reichsengel schmunzelte: „Muss ich auch nicht. Man sieht es in deinen großen, goldenen Augen. Du bist ein einfältiges Ding, hast wahrscheinlich sogar Mitleid mit mir oder diesem Mietschwert dort, richtig?" Der Reichsengel schüttelte den Kopf: „Nein, so jemand wie du überlebt nicht lange. Egal wo auf dieser Welt, alles verdirbt früher oder später sowieso." „Gibt es nichts Schönes mehr in deinem Leben?" Tarpeja räusperte sich: „Doch, aber man muss dafür kämpfen. Friss oder stirb." „Und wofür kämpfst du? Für wen?"

Tarpeja blockte ab: „Hör zu. Mein Hals brennt jedes Mal wie Feuer, wenn ich ein Wort spreche. Also ein letztes Mal: Wir sind keine *Freundinnen*. Tausend Geifers könnten über dich herfallen und es wäre mir völlig gleich. Du bist für mich ein Werkzeug, nichts weiter. Und nun still." Leevke schluckte. Sie versuchte ruhig zu bleiben, auch wenn ihr zum Heulen zu Mute war. Tarpeja sah zu den Treidlern hinüber ohne dass ihr Dolch auch nur einen Moment von Leevkes Halsschlagader fernblieb. Das letzte woran Leevke sich erinnerte war ihr Einsatz in Hamburg gewesen wo sie das Östlichste der fünf großen Tore zwischen Armen- und Marktviertel mit ihren Kräften hatte öffnen sollen. Dies war ihr ja auch gelungen doch auf dem Weg zurück zu den anderen war etwas passiert. Die totgeglaubte Tarpeja und Geifer hatten sie gemeinsam überwältigt und danach die Elbe hinauf entführt. Auch Koralle hatte sie nicht davor bewahren können, es war zu schnell gegangen.

Leevke schloss die Augen und horchte (in Ermangelung von angenehmen Gesprächspartnern) in sich hinein. Sie fand sich sobald in jener Gedankenwelt wieder, welche der symbolische Kern ihrer ihr innewohnenden Kräfte war. In dieser Welt war immer ein sonniger Tag; auch wenn keine Sonne am azurblauen Himmel zu sehen war. Weiße Schlierenwolken zogen träge dahin und um die Insel war ein endloser, türkisblauer Ozean, so klar und durchsichtig, dass man tausende Meter tief unter die Oberfläche blicken konnte. Das Wasser war angenehm warm trug aber nicht. Wer sich in dieses Nass begab wurde umgehend hinabgezogen; tiefer und tiefer, in eine abgrundtiefe Schwärze die keinen Boden kannte.

Selbst Leevke wäre beinahe von der Tiefe verschluckt worden, obwohl sie eine ausgezeichnete Schwimmerin war. Aber hier in dieser Gedankenwelt spielte die Realität nur eine kleine Nebenrolle. In dieser still-fernen Welt verharrte sie jetzt, während Tarpeja sie in der Außenwelt misstrauisch beäugte. In Leevkes Gedankenwelt gab es eine kleine Insel mit einer einzigen Palme und sonnig gelben, weichem Sand. Hier hockte sie inmitten einiger lilafarbener Muscheln und hatte die Beine fest angezogen.

Hinter ihr erhob sich das Kristallgebilde, drei Schritt hoch und ebenso breit, in welchem sich das Licht myriadenfach brach und beständig purpurhell glitzerte. Leevkes Aufmerksamkeit galt dem urgewaltigen, marmorweißen Tor, welches das einzige erbaute Objekt in dieser Welt war. Es war mit gigantischen Schriftzeichen übersäht, vornehmlich Wellenlinien und Dreiecken, und war von einer titanischen Größe welche niemand rational fassen konnte. Durch dieses weiße Tor schoss permanent Wasser des endlosen Meeres hinaus in einen monströsen Schlauch, mit Zähnen so groß wie Berge. Das Wasser toste hinab in diesen Schlund der ebenso endlos schien wie das Meer, welches er ohne Unterlass verschlang. Es sprengte jeden normalen Verstand, sich die Dimensionen überhaupt zu vergegenwärtigen die dort herrschten. Und was sich ‚jenseits‘ des Meeres überhaupt befand umso mehr. Vielleicht ja der Sternenhimmel…

Eine ihr vertraute Stimme schreckte Leevke auf. Es war ihre eigene, nur weit gehässiger: „Na, wenn haben wir denn da?! Schon zurück? Um unseren Arsch zu retten bin ich wohl gerade noch gut genug aber für den angenehmen Rest bist du dann zuständig, wie?" Hinter dem Kristall war nun Koralle hervorgekommen und lehnte nun lasziv gegen die Palme, kaute auf einer Kokosnussschale und spuckte aus. Leevke schob trotzig das Kinn vor: „Du würdest sie alle umbringen." Ihre rothaarige Zwillingsschwester schmatzte: „Das haben sie sich auch verdient. Du hast doch gehört was dieses Miststück gesagt hat? Ich hätte sie an diesen Worten ersticken lassen, hätte dafür gesorgt, dass sie um ihren Tod *betteln darf* und diesen Geifer gleich mit. Beide auf einmal!" „Sie hat ein Messer an unserem Hals..." „Und wenn schon! Du bist zu wichtig für sie, das wagt sie nicht, ist nur ne Täuschung. Sag, worauf wartest du eigentlich? Tu was!" Leevke aber blieb stur: „Auf meine *Freunde* warte ich! Die auch deine wären, wenn du nicht so fies wärst!" Koralle hob abwehrend die Hände. Ihre rotglühenden

Augen und das hüftlange Haar verliehen ihr ein teuflisch-wildes Antlitz. Sie strotzte vor Intensität. Dagegen nahm sich Leevke wie eine Meisterin der Selbstbeherrschung aus, oder wie ein gewöhnliches Mauerblümchen.

„Wir sind Götter, Leevke.", erklärte Koralle deutlich, „Wir sind diesen ‚Nostrinis' also meilenweit voraus, in allem! Wir könnten locker über sie herrschen! Dann gäbe es auch keinen Krieg mehr, kein Elend, keine Entführungen, nichts! Wir brauchen dazu keine *Korriganen-Mösen*! Du weißt wie man es macht und ich setz es dann durch, ja? Wir überfluten einfach alles, was sich uns in den Weg stellt, haben die nötge' Macht dazu! Warum willst du dir sowas also gefallen lassen?"

Leevke antwortete entschlossen: „Weil ich es so *will*. Wenn du jetzt ausbrichst, macht es alles nur noch schlimmer. Ich will nicht mehr auf meine Kräfte bauen. Damit ist jetzt Schluss. Ich kann auch so dazugehören als normaler Mensch…" Koralle lachte verächtlich: „Um was zu tun?! Um Socken zu stopfen, Fischbrühe aufkochen oder mit dummen Viechern spielen?" Leevke stand wütend auf: „Und was ist so schlimm daran? Ich will das alles nicht! Ich will diese blöde Insel nicht, will diese grässlichen Kräfte nicht, will dieses Meer nicht, diese komischen Kiemen, diese Glubschaugen, diese salzigen, blauen Haare!? Und ich will *dich* nicht!" Koralle machte große Augen, ihre Stimme war nun belegt: „Gut. Wie du willst. Aber einer Sache sei dir sicher. Wenn dich jemand anpackt komme ich und verteidige diesen Körper, denn er ist genauso meiner wie deiner! Bild dir nur nicht zuviel darauf ein, nur weil du als erste hier warst. Eigentlich bin ich genauso lange hier wie du!" Leevke wischte sich die Tränen aus den Augen als Koralle stumm wieder in den Kristall trat und darin verschwand. Einst war sie darin eingesperrt gewesen und konnte nur auf Leevkes Wunsch herauskommen, doch nun kam und ging sie wie es ihr gefiel.

„Tjah, die berühmte Büchse der Pandora ist so offen wie ein Scheunentor…", hörte sie eine männliche Stimme. „Herr Krebs!", rief Leevke erfreut aus und nahm das sprechende Krustentier in die Hand: „Oh, ich weiß nicht was ich mit ihr machen soll, Herr Krebs!" Der Krebs wippte auf und ab: „Du wirst dich wohl oder übel mit ihr arrangieren müssen, Kleine." Leevke seufzte: „Ja. Aber ich habe *Angst*. Wenn ich Koralle mehr Macht gebe wird es nur schlimmer. Oder?!" Der Krebs zeigte Mitgefühl: „Ich weiß es wirklich nicht. Ich weiß nur, dass alles miteinander verbunden ist und dass irgendwann alles wiederzusammenfindet was geteilt wurde. Irgendwann." Leevke blinzelte irritiert: „W-wie meinst du das?" Der Krebs schien irritiert: „Wie?! Oh! OH! Ach, nur geblubberter Unsinn, Leevkianos… Denk dir nichts dabei. Mein Krustenhirn…", er klopfte sich mit der Schere gegen den Panzer, „…ist ein wenig in Mitleidenschaft gezogen worden. Koralle wirft mich manchmal in die Palmen hoch und schüttelt mich dann vom Baum herunter." „Gemein." „Ach, das geht schon in Ordnung. Ist sonst eher öde hier. Hm… Draußen scheint etwas vorzugehen. Sieh besser mal nach. Und halt die Ohren steif, Kleine, ja?" „Gut." Leevke setzte den roten Krebs wieder behutsam in den Sand zurück. Selten war er hilfreich, aber sie war dennoch froh nicht alleine auf der Insel sein zu müssen. Er war ein merkwürdiger Freund, aber ein Freund.

Als sie in der Realität die Augen wieder aufschlug staunte sie nicht schlecht. Der Kraier hatte inzwischen geankert und befand sich nun in einer Art Flusshafenanlage mit ganz vielen Kränen, Verladestegen und armdicken Ketten welche quer über die ganze Elbe gespannt und auf der anderen Uferseite an haushohen Stahlpfeilern festgemacht worden waren. Dutzende Schiffe ankerten auf beiden Seiten des Flusses und eine steinerne Mauer umgab den festungsgleichen Ort. Auf den Wachtürmen gingen bewaffnete Wachleute mit ihren Lanzen auf und ab. Es ankerten viele Schniggen und Kraier, aber keine der größeren Koggen oder auch Holke wie es noch im tiefen Hamburger Hafenbecken möglich war.

Geifer hockte vor ihr auf dem Deck und schälte sich gerade mit einem seiner Messer einen Apfel. Er bemerkte ihren Blick und machte eine umfassende Handbewegung: „Willkommen in der Zollanlage Tangermünde! Derzeit im Besitz der ehrenhaften Billunger-Sippschaft, welche einst durch den großen *Wendenkreuzzug* mächtig wurde. Seitdem nennen sie sich auch die ‚Niederkönige der Elbe'. Der jetzige Herr ist Gottschalk Lerach und sein hiesiger Ministeriale in seinen erlauchten Diensten schimpft sich Thietmar ‚Flottser' Amgrund. Dieser glatzköpfige Kerl passt kaum noch in sein Kettenhemd weil er hier jeden schröpfen darf wie er grad lustig ist. Uralte Rechtslage, blabla. Adelige halt, Schmarotzer die man allgemein bewundert." Er kaute ein Apfelstück: „Tarpeja unterhält sich gerade mit ihm. Nur zu deiner geneigten

Informationie."

Leevke sah dass er Recht hatte. Tarpeja war in der Tat fort. „Denk nicht mal im Traum daran, Kleine.", grinste der Söldner breit, „Guck. Diese Anlage ist mit mehreren Türmen und Wehranlagen umstellt. Hinter uns haben sie gerade die Blockade-Kette festgemacht. Darunter befinden sich schwere Netze bis zum Flussgrund – nur falls du dachtest du könntest hier lustig wegschwimmen... Einen Apfel?"

Leevke seufzte und nickte dann betreten. Geifer reichte ihr dazu sogar noch einen Becher Bier, welchen sie mit ihren gefesselten Händen nur mühsam an die trockenen Lippen führen konnte. Der Söldner lachte als er sah wie gierig sie es herunterschluckte. „Sachte. Das läuft dir ja an den Kiemen wieder runter, die miese Plörre!" Leevke sah ihn nicht an als sie wieder absetzte: „Du hasst uns sehr, oder?" Geifer zuckte mit den Schultern und reichte ihr ein Stück Apfel welches sie widerwillig kaute: „Alles was ich wollte war kämpfen, fressen und dann irgendwann schnell und schmerzlos zu verrecken." „Klingt ja traurig." „Nein, es klingt *angemessen*. Diesem schmutzigen Dasein auf Erden vollkommen angemessen..." Er spuckte: „Vertreten wir uns etwas die Beine, ja? Wenn unser Engelchen zurückkommt wird sie dich wieder keinen Muskel bewegen lassen. Na hopp!" Er half Leevke auf die wackligen Beine und auf den Steg wo die übliche Betriebsamkeit herrschte. Viele Schiffe und Flößer warteten ungeduldig auf den Durchlass nach Hamburg. Es herrschte darum Missmut und eine, von der Warterei geschürte Launenhaftigkeit. Zielstrebig stapfte Geifer zu der einzigen Taverne in Sichtweite welche von schäbig wirkenden Gestalten nur so wimmelte: „Ich hol mir ne Pulle, willst du auch was? Was härteres?!" „N-nein." Leevke war eingeschüchtert angesichts der unverhohlen neugierigen Blicke welche auf ihren nackten Schultern lasteten wie unsichtbare Ziegelsteine.

Geifer stoppte nicht einmal für sie und schob sich durch die Menge nach vorne: „Platz da ihr Wichser, hier kommt der Landvogt!", bellte er und drückte die mürrisch Herumlungernden brutal beiseite. Leevke blieb allein zurück, wusste nicht, ob sie um Hilfe rufen, weglaufen oder abwarten sollte. Vielleicht war das auch nur ein Test um zu überprüfen ob Leevke die Botschaft Tarpejas begriffen hatte?! Sie bezweifelte im Gegensatz zu Koralle auch nicht dass Tarpeja sie töten würde, denn ihr Blick beinhaltete Eiseskälte. Wohingegen Geifer eher eine natürliche ‚Egalität' ausstrahlte. Es war eigentlich ein Wunder, dass die beiden einander noch nicht umgebracht hatten so gegensätzlich waren ihre Naturen und Ansichten.

Leevke lief dann zaghaft einige Schritte an dem knarrenden Kai entlang und streckte dort ihre eingeschlafenen Beinmuskeln. Sie blieb stetig in Sichtweite der Taverne und hörte wie Geifer darin lauthals nach ‚besserem Bier‘ brüllte. Sie schob die Füße langsam weiter hin zu einer Häuserecke. Von dort konnte sie dann leicht im Gewirr der Gassen untertauchen und verschwinden. Tarpeja war ebenfalls nicht in Sicht (auch nicht auf den Dächern) und die Mannschaft des Kraiers kümmerte sich ebenfalls nicht um ihre unverhofften Gäste.

Vorsichtig schob sie sich (quälend langsam wie eine Schnecke) um die Ecke der Häuserwand. Ihr Herz pochte und erst als sie um die Ecke war schnappte sie wieder nach Luft. Es mochte töricht sein doch wagen musste sie es zumindest, oder? Ihre Freunde machten sich sicher große Sorgen um sie und sie vermisste sie obendrein ebenfalls schmerzlich. Was wohl aus ihnen geworden war? Waren sie immer noch in Hamburg? Der Gedanke lag nahe, denn woher sollten sie wissen das Leevke hierher entführt wurde?

Sie spurtete also entschlossen los, den Pflasterweg entlang, als sie direkt in einen Mann lief, welcher sich aus einer Seitengasse direkt vor sie schob. Sie prallte zurück und schon standen drei Männer um sie und spielten mit ihren Saxen, entblößten breit grinsend ihre zahnlückenbewehrten Mäuler. Sie trugen vor allem Fellkleidung und klappernde Ketten aus Hühnerknochen um die sehnigen Hälse: „Wohin’n so eilig, Kleine?“, meinte der erste und hievte Leevke an den Hüften empor. Der Anführer (größer und breiter als die anderen) besah sie sich genauer: „Das ischja was feines! *Ekschotisch*, so sacht man! Guldene Augen, blaues Haar?! Fein!“ Der Zweite kicherte aufgeregt: „Die ist viel wert, nich? Nich?! Viele Münzen, hehe. Hehe. Nich? Ja, nich? Viel wert!“ Leevke schüttelte den Kopf: „Lasst mich runter! Sie darf mich nicht finden!“ „Wer denn, hm?“ „Der Reichsengel und der Söldner!“ „Reischengel?! Was’n das’n denn?“, brummte der Dritte und man konnte sehen wie seine in Mitleidenschaft gezogenen Gehirnzellen versuchten den Begriff mit etwas in Verbindung zu bringen und kläglich scheiterten. Der Zweite grübelte: „Sind das nich so Körner aus’m Orient? *Reisch*?!“ Der Dritte aber meinte: „Och, die will uns nur verarsche‘, eh?! Los, jetzt.

Gehen wir zu Herr'n Lerach und bringen sie ihm. Bevor noch jemand anders kommt."
Der Zweite nickte heftig: „Jaja, in die Ecke da hört uns keiner, nich! Hehehe…" Sie
zogen Leevke in eine schmale Gasse wo ein dunkles Loch in ein baufälliges Gebäude
führte. Ratten huschten vorbei und Leevke schrie: „Ihr versteht das nicht! Lasst mich
gehen! Ihr werdet sonst sterben!" Aber sie konnte sich trotz aller Gegenwehr nicht aus
den starken Griffen der Männer befreien. Sie hatte so etwas ähnliches schon einmal
erlebt, als sie in Hamburg ins unbewachte Armenviertel geraten war. Auch dort hatten
sie halbstarke Jungen sie in eine Sackgasse gedrängt. Das Ergebnis war ein blutiges
Gemetzel gewesen.

Der gut beleibte, mit silbernen Ketten behangene Mann spielte mit seinen dicken
Wurstfingern als er aus dem Fenster seiner schummrigen Kammer hinaus blickte;
hinaus auf den Ort Tangermünde und die Elbe: „Ich würde euch ja gerne sicheres Geleit
gewähren, Reichsengel Tarpeja. Immerhin sind wir alle dem Kaiser verpflichtet. Doch
eure Kunde von dem Durcheinander in Hamburg: Nun ja, das beunruhigt mich dann
doch sehr stark. Wie sollen wir denn diese immensen Gewinneinbußen nur entsprechend
kompensieren? Eine Menge Arbeiter hängt an diesem Ort und viele Familien müssen
ernährt werden…"
Tarpeja erklärte krächzend: „Ich bin nicht hier um über eure Geschäfsstrategien zu
sprechen, Flottser. Wenn ihr nicht wollt, dass ich dem Kaiser erklären muss, dass ihr
hier fett in eure eigene Tasche wirtschaftet und getreuen Reichsbürgern auch noch das
letzte Hemd abknöpft dann gebt uns für die Weiterfahrt frei! Zusammen mit euren
besten Pferden. Andernfalls…" Flottser lächelte süffisant: „Mein Herr, der Niederkönig
Gottschalk Lerach, der offizielle ‚Herr der Elbe', ist ein großzügiger Mann und gewiss
dem Kaiser treu ergeben. Ich würde es daher niemals wagen ihn durch meine
Unachtsamkeit in Verlegenheit zu bringen!?" Tarpeja hätte diesen Mann am liebsten
aufgeschlitzt. Ihre Kehle brannte vor Feuer und das Sprechen fiel ihr schwer, trotz der
intensiven Sanguinbehandlung durch Geifer und Konsorten in Hamburg. Auch die
Wundsalben und Drogen, welche sie selbst bei sich führte halfen nur über das Gröbste
hinweg.

Ob sie je wieder normal sprechen konnte war ebenfalls sehr zweifelhaft, aber dies minderte ihre Nützlichkeit kaum. Denn Reichsengel waren ohnehin zum ‚leisen Vorgehen' angehalten. Sie töteten die Feinde des Reichs ohne Ausnahme, ihre gesamte Ausbildung seit Kindertagen zielte allein darauf ab. Die Reichsengel waren die geheime Eliteeinheit des Kaisers und ihm persönlich zur absoluten Treue verpflichtet. Tarpeja sagte zum Abschluss: „Achja, sollten sich ein Kaufmann namens ‚Jens Janssen' in Begleitung eines Friesenkerls, eines Byzantiners, einer weiblichen Amsel und der ‚grabschenden Gerlinde' hier blicken lassen so habt ihr die *eindringliche Erlaubnis* sie auf der Stelle zu töten. Sie sind gemeingefährliche Aufrührer, welche gegen das Reich integrieren. Denkt ihr, ihr kriegt das hin, Flottser?"

Der Ministeriale nickte ergeben: „Einen Grund zu finden jemanden umzubringen ist das Geringste aller Probleme. Man muss es nur durchsetzen können, die richtigen Leute kennen… Seid darum unbesorgt. Schon so mancher Wende fand hier seinen Weg zum Galgen, noch bevor er auch nur ein Verbrechen begehen konnte, haha!" Tarpeja nickte nur. Der Untergebene von Unterkönig Lerach war ein ekelhafter Opportunist und Schleimbolzen, wie es sie zuhauf gab. Eine Made hatte da mehr Rückgrat. Als Reichsengel Abteilung Nord, kannte sie die Berichte nach denen Tangermünde eine aufsteigende Stadt war welche Waren aus den umliegenden Ländern der Altsachen und Wenden zusammenführte damit sie an die Flößer und Hanseschiffe übergeben werden konnten. Seitdem aber Niederkönig Lerach die Kontrolle im unteren Elberaum übernommen hatte, florierte der Schmuggel und die Stadt verkam zu einem weiteren, ausgeplünderten Pfuhl der privaten Mauscheleien. Obendrein war Tangermünde noch zum Feind der Wenden geworden, indem sie deren Zollgebühren erhöhten und zudem als Stützpunkt von sogenannten ‚Sachsenjägern' dienten, welche im Grunde nur Menschenhändler waren. Der Handel mit den Wenden bzw. Sachsen erstarb in nur wenigen Wochen.

Die Stadt beschränkte sich seitdem nur noch auf den hansisch erlaubten Handel vom Harz bis hinunter nach Hamburg und beherbergte derzeit vielerlei selbsternannte ‚Kreuzfahrer', welche auf der Suche nach Beute ins östlich der Elbe gelegene Wendenland aufbrachen obschon der Wendenkreuzzug seit drei Jahrzehnten als beendet galt. Da die Wenden aber keine rechten Katholiken waren fand die Kirche genügend

Gründe gegen diese ‚arianischen Rebellen' zu ziehen und auch Lerach griff nicht dagegen ein. Er war nämlich ein Verbündeter der Kurfürstin Judith von Braunschweig, dem derzeitigen Oberhaupt der immens mächtigen und reichen Gelfenfamilie, den Nachkommen von Heinrich dem Löwen. Tarpeja verließ die von schwerem Wein benebelte Kammer des Ministerialen und kehrte nun zu ihrem Schiff zurück…

Kapitel 3

Tangermünde

Sturztrunken torkelte Geifer zum Kai und wäre beinahe auch ins Wasser gefallen. „Heeeeda? Leevkeee?! Biste hier irgendwo zwischen den Kisten, hm? Komm raus, komm raus..." Er hatte es mal wieder übertrieben und sah jetzt zum ihrem Schiff hinüber: „Oi, ist sie da? Hmmm. Nein? Wo könnte sie sein – wo könnte..." Geifer mochte einen Hang zur Trunkenheit haben aber er war ebenso in der Lage notfalls blitzschnell ‚halbwegs-nüchtern' zu werden: „Scheiße!" Er rannte los, Richtung Stadt. Er merkte wie eine seltene Panik in ihm hoch kroch. Nicht, dass er dachte er könne es nicht mit einem verletzten Reichsengel aufnehmen, aber damit entging ihm ja leider auch seine noch ausstehende Belohnung. Und das war eine Katastrophe sondergleichen! „Kleines Biest!", zischte er und suchte die Gassen und Gossen auf und ab. Er blieb dann abrupt stehen. Denn die Erde erzitterte nun und eine Straßen hinter ihm brodelte ein Gebäude ‚von innen heraus'. Es war ein schäbiger Bau, ein idealer Brutplatz für Ratten, welche es aber nun in Scharen verließen und jämmerlich dabei fiepten. Die Balken und Bretter klapperten als Geifer gerade noch rechtzeitig hinter einen einachsigen Karren springen konnte. Das Haus explodierte und die Überreste flogen den Menschen als tödliche Trümmer um die Ohren. Zögerlich hob der Söldner den Blick und sah wie Leevke (diesmal wieder mit roten, langen Haaren und grellroten Augen) auf die Straße *glitt*. Sie schritt nicht, sie schwebte knapp über dem Boden und unter ihren geneigten Zehen befand sich eine schimmernde Blase aus Salzwasser. Schwere Hausbalken regneten auf sie herab und wurden wie von einer unsichtbaren Rüstung abgewehrt. Geifer war durch das Adrenalin nun schon wieder nüchtern genug um erkennen, dass es sich dabei um ein glitzerndes Gespinst aus winzigen Wasserperlen handelte; ähnlich einem Tau-benetzten Spinnennetz. Es bildete ein ovales Schutzfeld rund um Leevke herum.

Ihr Gesichtsausdruck offenbarte eine eiskalte Wut wie Geifer sie sonst nur auf den übelsten Schlachtfeldern erblickt hatte. Aus den Trümmern des ‚Rattenhauses' kroch jetzt ein fellbedeckter Barbarenkrieger, Blut lief ihm aus dem zahnlosen Mund. Nicht ohne gewisse Verwunderung stellte Geifer fest, dass der Mann nur noch bis zum Bauch existierte und seine Gedärme hinter sich herzog, ehe er mit letztem Zucken und verdrehten Augen zum Erliegen kam.

Einige Neugierige lugten jetzt aus den Fenstern um sich Material für die nächsten Klatschstunden zu holen. ‚Leevke' bemerkte sie ohne nur Hinzusehen und hob nur kurz die Hand. Wasser schoss wie ein Pfeilhagel los um den Neugierigen sofort die Augen auszustechen. Schreiend und wimmernd gingen die Menschen (Männer, Frauen und sogar Kinder) zu Boden und ein grausiges, zufriedenes Grinsen legte sich auf die Lippen des feuerroten Mädchens: „Seht und verzweifelt, Nostrini. Es soll sich einbrennen, das letzte was ihr in eurem erbärmlichen Dasein *erblickt*!"

Ihr eigener Blick wandte sich nun auch dem Karren zu hinter dem sich Geifer versteckte. Sie formte einen Wasserball aus vornehmlich merkwürdig gelb-stinkender Flüssigkeit und schleuderte sie dann wie eine Bombe in das Holzgestell. Splitternd verging es in einer Explosion. Aber Geifer war schon nicht mehr dort. Er hatte sich rechtzeitig noch in eine Seitennische verdrücken können. Selbst er wusste instinktiv, dass er sich besser nicht mit durchgedrehten Zauberern anlegen sollte, insbesondere dann nicht wenn sie einem so leicht die Augen ausstechen konnten.

Koralle rümpfte ihre Nase, knackte mit den Schulter- und Halswirbeln und schwebte dann in Richtung Hafen wo ihr schon bewaffnete Kreuzfahrer mit Äxten entgegenkamen: „Heda! Hexe! Was hast du hier zu su…" Der Kopf des Mannes flog in hohem Bogen davon, der Rest folgte bald und innerhalb weniger Augenblicke verwandelte sich der Kai in ein Schlachtfeld indem die Gliedmaßen nur so umherflogen. Geifer war auf eines der Häuser geklettert und beobachtete das Geschehen somit aus sicherer Entfernung. Die Sachsenjäger und Wenden-Kreuzzügler im Ort verfielen nun in eine Art wahnhafter Hysterie: „Eine wendische Hexe! Tötet sie! In Gottes Namen! Vernichtet die Brut Luzifers! Attacke! Amen! AMEN!"

Sie stürmten voran doch ihre Waffen prallten wirkungslos an Koralles aquatischem Schild ab. Sie selbst erfasste ihre Helme mit mehreren Wasserhänden und zerquetschte sie wie überreife Früchte, dass es quietschte und knackte. Dennoch lief für sie auch nicht alles glatt. Armbrustbolzen zogen gefährlich nahe an ihr vorbei und in dem

Schauer aus Geschossen musste sie alle Kraft auf die Abwehr lenken, zog dafür ihre Beine und Arme an. Ihr ovaler Wasserschild schien jeden Moment zusammenzubrechen, glich einer flackernden Kerze im Sturm: „Gleich haben wir sie!! In Nomine Patris!", grölten die Kreuzfahrer, begeistert ob der Gelegenheit eine wendische Hexe verbrennen zu können. Die Sachsenjäger ihrerseits würden ihren Anspruch allerdings wohl noch vorher gelten machen wollen. Die Bolzen prasselten weiter auf Koralle ein und sie knurrte: „Ihr wagt es wirklich... Mich eine niedere Hexe zu schimpfen? Ihr lausiges, erdgebundenes Gewürm! Dreck zwischen meine Zehen, Futter für die Haie. Ich! bin eine! *GÖTTIN*!!"

Direkt hinter ihr platzte jetzt ein mit Salz beladenes Handelsschiff auf; ebenso die Fässer welche dort unter Deck gelagert hatten. Das ‚weiße Gold Lüneburgs' regnete in den Fluss und auf Tangermünde nieder wie weißer Schneeniesel. Die Jäger und Kreuzfahrer feuerten davon unbeirrt weiter, noch während das versalzene Flusswasser in dünnen Fäden zu Koralle strömte und sie einhüllte wie eine Schutzglocke. Ihre Stimme war durch aquatischen Hall nun verstärkt und so voller Verachtung, dass Geifer den Impuls verspürte auf einen hohen Berg zu steigen; weit, weit entfernt von Tangermünde. „Ihr wollt Krieg? Ich gebe euch Krieg." Meterdicke Wasserarme stiegen aus der Elbe empor und stürzten sich auf die Angreifer, packten sie, schleuderten sie herum. Alle Gebete, Schutzsymbole, Artefakte oder Rüstungen waren dagegen wirkungslos. Ihre Waffen blieben in dem Wasser stecken, so als wären sie in Stein geschlagen und ihre Rüstungen wurden so schnell und hart durchstochen wie gespanntes Tuch mit einem heißen Dolch.

Hunderte Tentakelarme rissen Glieder mühelos ab, brachen Knochen wie morsche Zweige und bogen stabile Schilde bis zum Bersten. Die Sachsenjäger wandten sich als Erstes zur Flucht als sie erkannten dass sie hier nichts ausrichten konnten und die heiligen Kreuzfahrer folgten nicht minder schnell, als ihr Feind sich nicht mehr als schwächer entpuppte, so wie ihre übliche Beute. Koralle beobachtete das jämmerliche Schauspiel mit erhabener Zufriedenheit: „Stolpert, flieht, fallt auf die Knie. Wohin ist jetzt euer Mut, eure Zuversicht in Götzen und Macht? *Weggeschwemmt*. Fortgespült von den Gezeiten, wie alles was ihr tut. Nichts von eurer Art hat Bestand. Es ist schon erloschen wie es erbaut ist!"

Geifer wusste angesichts dieser Ereignisse nicht, ob er sich fürchten oder verlieben sollte. Dieses unbarmherzige, rothaarige Mädchen verkörperte wie keine andere große Macht und grenzenlose Überlegenheit, es war schon berauschend. Für sie waren die Menschen kaum mehr als Spielzeuge, Schachfiguren auf einem Brett, blökendes Schafsvieh zum Herumscheuchen und hemmungslosem Abschlachten. Eine Ikone des Krieges! Die Schwester des Mars! Geifer glaubte in der Tat, dass sie göttlich war. Eine blutrünstige, wilde, unbeherrschte Naturgewalt; die fleischgewordene Personifikation von peitschender See und tosendem Sturm. Und genau wie das Meer zeige Koralle auch keine Gnade, war unbeherrscht und völlig frei. Alle Feinde wurden von der Flutwelle zerrissen, welche jetzt durch die Gassen von ganz Tangermünde schwappte.

Koralles Augen streifen über die Dächer und Geifer duckte sich im letzten Moment unter seinen Dachschindeln weg. Sein Herz raste und kreatürliche Furcht kroch in ihm hoch, so wie er sie nur von seiner ersten Schlacht her noch kannte. Damals hatte er sich eingepisst und eingekotet es aber erst nach der Schlacht überhaupt bemerkt. Dies hier war ein ähnliches Gefühl nur diesmal behielt er immerhin die Kontrolle über seine Leibesfunktionen bei.

Koralle schnaufte verächtlich als sie sich wieder dem Hafen zuwandte, mit seinen schweren Elbe-Sperrketten. „Ihr dachtet also dieser Fluss gehört euch? Ihr wollt ihn mit euren armseligen, rostigen Ketten beugen? Aber es sind die ‚Zuflüsse' des Meeres und damit sind sie meine Adern, welche tief in eure trockenen Zufluchten reichen… Aber für euch ist es nur ein billiges *Transportmittel*? Ihr habt keinen Respekt, vor Nichts und Niemandem mehr. Keine Strafe ist groß genug für eure eitle Anmaßung, kein Leiden lang genug um euch dauerhafte Demut zu lehren. Darum verkriecht, verkriecht euch in eure Höhlen aus Lehm und kaltem Stein! Sucht Schutz in den Wüsten aus denen ihr kamt und schämt euch bis ans Ende der Welt wegen eurer Taten! Ja… Hier soll es beginnen. Das neue ‚*Zeitalter der Fluten*'!" Hinter ihr erhob sich nun der gesamte Fluss, glitzernd von dem enthaltenen Salz. Es war eine große Welle deren Schatten den ganzen Ort verdunkelte.

Die Menschen in Tangermünde flohen halsüberkopf als sie dies sahen und wollten nur noch weg. Sie stolperten übereinander, verwirrte Kinder schreiend, angekettete Hunde bellend, Frauen und Männer fluchend. Andere verkrochen sich in ihren Häusern, in ihre

Keller oder stiegen auf die Dächer. Alte wurden entweder zurückgelassen oder brutal mitgezerrt. Die Wachen versuchten gar nicht erst die Massen aufzuhalten welche panisch durch die Stadttore strömten und setzten sich schon selbst ab. Einige Diebe stiegen noch eilig in die verlassenen Häuser ein und wollten Wertvolles mitgehen lassen.

Thietmar ‚Flottser' Amgrund trat ebenfalls hinaus auf die Spitze seines massiven Turms, welcher das höchste Gebäude in Tangermünde war. Er traute seinen Augen nicht als er die stehende Flutwelle in seinem eigenen Hafen erblickte. Er brauchte einige Sekunden um die Lage zu erfassen: „R-Richtet die Bombarde aus! Tötet diese Hexe mit einem guten Schuss! Los doch!! Bevor sie uns alle gegen Hamburgs Mauern spült!!" Hektisch wurde die Kanone von seinen Männern geladen. „Ausrichten! Zielen! FEUER!!"
Schall ballerte quer durch die Stadt, den Wendenwald und über den blutigen Kai hinweg als die Bombarde Drachenfeuer spie und die schwere Bleikugel brachial nach vorne katapultierte. Das Geschoss hielt direkt auf Koralles Kopf zu; ein seltener Glückfall mit einer Waffe, die eigentlich nur dafür gedacht war gegen eine hundert Meter lange Wand zu schießen. Nichts konnte ihrer kinetischen Zerstörungskraft widerstehen, nicht einmal ein sündhaft teurer Plattenpanzer aus Zwergenhand.
Die Kugel wurde zunächst von Koralles Wasserwand abgefangen und brach dann durch. Eine weitere Wasserwand kam aber sofort hinzu, gefolgt von immer weiteren in immer schnellerer Abfolge. Wie mehrere Netze übereinander gelegt, verlangsamte es die Kugel so weit, dass sie passgenau neben Koralles Mund zum Stillstand kam. Die vielen Wasserschichten wirkten wie ein angespannter Trichter.
Der Ministeriale konnte es nicht fassen: „Haben wir getroffen? Oder nicht?!" Koralle pustete die Kugel leicht von der Seite an und diese wurde wie von einer Riesenschleuder direkt auf den Turm zurückgeworfen. Die Wucht des Aufpralls war ausreichend um nicht nur die Vorder- und Rückseite des Bergfrieds zu durchschlagen, sondern auch alle Stützbalken schlagartig zu überlasten. Es knarrte und knirschte als der Turm sich bebend zur Seite neigte und langsam auf den Fluss zustürzte. Krachend begrub er dabei mehrere Häuser mit sich, ehe das Gros des Turmes im Fluss landete und ein einsames Fischerboot unter sich begrub. Die Erde und das Wasser beruhigten sich

erst nach vielen, langen Augenblicken. Der Turm lag hernach komplett über der Elbe. Blutbesudelt kroch Thietmars Hand noch unter dem Geröll hervor, zuckte einige Male und blieb dann regungslos liegen.

Koralle erhob sich mittels eines Wasserarms über die Stadt, in schwindelerregend-luftige Höhen, fast bis in die Wolken. Von hier hatte sie alles genau im Blick: „Alles kommt aus dem Meer, alles fließt hin zum Meer." Der erhobene Fluss erbrach sich jetzt flutartig über den Kai, die Gassen und Straßen. Es war eine Flut unter dessen Druck selbst der steinerne Unterbau der Häuser wegbrach. Die Stadt ging komplett unter und Koralle war hochzufrieden.

Wie hatte sich Leevke nur von diesen Kreaturen auf der Nase rumtanzen lassen können? Die einzige Sprache welche diese verstanden war die Angst. Wenn auch nur ein Mensch glaubte er hätte freie Hand und müsse keine Repressalien fürchten wurde er sofort zur wilden Bestie. Er tötete, folterte, vergewaltigte und verprügelte seine eigenen Kinder ohne Reue. Menschen waren der Abschaum dieser Welt, überheblich, arrogant und dreist. Es wurde Zeit, dass sie jemand in die Schranken wies. Ihre gesamte Spezies war wie eine Seuche die alles andere vergiftete und verdarb: Eine Rasse, die längst jeden Kontakt zur Realität und Bezug zur Natur verloren hatte.

Selbst die Suma, jenes alte, niedere Dienervolk, waren unsagbar viel mehr wert als die Nostrini. Sicher, die Suma waren dumm und hinterhältig; aber sie entwickelten auch keinen Größenwahn und dachten sich höher als sie waren. Außerdem waren sie dem alten Volk Koralles gegenüber loyal, selbst Jahrtausende später noch. In ihrem Tun lag also eine tiefe Weisheit, die Weisheit nicht gegen die Urmächte der Welt zu kämpfen sondern sie und seinen Platz darin zu akzeptieren und so zu behandeln wie es ihnen gebührte.

Die Menschen jedoch (so klug sie in vielen Dingen auch sein mochten) waren hierzu völlig unfähig. Sie hielten sich für besser obwohl sie nichts weiter dazu berechtigte als ihr eigener, eingebildeter Größenwahn. Sie sogen das Leben aus einer Region ab wie Upire, töteten Tiere und Wälder bis nur noch Wüsten zurückblieben; solange, bis die ganze Welt eine einzige Wüste sein musste. Sogar das Meer würden sie noch aussaugen wenn sie es nur könnten. Und schon jetzt krochen sie auf ihren Holzkähnen durch die See um auch dort zu ‚herrschen‘. Überall dort wo sie keinen natürlichen Platz hatten. Sie waren komplett ‚außer Kontrolle‘.

„Rastlose Irre.“, murmelte Koralle und Tangermünde ertrank vor ihren Augen. Selbst jene, die noch rechtzeitig aus der Stadt fliehen konnten schafften es nicht in Sicherheit. Männer, Frauen, Kinder, Alte: Es gab keine Ausflüchte, keine Schonung. Denn wie oft hatten auch schon Nostrini-Kinder Ameisen mit kochendem Wasser verbrüht um ihrem Frust so Raum zu machen? Die Grausamkeit dieses Volkes fing früh an und würde niemals anders werden wenn nicht höhere Macht sie entschieden zurückdrängten und Respekt lehrten.

Es tat Koralle darum gut mitanzusehen wie die Überheblichkeit und Arroganz dieser Wesen so schlagartig verpuffte. All die lächerlichen Regeln, Kultur, Vorschriften und Gesetze waren jetzt vergessen und ihre wahre Natur quoll hervor wie ein aufgeplatztes Geschwür. Jeder gegen jeden und jeder für sich selbst war die Devise. Nein, Koralle sah dort wahrhaftig keine aufrechte Liebe, so wie Leevke es tat. Aber sie lastete es ihr auch nicht an. Leevkes Fehler war einzig und allein, dass sie bei den Nostrini dieselben Maßstäbe ansetzte wie bei sich selbst. Wo sie liebte, kalkulierten die Menschen, wägten alles ab. Wo Leevke auf ehrliche Freundlichkeit setzte, war bei den Menschen nur Heuchelei und vorgeschobenes Gesülze zum eigenen Vorteil. Wo sie sich nach harmonischem Frieden sehnte bereiteten die Menschen sich heimlich schon auf einen neuen Krieg vor, noch während die Friedensverträge ausgehandelt wurden. In so einer Welt war Leevke gewiss nicht überlebensfähig und musste über kurz oder lang zugrunde gehen, wie Tarpeja schon richtig sagte. Dies aber würde Koralle nicht zulassen. Dazu war sie sich zu Schade, dafür war Leevke zu Schade, dafür war Altera selbst zu Schade. Und das Meer ganz besonders.

Dächer brachen krachend ein als Stützbalken den heftig einströmenden Wassermassen nachgaben. Koralles Wut verwandelte sich in etwas Rechtschaffenes. Hatte sie die Menschen zuvor nur verachtet so betrachtete sie sie nunmehr als das ‚Übel‘ schlechthin. Mit der richtigen Führung könnte man aus den Menschen vielleicht ja sogar noch ein Dienervolk schmieden, ganz wie die Sumar, nur mit etwas mehr Schläue und Fertigkeiten, aber mit Abstrichen bei der Nachsicht. Streng musste man sie führen, mit harter Hand und Strafen. Ihr gefiel dieser Gedanke so sehr, dass sie dabei nicht bemerkte wie eine Gestalt auf eines der verbliebenen Dächer Tangermündes gestiegen war. Sie trug einen Umhang und Kapuze und Koralle erkannte sie wieder: „Ah, die Krähe ist noch da! Schön!"

Der Reichsengel warf die Kapuze zurück, das magere Raubvogelgesicht ausdruckslos kühl. Wind und Wasser peitschte an dem Gebäude hoch. Koralle ließ sich wie auf einer wassergebauten Treppe zu ihr herab, lächelte: „Du hast Mut dich hier blicken zu lassen, Miststück. Du wirst dir noch den Tod herbeiwünschen; kriechend zu meinen Füßen wie das Tier das du bist. Na, was sagst du dazu?!" Tarpeja sagte kein Wort und holte indes etwas von ihrem Rücken. Koralle stoppte abrupt, so, als habe sie der Schlag getroffen. Zwischen ihnen stand nun ein etwa fünfjähriges Mädchen mit aufgerissenen, zitternden grünen Augen. Tarpeja hielt ihr das Messer an die Kehle und sprach seelenruhig: „Sie wird sterben. Nicht durch meine Hand, sondern durch die deine wenn du dich nicht ergibst. Ist es das wert? *Leevke*? Willst du zusehen wie das passiert? Schon wieder? Wie dieses Kind Papa und seine Mama verliert, das Lachen grausam ausgemerzt von der Welt?!" Das Mädchen zitterte vor Nässe und kaltem Wind, wusste nicht was hier geschah. Ihre Welt lag in Trümmern und direkt vor ihr schwebte Koralle, wie eine rothaarige Rachegöttin aus dem Meer. Wasserarme und Kreisel umfluteten sie wie ein schäumendes Netz. Sie brauchte nichts zu sagen denn ihre Augen verrieten alles. Tarpeja drückte so dass Blut hervorkam: „Ich habe nichts zu verlieren. Entscheide dich also jetzt! Leevke!"

Koralle grinste: „Ich habe soeben hunderte Kinder ersäuft. Warum denkst du sollte mich eines mehr oder weniger scheren?!" Tarpeja erwiderte kühl: „Weil du jetzt in ihre *Augen* sehen kannst. Das ist der Unterschied." Koralle sah trotzig in die Augen des Kindes. Es war ein Fehler, *ihr Fehler*. Sie schlug schlagartig die Hände über dem Kopf zusammen und schüttelte sich: „Nein! Nein! *Nein*! Komm nicht zurück, dummes Ding! Bleib dort! Bleib…" Das Wasser geriet durcheinander, zuckte, peitschte umher. „Sie werden dich… mich… uns…! Nur ich kann uns retten, begreif das endlich! Nein, lass mich! Lass mich endlich frei! Kjhaaaaaah!" Ihr schriller Schrei hallte weit über die Ebene.

Der Fluss schwappte schlagartig wieder zurück in sein natürliches Bett, Koralle schlug die Augen auf und da waren sie wieder golden. Tarpeja sprang vom Dach auf sie zu, riss sie aus der Luft zu Boden und versetzte ihr sogleich einen Handkantenschlag in den Nacken sodass sie wieder in tiefe Bewusstlosigkeit fiel…

Das Wasser floss nur langsam aus der Stadt ab und viele Leichen trieben jetzt die Elbe hinunter. Alle geankerten Schiffe waren entweder gekentert oder sonst wie schwer beschädigt worden. Eine Weiterfahrt war damit war ausgeschlossen. Die Zugtiere, ob Ochsen oder Pferde waren ebenfalls alle ertrunken und nur ein einsames Schwein paddelte mit erhobenem Rüssel zum Ufer hinüber und schüttelte sich. Der gesamte Kai lag in Trümmern und der Weg stromaufwärts war von dem eingestürzten Turm des Ministerialen blockiert. Zwar drängte die Elbe dagegen doch es würde Zeit brauchen um den Zugang wieder für die Schiffsfahrt freizuschaufeln. Soviel Zeit hatte Tarpeja nicht. Sie schulterte die bewusstlose Leevke und sprang hinunter in den zerstörten Kai, suchte ein kleines Boot zum übersetzen. Das fünfjährige Mädchen indes hockte sich bibbernd auf dem Dach hin. Sie konnte nicht alleine runterkommen und es war keiner mehr da er ihr helfen konnte. Tangermünde schwieg.

Geifer hustete und schob das kleine Fischerboot wütend von sich. In dessen Bauch hatte er bei der Überflutung noch gerade rechtzeitig Zuflucht gefunden. Als es dann kenterte hatte er sich durch die Sauerstoffblase darin am Leben halten können. Gegen Ende war es allerdings knapp geworden doch konnte er nicht freikommen, weil der Bootskiel sich unter einem Häuserdach doof verkantet hatte. Nun erst, da das Wasser wieder in die Elbe zurückschwappte kam er frei. Seine Arme brannten weil er sich so verkrampft festgehalten hatte.

Der Söldner blickte sich schnaufend um und aus seinen Stiefeln quoll das Wasser bei jedem Schritt mit lautem Schmatzen. Er erblickte Tarpeja und Leevke am Kai, näherte sich ihnen mit ausgebreiteten Armen: „Die Kleine weiß halt wie man eine Feier schmeißt wie, ghiehihi…" Tarpeja bedachte ihn nur eines kurzen Blickes: „Du hast sie entkommen lassen." „Nunja, das Luder hat sich frei gemacht! Muss wohl das Wasser aus ihrer Arschritze dafür genommen haben?! Hat sich damit die Fesseln durchgesäbelt und dann… naja – stand ganz Tangermünde unter Wasser. Scheisse! All das gute Futter. Freut mich aber, dass du es doch noch geschafft hast, *Beccolina*. Bene, bene!" Tarpeja schmunzelte sogar leicht: „Du lügst sehr überzeugend. Aber wenn es nicht so eine Verschwendung meiner Kraft wäre, würde ich dich jetzt einfach töten, Mozzicone. Wir sind miteinander fertig. Verschwinde." Geifer nickte mehrmals als verstünde er die Beweggründe: „Schon gut, gut… Aber wie hast du unsere kleine Spritzwasserkönigin eigentlich überwältigen können?! Schon in Hamburg hat sie uns ja übelst zugesetzt. Mit einem Bruchteil von dem Salzwasser. Aber hier? Sie hätte fast die ganze Welt geflutet, was?"

Tarpeja machte das kleine Fischerboot von Geifer zu Recht: „Sie ist janusköpfig, Idiot." Geifer blinzelte: „Wie bitte? Janus?!" „Zwei Herzen schlagen in ihrer Brust. Oder bist du so dämlich dass du denkst das kleine blauhaarige Liebchen und diese blutrünstige Schnepfe seien ein- und dieselbe Person?! Die Haare wurden anders, die Augen änderten sich von golden zu rot. Wirklich, einfacher geht es nicht." Geifer machte ein großes: „Ahhhhh…. Sehr interessant. Macht in der Tat Sinn." Der Reichsengel drückte das Boot vom Kai weg und Geifer stoppte das Schiff mit einem beherzten Handgriff. Sofort hatte er Tarpeja Klinge am Hals. „Du willst ganz alleine mit dieser potenziellen Massenmörderin durch feindliches Gebiet?", erwiderte er ohne mit der Wimper zu zucken. Tarpeja legte den Kopf schief und Geifer erläuterte: „Du bist geschwächt und wirst wohl oder übel jemanden brauchen der ein Auge auf die Kleine hat. Vater, Mutter, Kind, das hat die Mutter Natur nun mal so vorgesehen, ghiehe…"

Tarpejas Augen verengten sich: „Du hast keinerlei Ehre im Leib. Bist eine elende Söldnerseele die nur für Gold arbeitet." „Aber genau darum bin ich ja auch so eine gute Wahl, nicht?! Ich erwarte noch die Belohnung für meine bisherigen Dienste. Alles andere kümmert mich nicht im Geringsten. Diese Spiele der Macht, dass Hick und Hack um Einfluss und Titel, Erbschafen?! Pah. Ich denke nicht an die Zukunft, genieße den Tag und schlage mich einfach so durch. Gha! Klingt ja fast schon wie eine Philosophie, was?! Also, was sagst du? Vergeben und vergesssen? Kommt auch nicht wieder vor."

Tarpeja nahm die Klinge zurück und Geifer nickte ergebenst: „Ich rudere auch! Nur für dich mein Schatz!" Der Reichsengel rieb sich den aufschlitzten Hals und krächzte mit heiserer Stimme: „Wir werden uns zu Fuß nach Südwesten durchschlagen, durch den Wald, klar?" Geifer ruderte los: „Aber warum nicht einfach am Fluss entlang?" „Zu auffällig." „Und wenn schon. Ich glaube nicht, dass diese Überschwemmung Tangermündes irgendwie ‚unauffällig' war." „Halt einfach die Klappe und rudere. Verdiene dir deinen Sold mit Arbeit und Klappe halten, ja?" „Letzteres wird mir schwerfallen." Tarpeja fügte ungefragt hinzu: „Außerdem will ich sie weit weg vom Wasser haben. Ob nun mit Salz oder ohne, das war eine knappe Angelegenheit, alles in allem."

Geifer nickte und fragte dann: „Woher wusstest du eigentlich, dass Leevke zurückkehrt wenn du ihr das Kind vor die Nase hältst?" Tarpejas Mundwinkel zuckten kurz: „Reine Vermutung. Das Einschätzen von Menschen gehört auch zu meinen Aufgaben." „Gehören gewisse ‚körperliche Aktivitäten' auch dazu?" Tarpeja stemmte ihren Fuß zwischen seine Beine: „Gewiss nicht für dich." „Also doch.", grinste Geifer und dachte sich seinen Teil. Der Wendenwald am linksseitigen Ufer kam näher, und war dicht bewachsen von Gestrüpp. Nur ein schmaler Trampelpfad entlang des Flusses, neben einem aufgeworfenen mannshohen Wall, zeugte von irgendeiner Zivilisation und ermöglichte den Treidlern das Vorwärtskommen. Nur sporadisch gab es auch Holzfällerlager und selbst diese fürchteten um ihr tägliches Leben. Den Wenden und Altsachsen waren ihre Wälder sehr heilig. Sie alle waren Widukinder: ‚Kinder des Waldes'.

Geifer hatte wohl von anderen Söldnern, die aus dieser Region kamen, von den Widukindern gehört. Sie bevorzugten Hinterhalte und Überfälle in dicht bewaldeten Gebieten, kämpften mit Langbögen und Messern. Es lag ihnen hart zuzuschlagen und schnell wieder zu verschwinden, genau wie die Eschenmänner mit ihren Langbooten es taten. Einst waren auch andere Stämme in diesem Waldkampf spezialisiert gewesen: die Chatti, Langobardi, Cherusker und Marsi. Zu jener Zeit also, als die alten Stämme noch in großer Zahl existieren und die dunklen Wälder Germaniens weit umfangreicher gewesen waren. Die wenigen Dörfer damals hatten wie kleine Inseln inmitten einer endlosen, grünen See gewirkt, durchzogen mit grauem Nebel, Moor und Heide.

Seit Jahrzehnten war das Grün auf dem Rückzug und machte dem zunehmenden Braun der Äcker, dem gescheckten Wirrwarr der Wiesen und dem goldenen Glanz der Ähren Platz. Die Waldmenschen kämpften trotzdem verbissen um jeden Quadratmeter der Waldfläche, denn sobald ein Stück erst gerodet war, erhoben die anliegenden Grafen und Ministerialen Anspruch auf das ‚freigewordene' Landstück. Denn so lautete der uralte Vertrag von Karl dem Großen und Herzog Widukind.

Als ehemaligem Disruptor war es Geifer daher auch nicht undenkbar, dass die Grafen aus genau diesem Grund heimlich Holzfäller-Abteilungen ausschickten um damit solche ‚Landerschließungen' gezielt zu fördern, insbesondere bei Nacht. Die meisten Kaiser hatten diesem wilden Grenztreiben auch nicht wirklich Beachtung geschenkt, denn ob nun ein Graf oder die Sachsen regierten: Das Land gehörte letztlich eh zum Gebiet des Reiches, so oder so.

Aber die alte Heimat der Altsachsen und Wenden schrumpfte somit beständig, bis sie zunehmend militanter werden mussten und mehr Pfeile und Bögen schnitzten. Holzfäller lebten hier sehr gefährlich und schon so manches Mal war eine ganze Gefolgschaft abgeschlachtet worden nur weil sie eine Axt auf den Schultern trugen. Die Leichen fand man dann später am Uferwall, die Köpfe aufgespießt: Als Warnung für alle vorbeifahrenden Schiffe, Treidler, Menschenhändler, Krieger und Holzfäller. Niemand ging freiwillig oder mit gutem Gefühl in den Wendenwald, daher wurden hauptsächlich Verbrecher, Leibeigene, Haussklaven (also all jene, die als entbehrlich galten) als Holzfäller hinein geschickt. Selbst Söldner waren den Ministerialen zu teuer um sie als Begleitschutz mitzuschicken. Es gab ja genug Nachschub an elendigen Gestalten und die Städte waren auch froh das überflüssige Gesindel endlich los zu werden. Die Kirche predigte noch mal für ihre Seelen und Gott würde sie dann schon ins Himmelreich überführen – Geifer kannte solch Sprüche zur Genüge. Man vergoss Krokodilstränen und machte munter weiter wie bisher. Alles wie gehabt.

Er selbst indes hatte das Glück gehabt dem Reichsengel in Hamburg begegnet zu sein. Tarpeja würde ihn auf direktem Wege zum Kaiser bringen und somit zu einer der reichsten Quellen des gesamten Abendlandes. Allein bei dem Gedanken lief ihm das Wasser im Mund zusammen, lief in Strömen sein Kinn hinab. Tarpeja hustete indes garstig, Blut quoll stoßartig aus ihrer Halswunde. „Soll ich mir das nicht mal ansehen?", schlug Geifer vor und erntete einen tödlichen Blick von ihr: „Paddel!", krächzte sie, die Augen gerötet. Geifer machte sich wirklich Sorgen. Wer sollte ihn entlohnen wenn sie hier verreckte? Sie legten am jenseitigen Ufer an und Geifer schulterte die bewusstlose Leevke. Er packte ihre verbundenen Beine unter seine Arme und Tarpeja verband ihre Hände vor seiner Brust. Der Reichsengel ging voran und zog die Kapuze tief ins Gesicht. Sie betraten den Wald und wandten sich gen Südwesten...

Der sächsisch-wendische Ort war von dichtem Wald umschlossen und dennoch hatte man dort eine genügend große Lichtung geschaffen um dort mehrere Äcker und Obstbaumfelder bewirtschaften zu können. Zusätzlich gab es hier gleich mehrere Kuh- und Schafweiden. Die Hühner wurden meist im Ort selbst gehalten, die Schweine in großen, luftigen Scheunen, mit Schlammgruben und Futtertrögen. Auch eine größere Herde Pferde graste hier friedlich auf einer grünen Wiese.

Die sächsischen Langhäuser mit ihren gekreuzten Giebeln (welche in Pferdeköpfen endeten) lagen rundherum um einen kreisrunden Wehrwall in der Mitte des Ortes. Oben auf diesem Wall befand sich ein überdachter Wehrgang mit angespitzten Palisaden.

Dieser umwallte Bereich war innen offen und dort stand neben einem Brunnen, mehreren Hütten und einigen Kornspeichern noch ein massiver, rechteckiger, gedrungener Turm aus festem Lehm und Holz. Dieser überwachte im Grunde die ganze Lichtung und verfügte sogar über einen eigenen Burggraben. Das Haupttor war nur über eine schmale Zugbrücke zu erreichen, die nur jeweils einen Mann hinüberließ.

Ein Bach floss schlangengleich durch diese ganze Ortschaft und plätscherte leise vor sich hin. Es war noch früh am Morgen und im vernebelten Ort war es ruhig und friedlich. Nur ein paar Gänse schnatterten aufgeregt als sich die Gefolgschaft von Arkim Mentzeler und seinen Gästen ihnen näherte. Einige sächsische Wachleute mit Kettenhemden und Lanzen sahen sie kommen und ließen sie passieren. Mentzeler führte sie dann durch den Ort und das bewachte Haupttor der Wendenmotte hindurch. Er sagte schließlich im Innenhof: „So! Dies ist unsere Burg: *Clotzeck*, so heißt sie. Genau wie dieser ganze Ort. Ich werde unserem ‚König‘ sagen, dass ihr hier seid. Wartet bitte."

Jens fragte vorsichtig: „König? Doch nicht - Unterkönig Lerach?!"

Mentzeler lachte: „Ihr habt Sinn für Humor, Friese! Haha! Lerarch unser König?! Der Bastard ist so sehr ‚König der Elbe‘ wie ich ‚König vom Spreewald‘ bin! Haha! Sehr gut! Lerach, König der Wenden und Sachsen! Macht es euch bequem. Miko! Gib ihnen was zum Beißen!" Die Waldläufer brachten ihnen etwas zu Trinken und warmes zu Essen. Sie ruhten danach von der Wanderung in einer der leerstehenden Hütten.

Gerlinde lag gähnend im Stroh: „Wieso stehen die meisten Hütten hier eigentlich leer? Hier ist doch viel Platz, warum wird er nicht genutzt?" Puk erklärte bereitwillig: „Dies ist eine Wehranlage für die Bevölkerung, eigentlich eine *Fliehburg*. Sobald Gefahr droht ziehen die Menschen sich hierher zurück und bewohnen dann diese Hütten und Zelte für den Zeitraum der Bedrohung. Otto der Große – euer alter König – hatte einst viele solcher Anlagen errichten lassen um seine Herzogtümer vor den marodierenden Magyaren zu schützen. Alfred der Große tat übrigens dasselbe gegen die einfallenden Nordmänner in Britannien." Gerlinde sagte: „Aha. Bist ja top informiert über *große Männer*, wie?" „Es geht."

Jens kaute gerade auf einem Apfel als Hinnerk grimmig knurrte: „Wir verlieren hier kostbare Zeit. Vielleicht ist Tangermünde ja schon wieder frei für uns?" Jens seufzte: „Wenn Tarpeja dort war dürfen wir davon ausgehen, dass wir dort schon erwartet werden: Mit fetten Bolzen und gespannten Bögen!" „Immer noch besser als hier irgendwo im Wald rumzustromern." „Oi! Wegen dir hätten sie uns erst beinahe umgebracht! Ich habe nur versucht zu retten was noch zu retten ist." Hinnerk setzte zur Antwort an aber Jens kam ihm zuvor: „Mensch, Hinnerk! Geduld ist doch eine Tugend?! Du hast vorhin selbst noch zugestimmt hierherzukommen, oder etwa nicht?" Er klopfte dem jungen Mann auf die Schulter: „Leevke passiert schon nichts." Hinnerk aber fingerte wieder am Knauf von Pakhaou: „Geifer und Tarpeja werden dafür bezahlen. Mit ihrem Blut, dass schwöre ich!" Jens nickte stumm. Wer konnte es ihm verdenken? Wäre er selbst viel ruhiger und geduldiger gewesen wenn Taalke entführt worden wäre? Er lächelte: „Es fällt mir erst jetzt auf - aber Leevke und Taalke würden sich sicher gut verstehen. Leider haben sie sich nie getroffen. Schade eigentlich." „Du wirst sie wiedersehen, auf jeden Fall."

Gerlinde unterhielt sich derweil mit den Waldläufern, welche offenkundig Probleme damit hatten dass sich eine Frau ihnen so aufdrängte. Puk leistete ihr dabei ‚Schützenhilfe'. Jens bemerkte: „Tzeh. Selbst Gerlindis hat Anteile von den beiden in sich. Abgesehen von der notgeilen, saufenden Ader natürlich." Und Hinnerk fügte hinzu: „Wie kann man sich als Weib nur so gehen lassen?" Jens zuckte mit den Schultern: „Sie ist eben ein echtes *Unikat*. Aber ich hab sie gerne dabei. Puk ebenfalls. Du solltest nicht immer so streng mit ihm sein, er meint es doch gut. Oder was meinst du, Runa? Du bist so still in letzter Zeit? Was ist los mit dir?"

Die Amsel auf seiner rechten Schulter seufzte leise: „Ich versuche nur nicht jeden darauf aufmerksam zu machen dass du ein heimlicher Zauber-Lehrling bist! Das am Fluss war ein Notfall. Und wegen deiner Puk-Frage: Bin ich jetzt euer Gesinnungs-Peil-Apperatus oder wie?" Jens hielt ihr einen Wurm hin welchen er aus einer Seitentasche geholt hatte: „Bitte, bitte, liebste Vertraute?" Seitdem er Runas Vorliebe für die schleimigen Erdwürmer kannte hatte er immer welche in einem Beutel mit Erde dabei, damit sie auch schön frisch blieben. Es verfehlte auch diesmal seine Wirkung nicht und instinktiv schnappte die Amsel danach, war wie hypnotisiert. „Na? Wie sieht es aus?" Runa nickte heftig und er gab ihr den Wurm. Sie würgte ihn in einem herunter und verschluckte sich sofort, bekam einen dicken Hals. Jens gab ihr dann einen Klaps auf den Kopf, sie schluckte herunter und bekam wieder Luft. Sie putzte hektisch ihr

Gefieder und fiepte dreimal in seliger Zufriedenheit.

Dann sah sie sich Puk einige Augenblicke intensiv an und meinte dann: „Hm. Seine Aura ist immer noch nach innen gekehrt. Er verwendet viel Kraft darauf, sich selbst im Zaun zu halten. Er ist im Grunde wie die Menschen in Hamburg, nur um einiges stärker und trauriger. Er verbirgt sich und seine wahren Intentionen hinter einem Schleier aus Täuschungen. Nur wenig Ehrliches kommt aus seiner Aura."

Hinnerk fühlte sich bestätigt: „Ha, siehst du?! Täuschungen! Der Kerl verbirgt etwas, spioniert uns heimlich aus für den Imperator, oder sowas *Obski-kures*!" Jens schüttelte den Kopf: „Das muss doch nichts heißen. Jeder hat ein Recht auf seine Geheimnisse, sogar Puk. Und sagte nicht schon Christus: An ihren Taten sollt ihr sie erkennen?! Puk hat uns bislang nur geholfen und sich sogar verbrannt wegen uns." Hinnerk seufzte: „Das könnte auch eine Taktik sein." Jens rollte mit den Augen: „Wofür?" Die Antwort blieb Hinnerk ihm schuldig denn Mentzeler kehrte nun aus der Motte zurück, hinter ihm ein ganzer Trupp reich gekleideter Sachsen und Wenden: „Gute Neuigkeiten! Wir werden umgehend die Thingstätte aufsuchen um über euer weiteres Schicksal zu beraten. Kommt mit, es ist nicht weit."

Kapitel 4

Rossreiter

Sie packten ihre Sachen und folgten dem Waldläufer und seinem reichen Gefolge auf einem Trampelpfad bis zum nördlichen Waldrand. Hier befand sich ein fünf Schritt durchmessender Baumstumpf. Ein großer Baum hatte einst hier gestanden, doch jetzt blieb nur noch der Stamm übrig, aus dem schon Pilze und zaghafte Äste sprossen. Nahe dieses Baumstumpfs hatte man zudem eine halbkreisförmige Tribüne aufgebaut welche Sitzgelegenheiten bot und zum Stumpf hin offen war. Die einflussreicheren Sachsen und Wenden setzten sich in kleinen Gruppen auf unterschiedlichen Plätzen nieder, und ein älterer Sachse mit weißem Rauschebart trat in die Mitte. Der Mann verbeugte sich erst gen Stumpf, dann gen Tribüne und verwies letztlich auf Mentzeler.

Mit rauchiger Stimme sprach er behäbig: „Nun denn…. beginnt heuer früh die außerplanmäßige Thing-Sitzung aufgrund der… der Fremden – Fremden!, welche unser geschätzter Waldbruder Mentzeler in unsere - diese unsere Mitte gebracht hat... Er selbst bürgt für ihre freundlichen Absichten und… das soll uns genügen um hiero nun Urteil zu sprechen über sie. So - so wie es nach altsächsischem Recht...“ Ein Zwischenruf ertönte: „Wendisches Recht!“ „…und wendischem Recht...“ „Und chaukischem Recht!“ „Und chaukischem Recht....“ Der alte Mann wartete einige Sekunden um zu prüfen, ob noch jemand etwas sagen wollte und fuhr erst fort als sich niemand mehr meldete. „Ähm - also nach all diesen, unseren, gemeinsamen *Rechten*…“ „Hessisches Recht nicht vergesse'!“ „Also nach ALLEN Rechten soll dann… ähmm… Recht… gerechtet… werden… N-nun hab ich denn Faden verloren...“

Ein Sachse, vielleicht Mitte zwanzig und mit dunklem Bart sowie merkwürdigen, blond-bräunlich längs-gestreiften Haaren welche hinten zu einem kurzen Zopf zusammengebunden waren, erhob sich jetzt von der Tribüne und stieg zum Alten hinab: „Lass gut sein, alter Rickerich. Wir wissen Bescheid. Dank euch.“ Der Mann trat in die Mitte und blickte langsam in die Halbrunde bis sich ‚Rickerich‘ mit knackenden Knochen gesetzt hatte. Mentzeler flüsterte andächtig zu Jens: „Das dort ist Strejka, der *Rossreiter*.“

Der Sachse sprach laut und klar: „Brüder! Freunde! Es beschämt mich erneut zu sehen wie wenig wir gelernt haben! Ob nun sächsisch, wendisch, chaukisch, hessisch! Was kümmert es uns im Angesicht unserer gemeinsamen Feinde? Habt ihr es schon vergessen?! Wir haben ein neues Recht und das lautet ‚Wir halten zusammen! Egal wie, egal wo! Wir halten zusammen!' Denn nur so überleben wir als Gemeinschaft! Das gilt nicht nur im Kampf sondern auch in alltäglichen Rechtsstreitigkeiten. Dickköpfe seid ihr gewesen und diese Einstellung hättet uns beinahe den Kopf gekostet, uns allen!"

Die Sachsen, Wenden und anderen Vertreter wirkten gekränkt und blickten grimmig auf den Stumpf vor der Tribüne. Strejka wies jetzt auf den Stumpf: „Ja, seht hin, und erinnert euch was die Franken uns angetan haben! Unsere heiligsten Stätten haben sie entweiht, unsere *Gerichtslinde* gefällt, unser Volk gemordet und verschleppt. Dies hier ist unser Mahnmal! Einst ein Ableger der *Irminsul*, welche selbst ein Ableger von *Yggdrasil* war!" Dies ließ die Männer aufhorchen und Thianna flüsterte in Hinnerks Gedanken ehrfürchtig: „Der Weltenbaum…"

Streijka fuhr dann fort: „Damals war es Karl der Große! Und heute ist es Unterkönig Gottschalk Lerach sowie die elende Hanse, welche erneut unseren Willen brechen will! Erinnert euch! Viele Völker und Bündnisse wurden dereinst hier geschmiedet. Man nannte uns Chauken zu Zeiten Caesars, Langobarden zu Zeiten Augustins, Sachsen zu Zeiten Karls und Wenden nennt man uns heute zu Zeiten Goldbarts!"

„Aber woher wir auch kommen, welchen Namen wir uns auch zugehörig fühlen; stets gelang es uns nur *geeint* unsere Lebensart zu bewahren! Manches mag sich inzwischen verändert haben, wohl wahr, aber so viel mehr ist dafür gleich geblieben! Das *Entscheidende* blieb gleich! Waffen und Schmuck bilden kein Volk, aber Geschichten, Legenden, Respekt, die Achtung der Ahnen und das Aufziehen der Jungen: All das macht uns aus, seit Jahrhunderten. Wir sind alles *Widukinder*. Wenn ihr euch aber zu sehr an Rechte klammert und kleingeistig nur an euch selber denkt, werden diese Rechte euch noch mit in den Höllenschlund reißen! Dorthin wo keine Zukunft mehr ist. Also bekommt es endlich in eure Dickschädel! Wir haben nur ein Gesetz weil wir uns nur eines *leisten können*!" Die Tribüne stampfte und brummte in Zustimmung nach dieser flammenden Rede. Hinnerk gab Jens einen Knuff in die Seite: „Der ist ja fast genauso am Labern wie du in Bruchtorf." Jens wirkte schockiert: „Übertreib nicht." „Ich untertreibe eher."

Strejka, der Rossreiter begab sich nun auf seinen Platz zurück, schnaufte und deutete Mentzeler nun sein Anliegen vorzubringen: „Verzeiht den Redeschwall so früh am

Morgen. Bitte, sprecht nun ihr, Bruder Arkim." Dieser nickte und erklärte den Vorfall am Ufer, die Nacht zuvor. Einer seiner Waldläufer präsentierte sogleich auch den abgeschlagenen Kopf des großen Pyrks Dominoho, dessen blaue Zunge stinkend aus seinem Maul hing. Fliegen umsurrten den haarigen Schweinskopf. Der Rat raunte und applaudierte dann zufrieden. „Na endlich!" „Hat ja lang genug gedauert!" „Endlich Genugtuung für meinen Sohn!"

Rickerich erhob sich als erster nachdem Mentzeler alles vorgebracht hatte: „Also… ähm… Ich denke doch dass der Tod einer solchen Bestie Grund genug ist den Verlust eines Baumes zu verschmerzen und ich äh… plädiere daher für Freispruch der Fremden. Ja, mehr noch! Un-Unterstützen wir diese… äh, ‚Friesen' bei ihrem Unterfangen ihre Freundin zu retten. Zeigen wir uns dankbar und freundlich." Die anderen stimmten vorbehaltlos zu: „Soll keiner sagen wir wären undankbar!" „Nimmer!" „Wir helfen euch, ist doch Ehrensache!"

Strejka erhob sich da: „So ist es also einstimmig beschlossen, ja? Friesen, ihr seid hiermit frei." Hinnerk stand ebenfalls auf: „Was anderes hät ich auch nicht akzeptiert!" Zu Jens Verwunderung brach die Versammlung nun in schallendes Gelächter aus und der alte Rickerich schmunzelte: „Ahhh! Gut zu wissen, dass die Friesen noch genau so stur und stolz sind wie damals! Schön, schön." Auch Strejka lächelte: „Gewährt uns aber bitte die Möglichkeit euch noch einen Tag hierzubehalten um Neues von der Welt zu erfahren und damit wir eine Reisegruppe zusammenstellen können welche euch nach Tangermünde begleiten wird. Sofern ihr wollt?"

Jens verbeugte sich leicht: „Ihr seid zu gütig. Wir nehmen dankend an." Strejka lächelte: „Ihr seid sicher müde vom Kampf und der Wanderschaft, daher bieten wir euch ein warmes Feuer, Speis und Trank." Gerlinde gähnte herzhaft als hätte sie nur darauf gewartet: „Klingt wu-hunderbar, nich? Wir hatten nicht viel Schlaf in letzter Zeit." Sogar Hinnerk stimmte spontan mit ins Gähnen ein: „Verdammich… Aber nicht zulange, klar?" Der alte Rickerich löste die Versammlung wieder auf und Arkim Mentzeler brachte sie dann in eine kuschelige Gaststube am örtlichen Marktplatz. Dort ruhten sie dann erstmal bis zum späten Nachmittag.

Als sie erwachten holte kichernde Frauen sie ab und brachten sie zur Motte wo man in der größten Hütte ein kleines Fest vorbereitet hatte. Es gab Fasan, Hase, Reh und sogar Wildschwein! Strejka saß ihnen direkt gegenüber und schmunzelte, über die Kerzen hinweg: „Keine Sorge, es ist kein Pyrkfleisch. Sie schmecken gar bitterlich." Sie aßen und tranken in illustrer Runde mit flotter Musik und Jens unterhielt sich dabei mit dem sympathisch wirkenden Anführer über die Geschichte des Ortes und seinen lautstarken Auftritt am Morgen.

Strejka erzählte bereitwillig den Grund für seine Rede: „Wisst ihr als ich hier ankam, Herr Janssen, vor nunmehr zehn Jahren, war hier alles miteinander auf's Blut verfeindet. Jeder, aber auch wirklich jeder bekriegte sich, eine Fehde jagte die nächste, oft aus den nichtigsten Gründen. Und alles nur weil man das wahre Problem nicht ansprechen wollte." „Die schrumpfenden Wälder?" „Exakt! Sehr gut. Soweit ich weiß haben die Friesen auch ihre Last mit solcherlei Fehderei zu tragen?" Jens lächelte über einem Becher Honigwein hinweg: „Es ist nicht zu leugnen, ja. Aber derzeit geht es eigentlich."

Der Sachse nickte fachmännisch: „Ein Zeichen für Dickköpfigkeit einerseits und geistiger Robustheit andererseits. Denn nur lebensmüde Schafe lassen sich ohne Murren zum Metzger führen. Wem nützte es dass sie immer friedlich waren, wenn es niemanden schert?! Aber jedenfalls: Dieser Wald war ein einziges Kriegsfeld. Sachsen, Wenden, Chauken, alle bekriegten einander während um sie herum die Welt immer kleiner wurde und sie sich um die schrumpfenden Reste balgten." Hinnerk fragte: „Sagtest du Chauken? Hier?!" Strejka wirkte verblüfft: „Durchaus. Es gibt zwar nur noch drei rein-chaukische Dörfer, doch die meisten von Mentzelers Bogentrupp sind alle alt-chaukischer Abstammung. Nicht gemerkt? Sie sind die ältesten Mitglieder unseres Bundes, neben den ‚wilden Waldmenschen' natürlich."

Und Jens fügte hinzu: „Chauken gibt es bei uns auch noch, sogar in mehreren Ortschaften. Wir dachten aber immer es wären die letzten?" Strejka lächelte: „Manche Stämme sind halt besonders zäh. Und hier brauchte es erst jemanden von außerhalb der diese Streithähne zusammenbrachte." Der alte Rickerich beugte sich jetzt zu ihnen und grinste durch seinen Bart hindurch: „Von Dorf zu Dorf ist der junge Mann gelaufen, hat überall angeklopft und nicht locker gelassen bis wir alle am alten Stumpf zusammenkamen, tjehehe. Da hat er uns dann zur Sau gemacht, mit Tränen in den

Augen. Jaja, so war das, damals. Strejka nannten wir ihn, *Streicher*. Denn er ist durchs ganze Land gestrichen für uns…"

Strejka schmunzelte: „Meine ganzen Kleider hab ich mir in nur einer Woche aufgerissen, denn ich bin in jedes Gestrüpp gerannt das dieser Wald zu bieten hat. Ihr könnt hier eigentlich keine Zweit Schritt gehen ohne einen Fetzen von meiner Kleidung zu finden, haha!" Gerlinde rülpste und meinte: „Und wieso nennt man euch dann noch ‚Rossreiter'?" Der Mann winkte ab: „Ach, dass ist hier ein alter Titel für einen Anführer, einen ‚König', wenn man so will. Die Sachsen haben nämlich früher starke Pferde gezüchtet und nannten ihre Heerführer entsprechend. Komisch, ich kann um mein Leben nicht reiten."

Puk fragte: „Und darf man fragen wieso ihr das getan habt? Alle Stämme zusammenzubringen?" Strejka druckste plötzlich herum, wirkte irritiert: „Gute Frage… Ich halte diese Bande zwar derzeit zusammen, aber ich möchte am liebsten dass sie auch ohne mich zu einer Einigung kommen. Denn irgendwann bin ich ja nicht mehr da. Ihr habt selbst gesehen was allein heute Morgen fast wieder passiert ist! Wir koordinieren unsere Angriffe zwar schon besser aber in den Köpfen sind sie immer noch im alten Fehdendenken verhaftet. Darum fängt es schon beim Namen an: Wir nennen uns jetzt Widukinder, im Angedenken an Widukind den sächsischen ‚Rebellen-Herzog'. Sein gerissener Geist ist immer noch zu spüren, nicht nur bei den Altsachsen."

Gerlinde war nicht überzeugt: „Ihr weicht Pukkis Frage aus, Rossmeister. Wieso tut ihr das alles?" Jens gab ihr einen Tritt auf den Fuß aber Strejka antwortete bereitwillig: „Ach, sagen wir einfach ich hielt es anderswo nicht mehr aus. Ich wollte…" Mit einem Mal wirkte er nun nicht mehr wie ein Erwachsener sondern eher wie ein verschüchterter Junge: „Ich wollte *Frieden*. Ruhe, Gelassenheit und Lachen… Ich wollte - eine Familie. Einen Zufluchtsort für mich und meine Freunde." „Freunde?! Welche Freunde? Sind sie auch hier?", hakte Jens nach. „Nein. Sie sind nun überall und nirgendwo, hatten andere Pläne…" Er schwelgte in Erinnerungen ehe er sich zusammenraffte: „Aber genug von uns. Erzählt von euch, von eurer Reise!"

„Was interessiert euch?", fragte Jens und der Rossreiter grinste: „Zunächst Hamburg! Was war da los? Man hört ja allerhand aber nichts Konkretes. Ihr wart dort, nicht wahr?" Jens lächelte: „Nicht freiwillig." Sie erzählten dann von den Vorkommnissen in

Hamburg und wie dort nach und nach alles aus den Fugen geriet. Hinnerk holte sogar seine ‚Geist der Freiheit'-Maske hervor und bald schon waren sie umringt von neugierigen ‚Widukindern', welche alles genau wissen wollten und denen das Ganze eher wie ein Märchen vorkam. Aber nichts in den Stimmen ihrer Gäste ließ Zweifel aufkommen und so mancher war am Ende dann schwer beeindruckt.

Strejka raunte leise: „Likedeeler?! Störtefad, Michels und Wigbold… Sie leben also noch?" Er schien sehr erleichtert und Jens bemerkte dies sehr wohl: „Mir deucht ihr habt Bekanntschaft miteinander gehabt?" Strejka huschte ein Grinsen über die Lippen. Er wirkte verlegen: „So kann man es auch sagen. Wir haben schon einmal zusammen gearbeitet. Tze! Der ‚Vertragsbrand von Hamburg'? Hehe. Das ist doch bestimmt dem *teuflischen Gehirn* entsprungen, richtig? Auch wenn ihr euren Anteil am Erfolg hattet."

Jens dämpfte seine Erwartungen: „Es war bei Weitem nicht so heroisch oder amüsant wie es nun am Herdfeuer klingen mag." Gerlinde lachte auf: „Ach, das war doch alles halb so wild, Nasifix! War sogar recht geil! Wir sind voll die Helden!"

Sie sah Puks Brandnarben und ruderte zurück: „Oh… Na gut, es war reichlich knapp, zugegeben. Tschuldige, Pukki." Puk wirkte nicht gekränkt: „Ist schon gut, *Lindula*. Nun habe ich immerhin etwas was mich auf ewig an diese bedeutsame Nacht erinnern wird. Ich find's nicht schlimm." Gerlinde nahm seine Vergebung dankbar an. Wenngleich sie oft (meist sogar mit Anlauf) in alle möglichen Fettnäpfchen lief, so kannte auch sie die Grenzen des guten Geschmacks und wirkte in solchen Fällen sogar übermäßig betroffen.

Strejka lehnte sich zufrieden zurück: „Nun nun, die besten Geschichten sind immer jene, welche man sich nur vor dem Herd anhört aber nicht gern selbst durchleben möchte ums Verrecken nicht…" Arkim Mentzeler trat an ihn heran und sagte nun, dass sie abreisefertig wären. Strejka nickte: „Also dann?! Ihr habt eine Aufgabe und die Widukinder werden sehen was sie tun können um euch ‚tapfere Helden' bei der Suche nach eurer Freundin zu unterstützen! Der Segen des Waldes sei mit euch allen." Man bedankte und verabschiedete sich. Gemeinsam wurden sie aus dem Ort hinausgeführt, erneut auf jenen unsichtbaren Pfaden welche wohl nur die Widukinder kannten…

Für Jens und Hinnerk war der Wald ein endloses Gestrüpp aus Büschen, Abhängen,

Gruben und wildem Getier. Kaum hatten sie die Fliehburg Clotzeck hinter sich gelassen, holte sie ein in Kettenhemd gehüllter Strejka mit bebender Brust ein: „W-wartet! Ich komme mit euch." Mentzeler fragte: „Seid ihr sicher, Herr? Es ist ein langer Weg und…" „Schon gut. Ich hock schon zulange an einem Ort, muss mal wieder ‚streichen' gehen, hehe." Sodenn begleitete sie der Rossreiter und ging sogar flott voran. Recht schnell wurde aber auch Jens deutlich, dass er nicht wirklich in diesen Wäldern aufgewachsen war und öfters von Mentzeler korrigiert werden musste.

Jens erinnerte sich an die Pyrks und fragte: „Was ist eigentlich mit der Gruppe Pyrks passiert welche ihr noch verjagt hattet?" Mentzelers Augen wanderten aufmerksam an den Bäumen entlang, suchten nach Zeichen pyrkischer Tollpatschigkeit: „Wir haben sie gejagt und getötet. Doch die werden wiederkommen. Seit nunmehr einem Jahr dringen sie schon in unsere Wälder ein. Es sind tollpatschige Kreaturen. Hier, seht." Mentzeler zeigte Jens einen angeschnittenen Baum: „Hier sind sie vorbei gestolpert, selbst für ein Kind zu sehen." Jens stellte fest, dass er es selbst nicht erkannt hätte. „Sie brechen und stolpern durch den Wald wie betrunkene Ochsen. Der Wald ist nicht ihre natürliche Umgebung, das merkt man immer wieder."

Jens überlegte: „Aber was wollen sie dann hier? So ausgehungert wie sie waren – finden sie doch kein Futter hier?" Mentzeler nickte grimmig: „Doch, das tun sie. Und zwar bei den Menschen, bei *uns*. Aber ihr habt Recht: Von alleine würden sie sich nicht hierherwagen." Jens runzelte die Stirn: „Ihr denkt also dass sie jemand hierher treibt?!" „Nicht treibt. *Verschifft*! Ich hab die Schiffe selbst gesehen: Lauter Käfige, verdeckt wie Viehkäfige. Aber ich kenne den Gestank von Pyrks. Jemand holt sie ganz aus dem Süden, dem Harzgebiet, und lässt sie am Elbufer wieder frei. Ohne Kontrolle, ohne Nahrung. Aber mit Waffen und Schilden." Jens sah zu Strejka und dieser nickte betreten.

Hinnerk sprang über einen Busch: „Hepp! Kommt mir bekannt vor diese Vorgehensweise. Nur, dass wir keine Schweinemenschen hatten sondern menschliche ‚Disruptoren'. Die waren auch nicht viel angenehmer. Jemand will euch wohl mürbe machen, Rossreiter!?" Strejka bestätigte: „Ja, sie bluten uns langsam aus. Generation um Generation. Darum ist mir die Zusammenarbeit ja auch so wichtig. Wenn wir noch übereinander herfallen wird nichts mehr vom freien Waldvolk übrig bleiben." Sie übernachteten auf halbem Wege, ehe sie dann am Mittag des nächsten Tages in Tangermünde ankamen; oder dem was davon noch übrig war. Der Fluss war hier voller Treibgut, die Stadt eine nasse Trümmerwüste…

Die Stadt sah aus als wäre eine Horde Pyrks über sie hergefallen, dicht gefolgt von einer Horde Gobolde, gefolgt von Plünderkrähen, gefolgt von einer Sturmflut, gefolgt von Rotten. Der große Wachturm des Ministerialen Thietmar „Flottser" Amgrund lag in mehreren Teile zerstückelt quer im Flussbett und der Ort selbst sah aus als habe Gott höchstselbst einen titanischen Eimer Wasser über ihm ausgeschüttet. Kärgliche, halbtote Gestalten wuselten zwischen den Gebäuden umher.

Strejka war ebenso erstaunt wie alle anderen: „Was bei *Triglaf* ist passiert?" Mentzeler begab sich zum Flussufer und sprach mit ehemaligen Bootsleuten, welche mittels Schiffshaken die Trümmer ihrer versunkenen Schiffe aus dem Fluss zogen. Ihnen schien es dabei völlig gleich zu sein dass er ein gefährlicher Wende war und gaben sogar bereitwillig Auskunft. Sie hatten derzeit ganz andere Probleme als die Waldmenschen, standen zudem noch unter Schock.

Als Arkim zurückkehrte erklärte er fassungslos von einer gigantischen Flutwelle, welche sich vorgestern aus dem Fluss erhoben und die ganze Stadt überschwemmt hatte. Auf die Frage hin wieso bloß die östliche Stadtseite überspült worden war und nicht die Westseite des Ufers hatten die Menschen nur krude Theorien. „Manche wollen gesehen haben wie ein Mädchen über dem Wasser schwebte und die Flut lenkte." Das war Hinnerks Stichwort: „Leevke! Sie war hier!" Jens kratzte sich am Kinn: „Scheint jedenfalls so. Sie muss sich wohl irgendwie befreit haben. Aber sind wir jetzt an ihr vorbei gelaufen? Haben sie verpasst?" Gerlinde stellte noch etwas anderes fest: „Aber wieso sollte Leevke so etwas tun? Das brächte unser Küken doch nimmer übers Herz! Nej-Nej, das war die andere. Ihr wisst schon. Diese rote Kröte! Koralle!" Jens verzog das Gesicht: „Natürlich war Koralle das. Keine Frage." Und Hinnerk nickte: „Jemand ist Leevke zu nahe gekommen... Wenn dieser Geifer sie angepackt hat, dann…!"

Puk meldete sich zu Wort: „Ich gehe nachsehen. Vielleicht finde ich ja Tarpeja oder Geifers Leiche?" Hinnerk sagte: „Ich komm mit." „Besser nicht, Hinni. Alleine bin ich schneller und unauffälliger. Bitte, vertraut mir." Jens deutete Hinnerk ihn gewähren zu lassen und dieser seufzte nur. Puk wandte sich an die Waldläufer: „Verzeiht, Herr Strejka? Vielleicht könnten ihr und eure Waldleute derweil im näheren Wald nach folgenden Spuren Ausschau halten?" „Wonach?" „Einen Mann mit schwerer Rüstung, eine leichtfüßige Frau schmaler Statur sowie ein Mädchen in Hinnerks Alter, eventuell aber auch von dem Mann in Rüstung getragen, sodass seine Spuren leicht tiefer müssten." Mentzeler lachte auf: „Sehr gut, Bub! Endlich jemand der meine Sprache spricht! Kommt, Männers. Auf zur heiteren Spurenjagd!" Puk bat dann die Bootsleute ihn überzusetzen und bot ihnen dafür drei römische Silbertaler an, welche sie murrend annahmen.

Die anderen kampierten derweil am Westufer und nahmen eine Mahlzeit über offenem Feuer ein. Jens wunderte sich dabei über die Süße des rotgesprenkelten Brotes. Der Rossreiter lächelte: „Das ist unser ‚Waldbeerenbrot'. Sehr beliebt bei Kindern. Aber auch die Jäger schätzen es als haltbare und stärkende Mahlzeit. Wenn der Geruch nur nicht immer die Ameisen anlocken würde." Während sie also auf Puks Bericht warteten trippelte Hinnerk nervös mit dem Fuß auf den Waldboden und Gerlinde warf eines ihrer wiederkehrenden Messer immer wieder gegen einen Baum. Dafür erntete sie grimmige Blicke der Waldläufer die weiter nach Feinden Ausschau hielten und ließ es daher.
Strejka erklärte ihr den Unmut der Widukinder: „Verzeih, aber der Wald beschützt die Menschen in diesem Wald schon seit Urzeiten. Ihn aus Spaß oder Langeweile zu verstümmeln findet hier keiner gut." Gerlinde verstand: „Tschuldige. Aber was soll man denn sonst hier machen? Lieder singen?" Und gerade als Hinnerks Kragen zu platzen drohte kehrte Puk zurück. Er sprang einfach aus den Baumkronen direkt in ihre Mitte, kniete sich (leicht theatralisch wie Jens fand) mit ausgestreckten Armen nieder. Ihr ‚Agent' berichtete sogleich: „Keiner hat genau gesehen was geschehen ist. Alle waren zu beschäftigt um ihr Leben zu laufen. Aber da war dieses eine Mädchen, welches wohl von Tarpeja gefangen wurde um Koralle dazu zu bringen wieder zu Leevke zu werden. Sie habe auch gesehen wie die beiden dann mit einem Ritter in ein Boot gestiegen wären um ans Westufer überzusetzen, nahe beim eingestürzten Turm."
Jens klatschte in die Hände: „Gut gemacht! Aber wie ist dir das Mädchen nur

aufgefallen?" Puk zögerte einen Moment ehe er antwortete: „Das Mädchen zitterte und war völlig verängstigt. Sie floh instinktiv vor mir und hat wohl gespürt wie ähnlich ich und Tarpeja einander sind. Das weckte meine Neugier. Es war eigentlich *Instinkt*." Hinnerk kniff die Augen zusammen und Puk erläuterte es näher: „Reichsengel und wir ‚Agenten in Rebus' teilen im Grunde dieselbe Ausbildung. Zwischen Kaiserreich und Imperium besteht ein langer, kultureller aber eben auch militärischer Austausch." Hinnerk sagte: „Egal. Ab in den Wald!" Als Mentzeler sodann von seiner Suche zurückkehrte bestätigte er Puks Vermutung: „Wir haben ihre Fährte gefunden. Sie war zwar durch den gestrigen Regen ein wenig verwischt aber niemand geht in meinem Wald umher ohne dass ich es mitkriege, haha!" Sie brachen sogleich auf und Arkim erklärte weiter: „Die hatten es sehr eilig. Die Spuren sind hektisch wie in einem leichten Spurt und dennoch tief. Die von dem Ritter besonders. Er trägt also jemanden. Huckepack!" Hinnerk biss die Zähne aufeinander: „Schneller! Wir müssen sie einholen!"

Ihre Gruppe wurde nun schneller, näherte sich nach einem weiteren Tag im fast ständigen Lauf dem Rand des Waldgebietes im Süden. Gerlinde pfiff schon aus dem letzten Loch und auch Jens ging es nicht viel besser. Sie rutschten über matschigen Laubboden und landeten beide unsanft im Gebüsch. Jens keuchte: „Geht… Geht nur ohne uns weiter… Ich muss nur… sterben oder sowas…" Mentzeler bestätigte: „Gut, aber ich lasse euch einen meiner Waldbrüder zu eurem Schutz hier. Wir haben sie fast eingeholt, ich *rieche* es! Aber sie sind auch fast der an der Grenze! Danach beginnt das Ministerialenland: Feindgebiet!" Hinnerk fragte noch einmal nach aber Jens winkte ihn weiter: „Geh… Geht nur! Aber *keuch* passt auf euch auf, klar? Kein unnötiges Risiko… ächz!" Er war am Ende seiner Kräfte und auch Gerlinde krächzte: „Meine Kehle…" Kraftlos lagen sie beide im Dornenbusch und Runa landete auf einem nahen Ast. Jens wedelte ihr atemlos mit dem Zeigefinger zu: „Hilf… ihnen Runa! Wir kommen… dann nach. Behalt sie gut im Auge." Die Amsel zögerte erst, hob dann aber doch ab: „In Ordnung, Lehrling-Jens! Ich folge ihnen!"

Die Jagd führte sie durch ein zunehmend sumpfiges Gebiet. Nebel kroch hier wie ein wallend-grauer Teppich über dem kühlen Boden, während kahle, verknorrte Bäume ihre oberirdischen Wurzeln mühsam durch den Morast zogen. Die einzige die kein Problem mit all dem Modder hatte war natürlich Runa, welche einfach hoch über ihren Köpfen kreiste. Mentzeler rief: „Obacht, bleibt in unseren Spuren, hier ist schon so mancher versackt!" Hinnerk konnte darüber nur müde lächeln. Als Friesen machte man ihm im Moor nichts vor. Wie oft hatte er schon das garstige Moor durchquert, oder jüngst die icenischen Marschen. Obendrein trug er ja seine getreuen Wattstiefel, jenes spezialbesohltes Schuhwerk, welches das Gewicht so verteilte dass man im Morast nicht mehr so leicht einsacken konnte.

Er beobachtete Puk bei seinem Vorwärtskommen und war doch ein wenig geknickt als er sah dass der Byzantiner ebenfalls mit seinen Römersandalen leichtfüßig von Stelle zu Stelle sprang und nicht einmal wirklich dreckig dabei wurde. Er sprang sogar an einem der knorrigen Bäume hoch und hielt von dort Ausschau nach ihren unsichtbaren Zielen. Als er Hinnerks Blick bemerkte winkte er ihm zu und lächelte aufmunternd. Er aber erwiderte den Gruß nicht. Seitdem er den byzantinischen Jungen aus den Folter-Fängen der Korriganen-Hexen Badb und Nemain befreit hatte, hing er an ihm wie eine Klette. Nicht, dass Hinnerk seine Unterstützung nicht begrüßte (vor allem, nachdem er für Jens Knebel-Vertrag sprichwörtlich durchs Feuer gegangen war) aber für ihn blieb der glatzköpfige Bursche mit den flinken Gliedern ein ‚undurchschaubares Ärgernis'. Es war mit Worten nicht zu erklären, doch ihm war Puks aalglatte, höfliche Art zuwider – insbesondere wenn man bedachte, dass er auch ohne Probleme wehrlose Gefangene ermorden konnte; wie im verbotenen Hain mit der Furie geschehen. Nicht weniger eiskalt war er auch gewesen als er Tarpeja in eine Falle gelockt und ihr ohne Regung den Hals aufgeschlitzt hatte.

Runa stürzte aus dem Himmel hinab und flatterte aufgeregt vor ihnen: „Da vorne sind sie! Sie haben Leevke bei sich, jaja! Sie ist es! Direkt vor euch!" Mentzeler bestätigte: „Sie haben ihre Schritte beschleunigt! Verdammt, sie haben uns bemerkt! Weiter! Schneller! Der Rand vom Sumpfland ist gleich da vorne! Wenn wir sie bis dahin nicht erwischen, kann's richtig ungemütlich werden! Die Grenze wird gut bewacht von sächsischen *Lanzenreitern*!" Hinnerk setzte zum Endspurt an: Leevke war direkt vor ihnen, zum Greifen nahe! Irgendwelche Lanzenreiter würden ihn nun auch nicht mehr aufhalten.

Brackiges Moorwasser spritzte hoch als er an Mentzeler vorbeizog: „Mir egal ob Grenze oder nicht! Die einzigen Grenzen welche es gibt sind die im Kopf! Oder Thi?!" Der magische Geist von Pakhaou raunte zustimmend: „Lass dich bloß nicht aufhalten von diesem Weicheiern, welche sich schon vor Flechtzäunen fürchten! Auf, auf, meen Harth! AUF!" Hinnerk ignorierte die Warnrufe Mentzelers und der anderen Waldläufer während Puk ihm weiter nahtlos folgte. Gemeinsam ließen die beiden die restlichen Waldläufer und Strejka bald hinter sich. Nur noch ein schmaler Waldstreifen lag zwischen ihnen und dem offenen Wiesenland der Ebene. Und da waren sie.

Geifer schwitzte und keuchte. Das Gewicht seiner Plattenrüstung spielte dabei eine weit größere Rolle als das vergleichbare Fliegengewicht des Mädchens auf seinen Schultern. „Sie haben uns gleich…", keuchte er in Tarpejas Richtung, welche ihrerseits nur leicht außer Atem war. Ihre Halswunde war aber an einer Stelle aufgegangen und Blut lief ihr über die schweissnasse Brust. Sie aber drückte einen Stofffetzen dagegen und krächzte: „Wir passieren die Grenze, hier ist das Hoheitsgebiet derer von *Kronenberg*!" „Schicki, Beccolina! Und wie hilft uns das weiter?!" „Schnauze…"
Sie kamen auf eine weit geschwungene, hügelige Graslandschaft. In der Ferne zeichneten sich schon mehrere sächsische Weiler mit umliegenden Äckern und Feldern ab. Geifer warf nun einen Blick zurück und sah wie Hinnerk und Puk aus dem Sumpf purzelten und schnell zu ihnen aufgeschlossen. Er knurrte: „Verdammt. Und kein Sanguin weit und breit." Tarpeja meinte: „Nun hör auf zu jammern!" „Findest du? Also wenn du dich noch einmal mit dem Geist der Blödheit und seinem geschminkten Lustsklaven auseinandersetzen willst; bitte! Sei mein Gast! Nochmal können sie dir die Kehle ja nicht aufschlitzen, oder?!"
Tarpeja blieb so abrupt stehen, dass Geifer beinahe in sie hineingelaufen wäre: „Was soll der Scheiss?! Wieso bleibste stehen, Weib?!" Er erwartete schon, dass sie ihn umbrachte oder zumindest einen Versuch in diese Richtung unternahm aber stattdessen sagte sie nur: „Sie sind hier. Etwas später als erwartet aber immerhin…" „Wer? Wer ist wo?! Was?!" Der Boden erzitterte und Geifer konnte die Erschütterungen selbst durch seine schweren Stiefel hindurch spüren. Vom nächsten Hügel her näherte sich eilig ein

Reitertrupp, ihre Lanzen blitzten silbern in der Abendsonne. Gras und Sand wurden aufgewirbelt und erzeugten eine Staubwolke.

Der Söldner fragte: „Die gehören zu uns? Aber woher kommen die so schnell?" „Während du deine Verschnaufpausen genossen hast habe ich mich um Verstärkung bemüht." Tarpeja holte nun einen lederumwickelten Buchenstab aus ihrer Hüfttasche. An dessen Kopfende befand sich ein länglicher, schwach bläulich schimmernder Kristall und darunter (zwischen Kristallhalterung und Ledergriff) ein rechteckiges Feld in welches eine Rune eingeritzt worden war. Es handelte sich dabei um einen senkrechten Strich der am oben in einem sechsarmigen Strahlenkranz endete. Sie reckte ihn nun in die Höhe und drückte mit dem Daumen auf die Rune, so als wäre es ein Knopf. Geifer zuckte zurück als eine grelle, knisternde Kugel mit blauem Schweif aus dem Kristall schoss und in einem knisternden Bogen langsam wieder auf die Erde herabfiel und sich dann in immer kleinere Lichtfunken auflöste. Sie grinste: „So in etwa geht das."

Die Reiter sahen das Signal und waren bald heran. Es waren ihrer zwölf und sie waren mit Lederrüstungen, Eisenhelmen und Lanzen bewaffnet. An ihren Seiten baumelten zusätzlich neben den üblichen Kurzsaxen auch sogenannte ‚Bauernjörge': lederumwickelte Schlagstöcke, die so lang wie Schwerter waren und wie Peitschen knallten. Es waren Hetzer und Aufseher; nicht gerade die Elite des Landes. Aber besser als nichts.

Tarpeja krächzte zu dem Anführer: „Bringt uns sofort zum hiesigen Fürsten! Es eilt!" Der Anführer der Reiter fragte indes: „Also ihr habt das ‚gelfische Notsignal' abgesetzt? Wer seid ihr überhaupt?!" „Ich bin Reichsengel, Narr!", gab Tarpeja zur Antwort und verwies auf das eingeritzte ‚REGNUM' auf ihrer Stirn. Der Anführer machte sogleich große Augen und überlegte kurz ob er einem Scherz aufgesessen war. Dann aber erhärtete sich seine Miene als er Tarpejas unnachgiebigen Blick bemerkte. Er schluckte: „Nun gut! Wir bringen euch nach Haldersleben! Dort ist derzeit unser Herzog zugegen – Heinrich der Weiße!" „Gut." Der Reiteranführer erblickte Hinnerk und Puk welche sich näherten: „Gehören die zu euch oder werdet ihr verfolgt?" Geifer lachte: „Letzteres! Diese Burschen sind Feinde des Reiches, also tötet sie! Reitet sie nieder!" Tarpeja bestätigte: „Der Söldner hat ausnahmsweise Recht. Wendische Rebellen griffen uns an und wir konnten nur mit knapper Not entkommen. Ihre Leben sind somit verwirkt. Ein Gerichtsverfahren ist nicht von Nöten. Erledigt das für uns."

Der Reiteranführer zögerte: „Aber wir haben strikte Anweisungen Feinde die aus dem Wald kommen *festzunehmen*, Herrin Reichsengel. Das kann ich so nicht entscheiden ohne Rücksprache mit dem Herzog…" Geifer stöhnte: „Das sind Aufrührer und Mörder! Wofür braucht ihr solche Figuren gefangennehmen?!" Der Reiter sah ihn abschätzig an: „Für den Herrn *Warloga* natürlich." „Hä? Was für'n Loga?!" Der Reiter antwortete nicht und besah sich stattdessen seine ungeschützte Hand, welche vorher auf dem Hals seines Pferdes geruht hatte. Dessen Fell war schweißnass geworden: „Wenn man vom Teufel spricht."

Die Reiter stoben daraufhin kreisförmig auseinander und Tarpeja bemerkte wie sich ihr die Nackenhaare aufstellten. Nicht, dass sie ihre Angst nicht unter Kontrolle hatte aber das sogar ihr Körper eine solche Reaktion zeigte war ungewöhnlich; vor allem angesichts des eigentlich normalen Erscheinungsbildes jenes schmalen Mannes, welcher jetzt wie ein Blitz einfach aus dem Himmel herabfiel, auf dem Boden landete und sich dann langsam; bedächtig und würdevoll, aus seiner gebückten Haltung erhob. Um ihn herum knisterte die Luft vor magischer Spannung.

Die Kleidung des Fremden war hauptsächlich schwarz was seine blasse Hautfarbe nur noch mehr zur Geltung brachte. Er hatte eine hochgewachsene, schlanke Gestalt und steckte in einem schwarzen Seidenhemd mit ausgefransten, dunkelbraunen Schulterstücken sowie enganliegenden, pechschwarzen Hosen und feinen Lederschuhen. Seine filigranen, langen Hände hielt er an Daumen und Zeigefinger nebeneinander gelegt (sodass sie eine nach unten gerichtete Pfeilspitze formten) und an seinem linken Ringfinger steckte ein mit Kreuzsymbolen bestickter, bläulicher Ring. Sein Gesicht war lang, schmal und von entnervender, fast überweltlicher Schönheit. Ein gleichmäßiges Antlitz mit starkem, eindringlichen Ausdruck und animalischer Kraft unter einer harmlosen Fassade. Wer den Fremden ansah hatte sofort das Gefühl sich in seinen dunklen Augen verlieren zu können, welche kontrolliert und ohne Hast um sich blickten. Das scharf geschnittene Gesicht wurde gekrönt von glatt nach hinten gekämmtem, weißem Haar.

Der Ankömmling schien für niemanden Interesse zu haben; einzig Leevke bedachte er mit einem neugierigen Blick als er mit tief-samtener Stimme sprach: „Ah, Reichsengel, was habt ihr uns denn da mitgebracht? Sie ist… *anders* als alle anderen nicht wahr? Ich spüre es." Tarpeja musste sich jetzt zusammenreißen. Die Strapazen der letzten Tage hatten sie stärker in Mitleidenschaft gezogen als sie zugeben wollte und dieser Fremde, der so plötzlich aus dem Himmel fiel wie eine überreife Frucht, besaß eine immens eindringliche Aura. Sie erkannte schnell, dass der Fremde seine Stimme gerne dazu einsetzte um Frauen verrückt zu machen; wahrscheinlich auch Männer!

„Sie ist meine Beute, schwarzer Zauberer. Wenn du sie mir abnehmen willst dann nur über meine Leiche, klar?" Der Fremde lächelte kurz, so als wäre er amüsiert: „Ha, wozu dieser heftige Beißreflex? Wir stehen doch auf derselben Seite, nicht wahr? Abgesehen davon bin ich kein ‚schwarzer Zauberer', Reichsengel. Ich bin ein *Warloga*… Also geht bitte, geht in Frieden. Geht und nehmt die Kleine ruhig mit euch. Ich erlaube es." Tarpeja krächzte: „Wenn ihr schon mal da seid, befehle euch die beiden dort zu töten!" Der Warloga schüttelte kaum merkbar sein Haupt: „Ihr habt eure Beute, ich entscheide über die meinige. Hauptmann? Bringt unsere Freunde bitte fort zum Herzog. Ich regle den Rest. Alleine." „Jawohl, Herre Warloga!" Geifer und Tarpeja bestiegen nun die Pferde und ritten mit Leevke zurück nach Haldersleben. Nur der Warloga blieb allein zurück auf der Wiese und wartete mit verschränkten Armen.

Kapitel 5

Der schwarze Hexenmeister

Seelenruhig stellte sich der Warloga ihnen entgegen. „Halt!", schrie Hinnerk den Reitern nach und ignorierte den schwarz gekleideten Mann völlig. Er trug keinerlei Waffen und stellte somit keinerlei Gefahr da, dachte er. Puk bemerkte indes die gefährliche Aura aber sein Aufschrei kam zu spät: „Pass auf, Hinni!" Thianna kreischte ebenfalls in Hinnerks Gedanken als grelle-weiße Blitze aus den Händen des Mannes schossen und ihn mit qualmender Brustwunde mehrere Meter durch die Luft schleuderten. Thiannas Geist schlug grün-grelle Funken, als sie versuchte die schädlichen Energien von Hinnerk fernzuhalten. Sie verwandelte sich hierzu eigenständig in einen Umgang und hüllte ihn damit ein wie ein Kokon. Der Warloga legte interessiert den Kopf schief: „Nanu? Eine Fylgie? Interessant."

Puk nutzte diese Ablenkung sofort; spurtete von hinten halbkreisförmig an den Warloga heran, beide Krummdolche bereit zum Stoß. Dieser hatte ihn noch nicht bemerkt als Puk plötzlich zwei *Glubschaugen* im Hinterkopf des Warloga erblickte. Dieser wirbelte sofort herum und schleuderte erneut knackende, weiße Blitze aus seinen Fingern. Puk aber sprang gekonnt beiseite. Allerdings entfesselte der Warloga jetzt eine Art Stolperfalle aus ‚fleischig-weißem' Material am Boden welche Puk stolpern ließ; genug Zeit für den Warloga eine weitere Ladung Blitze direkt in ihn hinein zu jagen. Der Byzantiner wurde von der Wucht weggeschleudert, und landete doch unversehrt im hohen Gras. Er sah zwischen ihnen beiden ein hustendes, qualmendes Etwas und sprang auf die Beine nur um eine zuckende, braune Amsel im Gras zu entdecken. „Runa?! Lebst du noch?!" Der Amsel hing die Zunge schlaff aus dem Schnabel und sie versuchte mit den Flügeln zu schlagen. Puk hob sie behutsam auf und legte sie eilig hinter zwischen einige, kleine Felsen: „Hab vielen Dank.", sagte er und sie verlor das Bewusstsein.

Der Warloga aber runzelte nachdenklich die Stirn: „Nun auch noch eine Vertraute? Was für ein merkwürdiger Haufen seid ihr überhaupt?" Hinnerk richtete sich derweil wieder auf und kochte vor Wut: „Das hat dich nicht mehr zu kümmern, Zauberer! Denn du wirst jetzt sterben!" Der Warloga nickte anerkennend: „Wohl wahr, ihr seid nicht schlecht, besonders für euer Alter! Starke Seelen habt ihr beide, dass habe ich gleich gespürt selbst im Ort! Ihr könntet vielleicht dem schwarzen Alptraum lange genug standhalten… Ja seid gute *Ware*!" Ein weiterer Blitz schoss da aus seinen Händen und diesmal nahm Hinnerk ihn an und schleuderte den Kugelblitz mittels Thiannas Hilfe wieder zurück. Der Warloga sah es rechtzeitig kommen und tat elegant einen Schritt zur Seite. Hinter ihm explodierte dann ein Hügel, Grasbrocken regneten auf sie alle nieder. Etwas daran aber schien den Warloga leicht zu irritieren; damit hatte er wohl nicht gerechnet. Hinnerk und Puk griffen nun erneut an und der Warloga wich vermehrt zurück. Dabei schien es aber so, als würden Hinnerk und Puk immer nur ein *Abbild* des Zauberers treffen aber nie seinen echten Körper. Wie an einer Kettenschnur zog der Warloga immer eine Reihe von Abbildern seiner selbst hinter sich her die sich in Luft auflösten sobald sie berührt wurden. Es waren Illusionen zu seinem eigenen Schutz. Seine rückwärtigen Schritte waren zudem besonders leichtfüßig, so als schwebe er knapp über dem Boden.

Hinnerk wurde diese Spielchen bald Leid und Pakhaou verwandelte sich schlagartig zu einem Speer, welcher durch mehrere Illusionen zugleich hindurchstach und den ‚echten' Warloga an der oberen Schulter erwischte. Schlagartig war der dunkle Zauberer verschwunden, wie in der Luft aufgelöst. Sie sahen sich um und er schwebte dann dutzend Meter über ihnen, befühlte seine neue Wunde. Sein Blut war dunkelrot, beinahe schwarz und zischte, kochte wie heißer Teer. Der Warloga schien nun nicht mehr so gelassen sondern vielmehr *fuchsteufelswild*, sein wunderschönes Antlitz tobte vor brodelndem Zorn. Hinnerk klatschte Puk ab: „Gut gemacht!" Puk nickte erfreut: „Wir sind gut eingespielt, wie?"

„Ihr habt mich verwundet.", sprach der Warloga leise „Aber denkt nicht, dass ihr schon gewonnen hättet. Ich! Denn ich! Ich bin der WARLOGA!" Hinnerk zuckte mit den Schultern: „Das du kein *Mann* bist, sehe ich! Also komm runter damit ich dich vollends aufspießen kann." Puk jedoch überlegte krampfhaft: „Warloga… Warloga – irgendwo habe ich den Namen doch schon einmal gehört…?" Der dunkle Zauberer breitete nun die Arme aus und Blitze jagten von ihm kerzengerade aus in den Himmel, erzeugten ein grelles Spinnennetz aus mehreren Lichtfäden die sich gegenseitig überlagerten. Hinnerk spuckte aus: „Der plant etwas..." Der Warloga lachte dann in einer Art welche völlige Überlegenheit zum Ausdruck brachte und in ein dämonisches Gackern überging. Es wurde dunkel, wie bei einer Sonnenfinsternis. Die Wolken zogen sich zu düsteren Gruppen zusammen.

Puk fiel es da wieder ein: „Oh nein! Das ist kein Zauberer, Hinnerk. Das ist ein *Hexenmeister*! Ein Warloga!" Hinnerk begriff es nicht: „Ja und was ist das?! Ein ‚Wahr-Lüger'?" „Ja fast! Er ist einer, der die ‚Wahrheit belügt'!" „Watt?!" „Er ist ein Diener von Dämonen, ein Handlanger der schwarzen Künste!" „Nur ein Diener? Von was für einem Dämon denn bitte?" „Keine Ahnung." Hinnerk war unbeeindruckt aber der Warloga beantwortete die Frage mit einem schmallippigen Grinsen. Seine Pupillen waren zu waagerechten Schlitzen geworden wie bei einer Ziege: „Ich diene dem Dämon der Träume, der endlosen Wacht! Das ewige Wandern in schwärzester Nacht!!"

Mit diesen Worten riss der Warloga nun die erhobenen Arme hinunter und zeigte mit ausgestreckten Handflächen auf Hinnerk und Puk. Anstelle von Blitzen bildete sich diesmal eine schimmernde Glocke um die beiden. „Was ist das?!", fragte Hinnerk und Puk zog ihn zu sich: „Raus hier. Bevor… es…. wirkt…" Puk fiel es umgehend schwer die Augen aufzuhalten. Einen Moment später kippte er schon zur Seite und schlief. Hinnerk hielt länger durch und versuchte dem Schlafzauber zu entkommen, doch der ziegenäugige Warloga ließ die Glocke einfach seinen Bewegungen folgen. Es gab kein Entkommen. „Thi?", gähnte Hinnerk und diese schrie: „Schnell! Wirf mich auf ihn! Das ist unsere einzige Chance! Wirf mich auf ihn!"

Der Friese hob den Speer an und schleuderte ihn mit allerletzter Kraft. Im selben Moment fiel er schon todmüde um und schlief ein. Der Warloga sah den Speer nahen: „Fylgiendreck!" Der Speer traf ihn zwar nur am Bein, aber es reichte um ihn ins Trudeln zu bringen. Magische Energien entluden sich in blauen und grünen Funken als der Warloga langsam aber sicher zur Erde sank. Er hatte Schwierigkeiten seinen Sinkflug zu kontrollieren und der Hexenmeister schmetterte unsanft auf den Boden, während sich Thianna noch in eine Axt verwandelte und mit ihrer eigenen Kraft auf seinen Kopf einhieb. Dieser aber verpasste Thianna noch einen mentalen Schlag mit seinem arkanen Kopf. Seine Schläfenadern pulsierten sichtbar als er und die Fylgie sich mit ihren mentalen Kräften bekriegten, noch während sie auf ihn niedersank. Thianna war stark und als Volksgeist zu vielem in der Lage. Nur war gerade keiner ihres Volkes zugegen oder bei Bewusstsein. Hinnerk schlief und ohne seinen körperlichen Rückhalt hatte sie keine ‚dauerhafte Handhabe' in der realen Welt. Der Warloga aber besaß seinen lebenden Körper, seinen Anker noch. Thianna schrie was allerdings für die Außenwelt eher wie ein hochfrequentes Pfeifen klang. Sie gab ihr bestes aber letztlich überwand sie der Hexenmeister doch noch. Sie ließ sich erschöpft in ihrer üblichen Langsax-Form ins Gras fallen. Hinnerk erhob sich da fast schon wieder aus dem Schlaf als der keuchende Warloga *hart* mit dem Zeigefinger auf ihn zeigte und den Schlafzauber schlagartig wieder stabilisierte. Der Junge klappte erneut zusammen und schlief wieder ein.

Der Hexenmeister schnaufte und fluchte über seine erlittenen Verwundungen an Schulter und Bein. Schwarzes Blut troff daraus heraus und verätzte die Grashalme die davon getroffen wurden wie eine Säure: „Verflucht. Der schöne Anzug…" Er vernahm wütende Rufe und (weitaus wichtiger) sirrende Pfeile vom nördlichen Waldrand welche knapp vor ihm einschlugen. Wendische Waldläufer nahten und schossen mit ihren Bögen auf ihn. Doch der Warloga würde seine hart erkämpfte Beute nicht so leicht zurücklassen. Er hüllte Hinnerk, Puk und auch Thianna darum in eine magische Blase, trank eine Phiole aus brodelndem Fett und erhob sich dann in die Lüfte, zog die Schlafenden mit sich wie einen Sack und flog schleunigst nach Haldersleben zurück…

Strejka und Mentzeler keuchten schwer als sie sahen wie zwecklos es war dem fliegenden Mann noch mehr Pfeile hinterherzuschicken, zumal sie ihre Freunde auch hätten treffen können. „Wir sind zu spät!", seufzte Mentzeler und Strejka fluchte: „Verdammt! Wieso konnten sie nicht warten?!" Mentzeler legte dem Rossreiter die Hand auf die Schulter: „Da hätten wir auch nichts machen können, Herr. Hier auf der Ebene sind die Reiter die Herren; die hätten wir nimmer einholen können, selbst mit tausend Mann nicht." Strejka nickte mehrmals und ein nachrückender Waldläufer rief: „Hiero! Ich habe etwas gefunden, Rossreiter!"

Sie liefen zu ihm und zu seinen Füßen, zwischen einigen Felsen lag eine kleine, leicht verkohlte Vogelgestalt. Mentzeler grübelte: „Nanu? Ein Brathühnchen? Muss wohl einer der Reiter verloren haben. Ich hab sogar leichten Hunger…"

„Ah…nicht….essen!", krächzte das Gefieder und Mentzeler hob sie hoch: „Ich scherze nur, Amselfreundin. Siehst ja übel aus. Wir bringen dich besser zurück und versorgen deine Wunden. Kommt ihr, Strejka?" Jener stand mit Blick gen Haldersleben und der Wind zerrte an seinem Umhang. Ihr junger Anführer wirkte traurig und wütend zugleich: „Da ziehen sie hin und nehmen unsere Hoffnungen mit auf jene Reisen, die wir nicht mehr machen können…" „Herr?" „Was? Achso, ja ich komme!"

Mentzeler führte sie zurück zum Waldstreifen wo auch Jens und Gerlinde warteten. Mehrmals wären sie beinahe im Moor versackt und nun gut mit Modder und Dreck überzogen. Als sie den beiden von dem Geschehen berichteten, ließ sich Jens prompt auf den Waldboden fallen. Er sah aus wie jemand dem inzwischen alles egal war. Lakonisch bemerkte er: „Ich hab mindestens drei spitze Äste im Rücken und zwei stumpfe im Arsch aber das setzt dem Ganzen die sprichwörtliche Krone auf." Gerlinde erbarmte sich seiner und half ihm hoch: „Na komm schon, Frenz Franssen, du alte Socke. Mir tut auch alles weh (und ich meine wirklich alles!) aber unsere Freunde brauchen uns jetzt." Jens wischte sich über das Gesicht und ein Frosch sprang ihm aus der nassen Schlappmütze: „Sagt, habt ihr Kontakte in Haldersleben, Herr Strejka?"

Dieser schüttelte den Kopf: „Nicht mehr. Früher waren sie auch Sachsen, genau wie alle aus Magdeburg oder Braunschweig. Dort waren es die Engern und Falen. Doch nun sind es nur noch Gelfen, Billunger, Staufer, Salier… die haben ihre gemeinsame Herkunft vergessen und orientieren sich nur noch an Adelsfamilien." Gerlinde gab nicht auf: „Aber ihr habt doch eine Armee, oder? Lasst uns doch einfach die Stadt stürmen und alle befreien!" Strejka lachte auf: „Ihr überschätzt unsere Möglichkeiten Weib. Für eine Feldschlacht ohne lange Belagerung fehlen uns sowohl die Mittel, die Leute, Ballisten wie auch Onager. Abgesehen davon dass sich der ‚weiße Heinrich' zurzeit dort aufhält und nur auf so eine Gelegenheit wartet uns so leicht auszulöschen."

Jens zuckte mit den Schultern: „Heinrich der Weiße ist keiner von den Guten?" Strejkas Blick verfinsterte sich: „Urteilt selbst: Er und sein Vetter, Heinrich der Schwarze, sind Herzöge dies- und jenseits der Elbe und hauptverantwortlich für all unsere derzeitigen Leiden. Niederkönig Lerach ist nur einer ihrer vielen Günstlinge. Diese gelfischen Vettern aber führen das Kommando in diesem inoffiziellen, zweiten Wendenkreuzzug und ruhen nicht eher bis sie uns alle gefangen, versklavt oder getötet haben. Ihre

Schergen sind es die immer wieder in unsere Wälder eindringen und uns jagen – nur so zum Spaß! Mit Gottesgesängen morden sich die weißen Truppen durch unsere äußeren Siedlungen, bluten uns so aus. Nichts ist schlimmer als fanatische Menschen! Horden von Dominhohos würde ich lieber bekämpfen als diese Irren!"

Jens seufzte und Mentzeler überreichte ihm die (gut gebrutzelte) Runa. Der Kaufmann machte große Augen: „Ist sie…?" Runa hustete und schüttelte dann ihr Gefieder frei von Ruß. Jens seufzte so stark vor Erleichterung, dass die Vertraute ihm beinahe von der Hand geflogen wäre. Sie hustete: „Setz mich… auf das Buch drauf, bitte." Jens tat es ohne lange zu überlegen. Für seinen rationalen Verstand mochte es Blödsinn sein aber er hatte schon zulange mit der Magie zu tun gehabt um noch groß Fragen zu stellen. Runa kauerte auf der Mitte des Buches wie eine brütende Glucke und Mentzeler brachte eine Heilsalbe, die er auf ihr Gefieder rieb. „K-K-Kalt! Aber guuut…." , bibberte sie. Jens fragte vorsichtig: „Schön, dass es dir gut geht. Aber wer war nun dieser fliegende Kerl? Noch eine Windhexe, wie Macha?" Runa schüttelte den Kopf: „Nein, keine Hexe oder göttliche Priesterin. Sondern ein sogenannter Warloga, ein ‚Wahr-Lüger'. Ein Verdreher der Worte, ein Leugner der Götter, ein *Dämonenpriester*…"

Sie bemerkte Jens nachdenklichen Blick und erklärte genauer: „So wie es Priester gibt, welche den menschenfreundlichen Göttern huldigen und von ihnen ihre Kräfte beziehen so gibt es auch diejenigen, welche den finsteren Aspekten der jeweiligen Mythologie huldigen…" Gerlinde schnipste mit den Fingern: „Du meinst also Teufel, Dämonen und so'n Zeug?" „Genau." Gerlinde grinste breit: „Was ich alles weiß, ne? Ne, Jens? Bin voll ‚arkan gebildet'. Super schlau." Jens nickte: „Beeindruckend."

Runa fuhr dann fort: „Nahezu jede Mythologie hat auch immer ihre Übel, hat eine ‚schlechte Seite' um die Dualität der Welt zu erklären und um die Positionen der Götter durch negierte Standpunkte als inhärent positiv zu definieren. Es geht also um die jeweilige Nemesis des Pantheons. Dessen Priester sind die Warloga, korrumpierende Spiegelbilder, Anti-Priester sozusagen. Sie sind sehr selten aber umso gefährlicher, je größer das Gefälle zwischen Göttern und ihren Widersachern ist. Götter und Titanen, Asen, Wanen und Riesen…" Jens fasste sich ans Kinn: „Jesus und Luzifer?" Runa wippte auf und ab: „*Exaktis*! Der der vertraut und der der misstraut. Soweit ich den christlichen Duktus verstanden habe." Gerlinde schmunzelte: „Wie? Du kennst Gott und

Teufel nicht? Die kenn sogar ich!" Runa fiepte wütend: „So alt ist euer Kreuz-Glaube ja auch noch nicht!" „Nicht?" „Nein. Und außerdem: Für die meisten Priester waren Wesen wie ich immer nur bösartig, da gab es meinerseits nicht sonderlich viel Interesse mehr darüber zu lernen…" Jens lächelte nachsichtig: „Verständlich. Wer will schon darüber lesen wie doof er ist?" „Vorallem ohne mich zu kennen!" „Ja. Aber was könnte dieser Dämonenpriester von Hinni und Puk wollen? Wieso hat er sie mitgenommen?" Runa grübelte: „Nun – rituelle Opferungen und Ausweidungen sind oft Teil warlogischen Tuns." Jens schwindelte: „Ich geh dann mal eben kotzen." Gerlinde überlegte: „Hm. Ob dieser Saftsack wohl mit Tapete und dem Sabber-Söldner unter einer Decke steckt?!" Jens zuckte mit den Schultern: „Mag schon sein, aber es spielt vorerst keine Rolle. Wir müssen ihnen hinterher, unbedingt! Wenn der Warloga sie nun aufschneidet! Oh Gott!" Strejka setzte sich zu ihnen: „Das wird nicht passieren."
„Wieso das?!", fragten Jens, Runa und Gerlinde im Chor.
„Der Warloga ist nicht grundlos hier und mit den ‚Heinrich-Herzögen' im Bunde. Eure Freunde wurden *verschleppt*." „Was meint ihr damit?" Strejka seufzte: „Diese Kreuzzüge dienen nicht nur zur Schwächung unserer Gemeinschaft sondern auch als Sklavenfang. Es reicht ihnen nicht mehr nur unsere Männer zu töten unsere Frauen zu verstümmeln; nein sie rauben uns auch unsere Zukunft. Die Kinder." Mentzeler ergänzte, mit düsterer Miene: „Wir sind nicht sicher was mit ihnen passiert, aber sie verschwinden im Süden ohne Spuren zu hinterlassen. Einmal bin ich ihnen weit gefolgt. Es war ein langer Zug aus Kindern bis in das Harzgebirge hinein. Im Sturm aber stürzte ich unglücklich und verlor danach ihre Spur. Berge sind nichts für einen alten Waldhasen, scheint mir." Gerlinde mutmaßte: „Oder der Warloga hat dich entdeckt und dich durch einen Zauber stolpern lassen? Dieser Kerl fliegt, hat bestimmt eine gute Übersicht!" Jens sah sie nacheinander an: „Zusammengefasst ergibt sich also folgendes, erfreuliches Bild. Ein negierter Satans-Priester welcher Kinder mittels Schlafmagie entführt; ein fanatisch-weißer Herzog der sächsische Walddörfer abbrennt; sein schwarzer Bruder der ihm wohl in nichts nachsteht; sowie Pyrks, welche aus dem Süden hierher geschippert werden um dann im Wald auf die Menschen losgelassen zu werden und sie zu töten. Reicht das oder kommen noch mehr solcher Hiobsbotschaften auf uns zu?" Gerlinde kratzte sich am Kopf: „Also wenn du es *so* aufführst, ist es wirklich etwas

viel."

Jens schnaufte und wandte entschlossen sich an Runa: „Vertraute Runa?" Die Amsel sprang auf wie ein Soldat: „Jawohl?!" „Kannst du wieder fliegen?" „Flügel bereit, Amsel startklar!" „Gut. Du musst für uns das Gelände auskundschaften und uns melden wohin Hinni und Puk verschleppt werden!" Jens hielt ihr einen Wurm hin: „Diese Auszeichnung gibt es bei erfolgreicher Rückkehr! Keine Alleingänge und nicht in Blitze fliegen, auch wenn's schwer fällt, ja?" Die Vertraute wippte auf und ab: „Ich geh nur gucken, verstanden!" „Schön. Wir versuchen derweil uns Haldersleben zu nähern um dort nach unseren Freunden zu suchen."

Mentzeler nickte: „Ja, dorthin wird man sie zunächst bringen, als Sammelsstelle. Es gibt ein paar Waldstücke auf dem Weg, die wir als Deckung nutzen können. Ich bring euch dorthin!" „Danke. Also los. Verlieren wir keine unnötige Zeit mehr." „Ich liebe dich, Jensel!", rief Gerlinde aber dieser winkte ab: „Bleib auf dem Teppich." Runa flatterte los und Jens und Gerlinde folgten dem Rossreiter und Arkim Mentzeler. Ihr Ziel war die sächsische Stadt Haldersleben; Dreh- und Angelkreuz für die gefangenen Widukinder…

Der Steinwall der Stadt hatte schon bessere Tage gesehen. Alte, halb-verfaulte Zunftzeichen in den Gassen kündeten von vergangenen, besseren Zeiten als die Stadt noch für ihre hochspezialisierten Handwerker berühmt gewesen war. *Haldersleben* bildete trotzdem noch einen Umschlagsplatz für Waren aus Magdeburg, Braunschweig, dem Harz sowie dem nahen Wendenwald. Wie aber auch Tangermünde verlor dieser Zweig zunehmend an Bedeutung, je größer die Feindseligkeiten zwischen den Widukindern und gelfischene Fürsten wurden. Seitdem wurden die Bürger ihre Waren nicht mehr richtig los, da die Wenden als Kunden fernblieben. Dies wurde auch nicht besser als Herzog Heinrich der Weiße mit seinem ‚weißen Heer' das Gebiet westlich der Elbe zugesprochen bekam. Er griff umgehend die Wenden an und spätestens mit diesem Auftritt waren die Fronten hoffnungslos verhärtet. Im offenen Land herrschten die Lanzenreiter, im Wald und Sumpf die Widukinder.

Nun befand sich das weiße Heer südlich von Haldersleben in einer großen Zeltstadt, angefüllt mit dreitausend weiß-gekleideten Soldaten und eintausend Söldnern als

Unterstützung. Herzog Heinrich selbst residierte derzeit im Halderslebener Rathaus und stand gerade vor einer Gruppe seiner Hauptleute. Sie alle trugen vornehmlich weiße Kleidung und saubere Wappenröcke mit Kreuzen. Er selbst trug eine perfekt polierte Plattenrüstung. Sie alle waren über und über mit goldbestickten Kreuzen und anderen glitzernden Glaubenssymbolen bestickt; glitzernd und auf Hochglanz poliert.

Der Herzog selbst war ein hünenhafter, muskulöser Mann mit einem beständigen Lächeln im Gesicht, sowie einem nach oben gewundenen Schnurrbart. Seine Soldaten senkten unisono die Köpfe und gingen in die Knie; dann erst begann er mit feierlich-tiefer Stimme zu intonieren.

„Brüder, Gefährten, Gläubige! Erneut ist es unseren Truppen gelungen die armen Fehlgeleiteten zu läutern und ihre verwirrten Kinder auf den Pfad der göttlichen Erleuchtung zurück zu schicken! Gesegnet sei Gott! Merket nun auf, auf dass wir die letzte Hoffnung der Wenden sind; denn wir bringen ihnen den rechten Glauben und die Erleuchtung des Herrn aller Herrn! Wir sind das weiße Heer, wir sind die edelsten Streiter Gottes! Und wir werden nicht ruhen bis auch der letzte Wende von seinem Wahnsinn bekehret ist! Gott segne und behüte euch fromme, tapfere Seelen und schenke euch seinen ewigen Frieden. Amen! AMEN!" „Amen!", ertönte es wie aus einer Kehle. In den Augen der weißen Truppen brannte das Feuer der Rechtschaffenheit, die absolute Überzeugung das einzig Richtige zu tun, woran es auch niemals Zweifel geben durfte. Niemals, jemals. Absolute Treue und Gehorsamkeit gegenüber dem Herrgott war ihr Gebot. Ein Bediensteter trat da an den Herzog heran: „Großer Herr, verzeiht, aber es gibt eine dringende Entwicklung. Jemand beteutendes will euch auf der Stelle sprechen." „Wer ist es, Bruder?" „Ein Reichsengel, mein Herzog." Heinrich zupfte sich an seinem Schnurrbart: „Wieee?! Ein Reichsengeeel, Bote des Kaisers? Hm. Ungewöhnlich, aber nun gut. Führt mich zu ihr! Es ist unsere *Pflicht* sie anzuhören."

Tarpeja wartete in der langen, leeren Sitzungshalle des Rathauses. Neben ihr stand Geifer, über dessen Schultern immer noch die bewusstlose Leevke hing. Sie kam gleich zur Sache als Heinrich mit seinem weiß-wallenden Umhang eintrat und krächzte: „Herzog Heinrich der Weiße, genannt Artaxas. Ich brauche Pferd und Verpflegung für meine sofortige Abreise. Stellt alles bereit, im Namen des Kaisers." Heinrich stapfte langsam und würdevoll heran. Er hatte keine Furcht vor ihr: „Grüß Gott, Reichsengel Abteilung Nord. Doch sagt, was ist mit dieser grässlichen Wunde an eurem Hals? Sollten wir sie nicht erst versorgen ehe ihr weiterreist?" Tarpeja grinste bissig: „Um meine Wunden kümmere ich mich selbst. Die Sache duldet keinen Aufschub. Höchste Dringlich-keit."

Heinrich stand ihr nun direkt gegenüber, ein gepanzerter Koloss gegen eine vergleichsweise zierliche, schmale Frau. Doch das hatte wenig zu sagen, denn Reichsengel waren Eliteeinheiten des Reiches und das nicht grundlos. Er kniff die Augen leicht zusammen: „Ihr seid also im Auftrag des Kaisers unterwegs, ja?" Tarpeja nickte: „Sind wir das nicht alle? Die Kurfürstin mit Sicherheit doch auch." Heinrichs nachdenkliche Miene wurde so schnell von einem Grinsen abgelöst dass es unheimlich wirkte: „Pferde und Verpflegung, sagtet ihr? Bitte sehr! Ich diene dem Reich treu und werde darum auch keine weiteren Fragen stellen!" Tarpeja wies auf Geifer: „Das Mädchen ist in Ketten zu legen und ein Wagen wäre darum nicht schlecht. Dem Söldner gebt 1000 Gulden für seine Mühen."

Geifer machte den Mund auf aber Tarpeja schnitt ihm das Wort ab: „Und darüber solltest du froh sein. Dein Versagen in Tangermünde allein wäre Grund genug dich hier hinrichten zu lassen. Friss oder stirb." Geifer schluckte seine Bemerkung hinunter. Er spürte sofort, dass er hier nicht rumzuwieseln konnte so wie bei seinen Verhandlungen mit Graf Gerhard. Tarpeja meinte es toternst, dass sah man ihrem schmerzverzerrten Gesicht nur allzu deutlich an. Selbst jemand wie der weiße Heinrich widersprach ihr nicht wirklich; und der war ein Adeliger mit weitreichenden Befugnissen und Privilegien. Kein austauschbarer Söldnerdreck.

Geifer übergab Leevke Heinrichs Leuten, nahm schweigend seine 1000 Gulden Sold entgegen und trat wieder als freier Mann hinaus auf die Straßen von Haldersleben. „Hätte mir wenigstens noch einen Abschiedskuss geben können, das olle Reichs-Luder.", brummte er als er die Münzen einzeln mit seinen Zähnen überprüfte. Er sah sich dann erstmal im Ort um. Es waren viele weiße Krieger in den Straßen unterwegs, die religiös verzierten Lanzen auf den Schultern. Sie unterhielten sich in gestelzter Sprache, fluchten und lachten nicht. Ein wenig gemahnten sie Geifer an Mönche, nur *noch* humorloser. Behangen waren sie mit vielerlei Kreuzornamenten und anderen christlichen Symbolen. Dreck fand sich nur an ihren Stiefeln. Bei so viel Reinlichkeit und edelmütiger Tugend wurde Geifer spontan übel: „Wo issn' hier die nächste Kneipe?", fragte er einen der wenigen Marktständler, welcher alte Wurzeln und Rüben feilbot: „Da hinten." Geifer folgte seinem Rat und trottete dann zum Wirtshaus.

Vor seinen Verfolgern hatte er indes keine Angst. Wenn sie sich wirklich hierher wagten würden die ‚Weißen' sie schon richtig willkommen heißen. Kaum hatte er aber an seinem ersten Bieren genippt als das charakteristische Rasseln von Eisenketten durch den gazen Ort und die Spelunke schwappte. Er lehnte sich gegen den Türrahmen und sah mit an wie ein langer Tross von jungen Menschen durch die Stadt getrieben wurde. Sie waren an den Händen aneinander gekettet und ihre Blicke gebrochen-trübe. Sie hielten auf dem Marktplatz und machten eine Rast.

Ein glatzköpfiger Kerl in Leder ging dann um sie herum und verteilte schartige Schüsseln. „Essenfassen!", brüllte er sie an und die Kinder (in ihren Lumpen und zerfetzten Klamotten) setzten sich sogleich nieder. Geifer wurde zur Seite geschubst als der Wirt und seine Frau sich vorbeizwängten und einen großen Topf mit heißem Brei brachten und diesen an die Kinder verteilten. Sie erhielten dafür von dem Lederkerl ein Säckchen mit Münzen und bedankten sich artig.

Nahe bei Geifer standen weiße Soldaten und er schwenkte ihnen den Bierkrug zu: „Na, ihr christlichen Brüder? Wollt ihr den armen Kindern nicht helfen?" Die beiden sahen ihn irritiert an: „Ihnen wird schon geholfen, Bruder. Dies ist ihre Prüfung, ihr Weg zur Erneuerung ihrer geplagten Seelen, welche durch mannigfaltige Sündhaftigkeit in der Vergangenheit erst…" Geifer hörte schon nicht mehr zu. Er kannte die Ausreden und das Geblubber von Heuchlern zur Genüge. Doch diese glaubten fest daran, da war jedes Argument sinnlos. Heinrich der Weiße schwang große Reden und spielte sich als Wohltäter der Menschheit auf aber letztlich war er ebenso ein Kriegstreiber wie alle anderen; nur mit ‚heiligem Anstrich'. Freundliche Mordgesellen.

Geifer ließ den Blick über den Marktplatz schweifen. Die Leute hatten ihre Fenster verschlossen oder blickten unverhohlen auf die Kinder, so als wäre es etwas um ihren Alltag interessanter zu machen. Oder auch nur um sich darüber zu freuen, dass sie selbst nicht in Ketten liegen mussten. Geifer spuckte aus und grinste süffisant: „Wir sind alle angekettet, ihr *Spasten*. Ihr eigentlich noch mehr als diese Kinder, ghiehe..." Er wusste sofort wieder warum er den brutalen Krieg dem ‚normalen Leben' vorzog: Es war schneller vorbei. Und obendrein ehrlich, rein und klar wie ein Bachlauf.

Ein düster-verhüllter Mann auf einem schwarzen Pferd trabte nun an ihm vorbei, sein fahles Gesicht unter einer Kuttenhaube verborgen. Das Pferd schwitzte stark und etwas an dem Mann war arg befremdlich. Dann fiel es Geifer ein: „Ah…Du bist doch der…fliegende…?" Der Berittene machte eine Handbewegung bei der er nur Zeige- und kleinen Finger hob; ein Zeichen des Stiers. Geifer verschluckte sich sogleich am Bier, hustete wie im Krampf. Als er den tränenden Blick wieder anhob starrten ihn zwei eiskalte, blaue Augen nieder und er begriff. Es war ein Wink mit dem Zaunpfahl. Der Warloga wollte keine Aufmerksamkeit. Der Hexenmeister trabte wortlos weiter und Geifer hielt die Klappe.

Er holte sich aber sofort ein neues Bier und fragte den Wirt: „Gib's denn keine Weiber hier, Kerl?" Der Wirt verwies ihn rüde auf das Badehaus in Braunschweig: „Da kannste hin. Wir sind'n anständiger Betrieb hier!" Geifer schnalzte zurück: „Aber meine Gulden einzustecken seid ihr schlecht genug, wa? Da klebt nämlich Blut dran. Hm? Soviel zu anständig." Der Wirt brummte etwas unverständliches, was nach ‚Geld stinkt nicht' klang. Geifer setzte sich daraufhin in eine Ecke und dachte für den Moment wieder an Dimitri und Bo, seine ehemaligen Weggefährten aus Bruchtorf und Oldenburg, über Bremen bis nach Hamburg hinein. Warum er gerade jetzt an sie dachte war ihm nicht ganz klar. Es waren beides totale Idioten und Arschlöcher, genauso beschissene Typen wie er selbst. Von ‚Heiligkeit' träumten sie nicht einmal.

Ihn interessierte nun eh vielmehr, dass seine hämmernden Kopfschmerzen vom Alkohol betäubt wurden. Er brauchte dennoch alsbald neue Ampullen von *Sanguin*, jener dunkelrötlichen Mixtur, welche seine Kraft um ein vielfaches verstärkte. Er beschloss daher auf die Suche nach einem Händler zu gehen, welcher dieses verkaufte. Haldersleben war zwar nicht groß aber wenigstens verkommen genug um solchen Gestalten wie ‚Kodo' eine Plattform zu bieten. Der Söldner mochte die belebende Wirkung nicht mehr missen. Derzeit war er zwar arbeitslos aber vielleicht hatte der weiße Heinrich ja noch Bedarf an Kämpen für sein tolles Heer. Einen Versuch war es ja wert.

Runa überflog zuerst die ganze Stadt und beobachtete das Geschehen aus luftiger Höhe. Sie bemerkte dann noch einen offenen Wagen mit zwei Zugpferden, welcher sich mit hoher Geschwindigkeit auf der Weststraße bewegte, von Haldersleben fort. Sie segelte hinterher und näherte sich in einem flachen Winkel dem Wagen. Sie erkannte schon von weitem die beiden Fahrgäste darin. Es waren Leevke und der Reichsengel Tarpeja! Schon einmal hatte diese versucht die Vertraute in Hamburg mit Armbrustbolzen vom Himmel zu holen, dass hatte die Amsel nicht vergessen.

Mit kräftigen Flügelschlägen bemühte sich Runa daher möglichst tief zu fliegen um nicht groß aufzufallen. Der Kutscher indes sah gerade nach vorne und Tarpeja selbst schien mit gesenktem Kopf zu ruhen, trotz des rumpelnden Wagens. Hinten indes saß die (inzwischen wieder erwachte) Leevke; mit Ketten um die schmalen Handgelenke, trockenen Lippen und trübem Blick. Runa flog ganz nah an den Wagen heran und stieß einmal mit dem Schnabel dagegen. Als Leevke nicht reagierte, krallte sie sich mit ihren Klauen in das vorstehende Gebälk und zischte: „Leevke? Leevkinis! Hallo? Huhu." Leevke lugte da über das Heck und konnte ein Aufjauchzen nicht unterdrücken: Tränen stiegen in ihr auf und sie schlug die Hand vor den Mund: „Run…" Aber es war zu spät. Sofort wusste Tarpeja was los war und holte eine kleine Armbrust hervor. Aber Leevke reagierte schnell, sprang zu ihr und biss ihr in die Hand sodass der Schuss danebenging. Runa selbst drehte sich noch einmal in der Luft, spreizte die Flügel und ließ sich dann vom aufkommenden Wind steil nach oben reißen; außer Reichweite der Bolzen.

„Wir kommen und holen dich!", fiepte sie magisch verstärkt, und kehrte mit kräftigen Schlägen wieder zurück nach Haldersleben. Tarpeja war drauf und dran Leevke eine Ohrfeige zu verpassen, hielt aber inne und rieb sich den wunden Kehlkopf: „Hm. Diese Amsel wird mir lästig. Genau wie du! Hoffe nicht auf deine Freunde, sie sind zu weit weg." Leevke fragte trotzig: „Wo bringst du mich hin?" „Wo auch immer man jemanden mit deiner Gabe brauchen kann. Und nun halt die Klappe." Der Reichsengel hustete und spuckte Blut. Ihr Hals war schon eitrig geworden. Sie lebte nur noch, weil Sanguin und ihr Ahnenblut ihr dabei halfen. „Tut es sehr weh?", fragte Leevke und Tarpeja krächzte zornig: „Ja - Zufrieden?" „Ich freue mich nicht über deinen Schmerz. Du tust mir nur leid. Ich kann Heilwasser machen, wenn…" „Bleib mir bloß - vom. Leib!" Tarpejas gerötete Augen tränten als sie heftiger hustete und Blut spuckte: „Dummes… Ding…"

Der Kutscher fragte: „Sollen wir anhalten, Herrin?" „Nein!", krähte Tarpeja heiser. Leevke konzentrierte sich nun und sammelte in ihren Händen ein wenig Salzwasser aus dem Schweiß und Tränen. Alles andere hatte Tarpeja weggegossen. Es bekam einen goldenen Schimmer und glänzte wie glatt poliertes, sonnenbeschienenes Gold. Sie ließ es zu Tarpeja schweben; welche es in ihrem Hustenanfall nicht bemerkte. Erst als das kühle Nass ihre wunde Haut berührte zückte sie ihre Dolche und starrte Leevke an wie ein Tier: „Miststück!", keuchte sie. Leevke hätte ihr die Kehle mit dem bisschen Wasser durchaus durchschneiden können wenn sie es nur *gewollt* hätte. Leevke verteilte stattdessen das Heilwasser ohne ein weiteres Wort in der Wunde. Hier löste es kühl die eitrigen Infektionen heraus, spülte das Fleisch rein und beschleunigte die Wundheilung. Als all ihr Heilwasser aufgebraucht war war die Schnittwunde zwar noch als Narbe sichtbar aber der Hustenanfall war vorerst vorbei. Tarpeja rang um Atem, befühlte die frische Wunde mit zitternden Fingern. Leevke sagte: „Nicht berühren. Es ist noch nicht ganz verheilt." „Pah! Das ändert Garnichts...", flüsterte Tarpeja leise und steckte die Klinge wieder ein. Ihre Stimme krächzte immer noch da Leevke ihre Stimmbänder nicht hatte heilen können. Sie zuckte mit den Schultern und lächelte traurig: „Ich weiß. Es ändert nie etwas." Ohne einen weiteren Zwischenfall rollte ihr Karren weiter über die Pflasterstraße gen Westen. Ihr Ziel: Die mächtige Gelfenstadt, *Braunschweig*.

Kapitel 6

Neues Spielzeug

Die Wenden nebst Jens und Gerlinde gelangten bis in den nordöstlichen Vorort von Haldersleben hinein. Die strohbedeckten Häuser gehörten hauptsächlich den hiesigen Pferdehändlern welche reisenden Kaufleuten neue Tiere verkauften, diese pflegten oder auch die Alten in Zahlung (und zur Schlachtung) nahmen. Zwei in weiß gehüllte Krieger mit langen Speeren gingen hier die Straßen auf und ab. Mentzeler wich ihnen aus und die kleine Gruppe blieb danach hinter einer großen Scheune versteckt. „Scheisse.", sagte der Waldläufer, „Das ist ja wirklich die weiße Armee. Die riechen Wenden auf zehntausend Fuß Entfernung." Jens überlegte kurz: „Sind wir etwa schon entdeckt? Ich meine Gerlinde riecht bisweilen etwas…" „Nett, du Penner.", sagte diese und knuffte ihn hart, „Na los jetzt! Wir gehen in die Stadt und sehen nach wo Hinnerk und die anderen sind!?" „Sollten wir nicht noch auf Runa warten?" „Die findet uns schon noch, oder?" Strejka indes erklärte: „Weiter können wir nicht aber wir warten hier trotzdem auf euch. Seid vorsichtig und vergesst nicht den Warloga. Und nehmt euch vor den weißen Kriegern in Acht!" Jens winkte ab: „Jaja, wir graben uns am besten einen Tunnel, damit uns keiner sieht." Gerlinde blinzelte: „Du wirkst ja reichlich unerschrocken. Wie kommt's?" Jens lachte kurz auf: „Schon mal meine Beine begutachtet? Die klappern seitdem wir uns der Stadt nähern. Runa ist auch noch nicht zurückgekehrt. Ich hab eigentlich ne Heidenangst da reinzugehen aber noch mehr Angst meine Freunde zu enttäuschen."

Gerlinde rubbelte ihm die Mütze: „Na dann los, du ‚Held der Welt'. Mut zur Hässlichkeit." Jens versuchte so locker wie möglich zu wirken als er daraufhin mit Gerlinde im Schlepptau an den beiden Wachen vorbeischlenderte. Sie beobachteten diese Fremden zwar argwöhnisch, ließen aber ab als Gerlinde zu kichern anfing und deutlich sagte: „Weißt du noch, Schatzi? Damals im Römerlager als mir so schlecht war und ich die ganze Zeit kotzen musste?" Jens lächelte nervös: „Oh ja, *Pusteblume*. Das war eine große Sauerei. Ich hab alle Lappen durchgescheuert und als der Zenturio darauf ausrutschte…!" Sie passierten plappernd die Wachen und Jens pfiff alle Luft aus seinen Lungen als sie endlich vorbei waren: „Wie Puk das nur aushält!" Gerlinde ergriff seine Hand: „Nun zieh nicht so eine Schnute sonst kannst du gleich ‚heulend wie die Klageweiber' davonlaufen. Entspann dich… Ist doch alles bestens!"

Direkt am Stadttor wurden sie gefilzt und nach einer kleinen Zollgebühr (welche Jens berappen durfte) und einer Sicherheitseinweisung durften sie die Stadt betreten. Als Ortsfremde wurden sie deutlich gewarnt sich ordentlich zu verhalten da der weiße Heinrich zugegen war und keine Sündhaftigkeiten duldete. Gerlinde grinste daraufhin: „Och, wie schadeee!" Tatsächlich liefen ständig Soldaten der weißen Armee an jeder Ecke im Gleichschritt auf und ab. „Die Kerle sind mir nicht geheuer.", gab Jens zu, „Die sind *zu sauber* – und starren mich an als wäre ich ein Aussätziger." Gerlinde nahm es etwas leichter: „Was erwartest du? ‚Des san' Ungefickte, ausgetrocknete Spießa'. Die hassen aus Prinzip alles und jeden; mit göttlicher Inbrunst." Jens Ohren wurden rot: „Bitte zügele deine Seemannssprache ein wenig, ja?! Diese Kerle scheinen sehr empfindlich zu sein was sowas angeht..." Gerlinde verzog den Mund wie ein gescholtenes Kind: „Nur weil du's bist. Pfff. Ich hasse solche Idioten. Was denken die wer sie sind?"

Sie näherten sich bald dem Marktplatz wo derzeit eine gut fünfzig Kopf starke Gruppe von angeketteten Jugendlichen und Kindern hockte welche von rund zwei Dutzend Wachen mit Schlagstöcken und Peitschen bewacht wurden. Jens zog Gerlinde schnell hinter einen der Marktstände, als er nicht nur den Warloga auf dessen schwarzem Pferd erblickte sondern auch sogleich Geifer, welcher im Wirtshauseingang stand und sich wohl an irgendetwas verschluckt hatte.

„Da ist er!", zischte Jens ihr ins Ohr, „Da ist Geifer und dieser komische Hexenmeister." „Echt?" „Seine Aura schnürt mir den Brustkorb zu. Sie ist *eiskalt.*" Gerlinde fragte verwirrt: „Bist'e dir sicher?" „Spürst du es nicht?" „Nö?! Oder bist du nur zulange in der Nähe deines komischen Buchs gewesen?" Jens nickte nervös, Schweiss auf der Stirn: „Das wird es wohl sein. Ich hab in letzter Zeit viel Magie gewirkt. Runa sagte schon dass das nicht ohne Folgen für mich bleiben würde." „Aber werde mir nicht zum Frosch, Nasenmann." „Eher zum Huhn. Egal, wir müssen schleunigst Hinni und Puk finden. Sie dürften noch nicht allzu weit weg sein." „Gut!" Jens hielt sie fest: „Noch etwas. Es ist zwar nur eine Vorahnung aber sieh den Warloga nicht an. Er *riecht* unsere

Furcht wie ein Bluthund. Ich weiß es." „Dann riecht er dich auch zehntausend Fuß gegen den Wind, so nervös wie du bist." „Lass die Scherze. Los jetzt! Such!" „Wuff!" Sie umrundeten den Marktplatz und taten ein wenig so als würden sie die Waren begutachten. Dabei schielten sie immer wieder auf die Jugendlichen welche mit leeren oder hasserfüllten Augen stumm danieder hockten. Jens konnte ihre Verzweiflung und Wut ebenso deutlich spüren wie die aggressive Natur des Warloga, welche wie ein bleiernes Tuch über allem Gemüt im Ort lag. Der Hexenmeister umrundete den Markt immer wieder auf seinem schwitzenden, schwarzen Pferd in leichtem Trab, wie eine lauernde Katze.

Gerlinde kam auch an zwei Planwagen vorbei die mitten auf der Hauptstraße standen. Der erste Kutscher trug ein Langsax an seiner Seite und scheuchte sie energisch fort: „Verschwinde, du Weibsbild!" „Oh?! Oh! Verzeihung, tihi!" Sie hoppelte an ihm vorbei, umrundete das dahinterstehende Haus und kam letztlich hinter den Wagen wieder, ohne dass die Kutscher sie bemerkten. Sie lugte zwischen die Planen hindurch sah aber im Halbdunkel nur schattige Umrisse. Es roch nach Erbrochenem und trockenem Schweiß. „Hallo?", hauchte sie in die Dunkelheit hinein.

„Wer ist da?", kam es leise von einem Jungen zurück. „Gerlinde is hier. Ich suche Hinnerk und Puk. Sind sie hier?" „Kommt ihr uns retten?" „Sind sie denn hier?" „Hier ist niemand mit den Namen, nein." Gerlinde fühlte sich mies den Jungen einfach so abzuwimmeln aber was konnte sie schon groß tun? Die ganze Stadt war voll mit weißen Soldaten und allein schon Hinnerk und Puk hier rauszuholen war eine heikle Aufgabe. Sie zog den Kopf zurück und untersuchte auch noch den zweiten Planenwagen.

Der Warloga näherte sich erneut Jens und dem Kaufmann wurde übel. Sein Magen fühlte sich flau an. Er stand an dem Stand eines hiesigen Milchbauern und konnte *sehen* wie die Milch sauer wurde; Klumpen formten sich spontan darin. Als der Warloga direkt hinter ihm stand, konnte er sich nicht mal mehr umdrehen. Es ging einfach nicht, war vor Angst wie gelähmt. Die Eiseskälte griff auch nach seinem Herzen und der Warloga rümpfte irritiert die Nase. Bis jetzt hatten ihn nur die Gefangenen interessiert, doch nun erregte etwas anderes seine Aufmerksamkeit. Er drehte sich zu dem Milchstand um. Der Verkäufer bemerkte Jens starren Blick: „Herr?! Kann ich euch etwas Bestimmtes anbieten? Etwas Milch vielleicht? Es stärkt die Knochen! Oder doch nur Käse? Ich hab hier mehrere Sorten. Dieser zum Beispiel…" Jens spürte wie des Warlogas Augen in seinen Rücken stachen wie glühende Dolche. Alles in ihm schrie nach sofortiger Flucht. In Jens Vorstellung wurde der Hexenmeister zu einem weltumspannenden Ungeheuer mit zuckenden Flammenhaaren, vier blutroten Ziegenaugen und hundert krummen Reißzähnen die ihn in Stücke fetzen wollten. „Gott hilf mir.", presste Jens atemlos vor als er es nicht mehr aushielt. Das gewaltige Monstrum seiner Fantasie streckte die Hand nach ihm aus: Den Krallen der Hölle verlangte es nach seiner Seele um sie zu zerfetzen. Für die Außenwelt sah es derweil absolut harmlos aus. Ein Reiter der nach einem Mann griff. Aber für Jens war es der Angriff einer tosenden, glutheißen Höllenbestie: Zumindest bis ein weißer ‚Klecks' auf dem Arm des Warloga landete und sofort zu zischen und dampfen begann. Umgehend riss dieser den Arm zurück und sah zornig dem Vogel nach welcher sich mit schnellen Flügelschlägen davon machte und auf dem Rathaus landete um dort keck sein freches Lied zu trällern.

Als der Warloga sich wieder dem Objekt seines Interesses zuwandte war dieses verschwunden: „Wo ist er hin? Der Mann?", fragte der Warloga den Milchbauern aber bevor dieser antworten konnte war Aufruhr an der Südstraße zu vernehmen, dort wo die zwei Planwagen standen. Der vorderste Kutscher winkte ihm zu und der Warloga gab dem schwarzen Pferd die Sporen. Der Kutscher rief verzweifelt: „Sie sagten mir sie dürften das, Herre Warloga!" „Sie dürfen. Denn ich erlaube es.", ertönte die Stimme von Herzog Heinrich dem Weißen in diesem Moment. Er trat aus dem nahen Rathaus auf die Wagen zu hinter denen sich sechs kichernde Mädchen in feinsten Gewändern aufhielten und verstohlen in die Wagen hineinlugten. Sie wirkten alle sehr heiter und ausgelassen. Der Warloga stoppte seinen Ansturm und sondierte zunächst die Lage.

Der glänzende Herzog trat feierlich auf die Mädchen zu, breitete die Arme aus und umarmte eine der jungen Frauen. Es war ein sehr dünnes Mädchen, welches außerdem so flachbrüstig war wie das sprichwörtliche Brett. Ihre Haare waren flachsblond kurz geschnitten, hingen ihr in wilden Strähnen von der Stirn und formten oben am Kopf eine charakteristische Haarschlaufe; welche bei jedem Schritt auf und ab wippte, so wie ein hochstehender Zopf. Ihre hellbraunen Augen hingen schief, waren blutunterlaufen und an fast jedem Finger trug sie einen geschmückten Ring.

„Onkel Heinrich!", quiekte sie und der Herzog hob sie mit Leichtigkeit spielerisch hoch: „Ja, wenn das nicht meine Lieblings-Kusine; Maligana von Kronenberg ist? Was machst du denn hier? Willst du uns doch helfen das Wendenland zu erobern?" Maligana verzog das Gesicht: „Och, dass ist doch viel zu anstrengend, Onkel! Und langweilig obendrein! Ne, ich und meine guten Freundinnen brauchen nur wieder neues Spielzeug für unsere tollen Spiele! Wir haben gehört dass eine neue Ladung hier durchgeschleust wird und da wollten wir es uns nicht nehmen lassen uns etwas auszusuchen! Auch wenn Seyton wieder gemeckert hat. Aber das tut er ja immer, neee?"

Heinrich nickte verständnisvoll und begriff dabei nicht einmal die Hälfte: „Maligana, mein Kind, ihr habt freie Auswahl! Meine Damen; bedient euch. Es sind jedoch alles Wilde. Gefährliche, junge Krieger. Darum werden sie auch gesondert transportiert."

Maligana kicherte: „Gut! Sonst wär es ja auch laaaanweilig, Onkelchen." Sie klatschte in die Hände: „Na dann! Vorhang auf! Du da." Sie wies auf den Warloga: „Los mach auf, schwarzer Mann!" Heinrich deutete dem Warloga: „Es geht schon in Ordnung, Hexenmeister. Ein paar sind doch wohl zu verschmerzen, nicht?" Der Warloga lächelte widerwillig: „Gut. Aber ich werde kaum die Verantwortung dafür übernehmen wenn die Arbeiten im…" Maligana stöhnte und fluchte: „Ich übernehm schon die Verantwortung, du Scheisser, du! Also: Mach schon auf!" Die anderen Mädchen kicherten ob ihrer groben Ausdrucksweise. Maligana indes verspürte keine Angst vor dem Warloga.

Und dieser fand es in der Tat schwierig sie einzuschüchtern. Maligana schien war für seine Aura völlig unempfänglich – als wäre sie eine Art Stein. Er lächelte: „Haben die letzten Jochbänder zu eurer Zufriedenheit funktioniert, Herrin?" Maligana blinzelte: „Woher weißt'n du Arsch davon?" „Nun - Ich habe sie gemacht, Herrin." „Achso? Du? Ich dachte immer Seyton hätte…" „Seyton verwaltet sie nur. Aber ich stelle sie her. Sie sind mein Werk." Maligana spielte mit ihrer Zunge im Mund herum: „Na, das trifft sich ja gut! Dann kannst du diesen hier auch gleich die Bänder verpassen. Und für uns die Ringe. Aber hurtig!" „Wie ihr wünscht, junge Herrin."

Der Hexenmeister stieg jetzt seelenruhig vom Pferd und holte aus seiner Tragetasche sechs Halsringe und sechs Fingerringe, jeweils ein Paar, passend in Farben und Verzierungen. Er überreichte sie Maligana und diese verteilte sie an ihre Freundinnen. Dann fragte er: „Darf ich dennoch fragen was ihr mit eigentlich mit solchen wilden

Bestien machen wollt? Ihr und eure Freundinnen würdet euch in unnötige Gefahr begeben mit solchen *Rabauken*." Der Herzog stimmte zu: „Seh ich auch so." Maligana schniefte: „Aber genau darum geht es doch?! Sie müssen kämpfen und nicht so leicht aufgeben. Sonst ist es ja nicht spannend. Jammerlappen sind ja sooo *öde*!" Der Warloga hob die Augenbrauen: „Ihr betreibt also eine Art Arena, Prinzessin von Kronenberg?" Maligana druckste herum: „Ich bin keine Printess… Nunja. So könnte man es auch nennen! Ja, ja eine Arena! Aber was pfff - für ein altmodisches Wort. Jemand der so alt ist wie ihr versteht davon nichts. Das hier ist was ganz Neues! Spiele mit hohen Einsätzen, Punkten, Spannung und so weiter. Und wer von sechs uns gewinnt darf bestimmen was wir nächstes Jahr unternehmen!"

Der Warloga schmunzelte. Ihm gefiel die arrogante Art des Mädchens: „Danke für eure Ausführungen, Herrin. Nun, welche wollt ihr mit euch nehmen?!" Er zog die Vorhänge der beiden Wagen kraftvoll beiseite. In den offenen Käfigen hockte nun eine ganze Reihe von jungen Kerlen, manche erst in der Pubertät. Ein Jauchzen und Kichern ging durch die Mädchen als sie sich diese nun bei Lichte genauer besahen. Der Herzog warnte: „Geht nicht zu nah ran, Kinder!"

Gerlinde (gerade noch rechtzeitig unter den ersten Wagen gerollt um den plötzlich angerittenen Frauen nicht aufzufallen) lugte jetzt darunter vor und krabbelte in einem unbedachten Moment in eine der unbeachteten Seitengassen. Sogleich erkannte sie Puk und Hinnerk im zweiten Wagen. Man hatte sie gefesselt und Hinnerk obendrein zusätzlich geknebelt. Eine von den Mädchen mit krausem, hochgestecktem Haar und einem scharf geschnittenen, hageren Gesicht wies auf Puk: „Also denn da nehme ich, der sieht richtig wendig aus."

Maligana lachte: „Jaja, auf wendig stehste, was, Giertrud?" „Ich glaub die steht auf was ganz anderes, hehe. Aber worauf stehst du, Malimaus?", säuselte ein mopsigeres Mädchen mit langen, schwarzen Haaren und einer dornenlosen, dunkelroten Rose in den Händen. Maligana sah sich Puk genauer an: „Neeee. Der wirkt so *devot*. Außerdem ist er teils verbrannt, diese Brandnarben…" Die mit dem krausen Haar lächelte: „Hat doch was verwegenes. Also ich mag's." „Nene… Hier. Der daneben! Der mit dem Knebel im Mund. Zornige Augen, energische Haltung! Ja, den nehme ich!"

Die mit der Rose stöhnte auf: „Och, den wollte ich doch haben?!" „Zu spät. Oder willst du dich mit mir darum streiten, Stefanie Treyer?" Die mit der Rose wedelte zurück: „Niemals liebste Maligana. Hm. Dann nehme ich halt den großen Dunkelhaarigen dort, mit den langen Haaren. So geheimnisvoll, rau und stark! Seht nur wie groß er ist! Behalte also deinen ‚grimmigen Kerl', Maligana, ich nehme diesen Hünen da." Stefanie Treyer hatte sich einen großgewachsenen Kerl mit wildem, langem und dunklem Haar ausgesucht, dessen Gesicht hinter dem Haar kaum noch auszumachen war. Nur ein Spalt zeigte ein bisschen von den wachsamen, schmalen Augen.

„Ihr habt doch alle keinen Geschmack!", sagte das vierte Mädchen im Bunde, „Da ein glattrasierter Eunuch, da ein vorlauter Bauernbursche und dann noch ein wilder Mann der noch nicht einmal sprechen kann?!" Mit ihren vollen Lippen, dem blondem, geflochtenen Haar und dem ebenmäßigem Gesicht war sie sicherlich die schönste von allen. Und wie Maligana war auch sie reichlich verziert. Aber anstelle von Ringen und Ketten trug sie vor allem golddurchwebte Tücher, welche sie wie eine Seidentoga um sich herumgeschwungen hatte und die insgesamt engelsgleich luftig wirkten.

Maligana verschränkte die Arme vor der flachen Brust: „Ach, sieh an! Fräulein Laurenzia Adabei gibt sich auch die Ehre!? Na, da sind wir aber mal gespannt welche Art Kerl man in italienischen ‚Gefilden' bevorzugt!" Die Blonde grinste breit und verwies auf einen schmal-lächelnden Burschen mit gotischem Haarknoten und großen, haselnussbraunen Augen. Jene mit dem krausen Haargesteck verzog das Gesicht: „Das ist ein echter Barbar. Allein die Haare, so eine Frisur! Aber typisch für dich." Adabei legte den Kopf schief: „Der hat ordentlich Feuer Aber war ja klar, dass du dir den unauffälligen Diener raussuchst, Madame von Schildaberg. Genauso steif wie du. Ich brauche hingegen etwas mehr Bewegung; mehr Spaß! Und dieser Gote da scheint mir perfekt dafür. Wild und elegant zugleich. Ein echter Exot!"

Die zwei anderen jungen Frauen (welche ständig miteinander tuschelten und kicherte) erwählten jetzt je einen dicklichen Burschen mit breitem Gesicht und einen besonders kleinen, schmalen Jungen mit Sommersprossen und roten Haaren. Maligana nahm ihre Entscheidungen achselzuckend hin: „Euch geht es auch nur ums Lästern, kann es sein, Heidel Kloros? Antonia Gateux?" Die beiden räusperten sich wie Zwillinge und Heidel sagte: „Es ist der Frauen schönster Zeitvertreib Männer herum scheuchen zu können." Antonia ergänzte: „Und über sie zu lästern ist die ‚erste Frauenpflicht'! Sonst werden sie noch aufmüpfig!" Stefanie Treyer rollte mit den Augen und roch an ihrer Rose: „Ihr redet wieder nur Unsinn. Sich zu verlieben und dem Mann der Träume zu begegnen; dass ist das Schönste, das ist unsere Pflicht als Damen. Die Aufregung, die Kämpfe, das Verlangen und die rohe Sehnsucht, das auf und ab der Gefühle. Hach! Wie romantisch." Maligana wandte sich wieder an den Warloga: „So. Wir haben uns entschieden. Also hopp hopp, holt sie da raus. Wir haben nicht ewig Zeit! Außerdem stinkt es hier." „Wie ihr wünscht. Es dauert nur einen Moment." Der Warloga ließ die Käfige durch ein Handzeichen aufspringen. Sofort versuchte der sommersprossige Zwerg auszubrechen, doch weiße Krieger sprangen ihm entgegen und warfen ihn nach kurzem Kampf nieder. Auch Hinnerk versuchte so zu entkommen aber der Warloga wies nur mit dem Finger auf ihn, sodass zähneknirschend zusammenbrach. „Flucht ist sinnlos.", sagte der Hexenmeister.

Gerlinde überlegte derweil fieberhaft was sie tun konnte, aber es waren zu viele Feinde auf einem Haufen. Sodenn legten die Mädchen ihren Auserwählten die verschiedenen Halsbänder an, in deren Mitte sich jeweils eine daumennagelgroße Kugel befand und allen Beteiligten ein schmerzvolles Keuchen entlockte. Auch ihre Körperhaltung änderte sich schlagartig, so als ob sie eine unsichtbare Last zu tragen hätten. Die Mädchen steckten sich dann die passenden Ringe an und der Warloga verschloss die Käfige wieder: „Diese Seelen gehören vorläufig euch, doch am Ende aller Tage werden sie mir und meinem Meister gehören. Bis dahin wünsche ich euch viel Vergnügen mit ihnen, meine Damen."

Maligana sah ihn abschätzig an: „Jaja, was auch immer. Mädels, wir haben was wir wollten! Onkel Heinrich?" „Ja, mein Kind?" „Lässt du sie für uns einpacken und mit uns auf die Burg bringen? Danke, bist ein Schatz." Der Herzog zupfte an seinem Schnurrbart: „Alles für die Familie. Ich werde einen Trupp abstellen der euch begleiten wird." Das Mädchen bestieg ihr weißes Pferd, welches man ihr brachte und hatte arge Probleme auf das große Tier zu gelangen. Sie strampelte und verhedderte sich sogar fürchterlich und fluchte dann dabei. Ihre Freundinnen kicherten hinter vorgehaltener Hand. „Helft mir, ihr!", kreischte sie; doch es schien als traute sich niemand sie anzurühren. Zu groß war die Angst man könnte sie ‚unsittlich berühren' und dadurch letztlich den Kopf verlieren: Maligana hatte einen diesbezüglichen Ruf schon weg.

Umso größer war das allgemeine Aufatmen (oder Erschrecken) als Geifer sie fest am kleinen Hintern packte, sie von den verhedderten Leinen befreite und an den Hüften emporwarf, passgenau in den Sattel hinein. Er reichte der verdutzten Maligana lächelnd die Zügel: „Hier. Da hast du, Mädchen." Das Mädchen blinzelte mehrmals hektisch: „W-Wa-Wi - Wer bist du, *Kerl*?! E-ein Ritter? Eine schäbige Rüstung ist das." „Ist schon was älter, das stimmt. Aber ich bin ja auch kein Ritter, nur ein dreckiger Söldner." Er grinste breit und Maligana errötete spontan. Irgendetwas an diesem Fremden erregte sie, es war vorallem sein dreistes Selbstbewusstsein. Das der Warloga und der Herzog hier standen, schien ihn nicht zu kümmern. Geifer lehnte mit einem Arm gegen das Pferd. Er wusste sehr wohl um seine Wirkung auf Frauen und das viele Bier in seinem Kopf ließ ihn die maximale Gefahr vergessen, die ihn eigentlich umgab. Er verströmte eine Aura des Vagabundentums und Herumstreichens; gepaart mit einer rohen Wildheit, die vor allem bei Damen höheren Standes stets eine Wirkung erzielte. Selbstbewusst sah er zu ihr auf und das waren solche Frauen kaum noch gewöhnt. Das man keine Angst vor ihnen hatte, sie direkt herausforderte und in ihre Schranken wies.

Maligana verlor ein wenig ihrer Bissigkeit und meinte ruhiger: „Söldner bist du, ja?" „Ja, aber von der üblen Sorte. Nichts für euch. Also: Dann noch viel Spaß, meine Damen." Er entfernte sich und in dem Moment schnappte die Falle zu. Maligana rief ihm nach. „Heda! Warte noch!" „Was denn noch?" „Suchst du vielleicht Arbeit? Als Leibwächter? O-oder so?" Herzog Heinrichs Stimme ertönte: „Aber ich kann dir hundert absolut getreue Wachen bereitstellen, wieso willst…" Maligana winkte ihn zornig weg: „Ich will aber ihn, ich will ihn haben!" Geifer zuckte mit den Schultern: „Ja und wenn ich nun nicht will?"

Maligana war vor den Kopf gestoßen und der Herzog schritt ein: „Dann wird es dein Ende sein, hier und jetzt! Diese Mauern werden dein Grab!" „Oh wie nett, werter Herzog?" Maligana fuhr ihren Onkel an: „Nein! Ich gebe dir Geld, Söldner. Viel Geld! Also? Was ist?!" „Hm. Also wenn das so ist - Ich wäre ja dumm, wenn ich nein sagte." Maligana grinste breit als Geifer sich zu ihr aufs Pferd schwang und sogleich hinter ihr saß. Er fragte fest in ihr heißes Ohr: „Wollt ihr reiten oder soll ich reiten?" „I-Ich… reiten kann ich selbst." Ihr Herz hämmerte gegen ihren Brustkorb. Ein wunderbar aufregendes Gefühl wie sie fand.

Heinrichs Schnurrbart zuckte indes: „Dieser Kerl ist Abschaum, ein Niederer!"
Maligana aber lächelte: „Ich habe meine Entscheidung gefällt. Also: Wir brechen auf.
Kommt, Mädels! Zurück nach Kronenberg!" Die anderen Damen bestiegen ebenfalls
ihre Pferde und man setzte Hinnerk, Puk und die anderen jungen Kerle gefesselt auf
einen Karren. Berittene, weiße Krieger von Heinrichs Gnaden folgten ihnen als Eskorte,
hinaus aus Haldersleben. Gerlinde indes war wie vor den Kopf gestoßen. Was konnte sie
nur tun?

Geifer führte das Pferd neben den nunmehr offenen Karren: „Sieh an, sieh an. Wen
haben wir denn da? Wenn das nicht mein alter Freund, der Friesenbengel ist? Gut
verschnürt, dass Maul gestopft und auf dem Weg in sein Verderben. Eigentlich sollte ich
dich ja auf der Stelle aufschlitzen..." Er wies mit dem Zeigefinger auf Hinnerk, „Aber
ich will dein Ende mitansehen." Maligana lachte: „Der war gut, haha!" Hinnerk indes
sah zurück auf die Stadt, welche sich immer weiter aus ihrem Blick entfernte. Puk
erkannte der sabbernde Söldner zum Glück nicht und dieser tat sein Möglichstes damit
es auch gar nicht erst auffiel, dass er und Hinnerk befreundet waren. Es war sicher
besser so…

Der Warloga tobte vor Wut, zeigte es aber nicht äußerlich. Nur dunkle Energie knisterte
hörbar an seiner Kleidung und nun konnte jeder Umstehende (selbst Gerlinde) seine
tödliche Intention spüren. Herzog Heinrich nickte dem Hexer zu als die Wagenplanen
wieder zugezogen wurden: „Ihr tatet gut daran, Maligana ihren Willen zu erfüllen. Sie
ist der Liebling der Kurfürstin und auch meiner Wenigkeit, wie ihr wisst." Der Warloga
schwang sich auf sein schwitzendes, schwarzes Pferd: „Ich hoffe nur, die hohe
Kurfürstin weiß auch dass Maligana damit den Fortschritt der Arbeiten beim Berg
empfindlich verzögert? Es gibt nicht mehr viele solcher starker Seelen in diesem Teil
der Welt. Sie werden *seltener*."
Heinrich lächelte auf eine kühle Art: „Nehmt einfach, was ihr habt und führt euren Tross
zu seiner ‚göttlichen Bestimmung'. Ein Kontingent weißer Reiter wird euch begleiten."
„Nicht nötig. Ich beschütze ihn schon selbst!" Der Warloga trabte zurück zum

Marktplatz und befahl seinem Wachgefolge den Aufbruch. Mühsam kamen die Kinder und Jugendlichen hoch und das Rasseln ihrer Ketten hallte gespenstisch durch die schweigende Stadt. Niemand nahm Anstoß, keiner schritt ein. Man wollte mit all dem nichts zu tun haben.

Gerlinde indes schüttelte sich und machte sich dann auf die Suche nach Jens. Sie fand ihn schließlich erst am Nachmittag Abend zitternd und zusammengekauert hinter einigen Fässern in einer Sackgasse. Als sie ihn berührte zuckte er zusammen, wimmerte und schlug die Hände über den Kopf. Das Messerweib stöhnte: „Scheisse, was ist jetzt wieder passiert?! Puk und Hinni sind weg; die bringen sie nach ‚Kronenberg' oder wie das Kabuff da heißt. Und die Kinder in Ketten werden wohl in den Harz verschifft... Oi, Jens? Was ist los? Hey?"

Sie roch etwas: „Hm. Ist hier ein Plumpsklo in der Nähe?" Da bemerkte sie die Pfütze zwischen Jens Beinen. In nur einem Moment wurde sie versöhnlich und sagte sanft: „Schon gut, komm her. Warte; ich helf dir. So." Sie nahm ihn in die Arme. Jens nickte mehrmals, zitterte wie Espenlaub. Er stotterte mit kaltem Schweiß auf der Stirn: „E-E-Es war nicht mehr auszuhalten! Diese Aura, dieser Blick in meine Seele! Ich dachte ernsthaft ich müsste sterben... I-Ich bin weggelaufen als der Warloga seinen Blick abwandte hab mich versteckt – bis ans Ende aller Tage wenn es sein müsste. Oh Gott." Gerlinde nickte verständnisvoll, auch wenn sie es nicht wirklich verstand wie ein einfacher Blick jemanden derart ins Bockshorn jagen konnte.

Ein Amselfiepen ertönte nun von einem Fenstersims: „Du wurdest von dunkler Magie durchseucht, Lehrling!" Gerlinde lächelte: „Runa! Da bist du ja wieder!? Wat bin ich froh!" „Als der Warloga seine Hand ausstreckte habe ich seine Verbindung gerade noch rechtzeitig mit ‚Notfallpups' trennen können!" Jens erinnerte sich: „Das warst du?" „Exaktis. Dennoch kreist des Warlogas Dunkelheit immer noch durch deine Venen und hielt dich in Angst gefangen." Runa blinzelte Gerlinde an: „Zumindest bis du gekommen bist, Gerlindis. Das hat den Bann gelockert!"

Gerlinde lachte: „Jaha, das ist meine ‚Magie der dicken Euter'! Hier Jens." Sie nahm seine Hand und legte sie an ihre Brust: „Spürste was? Die neue Kraft?" Jens beruhigte sich etwas, sein Zittern ließ nach. Er seufzte: „Erbärmlich, oder? Bin weggerannt und hab mich eingepisst wie ein kleines Kind..." Gerlinde lächelte: „Och, mir macht das nichts aus. Ha! Was glaubst du, wie oft ich Kerle hab pissen und über die Bordwand scheissen sehen? Kurz bevor es ernst wurde beim Entermanöver. Da ging so manchem die Muffe! Ja und wenn die einem dunklen Hexenmeister gegenüber gestanden hätten die sich völlig *leergeschissen*!"

Jens löste sich von ihr, stand auf: „Lass nur, ich kann wieder gehen. Danke…" Gerlinde öffnete den Mund, so als wolle sie etwas sagen, hielt aber inne und schubste ihn nur an: „Ach was! Kack dich nicht ein, ha! Oh, a-also ich meine: Kein Problem, hehe..." Jens spritzte sich etwas Wasser aus nahen einem Regenfass ins Gesicht und schüttelte sich: „Schon besser. Und? Habt ihr was in Erfahrung bringen können während ich hier in meiner Pisse hockte?" Runa und Gerlinde erstatteten ihm daraufhin beide ihren Bericht. Runa erwähnte zudem: „Ich habe Leevkes Wagen mit meinem Schnabel ‚magisch markiert'. Die nächsten Tage kann ich ihn sehr leicht wiederfinden, auch über weite Distanzen hinweg." Jens nickte: „Gut mitgedacht. Hm. Seit Hamburg verfolgt Tarpeja eine bestimmte Route. Vielleicht können wir ja ihr Ziel erahnen? Zunächst fuhr sie über die Elbe bis nach Tangermünde, dann nach Haldersleben und nun fährt sie gen Westen…" „Wir sollten mit Mentzeler und Strejka darüber reden.", schlug Gerlinde vor, „Die kennen sich in diesen Gefilden besser aus. Und obendrein sollten wir deine Hosen auswaschen, Meister Pensel." „Peinlich genug. Muss der Hinni ja nicht erfahren." Gerlinde runzelte die Stirn: „Ja, denkst du denn er würde sich über dich lustig machen?!" Jens überlegte kurz: „Nein, würde er nicht. Jedenfalls nicht *ernsthaft*. Aber ich wäre euch trotzdem dankbar wenn es unter uns bliebe. Vorerst." Gerlinde sah Runa an: „Also bei uns beiden ist dein Geheimnis sicher, nicht Runchen? Zumindest solange mich keiner abfüllt." „Dich ‚jemand' abfüllt?", grinste Jens, „Du meinst damit doch dich selber, oder?" „Wer auch immer. Nun komm du Quatschkopf. Dieser Ort wird mir langsam unsympathisch!" Zu dritt verließen sie Haldersleben wieder (gerade noch rechtzeitig, ehe die Stadttore geschlossen wurden) um danach wieder mit den Wenden im Vorort zusammenzukommen. Dort aber war nur noch Mentzeler der sie von dort fortführte.

Die Widukinder hatten ein rudimentäres Lager in einem nahen Waldstück aufgeschlagen und trockneten Jens gewaschene Bruchen und Hose über der Glut des Feuers, ohne großen Kommentar. Ihm selbst hatte man ein Tuch gegeben, welches er sich mit einer pferdeköpfigen Fibel festgemacht hatte. Mentzeler erklärte ihnen dann, dass sie es nicht länger riskieren wollten im Ort von den weißen Truppen entdeckt zu werden. Im Wald fühlten sich die Waldläufer einfach wohler und sicherer. Darum die Standortverlagerung.

Die Nacht war indes reingebrochen und sie saßen um eine kleine Feuerstelle herum, blickten angestrengt in die knisternden Äste. Runa war schon wieder aufgebrochen (nachdem Jens ihr einen besonders dicken Wurm gegeben hatte) um den Wagen wiederzufinden, mit welchem Tarpeja und Leevke gereist waren. Als sie Mentzeler und Strejka von den Geschehnissen in Haldersleben berichtet hatten waren deren Mienen deutlich finster geworden. Und Mentzeler erklärte: „Die Burg Kronenberg, sagt ihr? Mist. Das ist Maliganas höchsteigener ‚Spielplatz‘. Es ist ein grässlicher Ort an dem junge Menschen leiden müssen, zur Belustigung der edlen Damen und Herren. Die Feste liegt auf einem einsamen Berg, umgeben von weit einsehbaren Ebenen und ist gut befestigt. Bewacht wird sie zudem von absolut loyalen Gelfenkriegern; Heinrichs alter *Löwengarde*!“

Jens fragte: „Ihr meint Heinrich, den Weißen?“ Rossreiter Strejka schüttelte den Kopf: „Nein, Herr Janssen. Wir meinen Heinrich den Löwen, Barbarossas größten Freund und Feind zugleich, den Begründer vieler Städte. Nicht zuletzt Lübeck ist durch ihn so mächtig geworden, dass es heute die Hanse anführen kann.“ „Donnerwetter!“, sagte Gerlinde und Jens grübelte: „Das müsstest du doch eigentlich wissen, du kommst doch von da?!“ „Och, die ollen Kamellen haben mich nie so interessiert.“ „Typisch.“ Strejka fuhr ungerührt fort: „Die Gelfen hatten schon immer gute Beziehungen zu den Kaufleuten, mehr als die Staufer. In jedem Fall wäre ein Angriff auf Kronenberg schwierig und jetzt wo Heinrich der Weiße hier ist, ist es noch schwieriger geworden. Ich ähm…. Wäre außerdem gerne bei meinen Widukindern, falls der Weiße angreifen wird, was ich befürchte, wenn ich mir das hier so ansehe.“

„Natürlich, Rossreiter.“, lächelte Jens, „Ihr habt mehr als genug für uns getan. Kehrt zurück zu eurem Volk und beschützt es vor weiterem Leid.“ Arkim Mentzeler wandte sich an seinen Anführer: „Herr, ich werde dem Tross weiter folgen. Viele dieser Kinder gehören auch zu uns und ich will endlich wissen wohin sie verschleppt werden! Und wozu!" Strejka sah ihn mitleidig an: „Arkim, denen kannst du doch nicht mehr helfen." Mentzeler schnaufte: „Willst du sie alle verrecken lassen?" „Natürlich nicht! Aber wir sind nur so wenige und es ist schon schlimm genug, wie es ist. Der Wald muss bereit sein für seinen Angriff, sonst ist alles aus. Darum brauchen wir dich im Wald!" Mentzeler gab schließlich nach, nicht ohne seiner Verärgerung durch passende Flüche Luft zu machen: „Vergammeltes Fischgedärm und ranzige Butter! Da springen einem ja die letzten Gurken aus dem Glas!"

Sie hielten noch die Wacht bis Runa wieder zurückkehrte, ganz früh am Morgen. Ihr Brustkorb bebte vor Erschöpfung und ihre Stimme rasselte als sie von dem Erlebten berichtete. „Sie, sie sind nach Osten… immer nach Osten… In eine große Stadt mit Löwen über dem Tor! Ein Wappen mit einem roten Löwen!" Mentzeler erklärte: „Das dürfte dann Braunschweig sein." Runa holte tief Luft und fuhr fort: „Dort ist ihr Wagen verschwunden! Ich suchte die Stadt auf und ab aber gefunden habe ich sie nicht mehr, waren wie vom Erdboden verschluckt! Es tut mir leid…" „Trotz deiner magischen Markierung hast du sie nicht finden können?" „Sie müssen… einen Weg gefunden haben ihre Auren zu verbergen… oder…" „Schon gut." Jens tapste ihr zärtlich mit dem Finger auf den Kopf woraufhin die Amsel steif zur Seite kippte und halbtot liegen blieb: „Ich bin erledigt, ihr Küken."

Gerlinde rubbelte sich die Haare: „Na toll! Jetzt haben wir Hinni und Pukki in Kronenberg und Leevke in Braunschweig verloren. Wo sollen wir zuerst hin?! Wem zuerst helfen?" Strejka schüttelte energisch den Kopf: „Wenn eure Freundin wirklich dort ist so ist auf normalem Wege kein Rankommen möglich. Es ist eine der wichtigsten Gelfenstädte überhaupt und darüber hinaus habt ihr es mit einem Reichsengel zu tun. Angeschlagen oder nicht, ihr hättet keine Chance." Gerlinde schnaufte: „Du bist ein echter Miesmacher, weißte des? Also sollen wir hier rumsitzen und warten bis uns ein Wunder aus dem Arsch flutscht? Weil das wird so nicht passieren!"

Jens lächelte matt: „Ich könnte einen Zeitzauber versuchen um die Zeit zurückzudrehen…" Gerlinde machte große Augen: „D-das geht?!" Jens sah Runas empörten Blick: „Keine Sorge, Runa. Es war nur ein Scherz. Ich lasse das arkane Gefüge noch ganz. In jedem Fall…", seufzte der Greetsieler Kaufmann, „sehe ich derzeit keine Möglichkeit für uns. Weder in Braunschweig noch in Kronenberg." Er schlug die Hände über dem Kopf zusammen und wippte auf und ab: „Ich muss darüber nachdenken. Dieser verdammte Warloga! Seine beschissene Aura sitzt mir immer noch in den Knochen. Wahnsinn."

Betretenes Schweigen setzte ein und nur das Knistern des nunmehr weißen Holzes kündete von der Gegenwart der Menschen. Strejka ergriff schließlich das Wort: „Es gäbe vielleicht doch noch eine Möglichkeit; zwei Fliegen mit einer Klappe zu schlagen. Doch es ist riskant." Jens horchte auf: „Bitte, sprecht." Strejka lächelte: „In Anbetracht eurer Fähigkeiten, Herr Kaufmann, wäre es durchaus machbar. Doch mehr Sorgen mache ich mir schon um eure Begleiterin." Jens sah Runa an, welche noch immer auf dem Rücken lag und die Beine angewinkelt hatte. Man hätte sie für tot halten können. „Runa?! Die kann sich gut verstecken. Und wer achtet schon auf ein kleinen Vogel?" Der Anführer der Widukinder schüttelte den Kopf: „Ich meine auch nicht die Amsel." Gerlinde zeigte mit dem Finger auf sich selbst: „Ick?! Was stimmt nicht mit mir?! He, du gestreifter Pimpf: Ich hab mich schon mit echten Kerls vor Jütlands Küsten geprügelt, da warst du noch ein Wunsch in den Gedanken deines alten Herrn!" Strejka verzog das Gesicht und seufzte: „Genau das meine ich. Diese ‚Art'…" Jens verlor die Geduld: „Nun redet endlich, Kerl. Was meint ihr?" Und Strejka erklärte es ihnen…

Jens gefiel der Plan nach anfänglicher Skepsis. Es war auf jeden Fall machbar und erforderte zudem keine rohe Gewalt. Falls es ihnen wirklich gelang konnten sie nicht nur Leevkes Aufenthaltsort erfahren sondern auch Hinnerk und Puk die Möglichkeit zur Flucht aus Kronenberg ermöglichen. Er setzte die halb dösende Runa danach wieder auf und machte das freundlichste, treueste Gesicht mit Hundeaugen, dass er aufbieten konnte: „Heda, Spätzchen… Ich meinte: Amselchen." „Hm?" „Könntest du vielleicht noch einen letzten Flug für uns machen?" Runa sah ihn müde an den Schnabel halb offen: „Wa…?" Jens blinzelte verführerisch, aber Runa sah ihn weiter nur stumpf an. Jens lächelte und sie biss ihm voll in die Nase. Mit zugehaltener Nase schrie er auf: „Ist gut! War nur so eine Idee! Wir ruhen uns erstmal aus. Erschöpft nutzen wir eh niemandem. Auauau…." Gerlinde gähnte: „Bester Vorschlag des Tages, Nasifix. Ratzen für…. huahh… den Weltfrieden." Mentzeler und Strejka erklärten sich bereit Wache zu stehen, während sie wenigstens einige Stunden schliefen. Der Plan zur Rettung ihrer Freunde war aber nunmehr gefasst. Nur die Umsetzung machte ihnen noch Sorgen…

Kapitel 7

Die Macht der Jochbänder

Eine Tagesreise brauchte ihre Reisegruppe bis zum Kronenberg. Am nördlichen Horizont zeichnete sich schon seit Stunden jene einsame Bergflanke ab, auf welcher die Festungsanlage das flache Umland beherrschte. Doch noch bevor sie diese Festung erreichen konnten brach die Nacht herein und sie mussten eine Rast einlegen. Die Wachleute Maliganas setzten die sechs jungen Männer draußen in einen Kreis und banden ihre Ketten aneinander, sodass sie nicht wegrennen konnten; Jedenfalls nicht einzeln. Geifer (als neuer Gefolgsmann von Maligana) wurde ebenfalls dazu abkommandiert ein Auge auf sie zu haben. Er kaute dabei auf einem Apfel herum und schien bester Laune zu sein. Der Gotenjunge fragte: „Oida! Wann gibt es hier was zu futtern, Söldner? Oder wieso hat man uns aus den Wagen geholt?" Geifer erhob sich, biss die letzten Reste vom Apfel ab und warf sie ihm an den Kopf: „Da hast du, ghiaha! Seid einfach froh dass man euch etwas frische Luft zugesteht, damit ist es bald vorbei."

Die sechs Damen hatten indes ein Zelt aufgeschlagen aus dem Gelächter, Gemauschel und andere festlichen Laute drangen. Irgendwann torkelten sie nacheinander aus dem Zelt, leicht beschwipst wie es schien. „Guck sie dir an, wie *niedlich* sie da hocken.", säuselte Laurenzia Adabei. Sie alle stellten sich ihren ausgewählten Burschen gegenüber und beäugten sie mit unverhohlener Neugier, wie ein Viehhändler sein Vieh. Hinnerk sah sich Maligana gegenüber und war immer noch geknebelt. Sie trat schwungvoll an ihn heran: „Ich nehme dir das Ding aus dem Mund aber nur, wenn du mir versprichst artig zu sein. Kapiert?" Hinnerk starrte sie nur an und Puk, der neben ihm saß bemerkte die Anspannung seines Körpers. Die Warnung kam zu spät.

Just als Maligana das Tuch herausgezogen hatte, schoss Hinnerk hoch. Er warf seine Beine nach vorne, riss sie damit gekonnt um, und umklammerte dann ihren Hals fest mit seinen Schenkeln; hatte sie damit fest im Würgegriff. Er brüllte: „Macht mich sofort los! Uns alle! Oder ich breche ihr Genick! Los doch! Bewegung!" Der Gote schüttelte nur den Kopf und die Wachen sahen einander irritiert an. Maligana strampelte wild und schien keine Luft mehr zu bekommen, krächzte nur noch.

Laurenzia Adabei kicherte: „Da hast du dir ja genau den richtigen ausgesucht, was, Malle?" Und Stefanie Treyer schmachtete: „So rabiat, so ungezähmt." Giertrud von Schildaberg rollte mit den Augen: „Was für'n Tier. Zurecht am Boden der Gesellschaft solches Pack." Die beiden Lästerschwestern Heidel Kloros und Antonia Gateux amüsierten sich indes über Maliganas verkrampften Gesichtsausdruck. Sogar Geifer war ein wenig irritiert ob ihrer aller Gleichgültigkeit. Hinnerk scherzte nicht, er war sehr wohl bereit die junge Frau zu töten. Die anderen Jungen regten sich nicht und der Friese fluchte: „Was ist los mit euch? Steht auf! Oi! Was ist los mit euch?!" Er begriff nicht wieso die anderen so passiv waren, Puk eingeschlossen. Dies war *die* Gelegenheit abzuhauen. Er biss die Zähne aufeinander: „Nagut! Wenn ihr denkt ich könnte dies nicht, nur weil sie ein Mädchen ist, dann...!" Es knackte, und glühend heiße Schmerzimpulse jagten durch Hinnerks Brust quer bis in die hintersten Fasern seines Körpers, in Zehen- und Fingerspitzen. Sein Griff um Maligana lockerte sich. Sie kam frei und kroch davon, schnappte nach Luft.

Sofort waren Wachen mit Lanzen herbei um ihr aufzuhelfen: „Sollen wir ihn töten, Herrin? Nur ein Wort!" Hinnerk warf sich hin und her als würde er von unsichtbaren Tritten getroffen. Der Gote knurrte: „Hättest du es nur sein gelassen, friesischer Depp." Der Fünfte; ein dicker Kerl mit breiter Nase brummte: „Ach, halt du doch auch die Klappe. Er hat es wenigstens versucht." Der Kleinste mit den besonders buschigen Augenbrauen und rotem Haar kicherte: „Versucht und zurecht gewiesen, thehe... Geschieht ihm Recht." Puk sah indes machtlos mit an wie sein Freund herumgeworfen wurde, wie sich sein Körper mehrfach bog und streckte – ganz so, als peinigten ihn unsichtbare Folterknechte mit ihren Peitschen, Zangen und Gluteisen. Erinnerungen an seine eigene Gefangenschaft bei den Korriganen quollen nun in ihm hoch.

Der Byzantiner sah kurz zu Maligana herüber und wie diese einen Ring an ihrem rechten Finger umschlossen hielt und daran drehte. Bei jeder Drehung warf sich auch Hinnerk herum und ihr Gesichtsausdruck verriet, dass sie es genoss ihn mit dem Halsband zu foltern. Puk wollte ihr eigentlich zurufen dass sie aufhören solle aber er stoppte sich rechtzeitig. Ihm dämmerte (einer ersten Ahnung gleich) in was für eine Situation sie geraten waren und was für eine Art ‚Spielchen‘ bald mit ihnen getrieben werden sollte.

So viel Übles wiederholte sich nur weil die Menschen nicht die wahren Beweggründe verstanden und glaubten Symbole und ‚verrückte Einzelpersonen‘ wären für die Probleme verantwortlich gewesen. Doch die Perfiderie des Ganzen hatte ein schlüssiges, vernünftiges, in sich geschlossenes System. Mit roher Gewalt war hier demnach nichts zu machen, auch nicht mit Appellen an die Menschlichkeit. Hinnerks Röcheln und Schnaufen war eine Weile lang das einzige Geräusch im Lager und die Jungen neben ihm lauschten mit zunehmend grimmigeren Mienen. Selbst dem beständig grinsenden Goten verging die Laune, ebenso dem frechen, rothaarigen Zwerg. Im Gegensatz dazu zeigten sich ihre ‚neuen Herrinnen‘ sehr zufrieden – mehr noch als das: Sie gierten förmlich danach und applaudierten am Ende sogar. Puk kannte den Ausdruck in ihren Augen nur zu gut. Es waren die Blicke von Menschen, welche es genossen andere leiden zu sehen und sich am Machtgefälle zu ergötzen. Sie hatten freie Hand, niemand konnte sie aufhalten. Dem ganzen lag eine höchst erregte Stimmung bei, ähnlich einem orgastischen Ritual oder baccantischen Fest. Für die Gefesselten war es hingegen eine grimmige Erinnerung an ihren Stand, ihre stets mögliche Bestrafung.

Auch Geifer erkannte den Zusammenhang zwischen Maliganas Ring und dem Jochband des Friesen: „So ist das also.", konstatierte er (stolz auf seine Fähigkeit das Geschehen zu deuten). Schließlich brach es aber doch aus dem dicken Burschen: „Herr Gott! Bringt ihn doch um; aber macht dem ein *Ende!*" Heidel Kloros drehte an ihrem Ring und der Leib des Dicken begann sich nun ebenfalls zu winden: „Widerworte? Wie ungezogen!" Und Giertrud von Schildaberg stöhnte: „Wird das jetzt eine Massenveranstaltung?" Antonia Gateux ließ es sich nicht nehmen ihrer ‚Lästerschwester' zu folgen und drehte sogleich an ihrem Ring um den Rotschopf zu martern. Dann holte auch Laurenzia ihren kurzen Stab hervor an dessen Knauf der Ring eingesetzt war um ‚ihren Goten' zu quälen. Treyer und Giertrud fügten jeweils dem schwarzhaarigen Hünen und Puk Schmerzen zu; alles mit ihren Ringen. Hinnerk spürte den eisigen Hauch des Todes in seinem Magen, als alles in ihm rebellierte und verzweifelt versuchte die Quelle seiner Pein – das pochende Jochband um seinen Hals – von sich zu abzureißen. Maligana aber hörte nicht auf und sie alle schienen wie in einem kollektiven Wahnrausch der Folter. Niemand wagte es sie aufzuhalten.

Geifer rülpste, schob sich an den Wachen vorbei, und ergriff fest die schmale Hand Maliganas. Diese fuhr ihn wütend an: „W-Was wird das?! Du-du dreckiger Söldner, wie kannst du es wagen mich anzupacken?" Die anderen Mädchen ließen auch von ihren Opfern ab. „Ihr bringt sie um, Herrin.", erklärte der Söldner, „Wenn es das ist was ihr wollt – bitte sehr - Aber es wäre eine Verschwendung, nicht? Soll der Spaß den schon heute Abend vorbei sein, Fräulein?"

Maligana sah ihn entgeistert an und er sah mit festem Blick zurück. Sie errötete und drehte sich zu den anderen: „Wir lassen es bei dieser Lektion bewenden." Die Mädchen drehten ihre Rädersteine im Ring wieder auf null zurück. Stöhnend brachen die Gefesselten zusammen und Hinnerk fiel geradewegs vornüber, mit dem Gesicht in den Matsch. Er hatte nicht verhindern können das Tränen über sein Gesicht liefen. Es war eine körperliche Reaktion auf die immensen Schmerzen gewesen. Dennoch musste er schluchzen. Puk indes rümpfte nur einmal die Nase über den Schmerz und Giertrud, seine Herrin, kommentierte dies trocken: „Da seht ihr es: Echte Qualität! Ausdauer und Disziplin. Nicht so schnell verbraucht wie eure armseligen Figuren da." Puk nickte ihr zu als wäre er für das Kompliment dankbar.

Die Mädchen kehrten daraufhin zu ihrem Zelt zurück, bis auf Maligana, welche Hinnerk noch eine ganze Weile anstarrte. Ihr Blick schwankte zwischen blankem Hass und tiefer Traurigkeit; so, als hätte sie mehr Wunden durch den Würgegriff davongetragen als es den Anschein hatte. In der Umgebung ihrer Freundinnen aber kehrte schnell ihr arroganter Blick zurück und selbstsicher verkündete sie dann, dass es ihr nichts ausgemacht hatte.

Der Gote flüsterte zu Hinnerk: „Heda, Friese. Du machst es dir nicht einfacher. Lass lieber gut sein. Stell dich mit denen gut, dann lebst du länger." Und der Kleine fauchte: „Schleim dich nicht ein! Nur wegen diesem Trottel durften wir alle leiden. Mach so einen Kack nie wieder, klar? Ich schneid dich in kleine Stücke wenn du mich nochmal in so eine Lage bringst. Pisser!" Der schweigsame Hüne mit den langen, dunklen Haaren brummte mit tiefer Stimme: „Es wäre sowieso passiert." Und der Kleine meinte: „Och, denkst du ja? Biste jetzt auch noch Hellseher, hm?" Puk indes stimmte dem Hünen zu: „Er hat Recht. Man müsste dem Friesen fast dankbar sein, dass er den größten Teil ausgehalten hat; dadurch wurde es für uns erträglicher. Nun wissen sie, dass diese Jochbänder funktionieren und wichtiger: wir ebenso."

Der Kleine lachte: „Du kannst den Friesen ja heiraten, Byzantiner-Hurenbock! Ich wette sogar du bist Eunuch! Eierlose Schwuchtel, genau! So siehste aus und so redest du! Ficker! Elender Bastard! Pisser!" Der Dicke knurrte: „Nun halt doch die Klappe, du kläffender Köter. Schlimm genug, dass wir diese Jochbänder tragen müssen, da brauch ich nicht noch dein sinnloses Gemecker! Nun haben wir es wenigstens hinter uns." Der Kleine spuckte aus: „Tolle Wurst! Ach fickt euch doch alle! Lang und hart. Euch und eure Mütter und Väter und alle anderen auch noch! In den Arsch! Oder sonst wo hin!" Der Gote meinte indes: „Trotzdem: Wenn dieser Söldner nicht gewesen wäre, wären wir vielleicht schon tot. Er scheint in Ordnung zu sein, wie?" Hinnerk lachte da, unfähig sich richtig aufzurichten: „Geifer, der Menschenfreund?! Pah. Ihr seid alle erbärmlich... so feige..." Puk trat ihn kurz und zischte: „Du solltest lieber still sein."

Puk sah ihn so an als wäre es sehr wichtig nicht weiter zu reden. Hinnerk stockte und begriff: „Was willst du, Glatzkopf? In jedem Fall habe ich noch nicht aufgegeben." Der Gote lächelte: „Oh der unbeugsame Kerl mit dem Gesicht im Dreck? Haha! Gut! Was sagte der olle Störtebekker noch? ‚Lachend durch die Nacht, bis der neue Tag erwacht'?" Der Dicke brummte: „Verschont mich mit solchen Sprüchen." Sie schwiegen dann und man warf ihnen Felle zu, umso bedeckt durch die kühle Herbstnacht zu kommen. Hinnerk gab es nicht zu aber ihm war hundeelend. Nicht so sehr wegen der Schmerzen sondern vielmehr wegen der Demütigung und der Hilflosigkeit die er dabei empfunden hatte. Hinzu kam das Puk ihn nicht verteidigt hatte. Gerade, als er glaubte ihm vertrauen zu können. Selbst jetzt schwieg er und sah ihn doch so mitleidig und schuldbewusst an. Er *lächelte* sogar!

Hinnerk drehte sich um. Beruhigende Impulse empfing er von Thiannas Geist, denn sie war nicht so weit fort wie er befürchtet hatte, ganz in der Nähe. „Du bist bei mir, oder?", fragte er in Gedanken. Sekunden später antwortete Thiannas Stimme und es war wie eine Wohltat für seinen gematerten Verstand: „Ich bin immer bei dir. Und wenn die Hölle zufriert wenn Gott selbst gegen uns wär: Du und ich, wir sind eins. Für immer und ewig, bis ans Ende aller Dinge. Ich schicke dir etwas von meiner Kraft. Schlaf jetzt... Ich liebe dich weißt du das, meen Harth?" Hinnerk lächelte erschöpft: „Ja, das weiß ich... Du bist bei mir. Immer." Nicht mehr ohne Hoffnung schlief er endlich ein…

Die Burganlage auf dem Kronenberg besaß zwei steinerne Außenringe, wobei der äußere besonders schmal war und vor allem als Pufferzone für den unwahrscheinlichen Fall diente dass feindliche Kräfte die Außenmauer überwanden und dachten sie hätten damit schon gewonnen. Zwischen erster und zweiter Mauer gab es zudem mehrere Speergruben, Teerfelder (welche bei Bedarf mit Brandpfeilen entzündet werden konnten), Wolfskäfige und andere Spielereien mehr, die einer angreifenden Armee blutige Verluste zufügen würden, sobald sie diesen Bereich durchqueren wollten.

Im inneren Ring befanden sich die Kasernengebäude der Wachleute, die Schmiede sowie diverse Händlerhütten für das tägliche Schalten und Walten des Regenten. Das Schloss selbst, ein mehrstöckiger Palas, stand nochmals erhöht vom Rest und besaß hohe Fenster mit teurem Glas, feinsten römischen Marmorfiguren in jeder Ecke, edlen Teppichen mit eleganten Farbstickereien und vielerlei Blumen in prachtvollsten Vasen aus dem Orient. Die Decken und Wände waren elegant mit Lustfiguren bemalt und zeugten von großer Kunstfertigkeit.

Die Gefolgschaft aus Maligana und ihren berittenen Freundinnen wurde beim Eintreffen im Burghof sofort von einer Schar Diener umschwärmt. Sie aber scheuchte die überschwänglichen, grinsenden Diener barsch beiseite. Emsig und wie hysterische Hühner flatterten diese wieder auseinander. Maligana konnte diese unterwürfigen Kreaturen nicht lange ansehen, denn sie verursachten ihr Übelkeit. Eine tiefe, männliche Stimme ertönte da vom Haupteingang her: „Euch ist hoffentlich klar dass dies unsere Kassen unnötig belasten wird, Herrin Maligana?" Von der Treppe trat ein gebückt gehender Mann mit einem 2-Schritt langem Stab die Treppe würdevoll hinunter. Sein langes, wallendes, graues Gewand hing ihm bis zu den Kniekehlen. Er war Anfang vierzig mit aufmerksamen, aber abgekämpftem Blick. Ein penibel gepflegter, kurzer Bart hing um den verkniffenen Mund und lenkte den Blick von dem schütter-braunen, an manchen Stellen schon grauen Haaren ab.

Maligana rief ihm entgegen: „Seyton! Laber hier nicht rum und bring unsere neuen Errungenschaften in die Kerker! Breitet alles für die Spiele vor. Aber vorerst haben wir vor allem eines: Hunger!" Seyton räusperte sich: „Dachte ich mir schon. Es ist alles hergerichtet, meine Damen." Maligana stieg vom Pferd ab und verhedderte sich dabei dergestalt dass sie mit dem Kopf nach unten hing: „Hilfe!" Seyton seufzte: „Ihr hättet euch wirklich ein kleineres Pferd kaufen sollen, wie von mir angeraten." Er stapfte zweimal mit dem Stab auf den Boden dass es lautstark knallte. Schwer gepanzerte Wachen eilten da herbei aber Geifer war schneller und schnitt Maligana aus dem Sattel frei. Er fing sie auf und hielt sie in den Armen: „So besser, Fräulein?"

Maligana löste sich verschreckt: „Ja… S-Seyton – dass hier ist Geifer, ein Söldner. Er soll ab sofort mit auf unsere Spielzeuge aufpassen, klar? Gib ihm eine Unterkunft und alles weitere Gedöns." Seyton beäugte den Söldner mit eindringlichem Blick: „Hm. Seid ihr sicher, dass dieser Söldner angemessen ausgebildet ist um in euren Diensten…"
„Seyton! Seyton sag ich!", bellte Maligana da und der Kammerdiener verstummte. „Wie ihr wünscht. Aber wenn die Damen mir dann zunächst zum Speisesaal folgen würden?"
Die fünf Mädchen folgten ihm die Schlosstreppe hinauf, durch einen großen Eingangsbereich, durch einen gewölbten Gang, bis in den großen Festsaal wo man schon allerlei Obst, Fleisch und gewürzte Spezialitäten aus dem Mittelmeerraum darbot.

Das meiste davon würden die Damen nur leicht anknabbern und der Rest würde an die Schweine verfüttert werden; welche wiederum für die nächste Festtafel gezüchtet wurden.

Maligana ging zuletzt hinein, drehte sich noch einmal zu Seyton und den sechs gefesselten Jungen im Wagen: „Achja, Seyton? Weise sie doch bitte ein in die Regeln von Kronenberg, ja? Wir hatten schon unsere erste Machtdemonstration. Sie wissen also was ihnen blüht wenn sie aufmucken." Seyton verbeugte sich: „Herrin." Als Maligana im Schloss verschwunden war, rümpfte Seyton die Nase; ging einige Schritte, ließ die Gefangenen Aufstellung nehmen (indes Geifer amüsiert zuschaute) und ließ dann seinen wuchtigen Stab dreimal laut auf die Steintreppe donnern. Danach klingelten allen die Ohren, so als wäre neben ihnen der Blitz eingeschlagen.

Seyton intonierte kraftvoll: „So denn hört die Regeln, welche über Leben und euren Tod entscheiden werden! Ihr wisst inzwischen, wozu die Jochbänder um eure Hälse in der Lage sind. Aber ich erkläre es noch einmal für all jene die es noch nicht erahnen konnten! Zuerstens: Diese Jochbänder abzunehmen bringt den sofortigen Tod durch allergrößte *Pein*! Sie können nur von eurer Herrin entfernt werden, sofern sie euch für würdig erachten sollte und ihr all ihre Befehle und Anordnungen ordnungsgemäß befolgt. Tut ihr dies nicht, werdet ihr bestraft! Gebt euch keinen Illusionen hin! Jeder ist sich hier selbst der nächste und nur einer wird die kommenden Kämpfe überleben können! Nur einer kommt hier raus! Und wer versucht zu fliehen wird ebenfalls vom Jochband vernichtet werden! Geht ihr jenseits der Grenzen des Umlandes so wird es euch zunächst schlecht ergehen; solange bis letzten Endes der Tod einsetzt! Je eher ihr also akzeptiert dass Widerstand sinnlos ist, desto bessere Chancen habt ihr zu überleben." Er ließ die Worte erstmal sacken. „Das erste Spiel, in dem ihr euch beweisen müsst beginnt morgen Nachmittag und wer sich darin bewährt bekommt die meisten *Punkte*. Es ist ein Wettkampf auf Leben und Tod! Jene, die da neben euch stehen, sind nicht eure Verbündeten; es sind eure Feinde. Wer erwischt wird, wie er mit den anderen Bündnisse schließt wird mit Punktabzug bestraft werden! Also versucht es gar nicht erst. Soviel zu den allgemeinen Regeln. Noch Fragen?" Der Gote hob die Hand: „Hat das Ganze auch irgendeinen Zweck, Meister?"

Seyton schnaufte: „Ein Scherzkeks, wie? Hört mir nun gut zu! Ihr seid das ‚Eigentum' eurer Herrinnen. Nach dem genauen Zweck müsst ihr sie selbst fragen, denn jede hat ihre eigenen Gründe und Vorlieben." Puk hob die Hand: „Verzeihung, aber was genau sind das für Kämpfe? Gladiatorenkämpfe oder wie?" Seyton schüttelte den Kopf: „Die Art der Wettkämpfe obliegt ebenfalls den Interessen und Vorlieben der Herrinnen. Ich darf es euch auch nicht vorher sagen, da es sonst keine gleiche Ausgangslage gäbe. Aber ich kann aufgrund der vorherigen Kämpfe zumindest sagen, dass es bislang nie eintönig wurde."

Der Dicke fragte da: „Und wer bist du – sind sie?" Seyton deutete eine leichte Verbeugung an. Die schweren Ketten um seinen Hals rasselten leise: „Ich bin Groß-Kammerdiener Seyton. Ich verwalte Kronenberg und die umliegenden Ländereien für die gelfische Familie." Hinnerk überlegte: „Die grässliche Prinzessin hat selbst wohl keine Lust dazu, wie?" Seyton sah ihn durchdringend an, antwortete aber: „Es ist in der Tat so, dass die Herrin Maligana andere ‚Interessensgebiete' hat. Bei jemandem in ihrem Alter ist das aber weitgehend normal." Hinnerk lachte: „Normal?! Wie alt ist sie? Zwanzig? Tze. Sie verhält sich wie ein dummes Kind!" Seytons Stab donnerte auf den Boden und Schockwellen erfassten ihre Körper: „Genug! Euch wird der Spott noch früh genug vergehen, spart euch die Kräfte lieber! Im eigenen Interesse!" Gepanzerte Wachen mit Löwenköpfen auf den silbernen Schulterplatten kamen auf sein Handzeichen herbei um die Jungen in die Kerker zu bringen; dessen Zugang außerhalb des Schlosses nahe der Burgmauer lag und durch einen fackelbeleuchteten, dunklen Gang tief in den Kronenberg hineinführte…

Seyton wollte gerade Geifer seine Unterkunft zuweisen, als die Tore geöffnet wurden und eine Kutsche mit zwei großen Zugpferden auf den Hof gefahren kam. Neben dieser Kutsche schritten mehrere lanzenbewehrte Krieger mit bekanntem Wappen. Seyton erkannte es sogleich und auch die dazugehörige ‚Familientradition', als der Insasse der Kutsche versuchte aus dem Wagen zu steigen und dabei mit dem Kopf zuerst auf dem Boden landete und sich an seinem eigenen Gürtel verhedderte: „Hilfe!"

Seyton eilte herbei und half dem Mann hoch: „Ich hoffe nur dass, wenn ihr ein Schiff besteigt, das nicht auch stets damit endet dass ihr direkt im Meer landet, Herr von Murkelen?" Der Mann mit den Pausbacken und dem kleinen Bart um das Kinn klopfte sich ab: „Unsinn, Seyton! Ich bin einer der *gefürchtetsten* Seefahrer der gesamten Hanseflotte! Der Schrecken der Likedeeler! Jaha, den großen Michels hab ich selbst gefangen, vor der Küste Helgolands! Das Reisen zu Land ist mir viel zu ungefährlich geworden. Darum – *peppe* ich es nur ein wenig auf, das ist alles."

Seyton nickte diplomatisch: „Natürlich, Herr. Was aber führt euch nach Kronenberg? Ich dachte ihr wärt in Hamburg?" Henning von Murkelen straffe sich: „Meine Schwester führt mich hierher, denn ich muss ihr etwas mitteilen. Ist die Schreckschraube zugegen?" „Gewiss, soeben eingetroffen. Ich führe euch zu ihr. Sie sind gerade beim Essen." „Trifft sich gut. Ich verhungere." Großkammerdiener Seyton führte den Hamburger Ratsherrn nun in den Saal, wo er erneut mit dem Stab auf den

Kachelboden schlug um die gackernde Meute der versammelten Damen zum Verstummen zu bringen. Sie waren wohl just dabei gewesen mehrere von Laurenzia Adabeis neuesten Kleidern aus Italien anzuprobieren. Die einzige, die überhaupt vom übermäßig gedeckten Teller aß, war Stefanie Treyer – und sie beschränkte sich bewusst auf leichte, knackige Gemüsekost. Sie machte eine (neue) Diät. Maligana war deswegen zerknirscht da alle Aufmerksamkeit Laurenzia galt die ihren Freundinnen den ‚neuesten Schrei aus Neapel' offenbarte.

Henning von Murkelen bemerkte die neugierig-weiblichen Blicke auf seiner Haut und versteifte sogleich arg: „M-Meine Damen, mei-meine Herren?! Ich meine natürlich nur meine Damen!" Die Mädchen kicherten und grüßten ihn mit einem Hofknicks oder einem höflichen Nicken. Laurenzia schmunzelte: „Herr?" Maligana aber fuhr ihn sogleich direkt an: „Was willst du hier, Henne? Siehst du nicht das du uns störst?!" Hennings Gesichtsausdruck verfinsterte sich, *schlagartig*: „Ich wurde hierhergeschickt um dich davon in Kenntnis zu setzen dass in fünf Tagen ein Fest, zu Ehren des langjährigen Friedens zwischen Staufern und Gelfen, in Braunschweig gegeben wird! Tante Jule hat um deine Anwesenheit gebeten, alle sollen dabei sein! Neue Bedingungen für alle Gelfen werden ausgehandelt und die meisten sind schon in Vorbereitung dafür! Sie suchen Urkunden heraus, versichern sich ihrer Ministerialen und Dienstleute, machen große Pläne für neue Bündnisse und Geschäfte! Und du? Du hast nichts Besseres zu tun als das Familienerbe für deine blöden Spiele hier zu verramschen!"

Maligana schnauzte: „Blöde Spiele?! Du dicker, überheblicher, dummer, fetter…" Seytons donnernder Stab brachte sie beide zum Schweigen: „Ich denke doch, dass diese ‚familieninterne Unterhaltung' an einem anderen, abgelegenen Ort fortgesetzt werden sollte?" Henning und Maligana bemerkten erst jetzt, dass sie einander am Kragen gepackt hatten. Räuspernd ließen sie los und entschuldigten sich bei den Versammelten für diesen Auftritt. Seyton führte sie daraufhin in Maliganas Gemächer. Die beiden blieben genauso lange still, bis er die Tür hinter ihnen schloss. Dann ging der Streit genauso nahtlos weiter wie er geendet hatte. Der alte Kammerdiener rieb sich müde die Nase.

Maligana schnauzte: „Überheblicher Schiffsjunge!" „Das heißt Matrose, du dummes Landhuhn! Tze! Du hast wieder mal keine Ahnung vom *wirklichen Leben*, lebst hier mit dienen Ete-Pe-Tete Freundinnen und machst überhaupt nichts Sinnvolles!" „Depp! Ich sichere unsere Stellung in einem verzwickten Machtkampf, den du ‚Super-Trottel von Seerechts-Gnaden' nie kapieren würdest! Es geht um Einfluss! Um Macht! Wenn ich es schaffe dass Kronenberg zum Zentrum der Unterhaltung für alle Adeligen im Abendland wird - Weißt du wie viel Geltung es unserer Familie dann verschaffen wird?! Sowas gibt es hier im Norden gar nicht! Du und deine Schiffe hingegen, was hast du groß gemacht außer dich in den Dienst niederer Kaufleute zu stellen und für sie den Hampelmann zu spielen?! Nur damit du ‚Schiffsmeister' spielen kannst?! Wie hilft uns das weiter? Hä?" Henning keifte zurück: „Niedere Kaufleute?! Pah! Die Macht vom Eldermann steht denen von einem Herzog in nichts nach; ja, übertrifft sie in Teilen sogar noch! Es ist daher von immensem Vorteil wenn wir gute Kontakte mit der Hanse halten! Ihre Macht reicht nicht nur bis in jeden Winkel des Abendlandes sondern auch bis ins Morgenland hinein!" Maligana winkte entnervt ab und stapfte zu ihrem Bett, warf sich mit Schwung hinein: „Ach! Du willst doch nur zur See fahren, dir ist jede Ausrede recht!" „Und du hast jede Ausrede parat um weiterhin in diesem hirnlosen Prunk zu leben!" „Arschloch!" „Dumme Gans!" „Gehirnverwickelter... Mumien... Kopf!" „Halbgares Suppenhuhn!" „Stinkender Mumps-Kopf!" „Flachbrüstige Stockente!" „K-Klein pimmeliger Pupsmann!"

Henning winkte ab: „Ich verschwende nur meine Zeit. Du bist ja hiermit offiziell eingeladen und weißt ja was das bedeutet wenn es aus Tante Jules Mund kommt." Maligana überlegte jetzt eine Weile, starrte an das verzierte Deckengewölbe: „Ist es ihr so wichtig, dies Fest, ja?" Henning drehte sich um: „Sie hat mich mitten in der schwierigsten Stunde der Hanse nach Braunschweig beordert. Alle Gelfen mit Rang und Namen. Es ist ihr also *sehr* wichtig. Besser ist, wir enttäuschen sie nicht. Sie mag uns, aber wir sollten unser Glück nicht überreizen." Er zögerte kurz als er Maligana dort so grübelnd auf ihrem Daunenbett liegen sah. Etwas lag ihm auf der Zunge, etwas *Versöhnliches*... Maligana bemerkte es genervt: „Ist sonst noch was?" „Nein! Das war's du Bratze. Ich esse unterwegs was, gehe sofort los. Seyton!? Seyton, pack mir was ein!" Durch die Tür klang es dumpf: „Was bestimmtes, Herr?" „Hm, wie? Oh ja, etwas von den Schweinshaxen und dem Auflauf...." „Kleinswaxen, Herr?" Henning stöhnte zu seiner Schwester: „Hören kann der Alte auch nicht mehr gut, wie? Du hast ihn kaputt

gemacht!" Maligana warf ihm ein Kissen an den Kopf: „Dann mach doch die Tür auf?!"
Henning riss da zornig die Tür auf und stürmte an einem verdutzen Seyton vorbei.
Dieser lugte in Maliganas Zimmer: „Alles in Ordnung, Herrin?" Maligana hatte ihm den
Rücken zugedreht: „Jaja. Ich komme gleich. Muss mich nur noch frisch machen."
Seyton nickte: „Wie ihr wünscht. Euer Bruder verlässt uns schon wieder, ja?" „Er kann
auch weg bleiben. Er ruiniert mir noch meinen ganzen Spaß!" Seyton schloss die Tür
und seufzte im Gang. Seit ihrer Kindheit hatte er die beiden nun betreut, den zwei Jahre
älteren Henning und Maligana zugleich. Beide waren sie einem Seitenbaum der
Gelfenfamilie entsprungen, welcher sich bisher durch besonders viel Ehrgeiz, aber auch
emotionale Instabilität ausgezeichnet hatte. Als Kinder waren sie ganz reizend, beinahe
liebevoll mit einander umgegangen. Aber dies hatte sich mit der Zeit komplett
gewandelt und nun bestanden ihre Treffen nur noch aus bissigen Anfeindungen,
Beleidigungen und sporadisch eingestreuten Handgreiflichkeiten in Richtung der
Unterleibsregionen, von beiden Seiten.
Seyton eilte Henning nach, so schnell es der Gangart eines würdevollen, altgedienten
Beraters noch zuzumuten war, und ließ ihm das noch dampfende Essen sogleich in die
Kutsche bringen. „Es tut mir leid, dass ich euch nicht noch mehr anbieten kann, Herr."
Henning winkte ab: „Schon gut, Seyton. Gegen diese Zicke kommt man nicht an. Wie
ist sie bloß so unausstehlich geworden? Sag du es mir!" Seyton druckste herum: „Nunja,
Herr, sie ist - mit Verlaub - erst so geworden, nachdem ihr uns verlassen hattet." „Aber
sie ist doch kein kleines Kind mehr?! Mich hat dagegen schon immer weg gezogen,
auf's offene Meer… Naja. Nun mach es gut Seyton. Lasst sie nicht auf deinen Kopf
steigen." „Ich versuche es, Herr." „Das mag ich an dir; immer die Etikette wahren."
„Dies unterscheidet uns vom gemeinen Pöbel." Henning lächelte matt, wirkte nicht so,
als würde er diese Ansicht wirklich teilen sondern als würde sie ihn eher nachdenklich
stimmen: „Wir sind hier fertig! Abfahrt!" Der Kutscher ließ die Zügel knallen und der
Karren setzte sich rumpelnd wieder in Bewegung.
Seyton winkte daraufhin einen der Wachleute herbei welche gerade dabei waren ihr
Mittagessen (einen Brei mit Fleischeinlage) über einem offenen Feuer am Burgwall zu
kochen: „Wie ist die Einquartierung der Teilnehmer verlaufen?" „Ruhig, abgesehen von
dem Friesen, den wir mit zwei Mann überwältigen mussten." „Hat ihm jemand geholfen

oder auch nur gezuckt?" Der Mann überlegte kurz: „Nein. Niemand half ihm." „Gut. Weitermachen." „Jawohl, Herr Seyton!" Der Groß-Kammerdiener kehrte wieder in den Saal zurück, wo auch Maligana inzwischen zum heiteren Treiben zurückgekehrt war. Heidel Kloros fragte ungeduldig: „Wann geht es endlich los mit dem ersten Spiel? Ich will meinen dicken Kerl schwitzen sehen - wird bestimmt voll ekelig, hehe!" Antonia Gateux kicherte: „Machen wir wieder Weitspringen? Im Modder landen, so wie beim letzten Mal, wisst ihr noch? Dieser Krüppel den ich da hatte, der war zu witzig! Aber erstaunlich gut." Maligana grinste: „Kommt Zeit, kommt Spaß. Seyton fummelt alles zurecht, damit wir morgen frisch loslegen können. In der Zwischenzeit gucken wir schon mal nach unseren Schätzchen, ja?"

Gemeinsam führte Maligana sie daraufhin in einen weiteren Raum, in welchem eine Wendeltreppe nach unten in ein tiefes Gewölbe führte. In mehreren kleinen Nischen standen hier brennende Kerzen und es roch nach Erde. „Wie unheimlich und schön zugleich. Genau wie mein finsterer Streiter.", hauchte Stefanie Treyer, sichtlich angetan von der düsteren Atmosphäre. Maligana nahm es zufrieden zur Kenntnis und öffnete dann eine schwere Eichentür am Ende der Treppe. Laurenzia fragte: „Gibt es hier auch keine Ratten? Ich *hasse* Ratten."
Sie kamen jetzt in einen kreisrunden, kühlen Raum in dessen Mitte ein Brunnen mit drei Schritt Durchmesser stand. Anstelle einer Wasseroberfläche befand sich dort jedoch ein schimmerndes, bläuliches Glas durch welches die Mädchen hinabsehen konnten – direkt in die Einzelzellen ihrer erwählten Streiter. Das Glas war so gewölbt dass man sie sogar vergrößert sehen konnte, je nach Winkel. Es waren insgesamt zehn Zellen, wovon aber derzeit nur sechs bewohnt waren. Sie waren je zu fünf durch einen Mittelang getrennt. Maligana grinste breit als sie die skeptischen Blicke der Mädchen bemerkte: „Es ist speziell behandeltes Glas aus Byzanz. Wir können sehen und hören was sie sagen, sie uns aber nicht!" Giertrud nickte: „Nicht schlecht. Hast du auch Sitzgelegenheiten?" „Da, in der Ecke. Wenn der Raum fertig ist wird es hier auch ein wenig gemütlicher und Diener werden einem die Füße massieren oder was immer ihr noch wollt." Giertrud von Schildaberg lehnte ab: „Ich kann gut stehen, danke." Laurenzia zischte: „Still! Ich will hören was sie sagen – uhuhuh – Das ist richtig spannend. Worüber sie wohl reden?! Was

sie von uns halten?! Hoffentlich reden sie überhaupt miteinander. Enttäusch mich nur nicht, mein Gote! Rede über mich! Los!" Maligana lächelte: „Keine Angst. Sie werden miteinander reden. Das tun sie immer." Die Frauen sahen gespannt hinab und lauschten den akustisch verstärkten Geräuschen aus dem Kerker unter ihnen. Für diese erschien die Platte über sich wie eine gewöhnliche Decke…

Kapitel 8

Die Höhle der Löwin

Hinnerk rieb sich den Kopf und zischte: „Danke für Garnichts." Der sommersprossige Rothaarige knurrte ihn an: „Was hätten wir tun sollen, oh du ‚Freiester aller Friesen'?! Du nervst nur!" „Wenigstens hab ich noch nicht aufgegeben!" Der Dicke indes meinte: „Spar dir deine Kräfte, Friese." „Ich heiße *Hinnerk Wiards* und ich bin keine verschissene Spielfigur dieser Miststücke, so wie ihr!" Der Kleine lachte auf: „Ist ja doll. Kümmert nur keinen! Oder?" Betreten schwiegen sie alle.

Puk schlug schließlich diplomatisch vor: „Vielleicht sollten wir uns alle einander erstmal vorstellen?" Der Kleine fauchte: „Kein Problem. Hier sitzt Toter 1, da sitzt Toter Nr. 2, da lungert Toter 3 und da bohrt sich Toter 4 gerade in der Nase." Der Dicke stöhnte: „Also mein Name ist Tipmann, Lars Tipmann. Bin eigentlich Metzgerlehrling aus Grabow, aber durch den Krieg gegen Heinrich den Schwarzen wurden wir dann alle zu Kriegern. Sie haben mich bei einem Überfall erwischt und über die Elbe nach Haldersleben gebracht."

Puk nickte: „Nennt mich einfach nur Puk, bin Byzantiner. Das ist sone Art ‚römischer Grieche'." „Ein echter Exot, hm?", meckere der Zwerg, „Welch Glück für uns arme Normale!" Lars fragte ihn: „Und du heißt sicher Schnattermaul, oder Meckerziege, wie?" „Nein, *Larsch*! Ich heiße Ratibur. Ratibur aus Pommern! Zufrieden?" „Ein Rattenbauer aus Pommern?", scherzte der Gote und lugte durch seine Gitterstäbe in den Gang. „Tagchen! Ich bin Wiek Kecknitzer, Gotensohn alter Klasse! Meine Vorfahren haben Rom zum Beben gebracht und ich wollte meinen wendischen Brüdern helfen ihr bisschen Heimat zu behalten. Naja und um Ruhm und Ehre zu erlangen natürlich auch, hehe!"

Hinnerk fragte: „Du bist also ein Krieger, Wiek?" „Jepp, Hinnerk Wiards, genau wie du. Das mit Maligana war übrigens gute Beinarbeit. Ich bin beeindruckt. Musst du mir mal zeigen, bei Gelegenheit." Hinnerk war solch direktes Lob nicht gewöhnt. Er lief im Halbdunkel rot an und wusste nicht Recht was er erwidern sollte, außer: „Gemeinsam hätten wir es schaffen können." Ratibur meinte: „Du bist nicht der hellste, oder? Diese fetzigen Halsketten hier; ‚Jochbänder' oder wie diesen Mistdreck nennen, haben uns bei den Eiern, klar? Oder stehst du etwa darauf? Hä?!" Hinnerk spuckte aus: „Pah! Eher lass ich mich zu Tode quälen als dass ich denen die Füße küsse!" Wiek Kecknitzer lächelte: „Och ich hät' nichts dagegen. Wenn's weiter nichts ist? Meine ‚Herrin' scheint mir ganz zugetan und wenn's weiter nichts ist als ein bisschen Schmusen und Bumsen?" Ratibur kicherte: „Ein Kasper bist du für die genau wie wir alle es sind." Lars Tipmann murmelte: „Hm. Was ist mit unserem sechsten Mann? Er schweigt schon die ganze Zeit. Wie heißt…" Der langhaarige Hüne brummte: „Hengest."

Wiek schnalzte mit der Zunge: „Sieh an, da ist ja doch einer nicht so stumm, eh? Sagst wohl nur was wenn es wirklich wichtig ist, hm? So einer isser. Kenne zuhause auch so einen; ist ein netter Kerl. Nur etwas langsam im Kopf." Ratibur stöhnte: „Sülz, Sülz, *Sülz*! Was lernt ihr euch hier eigentlich groß kennen? Wir leben eh nicht mehr lange um es zu ‚genießen'." Wiek zuckte mit den Schultern: „Eben. Da kann man wenigstens noch etwas gepflegte Unterhaltung betreiben. Oder, Hinnerk?" „Ich will nicht reden, ich will hier raus. Man wartet draußen auf mich. Aber wenn wir zusammenhalten und an einem Strang ziehen können wir es vielleicht schaffen!" Puk fragte kleinlaut: „Selbst wenn wir aus den Kerkern brechen könnten; das Umland ist flach und ohne Pferde sind wir leichte Beute für die sächsischen Lanzenreiter." Hinnerk war enttäuscht: „Das du schon jetzt aufgibst… Also ich finde einen Weg hier raus!" „Es gibt nur einen Weg hinaus…", sprach Hengest und alle hörten ihm gespannt zu, „Fünf sterben, einer überlebt." Ratibur klatschte in die Hände: „Da habt ihr die Kurzfassung unser erquicklichen Situation! Und nun Klappe hier." Schweigen setzte wieder ein, aber nicht weil Ratibur es so verlangte.

Eine halbe Stunde später kamen Wächter herunter und reichten ihnen das Essen in hölzernen Schalen durch die Gatter: „Esst! Morgen früh geht es los." Der Eintopf schmeckte nach nichts, füllte aber immerhin den gröbsten Hunger und den Durst gleich mit da es sehr flüssig war; wie eine Suppe. Lars seufzte: „Also von Kochen verstehen die hier auch nichts. Jetzt eine saftige Wildschweinshaxe in Knisterwurzöl gebraten…" Ratibur kicherte: „Kein Wunder daste so fett bist." „Pah! Fett sein hat durchaus seine

Vorteile." „Welche?!" „Nun es hält dich warm, es bringt dich durch den härtesten Winter, schützt dich wie eine zweite Haut..." „Und es macht dich langsam und träge. *Doll*! Ich verzichte!" „In Pommern lebt man wohl nur von der Hand in den Mund, wie?" „Klar! Lagern müssen wir Garnichts. Wir leben jeden Tag als ob es unser letzter wär. Die letzten freien Pommern im ganzen Land!" „Oh – stolz ist er auch noch unser großer Rattenbauer!", sagte Hinnerk und konnte sich ein Grinsen nicht verkneifen. Der Pommeraner erwiderte: „Nicht stolz auf die anderen Hackfressen, sondern auf mich! Mich allein! Denn ich habe mich behauptet, bin durchgekommen! Nicht die anderen. ‚Bissiges Frettchen' nennen mich eigentlich alle!" Wiek lachte so laut dass man ‚hören' konnte wie ihm der Brei aus dem Mund flog. Auch die anderen (bis auf Hengest) stimmten nach und nach ein und lachten. Puk nutzte das Gelächter sofort um ungesehen einen Stein aus der Zwischenmauer zu lösen um heimlich mit Hinnerk in seiner Nachbarzelle reden zu können: „He! Hinni!" „Ich rede nicht mit Verrätern...", antwortete dieser knapp.

„Bitte! Es hat seinen Grund warum ich mich von dir fernhalte." „Und der wäre?" „Man beobachtet uns. Die Decke, sieh mal näher hin!" „Und wenn schon." „Dickköpfiger Friesenkopf!", fluchte Puk in einem der seltenen Momente wo er seine Beherrschung verlor, „Das ist ‚byzantinisches Glas', ich erkenne es sofort. Sie sehen und hören uns aber wir sie nicht. Wenn die erfahren, dass wir Freunde sind werden sie es gegen uns verwenden." Hinnerk würgte den Brei herunter und sah Puks Auge durch den Spalt lugen. Er hatte nicht den Eindruck als wenn dieser log. Andererseits war er ein byzantinischer Agent – und somit ein Meister der Täuschung. Er trat gegen den Spalt: „Hab verstanden.", meinte er noch, als Puk rieb sich den Staub aus den Augen rieb und den Stein zurück ins Mauerwerk stopfte; immer so, dass man es von oben nicht sehen konnte.

Die Wachen kehrten nach am nächsten Tag früh in die Kerker zurück, gingen aber an ihnen vorbei den Gang hinunter. Dort wurde dann ein schweres Doppeltor aufgemacht und die Käfige der sechs Teilnehmer sprangen wie von Geisterhand auf. Der Pfad zurück nach oben (von wo sie gekommen waren) wurde nun mit einer schweren Eisenplatte versperrt. Ein Wachmann brüllte in den Gang: „Aufstehen! Vortreten!

Vorwärtsgehen! Los, Los, Los!"

Mit rasselnden Ketten an den Händen schritten die sechs dann durch die Doppeltür, einen rechtsgewundenen, abwärts gerichteten Gang hinunter, welcher mit blauleuchtenden ‚Ewigkerzen' schummerhaft beleuchtet war. Die Wände waren aus scharfkantigem, pechschwarzem Stein. Wiek schnüffelte: „Riecht nach Gebirge." Und Puk erklärte: „Dem Gefälle nach zu urteilen befinden wir uns jetzt inmitten des Kronenbergs, worauf diese Festung erbaut wurde."

Der Gang wurde wieder eben und führte dann geradeheraus in eine kreisrunde Kuppelhalle mit sieben großen Doppeltoren. In der Mitte dieser Kuppel erhob sich ein stämmiger, steinerner Turm mit einer Plattform; Armbrustschützen standen in unerreichbaren Höhlennischen ringsherum und zielten von dort auf die sechsköpfige Bande. Die Stimme des Wachhabenden (ein Ritter mit Löwenköpfen auf Brust und auf seinen Schulterplatten) auf dem Turm ertönte über ein Signalhorn, welches lautstark hallte: „Grüße, Spieler! Ich bin Gardehauptmann Rowolt, von der ‚gelfischen Löwengarde'! Eure erste Aufgabe beginnt im Bereich A, hinter dem Tor mit dem Buchstaben! Es ist ein *Hindernislauf.* Ihr müsst alle Stationen anlaufen und diese überwinden. Wer als erster am Ziel angelangt, gewinnt 6 Punkte – der zweite nur fünf, der dritte nur vier, der vierte nur drei, der fünfte nur zwei und der letzte nur einen Punkt! Hierbei sind also Geschick und Wendigkeit gefordert. Wenn ihr eine Station nicht anlauft oder vom Weg abkommt werdet ihr dafür bestraft werden. Eure Herrinnen bestimmen später das Maß der Bestrafung. Beachtet jedoch die Regeln und ihr werdet überleben! Zumindest für diesen Tag!"

Rowolt räusperte sich: „Jeden Tag wird sich ein anderes der sieben Tore für euch öffnen. Dahinter befinden sich die Spiel-Areale rund um die Kronenburg, voneinander abgegrenzt durch hohe Zäune und Wälle. Entfernt ihr euch zu sehr von euren Herrinnen so wird euch der Schmerz der Jochbänder in die Knie zwingen. Zudem stehen uns berittene Wacheinheiten mit Armbrüsten und Netzen zur Verfügung um euch wieder einzufangen! Es gibt auch keinen Unterschlupf auf Meilen hin. Weder Felsen, Büsche, noch Wald! Flucht ist also völlig ausgeschlossen!

Nach dem jeweiligen Spiel werdet ihr zur Bewertung in eure Zellen abberufen, euch im Badehaus reinigen, gutes Essen erhalten und Zeit mit euren Herrinnen verbringen um deren Wünsche zu erfüllen. Und ihr *werdet* sie erfüllen! Am Ende werden die Punkte dann zusammengezählt und demjenigen mit den meisten Punkten winkt die Freiheit. Allen anderen winkt jedoch der sichere Tod! Es sei denn die Herrin entscheidet anders, sowas ist auch schon vorgekommen. Also seid nett zu ihnen und gehorcht! Soviel dazu; haben das bis hierhin alle verstanden?!" Die Teilnehmer bestätigten es mit einem lauten „Jawohl!" und der oberste Gardist rief: „Gut! Dann jetzt, Tor A öffnen!"

Knarrend öffneten sich daraufhin die Flügeltüren des ersten Tores. Dahinter wurde ein langer Gang sichtbar der wieder aus dem Berg hinausführte – bis zu einem hellerleuchteten Punkt in der Ferne. Wind kam auf und zog an ihren luftigen Kleidern. Sie setzten sich in Bewegung und kamen schließlich nach draußen, direkt vor die Außenmauern der Kronenburg, welche mit flatternden Wimpeln prachtvoll hinter ihnen thronte. Vor ihnen lag ein abgezäuntes, weitläufiges Areal welches übersät war mit Rampen, Kletterwänden, Seilen über Gruben; langen, abgesteckten Strecken zum Rennen und anderen körperlichen Ertüchtigungsabschnitten. Lars Tipmann seufzte: „Ich bin schon tot."

Sie sahen dann wie die die ‚Damen von Kronenberg' auf ihren gestriegelten Pferden herangeritten kamen. Sie trabten hinüber zu einem Objekt, welches Hinnerk und Puk doch arg bekannt vorkam. Es sah aus wie ein großer, dunkler Ballon; ähnlich demjenigen mit welchem sich die Likedeeler so gekonnt Zugang zur Hammaburg verschafft hatten. Heiße, wabernde Luft von Blasebalgen wurde in das Objekt hineingepumpt, sodass es vom Boden abhob. Die Mädchen stiegen lachend hinein und wurden mit starken Seilen in einer bestimmten Höhe gehalten. Maligana lächelte hinunter: „Von hier aus haben wir alles gut im Blick!" Heidel Kloros staunte nicht schlecht: „Ohhhh! Das ist ja so aufregend!" Giertrud indes hakte nach: „Woher kommt dieser ‚Flugsack' eigentlich?"

Die Herrin von Kronenberg grinste stolz: „Och, irgendso ein Herr von Mücklingen hat es für uns zusammengebaut. Er will unbedingt fliegen und dass hier ist eines seiner Erfindungen! Tante Jule hat es extra für mich organisiert." Sie konnten von hier oben das gesamte Areal einsehen und besaßen neben guter Verpflegung auch Rufhörner, welche ihre Stimmen zur Not weit trugen. Es war zuerst Maliganas Stimme die aus dem Luftschiff ertönte: „Geht auf eure Plätze, Spieler! Und möge der Beste gewinnen! Ich zähl auf dich, Hinnerk!" Puk lehnte sich zu dem Angesprochenen herüber: „Das ist der Beweis." Hinnerk nickte schwach. Er war zwar noch nicht zur Gänze überzeugt aber woher sonst hätte Maligana seinen Namen wissen können? Niemand sonst hatte danach gefragt, außer den anderen Spielern. Sie wurden ständig überwacht; selbst im Schlaf.

Ein Reiter in Plattenrüstung ritt an sie heran, auf seiner Brust prangerte ebenfalls das geformte Abbild eines brüllenden Löwen. Seine Stimme klang verzerrt durch den Metallhelm und er zeigte mit seiner langen Lanze auf eine weiße Linie vor ihnen: „Stellt euch an dieser Linie auf und macht eure Aufwärmübungen! Auf das Signal des Großkammerdieners hin legt ihr dann los!" Der Löwenreiter gab seinem Pferd die Sporen. Der Kammerdiener Seyton war ebenfalls auf ein nahes Treppenpodest gestiegen und würde das Startsignal mittels seines ‚knallenden Stabes' geben.

Vor ihnen lag also die erste Prüfung – es war merkwürdig, aber selbst Hinnerk dachte in diesem Moment nicht mehr an Flucht. Es ging jetzt darum die anderen zu schlagen – und somit sein Überleben besser zu sichern. Er war ja auch ein guter Läufer (wichtig für die Deichwacht) und besaß ein hohes Maß an Geschick (vor allem im Kugelwerfen). Er konnte darum keine Rücksicht auf die Schwächeren nehmen, denn sie würden ihn nur mit in den Abgrund reißen. Außerdem wartete Leevke ja auf ihn. Darum musste er gewinnen, um jeden Preis. Schließlich ertönte das Startsignal…

Es war dunkel, feucht und zugig in dem steinernen Gang durch den sie schritten und der Wind heulte immer wieder auf, fast wie ein leidgeprüftes Tier. In gewisser Weise erinnerte Leevke diese düstere Umgebung an Radbods Kerker auf Bant. Nie hatte sie die alptraumhafte Begegnung mit den Untoten dort vergessen können. Tarpeja ignorierte ihr Zittern und zerrte sie unerbittlich weiter in das Gewölbe hinein von dem Leevke nicht mehr wusste, wo es sich überhaupt befand. Mit dem Wagen aus Haldersleben waren sie in die Stadt Braunschweig gerast, deren dicke, steinerne Mauer wie eine unüberwindbarere Wand, wie ein *Grab*, gewirkt hatte. Statuen von grimmigen Löwen bewachten das Torhaus mit gefletschten Zähnen und scharfen Krallen.

Die Stadt selbst war hektisch und aufgewühlt, fast wie Hamburg; aber aus anderen Gründen. Hamburg war eine große Handelsstadt gewesen in der Waren in Lagern hin-

und her gewuchtet, auf Koggen verladen wurden und wo an nahezu jeder Ecke Handel betrieben wurde. Braunschweig aber pulsierte heute aus einem anderen Grund. Bunte Wimpel wurden zwischen den Häusern an Leinen aufgehängt, Fahnen mit bestickten Wappen aus den Fenstern geworfen und ganze Marktstände aufgebaut. Gaukler und Barden probten ihre Instrumente und im Großen und Ganzen fand Leevke den Anblick weitaus erfreulicher als das grobe Schubsen, Kreischen und Brüllen der Hamburger Betriebsamkeit. Dennoch trog der Schein auch hier, denn die Menschen waren trotz der bunten Farbfülle genauso getrieben. Sie waren grimmig und beinahe wutentbrannt darin eine festliche, *lockere* Atmosphäre zu schaffen. Es wirkte darum eher absurd als lustig.

Als Leevke nach dem Grund für diese Vorbereitungen fragte, hatte Tarpeja nur gemeint: „Ein großes Treffen steht bevor. Aber das braucht dich nicht zu kümmern." Sie erreichten dann einen kleinen, abgeschotteten Innenhof und gingen durch eine von zwei (schäbig wirkenden) Wachleuten bewachte Tür, dann eine steile Treppe hinab in den Keller des Hauses. Leevke bemerkte bei den Wachen dass unter den abgenutzten Leinenhemden gut gepflegte Kettenhemden aufblitzten. Es ging seitdem durch mehrere niedrige finstere Gänge, durch einen feuchten Tunnel bis hin zu jenen zweigeteilten Türen vor denen sie nun standen.

Tarpeja klopfte in einer bestimmten Reihenfolge an die Tür und kurze Momente später wurde sie von innen heraus geöffnet. Sie betraten dann einen weiteren länglichen Raum, welcher einzig und allein von einem Kaminfeuer am Ende beleuchtet wurde. Vier Säulen säumten ihren Weg und stützten die wuchtige Decke. Die zuckenden, knisternden Flammen erzeugten wilde Schatten auf den kahlen Steinwänden. Der Raum war fensterlos und karg, bis auf den Teppich vor dem Kamin und den zwei Sesseln davor. In dem rechten Sessel saß eine Person, nicht direkt einsehbar.

Tarpeja zog Leevke mit sich und deutete dann eine Verbeugung an. Eine tiefe Männerstimme erklang aus der finsteren, linken Ecke des Raumes: „Ahhh, sieh an, sieh an! Der Reichsengel bequemt sich hierher? Und das nach dem Desaster in Hamburg?! Aufschlitzen sollte man sie und rupfen wie ein Hühnchen! Nanu? Was soll das Mädchen da? Eine Beschwichtigung für mich? *Har*! Sie würde es nicht überleben aber was kümmert es euch, nicht wahr, ‚Reichsengel Nord'? Ihr, die ihr doch an nichts mehr glaubt?!" Aus dem Schatten, vom Kaminfeuer nur mäßig beleuchtet, trat eine hünenhafte Gestalt mit aufgerissenen, angriffslustigen Augen und einem leicht geöffneten Mund voll spitzer Zähne. Ein schwarzer, nach unten gekämmter Schnurrbart war das auffälligste Merkmal in einem sonst kantigen Gesicht. Der Mann trug gänzlich schwarze Kleidung doch Tarpeja sah gleich, dass sich unter dem Umhang noch eine teure (schwarz brünierte) Plattenrüstung befand. In der rechten hielt der Mann ein Langschwert und die Schwertscheide hing tiefkehlig über seinem linken Bein als er mit kräftigen Schritten näherkam.

Tarpeja lächelte grimmig, schob Leevke hinter sich und griff nach ihren Dolchen, welche sie stets am rückwärtigen Gürtel trug: „Sie ist nicht für dich bestimmt, ‚schwarzer Heinrich'. Herzog Morkus!" Der Mann machte eine übertriebene Geste: „Ohhhh, wirklich nicht?!" Tarpeja trat zurück: „Wenn ihr sie berührt wird sie euch in Stücke reißen." „Wer? Dieses Gör?" Der schwarze Heinrich stoppte tatsächlich und grinste dann wölfisch: „Öfter mal was Neues, gnahrgnahrhar!"

„Schluss jetzt!", tönte jetzt wütend eine ältere, weibliche Stimme vom Sessel her. „Morkus, zurück auf deinen Posten! Mach Sitz! Du machst alles nur noch schlimmer." Der schwarze Heinrich knurrte: „Gnnnn - Wie du meinst, Kusine. Ich kann aber nicht verstehen, wie du solchen *Verrätern* trauen kannst?" Er beugte sich zu Tarpeja: „Nur eine falsche Bewegung und du wirst dir wünschen ein echter Engel zu sein." Der Hüne entfernte sich wieder mit schwerem Schritt seiner Eisenstiefel und stellte sich mit verschränkten Armen neben den Kamin, wie eine finstere Statue. Tarpeja steckte die Dolche wieder zurück. „Kommt näher.", sagte die Frauenstimme dann, „Tretet ins Licht damit ich euch besehen kann."

Leevke bemerkte nun erst den Spiegel, der über dem Kaminsims aufgestellt war und welcher es der Frau ermöglichte sie zu sehen. Sie selbst aber konnten nur ihre dunkelgrünen Augen sehen als sie sprach: „Berichte mir, Tarpeja. Der schwarze Heinrich hat schon von edem ‚Desaster' in Hamburg gesprochen. Inwieweit betrifft es unsere Pläne?" Der Reichsengel erklärte krächzend: „Nun, der Auftrag verlief zunächst planmäßig. Von Huse willigte ein, die an ihn und die Hanse gestellten Bedingungen zu erfüllen wenn im Umkehrschluss das Haus der Gelfen dafür garantiert, den großen Vertrag; welchen er abschließen wollte, mit finanzieller und militärischer Stärke offiziell zu legitimieren..." Die Frau winkte genervt ab. Leevke sah dabei, dass ihre linke Hand von einem Eisenhandschuh geschützt war. „Ich kenne die Bedingungen Brunos zur Genüge. Was aber passierte dann?"

Tarpeja räusperte sich, ihre Stimme immer noch angeschlagen: „Die genauen Umstände sind auch mir nicht bekannt, aber es besteht der dringende Verdacht, dass der byzantinische Imperator in dies alles involviert war. Ich habe einen seiner Lustknaben, welche er großspurig als ‚Agenten' bezeichnet auf den Dächern Hamburgs entdeckt!" Die Frau im Sessel überlegte: „Bist du dir sicher, dass er im Auftrag des Imperators handelte? Es könnten auch ‚Waräger vom Elbenpfad' gewesen sein welche die Hanse schwächen wollen um ihr Handels-Privileg auf dem Dnjeper zu bewahren? Nicht?" Tarpeja nickte: „Es ist auch möglich, dass es interne Streitigkeiten um den byzantinischen Thron gibt welche hier ihren Ausgang nehmen sollen. Eine solche externe Bedrohung als Ablenkung für innere Zwiste und Neuordnung ist in Byzanz ja Gang und Gebe." „Als ob es hier anders wäre. Weiter."

„Ein Aufstand brach bald aus und führte zum Brand aller Verträge in Hamburg. Selbst der frisch geschlossene ‚Schmuhlinger Vertrag' ist dabei zerstört worden." „Bedauerlich." Leevke verstand nichts von alledem und sah immer wieder mit scheuem Blick zu dem schwarzen Heinrich hinüber, welcher sie die ganze Zeit anstarrte. Die Intensität seines Blickes machte ihr zu schaffen und sie wollte nur weg von hier. Tarpeja führte indes weiter aus: „Wenn sich der Aufstand gelegt hat kann man die Verhandlungen sicher wieder aufnehmen. Der Eldermann ist kein Narr. Er weiß, dass er die Unterstützung des Reiches braucht um seinen kleinen Handelsbund am Leben zu halten. Jetzt mehr denn je. Graf Moritz Einsatz ist ein entscheidender Faktor gewesen."

Die Frau sah in den Spiegel und blickte erstmalig auf Leevke: „Der Vertrag war eine wichtige Voraussetzung für alle weiteren Schritte. Nun ist unsere Rückendeckung ohne eine geeinte Hanse weit weniger fest, als wir es ursprünglich eingeplant hatten… Ihr habt also bei eurer Aufgabe versagt, Reichsengel. Das lässt mich an eurer Motivation zweifeln." Tarpeja schwieg.

„Aber ich bin nicht ohne Herz. Wen habt ihr mir da mitgebracht?" Tarpeja verbeugte sich kurz: „Dies ist ein ‚alternatives Geschenk' für euch, Herrin, welches mir durch Zufall in die Hände fiel. Dies Mädchen wird euch und eurer geheimen Unternehmung zum vorzeitigen Gelingen verhelfen; Euer ‚Projekt im Harz', meine ich damit…" Die Frau räkelte sich im Sessel: „Ihr wisst davon?" „Unterschätzt nicht des Kaisers Informanten, ‚Löwin von Braunschweig'. Wir wissen schon längst davon." Die Frau kicherte jetzt leise: „Also gut, ich höre! Was kann dieses Mädchen denn nun Schönes für mich tun? Tanzen oder die Haare kämmen, hm?" Tarpeja nahm einen ihrer Wasserbeutel und schüttete den Inhalt auf den Boden vor sich aus. Sie befahl Leevke: „Los, bring es in eine Form. Aber mach ja keinen Unsinn damit!" Leevke spürte sogleich dass es Salzwasser war. Aber sie spürte auch Tarpejas nackte, kalte Klinge an ihrer Kehle. Der Reichsengel ging kein Risiko mehr ein.

Leevke streckte die Arme aus und machte aus dem bisschen Wasser eine schwebende Kugel. Tarpeja sah zum Spiegel auf: „Und? Was sagt ihr?" „Ein Zaubertrick mit Wasser?", war die ernüchternde Antwort. „Aber kein gewöhnliches Wasser. Salzwasser, Herrin. Versteht ihr? *Salz*." Die Frau im Sessel gab dem schwarzen Heinrich einen Wink mit dem Eisenhandschuh: „Bring mir etwas von dem schwarzen *Zeug*." „Sicher,

Kusine? Es ist nicht gesund.", brummte der Ritter tat es dann aber trotzdem. Er ging hinaus und kurze Zeit später kehrte er mit kleiner Schatulle zurück. Er legte es vor Leevke und öffnete diese. Umgehend verzogen alle (bis auf Leevke) angewidert das Gesicht, als sich eine drückende, schmerzhafte Aura im Raum ausbreitete wie pochende Schläge in die Magengrube. Selbst Tarpeja würgte: „Es ist das wahre ‚schwarze Salz'?!" Der schwarze Heinrich wirkte wie vor den Kopf gestoßen: „Kusine! Sieh doch. Es macht ihr nichts aus!? Dieses Mädchen, was ist sie? Diese Kiemen am Hals, etwa eine Chimäre?" Tarpeja schüttelte den Kopf: „Weit davon entfernt, Herzog. Sie ist weit mächtiger als ihr es ahnen könnt. Sie hat vor wenigen Tagen Tangermünde *vernichtet*!" „Was?! Unmöglich!"

Die Herrin wirkte ebenfalls etwas aufgeregter, ihre Stimme wurde höher: „Das schwarze Salz? Kann sie es verformen?!" Tarpeja stieß Leevke an: „Los! Bewege die schwarzen Krümel in der Schachtel!" Leevke versuchte es, aber sie bewegten sich nur wenige Zentimeter. Tarpeja fragte: „Was ist?" „Es ‚geht' nicht einfach so.", wimmerte Leevke und gab auf. Tarpeja holte grummelnd ihren Wasserbeutel hervor und goss es über die schwarzen Kristalle. „Nun? Geht es jetzt?" Leevke versuchte es erneut. Und es klappte auf Anhieb. „Ah – sie braucht also Salz und Wasser, wie?", bemerkte der schwarze Heinrich und die Kugel mit der schwarzen Salzsubstanz flog in Richtung des Kamins. „Zieh sie zurück!", befahl die Frauenstimme panisch und Leevke tat es. Sie legte die flüssigen Kristalle wieder zurück in die Schatulle und verschloss sie. Die drückende Aura im Raum verschwand wieder; aber ein mentales Echo verblieb trotzdem.

„Kann sie es auch mit mehr Wasser?", fragte die Frau im Sessel nun neugierig und Tarpeja bestätigte: „Sie hat vorgestern allein Tangermünde geflutet. Die ganze Elbe aus ihrem Flussbett gerissen. Das dazugehörige Salz kam aus einigen Lüneburger Koggen, die dort im Hafen ankerten." „Das sollte ausreichen." Tarpeja gab zu Bedenken: „Nur solltet ihr sie nicht schlagen oder körperlich misshandeln. Sie hat mehrere Persönlichkeiten welche alles in Gefahr bringen könnten. Jene Seite nennt sich selbst ‚Koralle'. Leevke hingegen ist absolut harmlos, sie wird euch also keine Probleme machen. Ich übergeben sie euch wenn ihr wünscht? Oder soll ich sie wieder mit mir nehmen?" „Nein!", kam die schnelle Antwort von dem Sessel, beinahe panisch. *Nein. Ihr habt gut getan sie zu mir zu bringen, Tarpeja! Ich nehme ich sie sofort in meine*

Obhut und ihr sollt euren Lohn erhalten." „In Ordnung." „Geht nun. Ihr habt mein Wort und das aller Gelfen! Ich *schwöre* es. Du kannst nun gehen. Wir werden uns bei Bedarf bei dir melden."

Tarpeja verbeugte sich und ging zurück zur Tür. Leevke blieb allein und zitternd zurück. „Komm zu mir Kind, und setz dich neben mich.", sagte die Frauenstimme, doch Leevke starrte nur immer zum Herzog. Der ‚schwarze Heinrich' machte sie nervös und ohne Tarpeja fühlte sie sich (paradoxerweise) schutzloser als zuvor. Den Reichsengel konnte sie immerhin einschätzen, den schwarzen Ritter hingegen nicht. Die Frau schmunzelte: „Er macht dir Angst, wie? Das ist seine *Spezialität*. Er ist mehr Wolf, als Löwe... Los, Vetter, verschwinde. Deine Präsenz verdirbt sonst noch alles. Und nimmt dieses garstige Zeug wieder mit, ja?" Der Herzog tat wie geheißen. „Bist du dir sicher?", fragte er, beinahe schon besorgt klingend. „Mit einem zitternden Mädchen werde ich schon noch fertig, Morkus. Nun geh schon."

Als der Herzog fort war atmete Leevke erleichtert auf und die Frau lächelte: „Besser?" „J-ja..." „Komm, setz dich zu mir." Leevke stapfte nun zum Sessel und setzte sich hinein, wagte es aber nicht in den anderen Sessel zu blicken. Sie starrte nur in das knisternde Feuer. Sie versank regelrecht in dem weichen Stoff und musste sich mit gespannten Muskeln aufsetzten um nicht vollends in einer eher peinlicher Pose danieder zu hocken wie ein nasser Sack.

Die Frau kicherte: „Ich bin nicht entstellt, Kind. Sieh mich darum ruhig an." Leevke drehte langsam den Kopf. In dem Sessel saß tatsächlich eine Frau, vielleicht Mitte vierzig, in vollständiger Plattenrüstung. Anders als beim schwarzen Heinrich war diese aber hell und glänzend; von filigranen Silber- und Goldadern durchzogen. Über ihrem Brustpanzer prangerten zwei Wappenschilde mit stilisierten Löwenköpfen darauf. Diese gepanzerte Frau hatte ein ebenmäßiges, schmales Gesicht mit einem starkem Kinn und trug ihr schulterlanges, blondes Haar mit mehreren Haarreifen fest nach hinten gesteckt. Sie wirkte trotz der eher männlichen Aufmachung immer noch weiblich genug, dass ihr eine gewisse Schönheit auch in dem Alter nicht abzusprechen war. Die Falten um ihre Mundwinkel ließen sie alt aber erhaben wirken. Leevkes erster Kommentar war zugleich Ausdruck ihrer Verwunderung: „Ihr... ihr seid ja *alt*?!"

Die Frau sah aus, als habe man ihr gerade mitgeteilt dass sie sogleich in drei Sekunden sterben würde. Es war klar, dass sie etwas anderes als Reaktion erwartet hatte und senkte dann den Kopf: „Eine treffende Ehrlichkeit die du da hast, Kind. Als Kurfürstin hört man derlei Wahrheiten gar nicht mehr. So selten ist es sogar dass, wenn es mal jemand ausspricht, es wie ein Schlag mit dem Knüppel ist! Aber du hast Recht. Ich bin nicht mehr die Jüngste. Als ob meine Stimme es dir nicht schon verraten hätte." Leevke schüttelte den Kopf: „Nein, ja eben nicht. Ihr klingt überhaupt nicht so wie eine alte Frau. Darum dacht' ich auch ihr wärt jünger. Deshalb nur..." Die Frau blinzelte irritiert: „Mit meiner Raspelstimme? Wie kommst du darauf?" Leevke dachte nach: „Hm. Ihr klingt mehr wie jemand, der sich verstellt. Eure wahre Stimme ist eigentlich vieeel jünger. Das hör ich raus! Hab gute Ohren!"

Die Kurfürstin führte eine Tasse dampfenden Getränks an ihre Lippen: „Kinder und ihre Ideen." Leevke fühlte sich nun ermunternd: „Singt ihr nicht gerne? Mit so einer Stimme ließe sich bestimmt gut singen!" Die Tasse der Fürstin begann jetzt sogar zu wackeln und heiße Flüssigkeit tropfte ihr auf die Rüstung. Sie ignorierte es und stellte den Becher wieder auf das kleine Tischchen neben sich: „Singen?! Ach, das war früher einmal. Vielleicht... ist es zu lange her..." „Moin. Ich heiße Leevke Pultjen und komme von Kleene Wacht. Könnt ihr mich nicht einfach gehen lassen, Herrin von Braunschwein?" „Braunschweig ist meine Residenz. Und ich bin die Kurfürstin Judith von Braunschweig, derzeitiges Oberhaupt der Gelfenfamilie." „Gelfen? Ist das sowas wie Elfen?" „Nein. Mehr so wie *Löwen*. Es ist unser Wappentier. So wie der Adler, dass der Staufer ist." „S-säufer?"

Die Kurfürstin seufzte: „Ich sehe schon, das niedere Volk hat kein Interesse an der hohen Politik. Wie dem auch sei: Denke nicht, dass du hier ohne einen Dienst für mich gehen kannst, Leevke Pultjen von Kleene Wacht. Deine Fähigkeiten sind wichtig für mich und ich benötigte sie, um dieser Welt zu Stabilität und Frieden zu verhelfen. Es gibt viel Elend in der Welt, viel Zorn und Wut; ,tosende Ungerechtigkeit'. All das werde ich aber beseitigen. Der Kaiser kümmert sich nicht darum ich hingegen schon. Wenn du mir also hilfst, soll es dein Schaden nicht sein und du wirst alles bekommen was du brauchst. Nur helfen musst du mir mit deinen Kräften."

Leevke sah sie ernst an. So ernst, dass sogar Judith davon irritiert war: „Nein.", war die klare Antwort. „Nein?" „Nein. Niemals." „Darf ich fragen, wieso du dich mir verweigerst?" „Ich kenne Menschen wie dich." „Ich bin aber nicht *irgendein* Mensch. Ich bin eine von den Guten, bin eine Frau – so wie du? Wir Frauen müssen doch zusammenhalten, denkst du nicht?" Leevke nickte: „Mir egal. Frieden für die Welt; Das sagen sie zwar aber dabei wollten sie nur Männer aus Rache töten. Auch nette, alte Männer, gute Väter und kleine Jungen die gern spielen!" Leevke ballte die Hände zu Fäusten: „Sie haben mich angelogen. Morrigan hat *gelogen*. Und ich war so dumm ihnen dabei zu helfen... Nein, das mache ich nicht noch einmal mit! Niemals wieder! Tut mir leid, Herrin Judith, aber eher würde ich *sterben*!"

Die Kurfürstin lehnte sich zurück, ihre Augen jetzt merklich kühler: „Man merkt du kommst aus Friesland so wie du redest. Dein Akzent..." Das Feuer spendete Wärme, aber es konnte nicht verschleiern, dass die eher lockere Stimmung nun ein kühles Grab gefunden hatte. Judiths durchdringender Blick traf auf Leevkes trotzige Bestimmtheit und erzeugte eine Art ‚Auge im Sturm' zweier willensstarker Frauen, die jeweils genau wussten was sie wollten. Judith sprach langsam: „Ich bin keine gewöhnliche Frau, Kind. Und auch keine Hexe. Ich gebiete über eines der mächtigsten Dynastienreiche in der gesamten abendländischen Christenheit. Ich habe Verbindungen bis zu den höchsten Vertretern der Machtzentren, noch weit über die Grenzen des Reiches hinaus. Wenn ich etwas verlange so stehen hinter mir tausende sächsische Männer welche von meiner Gnade und meinem Wohlwollen abhängig sind. Eine große Verantwortung, die ich mit Stolz aber auch mit Ehrfurcht und Respekt trage. Aber es ist auch eine Last, immer die vielen Interessen zu berücksichtigen... Manchmal muss man Kompromisse machen, und dass solltest du auch lernen. Denn du redest hier nicht nur mit einer einzelnen Kurfürstin des Reiches, du redest mit allen, deren erlauchten Kreis ich vertrete."

Leevke erwiderte: „Für mich seht ihr immer noch wie eine Frau aus. Nichts Besonderes." „Vorsicht, Kind. Du hast keine Ahnung mit wem du dich hier anlegst." „Meine Antwort bleibt *nein*! Und wenn ihr mich umbringt!" Judith von Braunschweig lehnte sich zurück; schmunzelte: „Umbringen?! Ach du meine Güte. Nur Barbaren töten ihre Feinde, aber wir indes machen sie zu unseren Verbündeten. Denn früher oder später kommt jeder einmal zur Vernunft – wenn der Rausch der Aufmüpfigkeit erst einmal verflogen ist und die Gewöhnung des Alltags einsetzt, alle Hoffnung im Trott zunichte macht.... Morkus?!" Der schwarze Ritter trat herein, so als habe er nur darauf gewartet. „Ja, Kusine?"

„Bring unseren Gast doch bitte in das ‚gesonderte Gästequartier', ja? Halte Wasser und Salz von ihr fern und lasst sie rund um die Uhr beobachten. Dann bereite einen gepanzerten Wagen für eine Eilfahrt vor. Entsende außerdem Schorsch damit er sie dem Warloga bei Fallstein übergeben kann. Ich klär das selbst mit ihm ab." „Für dich doch gerne, liebste Kusine!" „Falls Tarpeja Recht behalten sollte; könnte dies Mädchen die Wendung für unsere Verhandlungen sein. Der Durchbruch gar." Heinrich grinste: „Ich liebe es, wenn du solche Ideen hast, gherherher! Na dann komm mal mit mir, Göre! Ich bringe dich in deine ‚Schlafstube'..." Der schwarze Ritter packte Leevke so brutal am Arm, dass er ihr fast die Schulter aus den Gelenken riss.

Judith bellte: „*Idiot*!! Hast du denn nicht zugehört? Sie ist nicht deine Beute so wie die anderen! Und ich will nicht, dass ihr auch nur ein Haar gekrümmt wird! Denk daran, es ist für unsere Familie, also beherrsch dich gefälligst!" Heinrich lockerte den Griff um Leevkes Hand und verbeugte sich. Es wirkte eher verkrampft: „Ver-Verzeihung, ho-holdes Mädel?"

Judith fragte Leevke noch: „Verzeihung. Aber du willst es dir nicht wirklich noch einmal anders überlegen, Leevke Pultjen von Kleene Wacht?" Leevke schüttelte den Kopf, Tränen in den Augen: „Ich helfe euch nicht!" „Nun gut, das respektiere ich; einen starken Willen. Aber auch du wirst feststellen müssen, dass es Grenzen gibt. Grenzen, die man nicht überschreiten kann. Denn es sind Grenzen sind es die uns vom wilden Getier und den Barbaren unterscheiden." Leevke presste hervor: „Ich sehe keinen Unterschied! Alle wollen sie zwar das eine aber kriegen werden sie es auf die Art nie! Es schließt sich nämlich gegenseitig aus!" Judith seufzte: „Schade. Du und ich könnten Freundinnen sein, müsstest es nur sagen." Leevke aber schwieg stur und Heinrich führte sie schlussendlich ab.

Die Kurfürstin trank in Ruhe ihren Tee aus und starrte in die Flammen. Um sie herum drängte die Finsternis in die steinerne Säulenhalle, waberte im Fackellicht wie schreckliche Fratzengesichter aus vergangenen Tagen. Judith drohten die Augen zuzufallen, doch das Klirren ihrer Tasse ließ sie hochfahren; die Hand schon am

Schwertgriff. Sie sah sich erschreckt um, ob sie auch keiner gesehen hatte und seufzte erleichtert als dem nicht so war.

Sie war allein, so wie sie es gern hatte. Aus dem Augenwinkel entdeckte sie die schwarze Lache, welche dort lag, wo Leevke die Kugel mit dem schwarzen Salz bewegt hatte. Heinrich, ihr idiotischer Vetter hatte noch etwas liegengelassen. Kein Wunder also dass Judith so unangenehm *schläfrig* zu Mute war. Es hätte auch böse enden können, dachte sie und ihr fröstelte, trotz der Wärme des Kamins. In nunmehr fünf Tagen entschied sich ihr aller Schicksal. Judiths Augen verengten sich erneut, diesmal vor grimmiger Entschlossenheit. Alles war bereit für den großen Schlag…

Kapitel 9

Erster Sieg mit Folgen

Jens kam aus dem Staunen nicht mehr raus. Es war allerdings kein ehrfürchtiges Erstaunen sondern vielmehr die Art von ‚baffer Verblüffung', wie als wenn man einem Schwein Hühnerflügel aufmalte und dann annahm es würde mit Höchstgeschwindigkeit und Eleganz über den Horizont fliegen. Stattdessen glich Gerlindes Darbietung mehr einem solchen Schwein, welches von einer Klippe springend, geradewegs in den Boden krachte und gar nicht erst losflog. Was zu erwarten gewesen war.

„Mir dünket eurethalben süßlich geprägten Dunstgekreisels zeigiert sich heutgen Tags mit glorreich verstückelter Zurückhaltung. Mein gnadenvölligster Herr von Trunkenbolden!" Gerlinde verbeugte sich nach diesem verbalen Erguss auf eine abstruse Weise, stolperte dabei über ihr Kleid und landete dann hart mit dem Kopf voran auf dem Boden: „Autsch... meine Birne.", heulte sie.

Jens wedelte mit den Armen: „Aufhören, Aufhören! STOPP! Das wird nie was. Entweder du machst es zu auffällig schüchtern, wie eine hypersensible Klosternonne, oder du bist so auffällig penetrant wie eine betrunkene Saufdirne!" Strejka fügte hinzu: „Sie rülpst auch zwischendurch..." Mentzeler zog an seiner Pfeife: „Oder furzt. Wo habt ihr dieses ‚Etiketten-zerstörende Ungetüm' nur aufgelesen, Herr Janssen? Ist ja beeindruckend wie unfeminin sie ist!"

Jens winkte ab: „Ist ne lange Geschichte. Hatte etwas mit einem Schmugglerkönig, seinem Nebelschiff, einer mehrköpfigen Bestie (dessen Herkunft ich niemals wissen möchte) und einem Riesennetz von Mad Matjes zu tun. Füllt die Lücken nach Belieben, irgendwas wird schon passen." Er half Gerlinde wieder auf die Beine und sie fluchte: „Es ginge alles viel besser wenn ich nicht dieses unsäglichen Fummel tragen müsste!" Mentzeler meinte: „Nun das war das einzige halbwegs passende Kleid dass ich aus dem Vorort stibitzen konnte. Die anderen wären *noch* enger gewesen, meine Liebe. Besonders um die Talie." Gerlinde streckte ihm die Zunge raus: „Bäh! Wenigstens seh ich nicht so als habe man gerade mit meinen Haaren den Boden aufgewischt! Lockenbirne!" Jens räumte trocken ein: „Doch. Genauso siehst du aus, Gerlinde.

Seitdem ich dich kenne, wie ein nasser Kurzhaarbesen." „Wieso soll ich überhaupt? Nehmt euch doch eine Dorfbratze mit Sommersprossen oder dünnerem ‚Gesäße'! Du sagst doch selbst, dass es Unsinn ist mir Benimmregeln beibringen zu wollen?! Wie man den Hofknicks korrekt durchführt falls man, Punkt A: Mit dem Zugeknicksten verwandt ist, Punkt B: Man mit dem Zugeknicksten verlobt ist, C: Wenn man den Zugeknicksten nicht den nötigen Respekt zollt und subtil seine Kritik äußern möchte, D: Wenn man tiefe Dankbarkeit ob einer vorangegangenen Höflichkeit ausdrücken möchte, und E: Blablabla… Ahhh! Mein Kopf platzt!"

Jens legte ihr nun fest seinen Zeigefinger auf die Lippen damit sie still wurde: „Ich weiß, ich weiß. Aber ich kann das hier nicht alleine – und du bist die einzige weit und breit, der ich wirklich vertrauen kann." Gerlinde lief rot an. „Pfff - Das hast du mir ja noch nie gesagt. Du Depp." „Dann tu ich es eben jetzt. Du Huhn. Wir müssen es unbedingt schaffen an diese Maligana von Kronenberg heranzukommen. Diese Jochbänder, welche man Puk und Hinni umgelegt hat, werden von ihren magischen Ringen kontrolliert. Und sie haben diese, laut Mentzelers Bericht, in bei sich getragenen Schmuckstücken versteckt. Ohne diese wären unsere Freunde also frei; weitesgehend jedenfalls.

Ja und dann gilt es für uns zeitgleich etwas über Leevkes Verbleib zu erfahren. Denn ein Reichsengel handelt nicht einfach so auf eigene Faust. Er untersteht immer direkt dem Kaiser, und der wird auch dort anwesend sein. Dieses ‚große Fest' in Braunschweig ist vielleicht unsere einzige Chance überhaupt dies zu tun. Viele; auch kleinere Ministeriale, werden kommen da fallen wir nicht so schnell auf. Es ist aber niemandem geholfen wenn wir schon am Eingang abgefangen werden, weil wir laut rumfurzen! Also bitte ich dich dich zusammenzureißen und dir stets vor Augen zu halten worum es hier geht." Gerlinde nickte eingeschüchtert: „Gar kein Druck, wie?" Sie bemerkte Jens eindringlichen Blick, „Verstehe, Nasifix. Ich tu mein Bestes..." Jens fuhr sich müde durch die Haare: „Sie verlassen sich auf uns, Gerlinde."

Strejka tippte sich nun immer schneller auf das Kinn: „Aha! Ich denke, ich hab da eine teilweisige Lösung für euer Dilemma!" Jens, Gerlinde und Arkim Mentzeler sahen gleichzeitig auf: „Achja?" Der Rossreiter erklärte: „Gerlinde ist keine feine Dame aus edlem Haus, das würde jedem sofort auffallen. Sie muss also einen ‚Emporkömmling' spielen, anders geht es nicht." Jens runzelte die Stirn und setzte sich auf einen Baumstamm: „Emporkömmling?" „Ja! Eine, die noch nicht lange dabei ist, eine von *niederer Geburt*, welche es nur durch Günstlinge und ‚Gefälligkeiten' in den Adelsstand geschafft hat; also durch Heirat mit euch, Herr Janssen!" Jens zuckte mit den Schultern: „Ich kann euch leider nicht ganz folgen." Strejka sprang auf und legte die Hände auf Jens Schultern: „Ist doch ganz einfach: Ihr spielt den schüchternen, aber alteingesessenen Adeligen. Jemanden, der sein ganzes Leben die ‚wahre Liebe' gesucht hat, aber nie fündig wurde, weil er nicht den Mumm dazu hatte. Ihr seid eine frustrierte, schüchterne Seele! Dann kam eines Tages dieses pfiffige Weibsbild vorbei gehopst. Unfähig und naiv in Liebesdingen wurdet ihr sogleich von ihrem Wesen überrumpelt, habt nach wildem Techtelmechtel geheiratet und sitzt jetzt nun mit dem Schlamassel. Daher ihre schlechten Benimmregeln und all das. Aber sie gehört nun mal jetzt zu euch und ihr seid zu schüchtern um euch von dieser ‚Schreckschraube' zu lösen! Genial, oder!"

Gerlinde rollte mit den Augen: „Ich als Scheissbraut? Ich hasse euch auch!" Strejka schüttelte den Kopf: „Es ist ja nur eine Rolle, Fräulein Gerlinde. Nur gespielt! Damit könnten wir gekonnt verbergen, dass ihr rüde Manieren habt und sogar ein wenig riecht." Gerlinde beschwerte sich: „Heda, ‚Pferdekerl ohne Pferd'! Ich hab letzte Woche ein Bad genommen, klar? Dieses Vorurteil ist also völlig aus der Mode! Wenn hier was stinkt dann euer verkorkster Plan!" Jens verschränkte indes die Arme, überhörte ihren Einwand: „Schön und gut, Herr Strejka, aber wird uns das nicht wieder zum Nachteil gereichen wenn wir uns unter die Leute mischen wollen? Mit so welchen will doch keiner was zu tun haben. Wir werden isoliert werden. Fallen damit auf."

Strejka schnippte mit den Fingern: „Aber genau da liegt ihr ebent falsch, Herr Janssen! Die Adelswelt ist voll mit Tratsch und Klatsch. Oberflächlich sind sie und stets auf der Suche nach ‚heiklem Gesprächsstoff'! Euer absonderliches Weib wird euch allerlei Aufmerksamkeit und Interesse bringen, insbesondere bei den jüngeren Damen, die nicht genug kriegen können vom Leben der anderen zu hören und sich mit ihnen zu vergleichen. Nur durchs Nichtauffallen würdet ihr dort auffallen!" Jens nickte: „Das macht irgendwie sogar Sinn." Und Gerlinde grübelte: „Ne. Tut's nicht." „Ihr scheint euch ja gut auszukennen.", stellte Jens dann fest und Strejka drückste herum: „Nun ja!

Sagen wir, ich habe manche alte Verbindung zu hiesigen Adelshäusern… I-Ich kenne diese Art Menschen also recht gut."

Jens fragte sogleich: „Gerlinde kannst du tratschen?" Diese puhlte sich gerade mit dem Finger zwischen den Zähnen, spuckte lautstark aus: „Du meinst, mir irgendeinen Mist aus den Fingern saugen um damit anderen Leuten ungerechtfertigter Weise das Leben zu versauen?! So richtig hinterfotzig und intrigant?! Fiese Hetzen und hinter vorgehaltener Hand kichern bei allem was nicht dem Konsens von Hochwürden entspricht?" „Und? Kannst du?" „Nö." Allgemeines Stöhnen folgte und Arkim fluchte: „Was?!" Das Messerweib lachte: „Hehe, ach! Ich werde es trotzdem versuchen. Bäh, aber mir wird schon bei dem Gedanken speiübel. Ich hoffe die Kinders wissen was ich alles für sie auf mich nehmen muss." „Dein Opfer wird nicht vergessen sein.", erwiderte Jens trocken.

Runa kehrte jetzt zurück von ihrem Flug nach Kronenberg. Sie torkelte im Anflug, kam zu steil auf dem Boden auf, hüpfte dort mehrmals und kam mit ausgestreckter Schwanzfeder zum Stehen; den Schnabel im Gras. Jens staubte sie ab und setzte sie behutsam in seine Hand: „Alles gut, Runa?" „Geht, geht…", fiepte sie, aber es war klar dass sie kurz vor einem Herzstillstand stand. Die Amsel berichtete nach einer weiteren Wurmspeise: „Ohhh, es ist schrecklich! Die Küken müssen kämpfen! Hinni, Puk und noch ein paar andere Kinder! Man zwingt sie gegeneinander zu kämpfen! Und am Ende soll nur einer übrig bleiben. Jeden Tag gibt es ein Spiel, sieben insgesamt; bis nur noch einer übrig ist. Die anderen sterben dabei! Ohhh…" „Konntest du sie sprechen?" „Leider nein. Über ganz Kronenberg liegt ein gemeiner Fluch, der mich fast getötet hätte. Nur akustisch konnte ich das Gröbste vernehmen, aus der Ferne. Tut mir leid."

Mentzeler nickte grimmig: „Wie ich mir dachte! Die kriegen den Hals nicht voll. Unersättliche Biester!" Jens fragte: „Sagt, wer sind diese Spielmeister?" *„Jungdamen,* Herr Janssen. Unverheiratete Schnepfen, welche Ablenkungen vom öden, blaublütigen Dasein suchen indem sie junge Männer zu Tode hetzen. Das Abenteuer in überwachter Umgebung. Seit Jahren laufen diese perfiden Spiele schon. Zuerst war es nur eine simple Arena; ein Kampf auf Leben und Tod in einer Art Kolosseum wie noch zu Augustus Zeiten. Inzwischen ist es um einiges *verrückter* geworden. Es waren zunächst auch junge Herren als Spielmeister dabei, aber es wurde immer ,selektiver' wenn ihr versteht." Gerlinde verstand: „Also isses nun eine rein notgeile Weiber-Veranstaltung?!" Strejka breitete die Arme aus: „So ist es. Eine Spielwiese für all jene, die ihre Gelüste anders nicht mehr befriedigen können. Ein Ort, an dem sie Götter spielen können."

Jens runzelte die Stirn: „Ein Freudenhaus für den Adel also? Aber wieso? Ich meine – ich verstehe schon *wieso*, aber nicht warum dass so ausarten muss?" Strejka zuckte mit den Schultern: „Wann arten die Dinge nicht aus sobald man keine Strafe mehr fürchten muss und das nötige Kleingeld übrig hat, Herr Janssen? So sind die Menschen eben. Ohne Grenzen drehen sie durch." Jens erinnerte sich an all ihre bisherigen Gegner, darunter ein untoter König welcher sein eigenes Volk unterjochen wollte, ein machthungriger Graf; welterobernde, keltische Götter-Menschhybriden, und dann noch zig Betrüger und Erpresser in der Handelsstadt Hamburg. Er gab zu: „Ihr habt die Beweise auf eurer Seite. Irgendwie bringt grenzenlose Macht das Schlimmste in den Menschen hervor. Aber ob das von ihnen überhaupt so gewollt ist? Oder wird es von uns nicht eher zugelassen?"

Gerlinde sagte: „Jensel, du brauchst hier nicht wieder nach Motivation zu suchen; nicht bei solchen Figuren. Die ändern sich nie. Ich selbst hab' solche oft genug laufen gelassen und tags darauf wieder auf See angetroffen. Bei denen ist irgendwas falsch gepolt wenn du mich fragst." Jens sah sie an wie ein Wesen aus einer anderen Welt: „*Gepol*-was? Wenn ich nur manchmal verstünde was in deinem Kopf vorgeht." Gerlinde lächelte: „Kannst es ja herausfinden, mein geliebter, geiler Ehemann." Jens hob eine Augenbraue und das Messerweib schäkerte: „Tjaha! Wir müssen uns leider, leider auf unsere Rolle vorbereiten, Jensel. Müssen in die Stimmung kommen um möglichst… realistisch rüberzukommen." Sie rutschte zu ihm herüber und machte anzügliche Gesten. Bei ihr sah das dann aber eher ‚besorgniserregend unbeholfen' aus. Jens seufzte: „Und plötzlich gefällt dir der Plan?" Gerlinde grinste breit ehe es abrupt erstarb: „Nur in diesen Fummel kommen wir nicht weiter. Das gehört einer Magd und keiner blaublütigen *Schicki-Micki* Braut!"

Strejka kratzte sich verlegen am Kopf: „Tut mir leid aber ich besseres haben wir auch in Clotzeck nicht. Gute Kleider sind manchmal wertvoller als Gold, wisst ihr? Und bei uns ist alles eher zweckmäßig." Runa fiepte nun: „I-I-Ich kann euch auch Gewänder aus natürlichen Fasern erstellen. M-e-mit etwas eingewebter Magie könnt ich gold- und

Silberlinien imitieren. Es wird aber nicht allzu lange halten. Es ist hauptsächlich eine Art ‚Illusionszauber'." Jens sah sie skeptisch an: „Du kannst *nähen*?! Wie? Womit?" Runa wippte auf und ab. Etwas stolz erklärte sie dann: „Mit dem Schnabel natürlich? Ist wie eine Nadel. Ja denkt ihr Küken denn Meister Wirringer würde seine Kleider selber nähen? Nein, das hab immer ich gemacht! Nur vergaß er beizeiten den Zauber zu erneuern, sodass seine Kleidung bald ausfranzte und schäbiger aussah…" Jens gab ihr einen weiteren Wurm: „Wenn wir dich nicht hätten, ich mag gar nicht daran denken. Du bist und bleibst die beste Vertraute von allen, Runa. Danke für alles." Runa steckte ihren Schnabel in den Sand und wühlte darin herum: „Aach, red doch nicht solche Sachen." Gerlinde schnalzte mit der Zunge: „Also uff nach Braunschweig? Hab ich wenigstens das richtig in meine Blubberbirne eingraviert?" Jens bestätigte: „Hast du, Blubbermadel. Hier in Haldersleben können wir jedenfalls nichts ausrichten und in Kronenberg noch weniger. In Braunschweig wurde Leevke zuletzt gesehen und wir haben bei dem Fest zusätzlich die Gelegenheit, unauffällig in Maliganas Nähe oder die ihrer Freundinnen zu gelangen. Wir brauchen deren Ringe um Hinnerk und Puk von deren Jochbändern zu befreien." „Und die anderen Kinder dort welche verschleppt wurden?" Jens Magen verkrampfte sich: „Schon zwei zu bestehlen wäre ein Wunder und dann noch vier weitere?! Vielleicht wenn wir die Gelegenheit und die Zeit dazu haben. Ah! Wir brauchen auch noch Schmuckstücke welche wir austauschen können damit das Verschwinden der Echten nicht so auffällt!" Sie sahen auf Runa, welche just ihren Kopf wieder aus dem Erdreich hob, offenbar immer noch unfähig Lob normal anzunehmen: „A-An euren Blicken sehe ich, dass das noch nicht alle meine Aufgaben waren? Korrektis?"

Die Erde erbebte und in der Ferne erklangen brummende Armeehörner. Mentzeler sah durch die Bäume hindurch: „Scheisse! Die weiße Armee setzt sich schon in Bewegung. Artaxas verliert keine Zeit. Wir müssen wirklich los! Der Weiße marschiert direkt auf unseren heimischen Wald zu!" Die Waldläufer löschten das Feuer und der Rossreiter sagte zum Abschied zu Jens und Gerlinde: „Viel Glück noch bei eurem Vorhaben. Wenn es unsere Macht zulässt halten wir Widukinder ein Auge auf Kronenberg. Es ist immerhin von etwas Wald umgeben und bietet unseren Waldläufern etwas Schutz.

Vielleicht können sie euren Freunden ja doch noch behilflich sein? Euer Hinni hat Dominoho für uns erlegt, das haben wir nicht vergessen!"

Jens schüttelte seine Hand: „Habt Dank, Strejka. Beschützt weiterhin euren Wald und alle Widukinder. Sie werden es euch danken." Strejka lächelte unsicher; wirkte wieder wie ein verschüchterter Junge: „Wäre schön, ja... Lebt wohl!" Die Widukinder rannten dann aus dem kleinen Wald gen Norden, wieder auf die versumpfte Grenze des Wendenwaldes zu. Die weiße Armee umrundete derweil Haldersleben mit donnerndem Getöse von schepperndem Stahl, fanatischem Gesang und polternden Stiefeln. Jens knurrte: „Kriege... Überall Kriege. Die Welt dreht langsam völlig am Rad." Gerlinde zuckte mit den Schultern: „Lass sie sich doch drehen bis sie kotzt? Wir müssen nur zusehen wie wir und unsere Freunde all das überleben." Jens schüttelte sacht den Kopf: „Also gut! Packt eure Sachen." Er hielt inne. „Pack *du* deine Sachen, Gerlinde. Wir sind ja jetzt nur noch zu dritt..." Sie bemerkte sein Zögern: „Ist was, Jens?"

Der Kaufmann runzelte die Stirn: „Seitdem wir aus Esens aufgebrochen sind stolpern wir von einem Tumult in den nächsten. Und nun sind zum ersten Mal Hinni und Leevke beide weg... Warum passiert das nur immer wieder? Warum kann man uns nicht in Ruhe lassen?" Gerlinde schulterte ihren Rucksack: „Alter Grübler! Davon wird auch nichts besser, oder? Also komm. Für unsere kleinen Scheisserchen." Jens nickte, setzte Runa auf seine Schulter und gemeinsam verließen sie die kleine Lagerstätte im Wald. Sie folgten der Pflasterstraße von Haldersleben nach Südwesten, Richtung Braunschweig. Haldersleben hinter ihnen wirkte nun wie ausgestorben, jetzt wo die Kinder-Karawane mit dem Warloga weitergezogen war und auch das weiße Heer mit gezückten Waffen in den Wendenwald marschierte. Die Halderslebener standen wohl noch lange unter Schock...

Dem anfänglichen Zögern an der Startlinie folgte aufgrund von Hinnerks heftigem Vorpreschen, ein schweißtreibender Wettlauf mit hoher Intensität. Sogar Lars Tipmann, der eigentlich schon beim Anblick der vielen Hindernisse von vornherein aufgegeben hatte, explodierte förmlich in einem massiven Aufbäumen seiner (nicht geringen) Muskelmassen. Er wurde zusätzlich beflügelt von dem Scheitern des kleinen

Pommeraners, Ratibur, dem seine kürzeren Arme und Beine doch arg zu schaffen machten. Die Führung teilten sich allerdings lange Zeit Puk, Hinnerk und der Gote Wiek Kecknitzer, dicht gefolgt von dem altsächsischen Hünen Hengest. Was Ratibur zu wenig hatte hatte er zu viel und seine Größe erschwerte ihm das Vorwärtskommen in den engen Tunneln und Röhren. Hinnerk schafft es Puk hinter sich zu halten und sein Kopf an Kopf Rennen mit dem gleichwertig gewandten Wiek ließ sowohl Maligana als auch Laurenzia erfreut aufquieken. „Seht nur wie schwitzen und schnaufen!", kicherte letztere und Maligana war auch zufrieden: „Hab ich doch gleich gesehen, dass der Friese laufen kann! Flachländer eben." Die Herrin von Kronenberg genoss sichtlich die Bestätigung ihrer Einschätzungsfähigkeiten im Kreise ihrer adeligen Freundinnen.

Heidel Kloros und Antonia Gateux amüsierten sich ebenfalls köstlich über ihre beiden Auserwählten; ihnen wäre es sogar *unangenehm* gewesen wenn diese irgendwie gewonnen hätten. Denn dann wurde es ja schwieriger über den dicken Wenden, der schnaufte wie ein Schwein oder den rotgelockten Pommer mit den Stummelbeinen zu lachen. Am Ende aber liefen Hinnerk und Wiek Kecknitzer Kopf an Kopf auf die Zielgerade zu, ein jeder mit weiter ausholenden Schritten. Der Zieleinlauf war für die Damen im Luftschiff kaum richtig zu erkennen; sodass Seyton (der dem Ganzen von seinem zentralen Wachturm aus zugesehen hatte) zum finalen Schiedsspruch herangezogen werden musste. Er ließ seinen Stab dreimal auf den hölzernen Gerüstboden knallen (sodass dieser bedenklich wackelte) räusperte sich und verkündete dann mit lauter Stimme: „Maligana gewinnt! Der Friese war eine Zehlänge eher im Ziel!" Maligana riss die Arme hoch und stieß ein lautes Johlen aus, und die anderen beglückwünschten sie mit Umarmungen, auch Laurenzia. Das Luftschiff wurde dann von Bediensteten mit einer Winde wieder eingezogen und die Damen bestiegen daraufhin ihre Pferde und ritten zu ihren erwählten Kämpfern hinüber. Diese lagen völlig erschöpft am Boden und streckten ihre angespannten Glieder um Muskelkrämpfen vorzubeugen. Sie pfiffen aus dem letzten Loch.

Maligana nickte ihrem Friesen zu: „Siehst du? Geht doch auch so, wa? Kämpfe weiterhin so erfolgreich und es soll dein Schaden nicht sein!" Hinnerk spuckte nur aus und Laurenzia meinte: „Der scheint auf deine Worte zu spucken, Mallilein." Diese verzog die Mundwinkel und hob demonstrativ die Hand mit ihrem Ring. Hinnerk spannte Muskeln im ganzen Körper an, bereit für die zu erwartenden Schmerzen.

Es war Wiek der nun zwischen die beiden trat: „Herrin? Tut das wirklich not? Er hatte nur ein wenig zu viel Speichel im Mund, kein Grund ihn gleich durchzuschütteln, oder? Er kommt eh von der Küste, da ist es eben etwas feuchter. Da spuckt man rund um die Uhr!" Er klopfte Hinnerk kumpelhaft auf die Schulter: „Ist sicher noch voll im Kampfrausch. Genauso wie ich." Er spuckte nun auch. „Seht ihr? Männliche Ausdünstungen sind das; völlig normal für uns. Nicht bös gemeint! Oder Jungs?"

Auch Hengest rotzte einen dicken Klumpen auf den Boden, gefolgt von den anderen. Sie alle spuckten rundherum. Die Mädchen kicherten ob der Obzönitäten und Maligana zog ihre Hand langsam zurück als sie merkte wie die Stimmung kippte. Sie hatte Hinnerk eine Lektion erteilen wollen aber nun würde es so aussehen, als wenn sie eine rachsüchtige Spielverderberin wäre. Sie nickte den Streitern daher nur zu: „Wie auch immer. Spuckt euch also gut aus und kehrt dann in eure Kammern zurück. Ihr werdet frisch gewaschen am Abend zu uns geladen werden! Jeder geht dann zu seiner Herrin um – ähm – ‚Dinge' zu tun." Die Mädchen kicherten hinter ihr, „und welche ihm gnädiger Weise erlauben sich zu beweisen und um in diesem Turnei sein Lebensrecht zurück zu erringen!" Wiek blinzelte: „Mich würde interessieren wodurch wir unser Leben überhaupt erst verloren haben sollen, Herrin? Ich habe meine eigene Beerdigung nicht miterlebt. Oder? Hm? Nein. Vielleicht vergessen?"

Giertrud von Schildaberg meldete sich jetzt zu Wort: „Du willst einen Grund, Gote? Gott hat uns Adelige einberufen über die Erde zu herrschen, denn ohne uns würde die Welt im Chaos versinken! Ihr alle gehört zu diversen Rebellengruppen welche gegen diese göttliche Ordnung angehen. Viele aber erkennen die Hoheit unseres Blutes an und leben gut danach. Ihr aber spuckt, wie soeben gut zu sehen, auf diese Lebensart. Eigentlich hätte man euch gleich hinrichten sollen aber durch uns erhaltet ihr die einmalige Möglichkeit euch als rechtschaffen und hörige Seelen wieder in die Gesellschaft einzureihen!"

Laurenzia Adabei schubste Giertrud beiseite: „Blablabla. Du klingst wie ein langweiliger Priester, du olle Gans. Los jetzt! Machen wir uns bereit für unser Treffen heut Abend. Ich seh dich dann, Wiekilein! Bring mich bloß zum Lachen, ja?" Wiek verneigte sich: „Versprechen kann ich's nicht, edles Mädel! Aber es wird schon werden.

Irgendwie." Laurenzia lächelte und die Kronenberger Edelfrauen ritten wieder gen Schloss. Maligana rief: „Auf ins römische Dampfbad! Erst letzte Woche im Westflügel fertig geworden!" Sie alle jubilierten und waren dann auch schon fort.

Seyton trat zu ihnen und verkündete wie genau das weitere Vorgehen ablief: „Hört, hört! Ihr werdet eurer Herrin heut Abend jeden Wunsch von den Augen ablesen und nichts tun was sie gefährden könnte. Wer fliehen will oder sie bedroht wird mit einem Schicksal schlimmer als dem Tod bestraft werden! Haben wir uns verstanden? Wenn ja, dann kehrt nun zurück. Ihr werdet zur rechten Zeit abgeholt werden. Erholt euch gut. Das wäre dann alles."

Auf dem Rückweg nach Kronenberg brummte Ratibur grimmig: „Wie für uns alle gesorgt wird ist rührend nicht wahr?" Und Lars Tipmann seufzte: „Was die nur von uns wollen? Mir ist schlecht, so schlecht." Puk ging neben Hinnerk her und flüsterte: „Übertreib es nicht. Maligana scheint mit die jähzornigste von allen zu sein, vor allem wenn die anderen nicht da sind um sie zu bremsen. Ich kenne solche Mädchen wie sie…" Hinnerk indes erwiderte: „Ich hätte an deiner Stelle mehr Angst vor Giertrud. Die scheint irgendwie besessen zu sein, herrschsüchtig." Puk schüttelte verlegen den Kopf: „Armer Hinni. Du achtest nur auf die Worte, nicht auf ihre Bewegungen. Frauen sagen das eine und meinen doch etwas ganz anderes. Meist sogar das genaue Gegenteil." „Nun komm mir nicht wieder mit deinen wüsten Konstantinopel-Erfahrungen! Wird ja immer *deki-den-titer*!" Puk machte dicke Backen und musste sich beherrschen nicht laut aufzulachen. Es war ihm unerklärlich wieso er es so unendlich witzig fand wann immer Hinnerk seine absolut ernst gemeinten Sprachfehler in die Welt hinausposaunte. Er schluckte es letztlich tapfer hinunter und der Friese grinste: „Mach dir lieber mehr Sorgen um deine eigene Haut. Wenn du nicht mithalten kannst wirst du es sein der am Ende das Zeitliche segnet! Immerhin bist du heute nur vierter geworden." Puk seufzte: „Das Ende kommt für uns alle. Die Frage ist nur wie man dem Tod begegnet." „Offenbar früher als ich, heh." Puk schwieg dazu. Er wusste, dass sein Freund es nicht so meinte. Er *konnte* es nicht so meinen.

In ihren Zellen erholten sie ihre müden Gliedmaßen von den Strapazen als Puk sich erneut durch die Lücke im Gemäuer bemerkbar machte: „Ich habe durch die Illusion geblickt, wir können ungestört reden." „Das kannst du?" „Es ist byzantinisches Glas. Eine meiner ersten Übungen als ‚Agent in Rebus' war es dieses zu durchschauen. Ein bisschen schielen muss man dabei schon. So ungefähr." Puk verdrehte die Augen auf eine Art die wie das *Gegenteil* vom Schielen aussah. „Soso. Und was willst du?" „Denkst du, Geifer würde sich von uns kaufen lassen?" Hinnerk war angewidert: „*Was*?! Dem trau ich so weit wie ich ihn bezahlen kann und das heißt: gar nicht! Wenn ich hier rauskomme würde ich ihn mit größtem Vergnügen *aufschlitzen*. Wen es einer verdient hat dann dieser Bastard! Du spinnst wohl!" Puk steckte den Stein zurück.

Später am Abend (nach dem üppigen Mittagessen) dann wurden sie abgeholt, diesmal aber hinauf in den Schlosshof, dort wo heißer Qualm aus einem der Gebäude stieg. Lars Tipmann schnüffelte: „Badesalze, Öle und so'n Zeug! Ein Bad?!" Man führte sie dann in die Schlossnahe Dampfhütte hinein, befahl ihnen sich zu entkleiden und sich im römischen Becken ausgiebig den Schweiß und Dreck abzuwaschen. Als sie Hengest nackt erblickten drehten sich alle beschämt weg. Er selbst lugte nur irritiert durch seine langen, schwarzen Haare hindurch, schien sich absolut nichts daraus zu machen.

Hernach reichte man ihnen (außergewöhnlich luftige) Kleidung, aber das Jochband ließ man ihnen die ganze Zeit um den Hals. Man führte sie dann einzeln mit Wachmannschaften hinaus, quer über den Schlosshof in das Hauptgebäude und dann in das jeweilige Zimmer ihrer Herrin. Jedes komplett mit großen Daunenbetten, Truhen, Kleidern und Schränken.

Als Puk in dem Zimmer stand sagte man ihm, dass seine Herrin Giertrud gleich zu ihm kommen würde. Er nutzte die Zwischenzeit um aus dem Fenster zu schauen, lehnte sich vor und sah wie man auch den schweigsamen Hengest ins Schloss führte. Puk hatte in der Tat Probleme ihn richtig einzuschätzen, eine Seltenheit für sein geschultes Auge. Der Blick des Hünen Blick verriet ihm immerhin, dass dieser kein Schwachsinniger war. Seine Augen blickten klar aber ohne Neugier. Da war etwas anderes, weitaus Grimmigeres in seinen regungslosen Zügen. Lars und Ratibur waren beidermaßen ohne tiefergehende Bedeutung: Der eine keifte aus Furcht der andere verkroch sich im bitteren Zynismus. Im Grunde waren sie einander sehr ähnlich, ergänzten sich sogar sehr gut. Der gotische Wiek Kecknitzer indes war selbstbewusst und schien entweder an eine gemeinsame Flucht zu glauben oder plante eine Hinterhältigkeit. In jedem Fall hatte er Hinnerk heute vor weiteren Schmerzen gerettet, doch es konnte nicht ganz uneigennützig gewesen sein. Das war es nämlich nie, bei keinem.

Puk suchte nun den Himmel ab, aber außer den Sternen war da nichts weiter zu sehen. Keine Amsel und kein Leuchtfeuer, kein Jens oder Gerlinde die zu ihrer Rettung eilten. Sie versuchten sicher ihr Möglichstes doch Kronenberg war gut befestigt. Die Löwengardisten unter Rowolt gehörten zudem zur Elite gelfischer Truppen und waren sogar ins Konstantinopel für ihre Kampfstärke bekannt gewesen. Giertrud öffnete nun die Tür und befahl mit herrischer Stimme: „Bereit?! Du weißt sicher schon, was ich von dir will, oder? Byzantiner." Puk deutete eine zustimmende Verbeugung an. Er kannte Schmerzen aber nie würde diese Frau dieselbe Pein in ihm verursachen können wie jene, die ihn als Kind erst so gleichgültig werden ließ. Jene Pein die ihn abgehärtet hatte bis zur Unkenntlichkeit, sodass er manchmal sein eigenes Spiegelbild nicht mehr erkennen konnte oder es für einen ‚unheimlichen Fremden' hielt. Giertrud holte lederne Fesseln, Dornen und Peitschen aus ihrer Truhe hervor. Und drückte sie Puk in die Hand…

Kurz nach Mitternacht schickte man sie dann nach und nach in ihre Zellen zurück. Ein jeder Mann schwieg betreten; bis die Zellentüren geschlossen waren. Wiek fragte unsicher: „Und? Wie war es bei euch?" Ratibur lehnte gegen die Gitterstäbe und zuckte mit den Schultern: „Wie soll es gewesen sein? Man wird ausgelacht, erniedrigt und dann geht es rund im Bett. Ne Kissenschlacht." Er blinzelte: „War es bei euch nicht auch so?" Lars Tipmann lachte auf: „Doch. Diese Antonia und diese Heidel machen wohl alles gleich. Es war erniedrigend!" Und Wiek nickte: „Wenigstens können wir noch mal einen wegstecken bevor wir in den Tod gehen, eh? Ha! Laurenzia wollte sogar, dass ich alle möglichen, feinen Klamotten anziehe und sie ebenso. Ich konnte sie fast nicht mehr finden in dem Kleidergewulste. Wie war es denn bei dir, oh Friese?"

Hinnerk schnaufte: „Herrin Maligana hat sich ‚anderweitig' Vergnügen verschafft." Puk nickte: „Herrin Giertrud ebenso." Er erwartete das Hinnerk von sich aus mehr erzählen würde aber er tat ihm den Gefallen nicht. Es war an seiner Stimme zu hören, dass etwas nicht stimmte und die Erfahrung für Hinnerk nicht so glimpflich ausgegangen war. Puk befürchtete schon das schlimmste, insbesondere im Hinblick auf das belastete Verhältnis von Hinnerk und Maligana. Hinnerk bestätigte seine Befürchtungen dann indirekt indem er sagte: „Ich gehe hier nicht weg ohne dass dieses Miststück elendig verreckt ist. *Krepiert* wie Vieh." Puk wurde ganz heiß bei seinen Worten; denn sie waren voller Hass. Dass sein Freund derart litt, machte ihn so wütend wie selten zuvor, wie *nie* zuvor. Er musste sich aber zurückhalten um nicht ihre Tarnung auffliegen zu lassen. Wenn Hinnerk nur begreifen würde dass es ihrer beider Sicherheit diente den anderen nichts von ihrer Freundschaft zu erzählen! Zu ihrem Glück hatte der Warloga nichts davon verlautbaren lassen, dass sie bei Haldersleben gemeinsam gegen ihn gekämpft hatten. Es gab somit keinen potenziellen Verräter außer ihnen selbst.

Wiek fragte weiter: „Und Hengest, wie war es bei dir, mein Großer?" Hengest antwortete: „Es war eng." Wiek grinste: „Hättest sie wohl fast aufgespießt, was? Naja, Jungs! Ich jedenfalls kann heute gut schlafen! Gute Nacht allerseits. Morgen wird ein harter Tag…" Erschöpft schliefen sie ein bis auf Puk, der noch versuchte mit Hinnerk zu reden. Dieser aber reagierte nicht mehr. Hinnerk hielt die Augen geschlossen und suchte den geistigen Kontakt mit Thianna. Sie war (wie all ihre Sachen) mit nach Kronenberg geschleppt worden. Der Warloga konnte es sie eh nicht gebrauchen und die Edelfrauen bestanden darauf, die Jungs mitsamt ihrer Habe ‚komplett' mit zu nehmen.

Die Stimme der Fylgie war schwach, so als befände sie sich hinter einer dicken Tür: „Halte durch, meen Harth. Hier, ich schicke dir etwas Kraft. Nimm sie an dich. – Oh, mein armer, mein geliebtes Wesen… Was haben sie dir nur angetan?" Thianna wurde wütend: „Brennen werden sie dafür, lichterloh! Halte nur weiter durch. Ich verspreche dir, sie werden alle brennen und schreien bis ihre Kehlen bluten! Gib noch nicht auf, ich überlege mir etwas. Schlaf jetzt, meen Harth. Ruh dich aus…" Ein wohliges Gefühl durchströmte Hinnerks gematerte Glieder. Es war ein wenig wie Alkohol der es einem ermöglichte, besser einzuschlafen. Er war ohnehin schon zu müde um noch weitere Rachepläne zu schmieden. Der nächste Tag dräunte langsam heran: Tag zwei der Kronenberger Spiele…

Jens mietete eines der Zimmer im ärmeren Viertel von Braunschweig um allzu viel Aufmerksamkeit von sich fernzuhalten. Außerdem ließ er Runa ständig Erkundungsflüge unternehmen und schon bald hatten sie einen guten Übersichtsplan von der Stadt, welche derzeit so voller Menschen war, dass man alle naselang über jemanden stolperte. Jens fasste ihren Plan zusammen während Gerlinde gähnte. Seit ihrer Ankunft war auch sie umhergewandert und hatte versucht so viel wie möglich über das kommende Fest, die kommenden Gäste und ihre Eigenarten herauszubekommen. Ihr Kopfinneres fühlte sich an wie flüssiges Blei. „Ritter Brekenstedt aus dem Hause Gullbluter kommt mit seiner Frau Eckfrieda aus dem Hause Mehrkentopf von Zippelsburg – oder war es Zipplingsburg? Sein Wappen ist ein Bienenkorb mit rechtsbündigem Schwert – und links davon ein... ein... Spaten?! Hä?" Sie sah Jens hilfesuchend an, als wüsste dieser was sie da von sich gab. „Denkst du wirklich das hilft uns, Gerlinde?" „Alles wird uns helfen, Nasifix. Ich muss doch *radikal ablästern*, wenn ich Eindruck machen will! Da hilft es wenn man weiß wer die Figuren sein werden und womit ich arbeiten kann." Jens sah sie mitleidig an: „Dein Kopf wird gleich platzen. Lass es besser. Du hast genug Wissen angehäuft, wir wollen ja nicht wirklich dem Adel angehören."

Gerlinde fuhr sich durch ihr rotblondes Stoppelhaar: „Ich mach das schon. Was hat unser ‚gefederter Spähdienst' indessen erfahren?" Runa fiepte in militärischem Ton: „Die Burg ist wie belagert. Man bringt beständig Karren, beladen mit Fässern und Tieren hinein. Alles wird geschmückt. Um die Stadt bilden sich vermehrt Zeltansammlungen von angereisten Spielleuten und fahrendem Volk! Weitere Adelige sind mit ihren Familien eingereist und wurden nahe der Burg einquartiert. Darunter zu sehen waren die Wappen des Dick van Treppenstedt, Boris Taradidov von Hibserviskia mit folgendem Gefolge: Jonnes von Pödel, Erich..." Jens riss die Arme hoch: „Stopp! Stopp! Stopp! Alle beide. Bitte! Wir dürfen uns hier nicht verzetteln. Das klappt so nicht. Diese Adeligen verbringen ihr ganzes Leben mit solchen Details, wir aber nicht. Und das lernen wir auch nicht mehr in den nächsten Tagen. Wir müssen uns *fokussieren*. Auf das eigene! Auf uns!" Runa blinzelte und redete wieder normal: „B-Braucht ihr vielleicht einen Fokusstein?" „Was? *Fokusstein*? Nein, denke nicht... Wir müssen uns auf Maligana und ihre Freundinnen konzentrieren. Wir wissen immerhin schon, dass sie eine Halb-Gelfin ist und der Gerüchteküche nach auch ein Liebling der Kurfürstin."

Gerlinde hob den Zeigefinger: „Judith von Braunschweig, genannt ‚Löwin'." „Genau. Das bedeutet, unsere Zielobjekte werden sich wohl kaum bei dem Niederadel aufhalten." Jens zeigte auf eine krude Karte welches mittels Runas Schnabel gemalt worden war. Sie zeigte die Burg Braunschweigs und sämtliche Innenhofbereiche. Es gab zunächst eine große, überdachte Halle mit zwei länglichen Seitenschiffen sowie zwei angeflanschte Bereiche, welche jeweils etwas höher lagen. „Hier unten, in der großen Halle werden wir uns zuerst tummeln. Aber Maligana wird mindestens im zweiten Bereich umherwirbeln. Das heißt, ohne Einladung oder nähere Nachweise kommen wir nicht in ihre Nähe. Allein das wir bis dahin kommen ist schon ein *Akt*." Gerlinde grinste bei dem letzten Wort schmierig und Jens ignorierte es nach Leibeskräften.

Er erklärte weiter: „Wir werden nur in den zweiten Ring kommen wenn man uns dahin *einlädt*. Das heißt, wir müssen solchen Eindruck schinden, dass man uns nach oben mitschleppt. Anderenfalls können wir die Sache vergessen." „Warum lassen wir Runa nicht reinfliegen und Maligana den Ring vom Finger beißen?" Runa hing gerade an einem improvisierten Kleiderständer aus zwei Bestenstielhälften und war gerade emsig damit beschäftig aus gesammelten Kräutern und Stoffen, eine Kleidung zu weben. Als sie ihren Namen hörte hielt sie kurz inne und ihr Blick verriet, dass sie entweder höchstgradig angenervt oder höchstgradig aufmerksam war. Jens wedelte ihr zu: „Schon gut, Runa. Du kannst weitermachen." Runa flatterte wieder los, schnappte sich ein paar Fäden und stopfte sie an einander. Ihre Krallenfüße nutzte sie dabei als Halt.

Jens beugte sich verschwörerisch zu Gerlinde vor und flüsterte: „Besser nicht. Ich habe Angst, dass sie tot umkippt und kein Wurm sie wieder zurückholen kann." Gerlinde machte ein: „Ohhhh. Verstehe." Jens bemerkte: „Du hast doch keine Ahnung wovon ich rede, oder? Du warst gar nicht dabei als Runa tot war; weil sie sich gegen Machas Wind gestemmt hat?" „Alixxa hat es mir auf Boudiccas Fest erzählt, aber ich hab nicht richtig zugehört. War wohl schon zu trunken." Jens seufzte: „Du bist und bleibst ein Unikat, weißt du das?" „Spar dir das süße Gesülze für den großen Ball; Korrektur! Die ‚große Festivität zu Ehren des Bündnisses zwischen Staufern und Welfen'. Wird der Kaiser mich gar zur Prinzessin machen?" „Eher wird er die Klofrau zu seiner Tochter erklären."

Gerlinde reichte Runa einige Fäden, welche diese ihr rabiat aus der Hand pickte. Jens murmelte: „Unglaublich…" „Was denn, Schatzi?" „Das hier ist das Aufeinandertreffen der mächtigsten Männer und Frauen des ganzen Reiches. Der Hansetag war nur ein biederer Abklatsch, gegen das, was hier in vier Tagen los sein wird. Hier wird Geschichte geschrieben; Abendländische Geschichte!" „Und wir sind mittendrin, ist doch geil? Kannst dem Kaiser ja endlich die Meinung geigen. Von wegen was dem Grafen von Oldenburg einfiel bei euch Friesen einzufallen. Ist sicher gegen irgendein Gesetz oder so, nicht?" „Du musst es ja wissen. Aber du hast nicht ganz Unrecht: Man sagt über Kaiser Barbaoro ja so einiges – auch, dass er ein Mann des Volkes ist. Hm."

Gerlinde hielt Runa einige Kräuter hin, welche diese mit schnellem Schnabel blitzschnell in das Gewand einnähte (eher einhämmerte). „Ihr Friesen seid seine direkten Vasallen, oder?", fragte Gerlinde und Jens schmunzelte: „Lass das Hinni ja nicht hören. *Vasallen*! ‚Verbündete solange beide Seiten einander achten', trifft es schon eher." „Denkst du auch so? Als Freifriese?" „Also ich habe in meinem Beruf mehr mit Fremden zu tun als die meisten von uns; insofern weiß ich, dass sie gerne dazu neigen Dinge etwas zu verklären. Faktisch sind wir ja alle seine Vasallen, aber es klingt halt so unterwürfig. Vasallen."

„Barbauhu, wie?" „Barbaoro. Diesseits der Alpen auch besser bekannt als ‚Kaiser Goldbart'. Oder Friedrich der III. Seine Frau ist die Kaiserin Valeria Aurelia von Spiegeln, eine byzantinische Hochadelige mit imperialen Blutsbanden. Manche nennen sie auch ‚Viper'." „Oha!" Jens zuckte mit den Schultern: „Es geht bei all dem stets um Macht. Bastarde, Emporkömmlinge, Nachkömmlinge, Blutsverwandte – jeder behauptet, er wäre der wahre Erbe von irgendeinem Thron oder der heimliche Erbe des ‚wahren Königs'. Es gibt in jeder Spelunke so eine Legende. Glaub mir, ich hab sie alle gehört. Einmal saß ich in Trepphulle wegen schlechtem Wetter und machte Bekanntschaft mit dem letzten Erben von Gaius Julius Caesar, der zeitgleich auch der Erbe von Pompejus war." Gerlinde nickte: „Unwahrscheinliche Konstellation." „Unmögliche Konstellation! Aber so ein Gesülze entsteht schnell wenn es um Macht geht. Jeder will da mitmachen. Und wir sind mittendrin in diesem Natterngezücht…"

Gerlinde ließ sich auf das knarrende, morsche Bett fallen und starrte an die modrig-verkommene Decke ihres billigen Zimmers, während Runa mit ihren Fäden hektisch hin und her flatterte: „Und noch kein Zeichen nicht von meiner kleinen Leevke." „Mir ist es bislang nicht so aufgefallen, aber sie war immer der ruhige Pol unserer Truppe. So eine Art Anker. Und ohne Hinni fehlt mir die Entschlossenheit." „Und ohne Puk? Was fehlt uns ohne ihn?" „Jemand der Bescheid weiß über Dinge über die ich ungern Bescheid wissen möchte." Er blickte wieder auf den Plan vor sich. Die Zeit lief ihnen davon. Bald war es soweit.

Kapitel 10

Ein schleimiges Loch

Das zweite Kronenberger Spiel am nächsten Tag war ganz nach Hinnerks Geschmack: Waffenkunde! Der Kampf Mann gegen Mann. Mit Speeren, Bögen, Schleudern und Klingen mussten sie sich hier nun beweisen, in mehreren Runden gegeneinander, die Waffen dabei vorgegeben wie in einer römischen Arena. Seyton fungierte als wachsamer Schiedsrichter und ließ seinen Stab aufdonnern, wenn jemand sich geschlagen gab. Fall es doch jemand wagen sollte den anderen doch tödlich zu verletzten so wurde dieser sofort von den Herrinnen bestraft und vom Spiel ausgeschlossen. Keine Punkte für einen solchen *Spielverderber*.

Die Damen indes saßen auf einer großen Tribüne und ließen sich hier Getränke und Speisen servieren, beobachteten das Treiben und schlossen Wetten darauf ab wer wohl gewinnen würde. Sie wetteten dabei mit Gold, Tuchen und Schmuck. Bis auf Maligana, der es sogar körperlich zu widerstreben schien irgendetwas von sich herzugeben. Sie tat es darum nur in kleinsten Mengen was ihr einige Schmährufe einbrachte. Aber selbst diese lächerlichen Verluste trieben sie immer zur Weißglut, sodass ihr Kopf dampfte.

Geifer stand an das Tribünengeländer angelehnt und beobachtete das kriegerische Treiben mit seliger Genügsamkeit und einem knackigen Apfel. Die Kämpfe wurden nacheinander ausgetragen und schnell kristallisierten sich erneut Hinnerk, Wiek und Puk als die erfahrensten Kämpen heraus. Für jeden gab es aber eine Überraschung, denn die anderen waren zumindest in einer Disziplin besonders geschult und vermochten dadurch doch zusätzliche Punkte zu holen. Lars Tipmann überzeugte mit dem Kurzsax, Ratibur mit der einhändigen Stielaxt und Hengest war ein natürlicher Meister im Umgang mit dem schweren Streithammer. Seine Größe und Kraft kamen ihm hierbei massiv zu Gute. Doch auch das reichte nur für die hinteren drei Plätze. Nun zahlte es sich aus dass Abbo Hinnerk nicht nur eine Waffengattung gelehrt hatte sondern immer gleich mehrere. Er konnte mit allen recht gut umgehen.

Irgendwann gähnte Maligana: „Laaaanweilig! Seyton! SEYTON!" Der Großkammerdiener tauchte so schnell neben ihr auf dass Stefanie Treyer erschreckt von ihrer Bank kippte: „Ja, Herrin? Oh Verzeihung, Frau Treyer." „S-Schon gut…" „Freie Wahl der Waffen!", verkündete Maligana süffisant, „Lass uns endlich sehen was sie wirklich im Kampf bringen würden!" „Wie ihr wünscht. Ab sofort gilt das Turnei mit freier Wahl der Waffen." Hinnerk entschied sich sogleich für den Speer, Wiek ebenfalls. Puk nahm sich zwei kurze Messer, Hengest blieb beim Streithammer, Lars beim Kurzsax nebst Rundschild und Ratibur nahm mit der Axt und einem Netz vorlieb. Da es nur sechs Teilnehmer gab musste einer von ihnen im Halbfinale zweimal kämpfen. Die Reihenfolge der Kämpfe wurde nach einigem Hin und Her von den Kronberger Frauen festgelegt. Maligana ließ immer eines ihrer Tücher fallen, um die Kämpfe einzuleiten. Es wurde aber vom Wind erfasst und klatschte Geifer in Gesicht. Er lächelte ihr daraufhin zu was sie erröten ließ: „Le-legt los!"

Seyton notierte sich die Kampfergebnisse in einem kleinen Lederbüchlein:

1. Durchgang – Waffenturnei
Hinnerk gegen Lars: Hinnerk gewinnt, indem er den standfesten Schildkämpfer mit dem Speer die Füße wegschlägt und so zu Fall bringt. Sieg: Hinnerk.
Puk gegen Wiek: Ein vorsichtiger Kampf bei dem Wiek auf Distanz blieb während Puk versuchte hinter seinen Speer zu kommen. Letztlich ließ Wiek Puk nah herankommen, wirbelte schnell herum und schickte ihn zu Boden. Sieg: Wiek.
Ratibur gegen Hengest: Ratibur fängt den Hünen zunächst mit dem Netz ein, aber dieser bleibt davon unberührt und boxt ihn mit einem Hieb zu Boden - durch das Netz hindurch. Sieg: Hengest.

2. Durchgang – Halbfinale
(per Münzwurf wurde entschieden, dass Wiek ins Finale kommt)
Hinnerk gegen Hengest: Der Hüne schlägt wuchtig mit dem Hammer und der Friese kann zunächst nur ausweichen; nutzt dann aber seinen Speer als Sprungstab um ihm einen harten Tritt an den Kopf zu verpassen. Hengest taumelt und Hinnerk tritt ihm zusätzlich in die Kniekehlen, der Hüne fällt, Speer an Hals. Sieg: Hinnerk.

3. Durchgang – Finale – Hinnerk vs. Wiek

Beide kämpfen mit dem Speer und entfesseln ein Hin und Her von Attacken, Finten und schnellen Stößen. Sie kratzen sich mehrmals an, aber keiner scheint dem anderen wirklich überlegen zu sein. Ein Unentschieden scheint wahrscheinlich.

Das ‚unentschiedene' Finale dauerte den Mädchen zu lange, wurde langsam langweilig. Maligana hob schließlich ihre Hand mit dem Kontrollring, drehte daran und Hinnerk krümmte sich vor Schmerzen. Wiek nutzte die Lücke sofort aus und brachte ihn zu Fall, setzte ihm die Speerspitze an den Hals: „Das war's!" Seyton verkündete: „Aus! Sieger ist somit Wiek!" Damit war auch der zweite Spieltag gelaufen. Es war schon weit nach Mittag.

Man versorgte zunächst die Wunden der Kämpfenden bevor man sie in ihre Kammern zurückschickte. Niemand wollte kranke oder geschwächte Leute sehen, die sich kaum mehr auf den Beinen halten konnten. Wiek wirkte glücklich und reichte Hinnerk die

Hand: „Gut gekämpft. War aber wohl doch ein Ticken besser, wie?" Hinnerk schlug seine Hand beiseite: „Spar dir deine Sprüche. Die ‚malle Prinzessin' da oben hat mich niedergeworfen! Nur darum hast du gewonnen, nur darum!" Wiek lächelte, glaubte an eine Ausrede: „Warum sollte sie so etwas tun?" Hinnerk schwieg: „Weil sie ein Biest ist!" Der bezopfte Gote erkannte dass es ihm ernst war. Das siegessichere Lächeln verschwand aus seinem Gesicht: „So schlimm?" Hinnerk winkte ab: „Ich brauche keine Hilfe von einem dreckigen Goten. Ich gewinne diese Spiele, so oder so. Nun sind wir gleichauf." Wiek lächelte müde: „Ja. Die Spiele, darum geht es hier…"

Ein grobschlächtiger Medicus mit seinem schmalen Assistenten behandelte die Schnittwunden und blauen Flecke. „So, Burschen! Ihr sollt doch fein aussehen heute Abend, nicht?", meinte er und grinste auf äußerst schmierige Art. Er sah zu Puk herab, der nur wenig Schnittwunden abbekommen hatte: „Nanu? Nun auch schon Mädchen bei den Spielen?" Puk lächelte höflich: „Nein. Nur als Zuschauer, Herr. Ich bin ein Junge." Der Medicus (eines seiner Augen war schon ganz weiß) legte ihm da eine Hand auf das nackte Bein, knetete die Waden kräftig durch. Die anderen sahen betreten beiseite, Puk aber bewahrte lächelnd die völlige Ruhe: „Seid ihr sicher, dass ihr das Eigentum anderer beschädigen wollt mit eurem doch festem Griff?" Der Medicus überlegte kurz: „Ich beschädige sie nicht, ich klopfe es nur gut durch. Gefällt es dir nicht?" Seine Hand glitt zu Puks Schritt. Der Assistent sah jetzt ebenfalls weg, trippelte nur ungeduldig mit dem Fuß auf den Boden. „Finger weg oder sie sind gleich ab!", kam es da von Hinnerk. Der Medicus richtete sich wieder auf: „Du nimmst den Mund ganz schön voll, Friese. Nur ein Drehung am Ring und du liegst zuckend am Boden, verlierst die Kontrolle über all deine Organe!" Hinnerk sah ihn aus kalten Augen an: „Aber sie sind nicht mehr hier, deine kostbaren *Folterringe*." Der Medicus erbleichte als er sah, dass die Herrinnen tatsächlich schon in die Kronenburg zurückgeritten waren. „D… Das wagt ihr nicht!?" Wiek zuckte mit den Schultern: „Euer Leben bedeutete denen ebenso wenig wie euch das unsrige. Ihr seid auch ersetzbar." Der Assistent setzte einen Fuß nach hinten und rannte dann eiligst weg. Der Medicus folgte ihm, ließ dabei seine ganze Ausrüstung zurück. Sie waren erstmalig allein im Freien. Lars blickte zum fernen Waldrand: „Sollen wir es jetzt versuchen?" Ratibur zerrte an seinem Halsband: „Ich nicht. Es kratzt schon, wir müssen zurück. Dass diese Miststücke auch nicht auf uns warten können!" Puk nickte: „Wir sind an diesen Ort gebunden, ob direkt bewacht oder nicht."

Sie kehrten daraufhin von selbst in ihre Zellen zurück, abgekämpft und erschöpft. Es schien ihnen, als hätten sie sich in ihr Schicksal gefügt. Puk versuchte erneut mit Hinnerk zu reden, aber dieser sagte Garnichts mehr. Sein Blick war zu Eis geworden, die Augen zu Schlitzen und seine Kiefer pressten knirschend aufeinander. Am diesem Abend wurden sie nicht in das Schloss einberufen. Warum wussten sie zwar nicht, aber Puk hörte sehr wohl das erleichterte Pfeifen und kurze Aufjauchzen aus den Zellen neben sich. Traurig kauerte er sich neben den Spalt und strich mit den Fingern über den nackten Stein. Als er das vertraute Schnarchen seines Freundes hörte, lächelte er und erlaubte sich auch etwas Ruhe…

Von der Kaiserpfalz Goslar aus marschierte die kaiserliche Gefolgschaft auf die Gelfenstadt Braunschweig zu. Scharen von bewaffneten Leibrittern ritten an den Flanken des Trosses, gefolgt von dutzend Karren mit Bediensteten und Hofleuten jeder Aufgabe und jedweden Ranges. Es war im Grunde ein ganzer Staat auf Reisen; das eigentliche Reich selbst. Vorne weg ritten der Kaiser und seine zwei nicht minder eindrucksvollen Begleiter, in verzierten Plattenrüstungen aus zwergischen Schmieden steckend, vorbei an den ostfälischen Gehöften und Feldern.

In der Mitte selbst ritt der Kaiser, ein großer Mann mit schulterlangem, goldglänzendem Haar. Trotz aller Sorgen und seines Alters von nunmehr schon 45 Jahren war es noch gar nicht grau geworden. Das Gesicht war von ebenso vielen Lach- wie Sorgenfalten durchzogen und die buschigen Augenbrauen standen nachdenklich eng zusammen. Sein Gesicht hatte die Würde und den Stolz eines Adlers, dazu ein starkes Kinn welches von dem gestutzten, blonden Bart kaum verborgen werden konnte. Seine perfekte Plattenrüstung schimmerte an den Rändern golden während der Rest eher etwas abgedunkelt war. Direkt auf seiner Brust prangerten das Abbild der Staufer-Familie und das derzeitige Reichssymbol, der goldene Adler auf schwarzem Grund mit roten Waffen. Seit Roms Zeiten war der Adler das Symbol für Macht und Stärke.

Bauern standen immer wieder ehrfürchtig am Straßenrand; winkten ihnen zu. Junge Mädchen kicherten verschämt, während die Jungen sich an den Fahnen und prächtigen

Rittern nicht sattsehen konnten. Für sie war es eine Parade, für den Kaiser alltäglicher Anblick. Dennoch fand er die Zeit und winkte den Leuten zu und rief ihnen das „Heil euch!" zu. Die Menschen hofften regelrecht auf diese Worte; hofften, das weltliche Schwert der Christenheit würde ihnen den Segen erteilen auf dass die Kinder wohlgestaltet geboren wurden und die Ernte nicht verdarb. Kaiser Barbaoro seufzte, als er die Hand wieder herunternahm: „Mir wäre lieber sie müssten sich nicht auf mich verlassen." Der Begleiter zu seiner Rechten erwiderte ruhig: „Sie verlassen sich auf Gott und darin tun sie gut. Denn du bist sein Vertreter auf Erden. Nun ja - *einer* davon." Der Mann war jünger als der Kaiser und trug eine ebenso prunkvolle Krone auf dem Kopf. Doch seine endete in einem großen, goldenen Kreuz. Seine Kleidung war dafür weit weniger prunkvoll und erweckte mehr den Eindruck eines ärmlichen Priesters. Denn dies war Chlodwig, der Kurfürst vom Herzogtum Lothringen, auch nur genannt ‚der Mönch'.

Der andere Begleiter zu des Kaisers Linken lachte schallend auf: „Pahaha! Aber der einzige der auch wirklich was leistet ist Friedrich hier! Was macht denn der Papst?! Scheisst der sich auf seinem Stuhl ein!? Und er befiehlt dennoch allen wie ein weltlicher Herrscher! ‚Geistliches Schwert', dass ich nicht lache!" Der Mann war der Größte von den dreien und trug rötliches Barthaar in einem kantigen, grob behauenen Gesicht. Dicke Kotletten wuchsen an seinen Ohren entlang und führten zu dem breiten Mund mit schmalen Lippen, gesäumt mit angespitzten Zähnen. Er war eine wilde Kriegererscheinung mit abgekämpfter Kleidung. Dies war Eberhard, Kurfürst vom Herzogtum Franken, auch genannt ‚der Rote'.

Der Kaiser rollte mit den Augen: „Bitte! Selbst auf dieser ruhigen Fahrt müsst ihr mich mit eurem ewig gleichen Gesülze belasten? Als ob ich nicht schon genug andere Sorgen hätte." Der rothaarige Hüne knurrte: „Wieso denn? Nur ein großes, ödes Fest steht uns bevor; was gibt es da herum zu sorgen?!" Und Chlodwig verzog angewidert das Gesicht: „Der Kaiser steht über solch profanem Klatsch. Wo er geht verkündet er Gottes Wort und verhilft mit seiner Kraft zum Sieg gegen die Mächte des Bösen. Er ist mehr als ein gewöhnlicher Fürst; er ist ‚Gottes rechte Hand' auf Erden." Sie sprachen über den Kaiser hinweg, der bei ihrem folgenden Streitgespräch immer tiefer in seinen Sattel versank. Eberhard keifte: „Dummes Palaver von Kerlen, die ihren Schwanz in Kutten und Büchern vergessen haben! Kein König herrscht nur mit Worten sondern in erster Linie mit Waffengewalt und Muskeln. Hier. Musk-eln!" Eberhard zeigte seinen gespannten Bizeps, „Nur darauf kommt es an. Wenn dann alles geklärt ist, kann man mal ein paar öde Worte sagen aber sowas versteht ein *Kuttenfuchtler* ja in tausend Jahren nicht! Wie Reiche entstehen!" „Hüte deine Zunge, fränkischer *Heidenbarbar*!" „Ich hüte sie wohl im Arsch deiner Mutter!" „Die Hölle erwartet dich mit Sorge du hirnloser... He?! Wo ist Friedrich?" „Hast ihn verjagt mit deinem Gewäsch!" „Ich sicher nicht! Das warst du!"

In der Tat hatte sich Friedrich hinter die beiden Streithähne fallen gelassen um zu den Planwagen zu schleichen. In einem der überdachten und gepanzerten Wagen wurde nun der Vorhang eines Fensters beiseitegeschoben. Eine weibliche, sonore Stimme fragte: „Du solltest die beiden absetzen. Sie zerreißen dich sonst noch in ihrem dummen Zwist." Die kurzhaarige, blonde Frau welche sich nun durch das Fenster lehnte war wunderschön und hatte einen beherrschten Gesichtsausdruck mit intelligenten und hintergründigen braunen Schlafzimmeraugen, strahlte sowohl Autorität als auch Sinnlichkeit aus. Es war die Kaiserin; Valeria Aurelia von Spiegeln, aus byzantinischem Blutadel, genannt ‚Viper‘.

Kaiser Barbaoro lächelte, den Blick auf die beiden Streithähne vor sich gerichtet. Sie zankten immer noch. „Darum brauche ich sie. Ich will nicht nur einseitig bequatscht werden, brauche diese Zweifel, andere Ansichten, brauche die zwei Seiten der Waagschalen. Wie sollte man sonst die beste Lösung für alle finden? Nein, sie helfen mir so viel mehr."

Valeria nickte: „Und um ihre Loyalität macht dir keine Sorgen?" Der Kaiser lachte: „Nur weil sie so viel streiten?! Bitte, Schatz. Das bei uns alten Barbaren doch so üblich! Nein, ich mache mir keine Sorgen um ihre Loyalität. Weniger sogar als bei allen die nur freundlich tun und im Rücken schon die Messer bereithalten. So wie im Imperium. Nein. Sie sind zwar vorlaut; jeder auf seine Weise, aber ich kann ihnen vertrauen. Ohne Vertrauen funktionierte hier ja nichts." Die Kaiserin fragte nach kurzer Pause in der man nur das Klappern der Pferdehufen hören konnte: „Und wie steht es mit der Kurfürstin? Vertraust du ihr auch?"

Barbaoro tat einen tiefen Atemzug und seine Stirn legte sich in Falten: „Judith? Nun, dass sehen wir sobald wir dort sind." Er bemerkte ihren skeptischen Blick und legte seine Hand auf die ihrige: „Mach dir keine Sorgen. Ich werde schon mit ihr fertig. Ist ja nicht das erste Mal." Valerias Augen fixierten ihn eisern: „Genau das befürchte ich ja." Barbaoro lächelte breit, schelmenhaft: „Och, bist du eifersüchtig? Aber das musst du nicht sein. Sag mir, wie ergeht es unserem kleinen Burschen? Lebt er noch? Oder liest er wieder?" „Prinz ist er, kein ‚Bursche'. Erbe eines Weltreiches, deines Weltreiches." Sie schmunzelte und der Kaiser nickte: „Für mich bleibt er immer ein Bursche. Mein Bursche." Sie flüsterte: „Er schläft. Das Poltern des Wagens macht ihn immer so schläfrig. Komisch." Barbaoro nickte: „Bei Lärm schlafen, dass ist eine gute Eigenschaft für später… Lass ihn schlafen. Noch hat er Zeit dazu."

Die Kaiserin schüttelte den Kopf: „Er muss viel mehr lernen. Wer soll ihn künftig ernst nehmen wenn er verschlafen vor unseren Todfeinden herumtorkelt?" Der Kaiser sah sie mitleidig an: „Oh, du mein getreues Eheweib! Lass dem Kind die paar friedlichen Jahre denn er wird den Rest seines Lebens davon zehren müssen. Glaube mir." „Du bist der Kaiser, Friedrich." Barbaoro seufzte: „Bitte nenn mich nicht so. Wenigstens bei dir möchte ich das Gefühl haben, auch ein normaler Mensch, ein Mann zu sein." „Wir sind wer wir sind und haben alle unsere Rollen zu spielen."

Barbaoro verkniff sich den Mund: „Ach, du redest schon wie mein Großvater." Valeria überlegte: „Das ist sicher nicht nötig. Nach Braunschweig wirst du doch selber mit ihm reden, richtig? Er sorgt sich um dich." Barbaoro schüttelte den Kopf: „Der alte *Rotbart*?! Der sorgt sich immer, aber nur um das Reich. Nichts anderes ist für ihn von Belang. Nichts und niemand..." Valeria erwähnte wie beiläufig: „Übrigens: Die Schnapsdrossel ist heute Morgen beinahe im Fluss Saale ertrunken." „Was?!" „Sie wird immer mehr zu einer Peinlichkeit, Friedrich." Barbaoros Blick verfinsterte sich: „Lasst Irena zufrieden. Ihr alle. Sie ist auch wer sie ist und ich dulde nicht, dass sie von dir oder sonst wem ausgeschlossen wird. Sie gehört zu unserer Familie und ich liebe sie trotz alle dem. Vielleicht just deshalb. Egal wie peinlich sie uns auch sein mag, sie gehört zu *uns*! Sie ist derzeit nur - etwas verwirrt." Valeria nickte: „Und sie wird mit jedem Tag verwirrter. Aber ich du solltest trotzdem mal mit ihr reden. Auch um ihretwillen." „Ich mach es schon."

Der Kaiser gab nun dem Pferd die Sporen und schloss wieder zu den beiden Kurfürsten auf welche seine Rückkehr reumütig zur Kenntnis nahmen. „Alles in Ordnung?", fragte Kurfürst Chlodwig und Friedrich lächelte: „Nur ein Gespräch des hochwohlgeborenen Kaiserpaares." Kurfürst Eberhard zeigte auf eine Gruppe Bauern, welche ihr schreiendes, neugeborenes Kind am Straßenrand in die Luft hielten: „Bist gerade rechtzeitig für eine Kindssegnung zurück!" Der Kaiser lächelte darüber. Inmitten der anstrengenden politischen Kämpfe um Einfluss und Kontrolle in seinem Reich waren es kleine Momente wie dieser welche ihn aufrecht im Sattel hielten. Er stoppte sein Ross, segnete das gesunde Kind, lachte und schöpfte neuen Mut aus dieser Begegnung. Es war Mut, den er brauchen würde um der ‚Löwin' auf ihrem Fels namens Braunschweig gegenüberzutreten…

Am dritten Tag wurden die sechs Teilnehmer der Kronenberger Spiele in ein ummauertes Areal geführt indem es nur eine große Grube gab, deren Außenrand sich konkav nach innen bog. Ein Herausklettern war somit unmöglich, es sei denn man benutzte einen Wurf- und Kletterhaken. Die sechs jungen Männer sahen hinab und fanden einen Haufen verrosteter Waffen sowie ausgebleichter Knochen, die in dem Lochboden stecken. Über der Grube war ein achtachsiges Gestell in dessen Mitte sich eine Plattform befand, mit sichtdurchlässigem Boden um in die Grube hinabzusehen. Puk erkannte es erneut als byzantinisches Glas. Die acht Treppenzugänge zu dieser ‚schwebenden Aussichtsplattform' waren mit eisernen Geländern abgesichert. Lars Tipmann meinte: „Eine Aussichtsplattform." Und Ratibur schniefte: „Die finden auch immer neue Arten uns beim Leiden zuzuglotzen, eh? Erst ein Luftsack, dann eine Tribüne, nun ein gläsernes Guckloch?!"
Wiek erblickte die Knochen in dem feucht-rötlich schimmernden Sand und meinte: „Sieht aus als hätte da jemand Hunger gehabt." Puk bestätigte: „Jemand oder *etwas*. Ich bezweifle eher, dass es menschlich ist." Hinnerk indes sagte nichts, schon den ganzen Morgen über nicht. Sogar Hengest hatte zumindest ein zustimmendes Brummen abgegeben als Tipmann ihn gefragt hatte, ob er denn ein ‚echter' Ursachse sei. Dabei sprach Lars einen schwer verständlichen Tedeschi-Dialekt, der wohl besonders

sächsisch angehaucht war.

Puk hatte es unterlassen Hinnerk direkt anzusprechen und dieser selbst reagierte ebenso wenig auf seine Handzeichen und Blicke, die ihm klar machen sollten dass sie immer noch auf derselben Seite standen. Für den Friesen aber schien es jetzt nur noch die Aufgaben zu geben. Puk seufzte innerlich. Was immer Maligana mit ihm angestellt hatte es hatte ihn noch verschlossener gemacht als ohnehin schon. Hinnerk war nicht der Typ offen über seine Gefühle zu sprechen und vermied es auch jetzt Schwäche zu zeigen. Denn so hatte er es gelernt, so lernten es alle Jungen in diesen Landen. Puk wusste jedoch aus bitterer Erfahrung, dass diese Haltung auf Dauer weit mehr Schaden anrichten konnte als dass sie nützte. Dennoch: Zwingen konnte man niemanden zur Einsicht. Viele Menschen wurden nur durch Schaden klug.

Seyton sprach zu ihnen während die Löwengarde Abstiegseile in die Grube hinabwarf und sie an Haken festmachten: „Hört hört! Heute werdet ihr zu Ehren der Herrinnen, welche euch diese großzügige Gelegenheit geschenkt haben euch um das eigene Leben verdient zu machen; in diese Grube hinan steigen und gegen die Kreatur kämpfen die sich dort eingenistet hat!" Ratibur fragte: „Ist es klug uns gegen ein Vieh kämpfen zu lassen, dass uns auffrisst? Immerhin haben wir sicher Geld gekostet oder?" Seytons Gesichtsausdruck veränderte sich nicht, war wie in Stein gemeißelt: „Ihr seid hier um euch zu beweisen und um die Herrinnen zu unterhalten! Euer Tod ist nicht ausgeschlossen aber wir sind uns sicher: Ihr werdet es nicht soweit kommen lassen. Oder doch, Friese?"

Der Großkammerdiener sah Hinnerk aus nachdenklichen Augen an und setzte hinterher: „'Lieber tot als Sklave', ist das nicht euer Leitspruch?" Hinnerks Nase kräuselte sich und es erinnerte Puk an einen Hund der seine Schnauze anspannte. Es fehlten nur noch die gefletschten Zähne: „Beginnt einfach das Spiel, *Kammerdiener*." Seyton nickte ergebenst: „Doch noch Kampfwille, gut gut. So sei es dann! Beginnt!"

Wiek Kecknitzer fragte: „Mo-Moment mal! Gegen was sollen wir kämpfen? Und womit?!" Seyton verwies auf ein gerade herbeigeschafftes Waffenregal mit allerlei Rüstzeug, Schwertern, Äxten, Lanzen Flegeln, Schilden und Kettenhemden: „Wählt weise im Kampf gegen ‚Mucinus Gigantis'!" Puks Alarmglocken schrillten sofort, während die anderen nur irritiert guckten. „Muckse Giga?!", echote Ratibur und Seyton erklärte auf Tedeschi: „Der menschenfressende *Schleim*."

Hinnerk war der erste der zum Waffenstand ging, die anderen folgten um sich dort mit Bewaffnung einzudecken. Puk sagte: „Wenn der Kammerdiener wahr spricht dann nehmt am besten lange Speere oder Schnittwaffen. Und bloß keine Kettenhemden! Wir brauchen maximalen Bewegungsspielraum." Die anderen sahen ihn misstrauisch an und Ratibur meinte: „Verarscht du uns gerade, Byzze? Eh?" Und Wiek überlegte laut: „Weiß er etwas, was wir nicht wissen?" Puk schüttelte den Kopf: „Wir müssen die Außenhaut angreifen und wir hätten alle eine bessere Chance zu überleben, wenn wir zusammenhalten. Das ist alles." Er sah zu Hinnerk: „Oder was meinst du?"

Dieser zuckte mit den Schultern: „Egal. Am Ende kämpfen wir eh alle gegeneinander." Puk brauste auf: „Das kann doch nicht dein Ernst sein?!" Hinnerk schnappte sich ein Langschwert: „Und ob. Los." Er stapfte zu den Seilen um sich hinabzulassen. Puk war letztlich der einzige, der sich einen Speer schnappte (immerhin zog sich keiner ein Kettenhemd an). Einzig Tipmann schien ansatzweise auf seinen Rat zu hören, indem er sich eine Hellebarde griff; halb Stich- halb Hiebwaffe. Sie kletterten dann an den Seilen hinunter in die Grube welche Hinnerk sofort an die rötlichen Lehmgruben der Icener erinnerte. Derselbe tönerne Duft lag hier in der Luft, doch diese hier war zusätzlich durchmengt mit einem stinkenden Verwesungsgeruch. Lars übergab sich nach nur wenigen Schritten.

Die Grube war sher geräumig und von oben winkten schon die Herrinnen herab und feuerten ihre Teilnehmer an. Oder aber sie grinsten hintergründig; wie die Veranstalterin der Spiele, Maligana. Stefanie Treyer drehte ihre schwarze Rose in beiden Handflächen, sodass sie blutige Kratzer bekam: „Ohhhh, hoffentlich stirbt heute keiner! Nicht mein Hengsti…" Giertrud sah sie verwirrt an: „Hieß er nicht Hengest?" Stefanie druckste herum: „Hengst – Hengest… Klingt doch alles gleich, hehehe." „Naja." Maligana gab Seyton ein Handzeichen und dieser hieb dreimal mit dem Stab auf eine metallene Platte am Rande der Grube. Es knallte und der Ton schallte durch die Grube, brach sich an den Wänden und wurde wieder zurückgeworfen; erzeugte ein lautes Brummen. Dann wurde es langsam wieder still. Maligana rief vom Geländer hinab: „Lasst den dritten Spieltag beginnen!!"

Zunächst geschah nichts weiter und die sechs Jungmänner wanderten ziellos in der

Grube herum, entfernten sich voneinander, teilten sich auf. Schließlich blieb Lars in etwas stecken. Er sah hinunter auf seinen Stiefel und schrie: „Ach du Scheisse, was ist denn das?!" Es zischte und qualmte als er sein Bein nur mit Mühe losbekommen konnte. Er sah auf die grünlich schimmernde Blase die nun vor ihm aus dem Boden quoll und seine Stiefelsohle wie ätzende Säure zerfraß. Auch an anderen Stellen in der Grube bildeten sich weitere solcher Blasen.

Puk brüllte umgehend: „Ihr müsste sie zerstechen bevor sie größer werden!" Er machte es ihnen vor und ließ eine der Blasen neben sich zerplatzen. Dank seinem Speer erreichten ihn die Spritzer der ätzenden Substanz nicht. Ganz anders bei Ratibur der sein kurzes Messer in die Blase steckte und aufschrie als die entstehenden Dämpfe ihm die Sicht raubten und er fluchend durch die Gegend torkelte. Er stolperte und fiel fast in eine weitere Blase. Aber zu seinem Glück war Wiek heran und trat ihn noch rechtzeitig zur Seite. „Penner!", keuchte der kleine Pommeraner aber Wiek lächelte: „Gern geschehen, du Arsch!" Laurenzia quiekte begeistert und klatschte in die Hände: „Wie locker er ist, oder? Weiter so mein gotischer Herakles, thehaha!"

Die Jungen machten sich jetzt alle daran die Blasen zu zerstechen, rannten von einer zur nächsten, immer darauf bedacht von den benebelnden Dämpfen fortzubleiben. Es schien ganz so, als hätten sie es unter Kontrolle. Maligana jedoch grinste schelmisch. Sie kannte das Spiel, wusste worum es hierbei *wirklich* ging. Der Schleim, der durch die Poren der Erde quoll war keine sonderlich große Gefahr, sofern man sie denn als solche erkannte. Doch genau da lag der Knackpunkt. Die anderen Mädchen erfreuten sich an dem Tollen und Springen ihrer Schützlinge doch in diesem Spiel ging es nicht wirklich darum die Jungmänner sterben zu lassen. Es war vielmehr eine Charakterprüfung und darum spannender als ein reiner physischer Kampf.

Lars zerstieß gerade wieder eine Blase und sah wie eine weitere neben Ratibur entstand, welcher einige Meter von ihm entfernt stand: „Da! Da ist noch eine!" Ratibur sprang zurück und zischte: „Pisse! Schnell! Gib mir deine Hellebarde! Meine Messer sind kacke für sowas." Lars zögerte: „Bin doch nicht blöd. Wirf sie doch! Wurfmesser!" Ratibur sah ihn entgeistert an: „Und denkst du das Ding krieg ich wieder wenn es erst von dieser Ätze überzogen ist?! Gib schon her deinen Bratenspieß, Fettwanst!" Der moppelige Wende biss die Zähne zusammen: „Wenn du mir so kommst dann kannst du mich mal am Arsch lecken, du Gobold-Verschnitt!" Sie stritten miteinander.

Wiek eilte mit seiner langstieligen, zweihändigen Axt herbei und zerstörte die Blase: „Oi! OI! Seid ihr bescheuert? Macht gefälligst weiter oder wir gehen alle drauf, ihr Vollidioten!" Lars fauchte: „Als ob es einen Sinn hätte?! Da kommen doch immer mehr Blasen nach." „Aber so können wir sie zumindest in Schach halten!" Wiek stockte: „Und ein bisschen Bewegung täte uns allen gut. Einigen besonders." Lars bekam es in den falschen Hals: „Oh ja, wie lustig der Dicke wieder ist, eh? Wie er sich sträubt! Was muss er für ein Arschloch sein, eh? Dick und ein Arschloch, passt doch bestens zusammen, wie?!" Wiek rollte mit den Augen: „Im Moment passt es tatsächlich. Idiot!"

Hinnerk kümmerte sich nicht um ihre Belange. Er lief in gerader Linie von Blase zu Blase und schlitzte sie mit dem Langschwert auf sodass sie ausliefen und wieder in der Erde versackten. Überall waren dadurch dampfende Löcher entstanden und machten die Bewegungen dazwischen zunehmend schwieriger. Er sah wie eine Blase direkt neben Hengest emporwuchs, sagte ihm aber nichts. Entsprechend überrascht war dieser dann als sich eine Schleimglocke neben ihm aufblähte, welche er mit seinem Hammer nicht mehr ohne Gefahr für sich selbst zerschlagen konnte. Er hatte wohl die schlechteste Waffenwahl getroffen. Hinnerk zerstach lieber die kleineren Blasen und Hengest zog sich auch davor zurück.

Puk sah es und fluchte: „Verdammt! Warum tut ihr denn nichts gegen den Großen?! Der gefährdet uns doch alle!?" Er nahm Anlauf, sprang über die große Blase hinweg und stach ihr mit einem kleinen Messer von oben mehrmals schnell hinein. Die Außenhaut platzte an diesen Stellen auf und die grüne Säure entwich steil nach oben, spritzte bis fast an das Geländer heran. Dann lief sie über die Außenhülle der Blase bis auf den Boden. Die Blase lief so langsam aus, versackte im Boden.

Giertrud kommentierte: „Ist es hier auch sicher, Maligana?" Diese zuckte mit den Schultern: „Frag doch Seyton, der weiß so'n Kram." Sie stopfte sich eine Traube in den Mund und grinste. Die herbstliche Sonne schien heute besonders warm und es waren kaum Wolken am Himmel. Sie hatten somit beste Sicht auf das entstehende Debakel und das gewölbte Bodenglas erlaubte eine vergrößerte Sicht. Lars stellte sich weiterhin stur: „Ich sehe nicht ein warum ich für euch den rettenden Hampelmann spielen soll, nur weil ihr so blöd wart und den Ratschlag vom Byzantiner ignoriert habt?" Wiek versuchte zu vermitteln aber es war hoffnungslos.

Hinnerk zuckte mit den Schultern und rief: „Oi, ihr Experten! Ich habe einen Vorschlag! Jeder kümmert sich um seine Ecke und damit hat es sich! Müssen wir auch nicht mehr so viel herumlaufen!" Die anderen schienen nach kurzer Überlegung damit einverstanden. Sie zogen mit ihren Waffen Kuchenstücke von der Grube und bekämpften nur noch dort die eigenen Blasen. Es war kindisch aber immerhin gab es nun klare Zuständigkeitsbereiche für jeden. Niemand war für den anderen verantwortlich; ein jeder hatte einen abgesteckten Bereich und konnten darin nach Gutdünken vorgehen. Jeder war somit seines eigenen Glückes Schmied. Wer es nicht schaffte den Schleim fernzuhalten, hatte eben Pech gehabt.

Maligana lachte hell, klatschte frenetisch. Heidel Kloros sah sie fragend an: „Was ist, Malli?" „Thehe - Es ist weeeit interessanter als beim letzten Mal! Jetzt verteilen sie sich auch noch!" Giertrud gab ein seltenes Lob zum Besten: „Oha! Erst dachte ich ja, was für ein langweiliges Spektakel aber nun erkenne ich den Reiz darin." In Maliganas Augen funkelte es: „Jaha! Gibt es etwas Schöneres mitanzusehen, als wenn Pläne scheitern, wenn Bande zerbrechen und die pure, nackte Angst überhandnimmt...?" Antonia Gateux lächelte: „Manchmal machst du mir richtig Angst, Schätzchen-" Bei dem Wort Schätzchen kräuselte sich Maliganas Stirn: „G-gibt es hier irgendwo einen Schatz? Hm? Hm?!" Sie wirkte mit einem Mal todernst und Heidel schüttelte den Kopf: „Nein? Es ist nur ein Kosename. Deiner." Maligana stopfte sich noch eine Traube in den Mund: „Affso. Na dann."

Derweil wurde es still in der Grube. Nur das schmatzende Geräusch zerplatzter Blasen war noch zu hören; sowie das Pfeifen von Wiek dem bald langweilig wurde. Der massiv gestresste Ratibur bellte darum bald: „Halt doch die Schnauze!" Der Gote pfiff aber demonstrativ weiter und Lars grinste in sich hinein. Wurde mal Zeit, dass jemand dem vorlauten Pommeraner in die Schranken wies. Wiek goss zudem Salz in die Wunde: „Wir haben nichts über Pfeifen gesagt, oder?" „Unnötig!", keifte der Pommeraner, „Denk bloß nicht du wärst da in deiner Ecke da sicher! Diese Grenzen bedeuten einen Scheiss, klar?! Also lass dein dämliches Pfeifen! Wichser!"

Die Nerven lagen bei allen blank. Die stumpfe, einsame Arbeit machte sie alle langsam mürbe. Es war gerade anstrengend genug, dass man seine Aufmerksamkeit nicht abwenden durfte aber ebenso anspruchslos dass die Gedanken ständig abzudriften versuchten. Eine ganze Stunde verging so ohne Abwechslung und mit gegenseitigen Beschuldigungen; was ihre Herrinnen – die im Sitzkreis um das Guckloch hockten – nur belustigte. Irgendwann rief Puk zu den Edelfrauen hoch: „Habt ihr jetzt, was ihr wolltet? Wir halten den Schleim in Schach! Was noch?!" Maligana zuckte mit den Schultern: „Noch ist es nicht soweit! Schööön weiterpieksen!" Sogar Puk wurde langsam sauer. Was nur bezweckten sie mit diesem Spiel? Was war hieran überhaupt unterhaltsam?! Er sah sich vermehrt von Idioten umgeben und auch Hinnerk tat nichts dazu. Sein Plan die Grube in Bereiche aufzuteilen war nicht gerade eine Meisterleistung. Es waren eben doch alles nur tumbe Barbaren.

Derweil erwuchs eine größere Blase inmitten des Zirkels, inmitten aller Bereiche. „He Ratibur! Stich das Ding kaputt, es kommt auf meine Seite!", rief Hinnerk doch dieser lachte gehässig: „Tjah, das ist dann wohl eher dein Problem, wie?" „Laber keinen Scheiss! Tu es einfach!" „Tu es doch selbst!" „Von wegen!" Tipmann stöhnte: „Kann sich einer von euch Erbarmen das Ding auszumachen, ja?!" Puk meinte: „Immer der der fragt. Du hast die passende Waffe dafür!" „Pfff. Mir doch egal. Dann fliegt es uns halt allen um ihre Ohren! Hab eh keinen Bock mehr." Keiner wollte es tun und Hengest war zu sehr damit beschäftigt die kleinen Blasen mit seinem Hammer mühselig zu zermalmen, als dass er einschreiten konnte. So wuchs die kleine Blase stetig heran und keiner wollte sie zerstechen. Zuständig waren ja immer die anderen, man hatte ja schon seinen eigenen Bereich zu sichern.

Da erkannte Puk es. Er sah zu den Mädchen hinauf und wie diese sich an ihrem Streit ergötzten. Er kannte diese Art Blicke, wusste jetzt worum es hier wirklich ging. Wie in seiner Ausbildung gelernt schüttelte er die ‚zornerfüllte Lethargie' von sich ab und fühlte sich wie aus einem Tagtraum erwacht: „Leute! Es tut mir leid, wenn ich euch beleidigt haben sollte! Ich mach das schon! Kein Problem!" Die Blase stieg schon bis kurz unter die Aufsichtsplattform und breitete sich von da aus wie ein schmelzender Berg aus Geleemasse. Es wuchs nicht über den Rand der Grube hinaus als gäbe es dort eine magische Grenze. Puk stieß seinen Speer nun tief in die Masse. Zischend entwich die geleeartige Flüssigkeit und ätzte komischerweise nicht mehr stark, brannte nur in etwa so schlimm wie Brennnesseln. Puk erklärte: „Dies ist der Hauptkörper! Die Säure ist hier nicht so stark! Hinnerk, jetzt du!" Dieser sprang vor weil er Puk in nichts nachstehen wollte und schnitt mit seinem Schwert einen Teil des Schleimmonsters auf. Doch er prallte zunächst ab und erst sein zweiter Hieb durchdrang die feste Hülle. Die Konsistenz des Schleims hatte sich verändert. Zuvor war die Außenhaut des Schleims eher dünn gewesen, nun aber war sie so zäh wie Leder und nur noch sehr schwer zu schneiden. Es bildeten sich jetzt auch noch viele kleine Rundaugen sowie schnappende Mäuler mitten im Schleim. Sie wanderten von einer Seite zur anderen, von oben nach unten und drehten sich mit der hervorquellenden Masse des Schleimhügels mit, welcher sich zu einem Berg auswuchs.

„Sieht nach Waldmeisterpudding aus…", murmelte Lars fasziniert. Durch die transparent-grüne Außenhaut hindurch waren jetzt die Knochen und rostigen Gegenstände zu sehen, welche vom Schleim zuvor gefressen waren und nun in seinem Leib umherschwappten wie Treibgut in einem glibbrigen Strudel. Ratibur versuchte aus der Grube zu fliehen; kam aber an der aufgrund der nach innen gekrümmten Außenwand nicht weit mit seiner Kletterei. Wiek schüttelte den Kopf: „Die Ratten verlassen das sinkende Schiff, wie?" Hengest hatte (ironischerweise) als einziger von allen Erfolg im Kampf gegen die geleeartige Masse denn sein Hammer besaß genug Wucht um die Schleimkreatur beiseite zu wuchten und so kurzzeitig zu stoppen. Damit konnte er sich und seinen Bereich verteidigen während die anderen mehr oder weniger aussichtslos versuchten den Schleim zu zerstechen. Doch die geschlagenen Schnittwunden schlossen sich immer wieder. Stefanie Treyer kicherte: „Mein düsterer Streiter ist weise, hehe." Maligana zuckte mit den Schultern: „Wir werden ja sehen wer gewinnt…"

In der Grube wurde es jetzt langsam eng und das allgemeine Rückzugsgefecht ließ Lars schnaufend zusammenbrechen. Er fiel und der Schleim war schon über ihm, wollte ihn zerquetschen. Er krabbelte fort als einer der ausgebildeten Schleimarme ihn packte und durch die Luft schleuderte. Er flog umher und landete auf dem schnappenden Schleim; und zur allgemeinen Verwunderung geschah ihm weiter nichts, außer dass er von kullernden Augen und schnappenden Mäulern umringt waren. Der ‚Boden' war weich aber fest. „Die Säure! Sie wirkt nicht mehr?" Puk rief: „Die Außenhaut ist ungefährlich aber das Innere ist voller Säure! Also nicht fressen lassen! Weich den Mäulern und

Tentakeln aus!" Lars nickte: „Gut! Danke!" Er versucht sich auf der wackelnden, weichen Oberfläche zu halten und mit seiner Hellebarde stützte er sich ab.

„Fünf-in-einem!", ertönte Hinnerks Stimme derweil aus seiner Ecke und der Schleim platzte an fünf Schnittstellen gleichzeitig auf, entleerte sich wie ein geplatzter Wasserbeutel und schrumpfte etwas zusammen. Das Monstrum aber schloss die Wunden sogleich wieder und Puk nutzte seinen Speer um damit auf den Schleim zu steigen: „Alle rauf auf den Schleim! Sonst werdet ihr an den Wänden zerquetscht werden!" Hinnerk rief: „Niemals! Das geht auch so!" Ratibur war der nächste, der sich auf den Schleim wagte; und ihm folgte Wiek und dann doch noch Hinnerk, im allerletzten Moment. Übrig blieb Hengest der immer mehr Probleme hatte überhaupt noch Schwung holen zu können. Der Schleim quoll aus jeder Richtung auf ihn zu und hatte schon die ganze Grube mit seinem wabernden Körper erfüllt, wie ein aufgehender Kuchenteig. Er würde jeden Moment zerquetscht werden bat aber auch nicht um Hilfe. Maligana lächelte in Stefanies Richtung: „Sieht so aus als hätten wir unser erstes Opfer gefunden!" Stefanie biss sich auf die Unterlippe: „Oh nein…" Hengest konnte seine Waffe schon nicht mehr schwingen und um ihn herum glomm es in hellem Grün.

Puk packte da seinen Arm, dann Wiek, dann Tipmann, dann Ratibur und schließlich erbarmte sich auch Hinnerk den Hünen aus der tödlichen Umarmung zu ziehen. Es erforderte all ihre Kraft aber schließlich schmatzte es und Hengest lag frei auf der schwabbelnden Schleimmasse, welche jetzt die ganze Grube füllte. Stefanie Treyer lachte erleichtert und Giertrud seufzte: „Dabei sah es so gut aus, dass diesmal jemand fallen würde." Laurenzia lächelte: „Soweit hätte Maligana es nicht kommen lassen. Oder Malli?" Maligana hatte Probleme ihre Enttäuschung zu verbergen: „Natürlich nicht. Wo bliebe der Spaß für diejenigen, welche ihr Spielzeug verlören? Das wäre doch laaaanweilig!" Die Mädchen applaudierten den jungen Männern zu, welche noch vollauf damit beschäftigt waren nicht doch noch in eines der Mäuler zu fallen.

Hinnerk stand besonders nahe an einem Schleimloch und er hatte Maligana genau im Blick als sie sich daran machte an ihrem Ring zu drehen. Ein sadistisches Grinsen huschte über ihre Lippen, als Puk ihn schon aus der Gefahrenzone eines Schleimmauls schubste: „Obacht, Friese! Hier ist mein Platz, hehe!" Maligana ließ da von ihrem Ring ab. Dieser Byzantiner hatte irgendwie die ganze Dramatik ruiniert, die sie leicht hätte erzeugen können. Sie schnaufte: „Na gut, das war's dann wohl! Seyton! Seyton, sag ich! Wir sind hier fertig!" Der Großkammerdiener ließ den Stab dreimal auf eine Plattform herabdonnern und inmitten der Grube öffnete sich nun eine zuvor versteckte Schleuse. Der Schleim wurde dadurch hinabgesaugt wie durch einen Abfluss. Schließlich war der ganze Spuck vorbei und als die Jungen aus der Grube stiegen waren die Mädchen schon wieder fortgeritten, heim nach Kronenberg.

Wiek bedankte sich oben angekommen erstmal bei Puk: „Wir hätten gleich auf dich hören sollen. Tut mir leid, *Pukmeister*!" Auch Hengest gab ihm einen dankbaren Blick, durch die schwarzen Haare hindurch. Puk lächelte, sah zu Hinnerk und bemerkte sein Kopfschütteln. „Du wirkst nicht erfreut, Friese?" Jener lachte: „Sollte ich das? Ihr seid immer noch da. Aber j e weniger von euch übrig sind, desto besser sind meine Chancen zu überleben. Es hätte heut schon alles vorbeisein können!" Hengest erhob sich nun, schritt zu ihm rüber und starrte ihn eindringlich an. „Was hast du? Oi! Willst du dich prügeln? Denk bloß nicht ich hätte Angst vor dir!" Hengest drehte sich wieder von ihm weg, sagte kein Wort.

Hinnerk knurrte: „Was zum Henker hat der Typ nur für ein Problem?" „Er ist dir dankbar.", erklärte Wiek, „Du hast doch auch mitgeholfen ihn aus der Ecke herauszuholen." Hinnerk verschränkte die Arme vor der Brust: „Als ob ihr es ohne mich geschafft hättet. Idioten!" Wiek lachte nun wieder: „Unglaublich dieser Typ, oder? Aber ich mag ihn. Er ist irgendwie ist er in Ordnung." Lars Tipmann lag erschöpft auf dem Boden: „Ich bin tot. Ganz angenehm, eigentlich..." Ratibur hockte keuchend neben ihm: „Was für ein beschissenes Spiel. Was war überhaupt das Ziel, eh? Das Ding zu töten, ja wohl kaum?!"

Seyton trat an sie heran: „Ziel war es wie immer die Herrinnen zu unterhalten. Das ist euch heute gelungen. Doch der Friese hat Recht. Am Ende kann es nur einen geben. Eure hier erlangten Punkte sind wie folgt. Tipmann bekommt einen, Hengest zwei, Ratibur drei, Puk vier, der Friese fünf und Wiek sechs." Puk fragte: „Darf man fragen nach welchen Bedingungen die Punkte diesmal vergeben wurden?" Seyton lächelte hintergründig: „Nach ‚meinen' Bedingungen. Aber vornehmlich die Art, wie ihr euch verhalten habt, welche Techniken ihr angewandt, wie ihr gekämpft und welche Entscheidungen ihr getroffen habt."

Wiek meinte etwas empört: „Hö? Aber Puk hat doch am meisten für unser Überleben getan? Er sollte gewinnen!" Hinnerk grinste: „Dann gib ihm doch einen deiner Punkte ab." Wiek zögerte: „D-das wollte ich damit jetzt nicht sagen." „Ach nein, was denn dann?" „Dass es nicht fair beurteilt wurde, das wollte ich nur sagen…" „Dann korrigiere es doch, aus eigener Kraft. Mit deinen Punkten." Wiek senkte den Kopf und schwieg.

Seyton räusperte sich: „Nochmal: Die Bewertung erfolgt nach meinem ‚objektem Gutdünken' und der jeweiligen Aufgabenstellung gemäß. Puk hat zwar gut gekämpft aber nicht so gut wie Wiek oder Hinnerk. Das er sich in die Belange anderer eingemischt hat war überdies nicht Bestandteil der Aufgabe und war somit für die Bewertung nicht von Relevanz. Damit ist das Urteil gesprochen. Es ist allerdings sehr wohl gestattet Punkte auszutauschen wenn ihr es wirklich wünscht. Junger Gote?" Er zeigte mit dem Stab auf Wiek. Doch dieser schüttelte den Kopf, vermied es dabei Puk anzusehen. Der Großkammerdiener nickte: „Dann ist es beschlossen und wird so eingetragen. Geht nun zurück in eure Kammern. Morgen beginnt das nächste Spiel. Vergesst nie warum ihr hier seid und gebt euch keinen Illusionen hin. Nur einer wird Kronenburg lebend verlassen. Es ist wie überall; ob in der Tierwelt oder bei den Menschen, nur einer geht am Ende siegreich hervor. Die anderen vergehen elendig!"

Auf ihrem Rückweg sagte Puk zu Wiek: „Ich habe deine freundlichen Worte zur Kenntnis genommen, mein gotischer Freund." Wiek zuckte mit den Schultern: „Ach, es war nur heiße Luft. Ich konnte, *kann* es aber nicht tun…" Der sonst so fröhliche Gote schien nun bis ins innerste Mark erschüttert zu sein. Auch in ihm reifte nämlich die dumpfe Erkenntnis dass sein potentieller Tod mit jedem Tag näher rückte. Bislang hatten sie es nur vor sich hergeschoben und verdrängt aber nun; da sie schweigend den Weg zurück durch die Kronenburger Höhlen trotteten, legte sich die bleierne Schwere auch auf seine Brust.

Das Wissen, dass ihr junges Leben sehr bald schon enden konnte; dass sie teilweise ihre Chancen schon vertan hatten weil sie die Spiele nicht so ernst genommen hatten wie es nötig gewesen wäre, sowie das Gefühl, dass diese Ignoranz ihnen nun das Leben kosten konnte hämmerte ihnen allen ins Gedächtnis. Es ließ sie nachdenklich dasitzen und in den Zellenwänden herumstochern oder mit der Zunge schnalzen. Puk vergrub seinen kahlen Kopf zwischen seinen Knien und wippte auf und ab. Er war dem Weinen derzeit näher als je zuvor und es galt nicht seinem eigenen Schicksal. Leise sprach er auf Griechisch: „Kann ich dich wieder mal nicht beschützen? *Brüderchen?*" Niemand verstand es, auch nicht die Herrinnen über ihnen welche durch Decke zu ihnen herabblickten. Laurenzia fragte enttäuscht: „Was machen die da? Hocken nur dumm da?" Giertrud erklärte: „Sie nehmen sich die Sache endlich zu Herzen, und das ist gut. Gefällt mir. Wie sich winden!" Maligana nickte: „Genau. Jetzt wird es erst richtig ernst. Und damit lustiger als zuvor."

Heidel Kloros fragte aufgeregt: „Was ist morgen? Was für ein tolles Spiel haben wir morgen vor uns?!" Und Antonia Gateux kicherte: „Von dem Schloss aus kann man den Bereich nicht einsehen. Sehr hohe Mauern Drumherum. Ein Geheimnis, Malli?" Diese winkte ab: „Gemach, meine Lieben. Es ist eine Überraschung aber es wird euch gefallen. Mehr noch als die Grube." Die Mädchen stießen Laute der Verzückung und Vorfreude aus. Hernach begaben sie sich in ihre Kammern und ließen nach ihren Erwählten rufen. Diese wurden wieder erst gebadet und dann auf ihre Zimmer verbracht. Widerworte gab es diesmal keine mehr, nur eine stumpfe Akzeptanz des Unvermeidlichen. Was konnten sie auch schon tun? Ihr Überleben hing von ihrer ‚Leistung' ab. Dort draußen, wie hier drinnen. Immer zu, ohne Unterlass. Bis zum Tod.

Kapitel 11

Zwischen den Gassen

Derweil in der Hansestadt Hamburg:

Die dürren, knochigen Hände krachten auf den Tisch: „Was?! Und ihr nennt euch einen Diener Gottes? Ich könnte euch auf der Stelle exkommunizieren lassen, wisst ihr das, Bruder Bischof?!" Die schrille Stimme hallte durch das ganze Kirchenschiff und ließ den Bischof von Hamburg zusammenzucken. Götz Trog war schon ganz rot angelaufen und schnappte nach Luft: „Un-Ungeheuerlich! Ihr vergesst euch, Salvatorus! Ungeheuerlich!" „Ich mich vergessen?" Inquisitor Salvatorus spöttelte: „Nein, nein, mein lieber Bischof. Der einzige der hier etwas vergisst seid ihr! Ihr vergesst Gottes Allmacht zu dessen Vertreter und *Vollstrecker* ich erwählt wurde!" Er reckte den dürren Zeigefinger in die Luft: „Der heilige Stuhl selbst, der Papst, hat mich mit der Festnahme dieses Mädchens beauftragt. In King's Lynn wurde mir vom ewig-eifrigen Kursor Bitiatus erzählt, dass sie hier gesichtet wurde. Sie tötete drei junge Christen aus dem Armenviertel, und ihr seid dem Mädchen sogar schon einmal begegnet?!" „Ich wusste da nicht um ihre Wichtigkeit, Salvatorus! Aber ich habe sie sofort suchen lassen und auch die heilige Inquisition sogleich davon in Kenntnis gesetzt!" „Aber ihr habt sie nicht gefangen genommen!?" „Ist das ein Wunder? Wi-wir haben hier derzeit ganz andere Probleme, sehr ihr das nicht? Die ganze Stadt liegt in Trümmern, der gesellige Mann ist zurück, der Hafen gottlos und der Eldermann sah sich gezwungen diese ‚ketzerische Bewegung' vorerst zu legitimieren!"

„Das alles ist mir egal, Bischof. Ihr fürchtet um eure Pfründe doch wie viele Menschen hungern während euer Wanst immer breiter wird? Ein bisschen mehr *Nächstenliebe* stünde euch in dieser Lage gut zu Gesicht, anstelle euch hier im Dom zu verkriechen!" Der Inquisitor verwies auf die goldverzierte Priesterrobe und vielen Schmuckstücke, mit denen Trog behangen war. Neben ihm wirkte Salvatorus eher wie ein dreckiger, halbverhungerter Bettelmönch und sein Körper bestand faktisch nur noch aus Haut und Knochen. „Ihr werdet sofort alle zur Verfügung stehenden Kräfte für das Auftreiben des

Mädchens verwenden, habt ihr verstanden Bischof?" Trog blubberte: „Eure Befugnisse reichen nicht so weit…" „Dann werde ich Meister Gral leider mitteilen müssen, dass ihr euch in dieser Aufgabe als ‚wenig kooperativ' gezeigt habt. Und *seine* Befugnisse reichen sicher weit genug."

Trogs Gesicht wurde bleich: „Sagtet ihr: Gral?" „Ja, Großinquisitor Gral. Mein Lehrmeister." Der Bischof schluckte: „Ich verstehe... Nun gut, ich werde sehen wen wir entbehren können." „Lasst akribisch nach ihnen suchen und zeigt uns jetzt die Stellen wo man diese Wasserlachen fand. Ich werde sofort selbst investigativ tätig werden." „Aber die Unruhen?" „Egal. Ich bin gut geschützt, durch Gottes Macht." Salvatorus trat aus der Kirche heraus und der gefallene Deutsch-Ordensritter Branko Kratochvil folgte ihm mit klackernder Plattenrüstung, dem eisernen Schild und gesegnetem Langschwert. Der ehemalige Komtur aus dem prussischen ‚Ragnit' hatte zu all dem Geschehen keine eigene Meinung. Seine Aufgabe war es einzig und allein den Inquisitor zu beschützen. Dies war Teil seiner Rehabilitation und Voraussetzung für die Beseitigung jener Schande welche er einst über seinen Orden gebracht hatte.

Bis jetzt hatte er es vermieden mit dem Inquisitor direkt darüber zu reden doch Branko ertappte sich immer öfter dabei wie er es sich insgeheim erhoffte, dass es von Salvatorus angesprochen wurde. Überhaupt: Seltsame Regungen durchzuckten seinen Verstand und regten seinen abgehärteten Magen in einer unbekannten Art zu gesteigerter ‚Aktivität' an. Branko konnte allein von Rattenleder und Birkenästen monatelang im tiefsten Prussenland überleben, doch die bloße Nähe zu dem spindeldürren aber hochenergischen Inquisitor versetzte seinen Magen in ungekannte Wallung.

War es etwa möglich, dass er *Gefallen* an der Gesellschaft des Inquisitors gefunden hatte? Aber aus welchem Grund?! Der Inquisitor war doch nur ein kränkliches, blasses Geschöpft dessen Genick schon von einem starken Windstoß gebrochen werden konnte. Er selbst hatte seine Dürrheit damit erklärt dass er auf nahezu alle Nahrung verzichtete, damit sie ‚anderen zuteilwerden konnte'. Diese Argumentation hielt er auch noch aufrecht wenn man Essensüberreste in den Schweinetrog schüttete: „Die Schweine werden ihrerseits wieder neue Christen ernähren, Bruder!", hatte er ganz fröhlich erklärt. Branko hielt ihn spätestens seitdem für leicht beschränkt. Hinzu kam das noch junge Alter des Inquisitors. Frisch aus dem Kloster, Anfang zwanzig. Kaum mehr Novize.

Dafür aber plapperte Salvatorus ununterbrochen und nahm sich die Zeit um jeden Bürger Hamburgs freundlich zu grüßen. Selbst jetzt, wo sie durch die kaputten Gassen gingen, in denen noch zig Räuberbanden umherstreifen, ließ er es sich nicht nehmen. Branko; natürlich allein um des Inquisitors Sicherheit besorgt, fragte: „Haltet ihr es für klug jeden zu grüßen, Bruder? Das ist in Städten nicht so üblich." Salvatorus sah ihn mit einer Mischung aus Mitleid und Überraschung aus seinen großen, blutunterlaufenen Augen an: „Aber, aber, Bruder Böhme!? Just darum ist es doch umso *wichtiger* hier Grüße zu entbieten. Die armen Menschen haben viel durchgemacht und vieles steht noch bevor. Ich ‚revitalisiere ihre Gemüter' durch meinen geistlichen Beistand; spreche ihnen Mut zu! Es kostet mich weder Kraft noch Zeit und hat dafür eine große Wirkmacht. Es sind Samenkörner göttlicher Freude."

Branko kräuselte die Stirn: „Ein einfacher Gruß?" Salvatorus stockte kurz, schien verwirrt: „Hm? Was? Oh ja, ich... Ein Gruß ist nicht nur eine Floskel, Bruder. Es ist ein Zeichen, eine Botschaft! Sie sagt den Menschen: Ich sehe dich, ich erkenne dich und ich bin dir wohlgesonnen. Das ist die wahre Natur eines Grußes. Probiert es ruhig mal aus!"

„Ich verzichte." Salvatorus lehnte sich zu ihm herüber, verdrehte dabei den Oberkörper: „Nuuuun macht schon, Bruder Branko! Es wird euch guttun, glaubt mir! Da. Da vorne ist schon jemand. Probiert es an ihm!" Am Straßenrand hockte ein griesgrämiger Mann mit wettergegärbter Miene. Er starrte sie furchtlos aus finsteren, kleinen Augen an.

Branko erwiderte den Blick standhaft; instinktiv rutschte seine Hand zum Schwertknauf. Sie starrten sich die ganze Zeit über an und Branko würde jeden Moment an ihm vorbeilaufen. Salvatorus schubste ihn die letzten Meter nach vorne, mit einer Kraft, die selbst Branko auf kaltem Fuß erwischte. Er flog also mehr an dem Mann vorbei als das er vorbeiging: „*Gutntak!*", presste er mit urböhmischem Akzent hervor und der Griesgram erwiderte ebenso schnell: „*Tachdejherr!*" Beide klangen gehetzt und der Komtur stapfte mit pochendem Herzen die Gasse hinunter. Immer weiter, bis der Inquisitor wieder grinsend neben ihm auftauchte: „Seht ihr? War doch gar nicht so schlimm!" Branko sah zur Seite. „Es war reine Zeitverschwendung."

Da passierte es. Ohne, dass er es noch aufhalten konnte bewegten sich seine

Mundwinkel nach oben. Grübchen wurden an seinen Augenrändern sichtbar und die Augenbrauen hoben sich. Er *lächelte*. Die Verwunderung über diese gesichtliche Entgleisung schlug schnell um in heiße Panik. Er zwang sich mit aller Willenskraft wieder zu der unbewegten, steinernen Maske. Salvatorus hingegen lächelte so breit, dass Branko es aus den Augenwinkeln sehen konnte, sagte aber nichts weiter, pfiff dafür ein recht fröhliches Kirchenlied. Das Herz des Komturen klopfte nun so heftig gegen die innere Plattenrüstung dass er dachte ganz Hamburg müsste es hören, doch nichts geschah. Niemand nahm Anstoß an seinem ‚entgleisten' Benehmen. Seit ihrem Treffen in Emden hatte Branko immer wieder zwei Seiten an dem Inquisitor kennengelernt: einerseits die energisch tobende, ehrgeizige Art sofern es um seine Aufgabe ging, andererseits eine locker-fröhliche Einstellung bezüglich der Menschen, der Welt und dem Leben an sich. Es waren höchst obskure Weisheiten und Denkmuster, welche er so noch nie bei einem anderem Priester oder Mönch erlebt oder gesehen hatte.

Die Straßen durch die sie hernach schritten zeugten allerseits von der großen Zerstörung durch den Aufstand. Branko kannte den Anblick solch gebeutelter Orte zur Genüge. Verwunderlich war nur die allgemeine Stimmung. Abgesehen von dem griesgrämigen Mann und einigen verwundeten Plünderern ertönte zunehmend das Schlagen von Hämmern, das Ratschen von Sägen und ein generell eher ‚geschäftiges Treiben'. Üblicherweise herrschte bei sowas immer viel Gebrüll, Hetze und eine schroffe Unfreundlichkeit (bei der meist nie viel fehlte um in eine Schlägerei auszuarten), aber hier unterhielten sich die Leute nebenbei in einem lockerem Ton, legten auch mal kurz die Werkzeuge beiseite um zu trinken oder gingen in einem durchaus schnellen, aber keineswegs gehetzten Tempo aneinander vorbei. Sie fanden sogar die Zeit und Muße ihre Sachen abzustellen um einen im Modder steckengeblieben Karren aus seinem Loch zu hieven. Ohne Hast und mit gutem Willen.

Als hätte der Inquisitor seine Gedanken gelesen (eine Eigenschaft die man den ‚Spürhunden der Kirche' hinter vorgehaltener Hand nachsagte) meinte dieser: „Scheint mir, als hätte der Eldermann die richtigen Entscheidungen getroffen als er den geselligen Mann legitimierte. Selten zuvor sah ich einen Ort derart erfüllt von Zufriedenheit und gegenseitiger Rücksichtnahme. Sehr christlich, sehr brüderlich.

Schön." Salvatorus zwinkerte Branko verschwörerisch zu: „Wobei er es nicht ganz freiwillig tat, wie man hört." Branko hatte es nur am Rande mitbekommen; aber es schien, als hätte sich eine totgeglaubte Bewegung mit dem Hafenviertel als Ausgangspunkt in den letzten Tagen neu formiert. Der ‚gesellige Mann' versprach Waren an Bedürftige zu verteilen und auf genossenschaftlicher Basis zu verwalten. Jeder konnte mitmachen; es gab keinerlei Auflagen und die maximale Bestrafung bestand in einem temporären Ausschluss vom geselligen Mann, ohne sie aber gänzlich und permanent zu verjagen. Vergebung und Vertrauen waren die höchsten Werte dieser Bewegung. Branko gab ihnen höchstens einen oder zwei Monate bis sie an den schwarzen Schafen zusammenbrachen, aber dennoch war der ‚gesellige Mann' auch Teil des Wunders welches die Leute nun überhaupt zum Mitanpacken und Helfen motivierte. Es war aber vor allem die Befreiung von allen Verträgen und Vereinbarungen gewesen welche überhaupt erst wieder vernünftigen, menschlichen Umgang möglich gemacht hatte. Man konnte jetzt nicht mehr vor Gericht auf sein Recht pochen, sondern war erstmalig wieder nur auf den gegenseitigen Respekt und Miteinander angewiesen, von Angesicht zu Angesicht. Wer sich allzu arrogant gab, bekam dann prompt die Quittung durch Ächtung oder Spott. Und wer Furcht säen oder Schwächeren drohen wollte bekam auch schon mal eines in die Kauleiste. Beschützerinstinkte wurden nicht mehr unterdrückt sondern offen ausgelebt. Klar und deutlich, an Ort und Stelle.

Überall hatten sich Menschen zu kleinen Gruppen zusammengefunden, in Straßen und Vierteln, um Bedingungen für ihr künftiges Miteinander neu auszuhandeln. Ratsherr Niklas Knebel war dabei erwischt worden wie er versucht hatte *schwammige Klauseln* einzuführen, um so de facto doch den alten Zustand wiederherzustellen. Es kam dabei zu einem Eklat und nachdem man ihn mittels Faustrecht zurecht gewiesen hatte sah sich von Huse gezwungen ihn in den Kerker zu verbannen um einen neuen Aufstand zu verhindern. Es waren generell nur noch rudimentäre Gesetze in Kraft aber dennoch lief alles beinahe reibungslos und ohne größere Probleme ab. Wenn dann doch etwas passierte, nahm man es eher gelassen: „Wo gehobelt wird da fallen halt Späne.", überhörte Branko einen schnurrbärtigen, grauhaarigen Tischler eine Weisheit zum Besten geben; gerade als einer seiner Balkenträger gegen eine Tür gestolpert war und den Rahmen abgerissen hatte. Der junge Mann entschuldigte sich überschwänglich und mit Tränen in den Augen, aber der Tischler wollte nichts davon hören. In jeder anderen Stadt wäre es längst zu einer Anklage gekommen, mit Verhandlungen und allem richterlichem Rattenschwanz. Hier aber schien es inzwischen weit Wichtigeres zu geben als einen kaputten Türrahmen; den Frieden zu wahren.

Branko glaubte zwar nicht an den Erfolg der Bewegung aber Bruder Salvatorus schien von der belebten Atmosphäre so angetan zu sein, dass er regelrecht durch die Gassen hüpfte und helle Lieder pfiff. Der ehemalige Komtur seufzte schicksalsergeben. Im Kampf gegen heidnische ‚Axtkreischer aus Litauen' war er stets gefasst aber inmitten dieser freundlichen, nachsichtigen Menge fühlte er sich seltsam verloren, wehrlos und sogar etwas ängstlich. Wut stieg darum in ihm auf und er wollte am liebsten die Balken herausreißen, die Wände mit seinen Fäusten einreißen, die Türen eintreten, die Menschen schreien hören, das Feuer brennen sehen, das Blut von Kindern an den Häuserwänden und…

„Bruder Kratochvil?", fragte der Inquisitor irritiert. „WAS?!", bellte dieser unwirsch zurück und Salvatorus blinzelte irritiert: „Sagt, geht es euch nicht gut, Bruder?" Diese schwächliche Besorgnis, dieses weinerliche Fragerei! Alles in Branko drängt nach einer brutalen Auseinandersetzung, nach Konflikt, nach Todschlägerei und endlosen Qualen... Er bemerkte gar nicht wie er den Inquisitor anstarrte wie ein wildes Tier, die Augen weit aufgerissen, der Atem flach und stoßweise. Da stand dieses schwächliche Abbild eines Mannes, nur ein dürrer Zweig im Wind, kaum mehr als ein Flimmern in der Sommersonne! Krank und unwürdig!

Branko packte ihn bei den schmalen Schultern, sein Griff war eisern und bereit Knochen und Gedärme zu zerquetschen. Ein kräftiger Ruck würde genügen und das Leben würde aus dem Inquisitor weichen. Dieser aber verzog das Gesicht kaum, obwohl die Schmerzen stark sein mussten. Seine Knochen knackten schon. Aber statt Wut und Furcht war in seinen großen Augen nur Mitleid, eine traurige Anerkennung seiner inneren Wut von der Branko nicht mal sagen konnte woher sie genau stammte! Salvatorus Stimme (gewöhnlich eine Mischung aus Krächzen und ewiger Heiserkeit) war nun ganz sanft als er fragte: „Wovor hast du solche Angst, Bruder?"

Ein greller Blitz zuckte da durch Brankos Verstand; Bilder der Vergangenheit zogen quer durch seine Stirn, Bilder von Kindertagen im bitterkalten, hungernden Prag. Bilder von Armut und Elend, begleitet von einer immer gleichen Melodie die sich ständig wiederholte. Es war die Melodie eines Leierkastens. Hinzu kam das Knarren der Kurbel, das Schnarren der Glocken und Gebimmel... Eine knochige, alte Hand mit halbeingefrorenen Fingern, die sich väterlich auf seine schmalen Schultern legte und Mut zusprach...

Branko schüttelte heftig den Kopf. Er war wieder in Hamburg, wieder im geschäftigen Treiben der Menschen. Sein Anfall war vorüber. Und der Inquisitor keuchte: „Würde - es euch etwas ausmachen... mich nicht mehr so hart anzupacken, Bruder?" Brankos Schützling blutete schon aus dem Mundwinkel, so hart hatte er ihn angepackt. Er löste sofort den Griff: „War ich das?", hauchte er und suchte fieberhaft nach einem Heilmittel für die Verletzungen des Inquisitors. Dieser hustete garstig: „Autsch. Das wart ihr wohl, fürwahr..." Branko reichte ihm eine Ampulle mit einer gesegneten Kräutermischung, die er sogleich trank. Danach musste Salvatorus sich hinsetzen damit sich die Säfte in seinen Blutbahnen verbreiten konnten um die inneren Verletzungen zu lindern.

Der Ritter tastete ihn zusätzlich ab und suchte nach weiteren Wunden. Salvatorus aber lächelte matt: „Es ist halb so wild, Bruder. Ich brauche nur einen Moment." Salvatorus schien die ganze Sache überhaupt nicht zu schockieren, den Ordensritter dafür umso mehr. Er sank vor ihm auf die Knie und senkte sein Haupt: „Ich habe keine Entschuldigung für diese Entgleisung. Offenbar bin ich auch für die Aufgabe nicht länger geeignet. Ich befürchte sogar, ich bin von einem Dämon besessen und kann darum nicht länger in euren Diensten stehen! Auf die Gefahr hin, dass ich euch wieder so angreifen könnte solltet ihr umgehend einen Ersatz für mich beantragen und einen..." „Bruder. Bruder!", rief Salvatorus dazwischen und nahm sein stoppelbärtiges Gesicht in die Hände: „Ich bin zäher als ich wirke." Salvatorus sah ihm tief in die grauen Augen: „Ihr wisst, dass ich euch purifizieren kann. Oder, Bruder? Euch euren Schmerz nehmen kann... Wenn ihr es wollt. Offenbar sitzt er sehr tief." Branko nickte: „Alles was ihr verlangt, Bruder." Doch Salvatorus zögerte. Seine Finger schlossen sich um Brankos Wangen aber gleichzeitig vermochte er es nicht die ‚Purifikation' wirklich durchzuführen. Und obwohl es helllichter Tag war glaubte Salvatorus aus dem Murmeln der Menschen eine zischende, halbwahnsinnig kreischende Stimme herauszuhören; eine Stimme die sich aus dreien zusammensetzte. Sein eigenes Herz schlug heftig und er sah sich panisch in die Gassen rund herum, sah aber nichts weiter, keine wirbelnden, bleichen Schädel von *Geißel*. Die Stimmen wurden wieder leiser und er zog die Hände von Brankos Gesicht: „Wir haben eine Aufgabe zu erfüllen. Und ich brauche euch noch, Bruder. Wer weiß ob ich euch damit nicht auch umbringe."

Branko erinnerte sich an die quälenden Vorwürfe des Inquisitors. Seit dem Tod des Friesenkriegers Abbo hatte der Inquisitor keine Purifikation mehr durchgeführt, scheute sich panisch davor. Dabei schien nach ihrem Ausflug in die Anderswelt alles wieder in Ordnung zu sein. Tagelang waren sie dort im Nebel, westlich von Yarmouth, umhergeirrt nur weil des Inquisitors Gewissen ihn so geplagt hatte. So als hätte er sich selbst für seine Sünden bestrafen wollen. Sie gelangten derart verwirrt in eine Unterwelt, in welcher ein zweiköpfiger Ettin hauste der sie um ein Haar verspeist hätte. Danach waren sie dann durch endlose, verwinkelte Tunnel gelaufen wo sie von einem Drei-Schädel-Wesen namens ‚Geißel' verfolgt wurden, welches es besonders auf den Inquisitor abgesehen hatte. Aber auch ihm waren sie letztlich entkommen. Die Flucht hatte den Inquisitor zunächst wieder froh gestimmt doch erneut nagte jetzt der Zweifel in ihm. Das nervöse Kauen auf der Unterlippe und die scheuen, verängstigten Augen waren der beste Beweis dafür. Branko war versucht, ihn dafür einen Schwächling zu schimpfen aber wie konnte er das jetzt noch sagen? Er war ja selbst nicht Herr seiner eigenen Sinne; hatte sich selbst nicht mehr unter Kontrolle.

Er half Salvatorus aufzustehen welchem es schon besser ging. Dies erleichterte den Ritter so sehr, dass er sogar anfing drauf loszuplaudern: „Weißt du Bruder, als ich diese Mission annahm, und euch zum ersten Mal sah da dachte ich, dass ich es schlimmer nicht hätte treffen können. Aber inzwischen bin ich ganz froh darüber. Eure Gegenwart macht mich tatsächlich - froh." Branko Kratochvil fühlte sich nach diesen Worten hohl, so als stünde er alleine vor einer Gletscherwand im Nirgendwo, nackt und ohne Schutz vor der tödlichen Eiseskälte. Salvatorus jedoch sah ihn mit großen Augen an und lächelte zufrieden: „Freut mich zu hören. Ich kann euch auch gut leiden, Bruder Branko. Sehr gut, sogar." Branko schmunzelte kurz und sie setzten ihren Weg fort. Hin zum Tatort.

Kapitel 12

Peinliche Befragung

Sie erreichten endlich das Armenviertel und befragten zunächst die Bürger nach dem merkwürdigen Unfall mit den drei Jugendlichen. Sie erfuhren dabei von einer Bande Halbstarker dass die Opfer als Schläger und Zuhälter im Armenviertel tätig gewesen waren und auch selbst vor Vergewaltigungen nicht zurückschreckten. Das war ihnen diesmal wohl zum Verhängnis geworden, wie Salvatorus aufgrund von Leevkes Fähigkeiten schnell schlussfolgerte. Die Unfallstelle indes gab nicht mehr viel Beweismaterial her. Zuviel war im Aufstand der ‚Könige der brennenden Stadt' zertrampelt oder verbrannt worden. Falls es noch Spuren von Salzwasser gab waren diese schon lange im Erdboden versickert. Fußspuren oder andere Indizien gab es auch keine erkennbaren mehr, auch keine von nackten Füßen (da das Mädchen bekanntermaßen keine Schuhe trug).

„Hier finden wir nichts.", sagte Branko schließlich und sie zogen noch weitere Erkundigungen ein; bis sie dann einen irre-kichernden Bettler in einer der abgebrannten, schwarzen Häuser fanden welcher ihnen nach einer kleinen Spende von ‚ magischen Wasserkugeln' erzählte, welche in einer Nacht durch das Armenviertel gerollt wären, verfolgt von Leuten der Wachmannschaften. Niemand glaubte ihm und jeder hielt den armen Kerl für geisteskrank. Nicht aber Salvatorus, der in seinem Gebrabbel ein klares Zeichen auf den Verbleib von Leevke zu sehen glaubte. Nach weiterer Aussage des weitestgehend zahnlosen Mannes waren die Wasserkugeln dann alle zerplatzt und zwar in Nähe der mittleren Stadtmauer, nahe beim Marktviertel.

Salvatorus schenkte dem Mann noch Gottes Segen und überlegte darauf laut mit der Hand am Kinn: „Es war zweifellos das Werk von Leevke Pultjen, aber wozu lenkte sie solche Aufmerksamkeit auf sich? Niemand ist gestorben und wieso wurde die Kugel von Wachleuten verfolgt?" Branko mutmaßte: „Vielleicht eine Ablenkung?" „Ja, aber für was? Oder wen? Den Geist der Freiheit? Pfff - der hatte ja keine Absichten anonym zu bleiben und zeigte sich bei jeder Gelegenheit..." Der Inquisitor stoppte und wedelte mit dem Zeigefinger in der Gossenluft herum: „Gehen wir die Sache doch mal logisch durch. Unser Mädchen reist mit dem Friesen Hinnerk Wiards, dem Kaufmann Jens Janssen sowie; den Aussagen der von uns befragten Icener nach; zusätzlich mit einem wüst aussehenden, rothaarigen Weibe. Aber was suchten sie alle hier in Hamburg? Welchen Grund könnten sie gehabt haben hierher zu kommen? In Angelland versuchten sie Kontakt zu den Korriganen aufzunehmen, was aber wohl scheiterte..."

Salvatorus wischte sich über das Gesicht: „Ahh! Es ist zwecklos solange ich ihre Motivation nicht kenne!" Branko überlegte: „Vielleicht kennen sie sie selbst ja nicht?" „Dann wird es uns unmöglich sie aufzufinden!" „Sagte der Emder Bischof nicht etwas davon, dass er Pultjens ‚Seele' nicht entdecken konnte?" Salvatorus kräuselte die Stirn: „Ja? Und?" „Nun, vielleicht wissen diese Friesen selbst nicht richtig Bescheid und suchen überall nach Antworten? Dies würde auch die Korriganen erklären." Salvatorus lächelte nachsichtig: „Aber in Hamburg gibt es keine Zauberer; jedenfalls keine echten. Was sollten sie hier schon wollen?!" „War nicht der Greetsieler Kaufmann ein Freund von Viktor Patuschke? Derjenige, den wir in Benserziel entdeckt haben und uns die Überfahrt nach Angelland gewährte? Vielleicht besteht dort ein Zusammenhang?"

Salvatorus nickte nach kurzer Überlegung: „Es stimmt. All die Ereignisse liegen zeitlich und örtlich zu dicht beieinander um einen Zusammenhang auszuschließen. Der Aufstand, der Geist der Freiheit, der gesellige Mann, die Wasserkugeln welche Tage zuvor durch die Straßen rollen - das mysteriöse Öffnen der Marktvierteltore in der Hochphase des Aufstandes. Dann der Vertragsbrand, die Likedeeler-Beteiligung, die Blockade durch Reichsadmiral Bismark…"

Salvatorus Augen sprangen hin und her, ebenso seine Gedanken. Er stellte Vermutungen über eine übergeordnete Absicht an welche hinter all den Geschehnissen steckte und zugleich irgendwie mit dem Mädchen und ihren Begleitern in Zusammenhang stecken musste. Schließlich sprang er auf: „Schnell! Zum südlichen Elbetor! Los! Sofort!" Sie rannten im Eiltempo dorthin und fanden am Elbetor nur noch eine rudimentäre Wachmannschaft vor. Salvatorus fuhr den müde dreinblickenden Hauptmann an: „Sprecht, guter Mann, gab es hier kürzlich einen Zwischenfall?" Dieser lachte: „Ihr meint abgesehen vom Brand, den Bekloppten und dem Krieg? Nein, nicht wirklich, Herr Priester." Branko tat einen wuchtigen Schritt nach vorne und es verfehlte seine Wirkung nicht. Der Hauptmann sprach: „Wenn ich mir recht überlege gab es doch ein

Problem, Herren Brüder! Am frühen Morgen nach der Aufstandsnacht kam hier irgend so ein fetter Kaufmann herein, warf mit Goldmünzen um sich und wollte dafür dann eines der Schiffe durchlassen. Eine Schnigge mit Wohnhütte, so sagt man. Hauptmann Ostrik kam in den Kämpfen um das Geld später ums Leben. Tjah, seitdem darf ich hier auf diesen Sauhaufen Acht geben. Abgesehen davon gibt es einen Haufen Trümmerstücke welche wir seit heute Morgen aus der Elbe fischen und den Kanal verstopfen. Wenn man dem Geplapper der Flussfrauen glauben darf, soll Travemünde weggespült worden sein. Unglaubliche Geschichten. Würd ich nichts drauf geben, werte Herren. Mehr weiß ich nicht."

Salvatorus lachte: „Ah, sehr gut, gut! Und dieser dicke Kaufmann? Wo ist er verblieben?!" „Den hat Hauptmann Hasborger einsperren lassen. Im alten Zunfthaus der Steinmetze. Der Kerker der Hammaburg ist ja noch völlig zerstört durch dieses olle Pflanzenungetüm. Naudri- Naudro- Cello, oder so ähnlich…" Salvatorus bedankte sich mit einem spontanen Segen für den Hauptmann und eilte sodann mit Branko zum provisorischen Stadtgefängnis im Marktviertel. „Ihr denkt sie sind es?", fragte der Ordensritter und Salvatorus erwiderte frohen Mutes: „Es ist die wahrscheinlichste Fluchtroute! Denn: Bismarks Verweigerung kam erst gegen Mittag und die Stadt selbst war von Graf Moritz Reitertruppen komplett umstellt. Wenn sie aus der Stadt flüchten wollten gab es für sie nur eine Möglichkeit!" „Aber es ist noch immer nicht ihre Motivation, oder?" „Doch, schon! Aber die vorrangige; nicht die übergeordnete. Versteht ihr? Sie mussten erstmal fliehen, das hatte *Priorität*!" „Aber wenn sie nur abwarten bis Gras über die Sache gewachsen ist?" Salvatorus schüttelte den Kopf: „Sie wussten dass die Inquisition sie verfolgt und mit der Belagerung wäre es mit jedem Tag schwieriger geworden uns zu entkommen. Also mussten sie es am besten noch im Gewirr des Aufruhrs tun! Nur alleine konnten sie es auch nicht, da Elbetor von Ostrak gut versperrt war. Der gefangene Kaufmann hat ihnen also bei der Flucht geholfen! Er ist jetzt unser wichtigster Informant!" Sie erreichten das rudimentäre Gefängnis im Marktviertel und erbaten eine Befragung des Häftlings die man ihnen gewährte. „Viktor Patuschke.", grinste Salvatorus als er den eingetragenen Namen las, „Ein alter Bekannter von uns. Ihr hattet Recht, Bruder."

Viktor saß in einer notdürftig abgesperrten Steinmetzbutze an einem kleinen Tisch bei mattem Tageslicht, welches durch das Gitterfenster in die kleine Stube schien und schrieb an diversen Berechnungen. Sogar einen Abakus hatte man ihm besorgt, der beständig klackerte. „Was wollt ihr?", fragte er ohne auch nur die beiden Ankömmlinge anzusehen. Salvatorus ließ das Tor vom Wachmann öffnen und setzte sich dann auf einen Hocker nieder. Er grinste: „Herr Patuschke, man lässt euch Papier und Stifte?" Der Kaufmann legte den Stift beiseite. Er kannte die Stimme. „Offenkundig, Inquisitor. Also? Was macht ihr hier? Soll ich euch wieder nach Angelland transportieren? Das dürfte momentan etwas schwierig werden, wie ihr seht." Salvatorus schmunzelte: „Ich habe nur ein paar harmlose Fragen." „Keine Frage die ihr je stellen würdet ist harmlos. Abgesehen davon habe ich Hauptmann Hasborger schon alles gesagt. Ein umfassendes Geständnis ist abgelegt und ad acta gelegt."

Salvatorus drehte sich verspielt auf dem Schemel herum: „Jaja, ich habe den Bericht gelesen. Aber deswegen bin ich nicht hier; nicht wegen der *Fakten*." Patuschke legte den Stift beiseite und drehte sich herum: „Weswegen dann?" Der Inquisitor lehnte sich vor und der Schemel knarrte: „Ich frage nach dem Motiv." „*Motiv*?!" Viktor seufzte: „Wen kümmert schon die Motivation? Ihr habt ein umfassendes Geständnis. Warum ist doch egal." „Meine Wenigkeit kümmert es: Inquisitor Salvatorus, von Gottes Gnaden berufen! Und an eurer Stelle würde ich meine Frage beantworten. Vielleicht kann ich beim Stadtrat eine verfrühte Entlassung bewirken, aufgrund einer ‚spontan geläuterten‘ Seele?" „Oha. Bestechung?" „Nur ein freundliches Angebot."

„Ich habe euch nichts zu sagen.", sagte Viktor klar. „Och, wirklich? Das ist aber schade. Auch nichts über eine Schnigge, welche am frühen Morgen des Aufstandes durch Ostraks Schleuse geschleust wurde? Der ‚wahre Grund‘ für eure Verhaftung?" Patuschke blinzelte einmal: „Es waren Freunde von mir, dass stimmt. Sie haben geklaute Ware hinausgeschmuggelt welche sie im Wendenwald verstecken sollten bis Gras über die ganze Sache gewachsen wäre. Das war mehr wert als all mein Erspartes. Doch nun werde ich nichts mehr davon sehen. Sie sind auf und davon. Reicht euch das?" Salvatorus sah ihn eindringlich an: „Ihr steht einem Vertreter von Gottes Allmacht gegenüber, Herr Patuschke. Mich zu belügen ist eine Sünde, die vor dem jüngsten Tag nicht wohlwollend bewertet wird." Viktor schüttelte den Kopf: „Es ist alles gesagt.

Auch vor Gott."

Er wandte sich wieder dem Schreiben zu. Salvatorus klatschte in die Hände und erhob sich: „Gut! Schön! Wie ihr wollt. Dann macht es euch auch sicher nichts aus zu hören, dass eine bislang unerklärte Katastrophe den wunderbaren Ort Tangermünde vollkommen überflutet und zerstört hat, oder?" Patuschke hielt inne: „Das ist ja unglaublich." Salvatorus ging auf und ab: „Jaja, heute schon spülen sich die Überreste der einstigen Billunger Flussstadt an Hamburgs Mauern. Grässliche Sache das. Viele Unschuldige kamen dabei zu Tode. Aufgedunsene Kinderleiber dümpeln jetzt in den Kanälen Hamburgs, ganz blau und traurig…" „Schrecklich, aber warum sollte mich das tangieren?" Salvatorus war plötzlich mit dem Mund ganz nahe an seinem Ohr und hauchte: „Weil ihr jenen zur Flucht verholfen habt die dies Elend über den Ort gebracht haben, deshalb!"

Patuschke sprang vom Tisch und keuchte: „Das habe ich nicht! Hört auf damit!"
Salvatorus schenkte ihm ein mitleidiges Lächeln: „Es gibt keine Zufälle, nicht in Gottes
großem Plan. Die Überflutung einer ganzen Ortschaft; aber nur einer einzigen?
Normalerweise betrifft sowas doch alle Elbesiedlungen." Patuschke schüttelte den
Kopf: „So etwas kommt häufiger vor." „Möglich. Aber nicht in dem Ausmaß nicht in
einem derart begrenzten Areal, nicht um diese Jahreszeit! Leevke Pultjen war dort, sie
hat es bewirkt! Somit deckt ihr eine *Mörderin*!" „So etwas würde sie nie tun! Leevke
wäre dazu gar nicht imstand…"

Der Kaufmann hielt erschrocken inne. Er hatte sich soeben verraten und ließ die
angespannten Schultern fallen. Er lächelte müde: „Nun gut, was soll's. Sie müssten eh
über alle Berge sein. Unerreichbar für euch." Salvatorus deutete ihm wieder Platz zu
nehmen: „Ich will ihnen kein Übel, Herr Patuschke. Im Gegenteil. Ich möchte sehr wohl
ihre Unschuld beweisen. Vielleicht war Tangermünde ja nur ein Missverständnis und die
Aggression ging von Flottser selbst aus? Aber eine ausgiebige Untersuchung ist zuerst
von Nöten, so oder so. Also wieso sind sie von King's Lynn hierher gesegelt? Was ist
ihre Absicht? Und wohin gehen sie jetzt?"

Patuschke verschränkte die Arme vor der breiten Brust: „Es ging vorallemn um Jens
Janssens Schulden welche er in der Stadt hatte." „Also hatte diese Fahrt nichts mit
Leevke zu tun?" „Nein. Es war allein Jens Probleme und wegen ihm sind sie alle
mitgekommen." „Schuldeten sie Janssen etwa Geld?" „Nein, es sind alles Freunde."
„Gut. Aber wohin wollten sie fliehen? Über die Elbe zurück nach Friesland vielleicht?"
Wahrheitsgemäß antwortete Patuschke bissig: „Ich habe keine Ahnung. Hatten sie auch
nicht." Branko stierte ihn grimmig an doch Viktor lächelte nur matt: „Sie wollten nur
eiligst aus der Stadt hinaus, mehr nicht." Salvatorus grübelte: „Wieso aber über die
Elbe, wieso nicht über Bismark; dem sie nach Berichten bei der Mudington-Affäre
geholfen hatten? Menno von Bismark ist keiner, der Freunde so leicht aufgibt."

Viktor seufzte: „Woher soll ich das wissen?" „Die Wachleute von Elbeschleuss
berichteten außerdem nichts von Leevke Pultjen an Bord des Schiffes…" „Vielleicht
war sie ja im Laderaum, oder in dem Bootshaus? Ich hab sie auch nicht gesehen." „War
sie etwa gar nicht an Bord? Wurde sie etwa entführt?" Patuschkes Wangen glühten. Der
Inquisitor ahnte etwas und bohrte erbarmungslos nach. Viktor war zwar gut darin sich

zu verstellen (das war eine Grundvorrausetzung für das kaufmännische Geschäft) doch Salvatorus war genauso geschult darin diese Lügen zu erkennen. „Wenn sie entführt worden wäre so wäre es in aller Interesse dass ich sie zuerst finde, Herr Patuschke. Oder glaubt ihr ernsthaft eine andere Partei wäre gnädiger mit ihr? Hätte bessere Absichten?" Viktor schnaufte: „Gut möglich!? Immerhin müsste ich nicht befürchten, dass sie von euch als *Hexe* verbrannt wird! Ich habe alles gesagt."

Aus der gegenüberliegenden Zelle meldete sich jetzt eine nasale Stimme zu Wort: „Wir wissen es, Exzellenz! Wir wissen wer sie entführt hat! Diese Leevke!" Salvatorus brauchte eine Weile um die Information zu verdauen: „Verzeihung? Wer spricht?" Aus dem Schatten der Nebenzelle schälte sich nun eine schmale, kleinwüchsige Gestalt mit langer Nase und lederner Kapuze: „Grüße, Herr Kirche! Ehm - Man nennt mich ‚die Ratte von Minsk‘, Dimitri." Hinter ihm brummte ein breitschultriger Hüne mit Schweingesicht: „Und das ist Bo das Wildschwein. Wir haben alles mitangesehen, Herr! Gewiss!" Branko brummte: „Und was wollt ihr dafür?" „Eine vorzeitige Entlassung, Herr. Wir waren zuvor noch Mitglieder der provisorischen Wache, doch als es drunter und drüber ging, naja… Jetzt gelten wir als Deserteure. Völlig lächerlich! Als ob nicht jeder versucht hätte aus diesem Irrenhaus auszubrechen. Also, Inquisitor? Wie sieht es aus?" „Sprecht einfach." „Also gut. Ein Reichsengel namens ‚Tarpeja‘ hat das Mädchen entführt und ist mit ihr die Elbe raufgefahren. Die anderen sind ihr dann hinterher. So muss es sein." Patuschke fluchte: „Halt die elende Klappe, du doofe Ratte!" Dimitri winkte ab: „Jaja. Komm doch her wenn du dich traust!" Ein wissentliches Lächeln huschte über Salvatorus Lippen: „Das erklärt einiges. Auch wenn es neue Fragen aufwirft. Was wollte der Reichsengel von Leevke Pultjen?" Dimitri zuckte mit den Schultern: „Keine Ahnung, Herr. Als sie aber von den Kräften erfuhr war sie ganz aufgeregt und wollte sie unbedingt haben. Wir halfen ihr dann für eine Belohnung. Doch sie hat uns verraten und zum Sterben zurückgelassen. Elende *Kurwa*!"

Patuschke lachte: „Wollt ihr diesen abgehalfterten Verbrechern Glauben, Inquisitor? Ein Reichsengel?! Die würden euch alles erzählen um frei zu kommen. Aber es ist ja eure Zeit, die ihr vergeudet." Salvatorus lächelte: „Das ihr mich davon abhalten wollt ist mir indirekter Beweis genug, Patuschke. Habt vielen Dank für euer aller Kooperation. Bruder Kratochvil wir müssen schleunigst die Verfolgung aufnehmen!" Dimitri rief noch: „Und was ist mit uns?!" „Ich werde eure Strafe abmildern lassen doch gänzlich auslöschen kann ich sie nicht. Nutzt die Zeit hier um um Vergebung zu bitten und tuet emsig Buße." „Aber…" Der Wachmann schloss die Tür wieder ab.

Patuschke legte seinen Kopf in die Hände und fluchte: „Verdammt. Bin direkt in die Falle getappt. Ich Trottel!" Er hoffte inständig, dass der Inquisitor von wilden Wenden zerrissen würde oder im Fluss ertrank bevor er Jens und die anderen erreichen konnte. Was auch immer sie mit der Inquisition zu schaffen hatten, es konnte nicht gut für sie enden. Dimitri schlug gegen die Wand: „Mist. Das war unsere beste Gelegenheit. Eins zu Hunderttausend!" Und Bo brummte: „Er hat doch gesagt wir kommen eher raus Dimmi." „Ja, aber ich wollte JETZT hier raus! Diese Stadt stinkt mir, das alles stinkt! Wir müssen weiter weg, ich spür's in meinen Gedärmen, Bo!" Bos Magen grummelte: „Ich auch, Dimmi. Ich spür's auch im Magen."
Viktor lachte grimmig auf: „Ihr seid elende Verräter, wisst ihr das? Verflucht sollt ihr sein. Alle beide!" Dimitri drückte sich an die stangenbewehrte Tür: „Pech gehabt, Dickerchen denn verflucht sind wir schon. Wir geraten von einer Scheisse in die andere: Aber sterben, ne *sterben* werden wir noch nicht! Wir überleben, um jeden Preis." Viktor rieb sich die Augen: „Und wozu?" „Damit die Penner die uns das angetan haben nicht auch noch die Genugtuung haben. Wir sind wie die Seuche, die Pest, wie Unkraut und Ratten! Immer im Gebälk; immer und überall am Nagen. Uns wird man nicht los damit die da oben ein ruhiges Gewissen haben können! Nein, wir quillen durch jede Fensterritze, durch jede Öffnung, durch's Scheisshaus und beißen sie im Schlaf mit unserem Gift, sodass sie sich monatelang die Galle aus dem Leib kotzen!"
„Nette Rede." „Ich mein es ernst. Unsereins verschwindet nicht einfach so. Wir sind die verschissenen Zeugen der verdrängten Wahrheit. Mahnmäler der Zivilisation. Wir verschwinden nicht einfach, gehören immer dazu." Viktor sah vom Tisch auf, überlegte; lachte dann schallend drauf los. Dimitri und Bo fielen bald mit ihm ein. Als sie fertig waren fragte Dimitri: „Und? Was machst du elender Penner, wenn du hier raus bist?" Patuschke seufzte und holte seine Zettel vom Tisch: „Ich mache eine Bestandsaufnahme von all meinen verbliebenen Waren und Kontakten." „Und wofür?" „Für den geselligen Mann. Wollt ihr nicht auch mitmachen?" Bo brummte: „Solange es was zu beißen

gibt?" „Das wird es.", antwortete Viktor…

Branko Kratochvil fragte: „Verfolgen wir sie nicht über die Elbe?" Salvatorus antwortete: „Das wäre unklug. Durch den Verlust von Tangermünde ist dort oben viel Chaos angerichtet worden. Sie in dem Gewulste zu finden wird darum nahezu unmöglich sein. Nein wir sollten Tarpeja direkt folgen, direkt zu ihrem Meister: Kaiser Goldbart! Dort finden wir dann auch Leevke Pultjen! Bestimmt." Branko Kratochvil verstand. Sie wussten von dem bevorstehenden Fest zu Ehren der staufisch-gelfischen Allianz in Braunschweig bei der auch der Kaiser höchst selbst anwesend sein würde. Dort wollte der Inquisitor das weltliche Schwert der Christenheit dann zur Rede stellen. Die Sache barg viel Konfliktpotenzial denn trotz eines offiziellen Friedenspaktes zwischen Papst und Kaiser waren die internen Machtkämpfe noch längst nicht aus der Welt geschafft. Falls nun der ‚heilige Stuhl' und der ‚Aachener Thron' zeitgleich ihre Hände nach dem Mädchen mit den Wasserkräften ausstreckten konnte es eigentlich nur im erneuten Krieg, wie einst beim Einsetzungsstreit enden.

Sie verließen noch am selben Tag mit einer Eilkutsche die Stadt gen Braunschweig und ein verdutzter Patuschke wurde zusammen mit Dimitri und Bo vorzeitig freigelassen. Viktor rieb sich die Handgelenke, atmete die frische Luft und dankte Gott für die Gnade. Dimitri räusperte sich: „Also? Wo is' jetzt dein Laden?" „Wir sollten zunächst einen trinken ehe wir Geschäfte machen. Zur Feier des Tages?" Die Ratte stimmte zu: „Gute Idee! Daheim haben wir das auch immer so gemacht! Erstmal einen saufen! Ein gutes *Wässerchen*!" Es war nicht ganz ohne Zweck, denn Viktor wusste nicht ob er diesen beiden abgerissenen Vögeln trauen konnte und ein Besäufnis würde etwas mehr Klarheit schaffen. Obendrein konnte er durchaus Hilfe gebrauchen bei seinem weiteren Vorhaben…

Zurück in Kronenberg:

Die vierte Prüfung präsentierte sich den sechs Teilnehmern als rechteckiges, mit hohen

Wänden ummauertes Gebäude welches dunkelblau schimmerte. In regelmäßigen Abständen von genau zwei Schritten waren vertikale Linien in der Außenwand zu sehen, welche sich vom Boden bis zu den fünf Schritt hohen Wänden hindurchzogen. Sie wirkten irgendwie beweglich wie Puk schnell feststellte. Das Dach des Gemäuers selbst war erneut mit abgedunkeltem, byzantinischem Glas durchsetzt und erlaubte so direkten Einblick hinunter ins Innere. Mittig über dem Gebäude befand sich wieder eine turmhohe, kreisrunde Aussichtsplattform, von wo aus die das gesamte Areal eingesehen werden konnte. Auch hier oben gab es gemütliche Sitzgelegenheiten, Sonnenschirme; einen großen, runden Tisch in der Mitte schon vollgestellt mit vielerlei Obst, Trank und anderen leckeren Speisen.

Als sie vor dem stabilen Treppengeländer standen welches bis hin zur Plattform führte, klagte Laurenzia Adabei: „Ihhhh, wie hässlich dieser Klotz. Also *das* müsst ihr aber noch schöner machen, Malli-Schätzchen." Diese winkte ab: „Wartet bis wir erst oben sind." Und Giertrud fragte: „Ist es das was ich denke?" Maligana lachte auf: „Ihr seid ja ungeduldig. Lassen wir erst einmal unsere Hampelmänner in die gute Stube, ja? *Seytooon*?!" Heidel Kloros erschrak als der Großkammerdiener urplötzlich neben ihr auftauchte wie ein Geist: „Ja, Herrin?" Maligana von Kronenberg räusperte sich: „Lass die Bengels nun rein. Wir gehen derweil auch auf unsere Plätze. Kommt mit, Mädels! Es geht bald los!" Seyton gab den Männern, welche am Rande des Gebäudes standen ein Zeichen während die Mädchen zur mittigen Plattform emporstiegen. Treyer schnaufte ganz schön als sie endlich oben waren und schenkte sich zuerst neuen Wein ein. Das Dach auf welches sie von hier blickten war abgedunkelt und absolut flach. Man sah noch nichts vom Innenleben. Indes wurden die sechs Jungmänner von Gardisten je zu einem schmalen Eingang, rund um das würfelförmige Gebäude verbracht. Waffen wurden ihnen diesmal keine ausgehändigt. Jeder von ihnen: Hinnerk, Puk, Wiek, Hengest, Lars und Ratibur verschwanden nach und nach in dem dunkeln Würfel und hinter ihnen schlug das Tor mit einem ohrenbetäubenden Knall zu. Sie befanden sich in absoluter Finsternis. Lars meinte zynisch: „Na toll. Auch das noch."

Maligana riss die Arme hoch bis sie alle Aufmerksamkeit hatte: „Sodenn! Lasst die Spiele beginnen! Hier in Kronenbergs! Einzigartigem! *Labyrinth*!" Seyton schlug jetzt mit dem Stab auf eine Plattform im Boden und ein gewaltiges Rucken und Knarren ging durch das ganze Gebäude. Die vormals dunkle Dachdecke wurde jetzt durchsichtig und erlaubte den Damen den Einblick. Es war in der Tat ein einziges, riesiges Labyrinth. Zeitgleich mit dem Wegziehen des ‚schwarzen Vorhanges' von der Decke waren in den Starträumen der Teilnehmer blaue Fackeln angesprungen. Ratibur sah sich versucht ihre Wärme zu erspüren und seine Finger berührten die Flammen. Sofort zog er die Hand wieder zurück: „Scheissekalt! Fotzen!" Maligana erklärte ihren Freundinnen: „Das sind *magische Fackeln*. Die gehen auf Befehl an und wieder aus und verströmen Eiseskälte anstatt von Wärme. Der Warloga hat sie gemacht. Irgendwie."

Giertrud zeigte auf die Mitte des Spielfeldes direkt unter ihrer Plattform. Denn dort war es noch dunkel geblieben: „Was ist dort im dunklen Bereich? Noch mehr Schleim?" Maligana rollte mit den Augen: „Tze, ne! Wär doch langweilig. Wartet nur ab ihr werdet es noch sehen. Ich erkläre nun die Spielregeln... guckt mal eben alle her!" Sie deutete auf den verdeckten Tisch in der Mitte und entblößte dort eine miniaturisierte, eingebettete Spielebene des ganzen Gebäudes. Es sah aus wie ein einfaches Spielbrett.

Die winzigen Mauern waren alle als bewegliche Teile geformt und konnten fest um je 90 Grad gedreht werden. Darunter schimmerte magisch das Abbild von dem echten Labyrinth mitsamt der blauen Fackeln und der verdutzten Teilnehmer, welche derzeit von vier Mauern komplett im Startbereich eingeschlossen waren. Maligana erklärte: „Auch das hier ist vom Warloga gemacht. Irgendeine... *Visions-Kacke*! Aber egal. Alsooo: Jede von uns Hübschen darf abwechselnd eine Mauer bewegen aber immer nur um eine Viertel Umdrehung, klar?"

Heidel Kloros und Antonia Gateux sahen sie wie große Fragezeichen an und Maligana gab ihnen eine Demonstration. Sie packte sich eine der Mauernstücke weiter in der Mitte und drehte sie nun um 90 Grad nach links. Es knarrte und die Frauen eilten zur Aussichtsplattform wo genau dieses auch im echten Labyrinth geschah. Laurenzia fragte: „W-wie funktioniert das? Beeindruckend!" Maligana lächelte: „Magie? Ist doch auch egal. Es funktioniert, nur darauf kommt es an." Giertrud kratzte sich am Hals der etwas wund schien: „Und das Ziel dieser munteren Drehparade ist...?" Maligana kicherte: „Überleben was sonst? Du hast schon recht gesehen, Giertrudel-Apfelstrudel. Es befindet sich ein Monster in der Mitte welches wir später loslassen werden." Stefanie Treyer kaute nervös auf ihren Fingernägeln: „Ein Monster? Aber unsere Kerle haben doch gar keine Waffen?" „Eben. Sie sind somit auf uns angewiesen. Wir arbeiten zusammen oder gegeneinander. Es hält auch niemanden auf eine Mauer zu Ungunsten der anderen zu verstellen, krhehe."

Antonia runzelte die Stirn als ihr das doch recht abstrakte Konzept langsam ins Gehirn sickerte: „Aber wer gewinnt? Nur wer am Ende noch lebt oder wie?!" Maligana holte eine kleine, purpurne Schatulle hervor: „Natürlich nicht; wobei das Risiko natürlich immer besteht. Nein, jede von uns darf zu Beginn einer Partie eine solche Schatztruhe auf einem beliebigen Feld absetzen – aber mindestens drei Felder vom Startpunkt der Spielfigur entfernt. Nur die Truhe von der jeweiligen Herrin gilt für den Spieler jede andere Truhe ist wertlos. Diese müssen sie erreichen, mitnehmen und am Startpunkt wieder absetzen. Dann haben sie die Runde gewonnen.... Wer zuerst gewinnt kriegt die meisten Punkte!"

Giertrud begriff: „Können wir unseren Spielern Hinweise geben?" Maligana schüttelte den Kopf und Heidel Kloros meinte nachdenklich: „Aber dann blockieren wir uns doch gegenseitig, oder?" „Nicht, wenn jemand gewinnen will. Ach, ihr werdet es sehen wenn wir die erste Runde gespielt haben." „Wie viele Runden machen wir denn?", fragte Giertrud. „So viele wie wir wollen. Aber drei mindestens!" „Und wenn sie sich über den Weg laufen? Hauen die sich dann um?", überlegte Laurenzia aber Maligana grinste nur: „Tjah, darum geht es hier auch." Antonia sah auf die Abbildung des Spielbretts: „Sie sind so klein wie Ameisen. Oder Ratten, kihihi… mein Ratibur gewinnt bestimmt! Der hat den passenden Instinkt für solche Dinge!"

Sie läuteten nun die erste Runde ein, verteilten ihre verschiedenfarbigen Truhen-Spielsteine auf den Feldern und diese materialisierten entsprechend in den realen Räumen als ‚leuchtende Truhen' welche man sich leicht unter den Arm klemmen konnte. Viele Labyrinthwege waren noch offen und so gingen die Jungen eine Weile gerade aus bis sich vor Hinnerk urplötzlich eine Wand verschob. Nur mit einem Hechtsprung konnte er noch hindurchkommen. „Das war knapp!", sagte Maligana und Giertrud grinste: „Er kommt mir zu nahe an deinen Schatz heran. Tut mir ja leid." Laurenzia lachte auf: „Na sicher tut es das! Jetzt bin ich aber dran: Los, mein gotischer Springer! Ich mach dir den Weg frei!" „Ich aber auch!", grinste Treyer und öffnete Hengest eine für sie günstigere Biegung. „Gemein! Nun geht er in die falsche Richtung!", maulte Laurenzia und schlürfte etwas Wein. Ehe sie sich versahen war das Spiel schon in vollem Gange. Während unter ihnen die jungen Männer durch die blau erleuchteten Gänge hechteten und bisweilen einen Schatz erspähten nur damit sich im letzten Moment eine Wand zwischen sie schob. Sie versuchten dann immer einen anderen Weg zu finden – da sie jetzt ‚ungefähr' wussten wo sich der Schatz befand –

aber die anderen Mädchen lockten ihn bald auf einen solch langen Umweg, dass sie leicht die Orientierung verloren. Insbesondere Hinnerk und Wiek hatten arge Probleme sich die vielen Abzweigungen zu merken. Besser erging es da schon Ratibur und Puk die manchmal innehielten und einfach abwarteten. Letztlich gelang es Puk als erstem seine Truhe mit sich zu nehmen. Diese war aber weit schwerer als sie aussah und verlangsamte seinen Schritt massiv, wie ein Bleigewicht an den Füßen.

Maligana tippte auf die Mitte des Spielfeldes: „So! Die Jagd beginnt jetzt erst richtig!" Ein tiefkehliges, viehisches Brummen und Knurren quoll nun aus dem dunklen Spielbereich und heraus stapfte ein drei Schritt großes Ungetüm mit fellbedecktem Oberkörper, Hufen anstelle von Füßen, kleinen, roten Augen, einer großen, sabbernden Schnauze und nach vorne geneigten, spitzen Hörnern. In den dreifingrigen Klauen trug diese Bestie einen schwere Holzkeule.

Laurenzia musste mehrmals hinsehen: „Ist das ein echter…?" Erst Giertrud fand die passenden Worte: „Minotaurus!" Maligana bestätigte: „Genau! Extra importiert aus den Ruinen von Knossos. Ein ‚Herr des Labyrinths', eine gute Züchtung! Ein Prachtkerl!" Die massige Bestie zog mit ihren muskulös-sehnigen Armen die schwere Keule hinter sich her und schnaufte stark als sie ihre Beute durch die Nüstern witterte. Sein hungriges Gebrüll ertönte durch das ganze Labyrinth, wie ein böses Omen. Das Stapfen von schweren Hufen ließ den Boden erzittern. Aber es gab kein Versteck. Die Wände waren aalglatt und ansonsten gab es keine Deckung. Das schwere Haupt des Minotauren bog um die Ecke und Lars war vom Anblick des Ungeheuers sofort wie gelähmt. Die Kreatur brüllte mit stinkendem Atem und irrem Blick, stapfte auf ihn zu als sich gerade noch rettend eine Mauer zwischen sie schob. Da erblickte er schon seine eigene Truhe im nächsten Feld, packte sie unter den Arm und rannte fort. Lars bog um die Ecke und hoffte auf keine weitere Sackgasse mehr zu treffen.

Maligana ließ es sich nicht offen anmerken, aber sie hatte dem Friesen nicht verziehen was dieser ihr auf der Überfahrt nach Kronenberg angetan hatte. Für wen hielt sich dieser Kerl sich überhaupt, war doch nur ein niederer Vasall? Sie aber war von altem Adel und verwandt mit einer der mächtigsten Adelsfamilie im ganzen Reich. Viele Stadtgründungen gingen auf deren Konto, allein Lübeck; die wohl derzeit mächtigste

Handelsstadt in der gesamten West- und Ostsee. Und dieser niedere Bauer aus irgendeinem Sumpf legte Hand an sie? Es brachte sie zur Weißglut; ließ ihre Zähne knacken. Das einzige was sie davon abhielt ihren ‚Schützling' nicht gleich in endlose Qualen zu stürzen und vom Minotaurus zerquetschen zu lassen war ihr Ruf als gute Gastgeberin und natürlich die ausstehende Wette welche sie und ihre Freundinnen zu Beginn der Spiele ausgemacht hatten. In dieser ging es um die (nicht geringe) Summe von immerhin eintausend ‚Magdeburger Mark'. Allein beim Gedanken an den möglichen Verlust verkrampfte sich ihr Magen und sie keifte. Einzig Seyton und ihr Bruder Henning kannten diese Wutanfälle von ihr. Sie hasste Verluste; wollte haben, haben, *haben.*

Maligana überlegte darum ob sie nicht Giertrud um Rat bitten sollte wenn es darum ging die Machverhältnisse von ‚Adel zu Gesinde' durch ihre nächtlichen Aktivitäten neu zu bestimmen. Allein der Gedanke daran erfüllte sie mit wohligem Schauer, welcher ihr prickelnd über den Rücken krabbelte. Giertrud klatschte gerade in die Hände: „Sehr gut! Puk hat gewonnen. Tjah, Mädchen. Sieht gut aus für mich. Das Geld ist bald mein." Der Byzantiner hatte in der Tat die erste Runde gewonnen, Maligana hatte nicht ganz aufgepasst.

Sie ließen die anderen Jungen mit den Truhen jetzt wieder ihre Zielfelder erreichen, ehedem sie den Minotaurus wieder in sein Lager trieben. Es war nicht das erste Mal dass die Kreatur dies tat und grimmig setzte sie sich schleppend in Bewegung. Es gab eine Erholungspause in der die Frauen aßen und ihre Züge besprachen während die gehetzten Teilnehmer nach Luft schnappten und dargebrachtes Wasser soffen. Die zweite Runde wurde schließlich eingeläutet. Hengest war bislang der einzige der recht gemächlich durch die Gänge schlenderte und nur bisweilen vor einer Mauer stehenblieb; bis Stefanie Treyer ihm den Pfad öffnete. Ob er das Spiel schon durchschaut hatte oder sich auf seine Instinkte verließ war dabei nicht zu sagen. Maligana registrierte diese ‚langweilige Ruhe' mit einigem Unbill, sah aber lieber Hinnerk zu wie jener versuchte Zeichen mit angerissenen Kleidungsstücken zu hinterlassen um sich doch noch zu orientieren. Heidel Kloros lachte: „Das nächste Mal sollten sie alle nackt sein, bei allen Spielen! Das wär doch viel witziger!" Antonia Gateux verzog angewidert das Gesicht: „Bloß nicht! All das schwabbelnde Fett und die krummen Arme und Beine? Igitt. Da könnt ich gar nicht mehr essen." „Selber schuld wenn ihr euch nur Kerle zum Ablästern aussucht und nicht solche, die Stil und Klasse haben.", erwiderte Giertrud gewohnt bissig.

Puk hatte diesmal absichtlich langsamer gemacht und sogar seinen eigenen Schatz ignoriert um Hinnerk im Labyrinth zu finden. Er stolperte stattdessen über Wiek, der ihm einen gehetzten Gruß entgegenschleuderte und nach dem gelben Schatz fragte welchen er suchte. Puk musste so tun als wollte er ihm nicht helfen und verneinte dies; obschon er ihn einige Ecken weiter erblickt hatte. Er log so gut dass selbst Giertrud erstaunt war. Das Lügen war ihm wie eine zweite Haut und kam so natürlich wie die Wahrheit. Dabei hatte er nichts gegen den offenherzigen Goten welcher eher mitleiderregend umherstolperte und offenbar kurz vor dem Verzweifeln war. Aber er war letztlich auch nur ein Konkurrent, für Puk ebenso wie für Hinnerk.

Schließlich fand er seinen Freund doch noch. Dieser drückte Puk sogleich gegen eine Wand: „Wo ist die rote Truhe?!" Puk flüsterte die Antwort in Hinnerks Ohr und entschuldigte sich sogleich als er sich mit den Händen von der Wand drückte, Hinnerks Hals mit seinen Beinen zu packen bekam, ihn von den Füßen riss, und über Kopf mehrere Meter weit wegschleuderte.

Ehe Hinnerk wieder oben war kam wieder eine Wand zwischen ihnen geschoben. Puk seufzte erleichtert. Für die Herrinnen musste es nach einer Auseinandersetzung ausgesehen haben und genau das war sein Ziel gewesen. Nun machte er sich wieder auf zu seiner eigenen Truhe und er hatte just seine ‚grüne Truhe' wieder entdeckt als das Gebrüll des Minotauren das inoffizielle Signal gab, dass jemand anderer seine Truhe auch schon gefunden hatte. Es gab leider keine Möglichkeit herauszufinden wer es diesmal geschafft hatte und so nahm er sich die Truhe und tat so, als wäre er irgendwie angeschlagen und geschwächt. Tatsächlich ließ er sich einfach Zeit damit Hinnerk diesmal sicher gewinnen konnte – wenn er denn die Truhe hatte.

Nicht so viel Zeit ließ sich der Minotaurus welcher bald neben ihm aus der Wand auftauchte und sich schnüffelnd zu ihm hindrehte. Puk aber ließ die Truhe im rechten Moment fallen um dem zerschmetternden Keulenangriff zu entgehen. Das Stierungetüm schnappte mit den fauligen Zähnen nach ihm und Puk nutzte seine Hörner um sich geschickt über dessen haarigen Rücken zu katapultieren. Der Minotaurus sah dies nicht und wusste nicht wohin seine Beute verschwunden war. Dafür bog der unglückselige Lars Tipmann nun um die Ecke. „Ach, du Scheisse."

Er stolperte davon, lief aber direkt in eine neue Mauer. Heidel stöhnte: „Gemein! Ihr habt euch gegen mich verschworen?! Meine Runde ist gerade erst vorbei gewesen! Ich kann jetzt garnichts mehr tun!" Giertrud meinte: „Dumm ist, dass der Minotaurus hiernach wohl kaum noch Hunger haben dürfte." Der Wende saß in der Falle und der Minotaurus näherte sich, schlug mit der Keule zu. Lars gelang es im letzten Moment zu Seite zu springen. Dann folgte aber schon der nächste Fausthieb und der Metzgerlehrling kam nicht mehr rechtzeitig hoch. Puk wollte nicht helfen, lief nach kurzem Blick einfach fort. So zerschmetterte die Keule Lars Brustkorb; seine Rippen brachen. Blut flog in hohem Bogen, die Wände bald mit roten Spritzern verziert. Der Minotaurus machte sich sofort daran die zuckenden Überreste des Jungen bei lebendigem Leib zu verschlingen. Die Kreatur war völlig ausgezerrt und kurz vor dem Verhungern gewesen. Lars erstickende Schreie hallten noch gespenstisch durch die Gänge der anderen. Insbesondere der sonst so ruhige Hengest hielt auf einmal inne und zitterte; die Augen weit aufgerissen, die Fäuste geballt die Stirn in Schweiss.

Heidel Kloros fluchte grimmig: „Ihr Miststücke, ihr elenden! Nun hab ich nichts mehr zum Spielen! Das ist doch doof! Meh! Buhuh!" Maligana zuckte mit den Schultern: „Du kannst dich immer noch beteiligen, Heidel." Und ihre Freundin Antonia nickte: „Ja genau! Teilen wir uns den Ratibur! Der hat eh die letzte Runde gewonnen! Ist besser dabei als der Dicke!" Heidel schmollte noch für einige Sekunden, ehe sie versöhnlicher wurde: „Na gut, thehe! Dann wir beide. Du bist meine allerbeste Freundin!" „Du meine auch!", sagte Antonia und sie küssten einander.

Die zweite Runde war bald beendet und der Minotaurus trottete mit Tipmanns Überresten in seine Höhle zurück, sichtlich weniger hungrig als zuvor. Der Wendenjunge wurde mit Haut und Haaren verspeist und außer Puk wusste niemand davon. Aber ihnen würde das Blut an den Wänden schon noch auffallen. Was er dabei nicht wusste war, dass die blauen Fackel nicht nur Licht spendeten sondern auch den ‚Urzustand' der Kammern wiederherstellen konnten. Ein greller Blitz erfüllte die Stelle und alles war wieder wie zuvor. Kein Blut, kein Beweis. Maligana nickte: „Also gut! Auf in die dritte und letzte Runde! Und keine Angst: Der Minotaurus ist *immer* hungrig. Dafür haben wir gesorgt!"

Kapitel 13

Finsteres Labyrinth

Die verbliebenen fünf Teilnehmer hockten keuchend in ihren Startpositionen und versuchten wieder zu Kräften zu kommen. Hinnerk *wusste* es. Er wusste dass er noch kein einziges Mal gewonnen hatte. Puk der Verräter hatte ihn auf eine falsche Fährte gelockt und dann einfach weggetreten! „Verräter.", knurrte er wütend, „Allesamt Verräter!" Wiek lachte nur über sein eigenes Versagen; schluckte die Trauer mühselig herunter die seine beklemmte Brust emporkroch. Und Ratibur sprach sich selber Mut zu: „Du kannst es schaffen. Die anderen sind dumm und schwerfällig. Ja, aber du hast den Instinkt, du hast die Gerissenheit! Also zeig es ihnen! Es ist deine Stunde!" Puk indes verharrte regungslos auf der Stelle starrte nur gegen die Wand – ohne Regung von Freude oder Enttäuschung. Diese Gleichgültigkeit zeigte er nach außen; so hatte er es gelernt. Hengest tat es Puk im Großen und Ganzen gleich. Nur matt schimmerten seine blaugrauen Augen durch das ewig pechschwarze, lange Haar des Hünen. Er sagte nichts denn nichts war zu sagen. Dafür hörte er umso besser; fühlte seine Umgebung und war der einzige der Lars Tod zumindest erahnte trotz der tonnenschweren Wände zwischen sich. Er nickte dem Toten würdevoll zu. Aber es war niemand zu sehen nicht einmal mehr das Blut des Toten.

In der dritten Runde des vierten Spiels war die Verzweiflung und Erschöpfung größer als je zuvor und Ratibur und Wiek bekamen sich sofort in die Haare als sie aufeinander trafen. Der kleine Pommeraner biss und kratzte sich aus des Goten Umklammerung und auf der Aussichtplattform sorgte diese Runde schon sehr bald für (durch Wein beschwingtes) Gelächter. Lars Tod war längst vergessen es wäre ja auch viel zu spießig gewesen sich über sowas noch groß zu ärgern. „Wo ist die gelbe Truhe?!", hörte man Wiek brüllen und dann auf Hengest einprügeln. Dieser aber schubste ihn nur beiseite wie eine lästige Fliege. Er stapfte stur weiter, mit einer Abgeklärtheit und inneren Ruhe die Stefanie Treyer erneut zum Schwärmen brachte: „Ist er nicht der Beste? Ein heimlicher Held! Hach..."

Hinnerk bekam Puk an einer Gabelung zu fassen, direkt vor seiner roten Truhe welche er dann wortlos auf die Schultern legte. Das Stapfen des Minotauren war sofort zu hören; gleich um die Ecke. Maligana hatte Hinnerks Truhe diesmal ganz nahe an dem Minotaurenhort platziert. Die anderen hatten dies ebenfalls getan um sich einen letzten, großen Spaß zu erlauben. War die Panik zuvor noch etwas zurückgehalten, so setzte sie nun vollends ein. Wiek war nur noch ein schluchzend Häufchen Elend welches sich müde an einer Wand abstützte (die kurz darauf verschwand, sodass er der Länge nach hinfiel). Er hatte seine Truhe kein einziges Mal finden können und war somit sicher der Letzte. Der Minotaurus näherte sich ihm und es war ihm in diesem Moment sogar egal. Er hatte versagt und die anderen würde er doch nie wieder einholen können. „Was nützten mir all meine blöden Sprüche nun.", murmelte er und lächelte bitter als die Kreatur ihn erblickte. Fetzen von Tipmanns Kleidung flogen noch aus dem aufgerissenen Maul als es ihn anbrüllte.

Der Minotaurus stapfte wuchtig heran und schwang schon die blutige Keule. Laurenzia schrie und riss die Hände vor das Gesicht: „Bitte nicht!", schrie sie während die anderen sich ein Schmunzeln nicht verkneifen konnten. Maligana sagte nur: „Der nächste." Als Laurenzia die Augen langsam wieder öffnete konnte sie den Anblick nicht fassen; und die anderen auch nicht. Es gab eine blutige Delle in der Wand aber keine Leiche. Sie fragte: „W-Was ist passiert? Hö?!" Ein Feld weiter zog Hengest den verwirrten Wiek mit sich. Der Gote riss sich los: „Warum hast du das getan?! Oi! Lass mich los!" Hengest antwortete nicht sondern gab ihm einen kräftigen Schlag in die Brust, dass er aufjaulte: „Arg! Was bei *Gapt* ist nur los mit dir, du blöder, aufgeblasener Sachsenarsch?!" Hengest sagte nichts dazu und trennte sich wieder von Wiek; suchte nach seiner eigenen Startposition. Derart dem Tod noch einmal von der Schippe gesprungen fand der Gote jetzt wieder die Kraft davonzulaufen. Der Minotaurus war durch die entgangene Beute genervt und schnaubte wütend.

Das Labyrinth wurde wieder dunkel und als das Licht wieder anging kam es von draußen. Man hatte ihnen ihre Startkammern geöffnet. Die dritte Runde war vorbei, das Spiel damit auch. Sie versammelten sich dann allesamt vor dem Labyrinth und Ratibur fragte schließlich: „Wo is'n unser Tiparsch abgeblieben? Wurde er etwa gefressen, he? Typisch!" Es war mehr als Scherz gemeint aber die aufkommende Stille der anderen ließ ihm das Grinsen im Gesicht gefrieren: „Oh. Scheisse."

Seyton kam dann zu ihnen und trug die Punkte vor: „Also gut. Ein Punkt geht an Hengest. Er hat die Regeln missachtet und sich bei einem anderen Spieler eingemischt. Ihn gerettet." Wiek begehrte auf: „Aber das haben wir doch alle! Er hat mir nur geholfen?!" Seyton schlug mit dem Stab auf: „Ruhe! Genau das war ja der Regelverstoß! Du, Gote; erhältst zwei Punkte. Oder soll ich das ändern? Gibst du sie ab?" Wiek schob trotzig das Kinn vor und sah zu Hengest herüber. Seine Kehle war wie zugeschnürt. Er brachte es nicht über sich sich weniger Punkte einzuhandeln und schwieg deshalb zutiefst beschämt. Hengest jedoch schien das nichts auszumachen. Der Gote schämte sich umso mehr für seine Feigheit.

„Gut.", meinte Seyton knapp, „Drei Punkte gehen an den Friesen. Er stand oft genug kurz vor dem Ziel aber war wohl nie schnell genug." Hinnerk spuckte nur aus. „Der zweite Platz mit vier Punkten geht an Ratibur, den Pommeraner!" Diesem fiel die Kinnlade runter. „Du hast nur einmal gewonnen. Die vollen fünf Punkte gehen an Puk, der insgesamt zweimal gewann. Glückwunsch."

Puk war vor den Kopf gestoßen: „Wie bitte?! Das letzte Spiel? Aber ich war doch so langsam?!" „Deine Handlungsweise hat sich positiv auf deine Bewertung ausgewirkt. Ganz im Sinne dieser Spiele." Wiek schnaufte: „Schön und gut, aber was ist mit Lars passiert? Wo ist er?" Seyton brummte: „Er ist vom Biest gefressen worden. Es soll eine Mahnung an euch alle sein. Lasst die Spielerein; erkennt endlich worum es hier geht! Nun geht und mach euch frisch. Ihr werdet heute Abend wieder von euren Herrinnen erwartet. Das heutige Spiel hat sie sehr erregt." Er wandte sich zum Gehen, aber Hinnerk rief: „Oi, Kammerdiener!" „Ja, Friese?" „Der Byzantiner! Wieso war er am besten? Was hat er getan?"

Ratibur sprang auf: „Ja! Genau! Wieso? Ich hab eigentlich gewonnen! Ich! Ich! Verfickte Scheisse! Ficker!" Seyton drehte sich nur halb um: „Er hat sich niemals eingemischt, niemals. Das gab letztlich den Ausschlag. *Regeltreue.* So und nun genug diskutiert!" Schweigend trotteten sie hernach wieder in ihre Zellen zurück und es war Puk klar dass sie ihn mit Tipmanns Tod in Zusammenhang bringen würden. Ihm selbst machte dies nichts aus, im Gegenteil. Je weniger man auf Hinnerk blickte desto besser war es letztlich für sie beide. Aber was ihn wirklich wurmte war der eine Sieg den er sich anfangs eingeheimst hatte. Das hätte nicht passieren dürfen.

In ihren Zellen flüsterte er Hinnerk darum zu: „Glaub mir, ich wollte nicht gewinnen, es ist einfach passiert. Dieses Labyrinth war sehr schwierig. Ich konnte nie wissen wie es um dich bestellt ist." Hinnerk erwiderte kalt: „Du hättest dich fressen lassen können." Der Hieb saß aber dennoch bestärkte Puk es nur: „Es wäre zu auffällig gewesen mich einfach fressen zu lassen. Ich muss an dir dranbleiben, aber nicht zu sehr. Denn so kann ich am besten auf dich aufpassen." Das letzte Wort flüsterte Puk nur noch aber Hinnerk hörte es wohl, sagte aber nichts weiter. Puk zog sich dann in eine Ecke zurück und versuchte ein Gespräch mit Wiek, der aber ebenfalls abblockte. Ohne es wirklich zu Beabsichtigen war Puk schon zum schwarzen Schaf geworden. Aber was erwarteten die anderen denn auch von ihm? Auch er kämpfte um sein Überleben, so war zumindest der gewahrte Anschein. Wie sollte man ihm das verübeln? Irgendwem verübeln?!

Der Abend kam heran und sie durften sich wieder im Dampfhaus waschen. Sie alle hatten Kratzer und blaue Flecken davongetragen welche aber von emsigen Bediensteten (vornehmlich kichernde Mägde) mit spezieller Schminke oder Tinkturen behandelt wurden. Als sie gewaschen, getrocknet und noch ein wenig nass in den Haaren auf ihre Abholung warteten, hielt es Puk nicht mehr aus. Etwas hatte ihn schon die ganze Zeit über gequält und er würde die Nacht nicht ruhig bleiben können ehe er es nicht mit eigenen Augen sah. Hinnerk hätte es von sich aus nie zugegeben; daher riss er diesem den Bademantel vom Leib und erhaschte einen kurzen Blick auf seinen nackten Körper. Einem verdutzten Blick von Hinnerk folgte ein wütender Schlag der Puk mehrere Meter durch die gekachelte Vorkammer des Badehauses schickte, sodass die dortigen Vasen klirrend zerbrachen: „Das nächste Mal brech ich dir deinen Hals, klar?! Elende Tunte!" Wiek indes seufzte: „Wo bin ich hier nur gelandet?" Und Ratibur kicherte: „Geschieht dem ganz Recht, he. Komm mir bloß nicht zu nahe, du byzantinische Super-Schwuchtel! Bist ne komische Type! Piss'dich!" Puk rieb sich die Wange und sah zu Hinnerk hinüber. So tief empfunden war sein Beileid und seine Sorge, dass sogar der wutschnaubende Hinnerk den Blick von ihm abwenden musste um seine in ihm schwelenden Gefühle nicht zeigen zu müssen.

Puk wusste aber nun was seinen Freund so quälte, denn er hatte es schon befürchtet. Er schalt sich einen Narren: Er hatte naiverweise gehofft, dass er, sofern er Hinnerk half die Prüfungen zu bestehen, alles gut ausgehen würde, ganz gleich ob Jens und die anderen nun einen Weg fanden sie hier zu retten oder nicht. Dennoch hatte er nicht bedacht, dass sie schon auf dem Weg dorthin tausend kleine Tode sterben mussten. Niemand würde hiernach noch derselbe sein. Die Kronenberger Spiele folterten sie alle, mehr noch im Geist als am Körper. Puk bemerkte Hengest Blick und sah darin – *Verständnis?*

Ratibur meinte indes selten ruhig: „Der fette Kerl hat es wenigstens schon hinter sich. Schnell und schmerzlos. Hoffe ich mal. Wer weiß, ob wir so viel Glück haben werden.“ Niemand widersprach ihm. Seyton ließ sie rufen und man setzte sich in Bewegung. Der Mond schien klar und hell an diesem Abend. Und Puks Gedanken rasten immerzu; so sehr dass er Giertrud beinahe umgebracht hätte als er ihre Wünsche erfüllte…

Leevke war irgendwann eingeschlafen. Das Poltern und Rumpeln des Wagens machte ihr nichts mehr aus. Sie war dafür viel zu müde und ihr Gehirn konnte all die Sorgen nicht mehr ertragen welche ihren Verstand beständig heimsuchten. Insbesondere Koralles Gemecker hatte sie bald ermüdet. Sie solle doch endlich ihr die Kontrolle überlassen um sie aus der Gefangennahme zu befreien. Jedoch gab es nicht genug Salzwasser in der Nähe, sondern nur trockene Erde und feste Felsen. Und je näher sie sich dem Harzgebirge näherten desto steiniger wurde es. Es war sinnlos und fühlte sich für Leevke verstärkt so an, als würde man ihr immer mehr den Boden unter den Füßen wegziehen, so als befände sie sich in freiem Fall. Sie kuschelte sich darum in ihre Decke, die man ihr hingeworfen hatte und nippte an dem süßen Wasser welches man ihr in einem Wasserbeutel gegeben hatte, damit sie wenigstens nicht unterwegs verdurstete. Gut dreißig berittene sächsische Lanzenreiter begleiteten ihren Transportwagen durch die Nacht und ihre Fackeln strahlten weithin sichtbar, wie rote Sterne auf schwarzem Grund. Es dämmerte taufrisch am nächsten Morgen als sie die Kinderkolonne des Warloga endlich am großen Fallstein erreicht hatten, welcher dort Rast gemacht hatte. Die Reiter holten die noch schlaftrunkene Leevke aus dem Wagen und hielten die Lanzen allzeit auf sie gerichtet. „M-Moin…“, sagte sie eingeschüchtert aber niemand erwiderte ihren Morgengruß. Sie alle hatten ihre Befehle. Das Schnauben der Pferde ließ Leevke hingegen neugierig aufhorchen. Sie mochte die großen Tiere; mochte ihr warmes Schnauben auf der nackten Haut. Als aber dann der Warloga näherkam, wieherten und scheuten sie und ihre Felle begannen vor Schweiß hell zu glänzen. Die eigenen Reiter hatten Probleme sie ruhig zu halten.

Der Anführer der Sachsenreiter; ein breitschultriger, glatzköpfiger Mann mit einem gepflegten Bart rund um seinen Mund trat dem Warloga entgegen, welcher auf seinem schwarz-schwitzenden Ross wie eine Art Schlange herantrabte. Der Hauptmann versuchte sich seine Nervosität nicht anmerken zu lassen: „Heda! Hexenmeister! Kann man dieses Schwitzen der Rösser nicht abstellen, hm?" Der Warloga lächelte schief: „Leider nein, Lanzenhauptmann Schorsch. Es gehört leider unweigerlich zu mir dazu… Ist das das besagte Mädchen?"

Reiter Schorsch räusperte sich: „Jawohl! Wir bringen euch zudem wichtige Kunde von der Kurfürstin!" „Natürlich…" Schorsch holte jetzt einen Zettel hervor und las im Militärton vor: „Dieses Mädchen sey mit Zauberkräften im Bunde welches ‚Salzwasser bewegen' könne! Es sollte euch darob klar sein, was dies für die Harzarbeiten bedeuten könne! Verbringt sie dorthinnen! Ende der Botschaft!"

Der Warloga machte ein erstauntes Gesicht und musterte Leevke von Kopf bis Fuß, ganz genau. Diese aber gähnte erst einmal herzhaft und hoffte immer noch, dass dies alles nur ein böser Traum war aus dem Hinnerk sie gleich frech erwecken würde. „Ist das so?", sprach der Warloga leise; stieg ab und ging auf sie zu. „Ja so ist es, Hexenmeister!", belle Schorsch, „Ihr wisst also worum es geht, ja? Welche Auswirkungen das für die Unternehmung im Harz haben könnte?! Alles klar?" Der Warloga antwortete nicht gleich sondern sah stattdessen Leevke tief in die gold-gespeichten Augen, lächelte und hob ihr Kinn an. Leevke erstarrte wie ein Rehkitz das einen Wolf direkt vor sich erspäht hatte. Er sprach mit dem Lanzenhauptmann ohne den Blick von ihren Augen zu nehmen: „Ich weiß natürlich um die Auswirkungen einer solchen Fähigkeit. Ihr auch, Hauptmann?" Schorsch schnaufte: „Sowas ist nicht meine Aufgabe, Herr! Schafft sie nur nach Himmelstor und tut dort eure… Dinge. *Zeugs!*" Er wirkte angewidert, „Das ist der Befehl der Kurfürstin. Habt ihr verstanden, Hexenmeister?" Der Warloga legte eine Hand auf sein Pferd und es schreckte wiehernd zurück: „Ich verstehe alles, guter Mann." Es klang wie ungefilterter Spott. Schorsch schwitzte nun selbst, der Schweiß quoll nun auch aus seinen Poren: „Na, dann ist ja alles geklärt. Auf, Männer! Wir verschwinden! Feierabend! Aufsteigen und abreiten!" Die Reiter zogen eiligst ab; ließen den Transportwagen zurück. Als sie schon einige hundert Meter entfernt waren, gab es Tumult in der berittenen Truppe. Offenbar war das Pferd von Schorsch in einer Kuhle umgeknickt und hatte ihn mit Schwung aus dem Sattel geworfen.

Leevke schüttelte derweil ihren Kopf, so als müsse sie eine summende Fliege verscheuchen. War sie schon ganz wach oder träumte sie dies alles nur? Der Blick des Warloga hatte sie in eine Art kurzfristige Trance versetzt: „Wer seid ihr? Ein Zauberer? Wie... Meister Katzwiesel?" Der Warloga lächelte nachsichtig und sogar freundlich: „Bemerkenswerte geistige Abwehrkräfte hast du! Normalerweise dauert es viele Tage, bis die Wirkung abklingt. Aber bei dir nahezu sofort. Beeindruckend." Seine Freundlichkeit war jedoch nur Täuschung denn seine Augen blieben eiskalt und undurchdringlich wie die einer toten Spinne. „Kein Zauberer, nein.", sagte er sanft, „Nur so etwas in der ‚Art'. Hast du schon welche kennengelernt? Echte Zauberer, meine ich? Nicht diese Nachmacher und Amateure?" „Ja, hab ich. Aber die hatten aber alle goldene Augen." „So wie du?" Leevke stockte: „Joah?! Aber bei denen war es etwas anderes. Meister Katzwiesel meinte ich wäre keine von ihnen; keine Zauberin-nin. Tjah." Der Warloga nicke fachmännisch: „Das merke ich auch gerade. Hm. Dein Tedeschi: Du bist etwas ganz besonderes, nicht wahr? Friesin?" Leevke mahnte sich zur Vorsicht konnte aber nicht verhindern dass sie errötete: „W-Wer ist das nicht?" Der Warloga schmunzelte und es war umwerfend schön: „Nicht jeder, nein."

Koralles wütender Einfluss klärte Leevkes Verwirrtheit schlagartig wieder auf. „Was soll das? Warum schickt mich Judith hierher, Warlogi?" „Hübsches Kind, du weißt die Antwort doch schon, oder? Aber steig zunächst auf das Pferd. Ich erkläre es dir dann bald." Er hievte Leevke mit starker Hand an den Hüften auf seinen schwarzen Hengst. Es war ein wuchtiges Tier, welches weit schlimmer schwitzte als alle anderen. Der Hexenmeister ging mit beherrschtem Schritt neben ihr her und pulsierte vor roher Muskelkraft. Erst jetzt bemerkte Leevke die Kinder, welche an Ketten gebunden hinter ihnen hergingen und bisweilen verstohlen zu ihnen hinüberschielten: „Was passiert mit denen?" Der Warloga stockte kurz: „Sie kommen an einen besseren Ort." „Sie sehen aber nicht sehr glücklich aus dafür, dass sie an einen besseren Ort kommen?" „Das täuscht." „Denk ich nicht!" Der Warloga biss die Zähne aufeinander. Er hielt es für sinnvoller das Mädchen nicht zu sehr zu verschrecken, aber es dämmerte ihm auch, dass die Täuschung ohnehin nicht lange anhalten würde. Sie war bemerkenswert resistent gegen seine Verführungs-Aura. Eine echte Herausforderung.

Er sah darum keinen Sinn darin, die Sachlage weiter zu vertuschen: „Wir bringen sie nach Himmelstor. Dich ebenfalls." „Himmelstor? Also ein Tor zum Himmel?!" „Wie man's nimmt. Es ist ein altes Kloster indem die Weichen für eine neue Welt gestellt werden; ein Übergang zum Himmelreich ist es bestenfalls." „Ihr seid also doch Priester?!" Der Warloga lachte hell auf: „In jeder Hinsicht! Haha! Das bin ich wahrhaftig! Haha!" „Ich glaube ihr lügt. Ihr seid ein böser Lügner." Leevke reizte den Warloga bis auf's Blut. Sein üblicher Zauber, der auf Frauen eine durch die Bank weg erregende Wirkung hatte, schien bei ihr sogleich zu verpuffen; wie geiler Atem auf eine kalte Fensterscheibe gehaucht.

Sie verließen den Schatten des dicht bewaldeten Fallstein-Berges und machten am Mittag Rast in dem kleinen Ort Salingstede. Leevke war zwar stets gefesselt aber so viele Wachen gab es nun nicht mehr um sie herum. Und der Warloga war kurz zu den Gefangenen gegangen. Sie hüpfte deshalb einfach auf dem Pferd auf und ab und rief dann: „Hüa!" Sie presste die Schenkel an die Flanken und hockte sich nieder, griff die Zügel mit den Zähnen und erwartete den Wind der an ihr vorbeisauste; auf dem Weg in die Freiheit!

Aber nichts dergleichen geschah. Der Warloga drehte sich nur zu ihr um und blinzelte verdutzt. Panisch versuchte Leevke es noch einmal. „Los! Hüah! Auf! Weg weg?! Pferdchen hopp! Hop!" Das Pferd setzte nur seinen leichten Trab fort als wäre nichts geschehen. „Dieses Pferd hat mehr Angst vor mir als vor dir.", schmunzelte der Warloga und kam ruhig näher, „Und weglaufen wird dir nichts bringen, Leevke Pultjen. Warum überhaupt? Was wartet dort draußen denn auf dich?" „Meine Freunde! Und weil ich das Gerede vom ewigen Weltverbessern satt habe! Jeder sagt mir das ‚gut und toll' ist, aber es ist alles nur gelogen, dient nur sich selbst! Das hier auch! Diese Kinder sind nicht glücklich; diese Pferde sind nicht glücklich! Etwas Schlimmes wird mit ihnen passieren, sie ahnen es! Und ich auch!"

Der Warloga grinste amüsiert und fuhr sich über die Lippen: „Du bist nicht so einfältig wie ich dachte. Aber denk ja nicht dass dies nun etwas ändern würde." Leevke schniefte: „Natürlich nicht. Ihr könnt es einfach nicht lassen; müsst immer weitermachen. Bis alles zerstört ist, bis alles im Sterben liegt…" „Was genau meinst du damit?" „Ach, nichts. Gehen wir weiter. Es ist wohl nicht zu ändern. Ihr seid eben wie ihr seid…" „Wir? Wen meinst du?" „Ihr *Menschen*." Der Warloga wirkte tatsächlich kurz nachdenklich und sie verließen alsbald Salingstede. Die Fronten waren zwar geklärt aber aus irgendeinem Grund war der Warloga nicht zufrieden damit – etwas an dem Mädchen wirkte weitaus weniger kooperativ als sie sich gab. So harmlos sie auch wirkte; sein Instinkt riet ihn zur Vorsicht wenn er sie dazu bringen wollte jene Wunder zu tun, welche die Kurfürstin sich von ihr – und ihm! - erhoffte…

In all ihren Zellen herrschte an diesem Abend ein betretenes Schweigen; selbst bei denen die im ‚Dienste ihrer Herrinnen' keine sonderlichen Qualen zu erleiden hatten. Wiek schnalzte mit der Zunge und summte ein altes Lied aus seiner Heimat an der südlichen Donau; Hinnerk und Puk schwiegen beide in grimmiger Scham und auch den sonst so bissigen Ratibur hörte man nur selten bei den Versuchen die aufkommenden Schluchzer zu unterdrücken. Er keifte leise: „Es ist nicht fair von diesem Fettsack mich mit diesen beiden Kack-Tussen allein zu lassen. Das ist nicht gerecht, Mann. Verflucht soller sein!" Weit wütender zischte er dann: „Gott wie ich die beiden Schlampen hasse! Wie sehr ich diesen Hühnern den Kopf abschlagen und sie den Schweinen zum Fraß vorwerfen möchte! Und dann lache ich! Lache während sie kopflos umherstolpern!"

Wiek lächelte stumpf: „Hätte auch nicht gedacht dass ich Lars so vermissen würde. Die kurze Zeit die wir zusammen waren. Ich glaub sogar euch werde ich vermissen. Bin euch nicht mal böse wenn ihr mich bald umbringt, hm – nein. Solange hier nur einer lebend rauskommt. Aber ich werd es nicht mehr sein; nicht nach dem heutigen Spiel…"

Hengest brummte: „Ihr gebt aber schnell auf, ihr Goten?" „Thaha! Unser Henge; immer für einen Lacher gut, oder?", höhnte Wiek und sein bitteres Lachen verhallte ohne Reaktion. „Mann, ist das düster geworden hier…" Bis Hinnerk sagte: „War es schon immer. Ihr ward nur zu dumm es zu merken." Wiek krabbelte zu den Gitterstäben: „Oi! Der Friese lebt also doch noch?! Und er kann sprechen! Weiß aber gar nicht, warum du so grimmig bist. Du gewinnst sicher; wenn nicht der Byzantiner dir zuvorkommt. Ich glaube er führt sogar mit Punkten, richtig?"

Hinnerk erwiderte: „Warum redest du überhaupt mit mir? Du hast doch eh schon aufgegeben; genau wie der große Sachse sagt." Der Gotenjunge zuckte mit den Schultern: „Aufgeben? Nein. Aber ich bin nicht so dumm an einen unmöglichen Sieg zu glauben. Das tun nur die Narren oder Römer. Also nutze ich die Zeit, die mir noch bleibt so gut es geht. Sterben werden wir doch eh. Es ist nur die Art wie wir unsere Zeit verbringen welche den Unterschied macht. Es ist nicht die Masse sondern vielmehr die Klasse des Todes!" Ratibur stöhnte: „Oh nein, noch ein Philosoph! Holt mich hier raus!" Wiek fuhr davon unbeirrt fort: „Du kannst tausend Jahre alt werden und trotzdem leben wie ein Ochse unter'm Joch. Eierlos und ohne eigenen Willen, nur am fressen und scheissen. Oder du machst dir einen Tag die Kraft der eigenen Hände und Stimme zu Nutze! Zum Singen, Sagen: Tun was man will! Ordentlich Rabatz machen! Leben ohne Scheu!" „Ja, toller Plan. Bis dir jemand die Fresse poliert!", spöttelte der Pommeraner. „Na und? Polierst du dem halt auch seine Kauleiste! Davon stirbt man doch nicht gleich! Aber das alles ist Leben; dafür wurden wir geboren! Jedoch: Wenn du ständig nur mit Ochsen zusammen bist, die sich den ganzen Tag einreden wie klug sie doch sind weil sie eine ‚klare Aufgabe' haben… Dann verändert sich dein Wille auch mit der Zeit." Seine Stimme wurde spöttisch: „Solche können die Wahrheit nicht ertragen. Dass sie im Grunde doch nur noch auf den Tod warten, der sie vom belanglosen Leben befreien soll..." Hengest blickte nun kurz auf; sagte aber nichts. „Oder liege ich so falsch? Heda, Friese?"

Hinnerk rubbelte sich intensiv den Kopf: „Aaaah! *Du-mockst-mich-mahl*, du gotischer Spinner weißt du das?!" „Was?" „Ja! Ja, verdammt, du hast Recht! Und nu? Wir sitzen immer noch hier fest. Im Kerker! Und ich will gewinnen; wie sonst kommt man hier raus?!" Hengest brummte: „Hier gewinnt keiner." Weil kein anderer fragte, tat es Puk: „Wie meinst du das, Hengest?" „Genauso wie ich es sagte. Hier gewinnt keiner." Damit war die Sache für ihn gegessen aber Wiek grinste: „Interessiert dich wohl, was Puk?" „Ich hielt es für einen interessanten Ansatz, mehr nicht." Wiek schmunzelte: „Joa-joah!

Die Intellektuellen unter sich, hehe." „Sagt der Richtige!", lachte Ratibur und Puk ergänzte: „Du kannst dich glücklich schätzen Wiek, dass Laurenzia dich nicht so quält wie uns andere." Wiek meinte: „Pah! Selbst wenn sie es täte: Ich könnte niemals so nachtragend sein. Versaut mir ja den Rest von meinem üppigen Leben." „Nachtragend?", keifte Hinnerk abrupt, „Du hast ja keine Ahnung was da bei denen abgeht, du *Schnaarbühl*!" „Na, dann erzähl es uns doch! Totgeweihte können eh keine Geschichten weitererzählen; ich schweige wie ein Grab! Gotisches Ehrenwort!" Hinnerk winkte ab: „Ach, du bist doch verrückt. Ihr alle seid verrückt."

Puk brach das Schweigen und erzählte: „Sagen wir einfach; dass Maligana und Giertrud heute Abend ebenfalls ihre ‚Interessen zusammengelegt' haben. Es war… nicht schön." Man hörte Hinnerk wie er ausspuckte: „Fragt sich nur für wen." Puk brauste jetzt auf; ein seltener Moment, in dem er seine Maskerade nicht mehr aufrecht halten konnte. Es war ein Fehler wusste er gleich: „Verdammt! Ich bin tausend Tode gestorben, Hinnerk! Ich sterbe sogar jetzt noch! Ich! Ich kann… dir nicht mit Worten sagen, wie sehr ich mich dafür hasse was ich tun musste!" „Ausreden, nichts als Ausreden. Ich habe genug von dir und deinen byzantinischen Lügen, Puk. Kaum denkt man, man könnte jemanden als echten Freund bezeichnen, macht er dann so eine Scheisse. Unverzeihlich ist das!" „Aber ich bin doch dein Freund!? Ich - Ich habe sogar versucht eine Technik anzuwenden, die dir deine Schmerzen…" „Vergiss! Es! Das war es. *Hau bloß ab.* Wir sind fertig miteinander, klar? Hät' ich dich doch nie aus den Knisterhöhlen gezogen. Wärst du nur dageblieben." Puk gingen die Augen über, er zitterte: „Was sagst du? D-Du brichst mir das Herz, Hinnerk! Ich… wollte doch nur… nur einmal… einen Freund…" Dem jungen Byzantiner wurde schwindelig. Ihm war so als wäre sein Körper der Welt entrückt und sein Geist eigentlich ganz woanders: „Nein, tu mir das nicht an…" „Das hast du dir selbst angetan." Diese Worte trafen ihn wie Peitschenhiebe und Puk fiel kraftlos auf den Boden. Er starrte in die Leere vor seinen Füßen. Da war nichts mehr in ihm. Hohl und austauschbar fühlte er sich, wie ein leerer, zerbrochener Krug. Er gedachte erstmalig wieder seines geliebten Legaten Marius Aurelius Symmachus. Sollte sich dieser darin geirrt haben Puk freizugeben? War es alles nur ein Schwindel gewesen? Der Imperator duldete keinen Verrat, er konnte nun nie mehr zurück. Er war durch und durch verloren in der Dunkelheit.

Wiek fand im lauten Schweigen danach die Sprache wieder: „Was war das denn für eine Vorstellung? Sagt mal: Kennt ihr beiden euch etwa?!" Hinnerk antwortete kühl: „Nicht mehr. Es ist aus." Puk wippte auf und ab. Gegenüber ihm war die leere Zelle von Tipmann und er wünschte sich ebenfalls den Tod herbei. Alles hatte er an diese Freundschaft gehängt und nun war er wieder allein. Puk wusste, dass er nicht darüber hinwegkommen würde. Kein Messer, kein Dolch und kein Gift hätten ihn je so sehr verwundet wie Hinnerks harte Worte. Das schlimmste daran war noch, dass er ja eigentlich Recht hatte.

Puk jedoch wollte ihre gemeinsame Täuschung aufrechterhalten. Denn hätte er gezögert oder sich Giertrud verweigert wäre es sofort aufgefallen und hätte alles nur verschlimmert. Er sah mit einem Mal panisch an die Decke. Hatte er dort hinter dem Glas nicht eine Bewegung erblickt? War es jetzt zu spät? Hatte man sie belauscht, auch um diese späte Stunde?! Ihr Streit war ja nicht gerade leise gewesen. Alle Planung zerfiel nun vor Puks Augen zu einem Haufen Staub und Asche. Innerlich bebend, äußerlich ruhig, fiel er in seine Bettstatt. Er weinte sich laut- und tränenlos in den Schlaf. Wie er es gelernt hatte.

Hinnerk selbst nahm geistigen Kontakt zu Thianna auf. Diese lag immer noch in einer unbekannten Kammer voller Gerümpel, irgendwo in den Tiefen von Kronenbergs Schloss. Ihre tröstenden Worte verband sie mit seelischem Balsam, welcher sich kühlend auf seine brennende Seele legte und den Schmerz sanft wegwischte. „Ich werde dich nie verraten.", sagte sie mit absoluter Gewissheit. Er lächelte: „Danke…" „Ich schicke dir alles an Kraft was ich entbehren kann. Es ist leider nicht so viel, weil ich auch Energie sammeln muss. Aber du wirst sehen, meen Harth. Du wirst mich bald wieder sehen; und ich dich. Halte noch etwas durch. Zusammen werden wir sie alle vernichten. Wir werden mächtiger sein als je zuvor, stärker als alle Ritter, Huskarle, Reichsengel zusammen... Alle werden sie keine Gefahr mehr für uns sein, denn ich spüre, dass deine Wut ebenso groß ist wie die meine. Lass sie uns also vereinen und die Welt in Ehrfurcht vor gerechter Rache erbeben lassen! Schlaf nun... Ich wache über deine Träume. Schlaf nun, armes Kind..." Hinnerk sackte weg. De Schmerzen im Körper wichen mit Thiannas Worten wie Herbstblätter vom Seewind fortgetragen, weit,

weit weg.

Kapitel 14

Tanzt um euer Leben!

Das fünfte Spiel fühlte sich zunächst wie ein schlechter Scherz an. Das ‚Kampfareal‘ war diesmal eine offene kreisförmige, marmorierte Plattform indessen Mitte sich eine zwei Schritt durchmessende, eingelassene Feuerstelle befand. Eine erhöhte, überdachte Plattform befand sich davon einige dutzend Schritt entfernt und bat die gewohnten Sitz- und Liegemöglichkeiten für die Herrinnen. Sie waren schon anwesend und munterer Dinge, lachten und gackerten über den neuesten Tratsch aus ihren hohen Kreisen. Besonders amüsant fanden sie dabei die Geschichten über die ‚ewig betrunkene‘ *Schnapsdrossel* aus staufischem Hause. Etwas, was umso witziger war, da keiner der Herrinnen mit ihr verwandt oder sonst wie verbandelt war. Da lästerte es sich doch gleich umso offener. Die ‚Schnapsdrossel‘ war wohl dabei gesehen worden wie sie in hohem Bogen über einen Tisch direkt in ein Blumenbeet geeöbelt haben sollte. Natürlich just in dem Moment als der burgundische Königsrat beim Kaiser zu Gast in Aachen vorgeladen worden war. Peinlich! Ob nur Gerücht oder Wahrheit; es sorgte jedenfalls für echte Lacher und abfällige Kommentare.

Nur Giertrud hielt sich heute etwas zurück und rutsche unruhig auf ihrem Sessel hin und her, verzog das Gesicht schmerzentstellt. Maligana prostete ihr zu: „Hast es dann doch nicht lassen können, was?“ „Lach du nur… Autsch… Dieser Byzantiner. Also irgendwie war es *intensiver* als vorher. Mist.“ Maligana kicherte: „Tjah! Das kommt davon wenn man das Gesinde nicht ordentlich lehrt wo ihr Platz ist. Sieh dir meinen aufmüpfigen Friesen an; denn meckern wirst du ihn nicht mehr hören, nicht nach letzter Nacht, kjahaha.“ Sie lachten während Seyton die verbliebenen fünf Teilnehmer an den Rand der Plattform führte und die Regeln erklärte.

Geifer war ebenfalls anwesend und sah dem Treiben zu wie zuvor auch. Er war von Maligana persönlich angeheuert worden und auch wenn es weder dem Gardehauptmann noch dem Großkammerdiener schmeckte, war er doch ein bevorzugter Gast der Herrin von Kronenberg und genoss allein deshalb massive Freiheiten. Er beobachtete derzeit nur und strich dennoch seinen (recht beachtlichen) Sold ein. Leichter konnte man sein

Geld wirklich nicht verdienen. Und diesmal war es auch echtes Gold, kein Scheingeld oder jene blöden ‚Debthaler‘. Hinnerk bemerkte allerdings, dass der von ihm verhasste Söldner besorgter aussah, nachdenklicher. Als Geifer seinen Blick bemerkte schenkte er ihm jedoch wieder sein üblich-dreckiges Grinsen: „Viel Spaß beim Tänzchen! Aber nicht Zuviel, ghiehaha!“ Wiek fragte: „Tanz? Wovon labert der Kerl nur?“ Seyton stieg hinauf auf die runde Plattform; drehte sich schwungvoll um, schlug den Stab dreimal laut knallend auf den Boden (inzwischen zuckte niemand mehr zusammen) und verkündete: „In Ordnung! Hört, hört! Zieht eure Schuhe und Socken aus und steigt zu mir hierherauf! Na los doch!“ Sie taten es und streckten auf der Plattform knackend ihre Glieder zu Aufwärmübungen, was die Damen in einige Erregung versetzte.

Ratibur fragte: „Sollen wir hier gegeneinander kämpfen?“ Wiek setzte nach: „Oder Lagerfeuerlieder singen?“ Seyton schüttelte den Kopf: „Nichts dergleichen, nein. Ihr sollt nur *tanzen*. Tanzt um euer Leben.“ Hinnerk spöttelte: „Was für ein Humbug ist das nun wieder?! Wo bleibt das ‚Monster des Tages‘? Wie wär ein Greif oder Roc? Irgendwas mit Flügeln, oder? Diese Plattform sieht aus wie eine riesige Suppenschüssel für ein fliegendes Monstrum!“

Seytons Stab knallte so laut, dass die Vögel im fernen Wendenwald erschreckt davonflogen: „Ihr werdet tanzen! Um Leben und Tod und zwar mit den Toten selbst! Denn dies ist der ‚Totentanz‘, und ihr werdet ihn bestreiten!“ Puk meinte: „Klingt ja nicht sonderlich gefährlich?“ Hengest brummte: „Du bist eben auch nicht von hier.“ „Stimmt. Ich kenne dieses Konzept nicht. Es klingt barbarisch mit Leichen zu tanzen.“ Seyton erklärte ungerührt weiter: „Die Regeln sind denkbar einfach: Wer die Plattform verlässt, aus welchen Gründen auch immer, scheidet sofort aus und kriegt die wenigsten Punkte. Wer aber bis zum Ende durchhält, gewinnt.“ Hinnerk fragte: „Und wenn wir nicht tanzen wollen? Was dann?!“ Seyton sah sie der Reihe nach an: „Oh ihr werdet tanzen, gewiss. Ein jeder von euch. Das hat mit Wollen oder Können nichts zu tun. Denn die Toten werden versuchen *euch mit sich zu nehmen*.“ Hinnerk fragte: „Mitnehmen? Wohin? In die Hölle?!“ Seyton zuckte mit den Schultern: „Nun das ist nicht mein Fachgebiet. Der Hexenmeister hat diese Anlage erbauen lassen. Stellt euch jetzt da am zentral gelegenen Feuer auf und wartet dort. Es wird bald losgehen. Viel Glück.“

Sie gingen zur Mitte und die Feuerstelle glomm nur schwach. Ratibur meinte: „Da ist ja gar kein Feuer…" Seyton hieb jetzt mit dem Stab in eine Plattformkerbe und eine rote Feuersäule stach wie ein Feuerwerk; weit in den Himmel hinauf. Die Herrinnen johlten auf und klatschten begeistert. Die fünf Teilnehmer aber gingen zur Flammensäule und starrten hinein. „Ist ja ganz hübsch, aber wonach suchen wir hier?", stellte Ratibur die Frage aller Fragen. Es war Hengest der nun die Hand in Richtung der Flammen austreckte und sie beantwortete: „Danach." Eine weiße, skelettierte Hand erschien nun aus den Flammen; wurde fest und zuckte dann hin und her; schien sie herbeizuwinken. Zeitgleich veränderte sich aber auch die Umgebung. Feuerwände stiegen am Rand der Plattform empor und hüllten die ganze Tanzfläche nun in ein waberndes, rotes Schummerlicht. Der Skeletthand folgte der Rest und ein Skelett stand nun inmitten der Flammen. Mit samtweichen, schwungvollen Bewegungen glitt es geisterhaft aus den Flammen und die jungen Männer wichen davor zurück. Das Skelett aber verbeugte sich höflich und langte dann verspielt in die Flammensäule um noch eine Flöte herauszuholen. Es schien sich dann reihum zu bedanken.

Hinnerk meinte: „Untote Musiker? Nicht mit mir!" Er schubste das Skelett und wäre fast selbst ins Feuer gefallen. Die Untoten waren leicht zu durchbrechen, aber ihre Knochen setzten sich sofort wieder zusammen. Der ‚Flötist' begann scherzhaft um ihn herum zu spielen, so als wenn nichts geschehen wäre. Es war ein fröhlicher, heller Klang. Wiek lächelte: „Einen Versuch war es wert. Er will offenbar doch nur tanzen." Hinnerk rappelte sich wieder auf und sah nun wie ein dickbauchiges Skelett mit zwei Trommeln aus der Feuersäule stieg. Sein Donnern war rhythmisch und das Flötenspiel verspielt, sodass Wiek sich dabei erwischte mit dem Fuß auf und ab zu wippen: „Ich denke es geht schon los, Leute. Oha."

Immer mehr Skelettgeister mit vielerlei Instrumenten sprangen nun aus der Säule und verteilten sich überall auf der Plattform. Manche schwebten sogar in der Luft und andere bewegten ihre glitzernden Geisterknochen in tanzenden Bewegungen, wild und schwungvoll. Die wild-einnehmende Musik wurde immer mehr begleitet von neuen Flöten, Trommeln, Lauten, Rasseln und Schalmeien; hinzu kam ein überirdischer Gesang von wunderschön-heulenden Stimmen, welcher einem die Nackenhaare zu Berge stehen ließ. Zunächst weigerten sich die Jungen stotisch mitzutanzen und Hinnerk sagte: „So ein Schwachsinn. Das ist die Prüfung? *Firlefanz!*" Aber zeitgleich gab es nichts was sie auf der Hut sein ließ. Die Skelette waren keine Gefahr für sie; und außerhalb der Plattform schien die Welt nicht mehr zu existieren. Es war lächerlich – war harmlos und kindisch. Worüber machten sie sich also solche Sorgen?

Die Musik war beschwingt, einlullend und ungefährlich. Die letzten Tage und Woche, Monate und Jahre hatten sie allesamt mit großen Sorgen zugebracht, mit Leid und Entbehrungen. Ihre Abwehr bröckelte auf genau jene Art; wie alter Mörtel bei einem Erdbeben zerbrach. Und je engstirniger und zorniger sie dagegen ankämpften desto eher drang die fetzige Musik in ihre Herzen. All die selbstauferlegten, starren Regeln: Zu welchem Zweck? Was war damit gewonnen?! Nur noch mehr worauf man achten musste, noch mehr was man nicht tun durfte, mehr Sorgen die bleiern auf der Seele lasteten.

Die jungen Männer schunkelten zuerst nur leicht hin und her, hin und her... dann begannen ihre Arme zu schwingen, der Kopf zu wandern und die Beine zu wippen, die Finger zu schnippen. Die Aufgabe, die Schmerzen – der bevorstehende Tod – all das wich nun dem euphorischen Gefühl der heiteren Rebellion; der Kontrolle über das eigene Leben im Angesicht der grinsenden Toten. Die Toten reagierten und wirbelten herum, warfen ihre eigenen Knochen durch die Luft und Hinnerk warf sie zurück, wie beim Steinwurf. Er tat es ohne Nachzudenken; wie beim Ballspiel als Kind auf dem Deich. Er lachte sogar als das Skelett seinen eigenen Knochen an den Kopf bekam und dieser meterweit durch die Luft segelte. Kopflos suchte das Skelett danach. Die Musik hämmerte nun und wurde schneller.

Derweil genossen die Herrinnen das musikalische Spektakel auf der Tribüne und knabberten an den getrockneten, exotischen Früchten aus Fernost. Heidel und Antonia jubelten dabei am lautesten. Die Plattform war bald ein einziger Hexenkessel, voll schillernder Farben und Töne. Ein wirres, junges und anziehendes Bilderspiel heller und dunkler Kräfte; ein heftiger, illustrer Tanz von Leben und Tod, am äußersten Rand der Sinne, ein Kaskadenfeuerwerk der Ungehemtheit.

Geifer indes bemerkte wie das Gras rund um die Plattform nach heftigem Zittern abrupt braun wurde und sogleich verdorrte. Er ahnte: Dies hier war keineswegs nur eine illustre Tanzrunde mit schönen Illusionsbildern. Es war ein uraltes Ritual, eine heidnische

Beschwörung all derer die gestorben waren und nun das Leben imitierten. Es war dennoch nicht real, war nur ein Traumgebilde. Echt waren einzig die Empfindungen der jungen Männer, welche sich in dem bunten Treiben befanden und der tanzenden Traummasse anheimfielen. Die blinkenden Lichter, die Bögen aus Musik und Reizen waren allesamt nur Täuschung, eine Verballhornung der Vernunft. Aber nur wer weit genug entfernt stand konnte sich der Verlockung entziehen oder zumindest nur ihre atmosphärischen Randerscheinungen als fernes Flackern im eigenen Geist erahnen. Geifer kratzte sich am Kinn. Er konnte den Friesenjungen zwar nicht ausstehen und hatte es bislang sehr genossen ihn leiden zu sehen. Überall wo Hinnerk auftauchte geriet Geifer in Probleme (abgesehen vielleicht von Bremen, was aber auch nur eine Folge von der Schlacht bei Wittmund gewesen war). Dennoch. Trotz aller Geldgeilheit und Rücksichtslosigkeit kroch selbst in Geifers abgestumpfter Söldnerseele noch ein Funken Rest von Kriegerehre hoch. Es war nicht wirklich viel, aber dennoch auch nicht ganz ausradiert. Der Friese sollte in einem ehrlichen Kampf sterben. Falls er aber hier bei diesem Unsinn fiel war dies seiner nicht angemessen. Geifer wollte die Rache auf ‚seine Art', nicht auf Maliganas; Jener arroganten, notgeilen Schnepfe. Hinnerk war vielleicht ein nerviges Arschloch aber immerhin war er aufrecht und kein Feigling. Diese ‚gnadenlose Ehrlichkeit' schätzte Geifer ja auch so am Söldnerdasein. Für Intrigen war im Kampf schlicht keine Zeit und sie langweilten ihn zudem nur.

Eine unangenehme Sache stieg jetzt aber in ihm hoch; die ferne Erinnerung an Hinnerks Freund, den Kaufmann Jens Janssen. Geifer hatte ja indirekt dessen Onkel Ulrich auf dem Gewissen, ebenso wie die Chimäre Silke, welche er dem Grafen von Oldenburg quasi zum Fraß vorgeworfen hatte. Jens hätte alle beide nach der Schlacht gegen den Grafen rächen können (als man Geifer gefangen genommen hatte) doch er hatte es nicht getan. Es ärgerte Geifer sehr; denn obwohl er den Kaufmann für seine Taten in Bruchtorf beinahe ebenso hasste wie Hinnerk, war es ihm doch so, als habe er noch eine *Ehrenschuld* bei dem Kaufmann aus Greetsiel. Dieses Gefühl ging auch mit noch so viel Sanguin, Alkohol und Saufen nicht weg. Er grunzte und biss gierig in den Apfel den er wieder mit sich führte. Doch er biss sich dabei so heftig in die Hand dass sie rot anlief. „Was verfickt nochmal stimmt nicht mit meinem Kopf?!", fluchte er.

Die Musik und die Tänze wurden indes immer hektischer, chaotischer und erreichten hysterische Ausmaße. Sogar dem stoischen Hengst war es nicht mehr möglich dem Sog zu widerstehen welcher sich auf ihre Seelen auswirkte und in einem allumfassenden Irrsinn ihren vorläufigen Höhepunkt fand. Der große Sachse tanzte dann sogar hektischer und wilder als alle anderen. Seine langen, schwarzen Haare flogen wallend hin und her; besonders als die Untoten ihre Knochen vermischten, die Instrumente falsch spielten und so ein gewaltiger Lärm über ganz Kronenberg erschallte.

Abrupt wurde dann alles stumpf; so als habe jemand ein großes Tuch über ihrer aller Ohren gelegt. Der Gesang und die Musik waren verlangsamt und auch die Skelette bewegten sich nur noch in Zeitlupe. Die Geräusche verloren ihren Zusammenhalt und wurden zu einer bizarren Ansammlung von schrillen oder pfeifend-dröhnenden Geräuschen. Es stach direkt ins Gehirn und übertönte sogar den eigenen Herzschlag. Überall tobten Skelettgeister als Hinnerk mit schreckgeweiteten Augen sah wie sie sich ihm näherten, die Hände gierig nach ihm ausgestreckt wie Ertrinkende. Sie formten sich zu einem Knochenpulk zusammen und er war unfähig sich zu bewegen. Die Zeit war zäh wie alter Honig. Ihre Stimmen aus tausend lechzenden Seelen zischten: *„Komm zu uns... Schließe dich uns an – dem ewigen Tanz! Alle Sorgen bist du los, alle Pein hat dann ein Ende! Zieh mit uns! Ja, zieh mit uns in die große Freiheit, die Freiheit vom lästigen Leben! Tanz mit uns!"* Die Stimmen klangen verführerisch trotz des schrecklichen Anblicks; als nämlich ihre ganzen Skelettköpfe zerschmolzen und sich zu einem abstrakten *Knochenbrei* verformten. Hinnerks Arm hob sich wie von selbst und wollte ins Feuer hineinspringen. Er war plötzlich so müde…

„FINGER WEG!" Die weibliche Stimme war so klar und scharf wie ein bellender Wolf in einer Schafsherde und Hinnerk spürte einen Schmerz in den Fingern. Die Geister kreischten dann, zogen sich wieder in die Flammensäule zurück. Die Zeit nahm wieder ihre gewohnte Fahrt auf und der Tanz ging unbeirrt fröhlich weiter. Keiner von den anderen schien es bemerkt zu haben. Einzig Puk schenkte ihm zwischen zwei Tanzumdrehungen einen besorgten Blick. Der Friese begutachtete dann seine schmerzende, pochende Hand. Ein grüner Fleck war dort zu sehen. „Thi?", murmelte er bevor die verlangsamte Musik ihn wieder zu fassen bekam. Er stemmte sich nun gegen dein Einfluss; mit aller Kraft. Jedoch war der sphärische Klang überall und es war nur eine Frage der Zeit bis die Untotengeister wiederkommen würden um ihn zu sich zu holen. Würde Thianna ihn dann erneut retten können? Oder würde er vorher nachgeben? Er konnte den Gedanken nicht mehr zu Ende bringen denn schon war er wieder im Bann des Totentanzes und rollte sich über den Boden, lachend darüber warum er denn so sorgenvoll sein musste? Sie hätten ihn mit sich genommen! Ewiges Tanzen, ein Dasein frei von aller weltlichen Last! Wieso schlug er sowas nur aus? War er denn dumm?!

Maligana grinste auf der Tribüne: „Und das war erst der Anfang. Mit jedem neuen Ansturm werden sie schwächer, verlieren etwas von ihrer Resistenz gegenüber dem Sog. Bald wird Tod und Tanz für sie dasselbe sein, ja und dann…" Treyer maulte: „Aber ich will meinen Hengsti nicht verlieren, Malli! Nicht jetzt schon!" Sie überlegte kurz und wandte sich an Maligana: „Dieser Warloga; was ist das nochmal für ein Typ?"

Laurenzia schrie plötzlich dazwischen: „Oh, nein! Nicht!! Wieki!" Sie schrie weil es nun ihr Gote war, der von den verschmolzenen Totengeistern heimgesucht wurde und den Arm nach ihnen ausstreckte. Er lächelte dabei glücklich, mit Tränen in den Augen – gerade so als würde er den Himmel selbst berühren; als würde die Erlösung nur einen Handgriff weit entfernt sein.

„Ewig tanzen, ohne Sorgen; bis alle Zeit endet und darüber hinaus...", seufzte er und das verwachsene Knochenwesen sprach mit hundert Köpfen und tausend einvernehmlichen Stimmen: *„All das bieten wir dir; unter Sternen am Feuer, unterm Himmelsrad... Wir tanzen an der Donau, tanzen mit allen; den Ahnen und den Ungeborenen! Komm, komm herbei!"* Für den Gotenjungen war es ein Ausweg; eine Verheißung von Erlösung von dem erdgebundenen Schicksal, dem er ohnehin nicht mehr entkommen konnte. Ob er nun morgen dahingemetzelt wurde von einem Minotauren oder Schleimmonster – was machte es für einen Unterschied? Dagegen wirkte der Totentanz wie ein Paradies. Wiek berührte also die Geisterhände und lächelte selig und schrie unkontrolliert auf, als die segensreiche Aussicht abrupt von außen unterbrochen wurde. Jemand war mit voller Wucht gegen ihn gerammt und warf beide nun zu Boden. Das Geisterwesen zerfiel sofort und verteilte sich wieder auf Musikanten und Flötenspieler. Laurenzia seufzte erleichtert und Antonia Gateux fluchte mampfend: „Darff der daff?" Maligana selbst brodelte: „Man sollte meinen, er hätte es langsam kapiert! Dieser miese Bauer!" Wiek sah zu Hinnerk hoch und brüllte ihn an: „Warum hast du das getan?! Warum?! Ich wär glücklich dort gewesen!" „Glücklich?! Wo? Bei den beknackten Toten?! Sieh sie dir an! Sie sind alle tot, du *Spast*!"

Der Gote lachte und weinte zugleich: „Ja! Ja na und? Sie sind trotzdem mehr am Leben als ich es nun bin?! Es ist meine Entscheidung lass mich einfach gehen! Du kannst mich doch eh nicht leiden, also was soll's?!" Hinnerk packte ihn fest an den Schultern, kniff die Augen kurz zusammen um nicht erneut dem tosenden Einfluss der Musik zu erliegen. Just eben hatte er es nur mit einem weiteren Gedankenblitz seitens Thianna geschafft nicht in den Bann der Musik gezogen zu werden: „Ich habe dir gerade deinen gotischen Arsch gerettet, einfach, weil ich es nicht mitansehen kann wie jemand schon aufgibt bevor die Schlacht überhaupt geschlagen ist!? Es *widert* mich an, ekelhaft sowas! Also gib nicht auf! Kämpfe um dein Leben! Kämpf!" „Ich kann's nicht." „Sind das nicht", er riss Wieks Hände hoch: „Sind das nicht deine verschissenen Hände?! Wofür hast du sie wenn nicht um dein Leben in die Hand zu nehmen?! Hä?!" Wiek schüttelte weinend den Kopf: „Ich bin schwach. Ich will keinen von euch nicht töten müssen. Das ist meine Ehre." Hinnerk verspürte einen Stich in sein Herz: „Das musst du auch nicht... Versuch einfach durchzuhalten, ja? Ich - denk mir was aus, ja?! Klar?" Wiek riss sich zusammen und nickte. Hinnerk ließ ihn los, tanzte dabei ungewollt.

Es war nicht länger möglich der höllischen Musik zu widerstehen und ihre Körper bewegten sich wie von alleine. Dann aber sprang Wiek durch die äußere Flammenwand und rollte sich draußen auf den Boden. Seyton verkündete mit seinem Stabklopfen: „Der Gote ist aus dem Spiel! Nur einen Punkt für ihn!" Wiek schnappte nach Luft. Sein Mund war völlig trocken und er hustete garstig als hätte er lange Zeit in einer staubigen Gruft gelegen.

„Na toll! Jetzt ist er ganz raus.", maulte Laurenzia Adabei und verschränkte trotzig die Arme und Beine. Maligana aber lächelte: „Abwarten. Bei diesem Spiel sind es manchmal die Verlierer, die am Ende gewinnen! Seyton!? Lass die Musik schneller spielen! SEYTON sag ich!" „Sehr wohl, Herrin." Der Großkammerdiener hieb mit dem Stab in die entsprechende Bodenkerbe. Umgehend wurde die Musik lauter; schneller und noch hektischer als ohnehin schon. Die Pfeifen jaulten, die Trommeln hämmerten und die Lautenseiten kreischten schrill. Es war nicht mehr schön, es war pure disharmonische Höllenmusik.

Hinnerk verlor kurzerhand die geistige Verbindung zu Thianna und sein Verstand wäre beinahe unter der Belastung kollabiert. Wiek war immerhin schon mal draußen, aber Ratibur wirbelte noch herum als hoffte er auf diese Weise den Geisterwesen zu entgehen. Es schien sogar zu funktionieren. Der Pommeraner war so sehr in seinem Tanzwahn dass an Erlösung gar nicht zu denken war. Er war im Tanz selbst gefangen und würde wohl an Erschöpfung sterben. Puk stolperte ebenfalls und die Verlockungen zogen auch ihn in ihren Bann. Bis hierin hatte er einfach nur mitgespielt, hatte von sich aus mitgetanzt und so gehofft dem ‚Drang' zu entgehen. Dann aber hatte er gesehen wie Hinnerk Wiek gerettet hatte; er aber auch alles daran setzte ihn zu ignorieren, als gäbe es Puk gar nicht. „Wofür noch diese Scharade?", murmelte er zu sich selbst, „Nunmehr bin ich ganz allein." Es schien ihm, als witterten die Toten seine geistige Schwäche wie ein Raubtier die Angst eines Kaninchens: *„Komm zu uns! Nie mehr bist du allein, nie mehr musst du dich quälen! Tanz mit uns ins erlösende Nichts!"*

Der junge Agent war eigentlich intelligent genug um mit dieser Situation fertig zu werden, aber in diesem Moment wollte er nur noch vergessen und sterben. Warum musste er auch seine Hoffnungen auch immer an einen Menschen verschwenden? Vielleicht waren die Toten ja weniger treulos? Nein, ganz sicher sogar. Sie fürchteten nichts mehr, auch keine Einsamkeit. Seine Hand streckte sich nach ihnen aus. Hinnerk sah dies und fühlte Genugtuung. Puk hatte ihn verraten und was er ihm angetan hatte war unentschuldbar. Doch dann drehte Puk seinen Blick ein letztes Mal in seine Richtung. Darin lag aber keine Verurteilung; kein Zorn und kein Vorwurf, sondern nur tief empfundene Schuld und alle guten Wünsche für den weiteren Lebensweg. Hinnerk rutschte da das Herz in die Kniekehlen, als er sah ,wie das bleiche Geisterwesen Puks Hand ergriff. Er rannte los, doch es war zu spät.

Blitzschnell umschlossen die Knochen Puks Arm zur Gänze und umhüllten auch den Rest seines Körpers; zogen ihn in die zentrale Flamme. Hinnerk schrie noch: „Puk los raus da!", als die Geister erstarrten und außer einem tiefen, gleichbleibenden Ton nichts weiter zu hören war. Es war ein grässlicher Bruch mit der chaotischen Musik und dieser eine tiefe Ton wurde jetzt immer schriller, je näher die Geistwesen nebst Puk dem Feuer kamen; dessen Flammenzungen schon gierig nach ihnen züngelten. Hinnerk warf sich mit einem letzten Satz Puk entgegen - und ging glatt durch ihn hindurch. Auch Puk hatte schon keine Substanz mehr. Er gehörte schon zu den Toten. Ein tänzelnder Ratibur schrie: „Scheisse, was ist das?!" Hinnerk kam wieder auf die Beine und griff erneut an, aber fiel erneut durch Puk hindurch.

Thianna bat ihn: „Lass es, Hinnerk! Er ist fort! Schon fort!" Hinnerk spuckte aus: „Einen Scheiss ist dieser dekidente Penner! So leicht kommt er mir nicht davon! So nicht! Er kriegt ordentlich Haue, aber nicht so'ne Scheisse!" Erneut sprang er durch die nebelhafte Leere und die Hitze der keifenden Flammensäule verbrannte seine Haut. Hilflos sah er mit an wie Puks astraler Geist von den Flammen komplett verschlungen wurde. *„Noch ein Tänzer! Noch ein Tänzer!"*, jubelten die Toten im Chor und schienen sich wahnsinnig zu freuen. Hinnerk aber sah grimmig in die zuckenden Flammen: „Gottverdammt, Puk… Gottverdammter Kerl!"

Giertrud verzog das Gesicht: „Hmpf. Was für eine Enttäuschung!" Heidel Kloros hingegen meinte süffisant: „Das schont jetzt aber deine wunden Stellen, nicht? Immer positiv denken, Giertrudel, hehe!" Und Seyton senkte den Kopf: „Einer weniger." Einzig Maligana klatschte in die Hände: „Hahaha! Seht ihr? Je länger sie bleiben, desto weniger kommen durch! Der Totentanz!" Sie setzte ihren Becher an die Lippen und trank den roten Wein. Dieser flog ihr in hohem Bogen wieder aus dem Mund wie eine Fontäne als etwas Unvorhergesehenes passierte. Stefanie Treyer schrie aufgeregt: „Mein Hengest?! W-Was tut er da?!" Auch Geifer traute seinen Augen nicht. Keiner der dem Schauspiel beiwohnte tat das.

Der altsächsische Hüne tanzte zu den Flammen hinüber und steckte sofort seinen Kopf hinein, so als wären sie nicht gefährlich. Nur seine Beine waren da noch zusehen und das Feuer begann zu flackern; so, als würde jemand mit der Hand über eine Kerzenflamme wischen. Die Feuersäule veränderte ihre Farben. Von rot zu gelb, zu lila, zu blau, magenta, türkis, grün; in allen Spektren des Lichts. Ein großes Lichtermeer erschien am Himmel. Die Totengeister kreischten und maulten; schienen sogar erstmalig wütend zu werden. Sie warfen mit Knochen nach Hengest Beinen. Hinnerk und Ratibur sahen sich verdutzt an. Letzterer schleppte sich in diesem Moment zum Rand und sprang hinunter: „Ich kann… nicht mehr.", schnaufte er, total erschöpft.

Seyton sagte pflichtgemäß: „Der Pommeraner ist aus dem Ring gestiegen. Zwei Punkte also für ihn!" Das flackernde Flammenspiel verfärbte sich nun ganz schwarz und Hengest zog einen; völlig mit schwarzer Glibbermasse bedeckten Puk ruckartig hervor. Er schleuderte dessen Körper bis an den Rand wo er aufgrund des Schleims weiterrutschte und draußen auf den Boden klatschte. Seyton prüfte seinen Puls. „Keine Punkte für Puk. Er ist tot… Halt? Korrigiere. Drei Punkte für den Byzantiner! Er lebt!" Giertrud lächelte und Maligana meinte: „Ach, das ist nur Idiotenglück!" In der Tat atmete Puk wieder und kam Schleim würgend auf die Beine. Wiek und Ratibur waren beide ebenso erleichtert und lachten lauthals. Der Totentanz schien vorüber und nur noch Hinnerk und Hengest waren auf der feurigen Plattform.

Hinnerk sah wie der Hüne aus der schwarzen Flamme trat, genau wie Puk in schwarze Teermasse getaucht. Er hatte die Arme ausgebreitet und den Kopf gen Himmel gerichtet. Die Totentänzer waren jetzt komplett erstarrt. Keine Musik spielte mehr und es herrschte eine fast unerträgliche Stille. Hengest murmelte etwas auf altsächsisch und grinste dabei breit; zum ersten Mal überhaupt. Hinnerk konnte seine Worte nicht verstehen aber was immer es war, es ließ die Toten nach und nach herumwirbeln; wie in einem Tornado. Knochen und Schädel setzten sich in Bewegung, umkreisten ihn wie das Auge eines Sturms.

Die Damen mussten ihre Röcke festhalten und ihre Haare flatterten ihnen um den Kopf. Starker Wind kam auf und fegte die ersten kleineren Objekte beiseite. Stefanie Treyer rief: „Gehört das auch zum Spiel, Malli?" Diese suchte nach Worten und lächelte unsicher: „A-Aber natürlich! Seyton! Sey-ton?!" Dieser tat einen Schritt zurück von der Plattform: „Vielleicht wäre es besser wenn die Damen sich wieder zurück in die Kronenburg begeben würden." Treyer aber lachte: „Nein! Nein! Das ist wunderbar! So riskant! Mein Hengest ist jetzt so schwarz wie meine Rose, so düster, gefährlich, groß und stark! Hahaha!"

Die hölzerne Tribüne ächzte schon unter dem Sturmwind und Hinnerk versuchte gegen den Sog anzugehen um auch von der Plattform zu gelangen. Er musste dabei gegen einen immer stärkeren Wind ankämpfen und tat einen letzten Hechtsprung als er keinen Schritt mehr tun konnte. Dabei flog er aber zurück und ergriff gerade noch den Rand der Plattform. Seine Fingerknochen ächzten und trotz Thiannas Beistand rutschte er nun ab. Hinter ihm wirbelte um den schwarzen Hengest ein Sturm aus Knochengeistern, Ästen und schwarzen Flammen. Hinnerk ließ los und flog auf ihn zu.

Starke Hände packten ihn da und zogen ihn hinaus, unter den Rand der Plattform wo der Wind nicht mehr so stark ziehen konnte. „Puk?!" Unter all dem schwarzen Dreck war dieser zwar kaum zu erkennen aber seine leuchtenden, braunen Augen waren unverwechselbar. Er blubberte: „Jetzt bräuchte ich wirklich ein Bad. Selbst ein barbarisches würde mir genügen." Hinnerk hatte den Impuls ihn zu umarmen, hielt sich aber zurück: „Danke. Aber weiß jemand was mit Henge los ist?!" Ratibur rieb sich die Nase: „Keinen Schimmer, Mann? Der war mir schon von Anfang an unheimlich. Er wirkt ja wie ein verschissener Zauberer wie er da so steht. Wie ein *Beschwörer*!?" Es folgte ein lautes Kreischen, wie von Metall, dann ein Knall und dann – Ruhe, Stille, das Ende der aller Töne…

Geifer war der erste, der wieder auf die Beine kam und auf die Tanzplattform blickte. Dort prasselte nun ein harmloses, kleines Feuerchen in der Mitte und ging langsam aus. Qualm stieg darüber empor. Davor kniete Hengest; teerschwarz aber unverletzt und vorallem: unverbrannt. Sogar die Haare waren alle noch an ihm dran. Seyton fand als erster die Sprache wieder und seine Stimme hallte weithin: „H-Hört, hört! Sieger des fünften Spieles ist der Ursachse Hengest! Fünf Punkte für ihn!"

Treyer jubilierte während die anderen Frauen erstmal ihre Haare neu ordnen mussten. Antonia Gateux lachte: „Das war ein Spektakel, was?" Und Laurenzia fragte: „Ist er nicht tot? Nicht?!" In diesem Moment erhob sich Hengest und trottete mit schweren Schritten auf den Rand der Plattform zu. Seyton fragte ihn: „Was ist dort geschehen, Sachse?" Hengest Augen glühten durch seine dichten Haare hindurch in strahlendem Blau: „Die Toten haben es sich anders überlegt. Ich habe sie überzeugen können vorzeitig zu gehen." Seyton grübelte: „Aber das sollte eigentlich nicht passieren... Nun gut! Soll der Warloga sich darum kümmern. Du hast jedenfalls gewonnen! Glückwunsch."

Seyton vergab erneut die offiziellen Punkte doch die jungen Männer standen lieber um Hengest herum und klopften ihm (trotz schwarzen Schleims) anerkennend auf die Schulter und lachten als es sie alle vollspritzte. Sogar Ratibur fand ein paar erheiternde Worte: „Fetzige Sache das, aber ich kipp trotzdem gleich tot um." Hinnerk wunderte sich: „Wie hast du es überhaupt solange durchgehalten?" „Nun ich dachte, wenn ich mich schnell genug bewege kriegen sie mich nicht." Puk meinte dazu: „Tarnung durch Geschwindigkeit? Eine gute Taktik." „Eine Arsch-Taktik. Ich bin völlig kaputt für die nächsten zehn Jahrtausende... Minimum!" Tatsächlich bebte Ratiburs Torso so heftig wie der eines aufgeregten Nagetieres.

Wiek reichte Hinnerk die Hand und umarmte ihn dann: „Du hast mir das Leben gerettet, Friese. Auch wenn es nur für ein paar weitere Stunden ist. Dafür danke ich dir von Herzen. Ewig tanzen, was hab ich mir dabei nur gedacht?" Hinnerk winkte ab, lief schon rot an: „Nun sülz hier nicht so rum, Kerl! Ich bin ja nur in dich reingestolpert, kein Drama..." Sein Blick streifte Puk und er wusste nicht was er diesem sagen sollte. Einerseits hasste er ihn für das Geschehene aber dann war ihm auch wieder klar geworden dass er sich nur Sorgen um ihn machte. In seiner ihm eigenen, unbeholfenen Art sagte Hinnerk dann: „Tjah, Byzantiner. Nicht einmal so ein Arsch wie du hätte es verdient auf ewig mit diesen Toten tanzen zu müssen." Puk deutete eine Verbeugung an: „Ich danke für die freundlichen Worte, Herr Friese." „Dekidenter Mistkerl." „Höflichster Barbar.", grinste Puk zurück.

Seytons Stab donnerte mehrmals laut auf den Boden aber er musste es ganze sechsmal wiederholen um ihre Aufmerksamkeit wieder zu erlangen: „Wollt ihr wohl endlich RUHE GEBEN?!" Ratibur blinzelte irritiert: „Nu mal locker, Großkammerdienerchen." Und Wiek fügte hinzu: „Sich derart aufzuregen ist nicht gut für das Herz, wisst ihr? Besonders wenn man schon so alt ist. Mein Opa hatte sich auch immer so aufgeregt…" Seyton schnaufte: „RUHE! Hmpf! Offenbar seid ihr alle noch etwas benommen und von Glück beseelt, jetzt wo ihr den Totentanz überstanden habt. Aber die Realität wird euch schon bald wieder einholen! Vergesst nicht: Nur einer wird die Kronenberger Spiele…" Wiek machte eine schnappende Handbewegung: „…überleben. Wissen wir schon, aber ihr werdet nicht müde es uns zu ‚erklären'. Ach ja, und dass ihr uns mittels Jochbändern jederzeit zu Tode quälen könntet wissen wir auch. Ach ja! Und dass hier jeder gegen jeden kämpfen muss, dass wissen wir auch. Hm. Hab ich noch was vergessen, Jungs?" Seyton schrie: „Was gibt es dann so doof zu grinsen?!"

Wiek tippte sich an den Kopf: „Es gibt Dinge, die kann man jetzt ändern und Dinge, die man erst später ändern kann. Aber jede Veränderung beginnt hier im Kopf. Uns unserem Schicksal zu ergeben ist so als wären wir schon tot. Wir wissen nun wo der wahre Feind steht. Das macht mich froh. Darum grins ich so." Sie machten sich nun ganz alleine auf den Rückweg in ihre Zellen und ließen einen verdutzten Kammerdiener zurück: „Aber… eure Punkte?!" „Schreib es auf, Sey-tuuuun.", rief Ratibur ihm zu und sie alle lachten darüber. Auch Geifer applaudierte als sie an ihm vorbeigingen: „Gut, gut. Sehr, sehr gut! Da hat sich ja ein rebellisches Grüppchen geformt, was? Huuuhu! Ja, ich kenne das Gefühl! Gerade noch mit dem Tod getanzt und froh, dass man am Ende noch am Leben ist! Das belebt selbst die müdesten Geister! Aber, ich weiß auch was danach kommt: Die schleichende, dumpfe Realität wenn der Suff der Euphorie zu Ende ist. Ein saures Erwachen."

Hinnerk zuckte mit den Schultern: „Das gilt aber nur für diejenigen die sich auch damit abfinden. Arschloch, du elendes." „*Ghihahaha*! Fast hätte ich dich ja vermisst, Friesenbalg! Aber eben auch nur fast. Falls du das hier überlebst bring ich dich persönlich um. Also enttäusch mich nicht und überlebe! Klaro?!" „Ich warte nur auf den Versuch du Köter!" Doch der Söldner spuckte nur aus. Das fünfte Spiel war damit vorbei. Die Plattform war wieder still; das Feuer ausgegangen. Nichts zeugte mehr von dem irren, tosenden Geisterreigen der hier noch vor wenigen Momenten getobt hatte.

Als sie wieder in ihren Zellen saßen wollte ein jeder natürlich wissen wie und vor allem *was* Hengest gemacht hatte um den Totentanz zu beenden. Nach endlosem Bedrängungen sagte er dann: „Ihr werdet es noch früh genug erfahren. Nur warnen muss ich euch schon jetzt. Es wird seinen Tribut fordern. Also gebt Acht, um euretwillen." Mit diesen kryptischen Worten mussten sich seine Mitstreiter dann auch zufrieden geben. Hinnerk lachte plötzlich hell auf und Wiek fragte: „Was hast du?" „Ich dachte nur gerade daran wie zerschmettert wir gestern noch alle waren, und die –haha- ganzen Tage zuvor! Sagt mal, sind wir denn verrückt geworden? Ich verstehe mich selbst nicht mehr! Haha!" Puk meinte: „Mit uns ist alles in Ordnung. Menschen unter solchem Druck können einfach nicht lange alleine bleiben. Sie suchen die Nähe von anderen, instinktiv. Alle sagen uns zwar, dass wir Feinde sein *müssen* aber das gemeinsame Durchleiden hat uns auch zusammengeführt. Im Kampf geschmiedet."
Wiek nickte: „Genau! Wäre ja sonst auch nicht auszuhalten. Und sogar du musstest mal lachen, ‚grimmiger Hinnerk'!" „Ja, ich geb's ja zu. Aber was ändert es an unseren Umständen? Verdammt." „Nüchtern betrachtet nicht viel, aber es gefällt mir viel besser so. Denn wenn wir schon sterben dann können wir es auch mit Humor nehmen."
Ratibur grinste: „Ihr beknackten Goten…" Wiek Kecknitzer erzählte dann verträumt: „Wisst ihr: Daheim in unserm Dorf an der Donau, da war immer ein Mann der erzählte uns Geschichten oder spielte auch Ball mit uns. Anders als die anderen Erwachsenen nahm er sich immer die Zeit dafür. Er bastelte mit uns kleine Holzwaffen mit denen wir auf die Jagd nach Fröschen gingen, Drachen für uns. Wir haben viel gelacht aber auch manchmal geweint. Alle Erwachsenen sagten ihm, er würde nur seine Zeit mit uns verschwenden und nicht mehr richtig im Kopf sein. Er tat ja damit nichts ‚Wichtiges', lebte nur von anderer Leute Arbeit und hielt die Kinder davon ab, selbiges zu lernen.

Dabei hat er schon gearbeitet. Nur eben nicht nur..."

Der Gote lächelte matt: „Aber als er dann eines grauen Tages verschwunden war, da hab ich ihn so bitterlich vermisst; mehr noch als jeden anderen Erwachsenen. Mehr noch als meine eigenen Eltern. Sagt: Ist das nicht traurig? Aber so war es... Dieser komische Nichtsnutz, dieser vermeintliche Schmarotzer und Herumtreiber; sogar seine eigene Familie wollte nichts mehr mit ihm zu tun haben; dieser Mann war der einzige dessen Wegbleiben ich schmerzlich spürte. Weil er nicht immer nur von Kampf, Kampf, Kampf, Arbeit und dem ‚nackten Überleben' redete. Das musste ‚wahre Freiheit' sein dachte ich. Wenn man nicht immer an Kampf denken muss..." Der gotische Junge setzte sich auf: „Tjah! Und so wurde ich dann immer mehr wie er! Ein Herumtreiber, Scherzbold und Schwätzer! Und bin letztlich hier gelandet. Bin eigentlich mehr Gaukler als Krieger. Ob es sinnvoll ist? Wer weiß das schon? Aber so bin ich nun mal. Ich kann und will auch nicht anders." Hinnerk nickte: „Das kann ich durchaus akzeptieren. Ein Mann braucht einen Standpunkt, und sei er noch so lächerlich. Nur dazu stehen muss er."

Ratibur wischte sich mehrmals die Nase, stöhnte, und begann dann zu erzählen: „Ja, ihr miesen Ficker, ihr Pisser! Auch ich habe mir meinen Stand hart erkämpfen müssen, wisst ihr? Wenn man so klein ist wie ich muss am sich halt anderweitig beweisen." Hinnerk erkannte: „Durch eine große Klappe was?" „Nur halb so groß wie deine! Aber mal im Ernst: Darum bin ich hier – weil man mir sagte im Wendenwald könne man seinen ‚wahren Wert' als Mann beweisen. Ich bin also mit einigen anderen Jungspunden aus Pommern hierher. Nur mit Speer und Schild auf dem Rücken – um Pyrks und Sachsen zu jagen. Hat nur nicht lange gehalten diese Jagdfreude, denn da gerieten wir selbst in die Hände dieser kack ‚Sachsenjäger' aus Tangermünde. Denen war scheissegal dass ich eigentlich von woanders kam. Haben mich einfach hierher gesteckt. Aber ich will verdammt sein wenn ich einfach so aufgebe! Ich bin schon so oft wieder hochgekommen dass ich nicht mal mehr weiß wie es ist hinzufallen." Wiek schmunzelte: „Du hast ja auch den kürzesten Weg zum Boden." „Sehr witzig! Schicker Zopf übrigens du Tunte! Ach was ist eigentlich mit euch zwei Turteltäubchen, Friese und Byzze? Ihr kennt euch ja wohl doch von vorher, wie?"

Puk wollte die Täuschung noch nicht aufgeben: „Nur flüchtig." „'Du brichst mir das

Herz, Hinniiii?' Das ist für euch flüchtig?", echote Ratibur und Hinnerk winkte ab: „Pah, der Kerl ist dekident, was erwartet ihr? Sieht mich und findet mich ‚schnieke' oder sowas Hirntotes. Tze!" Hinnerk hatte Probleme die richtige Beschreibung zu finden aber Puk war ganz erleichtert dass er nicht offen aussprach was sie beide verband, trotz ihres Zwists. Wiek stand nun auf: „Leute!? Wir müssen hier rauskommen. Wir alle! Ich lass keinen mehr zurück." Ratibur lachte auf: „Bis auf Lars natürlich." Puk fühlte einen Hieb in die Magengrube und die Worte purzelten ihm einfach aus dem Mund. Er musste er es von der Seele bekommen: „Ich habe ihn gesehen, kurz bevor er starb. Er… dachte, ich würde ihm helfen. Den Minotaurus irgendwie ablenken? Aber ich habe es nicht getan. Nichts. Hab nicht eingegriffen. Es war meine Schuld." Wiek erklärte jetzt: „Dachten wir uns schon, aber in Anbetracht der Umstände isses wohl kaum zu verteufeln." „Doch ist es. Denn ich hätte es tun können, tat es aber nicht. Mir war der Sieg wichtiger."

Hinnerk fragte: „Und wieso erzählst du uns das jetzt?" „Ich bin mir nicht wirklich sicher…" Puks Augen wanderten unstet hin und her: „Es wäre sicher klüger gewesen es für mich zu behalten, aber vielleicht bin ich ja auch dümmer als ich dachte?" Ratibur meinte theatralisch: „Willkommen im Lager! Denn größere Deppen als hier im ‚Kerker von Kronenberg' wirst du nicht finden!" Sie gingen alsbald zu Bett. Alle bis auf Hengest; der sich niederkniete und völlig steif so verharrte; die Augen in Meditation geschlossen. Die Schatten von den blauen Fackeln im Gang schienen von ihm angezogen zu werden, so als gehörten sie irgendwie zu ihm dazu…

Kapitel 15

Die „Schneiderei Amsel & Co."

Bei dem abendlichen Essgelage langte Maligana mehr zu als sonst üblich. „Vorsicht, Kleines", bemerkte Giertrud, „sonst gehst du auf wie ein Hefekloß." „Mir egal! Tze! Was fällt diesem *Friesengesocks* eigentlich ein sich immer noch gegen mich zu richten?! Offenbar war unsere kleine Lektion noch nicht genug, wa? Wie?!" Die Adelige aus Schildaberg kratze sich am Auge: „Lass ihn uns nochmal holen, vielleicht waren wir ja zu sanft mit ihm." Laurenzia Adabei indes setzte ein breites Grinsen auf: „Vielleicht geht ihr ihn auch zu ‚hart' an? Ich habe noch einen Haufen hübscher Kleider die er ausprobieren könnte! Wird sicher lustig! Und ist genauso demütigend." Antonia Gateux kaute an einer Birne: „Ich weiß gar nicht warum ihr euch darüber so aufregt? Vielleicht stirbt er morgen und dann?! War all eure Aufregung umsonst aber ihr kriegt hässliche Falten. Die bleiben für immer!" „Schrecklich!", sagte Heidel und Maligana rümpfte die Nase: „Du verstehst das eben nicht, Gateux. Warum haben wir denn die Jochbänder und die Ringe? Doch um sie zu knechten, zu brechen, zu *zwingen*! Um zu sehen wie sie versagen und sich elend winden. Stolze Kerle in unterwürfige Köter zu verwandeln, dass ist das wichtigste an diesen Spielen!" Sie wurde laut. „Das. Aller. *Wichtigste*!!" Sie schnaufte mit aufgerissenen Augen. Als sie in verwirrte Gesichter blickte ruderte sie zurück: „Oder nicht? Also für mich jedenfalls. Ähhh… Giertrud?" Diese nickte stumpf: „Ist durchaus einer der Aspekte, aber doch nicht der einzige." Maligana lächelte und wischte sich den Speichel vom Mund: „Natürlich nicht. Jeder von uns hat seine eigene Art Spaß zu haben, haha!" Sie winkte nun Geifer herbei, der sich beständig in ihrer Nähe aufhielt und darum von Seyton (der ebenfalls ständig in ihrer Nähe herumgeisterte) streng beäugt wurde: „Sag an, wilder Söldner: Was bringt dir Spaß? Erzähl!"

Geifer zuckte mit den Schultern: „Fressen, Kämpfen, Ficken? Das ist eigentlich alles was ich brauche." Die Mädchen kicherten und Seytons Stab hämmerte auf den Boden: „Zügle dein loses Mundwerk, Kerl!" Maligana winkte ihn ab: „Schon gut, Seyton. Lass ihn nur reden." Sie drehte das Glas Wein in ihrer Hand und lächelte schief: „Denkt ihr nicht, ich sollte dem Friesen eine weitere Lektion beibringen? Und härter durchgreifen?" Geifer setzte sich zu ihr, rückte dann quälend langsam näher und grinste ihr dann direkt in Gesicht. Seine kräftige Präsenz machte Maligana unruhig, ließ sie schwindeln als er antwortete: „Ich bleibe bei meinem Rat; den Kerlen eine Ruhenacht zu gönnen damit sie ihre Kräfte für die nächsten Spiele nutzen können. Meine Erfahrung in vielen Kriegszügen lehrte mich wohl, dass dauerhafte Beanspruchung und Stress zum vorschnellen Tod führt; oder zur absoluten *Lethargie*." Heidel Kloros runzelte die hübsche Stirn: „Leta-gie-was?" Laurenzia erklärte bereitwillig: „Er meint Lustlosigkeit." „Oh nein! Das wollen wir nicht!", rief Stefanie Treyer über den Tisch hinweg, „Auf keinen Fall! Sie müssen schon noch Lust haben!?"

Geifer lehnte sich zu Maligana herüber. Seine stechenden, hellblauen Augen waren wie glühende Lanzen in ihren Kopf: „Ich fürchte nur so kann das Spiel interessant bleiben. Zerbrecht nicht vorschnell eure Puppen wenn ihr noch mit ihnen spielen wollt." Giertrud aber meinte schnippisch: „Meh! Sie schienen mir viel zu fröhlich nach diesem Totentanz. Gestern beim Minotaurus war es irgendwie lustiger fand ich." Geier nickte ihr zu: „Für euch wohl war. Aber ihr missversteht mich. Es ist eine höchst ‚lustvolle' Entwicklung: Zuerst kannten sie einander nicht, dann bekämpften sie einander und nun tun sie so, als wenn sie beste Freunde wären. Nicht aufgefallen?" Giertrud schnaufte: „Natürlich ist es mir aufgefallen." Und Heidel schlug vor: „Das nächste Mal sollten wir sie voneinander trennen! Die dürfen sich gar nicht erst kennenlernen!" Geifer schüttelte den Kopf: „Das wäre doch noch langweiliger." Maligana spitzte jetzt die Ohren und versuchte zeitgleich ihren hochroten Kopf mit etwas verdünntem Wein zu kühlen. Es misslang ihr.

Geifer stand auf und umrundete den Tisch wie ein Wolf seine zitternde, rehäugige Beute. Er gestikulierte dabei groß mit den Händen: „Denkt doch nach, Mädchen! Nun, wo eure Jungen befreundet sind, werden sie versuchen einander zu helfen aber die Regeln und Spiele werden sie nicht lassen, richtig? Es kann nur einen geben. Das wird ihren unausweichlichen Verrat also nur umso süßer machen. Und wenn sie das getan haben, dann werden sie *wirklich* am Boden zerstört sein – und ihr gewinnt: ‚Burgfried hoch'! Sie werden Ausreden erfinden, Rechtfertigungen dass sie ‚keine Wahl' hatten. Und so verachten sie sich selbst, nein!, *hassen* sich selbst. Nur dann sind sie wirklich gebrochen meine lieben Edeldamen. Und dann werdet ihr ihn haben: Euren ‚lustvollsten Sieg aller Zeiten'!"

Laurenzia Adabei musste nach diesem Vortrag erst einmal ihre Lippen befeuchten: „Ihr wisst ja außergewöhnlich gut Bescheid, Herr Söldner?" Geifer griff sich ungefragt eine Hühnchenkeule von einer der angerichteten Platten und aß sie: „Hab es schon oft gesehen. Und immer wenn ein paar neue dazukommen dasselbe Theater. Man kommt sich näher, schwört einander die größte Treue und dann hauen sie sich später beim Plündern gegenseitig die Fressen ein. Es war nie anders und wird nie anders sein. Davor gibt es kein Entkommen. Wenn ihr mich dann entschuldigen wolltet? Ich muss mal radikal strullen gehen. Herrin Maligana?" Maligana nickte stumm; war sprachlos. Geifer verbeugte sich dann rudimentär und tänzelte dann zu Seyton herüber, drückte ihm den Hühnerknochen in die Hand: „Halt mal, mein Freund." Seyton knurrte aber Maliganas Blick verriet ihm sogleich dass er seinen Zorn zurückhalten sollte. Geifer verließ also beschwingt die Halle; nicht ohne einen staatlichen Rülpser ertönen zu lassen der weithin hallte.

Seyton räusperte sich und ging zum Tisch; schmiss den Knochen auf einen Ablageteller: „Herrin, darf ich daran erinnern, dass morgen die Festivität zu Braunschweig beginnt?" Maligana verzog so stark das Gesicht, als habe man ihr gerade gesagt dass ihr Haare aus der Nase wachsen: „So viele Tage im Jahr und dann muss sie das Fest ausgerechnet dann ausrichten wenn ich meine Spiele abhalte?!", maulte sie, „Ach, Tante Jule wird dass schon nicht so ernst sehen. Sie mag mich, ich bin ihr Liebling!" „Nun, Herrin, dass mag durchaus stimmen. Aber vergesst nicht, wie wichtig die Angelegenheit für eure Familie, die Gelfen, ist. Und die anderen Damen sind ja auch explizit eingeladen worden. Alle sind geladen." Laurenzia nickte: „Wir kommen gerne mit, Malli. Wird sicher lustig! Oder willst du als einzige hierbleiben?" Maligana wirkte genervt: „Dann muss ich aber wieder bei meinem Bruder sitzen, oder?" „So ist die Etikette.", erklärte Seyton. „Bäh! Der nervt nur. Redet dauernd nur von seinen blöden Koggen, Schniggs, Holks und Polks!" Seyton räusperte sich nach einigen schweigevollen Minuten demonstrativ und die Herrin von Kronenberg rutschte unruhig in ihrem Stuhl umher: „Jaja, schon gut! Ich komme! *Mann*! Mach alles bereit für die Abreise, Seyton! Dann müssen die Spiele eben drei Tage aussetzen. Toll! Mist. Aber dass sie mir ja nicht faul rumliegen!" „Gewiss. Ich kümmere mich schon darum." „Geifer soll dir helfen!"

Maligana war so ziemlich die einzige die sich von dem bevorstehenden Fest genervt zeigte. Eine Unterbrechung ,ihrer' Spiele missfiel ihr massivst. Was kümmerte sie das politische Geplärre auf den adeligen Veranstaltungen? Es war lästig, verstellt und kotzlangweilig. Der wahre Grund aber (so wusste Seyton) lag allerdings etwas tiefer. Die junge Herrin von Kronenberg war nicht für diese Art Machtspielchen beschaffen und fühlte sich dabei immer hoffnungslos verloren und regelrecht eingeschüchtert. Eingeschüchtert von all den möglichen Konsequenzen, die sich aus jedem unachtsamen Wort ergeben mochten. Es war überaus anstrengend und sie hatte (bei aller Liebe) nicht die ,geistigen Kapazitäten' um damit angemessen umzugehen. In Kronenberg jedoch war sie die alleinige Herrin über alles und hatte nichts zu befürchten. Auf dem rutschigen Parkett des Hochadels jedoch musste sie auf jedes Wort achten, um weder sich noch ihre Familie in Schwierigkeiten zu bringen. Maligana versank darum nun angesäuert in ihrem fellbedeckten Stuhl während die anderen Mädchen schon über die möglichen Teilnehmer der Festivität schwadronierten und es als ,besondere Gelegenheit' betrachteten. Sie alle entstammten dem höheren Adel (sowie Maligana), jedoch kamen sie auch von weit her. Eine jede wollte solch eine ,kaiserliche Feier' miterleben. „Die Familie geht eben über alles.", murmelte Maligana und lachte verbittert in sich hinein. Sie hasste es nicht ernst genommen zu werden. Woanders war sie ja nur eine kleine Randnotiz, eine unwichtige Halb-Verwandte eines großen Adelsgeschlechtes ohne nennenswerte, eigene Ländereien. Das einzige was sie von den anderen etwas abhob, waren ihr Schmuck und die Kronenberger Spiele. Sie begutachtete erneut ihre vielen schicken Ringe und Armbänder an den Armen, genoss das helle Funkeln und Blitzen im Kerzenschein. Hier war sie reich und mächtig; aber da draußen war sie arm und unwichtig.

Runas Brustkorb hob und senkte sich jetzt nur noch seeehr langsam und in gewisser Weise war das beunruhigender. Jens erhielt sogar den Eindruck als läge sie in den letzten Zügen ihres ereignisreichen Amsellebens. Auch sprach sie nur noch in stark abgehackten Sätzen, als wäre jedes Wort zu viel für sie: „So. Bin fertig. Mit euren Sachen. Aber…aber…" Sie plumpste steif zur Seite streckte die Krallen von sich und ihr Atem rasselte. Sofort war Jens zur Stelle und bot ihr einen Wurm an. Aber Runa schüttelte den Kopf: „Das wird – mir… jetzt auch. Nicht helfen." „Kein Wurm?! Jensel, was stimmt mit ihr nicht?", fragte Gerlinde zutiefst besorgt und Jens erklärte: „Ihre Schwäche ist weniger das Resultat von einem überlasteten Körper, als vielmehr das Ergebnis einer völlig überlasteten *Seele*. Es ist schon so schlimm dass es auf ihren Körper übergreift. Ihr arkanes Wesen braucht derzeit nur eines." „Und was? Haselnüsse?" „Ruhe."

Gerlinde kratzte sich am Kopf; wägte ihre Worte ab: „Hä? Also hat sie Stress? Die Schnauze voll? Beziehungsweise den Schnabel voll?" „Vereinfacht ausgedrückt: Ja." Runa nickte müde. Jens begriff, dass die sprechende Amsel mehr eine magische als eine physische Existenz war. Sie mochte optisch nur ein Vogel sein aber ihr wahres Wesen war weitaus größer und lag auf einer gänzlich anderen Ebene. Jens wies auf einen schwach-flackernden Schein, welcher kurz um Runas Federn aufblitzte: „Siehst du, Gerlinde?" Diese beugte sich herüber (und da sie meist im offenen Hemd herumlief, baumelte ihr Busen direkt vor ihm herum wie zwei schwere, Kirchturmglocken). Jens hatte sich aber an diesen halbnackten Anblick gewöhnt und erklärte sachlich: „Dieser flackernde Schein ist ein Zeichen; genau wie die matten Augen. Die Magie ist schwach in ihr, ist aufgebraucht." Gerlinde kniffe die Augen zusammen: „Also ich sehe Garnichts. Bist du vielleicht auch übermüdet? Du hast die Tage ja kaum ein Auge zugetan, mein armer Nasenmann!"

Jens rieb sich müde die Nasenwurzel: „Ja, ich… Ich brauche nur noch eine Idee; einen Teil des ganzen Plans. Verdammt, heute Abend ist es schon soweit. Falls diese ,Maligana von Kronenberg' überhaupt auftauchen sollte, und ,falls' sie ihre Schmuckstücke mitgenommen haben sollte… Es gibt so viele Variablen! Und einen Fluchtweg!? Herr Gott! Ich hab ja noch garkeinen Fluchtweg geplant?!" Gerlinde hüpfte mit dem Gesäß voran auf den Tisch und sah ihn mitleidig an: „Jetzt machst du dich aber unnötig verrückt." Sie strich ihm mehrmals über den Kopf. „Hör mal: Ich weiß, ich bin dir keine große Hilfe mit meiner Scheisse-Laberei, aber weißt du was? Hm?" „Hm?" „Hm. Ich denke, wir schaffen das auch so. Ich meine: Je verkrampfter wir an die Sache herangehen desto *auffälliger* werden wir doch nur, oder? Desto eher passieren Fehler. Lass es einfach - passieren, verstehste? Wenn du jeden Schritt dreimal überlegen musst und so übervorsichtig bist - dann läuft dir dein Leben vor der Nase weg! Du Depp." Sie schlug die nackten Beine übereinander; eine für sie ungewöhnlich feminine Haltung. Sonst hockte sie breitbeinig da.

Jens blieb skeptisch: „Vorsichtig zu sein hat mir bislang noch nie geschadet." „Ha! Und hat dich diese tolle ‚Vorsicht' auch davor bewahrt zehntausend Gulden Schulden anzuhäufen?" „Das war ja nicht meine Schuld." „Hat dich deine Vorsicht davor bewahrt? Ja oder nein?" „Nein! Aber man kann das Risiko mimimieren und genau das versuche ich hier. Vergiss nicht, das sind alles Adelige. Dies hier ist kein blödes Volksfest mit Danziger Bier und gegrölten Saufliedern. Hier geht es um Dynastien, die Zukunft von gewaltigen Königreichen! Da ist nichts locker und entspannt!" „Gut, ich verstehe! Aber wir haben ja nicht wirklich was zu verlieren, oder? Das ist unser *Vorteil*. Wir haben kein Land, dass wir verlieren könnten, keine Dynastie oder Länder am Arsch kleben. Wir sind eigentlich ‚göttlich sorgenfrei'."

Jens lehnte sich zurück und holte aus: „Das mag ja für dich gelten Seegör, aber nicht für Hinni, Leevke oder mich. Ich weiß ja nicht wie es bei dir ist, aber mir machen die ganzen politischen Entwicklungen der letzten Monate ne Heidenangst. Da braut sich etwas zusammen und unser Friesland wird davon nicht verschont bleiben. Wer weiß schon was sie machen, wenn sie feststellen, dass ich sie verarschen will? Denkst du die werden die verbrieften Freiheiten vom Kaiser achten? Du hast ja gesehen was die Grafen von Oldenburg davon halten, als… Ach ne, du warst ja noch gar nicht mit an Bord! Hast dich lieber besoffen durch die See gondeln lassen!"

Gerlinde brummte: „Ja! Ja, das hab ich! Und? Ist das ein Verbrechen?!" „Du *bist* eine Verbrecherin! Und darum verstehst du nicht wie es ist etwas verlieren zu können, etwas dass man nicht mit dem Schiff in Sicherheit bringen kann! Für dich ist doch alles nur Spaß, Spannung und was weiß ich noch alles!" „Verzeiht eure Hoheit, dass ich nicht dem hohen Standard entspreche welchen da ihr bevorzuget!" Sie sprang wütend auf, schnappte sich ihren Mantel und stürmte aus dem Zimmer. „Wo gehst du hin?", rief Jens ihr nach. „*Rumgondeln!*" Jens verharrte einige Sekunden und stöhnte dann ausgiebig als sie fort war: „Kacke." „Du musst sie zurückholen.", krächzte Runa hinter ihm.

Jens nickte: „Mach ich; später. Wie geht es dir?" „Ich werde euch nicht mehr groß helfen können..." „Und wenn ich dich mit dem Zauberbuch auflade?" „Nein!", sagte die Amsel erschreckt, „Bitte nicht! Damals im Sumpf, als ich die Energie von deinem goldenen Schild absorbierte war es reiner Zufall, dass ich nicht sofort verglüht bin. Nein, es muss natürlich geschehen. Es gibt keine größere Heilkraft, als die der Ruhe und des Schlafes. Meine Seele braucht nun viel davon. Es tut mir leid, Lehrling-Jens."

Dieser streichelte ihr über den kleinen Kopf und sie schloss müde die wässrigen Augen: „Schon gut. Wenn jemand verdient hat eine Pause zu machen, dann du. Wir alle... Mein Gott! Ich weiß schon gar nicht mehr wie es ist, nicht um mein Leben zu kämpfen, mich mit Untoten oder Göttinnen herumzuschlagen, Hexen oder Tyrannen. Ich wollt ursprünglich nur ein paar Last Bohnen verkaufen. *Bohnen*! Dumme, alte Bohnen." Runa fiepte: „Du bist ein guter Zauberer." „Wieso? Weil ich mich in all dem Tumult nicht mehr zurechtfinde? Ist das die Vorrausetzung für einen Zauberer?" „Nein. Aber weil du es überhaupt als Tumult *erkennst*. Dieser ist das Problem der Menschen – ihre ganz persönliche Geißel, die sie seit jeher quält." Jens sah aus dem Fenster ihres gemieteten Zimmers: „Und ich habe gerade meinen Teil dazu beigetragen. Zu der Quälerei..." Er sah hinaus auf die geschmückten Straßen. Die letzten Vorbereitungen für die Festivität wurden getroffen und ein kläffender, kleiner Hund wurde beinahe von einem vorbeipolternden Pferdegespann zermalmt. Er war im Weg.

Runa setzte sich auf: „Es gibt noch eine Sache; wegen den Kleidern." Jens setzte sich wieder zu ihr; welche nun wie eine Henne auf einem Ei hockte und sich tief in ihr eigenes, braunes Gefieder zurückgezogen hatte sodass nur noch der Schnabel herausguckte: „Die Kleider zerfallen sobald man ihnen die Magie entzieht. Jetzt glitzern die Edelsteine und goldbestickten Ränder noch, aber wenn meine Kraft erlischt wird diese Illusion aufgehoben werden. Der Zauber verfliegt dann sehr schnell! Wie altes Laub." Jens fragte: „Was muss ich also tun?" „Übernimm du jetzt die magische Zufuhr zur Aufrechterhaltung des Zaubers." „Mit dem Buch?" „Ja, du kannst es als Quell mit dir führen. Aber letztlich wird die Verbindung über deine Seele laufen. Du bist der ,Mittler der Magie'." Jens brauchte einige Sekunden „Also ich soll die Kleider schön halten?" „Genau. Lege hierzu deine linke Hand auf das Kleid und die rechte Hand auf mich. Ich übergebe dir damit die arkane Verbindung. Danach berührst du Kleid und

Buch um auch zwischen den beiden eine Verbindung herzustellen. Eine Übergabe der Verantwortlichkeit sozusagen." Jens holte die Kleider und das Buch herbei und tat wie Runa ihm gesagt hatte.

Bei der ersten Berührung zwischen Kleid und Runa spürte er einen nicht unerheblichen Druck auf seinem ganzen Körper. Er stöhnte während Runa zugleich um einige Tonnen erleichterter schien. „Das hältst du schon seit Tagen aus? Du bist unglaublich!", zischte Jens und Runa pickte scheinbar nervös auf dem Holz des Tisches herum: „Nicht so schlimm." „Nicht so schlimm?! Ich hab das Gefühl mein Kopf platzt gleich wie ein Kürbis!" „Es zerrt ja auch noch von deiner Seele; denn das ist die Wesensart der Magie. Du wirst ständig geprüft, unablässig. Zwar hast du schon einige Erfahrung sammeln können aber dein ‚interner Magiepegel' ist noch recht niedrig. Berühre jetzt also das Buch bevor es dich ganz verzerrt und die Illusion verlischt." Jens legte die Hand auf Wirringers Zauberbuch und spürte sogleich eine massige Erleichterung als der Druck aus seinem Kopf wich und auf das Buch umgeleitet wurde.

„Ein leichtes Ziehen im Hinterkopf bleibt." Runa erklärte: „Das bleibt als Mittelsmann nicht aus. Diese Verbindung ist aber nur eine temporäre, auch um dich zu schonen. Es gibt aber auch Zauber die dich permanent an ein Objekt binden, doch das wäre zu gefährlich für deinen niedrigen Kenntnisstand. Nichts für ungut." „Ich bin ja noch in der Ausbildung. Aber wieso hast du dich nicht mit dem Buch verbunden?" „Ich bin nur eine Vertraute; kein Zauberer. Wirringer hat *dir* das Buch gegeben daher kannst nur du es nutzen; es ist nicht meine Aufgabe. Es hat etwas mit Schicksal zu tun…" „Na denn." Sie verbanden auch noch Gerlindes Kleid mit Jens sowie dem Buch und dieser lächelte zufrieden: „Geschafft. Wird Zeit das wir uns einkleiden, oder was meinst du? Runa?" Die Amsel war inzwischen eingeschlafen. Im Grunde hatte sie nur der Schmerz durch den beständigen Magieentzug die letzten Tage noch aufrechterhalten. Nun war die Erschöpfung vollends durchgeschlagen und sie schlief seelenruhig und fest wie ein Stein. Spielerisch tippte Jens sie sanft an aber sie reagierte nicht. „He Runa." Er hatte noch ein paar Fragen aber die Amsel reagierte nicht. Er hob sie an und schüttelte sie leicht; aber auch jetzt blieb sie unverändert in ihrer hockenden Pose und hielt die Augen geschlossen. Jens tippte ihr noch auf Schnabel und Köpfchen, kitzelte sie an den Krallen, warf sie mehrmals hoch in die Luft; aber egal was er auch tat: Runa schlief stur weiter. Eine Schlafblase stieg ihr aus den Nüstern. Sie war weg vom Fenster. Jens seufzte und bettete sie schließlich in ihr provisorisches Nest auf den Dachbalken, damit sie niemand so leicht finden konnte. Auch stellte er ihr eine Schüssel mit Wasser, Erde sowie einigen fetten Würmen darin hin falls sie zwischendurch aufwachen sollte. Er wünschte ihr schöne Träume und warf sich seinen Umhang um. Er musste Gerlinde zurückholen.

Die ersten Gäste ritten Mittags feierlich in die Stadt ein; auf Rössern und in Kutschen; begrüßt von den Einwohnern Braunschweigs mit Liedern, Blüten und Wipfeln. Jens straffte sein Wams erneut und begab sich auf die Suche nach Gerlinde. Er fand sie in einer Spelunke, nicht allzu weit entfernt – lallend und halbnackt in einer Ecke. Jens bezahlte ihre Rechnung beim Wirt und zog sie mit sich. „Musste das sein?", stöhnte er und sie lallte: „Jetz bissu wieder böse, oder Herr Janschen? Ne?! Ja, bist du. Ich versuch' ech mein Bestes aber nie isses dir jut genuch! Ich bin jetzsch bereit für die Feschivität. Bin nüschtan!" Sie rülpste lautstark. „Isch werde sie mi meiner ,Äleganz' – überzeuschen… Mooment… ein Momm't…" Gerlinde stolperte an ihm vorbei und übergab sich in eine nahe Gosse.

Jens half ihr hoch: „Tut mir leid wenn ich dich gestern so angefahren haben sollte…" Er stockte: „Meine Fresse, was hast du alles gegessen?!" „Zuviel." „Das seh ich! Egal! Jedenfalls brauch ich dich jetzt, hörst du? Mehr als je zuvor." „Ecscht?" Sie bekam einen Schluckauf. „Echt. Jetzt." Gerlinde fiel ihm um den Hals: „Oh, Jensch du machst dieses Mädsch'n so glülckl'sch! Darauf drinkn wir ein'n!" „Nein. Du hattest genug für uns beide; für mehrere Tage. Nun komm. Wir müssen dich einkleiden." Er lachte: „Das ist doch alles ein Witz." Jens half ihr in die Wohnung zu finden und bat die Hausherrin einen besonders intensiven Muntermacher sowie ein Bad vorzubereiten und sie in das Kleid zu stopfen. Nüchtern würde sie wohl bis zum Abend nicht mehr sein aber wenigstens würde sie nicht länger halbnackt durch die Gegend torkeln. Jens hätte böse mit ihr sein müssen, aber irgendwie war er nur froh dass er mit etwas Banalem abgelenkt war. Es war schon verhext mit ihnen beiden…

Gerlinde wusste es sofort als sie die Augen aufschlug: Sie hatte verschlafen. Sie hatte Jens (noch als sie im Badezuber lag und sich lustig wusch) versprochen, dass sie sofort nachkommen würde; mit Kleid und allem. Jens war vorgegangen um die Lage auszukundschaften und ihnen einen guten Platz zu sichern. Sie fluchte seemännisch und sprang schwungvoll aus dem Bett; immer noch durchgeschüttelt vom Alkohol den sie sich aus Frust hinter die Binde gekippt hatte. Der bittere Muntermacher hatte seine Wirkung zwar nicht verfehlt, konnte die Nebenwirkungen aber auch nicht so schnell beseitigen. Nun war es schon früher Abend und der Einlass zum Fest stand bevor. Sie klatschte sich kaltes Wasser ins Gesicht und holte eine Schmuckschatulle hervor: „Zeit für dieses Weib zur Frau - zur *Dame* zu werden!" Sie meinte es todernst.

Jens wartete in seinem feinen ‚runa-ischen' Anzug am Eingang zum Schlosshof und unterhielt sich auf reserviert-höfliche Art mit den anderen Gästen welche ebenfalls noch auf jemanden warteten. Braunschweiger Wachposten liefen hier mit Hellebarden auf und ab und hatten sogar schon einige eingeschlichene Burschen entfernt. Es galt geschlossene Gesellschaft, rigoros durchgesetzt. Er selbst stellte sich allen als Herr ‚Liebwerk von Immunrieth' vor und hoffte so niemand würde sich zu sehr mit ihm beschäftigen oder dumme Nachfragen stellen. Der Anzug, den Runa ihm geschneidert hatte war indes kunstvoll geschneidert und von purpurnem Glanz mit goldgestrickten Verschnörkelungen und samtener Oberfläche. Auf seinen Schultern lag zudem ein gelblicher Umhang welchen er über die linke Schulter geklappt trug und welcher mit einer silbernen Brosche gehalten wurde. Er passte so erstaunlich gut in die Gesellschaft und führte es auf die Gespräche zwischen Jens und einer örtlichen Gewandschneiderin zurück, die er deswegen zuvor aufgesucht hatte (um damit Runa Ideen für das Nähen zu geben, da sie selbst modisch eher ‚veraltet' war und überall Blümchen draufstecken wollte).

Der Greetsieler wurde jetzt zunehmend nervöser und erschrak sogar als er ein ihm bekanntes Banner erblickte. Eine Familie von fettleibigen Adeligen mit notorischem Überbiss und Alkoholflecken im Gesicht schob sich durch den Fronteingang: Ihr Emblem war ein doppelhenkeliger Bierkrug auf dem ein kleines Kreuz prangerte. „Die

Gammel-Familie!" Jens drehte sich zwar sofort zur Seite; erinnerte sich dann aber daran, dass sie ihn unmöglich kennen konnten. Wilhelm Gammel war ja in der Schlacht bei Wittmund durch Abbo Wiards getötet worden und die restliche Familie hatte er nie kennengelernt. Er beruhigte sich also wieder und straffe sich. „Ruhig bleiben, Jens. Die kennen dich nicht, also kein Grund zur Besorgnis."

Aus allen Teilen des Reiches und darüber hinaus kamen die Ministerialen, Grafen, Herzöge und Fürsten herbei. Fackeln und Kerzenlicht erhellte den Weg bis zu dem großen stufenartigen Palas-Gebäude, in welchem die Festivitäten langsam an Fahrt aufnahmen. In der Stadtluft lagen Musik, das leise Kichern von Damen und das lautstarke Prahlen von Rittersleuten; von denen es sich viele auch nicht nehmen ließen stolz in voller Plattenrüstung umher zu spazieren. In der Ferne spielten Musikanten auf leisen Streichinstrumenten, klimpernden Harfen und sanften Flöten. Jens Magen verkrampfte sich zunehmend wegen dieser hochgestochenen, heuchlerischen Atmosphäre. Ganz so als wäre er dagegen allergisch. Er wünschte sich deshalb (zu seiner eigenen Verwunderung) in eine Kneipe mit ein paar stinkenden, rülpsenden Haudegen. Nur kurz, zum Ausgleich.

„Huhu! Schätzchen! Hast du dich schon gelangweilt ohne mich? Hu-hu!?" Jens erkannte Gerlindes Stimme und wirbelte erbost herum. Nur um sich selbst dabei zu ertappen wie sein Mund meilenweit offen stehen blieb. Was da herangetänzelt war mit ‚Gerlinde' kaum noch zu vergleichen. Es mochte an Runas grün-wallendem, dünnem Kleid liegen welches ihre weiblichen Rundungen geschickt hervorhob aber zeitgleich hatte sie sich auch sonst selbst in einer Art herausgeputzt, die ihm die Sprache verschlug. Ihr sonst struppiges Haar war glatt zur Seite gekämmt und glänzte nun nicht mehr vor Schmiere sondern vor wohlriechender Reinlichkeit. Mit dunkler Schminke hatte sie ihre großen, blauen Augen hervorgehoben und mit dunkelroter Farbe die Lippen saftig bemalt. Die Schminke war sogar dezent und nicht so übertrieben wie Jens es von einer Frau erwartet hätte die sonst nur massiv geschminkte Hafendirnen kannte. Das wichtigste jedoch: Sie *lächelte ihn an* und das gänzlich ohne markante Zahnlücke! Bei jedem Schritt mit ihren feinen, schmalen Schuhen reckte sie zudem eines ihrer langen, kräftigen Beine vor und wirkte dabei fast schon elegant. Sie lehnte sich zu dem perplexen Jens herüber und küsste ihn auf die Wangen. Dabei fielen ihr fast schon die wuchtigen Brüste aus dem tief geschnittenen Ausschnitt.

Sie richtete sich den Busen gerade zu Recht, als sie ihm flüsterte: „Oi. Starr mich nicht so an als wären wir uns zum ersten Mal begegnet, Nasifix. Wir sind jetzt verheiratet, klar? Du hast mich schon hunderttausendmal gesehen. Auch nackt." Jens musste seinen Atem wiedererlangen und tat einen diplomatischen Schritt zurück. Er befeuchtete seine trockenen Lippen: „Meine Fresse, Gerlinde! Was…Wie…? Hat Runa dir dabei geholfen?!" „Ha! Denkst du, ich könnt mich nicht selbst schick machen?" „Genau." Sie schubste Jens mit ihrer Hüfte an: „Pfff. Ich bin trotz allem eine Frau und habe gewisse ‚Instinkte'… Und außerdem: Denkst du unser Waldvogel hat Künne von menschlichem Schmuck?! Sie ist doch keine Elster sondern eine Amsel. Musst besser aufpassen, Schatz."

Jens runzelte die Stirn: „Aber was ist mit deinem Zahn passiert?" Gerlinde befühlte den neuen Zahn: „Ach daff? Ist ne ‚Spezialanfertigung' gewesen. Hab ich gerade erst reingedrückt das Teil. Du würdest dich wundern wie viele Frauen hier in den letzten

Tagen beim Barbier waren um sich dort von ihm beackern zu lassen. Ob jetzt Haare, Augen, die Brüste, der Arsch, Bauch, Zähne, Lippen (oben wie unten); da war so manche Braut die sich ein wenig verjüngen wollte allein für diesen Anlass. Da kannst du richtig gut Kohle machen! Nicht mit Bohnen, Jens. Mit *Verstümmelungen*! Das zieht bei Frauen immer." Jens verzog angewidert das Gesicht: „Sowas gibt es?" Gerlinde lachte hell auf und kniff ihm in die Wange: „Ach, Jensel. Dafür dass du so viel herumgekommen bist, bist du manchmal noch herrlich naiv. Aber ,Schwester Linde' macht das schon." Jens schüttelte sich: „Und du bist auch nicht mehr angetrunken?" Er schnüffelte an ihr und roch zu seiner Erleichterung nur einen starken Hauch von Rosmarin. Sie grinste breit: „Ein bisschen beschwipst bin ich zwar noch, aber ich glaub das ist gar nicht so schlecht? Du hingegen siehst aus wie ein steifer Besenstiel im Anzug."

Jens straffte seienn Wams erneut: „Das gehört zu meiner Rolle. Ich bin ein versteifter Lackmeier mit einer durchgeknallten, frechen Frau." Gerlinde grinste breit und Jens räusperte sich: „Gehen wir also. Frau von und zu Immunrieht." „So dennen, Ehemännchen!" Sie klemmte sich bei ihm unter den Arm und gemeinsam hielten sie auf den Torbogen des Haupteingangs zu. Dort hatte sich schon eine Schlange gebildet und Wachleute standen grimmig Wacht. Auch sie waren festlich angezogen aber es bestand kein Zweifel daran, dass sie ihre Waffen im Notfall auch kompetent einsetzen würden. Die Anspannung war greifbar.

Ein mit Federhut besessener Bedniensteter saß indes am Torbogen an einem Pult und hakte dort lächelnd die Gästeliste ab. Jens fiel die Farbe aus dem Gesicht. Schweiß trat auf seine Stirn und Gerlinde bemerkte es: „Was ist denn mit dir los? Du blamierst uns vor all den Leuten." Jens raunte: „Lass die blöden Sprüche, Weib. Wie konnten wir *das* übersehen?" „Was'n?" „Wir stehen nicht auf der Liste. Da vorne ist so eine elende *Liste!* Eine Liste auf der wir nicht stehen?!" Gerlinde sah nach vorne und sah wie ein Adelspaar gerade abgehakt wurde. „Labern wir die Typen einfach voll?", schlug sie vor. „Bist du *maal*? Der Kaiser wird hierher kommen; die lassen uns nicht einfach rein nur weil wir ein bisschen herummeckern!" Gerlinde zerrte an seinem Ärmel: „Dann lass uns was anderes überlegen. Vielleicht können wir über die Mauer hüpfen." „Wenn wir jetzt noch aus der Schlange austreten ist das auffällig. Mist." Sie nährten sich dem Pult, wurden förmlich vorwärts geschoben.

Jens rutschte das Herz bis in die Füße. Wie hatte er solch eine Sache vergessen können? Woran hatte er denn die ganzen Tage gedacht wenn nicht an so eine Banalität? Er hätte Runa anweisen können die Gästeliste auszutauschen oder sie irgendwie magisch zu manipulieren aber nun war es zu spät. Ihnen blieb nur die heillose Flucht nach vorne. Der Schreiber nickte ihnen höflich zu: „Seid mir gegrüßt! Wen darf ich diesmal vorlassen, werter Herr?" Jens schreckte auf als er merkte dass er gemeint war. Gerlinde lehnte sich über den Pult und legte ihre Brüste direkt darauf: „Wer will denn das wissen, hm?" „Nur... der ähm Kammerdiener, Frau von...?" „Frau ‚Lisbeth von der Grüpen'! Und ihr Mann: ‚Kasper von der Grüpen'!" „Achso? Ja, moment ich sehe mal eben nach... Ah, da haben wir sie ja – Lisbeth von der Grüpen und... Walter von der Grüpen? Nicht Kasper?" Gerlinde lachte und stieß Jens in die Seite: „Ach ja, ich habe seinen echten Namen nie gemocht! Kasper klingt doch vieeel melodischer, findest du nicht Schatzi?" Jens spielte mit: „Den Namen hat mit mein Vater gegeben, d-darum bestehe ich darauf, dass du ihn richtig aussprichst, Weib!" „Nanu, nanu! Werd mal nicht gleich ruppig, du miesepetriger, kleinpimmeliger..." Der Kammerdiener sah sich nicht in der Verfassung mit *noch* einem weiteren Ehepaar an diesem Abend zu streiten: „Verzeihung, Verzeihung!" Er hakte sie ab und ließ sie durch: „Bitte geht weiter. Es ist nicht so wichtig. Seid willkommen."

Als sie sich streitend entfernt hatten grinste Gerlinde über beide Ohren und Jens fuhr sie sogleich an: „Wie hast du das gemacht? Ich dachte wir wären dran!? Hast du heimlich mit Runa Magie geübt oder wie?" Gerlinde reckte ihm ihren Busen entgegne: „Es war nur die Magie der Geilheit, hehe... Aber ernsthaft: meine Hupen haben ihn davon abgelenkt dass ich voll auf sein Papier geschielt habe. Da hab ich einfach das erstbeste Pärchen genommen." Jens seufzte: „Gut mitgedacht. Ich sah unsere Köpfe schon auf der Stadtmauer. Aber Moment mal! Wenn nun die echten von der Grüpens auftauchen?!" „Dann sind wir doch schon längst im Getümmel. Denkst du der Kerl merkt sich unsere Gesichter?" Jens wischte sich über das Gesicht: „Wohl eher deine Titten. Auf jeden Fall wird er misstrauisch werden und man wird nach uns suchen lassen. Das kann übel enden." Gerlinde rollte mit den Augen: „Mein Gott, du brauchst wirklich einen Schluck Schnaps, du Angsthase. Na komm, mein Kasperle!" „Gut. Nun ist es eh egal. Gucken wir uns um und sondieren die Lage. Wie geplant." Sie durchquerten den gepflegten Vorhofgarten mit den plätschernden Springbrunnen. Hier draußen waren überall Fackeln aufgestellt worden man sah durch hohe, schmale Fenster in den hell erleuchteten großen Festsaal des mehrstöckigen Palas hinein. Hinter diesem ragte das angeschlossene Edelherrenhaus empor und dahinter wiederum lag der hellerleuchtete Burgfried von Braunschweig, dessen Räume nur den höchsten Adeligen vorbehalten war. Irgendwo hier musste sich Maligana von Kronenberg herumtreiben…

Kapitel 16

Die Geschwister Stahl

Die junge Frau namens Laurenzia Adabei kicherte: „Wie? Ihr sucht Maligana von Kronenberg, Herr Liebwerk? Och, die ist weiter oben; wie es sich von jemanden ihres Standes gehört. Aber darf man erfahren warum ihr euch so für die kleine Malli interessiert, hm? Oder ist das etwas zu Anrüchiges, hehe?" Jens rührte seinen Becher Wein süffisant um: „Nun sagen wir einfach, ich beabsichtige mich in den oberen Gefilden *herumzutreiben*." Laurenzia schmunzelte keck: „Wenn ihr wirklich dahin wollt gibt es nur zwei Wege: durch Schönheit oder Geld. Andernfalls könnt ihr es ohne Einladung vergessen." „Und ihr? Warum seid ihr nicht dort oben?" Laurenzia fühlte sich ertappt: „Es ist eher öde dort, vrsteht ihr?" „Durchaus." „Ja, je höher man kommt desto steifer wird man wohl, aber das ist nicht meins. Ich brauche Lockerheit und ungezwungenen Spaß! Steif sein sollte ein Mann nur bei einer Sache, ihr wisst?" Sie lachte glockenhell und Jens errötete. Laurenzia war um die Anfang zwanzig und eine langhaarige, blonde Schönheit in makellosen Kleidern und guter Laune.

Jens hatte sie sich sofort geschnappt nachdem er überhört hatte, dass sie mit Maligana bekannt war. Über ihre Kleidung waren sie dann auch schnell ins Gespräch gekommen. Sie sagte nun: „Ganz abgesehen davon gehöre ich auch garnicht zum hohen Adel." Jens lächelte: „Aber ihr seht so aus." „Oh, findet ihr? Danke. Aber nein, ich stamme aus Süditalien; genauer dem byzantinisch geprägten Teil. Dort gibt es die besten Stoffe und Kleider nach wie vor. Meine Eltern sind reiche Kaufleute aus Brindisi und verdienen gutes Geld mit den Kreuzzügen, haben sich beinahe in den Adel eingekauft. Darum gehöre ich auch eigentlich hierher, zu den kleinen Leuten. Maligana gibt in Kronenberg derzeit herrliche Spiele zur allgemeinen Belustigung. Kostet uns zwar einiges, aber das ist es wert! Man lernt sich aus allen Schichten kennen und genießt einen Rundumkomfort der Extraklasse dort! Ist momentan aber eher auf Frauen zugeschnitten wenn ihr versteht, thehe?" Jens nickte zwar verständnisvoll; verstand aber effektiv nur die Hälfte. Es war offensichtlich, dass die italienische Kaufmannstochter ein Mitteilungsbedürfnis hatte; umso besser für ihn. Andererseits bedeutete es auch, dass

Laurenzia eine von denjenigen war, die mitverantwortlich für Hinnerks und Puks Entführung waren. Er erfuhr von ihr viel über die Spiele und konnte sich eine grimmige Grimasse kaum noch verkneifen als er hörte mit welcher Verachtung und Leichtfertigkeit mit dem Leben ihrer Freunde umgegangen wurde. Hinnerk und Puk (von Laurenzia nur als Friese und ‚halb-verbrannter‘ Byzantiner tituliert) waren aber immerhin noch am Leben. Jens erkundigte sich daraufhin nach der Funktionsweise der Jochbänder; insbesondere wenn die Damen dazu neigten ihre Teilnehmer an den Abenden mit zu sich allein aufs Zimmer zu nehmen um sich mit ihnen auf vielfältige Weise zu ‚vergnügen‘. Laurenzia blieb an diesem Punkt leider überaus diskret: „Das verrate ich euch nicht. Man muss seinen Ruf ja wahren, Herr Liebwerk. Ihr verzeiht?“

Jens nutzte jetzt eine alte Taktik seines Onkels Ulrich um seine Geschäftspartner betrunken zu machen und brachte Laurenzia alsbald einen besonders starken Umtrunk mit Schuss mit. Nach einigen Schmeicheleien bezüglich ihrer Intelligenz (Lob wegen ihrer Schönheit kannte sie ja schon zur Genüge) zeigte Laurenzia ihm dann auch ihren Stab mit dem Edelstein darauf: „Damit mache ich mir meinen kleinen Goten gefügig, thehe. Es ist eine magische Geschichte, irgendwas mit *dunkler Magie*. Ganz anrüchig!“ „Oha!“ „Naja, muss ich mich ja nicht drum kümmern wie’s genau funktioniert.“ Sie lallte schon ein wenig: „Zu ‚technisch‘ das alles, wisst ihr Herr Liebwerk? Oh! Da vorne sind ja Antonia und Heidel! Haaaallo Mädels! Wenn ihr mich entschuldigen würdet?“ „Natürlich! Es war mir eine Freude mit euch reden, Fräulein Adabei.“ Laurenzia warf ihm einen Handkuss zu und lief dann zu zwei anderen hübschen Frauen hinüber. Sofort begann ein lautes Geschnatter zwischen ihnen.

Jens schlürfte indes seinen Wein herunter und verkroch sich an einen der vielen Stehtische um nachzudenken. Um ihn herum wurde derweil massivst geredet, geplappert, gelacht und über große Heldentaten von alten Rittern diskutiert. Es waren nicht gerade hochpolitische Diskussionen und er begriff schnell, dass sich diese in einer höheren Ebene abspielen mussten. Hier unten würde er jedenfalls nicht an Maligana herankommen, es sei denn sie kam von selbst herunter. Insofern war es ratsam Laurenzia und ihre Freundinnen vorerst im Auge zu behalten. Mit etwas Glück könnte er sie überzeugen ihn und Gerlinde eine Stufe mit nach oben zu nehmen. Laurenzia schien ihn ja immerhin zu mögen.

„Da bist du ja!", rief Gerlinde da und schubste ihn mit ihrem Hintern gekonnt zur Seite. „Nicht so heftig!", maulte Jens, „Und? Hast du dich auch als Frau Gudeltrud von Immunrieth ausgegeben?" Gerlinde machte große, entsetzte Augen. Sie lachte als Jens vor Angst schon rot anlief: „Hab isch! Klar. Gute Idee übrigens. So können wir uns als ungestört als Liebwerk und Gudeltrud ausgeben sobald die Echten ‚von der Grüpens' auftauchen. Wir haben jetzt ja einige Zeugen die ‚uns für uns' halten und nicht für sie."

Jens berichtete: „Immerhin wissen wir jetzt dass Maligana hier anwesend ist. Ihre ‚erfreulichen Freundinnen' sind auch da." „Was Neues von Hinni und dem Pukmeister?" Jens erzählte ihr was er von der Kaufmannstochter erfahren hatte und Gerlinde schüttelte danach nur den Kopf: „Adelspack, alle abfackeln die Bande. In'n Sack und draufhauen. Triffste immer den richtigen. Mit lebenslanger Garantie." Jens deutete ihr ruhiger zu sein: „Du denkst auch gar nicht in Schubladen, wie?" Gerlinde grinste breit: „Wieso nicht? Ist viel einfacher so. Und ich bin halt ein einfacher Mensch." „Warum wundert mich das nicht?"

Er tippte sie an: „Und? Hast du etwas über Leevke erfahren können?" Die Spielleute wechselten nun die Musik; von etwas ruhigem Gedudel zu etwas energischerer Tanzmusik. „Nein.", antwortete Gerlinde, „Totale Fehlanzeige. Von Tangermünde haben einige zwar schon gehört, aber nichts Näheres. Die Spur verläuft im Sand." „Hätte mich auch gewundert." „Ich muss aber auch aufpassen nicht zu deutlich zu werden. Oder soll ich ‚WO IST LEEVKE, IHR SCHWEINE?!' brüllen?" Jens Hand klatschte auf ihren Mund: „Nicht so laut, du Turbo-Hohlbirne!? Mein Gott, du bringst mich noch ins Grab mit deinem Unfug!" Sie schmiegte sich an Jens: „Ach Schatzi! Weißt du noch unsere Flitterwochen in Parisium?" „Nein weiß ich nicht, weil es nie passiert ist! Dafür sehe ich lauter alter Geister die leider sehr real sind. Ich habe schon die Gammel-Familie erblickt und Thies Hallerich war auch schon mal an dem Ausschank. Kennst du ja wieder alle nicht!" „Kennen sie dich?" „Nein." „Na, dann ist doch alles gut, Herr von und zu Panik." „Es macht mich aber trotzdem nervös. Ich hab das Gefühl alle starren mich an."

Gerlinde nippte an ihrem Weinbecher: „Runas Kleider verzaubern jeden hier. So soll es ja auch sein. Sieh sie dir an. Sehen und gesehen werden! Nach vorne ein Lächeln in der Hinterhand ein vergiftetes Messer. Wenn wir hier fertig sind werde ich erstmal richtig *abkotzen* gehen, dass kannst du mir glauben!" Jens ergriff ihre Hand: „Ich will nicht, dass du uns auffliegen lässt. Nichts für ungut." „Ich mag es wenn du die Führung übernimmst, hehe. Wir sollten übrigens auch mal tanzen. Sonst fallen wir auf. Auf. Die. Fresseee." Jens gab sich seufzend geschlagen, legte seine Hand um ihre pralle Hüfte und sie tanzten (mehr oder weniger geschickt) zu der Musik. Jens versuchte es dabei ruhiger angehen zu lassen während Gerlinde ihm mit ihrer holprigen Tanzweise mehrmals auf die Füße trat: „Tut mir leid, Jensel, aber sonst springe ich nur wild im Kreis. Auf unserem alten Kahn haben wir das Tanzbein wilder geschwungen.", erklärte sie ihr Defizit. Als das Lied zu Ende war musste Jens sich darum erst einmal die Schuhe in einer Ecke ausziehen und seine wunden Füße massieren. Gerlinde war untröstlich: „Ich hol dir was Kühles zum drüber gießen, Schatz." Sie machte sich nichts vor, sie hatte die natürliche Grazie einer gesinnungsgestörten Kröte.

Wieder am Ausschank (dessen Wirt so wütend aussah als würde er gleich über den Tisch kommen und den erstbesten erwürgen der ihn nach einem speziellen ‚Reis-Schnaps aus Fernost' fragte) überhörte Gerlinde ein Gespräch, welches ihr die Haare zu Berge stehen ließ. Ein Mann plapperte einige Schritt entfernt mit einigen niederen Adeligen: „Jaja, die Geschichte mit *Lassmann* war ein herber Rückschlag für viele. Dabei sah schon alles nach einem Krieg aus. Einen Krieg übrigens, den wir gut hätten gebrauchen können." „Ihr redet ja als wäre der Krieg etwas Gutes, Herr Buhler?" „Krieg ist sicher schrecklich, aber wieviel schrecklicher wäre es wenn all diese Menschen in der Schmiedegilde plötzlich ohne Arbeit dastünden? Keine Arbeit bedeutet kein Geld, kein Geld bedeutet kein Essen, keine Unterkunft, rein Garnichts! Sie müssten ja zu Räubern werden. Ein Krieg hingegen ist, in geregelten Maßen natürlich, immer eine feine Gelegenheit die verstaubten Verhältnisse neu zu sortieren und für neues Wachstum zu sorgen. Er ist Fortschritt und Arbeitsbeschaffungsmaßnahme in einem. In kleinen Schüben kann man so am besten den Frieden bewahren. Indem wir den Krieg in ‚geordneten Bahnen' lenken. Diese unsäglichen Fehden des gemeinen Volkes sind im Gegensatz streng zu unterbinden, denn sie sind viel zu *unorganisiert*. Darum plädiere ich im Bremer Rat auch nach wie vor vehement für die Durchsetzung des Landfriedens. Die Kriegsgewalt hat einzig dem Kaiser und seinen fürstlichen Vertretern zu obliegen und keinem gemeinen Mann!" Ratsherr Buhler schmunzelte: „Oder zumindest unsereins. Natürlich als ‚lästige Formalität‘." Die anderen Männer lachten amüsiert.

„Buhler.", presste Gerlinde hervor. Sie kannte diesen Namen und hatte ihn schon einmal gehört. Damals von Lassmann selbst, als dieser unter anderem auch mit ihrer Hilfe versucht hatte einen Krieg zwischen den großen westlichen Königreichen anzuzetteln, einen neuen ‚Krieg der Küsten‘. Der einstige Schmugglerkönig hatte Gerlinde gezwungen die große Zusammenkunft der Admirale der Seemächte auf Mad Matjes Seeburg Mudington zu sprengen – und sich selbst gleich mit um ihre Freunde zu retten. Gerlinde überlebte zwar die Explosion; wurde aber entdeckt und gemeinsam mit Jens, Hinnerk und Leevke löste sie dann die gemeine Verschwörung auf. Lassmann gestand nach seiner Gefangennahme, dass er von einem gewissen ‚Ratsherr Buhler‘ angeheuert worden war, einem Ratsherr aus Bremen, welchen auch Jens über seinen Onkel Ulrich kannte. Ratsherr Buhler arbeitete insgeheim für die Adelsfamilie derer *von Kropp*, welche im Ruhrgebiet über große Eisenschmiedewerke verfügten. Mit diesen überschwemmten sie schon seit Jahren den Waffenmarkt mit kennzeichenloser Massenware. Menno von Bismark hatte zwar versprochen die Hinterleute aufzudecken, aber Buhler lief jetzt noch immer frei herum und grinste schmierig in die Weltgeschichte. Gerlinde brodelte. Sie brodelte sogar sehr dass selbst der gehetzte Wirt es unterließ sie von seiner belagerten Theke zu scheuchen. Alles in ihr schrie danach sich auf diesen Kerl zu stürzen, ihn zusammenzutreten und quer durch die Halle zu prügeln, damit ein jeder sehen konnte was mit denen geschah, die es wagten Hand an ihre Freunde zu legen. Töffels Tod war noch nicht vergessen.

Sie drehte sich herum und stapfte auf Buhler zu, griff sich in den Ausschnitt und schnaufte schon halb wild vor grimmiger Entschlossenheit als sie ihr verstecktes Messer herausholte. Ihr Verstand hatte ausgesetzt. Jens sah sie durch die Menge hindurch und fröstelte als er sie so sah: „Oh nein! Oh nein, nein…" Aber er war zu spät und Gerlinde stach zu. Doch bevor sie Buhler treffen konnte, wurde sie von zwei starken Händen herumgerissen. Ein Hüne von einem Kerl war ihr entgegengelaufen und hatte sie jetzt in seiner Gewalt, drückte ihr mit Nachdruck die Klinge aus der Hand. Buhler selbst hatte von dem Angriff auf sein Leben nicht mitbekommen. Der Hüne ließ Gerlinde nicht los und hob zeitgleich das Messer auf um es dem verdutzten Jens zu überreichen: „Gehört das euch?", fragte der Mann mit den dunklen, schulterlangen Haaren welche ihm quer vor dem schmalen Gesicht hingen. Jens stotterte: „Huch?! Wo kommt das denn her? Huch?" Er deutete Gerlinde sich zu beruhigen denn sie strampelte immer noch. Der Hüne wirbelte jetzt den Kopf herum um die Haare aus dem Gesicht zu bekommen. Jens musste zweimal hinsehen.

Das feminine Antlitz, die blutunterlaufenen Schlafzimmeraugen und der halboffene Mund. All das passte nicht Recht zu der imposanten Größe des Mannes der sich ihnen nun zu erkennen gab. Jens hauchte: „Jochen? *Jochen Menneke*?!" Der Mann nickte sachte: „Folgt mir bitte, Herr Janssen." Gerlinde zappelte immer noch und Jens zischte sie an: „Gib doch endlich Ruhe, Weib! Er gehört zu uns... So hoffe ich jedenfalls." Sie gab nach und Menneke führte die beiden nach draußen, in den kleinen, mit Fackeln bestellten Garten mit Sitzbanken. Sonst war keiner dort.

„Ist gut, ihr könnt mich loslassen.", meinte Gerlinde schließlich und Jens gab Menneke das Zeichen: „Schon gut, Jochen. Sie wird sich benehmen. Was war denn überhaupt los?" Gerlinde erzählte es ihm und sie war sofort drauf und dran erneut in den Saal zu stürmen. „Der darf nicht wieder entwischen!" Diesmal packte Jens sie bei den Schultern: „Ich verstehe ja deine Wut, wirklich! Aber wir dürfen das nicht zulassen! Töffel ist tot, Gerlinde! Ihm können wir nun nicht mehr helfen!" Sie starrte ihn empört an und verpasste ihm eine Ohrfeige. Jens akzeptierte es und redete mit glühender Wange weiter: „Du hilfst ihm nicht indem du dich opferst. Beschmutze nicht sein Andenken indem du dich blinder Rache ergibst! Hilf mir! Bitte!" Gerlinde brach dann spontan in Tränen aus: „E-Es tut mir leid, ich wollte dich nicht schlagen..." „Ich weiß. Ich weiß." Er tröstete sie und überlegte: „Ratsherr Buhler also? Ob der immer noch sein Geld von mir will?! Tze. Das er mich noch nicht erkannt hat ist ebenfalls ein Wunder. Ein Hoch auf Runas Nähkünste..."

Gerlinde schniefte: „Buhler? Du kennst ihn also auch?" „Leider. Mein Onkel Ulrich hatte einst ein gutes Geschäft am Laufen aber Buhler hat es ihm vor der Nase weggeschnappt; obwohl er die ganze Vorarbeit geleistet hatte. Dann musste sich mein Onkel auch noch Geld von ihm leihen um das ausgelegte Geld zu decken und seitdem..." „Seitdem hast du die Schulden geerbt?" „So ist es. In Mudington hat er es mir beschwingt erzählt; dieser miese Mistkerl. Wundert mich nicht, dass er auch mit Lassmann im Bund war." „Was ist mit dem Vertragsbrand von Hamburg?" Jens lächelte:

„Leider hat das Feuer nicht auch auf Bremens Archiv übergegriffen, denn dort liegt jetzt der andere Schuldvertrag mit Buhler." „So ein Dreck. Du hast es wirklich nicht leicht, Nasifix."

Jochen überreichte ihr mit zitternder Hand ein Taschentuch aus Stoff: „H-hier, Fräulein… für eure Tränen. B-bitte." Gerlinde schnäuzte lautstark in das Tuch: „Danke. Jens, wer ist dieser Kerl?" Jens räusperte sich: „Da warst du nicht dabei. Das hier ist ein alter Bekannter aus der Schlacht von Wittmund; Jochen Menneke, der Ministeriale von Wanderhoff. Korrekt?" Jochen spielte verschüchtert mit seinen Zeigefingern: „D-Das ist r-richtig, Herr Janssen." Der Greetsieler straffte sich: „Du hast uns da eben vor einer argen Katastrophe bewahrt, Jochen. Aber wieso hast du das gemacht?" Jochens Antwort überraschte ihn: „Ich dachte nur es wäre eine ‚männliche Tat'." „Männlich?!" „Wie ihr damals gesagt habt, wisst ihr nicht mehr? Nach der Schlacht? Vor Gammels Leichnam?" Jochens Blick war das eines kleinen Jungen der seinen großen Bruder anhimmelte und befürchtete, dass dieser ihn vergessen hatte. „Daran erinnerst du dich noch?" „Natürlich!", sagte Jochen energisch und ruderte sofort wieder zurück. Mit piepsiger Stimme erzählte er weiter: „Ihr habt mich verschont und mir geholfen mein Leben wenigstens etwas… in den Griff zu bekommen. Das vergesse ich niemals."

Jens erinnerte sich: „Ahhh, ja! Eure Mutter, die euch zwang ein Doppelleben zu führen; als Mädchen und als Junge! So war es doch oder?" Gerlinde runzelte die Stirn: „Hä? Echt jetzt? Was'n das für'n Quatsch?" Jochen lief rot an: „Müsst ihr das so laut sagen?" Der Ministeriale trat unruhig auf der Stelle und Jens wedelte mit den Händen: „Oh, tschuldigung, war keine böse Absicht. Ich äh… bin froh euch zu sehen, Herr Menneke. Wirklich!" Bei dem Wort ‚Herr' glänzten Jochens Augen und er stieß ein helles Kichern aus; ehe er sich räusperte und mit miserabel verstellter, tiefer Stimme sagte: „Ich danke euch, Herr Janssen. Ich versuche ein ganzer Mann zu werden. So wie ihr."

Gerlinde zeigte mit dem Daumen auf ihn: „Ist der ein bisschen bekloppt oder sowas?" Jens schnaufte: „Nicht mehr als du; Frau ‚Messer im Busen'. Jochen ist in Ordnung und sicher der einzige Verbündete den wir hier finden werden. Sag, kannst du uns helfen in den Bergfried zu kommen?" Jochen überlegte: „Hmmm. Ich leider nicht, aber Graf Moritz kommt gewiss bis zur zweiten Stufe, dort wo die höheren Grafen und Herzöge flanieren." Er stockte: „Ah! Da fällt mir ein, es gibt *grässliche Neuigkeiten*! Aus eurer

Heimat, Friesland!" Jens blinzelte mehrmals: „Was meinst du? Was ist los?"

Der Ministeriale berichtete düster: „Nach Graf Gerhards Tod kam der neue Graf Moritz zu uns nach Oldenburg um das Kommando zu übernehmen. Wir Ministerialen hatten zwar eigentlich Vorrechte beim Titel, aber es war ein Befehl von ‚ganz oben‘." „Hab schon von Moritz gehört. Man nennt ihn auch die Hyäne, oder?" Menneke bestätigte: „Ja. Er hat ein neues Heer aufgestellt; aus lauter Söldnern. Keiner von uns Oldenburgern weiß woher er so viel Geld hat, in so kurzer Zeit und direkt nach der Schlacht. Keno tom Brok und die anderen Hauptlinger – also jene Friesen, die Rüstringen und Stedingen befreien wollten - sind bis Stedingen gekommen. Aber nun werden sie von Süden her von Moritz Söldnern bedrängt. Viele Friesen sind erschöpft und es wird Tag für Tag schwieriger die Verteidigung gegen die sächsischen Reiterhorden aufrechtzuerhalten. Und die hinterlassen nur noch leere, verbrannte Gehöfte und bluten eure Friesen langsam aus. Sie bekommen auch stetig Nachschub an Waffen und Rüstzeug, von irgendwoher! Es ist wie verhext!"

Jens grübelte: „Hm. An Zufälle glaube ich nicht mehr. Und wenn wir alles zusammensetzen ergibt auch die Anwesenheit von Buhler hier einen Sinn. Die von Kropps haben ihre Pläne für ihre Kriegsgeschäfte wohl noch nicht aufgegeben. Buhler wird ebenfalls von höherer Stelle beschützt, deshalb konnte Menno von Bismark ihn auch noch nicht zur Verantwortung ziehen, trotz Lassmanns belastender Aussage. Und wer glaubt schon dem Schmugglerkönig?" Gerlinde schnaufte: „Also will der Kaiser etwa Krieg in seinem Reich? Was für ein Arschloch!" Jens fasste sich an den Kopf und lief im Kreis: „Ich bezweifle irgendwie dass Goldbart dies wirklich billigt. Dazu ist es zu verdeckt, zu geheimnistuerisch. Aber wenn es stimmen sollte und er dahinter steckt, sitzen wir mächtig in der Scheisse – bis zum Schopf. Offiziell sind die Friesen zwar Verbündete des Kaisers, aber insgeheim wünscht er sich vielleicht doch, ihre Länder an den Nagel zu reißen um dort seine Ministerialen einzusetzen?! Nichts gegen dich, Jochen." „Schon gut." Jens Gedanken rasten: „Von wem ist dann noch Hilfe zu erwarten? Wir sind ja von allen guten Geistern verlassen wenn das stimmen sollte - und alles deutet daraufhin! Nimmer könnte Friesland allein gegen solch ein gewaltiges

Komplott bestehen! Jochen hat's gerade erzählt: Friesland pfeift aus dem letzten Loch. Der Krieg gegen Oldenburg zieht sich schon zu lange hin."

Jochen nickte betreten, so, als wenn er mitschuldig an der Misere wäre: „Aber wenigstens halten die Friesen zu tom Brok und die Not hat sie enger zusammengeschweißt…" Gerlinde fragte lauernd: „Woher weißt du eigentlich so viel über die Lage dort?" Jochen lächelte verlegen: „Ich habe Boten entsandt; Geheime Boten. Ich wollte wissen wie es Jens Heimat erging. Wie es *ihm* erging…" Er räusperte sich: „Aber als ich von dem Leiden erfuhr, habe ich Konvois organisiert, welche die Friesen heimlich mit Nahrung beliefern sollten. Herr Janssen verdient es in eine ruhige Heimat zurückzukehren." Jens klopfte ihm auf die Schulter: „Das ist die Männlichkeit, wenn ich sie je sah. Und deine Mutter hatte nichts dagegen?" „Doch hatte sie. Aber ich habe ihr ‚klar gemacht' wie wichtig das für mich ist. Seitdem redet sie zwar nicht mehr mit mir, aber ich fühle mich wesentlich besser. Insbesondere da ich euch nun wiedersehe." Gerlinde fragte: „Sach mal, ist der Kerl in dich verknallt?!" Jochen schlug die Hände vor das Gesicht und schüttelte sich: „Nein, nein, *nein*! Das tue ich nicht! Überhaupt nicht! Sowas ungeziemliches! N-Niemals!" Jens zuckte mit den Schultern und lächelte: „Er hat sich mal für eine Frau gehalten." „Hat?" Jochen straffte sich: „Ich will tun was ich kann, Herr Janssen! Aber viel ist es nicht. Denn ich darf nur mit gutem Grund auf die zweite Ebene." Jens nickte: „Dann finden wir eben einen guten Grund. Erzähl mir dabei etwas mehr über deinen neuen Herrn, diese ‚Hyäne'…"

Graf Moritz von Oldenburg war ein kleiner und buckeliger Mann mit schmalem Gesicht, angespitzten Zähnen und einem notorischen Unterbiss. Kleine, blassblaue Augen blitzten in einem von Narben übersäten, glattgasierten Gesicht, welches von fahrigem, schwarz-grau gesträhntem Haar bedeckt wurde. Er trug zwar das Wappen von Oldenburg versprühte aber keineswegs die Glorie oder die brutale Macht eines Gerhards. Er hatte vielmehr Ähnlichkeit mit einem getretenen, bissigen Köter als mit einem Adeligen. Moritz unterhielt sich gerade mit einem Mann und einer Frau in voller Plattenmontur. Beide besaßen einige Ähnlichkeit in ihren durchschnittlich hübschen Gesichtern und waren um die dreißig Jahre alt. Der Mann trug einen breiten, gepflegten

Schnurrbart, und beide hatten sie mittelblondes Haar mit einem gelangweilten Schlafzimmerblick. Jochen erkannte sie als die berüchtigten ‚Stahlgeschwister‘; Dagmar und Gustav von Kropp.

Moritz kicherte gerade: „Sicher, sicher, aber eh, die Qualität der Klingen lässt an Schärfe zu wünschen übrig, die werden viel zu schnell stumpf. Die Abnutzung ist zu hoch, der Eisenanteil zu gering! Sie brechen auch zu oft!" Gustav Krupp sprach mit langsamer, basshaltiger Stimme welche einschläfernd wirkte: „Ich verstehe euren Einwand werter Graf und werde es entsprechend an unsere Schmiede-Obermeister weiterleiten. Nur im Wechselspiel von Erprobung und Kritik können wir unsere Fertigung verbessern, nicht wahr?" Dagmar von Kropp sprach in genau derselben Stimmlage; so, als wäre sie gerade erst aufgewacht: „Es liegt uns viel daran, dass der Name ‚von Kropp‘ weiterhin für Qualität und Zuverlässigkeit steht. Zumindest im Moment. Ihr versteht?" Graf Moritz war gerissen genug um die Intentionen zu erraten: „Damit ihr den ganzen Markt überfluten könnt, eh-eh? Aber so gut wie handgeschmiedete Klingen aus römischen Essen, oder Klingen aus ‚Ulfberth-Stahl‘ werdet ihr nicht hinbekommen… o-oder etwa doch?!"

Gustavs Mundwinkel zuckten leicht nach oben: „Abwarten. Der Fortschritt in der Waffenentwicklung ist ja nicht aufzuhalten. Vielleicht werden Klingen ja auch irgendwann obsolet, wer weiß?" Moritz gackerte: „Hechechech; Ihr habt da was in Planung, nehme ich an?" Dagmar meinte: „Das ist alles noch Verschlusssache, Graf." „Arbeitet wohl mit den Gelehrten aus dem großen Söldnerhaufen vom ‚Hessen‘ zusammen, wie? Naja, mir soll's egal sein. Solange es mir nur meine Feinde vom Hals schaffen könnt ihr anschaffen was ihr wollt, eh! Und wenn's spitze Stöcke sind!"

Gustav wirkte interessiert: „Apropos. Wie läuft euer Feldzug gegen die aufständischen Friesen dort im Norden?" Moritz knurrte: „Mäßig. Wir kommen zwar teilweise hinter ihre Linien aber sie lauern uns immer öfter auf. Sie wissen wie wir vorgehen und wenn ich nicht bald mehr Infanterie kriege gehen mir die Leute aus! Ne Menge sind auch noch in Hamburg gebunden!" Dagmar überlegte kurz: „Nun vielleicht können wir ja was mit dem Hessen arrangieren, werter Graf?" Und Gustav fügte hinzu: „Wir haben ohnehin noch Gespräche mit den Gelfen vor uns. Sie haben ein gutes Ohr für das Geschäft. Ganz anders als die überstolzen Staufer." Moritz nippte an seinem Wein: „Das wäre vorteilhaft, ja. Mein berittenes Hauptheer wurde leider vor zwei Wochen spontan nach Hamburg beordert. Der Eldermann brauchte mich sofort dort, aber nun ist das wieder vorbei. Dies hat aber den Friesen Zeit gegeben ihre Stellungen in Stedingen und Rüstringen zu festigen. Tjah. Lästige Biester sind's."

Jochen hatte genug gehört. Bis jetzt hatte er es vermeiden können dass er und sein Gefolge gegen die Friesen ziehen mussten (stattdessen beschränkte sich ‚Wanderhoff' auf logistische Unterstützung des gräflichen Heeres), aber nach der Schlacht um Wittmund gab es einen Mangel an Kriegern, sodass es klar war, dass die Hyäne für ihren eigenen Krieg Söldner anheuern musste und dazu viel Gold brauchte. Moritz hatte sogar die Überreste der Brabanzonen aufgegriffen und mit den versprengten Einheiten vom einstigen Oldenburger Heerbann vereint, unter der erneuten Führung von Krampe mit dem Schnabel. Dieser hatte wie durch ein Wunder im Moor überlebt.

Die friesischen Hauptlinger Keno tom Brok, Friedhelm Nordendi, Edo Wiemken sowie ‚Reginbert und Moibert' führten ihre Armee zunächst erfolgreich gegen diese Söldner; aber nach den Kämpfen blieb ihnen meist nur verbrannte Erde und somit ein befestigter Ort weniger, allen Bemühungen zum Trotz. Zum Glück kam den Friesen die Erfahrung der Rüstringer zu Gute, welche schon seit Generationen mit Plünderern in ihr Land Erfahrung hatten und wussten wie man diese am besten bekämpfte. Krampe mit dem Schnabel fand dann sein entgültiges Ende im Morast, als er von Nordendi in eine Falle gelockt worden war und die Moorleichen ihn dort zerrissen, bestätigt durch die Moorhantjes.

Gleichzeitig heischte Moritz in allen bekannten und unbekannten Stellen nach Unterstützung. Ein schneller Vorstoß nach Auerk; direkt ins Herz der friesischen Lande beim Upstaalsboum würde die vorzeitige Entscheidung bringen, so der Plan. Die Friesen waren also nicht zu beneiden, dachte Jochen schamerfüllt. Erst der Kampf mit Radbod; dann die Oldenburger und nun noch die geifernde Hyäne welche ihr sturmumspültes Land zerriss. Menneke empfand tiefe Scham darüber, dass er bei solch einer Schandtat mitgemacht hatte und auch weiterhin noch tat. Er versorgte ja auch die Söldner mit und selbst wenn er seine Hellebarde nicht gegen Friesen schwang, tat es ein anderer an seiner Stelle; mit einem gefüllten Magen aus ‚seinen' Vorratskammern. Es belastete ihn auf eine Weise, die er kaum ertragen konnte. Der Herr Janssen war so gut zu ihm gewesen und er dankte es ihm indem er seine Heimat zerstörte? Unverzeihlich.

Jochen machte sich darum nichts mehr aus seinem Ministerialientitel und dennoch war Wanderhoff seine Heimat und er hatte dort sogar einige Freunde. Obwohl seine Mutter ihn momentan eher hasste, liebte er sie weiterhin. Er war aber nicht mehr gewillt sich um dieser einseitigen Liebe wegen weiterhin so erniedrigen zu lassen. Er seufzte lautstark und klang dabei wie eine schmachtende Frau: „Ich lasse mich nicht mehr von anderen niedermachen. Nur noch von mir selbst." Als ‚Herr von Wanderhoff' konnte er wohl etwas ausrichten, auch wenn es nur heimlicher Beistand für die Friesen war.

Jochen nahm allen Mut zusammen und trat zu seinen neuen Herrn. Dieser war nicht begeistert von der Unterbrechung: „Ah?! Der verstörte Menneke! Was gibt es? Hat dir jemand den Hof gemacht? Ghekhekhek!" Die Stahlgeschwister lächelten darüber nicht einmal kurz und Moritz zog den viel größeren Jochen zur Seite: „Ihr entschuldigt uns?" „Sicher.", meinte Dagmar träge, „Immer zu." Moritz zog Jochen hinter eine Wand: „Es ist besser wichtig oder ich sorge dafür, dass man dich wirklich nicht mehr von einem Weib unterscheiden kann! Deine Zurückhaltung im Krieg steht mir bis hier, *Diener*!" Der Graf war ein typischer Vertreter jener speziellen Menschengattung, welche nach oben hin süß schleimen und nach unten hin sauer kotzen konnte. Graf Gerhard war es einfach egal gewesen was für ein psychisches Problem Jochen hatte, solange er nur seine Pflicht erfüllte. Moritz hingegen nutzte es gezielt um ihn damit einzuschüchtern. Bisweilen vermisste der den alten Grafen sogar.

Menneke erklärte mit leiser Stimme: „Es geht um Friesland, Herr." „Ja, und? Was ist damit?" „Ein Herr von unten sagte mir; er überbringt ein bestimmtes Angebot, dass euch sicher interessieren dürfte!" Moriz sprang hoch und gab Jochen eine Ohrfeige: „Welcher Art Angebot?! Sprich deutlicher!" Jochen verkniff sich ein Schluchzen: „Es gibt wohl Verhandlungsbereitschaft bei ‚einigen Friesen'…" Moritz brauchte einige Sekunden und grinste dann breit: „Verräter also?! Ausgezeichnet! Bring sie sofort hoch. Sag den Wachleuten, der Graf von Oldenburg wünscht die ‚friesischen Gesandten' zu sehen!" Jochen verbeugte sich und lief los. Jens Plan ging auf. Er hatte sich die Gier des Grafen zu Nutze gemacht da diese verlässlich höhere Hirnfunktionen kategorisch ausknipsen konnte.

Jens stellte sich dem Grafen kurz darauf als friesischer Bote ‚Kinne Wutnewat' vor. Ein komplett unsinniger Name; der aber in Moritz Ohren friesisch genug klang um sofort akzeptiert zu werden. Jens lächelte übertrieben: „Jaheidelho und Moin Moin, Meista! Ihr seid as'o den Herrn Grafen gewesen, joaaah?!" Jochens Backen bläthten sich vor innerem Lachen auf als Jens so mit übertriebener Art hereingestolpert kam. Hinter ihm stapfte Gerlinde mit grimmiger Miene und einem schlenkernden, rotzfrech-aggressivem Gang. Ein herrlicher Kontrast. Die Hyäne nickte; leicht irritiert: „Ja, ich bin Graf Moritz von Oldenburg." „Heeeerr Moritz! Mein Name sein Kinne Wutnewat sein getun, und das ist miene herrlike Eheweiben, Potta." „Potta Wutnewat!", brüllte Gerlinde und rotzte auf den Boden. Moritz war nun *höchstgradig* irritiert. Er hatte mit ein paar verängstigten oder niederträchtigen Friesen gerechnet welche ein Kapitulationsangebot machen wollten; aber nicht mit solchen energischen, nerv-tötenden Figuren.

Jens schüttelte energisch seine Hand: „Ja, wie wäre't denn mein Liebster, wenn wir uns pflanzten dort auf dieser formschöne Stühle, ne?" Er schob den Grafen mit Gerlinde zu einem der Tische und sie setzen sich ihm gegenüber. Moritz saß nun zwischen den beiden wie ein überfordertes Kind und Jens säuselte: „Jaja, der olle-alte Gerhard, Gott sei seiner mörderisch-speerschleudernden Seele gnädig! War ja ein achso vernünftiger Kerl, nich? Aber ihr seid ja sicher noch vernünftiger, net wahr, Herre Moritzen? Vernunft-begabt!" „Nunja, denke schon. W-wie war nochmal euer Name? Wulle...?" „Wutnewat!", schnappte Gerlinde und funkelte ihn böse an so als wolle sie den Grafen gleich an die Kehle springen, während Jens munter weiterplapperte: „Naja, wisst ihr, mit dem Krieg und all dem Gedönse löppe das Geschäfte ja nicht mehr so gut, tjaha! Und wir sind daher ‚een beetje' gewilllet euch ein Angebot zuzutragen zu lassen! Darum sind wir extras gekommens! Ihr versteht, ja; sicher tut ihr das, Herre Grafen." Jens beugte sich verschwörerisch vor: „Also: Was wir beabsichtigen tun, ist nicht offiziell aber ihr (nette Klamotten übrigens, sind die aus Ostrom? Ich kenn da einen Schneider, byzantinischer Wummsbrummer, die euch sicher gut stehen würden)!" Während Moritz noch verwirrt überlegte was seine Kleidung mit dem Krieg zu tun hatte, plapperte Jens weiter und überschwemmte den Grafen förmlich mit heiterem Nonsens während Gerlinde die stechenden Augen nicht von ihm ließ und dann sogar begann mit einem Messer auf dem Tisch herumzuritzen, so, als wäre sie tollwütig und kurz vorm Platzen.

Jens erzählte dann lustig-heiter von verlorenen Gewinnen und ‚tragischen Verkettungen von Ereignissen‘, zum Beispiel wie ihm einst sein preisgekröntes Lieblingsschwein auf dem Deich verloren ging, oder wie eine Reise nach Langeoog machte und kein Wind wehen wollte und anderem belanglosen Geplapper in seiner kruden Pseudo-Sprache. Jochen sah mit an wie der Graf sporadisch nur noch ein: „Ja.“, oder „Hmhm…“, hervorbringen konnte und jedes Mal hämmerte Gerlinde dann wie wild auf den Tisch ein und brachte ihn vorschnell wieder zum Schweigen. Jens nickte freundlichst: „Also: Punktum abstruktum, *Moritzolo*! Wir wollen Frieden schließen mit dem Grafen von Oldenburg und dem Blut- und Geldvergießen ein Ende bereiten. Dafür wollen wir auch nur ein paar Garantien für einige verbriefte Rechte im Falle der Übernahme durch eine, nun sagen wir ruhig ‚oldenburgische Okkupation‘ ne? Jane. So sieht es aus. Haha – nenene, sie sind mir schon einer! Was sagen sie dazu, werter Grof?“

Moritz stotterte vor Angst weil Gerlinde ihn dabei anstarrte wie ein wildes Tier. Er wartete ab bis sie sich wieder dem eingeritzten Muster im Tisch zuwandte: „Ich… ähm… also… Klingt soweit ja ganz gut, denke ich, Herr äh. Wutnewat… Die Einzelheiten?“ Jens nickte: „Die besprechen wir in ruhiger Minute, newa?! Wir sind ja noch die Tage hier; Nur isses für uns immer etwas lästig sich durchzufragen, ne – sie wissen schon… Muss ja nicht jeder wissen was wir Hübschen so aushecken, eh?“ Moritz nickte und ließ die hämmernde Gerlinde nicht aus den Augen: „Jaja, sicher… Menneke?“ Jochen stand kurz vor dem Platzen seiner Backen: „Pff-Ja, Herr?“ „Lasst den Wachen sagen; sie sollen diese beiden fortan wie meine Gäste behandeln. Sie haben freies Geleit auf dieser Ebene und all das…“ „Sehr wohl mein Graf!“

Jens stand auf und schüttelte ihm die Hand: „Erfreuli, erfreuli! Ihr seid mir ein wunderbarer Geschäftsfreund, Herro Moritzen! Ja das ist der Beginn einer optimierten, kostenreduzierten Bekanntschaft höchster ‚Excellance'. Optimiert, mein Guter. *Fetzig* optimiert! Hahaha! Toll." Moritz lächelte schief: „Schon gut; denn ich denke es kommt uns allen zu Gute…?" „Ja, sischer wird es dat mein lieber Graaaf! Uff de zukünti'schen Kolleschen, joah-ne-wa!?" Jens hatte plötzlich ein Glas Schnaps in der Hand und sie stießen an. Der Graf war wie weggetreten, sein Kopf rauschte. „Wir gücken uns dann nur mäl so üm, ne woahr mien Weibsche?", sagte er zu Gerlinde die als Antwort knurrte und so energisch vorbeiging, dass Moritz eingeschüchtert zurückwich. Jochen blieb noch bei ihm während Jens und Gerlinde sich unter die anderen höheren Adeligen mischten – dank ihrer feinen Kleidung fielen sie zumindest optisch nicht weiter

‚ungewöhnlich' auf. Moritz taumelte leicht: „Was ist eben passiert? Ich - mir ist so komisch...?" Er gähnte herzhaft: „Ach, Menneke? Ich glaube, ich muss vorzeitig ratzen gehen. Sag den Mägden Bescheid die sollen mein Bett herrichten..." „Sehr wohl, mein Herr!" Jochen winkte einige Bedienstete herbei, welche den plötzlich arg ermüdeten Grafen hinaustrugen; rauf auf sein Zimmer. Dann ging Jochen wieder zu Jens und Gerlinde, die an der Balustrade nach draußen standen wo im Moment keiner sonst war. Jochens aufgeblähte Backen explodierten nun und er lachte schallend, lachte Tränen bis sein Bauch schmerzte. Jens und Gerlinde schmunzelten ebenfalls beide und schlugen die Fäuste aneinander: „Hat ja gut geklappt!", sagte Gerlinde grinsend und der Kaufmann nickte: „Aus Onkel Ulrichs Mottenkiste der hohen Kaufmannskunst: ‚Die mörderische Ehefrau und der Überredungskünstler mit dem Sprachfehler'. Ein Klassiker. Totale Verwirrung garantiert." „Ich bin jetzt aber auch verwirrt. Wir haben schon drei unterschiedliche Identitäten an diesem Abend angenommen. Wer bin ich jetzt nochmal? Wutnewat? Von Immunrieht, von Grüpen... *Kaspar*?!" Jens lächelte: „Dann bin ich ja nicht der einzige. Immerhin verwischen wir so etwas unsere Spuren. Hier merkt man sich oft nur den Titel, aber keine Gesichter." Gerlinde wippte am Geländer auf und ab: „Das er uns überhaupt ernst genommen hat." „Naja, man sollte es aber auch nicht übertreiben... Es ist ein seeehr schmaler Grat, aber einer mit dem die meisten Menschen nicht rechnen. Insbesondere nicht bei einem Grafen, der nur oben und unten kennt. Er dachte wohl wir wären unter ihm, aber haben ihn dann ganz anders behandelt. Damit können solche Menschen nicht umgehen. Leute wie unser ‚Graf Hyäne' sind übervorsichtige Menschen. Sie verharren bei Gefahr wie Hasen und bleiben ruhig, warten ab. Solange bis sie ohne Gefahr zuschlagen können. Sie sind perfekt angepasst an das bestehende System, schwanken perfekt zwischen Bedienstetem und Herrschendem. Wenn sie aber mit einer unbekannten Situation konfrontiert sind; müssen sie zunächst ihrem Drang nach Sicherheit nachgeben und ziehen sich zurück. Doch die Zeit haben wir ihm nicht gegeben; haben ihn im Grunde überrumpelt. Darum ließ er sich so bequatschen, er war völlig überlastet. Ein Fehler den Menschen machen die alles in ihrem Leben kontrollieren wollen..."
Jochen lachte derweil immer noch und hielt sich den Magen. Jens knuffte ihn in die Seite: „Nun hör aber mal auf, Jochen." „Ich kann nicht! Es war zu... zu... *lustig!*

Bwahaha… Aua, mein Bauch, aua…" „Nun haben wir eine Freifahrtkarte bis zur Fürstenebene, zumindest vorläufig." Gerlinde nickte: „Ja, bis der Graf aufwacht." „Ich hoffe unsere eingestreute Dosis Mümmelkraut war nicht zu stark; denn wenn Moritz stirbt wär das sehr schlecht." Gerlinde grinste: „Schlechtes Gewissen?" Jens schüttelte den Kopf: „Das weniger. Aber es würde unnötige Fragen aufwerfen und unsere Darbietung war nicht gerade sonderlich subtil." „Tjoah, und was jetzt? Wir sind immer noch nicht im inneren Burgfried bei der ollen Maligana-Schnepfe. Man ist das eine steife Veranstaltung hier!" Sie lehnte sich an die Balustrade und rümpfte die Nase. Jochen meinte traurig: „Tut mir leid, dass ich euch nun keine größere Hilfe mehr sein kann. Hier enden meine Befugnisse." Gerlinde zupfte an seiner Wange: „Ist ja schon gut du kleiner Bubu-Bär. Man ist der putzig, Jens! Den nehmen wir mit. Oder die." „Ich bin ein Mann!", empörte sich Jochen und Jens beruhigte ihn: „Du hast genug für uns getan. Aber nun wird es richtig gefährlich…" Er drehte sich zurück zu den Adeligen, bei denen selbst Graf Moritz nur ein kleines Licht war. Sich hier zu behaupten ging nicht mehr mit ollem Schlaf-Fusel und wildem Herumgeplapper. Es war brandgefährlich. Er runzelte die Stirn: „Dies ist die berüchtigte ‚Schlangenhöhle der Macht'. Die Fürsten dieser Welt spielen das Spiel der Spiele und tausende Menschen sterben bei einem falschen Blick…" Gerlinde seufzte: „Tolle Wurst. Na, wenigstens blieben Hinni und Pukki für die Dauer der Festivität von den Kronenberger Spielen verschont."

Kapitel 17

Von Krähen und Adlern

Ratiburs Brustkorb drohte zu platzen: „Ich dachte die schonen uns für diese Tage?! Stattdessen rennen und rennen wir wie die Bekloppten?! Das hat ja noch nicht einmal Sinn! Wir kommen nicht voran!" Das Schweigen der anderen war dem Pommeraner Bestätigung genug. Sie alle saßen wieder in ihren Kerkerzellen und schwitzen vor Erschöpfung, mit nackten Oberkörpern. Sie mussten nun täglich mehrmals um ganz Kronenberg laufen. Wiek rieb sich den Nacken: „Ich denke das ist der Plan, Freund. Uns schön müde halten damit wir nicht auf dumme Gedanken kommen! Immer im Kreis laufen bis wir zu erschöpft sind um an Ausbruch zu denken. Seyton soll sich seinen Stab in den großmeisterlichen *Arsch* stecken!"

Puk fragte ihn sodann: „Würdest du lieber etwas sinnvolles machen, Ratibur?" Der sommersprossige Pommeraner nickte mehrmals heftig: „Und ob!? Diesen Schinder dem Schleimmonster zum Fraß vorwerfen, ihn und diese ganze Gardistenbrut! Und was ist mit diesem Pisser von Söldner der um uns herumstolziert? Der grinst uns immer so schwuchtelig an!" Hinnerk winkte ab: „Ignorier ihn einfach. Der ist noch mehr ne Tucke als Puk, hier." Und dieser meinte: „Ich weiß nicht ob das jetzt ein Kompliment oder eine Beleidigung war." „Nur du kannst sowas als Kompliment auffassen.", lachte Hinnerk und Ratibur fiel mit ein. Immerhin waren die Herrinnen nicht mehr da um sie zu quälen. Wiek sprang Puk zu Hilfe: „Nun lasst den Kerl doch in Frieden – er hat einen Fehler gemacht und ist eben etwas anders als wir. Aber immerhin ist er nicht Stabpenner-Seyton! Oder Miststück-Maligana von Kotzenberg! Oder?" Ratibur lenkte ein: „Klar, aber dies wäre die perfekte Gelegenheit auszubrechen, nicht? Die Tussen sind weg, und das heißt: Keine Folter durch die Jochbänder mehr. Wir könnten einfach in den Wald und Flupps! Entschwinden; wie Furzwind aus 'm Arsch." Puk erwiderte: „Leider keine Optiones. Offenbar ist die Reichweite unserer Halsbänder an die Ringe gekoppelt und wenn wir uns zu weit von ihnen entfernen werden sie automatisch aktiv." Wiek fluchte: „Scheisse. Ganz vergessen! Aber Moment mal! Das heißt dann doch, dass die Schmuckstücke noch hier sein müssen, oder?! In unserer Nähe?" „Nicht unbedingt, nein.", seufzte Puk, „Wir wissen nicht genau wie sie funktionieren. Vielleicht gibt es ja noch eine andere Quelle, die uns ‚ersatzweise' hier festhält? Anstelle der Ringe? Irgendwo hier in Schloss Kronenberg. Sicher gut bewacht."

Ratibur fuhr Hengest an: „Heda Großer!? Wie wär's wenn du endlich mal mit der Geheimniskrämerei aufhörst und deine großen, magischen Kräfte nutzt um uns hier rauszuhauen, eh? *Eh*?!" „Das kann ich nicht tun." „Kannst du nicht oder willst du nicht?" „Beides.", antwortete der Sachse stumpf. „Hnngggr! Der Kerl hat den Totentanz gar nicht überlebt! Er ist doch tot. Hirntot!" Hinnerk schloss indes die Augen: „Könntet ihr bitte aufhören so rum zu jammern? Insbesondere du *Rattenbauer*? Ich habe doch gesagt, dass ich einen Plan habe." „Bis jetzt sind's nur leere Worte!", maulte Ratibur aber Puk fragte: „Wird dieser Plan uns mit einbeziehen?" „Vermutlich. Ich tue was ‚wir' können." „Wir? Wer zur Hölle ist denn *wir*?!" „Ruhe jetzt!", befahl der Friese denn er musste sich konzentrieren. Er rief in Gedanken…

Es fühlte sich gut an, als die Verbindung zwischen ihren beiden Seelen hergestellt wurde; ganz so wie das Aufeinandertreffen zweier Liebenden, die sich seit Jahren nicht gesehen hatten. Es war erfrischend. „Wie geht es dir, mein liebster Hinnerk?", flüsterte sie liebevoll und sie war wie eine wilde Meeresbrise; welche die modrige Kerkerluft aus seinen Lungen und Haaren mühelos fortblies. Er sagte: „Du riechst gut." Thianna kicherte: „Und du schleimst! Aber bei dir macht mir das nichts aus." „Du hast es verdient, ein Lob." „Ein bisschen. Denn ich habe gute Neuigkeiten. Ich habe endlich genug Kräfte angesammelt um meine menschliche Form zu materialisieren!"

„Sehr gut; genau zur richtigen Zeit. Das letzte Mal, dass ich dich sah, war in Katzwiesels Höhle gewesen. Weißt du noch? Hymellak der Nebelgeist?" „Ja, dem haben wir es gezeigt." Sie grinste und Hinnerk sagte entschlossen: „Also das ist der Plan: Brich aus und such diese ‚Machtquelle', die uns alle hier festhält. Zerstörte sie oder bring sie uns. Und dann brennen wir diesen Scheissladen komplett nieder!" „Ohja!", lachte die Fylgie, „Ich will diesen Ort zerreißen, in abertausend Stücke!" „Hunderttausend Stücke!" „In *alle* Stücke! Thehe! Nur wir beide, du und ich, in einem blutroten Tempel auf den Trümmern der erschlagenen Unterdrücker. Zwei freie Seelen die sich durch nichts aufhalten lassen und ewig zusammenbleiben werden..." Hinnerk stockte: „M-meinst du denn, das geht?" Thianna nahm sein Gesicht in ihre Hände (freilich rein geistig): „Das muss so gehen, meen Harth. Seit jeher suche ich einen mir artverwandten Geist. Dein geliebter Vater Abbo war so ein Mann, einem, dem man für sein Opfer nicht genug danken könnte. Und davor waren es so manche andere…" „So?" Hinnerk wurde eifersüchtig. „Ja, sie alle hatten diesen speziellen ‚Funken' in sich. Es war das was Nicht-Friesen immer als ‚Diesigkeit' bezeichnen, eine sture Dickköpfigkeit die es mit allem und jedem aufnehmen kann. Aber es ist ihr wahres Wesen; ungebrochen; frei wie der Wind und die Wellen. Sie kommen und gehen wie es ihnen beliebt, befreit von jeder Last. Nur wer so frei lebt lebt wirklich, lebt ehrlich und gerecht…"

Hinnerk stimmte zu: „Ja, ich hab die kaputten Leute in Hamburg gesehen." „Und bei den Icenern und auch den Römern. Überall! Überall sind diese glücklichen Sklaven; sind wie eine Seuche die sich ausbreitet. Die einzig wahre Art wirklich zu leben ist es aber in Sturheit zu leben, sich nicht verbiegen zu lassen. Denn eine verbogene Klinge schützt nichts und niemanden und wer immer nur Kompromisse macht kann sich auch gleich einäschern lassen, ist schon tot, verstellt sich! Viele Friesen kamen vor dir; wohl war… Aber ich möchte dass keiner mehr *nach* dir kommt, meen Harth. Verteidige unsere Welt mit tosender Wut! Denn sonst…" Mentale Bilder von unterjochten, gepeitschten Friesen tauchten in Hinnerks Verstand auf, darunter auch seine Familie, Eltern, Geschwister, Freunde und Nachbarn. Ein geprügelter, abgemagerter Mann mit langem Haar – es war Modder-Joost – brach erschöpft zusammen und blieb tot im Dreck liegen während die peitschenbewährten Wachen unablässig „Weiter! Nicht stehenbleiben! Es gibt nun mehr Arbeit für alle! Also ran, ran!" brüllten. Ein weinendes Mädchen mit blauen Flecken stand in zerrissenen Kleidern vor einer ausgebrannten Hütte. Ein erschlagener Junge lag in seiner eigenen Blutlache von Moorfliegen umzingelt während die schwarzen Schatten der vorbeiziehenden Ritter an dem Leichnam vorbeiglitten wie Geister. Ein geknechtetes, gebrochenes Volk ohne Hoffnung; für immer dazu verdammt zu schuften und doch selbst kaum genug zum Leben zu haben. Ein Dasein schlimmer als der Tod, bei dem jeder Tag noch die Verheißung auf Glück beinhaltete welche sich aber niemals erfüllen würde. Folter auf Generationen hinaus, Folter für die Ewigkeit. Die Hölle auf Erden. Und den Tod als

Erlösung.

Hinnerk hatte Tränen in den Augen: „Hör auf. Es reicht." Die Vision erlosch und Thiannas leuchtend grüne Augen sahen nun direkt in seine Seele: „Das müssen wir um jeden Preis verhindern, Hinnerk Abbossohn. Hörst du meine Stimme? Du kennst die Lage, dieser Patuschke hat es erzählt. Friesland findet keine Ruhe mehr. Unsere Rechte werden mit Füßen getreten und Stück für Stück aus unserem Leib gerissen. Wir müssen hier raus, wir müssen ihnen allen helfen!" „Aber wer könnte uns helfen? Wir sind so wenige." „Der Kaiser! Denn er ist nicht nur ein Titel, nicht ein austauschbarer Hanswurst sowie diese gewählten Ratsherren, die nach ihrer Amtszeit wieder abtauchen können und von nichts gewusst haben wollen! Nein, der Kaiser hat noch eine echte Verantwortung! Noch! Für sich und seine Dynastie, die doch überleben soll. Er hat eine Familie und damit ein *Herz*! An dieses werden wir appellieren!" Hinnerk runzelte die Stirn: „Kennst du ihn?" Die Fylgie überlegte kurz. „Sagen wir ich kenne seine Sippschaft, sein ‚Blut'. Aber zunächst…" Sie lächelte und zwinkerte ihm zu: „Nehmen wir dir dieses dämliche Halsband ab. Ich gehe und suche die Quelle!" „Gut. Es könnten Ringe sein, aber wird sind uns nicht sicher. Und lass dich nicht erwischen!" Thianna lachte auf: „Und wenn schon? Ich bin eine Fylgie, kaum mehr als eine salzige Sommerbrise! Schon wieder weg, *thiha*!" Sie entfernte sich aus Hinnerks Gedanken und dieser schlug die Augen auf, fühlte sich wohl.

Er hatte jetzt ein Ziel vor Augen; ein wahrhaft nobles Ziel. Thianna hatte Recht mit allem und die Zusammenhänge waren zu deutlich um sie nur als reine Verschwörung abzutun. Die Schweine fürchteten den Metzger nicht bis er ihnen mit dem Hammer den Schädel einschlug. Diese Art Naivität konnten sie sich nicht leisten wenn sie überleben wollten. Hier ging es auch längst nicht mehr nur darum nur Leevke zu retten; denn hier entschied sich die Zukunft aller Friesen und freien Menschen überall. Ob in Friesland oder auf der Festivität zu Braunschweig: All ihr Handeln steuerte auf einen Höhepunkt, eine Konfrontation zu. „Klein fängt es an. Groß wird es enden.", murmelte Hinnerk, beseelt mit neuem Mut.

Jens wusste, dass man mit einfachen Taschenspielertricks nicht bis zum Hochadel vordringen konnte. Außerdem: Seine Beine waren ihm ja schon bei Graf Moritz am Schlottern gewesen wie zwei alte Hundeknochen die man hektisch aneinander schlug. Diese Furcht hatte er zum Glück in sinnfreies Plappern umwandeln können. Nun aber galt es mit einer ‚höheren Ebene' fertig zu werden. Er musste sich das Vertrauen der Adeligen erschleichen; eine Aufgabe, die er sich selbst kaum zutraute und Gerlinde noch weniger. Nicht, dass sie nicht pfiffig sein konnte oder auf den Mund gefallen war; aber hier verlangte es nach einer anderen Art der Überzeugungskraft. Wer hier Achtung erlangen wollte musste mit Intelligenz und Substanz daherkommen; mit Gespür für Formulierungen, Zusammenhänge im Reichsgebiet und über dessen Grenzen hinaus. Diese Menschen hier lebten auf einer völlig anderen Ebene – die Nöte und Belange der Ministerialen oder Leibeigenen waren für sie nicht existent, waren keine ‚echten Menschen'. Physischer Hunger war für sie bestenfalls ein abstraktes Konzept, dass man höchstens noch zur Fastenzeit kennenlernte. Aber dort auch nur weil es gesellschaftliche Norm und somit ‚schicklich' war zu hungern. Für die Hochadeligen waren die restlichen Menschen nur eine langweilige Ansammlung von Zahlen und Werten – eine Unterart von Vieh; direkt neben Kühen, Schweinen, Hühnern und Gänsen aufgelistet.

Eine Gruppe jener Hochadeligen (nichts davon unter dem Rang eines Herzoges) diskutierte bei bestem italienischem Wein und fernöstlich gewürzten Fleischhäppchen über politisch-gesellschaftliche Themen. Wenn Jens es schaffen konnte sich bei ihnen als einer von ihnen zu etablieren gelang ihm vielleicht so der Sprung in den voluminösen Burgfried, welcher von hochgewachsenen Dornenranken ummantelt war, direkt wie aus einem Märchen. Dort würde Maligana verkehren; im allerhöchsten Kreis der Familie. Zwei hochgepanzerte Wachen von der gelfischen Löwengarde standen am Fuß des Turms mit ihren Schwertern, allzeit bereit. Sicher hätte Menneke ihnen geholfen brutal an ihnen vorbei zukommen, aber wenn sie jetzt anfingen Gewalt anzuwenden waren sie sehr schnell sehr tot. „Silke hätte einen Weg gefunden.", murmelte Jens gedankenverloren. „Was?", heischte Gerlinde, „Was soll ich jetzt machen, Nasifix?" Und Jochen fragte: „Und ich? Es wird langsam auffällig, dass ich hier oben herumlaufe, Herr Janssen. Nicht, dass ich nicht bei euch bleiben wollte, aber..."

Jens winkte ab: „Geh wieder nach unten, Jochen. Vielleicht brauchen wir dich noch bei der Flucht. Und Gerlinde, du wirst dich weiter mit den hiesigen Damen unterhalten. Das da scheint mir eine reine Männerrunde zu sein; da wäre es auffällig wenn du dabeistündest." „Ich kann auch klug daherreden!" „Bitte!", zischte Jens, härter als beabsichtigt. Jochen verbeugte sich und lief dann rückwärts zur Treppe, konnte den Blick nicht von ihnen abwenden. Er sah aus wie ein kleines Kind, welches sich nicht von seinen Eltern trennen wollte. Jens scheuchte ihn mit energischen Handbewegungen weg, dann straffte er sich. „Auf ins Getümmel!" Gerlinde blieb zurück und schnaufte.

Jens gesellte sich zu den Adeligen wo er gleich von einem hochgewachsenen Mann mit stechenden Glubschaugen und schmierigem, kurzem Haar angesprochen wurde. Alles an ihm wirkte irgendwie *feucht und rutschig*: „Oha! sieht aus als hätten wir einen Neuzugang in unserer disputablen Runde. Und ihr seid...?" Jens lächelte abgeklärt: „Herzog Xaris von Towodu, sehr erfreut." Der Mann runzelte die Stirn: „Towodu?! Nie davon gehört. Wo liegt denn das?" „Es liegt jenseits der Grenzen des Reiches. Es ist eine, durch die Kreuzzüge übriggebliebene, Kleinprovinz; westlich von Karthago liegend. Dem ‚alten Karthago' wohlgemerkt." „Eine Enklave des Reiches? Soweit draußen?!" „Nun ja, wir benötigen schon noch den Schutz des Kaisers. Wir sind umgeben von Heiden, wie ihr euch sicher denken könnt." „Sicher. Aber ihr seid auffallend blass für die Sonne Arabiens, nicht?"

Jens berichtigte sogleich: „Die Sonne Afrikas. Und ja, ich bleibe gerne im Schatten. Meine Haut verträgt die intensive Hitze nicht gut, wirft schnell Blasen. Eigentlich entstamme ich ja einem alten, friesischen Geschlecht; welches ihr Glück während des vorletzten Kreuzzuges versuchte und dabei in Afrika strandete. Es gab einige Scharmützel und einige der Kreuzfahrer beschlossen kurzerhand eine Handelsenklave zu gründen, die bis heute zwanzig christliche Dörfer, drei Städte und zwei Häfen umfasst. Ohne des Kaisers Rückendeckung von Italien aus wäre die Lage aber nicht zu halten. Keineswegs." Der ‚rutschige' Mann sagte: „Hm? Interessant was man alles so erfährt. Ich bin übrigens Unterkönig Lerarch von der Elbe, Herzog Xaris. Ungewöhnlicher Name übrigens. Für einen Friesen."

Jens stellten sich die Nackenhaare auf: „Ah! Ihr seid der berühmte König der Unterelbe? Sagt, wie laufen die Geschäfte?" Lerarch schnaufte: „Nicht so gut, mein werter Herzog. Das Wendenpack hat justens Tangermünde zerstört. Erst vor wenigen Tagen ging die ganze Stadt unter, mit Mann und Maus. Sicher war es alte, sächsische Zauberkunst. Die Inquisition sollte sich gefälligst um sowas kümmern; anstelle Unsereins dabei zu beobachten wie wir vielleicht ‚Ehebruch' begehen. Lächerlich!"

Ein älterer Adeliger mit glattrasiertem, massiven Kopf, großen Augen und dem Erscheinungsbild einer großen Eule meinte dazu: „Die sächsischen Zaubrer haben ihre Macht schon lang verloren. Was da übrig blieb sind nur kleine Kunststücke, ein paar Beschwörungen und viel Gekreische um nichts. Nimmer könnten sie eine solche Katastrophe beschwören, Unterkönig." Lerarch aber schnaufte: „Mir ist es gleich. Ich will sie nur endlich raus haben, diese Wenden, Widuspinner und Altsachen: Kurz: das ganze *Pack* was da jenseits unserer Gesetze kreucht und fleucht! Des Kaisers Schutzgesetz, auf welches sie sich immer noch berufen, schadet dem Reich mehr als es ihm nützt. Jemand muss das mal so deutlich sagen!" Ein schmaler Adeliger mit nasaler Stimme meinte nun: „Nun ja, es nützt dem Kaiser. Diese Wenden sind uns Fürsten genauso ein Dorn im Leib wie diese Friesen um die sich derzeit Kollege Moritz kümmert. Leider ist er wohl sehr müde von seiner Reise aus Hamburg sonst hätte er jetzt etwas mehr dazu sagen können. Eine gute altes Menschenjagd." Unterkönig Lerarch nickte: „Diese dreiste Aufmüpfigkeit finde ich – Verzeihung - zum Kotzen. Oder wie seht ihr das, Herzog Xaris? Wie steht es denn mit eurem Volk?"

Jens bekam langsam einen trockenen Hals. Er konnte sich nicht dazu äußern, ohne dass sich ihm der Magen umdrehte. Hier berieten Männer über Tod und Vernichtung ganzer Völker, so, als ob es etwas alltägliches, ja christliches!, wäre. Er spürte ihre Geringschätzung für die ‚Niederen' in jedem Wort und jeder Geste. Er versuchte sich trotzdem einzubringen, schaffte es aber nicht und erfand darum eine Anekdote aus seinem ‚Afrika-Fürstentum', die zwar allgemeine Zustimmung erlangte (zumal sie einen Hauch Exotik versprühte) aber darüber hinaus konnte Jens keinen rechten Fuß fassen. Die Diskussion verschob sich in ein generelles Streitgespräch zwischen diversen Herrschaftsformen und ihren Vor- und Nachteilen. Jens aber brummte der Kopf und es kristallisieren sich zwei grobe Lager heraus:

Unterkönig Lerarch war ein ‚*Verfechter des Simplizismus*' wie er es nannte: „Der Staat kann nie und nimmer alle Lücken im Gesetz stopfen. Immer muss etwas nachgebessert werden. Es wird irgendwann völlig unübersichtlich, man verheddert sich in Vorschriften und lähmt so die Wirtschaft des ganzen Landes. Die Zukunft liegt also allein in der Abstinenz von den Märkten. Man muss sie gewähren lassen, nur so kann man wirtschaftliche Stärke und Flexibilität garantieren."

Der Ältere mit den großen Augen (den Jens inzwischen dem Stauferlager zurechnen konnte und den man Konrad ‚die Eule' nannte) erwiderte: „Das wäre grundfalsch, Kollege Lerach. Kontrolle muss sein und je mehr Kontrolle desto besser. Denn unkontrolliert haben wir bald nur noch Ungleichgewichte welche den Wettbewerb erwürgen, und uns nichts als Stillstand bringen würden! Es muss korrigierend eingegriffen werden und darum brauchen wir einen starken, von den Kaufleuten unabhängigen, Adel. Dieser muss als Staat die Kontrolle behalten denn ansonsten werden auch wir zu des Marktes Sklaven, früher oder später. Und wer sagt denn dass sie uns nicht ans unsere Feinde verkaufen? Denn Geld kennt keine Loyalität. Tat es nie, wird es nie."

Lerarch schüttelte den Kopf: „Welch Panikmache, Herr Eule! Die Zukunft liegt im Großhandel, eindeutig. Die Hanse macht es doch schon vor und es gibt keinen der es sich leisten könnte – nicht einmal unser geliebter Kaiser! – ihre Schiffe und den Wohlstand nicht für sich zu nutzen! Die Pikten aus Angelland haben sogar für ihre Kämpfe gegen die anglische Krone massig Spieße aus Sachsen bestellt. In solchen Stückmengen das ganze Konvois nur noch mit Holz beladen waren! Die Gelfen haben es also richtig gehandhabt; ob nun in Lübeck oder in Reichsitalien. Sie haben sich mit den Kaufleuten verbündet anstelle sie zu bekämpfen. Seitdem prosperieren die Städte des Löwen wie keine anderen im ganzen Reich! Und durch ihre neuen ‚Freiheiten' können sie schneller, effektiver auf Veränderungen des Marktes reagieren und bringen somit Wohlstand und Arbeit für alle. Überall ist nur Gewinn!"

Die ‚Eule' lachte abschätzig: „Das denkt auch nur ihr. Derzeit schon noch, aber es sind irgendwann nur noch Krümel die von ihrem Teller abfallen, sobald ihre Macht nur groß genug geworden ist. Bei allen Gewinnaussichten ist bei sowas immer auch die innere und äußere Stabilität des Reiches gefährdet. Ganze Landstriche verwahrlosen dabei, sind ohne effektives Recht durch kaufmännische Übervorteilung und Monopolisierung."

„Nein, die Macht wird nur an den Stellen konzentriert; wo sie wirklich gebraucht wird:

In den Zentren. Wenn die Staufer nur nicht so verbissen an den alten, ausgedienten Privilegien festhalten würden, dann…" *„Ausgediente Privilegien*?!", echote die Eule zornig, „Wie können unsere Privilegien jemals ausgedient haben?! Wir sind die Herren dieser Welt, junger Narr! Wir haben die heilige Aufgabe Altera zu bewahren und nicht der Gier von niederem Gevölke zu opfern, dass sich kleidet und tut wie wir aber nichts von den *Pflichten des Adels* wissen will! Eure tollen Patrizier sind nichts anderes als Krähen, die sich als Adler verkleiden und auf Ehre und Gewissen spucken!"

Unterkönig Lerarch lachte nur und verwies auf einen Mann, der sich bislang gar nicht geäußert hatte. Er trug kein Festgewand sondern einzig und allein ein Kettenhemd, welches ihn vollständig einhüllte; von Kopf bis Fuß. Er war ein großer, muskulöser Mann mit hartem, glattrasiertem Gesicht und einem so stechenden, blauäugigen Blick, sodass Jens glaubte, er könne direkt durch seinen Betrug hindurch sehen. Lerarch verwies auf ihn: „Was sagt ihr dazu? Kettmar Habicht von den Staufern? Welche Lösung bevorzugt ein hartgesottener Krieger wie euresgleichen?" Die Eule nickte ihm ebenfalls zu: „Sicherlich dieselbe Meinung wie seine Familie, nicht wahr, Vetter Kettmar?" Kettmars tiefe, knarrende Stimme war wie eine Drohung: „Ich bin für ‚Radikalismus'. Das ist die universelle Sprache die ein jeder versteht. Kaufleute wie Adelige, Bauern wie Ritter. Wir alle sind ihr verpflichtet, von der Wiege bis zur Bahre. Es braucht nichts anderes als das." „Gesprochen wie ein wahrer Krieger.", stimmte Lerarch schmunzelnd zu: „Er propagiert also rohe Gewalt? Nun, kein sooo schlechtes Konzept, wenn man mal darüber nachdenkt. Der Stärkere hat Recht. Solange man das beachtet ist die Welt im Lot. Ein bewährtes Konzept."

Jens sagte nun in die Runde: „Entschuldigt mich kurz, edle Herren? Ich muss etwas frische Luft schnappen." Er verließ daraufhin die Runde und lief auf den Balkon zurück, gab Gerlinde auf dem Weg einen eindringlichen Blick und sie folgte ihm, nachdem sie sich von den Edelfrauen verabschiedet hatte mit denen sie sich bislang unterhalten hatte. Jens lehnte über die Balustrade und sog die Luft schwer ein. So schwer das Gerlinde sich Sorgen machte: „Alles in Ordnung mit dir, Jens?! Was ist? Was hast du?!"

Jens schüttelte heftig den Kopf und schnappte nach Luft: „Ich - kann das nicht. Ich dachte ich könnte mich einbringen, könnte was beitragen – aber je mehr ich diesem… Schund lauschen muss desto mehr beiße ich mir auf die Zunge. Am liebsten würde…

würde ich…" „Sie alle zusammenscheißen? Anbrüllen und in den Arsch treten?" Jens wischte sich über das Gesicht: „Das sind keine Menschen mehr, Gerlinde. Ich weiß nicht was genau sie sind, aber was immer es ist, es macht mich *rasend*. Für die zählt alles andere; nur nicht wie es ihren Mitmenschen geht. Sie denken einzig in Klassen und Kasten, in Grenzen, Abhängigkeiten, in Gewinn und Verlust. Sie kennen nur Extreme, alles ist wie ein Spiel und die Menschen sind bestenfalls willenlose Würfel…"

Gerlinde setzte sich vor ihm auf die Balustrade: „Ja, aber ist dir das als Kaufmann nicht auch geläufig? Gewinn und Verlust?" „Aber da geht es nur um Wolle oder ‚Schinken aus Malmö', aber nicht um das Schicksal ganzer Völker, die für irgendein ‚*Konzept*' geopfert werden sollen?! Ich möchte lügen und sie an der Nase herumführen, aber je mehr ich von ihnen höre desto mehr bleibt es mir im Halse stecken und meine Faust ballt sich wieder in der Hose!"

Gerlinde war verständig: „Dann hilft nur eines: Finger in'n Hals und *auskotzen*. Hilft mir immer wenn mir schlecht ist." „Danke, aber ich befürchte das wird nicht die gewünschte Wirkung erzielen…" „Dann mach es anschaulich, was du wirklich meinst. Übertreibe! Damit kriegste dann einen Fuß in die Tür! Hau auf die Kacke." „Vielleicht… Ich weiß nicht." Sie schwiegen eine Weile und starrten in den leicht wolkenbehangenen Himmel hinauf, während drinnen das Gelächter lauter und die Musik fröhlicher wurde.

Das Messerweib lachte spontan auf: „Ich hät' ja nie gedacht, dass man auch an Land so viel Spaß haben kann, hehe!" „Spaß nennst du das? Ein einziger Alptraum ist das doch. Ich weiß gar nicht mehr, wo das angefangen hat… Ich glaub auf Langeoog bei einer Krabbensuppe und einem alten Kerl namens ‚Kapsoch'. Da ging's los." „Und? Wird irgendwas besser wenn du es dir permanent vor Augen hältst, wie schlimm es ist?" „Nicht wirklich, nein." „Dann ist doch alles gut, oder?" „Eben nicht!" Jens schüttelte seine rechte Faust: „Diese blöde, beschissene *Ohnmacht*! Sie machte mich schon immer sauer, schon damals, als Kind! Kannst Patuschke ja mal fragen! Wir haben uns mit anderen geprügelt, nur weil wir ehrliche Kaufleute bleiben wollten. Nicht wie all jene Schleimer und Aufstreber, die dem letzten Tagelöhnern noch sein letztes Hemd abknöpfen wollten. Schon damals wussten wir das so ne Scheiße uns irgendwann alle ruinieren wird. Sowas klappt auf Dauer einfach nicht. Ist gelebter Wahnsinn! Und alle findens gut!?"

Gerlinde blinzelte ungläubig: „Du? Jens ‚Schlapphut' Janssen hast dich geprügelt?"
Jens zeigte ihr jetzt seine linke Hand. Eine alte Narbe zog sich quer über den rechten
Mittelfinger: „Hab dem Kerl den Kiefer damit gebrochen. Die Hand war aber
wochenlang nicht mehr zu gebrauchen. Kann von Glück sagen, dass Patsche da war um
mich vor dem schlimmsten zu bewahren. Er hat im Alleingang die anderen vertrieben.
Musste aber trotzdem für einen Monat in den Turm dafür. Das war ein Scheiss, aber es
tat trotzdem so gut..." „Die wilden Jahre des Jens Janssen?" „Die ‚wilden Jahre',
korrekt." Gerlinde schubste ihn leicht: „Die müssen ja nicht vorbei sein, wie?"

Jens sah sie zum ersten Mal seit längerem bewusst an. Er hatte es vorher nie so recht
bedacht, aber Gerlinde war gewiss keine hässliche Frau; besonders nun, da sie sich
einigermaßen rausgeputzt hatte. Aber just ihre direkte Eigenart machte sie für ihn so
sympathisch. Sie kannte keine geheuchelte Höflichkeit und erinnerte ihn damit stark an
seine Taalke daheim. Diese hatte ebenfalls keinerlei Kenntnis von den hinterhältigen
Absichten ihrer Mitmenschen. So etwas ‚Blödes' war für sie sprichwörtlich
unvorstellbar, kam für sie gar nicht vor; war ein blinder Fleck in ihrer Wahrnehmung.
Gerlinde hingegen konnte es sich zwar vorstellen aber sie hatte bewusst beschlossen
sich davon nicht beeinflussen zu lassen.

Sie bemerkte seinen Blick; versuchte sich nichts anmerken zu lassen: „Nun ja... Was
guckst du 'n so komisch?! Ich meine, du müsstest deine Wut ja nicht...
herunterschlucken, oder so. Sp-spei sie diesen Kerlen einfach ins Gesicht, scheiss drauf.
Damit wirst du Eindruck machen. Einen buckligen Ja-Sager nimmt doch keiner ernst.
Sei der ‚wilde Jens' von damals – brich ihnen die Kiefer, – also übertragen im Sinn...
mäßig." Jens blinzelte mehrmals. Er brauchte ein paar Sekunden um das Gesagte geistig
nachzuholen: „Du denkst das funktioniert, ja?" „Ich denke vor allem wir haben nicht
ewig Zeit, Jensel. Ich hab auch Lisbeth und Kasper von der Grüpen schon unten
gesehen. Sie wirkten angepisst. Ich glaube kaum, dass sie hier oben suchen aber... tjah
– man weiß ja nie, ne?"

Jens sagte ruhig: „Gerlinde?" Sie lächelte unsicher: „Hm?" „Du... das Kleid steht dir
echt gut. Wirklich." Sie grunzte: „*Hrah*! Oller Schleimer! W-Wir sind schon so ein Paar,
nicht? G-Gar nicht so schlecht..." Jens grinste nun: „Sag, kann es eigentlich sein – ist

nur so eine These – dass du in all diesen Jahren, die du von Männern auf rauer See umhergetrieben wurdest…" „J-ja?" „Das du da dabei nie… nun ja... du weißt schon? Nie mit denen?" „Pfff?! Mach dich nicht lächerlich. Ha! J-J-Jede Dirne kann noch was von mir lernen! Ich bin die ‚Erfahrung in Tittengestalt', haha!"

Jens wechselte schnell das Thema: „Wie verläuft eigentlich dein Gespräch bisher? Was neues über Leevke herausgefunden?" Gerlinde lief abrupt rot an und starrte ihn an, wie ein einziges Fragezeichen. Ganz so, als wäre sie auf frischer Tat bei einem Diebstahl erwischt worden: „Hm?! Was? Ach. Achso! The! Die Damen, thehe! Klar, die Tussen!" Sie räusperte sich: „Ich sag dir – haha – ich kenne bald die Schwanzlänge von jedem hier." Nun war es Jens, der rot anlief: „E-echt? Über sowas reden die hier?!" Sie beugte sich vor: „Armer, armer Jensel. Ich verrat dir mal ein Geheimnis: Nur ihr Kerle denkt, wir Weiber wären heilige Unschuldslämmer der Perfektion. Jungfräulich, artig oder mütterlich. Glaub mir: Wir Weiber reden über nichts anderes als Schwänze. Viel mehr noch als ihr Kerle über Titten. Tja und ich muss es ja wissen, nich? Genau!"

Jens schüttelte resignierend den Kopf: „Ich werd wirklich alt. Ich bin ein Relikt aus alten Tagen." „Mach dir nichts draus, Opa. Ganz abgesehen davon sind das alles schreckliche Weibsbilder da drinnen. ‚Schlangengrube' ist noch geschmeichelt. Wer hat die neuesten Klamotten, wer den neuesten Schmuck, wer wurde mit welchem dreitagebärtigen Bardenschönling gesehen!? Was hat wer, wie, wo gesagt, mit welcher Intonation und hinterfotzigen Gedanken." Sie steckte sich den Finger in den Hals. Sie verschluckte sich jedoch und würgte. Jens riss ihr den Finger aus dem Hals bevor sie sich *wirklich* übergeben musste. Er seufzte: „Das du immer so übertreiben musst." „Und das du immer so untertreiben musst…" Ihre Gesichter waren sich nun ganz nah und Jens konnte ihren warmen Atem auf dem Gesicht fühlen. Es roch nach süßem Wein und kitzelte auf seinen Lippen. Ihre Augen trafen einander und ließen sich nicht mehr los. Sie näherten sich immer mehr an und dann pressten ihre Lippen aufeinander. Sie küssten sich, wenn auch nur kurz. Jens löste sich dann als erster wieder, blinzelte mehrmals und lachte: „Danke! Ich weiß jetzt, was ich machen muss!" Er lief sofort entschlossen in die Halle zurück, während sich Gerlinde mehrmals (viel zu oft) durch das Haar fuhr und ihr pochendes Herz beruhigen wollte. Aber es gelang ihr nicht. Was war da eben nur passiert?

Kapitel 18

Gehörnte Schafe

Bei seiner Rückkehr hielt Jens nicht hinter mehr hinter dem Berg. Niederkönig Lerarch schmunzelte: „Ah, der Herr aus dem fernen Towodu?" „Ich habe mir inzwischen Gedanken gemacht!", sagte Jens und die Eule nickte: „Um unser Thema der besten Herrschaftsform? Bitte, Herzog. Eure Ansicht." Jens atmete tief durch: „Ich bevorzuge den ‚Freundschaftismus', werte Herren! Jawohl!" Jeder glaubte, sich verhört zu haben. Ausgerechnet Kettmar Habicht war derjenige der reagierte: „Freundschaft?! Darauf basiert eure Herrschaft, ja?" „Korrekt! Ja, es scheint schwer zu glauben aber damit kann ich in Towodu mein ganzes Reich erhalten, mit minimalem Kosten- und Kriegsaufwand sogar, haha!" Der schmale Adelige schnaufte: „Völlig lächerlich, das ist sicher bloß ein Scherz?" „Ist es nicht!", bellte Jens zurück und sein Gegenüber stotterte: „Aber solch ‚gefährliches Halbwissen' ist ja noch gefährlicher als der Baccianismus! Immerhin treibt jener noch den Weinanbau voran!" „Naja, sich nur zu besaufen löst die Probleme kaum, verlagert sie nur." „Ist aber machbar!"

Herzog Konrad, die staufische Eule, zeigte sich jedoch interessiert: „Bitte, bitte meine Herren. Lasst ihn erklären ehe wir ihn vorschnell verurteilen. Sagt, wie kamt ihr auf diese Idee, Xaris? Wie kommt man auf die Idee, Freundschaft als Grundlage der Herrschaftsform zu etablieren?" Jens schnaufte: „Durch den ‚geselligen Mann'." Lerarch lachte: „Och ne, dieses merkantile Schreckgespenst?! Das klappt niemals, nie! Es muss nur einer dazwischen sein, der betrügt; alles an sich reißt. Dann zerbricht das schöne Kartenhaus im Handumdrehen. Klapp! Klapp!"

Jens (alias Herzog Xaris von Towodu) gestand: „Ihr habt sicher Recht; *oberflächlich* betrachtet. Aber lasst ruhig einen oder auch zehn Betrüger dabei sein der betrügt. Unter tausenden sind solche schwarzen Schafe schon zu verschmerzen und mit Geduld werden sie einsichtig zurückkehren. Denn sie könnten mit der Last auf ihrem Gewissen garnicht überleben! So denn ist ‚Güte und Duldung' eine stärkere Bindungskraft als schmerzender Peitschenhall. Ihr denkt, die Menschen wären nur mittels Angst zu etwas zu bewegen. Ich aber denke sie bewegen sich vor allem aus Zuneigung und dem natürlichen Streben zueinander. Ganz natürlich und ohne kostenintensiven Zwang. So werden sie einander helfen, dulden und gemeinsam wachsen. Es dauert länger, ist aber wesentlich stabiler."

Die Eule wandte ein: „Aber es wird immer Streit geben dass bleibt in den besten Familien nicht aus." „Streit ist in Ordnung, solange er nicht ausartet.", erklärte Jens als wüsste er alles, „Denn Streit ist wie eine Sichel am Schleifstein. Er schärft den Verstand aber auch die Freundschaft. Diese wird dann weitergegeben durch Wort, Musik und Lehre. Ab dann ist es bald ein festes Gefüge, dass besser zusammenhält als ein Heer aus Sklaven und Einzelgängern die jede Generation mühseelig neu eingepeitscht werden müssten!"

Die Adeligen lauschten jetzt interessiert und auch Niederkönig Lerarch verstummte. Jens hatte sie nun alle in seinem *Bann*: „Unterschätzt das Volk nicht. Denn auch Schafe haben Hörner; können damit sehr wohl ein Wolfsrudel niedertrampeln. Der Mensch kann aber zusätzlich noch entscheiden; kann über sich hinauswachsen in einer festen Gemeinschaft. Keiner kommt auf diese Welt um gehasst und versklavt zu werden, und alles Bestreben eines jeden widersetzt sich dem, bis zum Tod. Wer ihn also in Ketten legt, kämpft gegen das ‚Leben selbst' und wird früher oder später erliegen. Denn alle Ketten rosten irgendwann; aber Menschen wehren sich ein Leben lang. In Eiseskälte, Sturm und Hitze, direkt oder indirekt. Wir müssen also mit ihnen zusammenarbeiten, nicht gegen sie. Der Gewinn darin ist schier unermesslich!"

Kettmar brummte: „Und was sollte sie daran hindern uns zu töten, sobald sie mächtig genug sind?" „Respekt. Und tiefempfundene Dankbarkeit." „Das ist mir zu wenig. Ihr rüttelt an den Grundfesten unserer Weltordnung, Herzog Xaris!" Jens zuckte mit den Schultern: „Nur an der althergebrachten, römischen Ordnung rüttelte ich. Und dieses einst große Reich gibt es nicht mehr; jedenfalls nicht in der alten Form. Es zerbrach in kleine Wolfsrudel, die sich gegenseitig zerfleischen mussten um zu überleben." Der Habicht brummte: „Wollt ihr damit etwa andeuten, das auch unser geliebtes Kaiserreich irgendwann untergehen würde?!" Kettmars mörderisch-intensiver Blick hätte Jens normalerweise Hals über Kopf in die Flucht geschlagen. Doch aufgrund von Gerlindes *Kuss* sah er ihm nun völlig gelassen entgegen: „Wenn der Kaiser auf Dauer gegen die Menschen arbeitet, dann ja. Dann wird er gewiss untergehen. Und mit ihm das Reich."

Die Eule musste Kettmar jetzt zurückhalten damit er nicht auf Jens losging: „Gemach, Staufenbruder! Ich bin mir sicher, der gute Herzog wollte damit nur sagen, dass ein Kaiser der schlecht regiert nicht lange regiert. Das ist ja durchaus korrekt." Jens nickte dankbar: „Versteht mich bitte nicht falsch. Herr Goldbart scheint mir ein vernünftiger Mann, jemand der weiß, dass es mehr braucht um ein Reich zu leiten als eine schlagkräftige Armee oder die wirtschaftliche Macht. Und der Grund warum er so erfolgreich ist ist doch nicht zuletzt dem Umstand geschuldet, dass er eifrig durch das Land reist und den Kontakt zum einfachen Volk aufrechterhält? Welches ihn dafür respektiert und ihn auch in seiner Abwesenheit noch die Treue hält. Mehr noch als manche Fürsten, möchte man meinen..." Er schmunzelte und der ein oder andere tat es ihm gleich.

Herzog Konrad nickte bedächtig: „Gut gesagt. Aber es gibt immer wieder Bestrebungen, auch der Kurfürsten, unabhängig vom Kaiser zu werden. Es ist die menschliche Natur etwas Eigenes haben zu wollen. Dazu braucht es das kaiserliche Schwert um sie im Schach zu halten." „Gut, aber ordnet das Mütterchen nicht auch die Rüben von groß nach klein? Die Dinge sind nun mal so beschaffen wie sie sind und vielleicht ist das Reich ja zu groß für sich selbst geworden? Genauso wie viele andere Königreiche; ich meine damit nicht nur das unsrige. Die meisten Menschen haben in ihrem ganzen Lebenslauf vielleicht was? Fünfzig, hundert Bekannte? Die wenigsten davon sind Familie und Freunde. Je größer das Reich, desto schwieriger wird es jeden als vollwertigen Menschen anzuerkennen. Nehmt ein beliebiges Dorf oder kleine Stadt: Wieviel friedlicher ist es dort für alle, weil keiner sich in der Masse verstecken und dort ein Parasit sein kann dessen Verbrechen lange unentdeckt blieben."

Niederkönig Lerach lachte wieder: „Also sollen wir uns wieder in Höhlen verstecken und leben wie die wilden Männer im Gebirge? Lächerlich! Völlig lächerlich eure Vorstellungen von Herrschaft! Verrückt!" „Wir müssen nicht gleich in die Höhlen zurückkehren aber weniger wäre in dem Fall bisweilen mehr. Wir sollten vielleicht erkennen, dass unserer aller angehäufter Besitz letztlich mehr Probleme schafft als er löst. Wir sind immer weniger und dass bedeutet zwangsläufig; Krieg und Unterdrückung. Es gibt nur so und so viel Erdengrund auf Altera." Kettmar höhnte: „Sollen wir ihnen also unser Land etwa geben?! Einfach so? Eher sterbe ich mit dem

Schwert in der Hand! Es ist mir vom Vater vererbt worden! Das gebe ich nicht her!"

Jens schüttelte den Kopf: „Warum geben; warum nehmen? Denkt ihr in allem so zweigeteilt? Ist es euren Köpfen denn nicht möglich *drittwegens* zu denken? Dass es uns allen gehört; dass alles Land letztlich Gott gehört und wir es nur pachten? Ja, selbst der Kaiser ist ein ‚Pächter Gottes'. Warum maßen wir uns also an es wie unseres zu behandeln und es nur so einzuteilen wie es uns gefällt? Warum wundern wir uns dann noch, dass wir es mit Waffengewalt verteidigen müssen? Genau! Weil es im Kern Unrecht ist. Das wird es nicht von Dauer sein, wird uns verlustig werden, gerade weil wir uns so daran klammern…" Der Habicht schüttelte den Kopf so heftig, dass seine Kettenhaube rasselte: „Krieg gehört zum Menschen, es trennt die Spreu vom Weizen. Die Starken von den Schwachen!"

Jens war nun selber todernst als er antwortete: „Dazu braucht es aber keiner *Blutorgien*. Der Krieg ist das Resultat eben dieser Engstirnigkeit, dieser feigen Abkehr vom jeweils anderen! Verkriechen wir uns nicht hinter unseren Burgzinnen vor unserer Verantwortung auf die Menschen zuzugehen? Schaffen wir uns nicht unsere eigene Rechtfertigung, indem wir die Menschen gezielt zum Elend treiben und sie dann – oh weh! – tollen Hunden gleich totschlagen müssen?! Ja, was erwarten wir denn auch sonst? Dass sie sich ohne Gegenwehr abschlachten ließen? Wie könnt ihr nachts ruhig schlafen wenn die Toten so vieler Verhungerter und ins Elend getriebener Menschen euch heimsuchen? Flieht ihr dann in Suff, in weltliche Gelüste um eure Gewissen zu betäuben? Und das nennt ihr dann Leben, gar nobles, *adeliges* Leben?! Nein, ich könnt es nicht ertragen. Ich finde wir alle haben Besseres verdient. Wir alle. Adel bedeutet zuerst Großmut und Weisheit. Einsamkeit und Verlogenheit, das sind die größten Seuchen unserer Zeit! Das gilt es zu überwinden!"

Die Eule atmete tief durch ehe er als erster antwortete: „Mein guter Herr vom fernen Towodu, ich sehe euren Punkt. Ja, ich bin beeindruckt. Doch bedenkt: Diese Zusammenhänge, die ihr hier schildet und mir sehr wohl einleuchten, sind nicht weit verbreitet. Die meisten - Bauern wie Fürsten - denken nur von heut auf morgen, vom Scheisshaus bis zum Feld und zurück, salopp gesagt. Sie sehen nicht das große Ganze wie ihr. Selbst des Kaisers Blick ist vernebelt von vielen kleinlichen Disputen. Euch hat

Gott wohl einen klaren Blick gegeben, fürwahr; doch solange ihr alleine seid, wie könnte es etwas verändern? Es dümpelt weiter vor sich hin. Bis der Schimmel des Alltags sich durch uns hindurch gefressen hat. Es ist die Verwesung der Menschheit selbst die ich nur sehe. Und es gibt keinen Weg es umzukehren. Jede Generation wird dabei mehr verfaulen, wird sich immer nur im Kreise drehen wie ein toller Hund der an Erschöpfung stirbt."

Jens lächelte nun: „Ich bin doch nicht allein." „Wie?" „Ihr seid doch schon dabei. Ich kann es spüren. Ihr seid ein vernünftiger Mann, Herr Konrad." Die Eule schüttelte den Kopf: „Nur ein alter Mann; müde vom Kampf. Ich bin belesen und habe viel Zeit in Büchern verbracht, aber wie viele mehr begnügen sich mit Suff und Weib, ihre Tugenden kaum mehr als Prahlerei? Nein, nein, mein guter Herzog aus afrikanisch Landen: Wir müssen einander ersuchen diese Erkenntnisse in unseren Herzen zu belassen. Es brennt stark und macht uns bitter, aber wir müssen es unterdrücken. Denn je mehr davon wüssten desto mehr würden wahnsinnig werden ob der Idiotie welche, die Menschheit befallen hat." „Ihr habt vielleicht aufgegeben aber solange es Menschen gibt werden sie auch diese Hoffnung in sich tragen. Dazu braucht es keine ‚Erkenntnisse', kein langes, belesenes Leben. Es reicht dazu einzig einzig ein schlagendes Herz."

Herzog Konrad straffte sich: „Ich denke wir haben genug gehört und disputiert für heute. Freund Xaris ist offensichtlich ein wenig über die Strenge hinausgeschlagen und obwohl ich seine Ausführungen nicht komplett gutheiße, so ist dies kein Grund für einen Streit über die Mauern hinaus. Ihr habt eure Methoden und wir die unseren vorgebracht. Was sich bewähren wird zeigt allein die Zeit." Niederkönig Lerach klopfte Jens auf die Schulter: „Haha, was für ein interessantes – wenn auch wirres - Gespräch! Gebt trotzdem Acht, lieber Herzog, dass sich eure komische ‚neue Weltordnung' nicht in meine Gefilde verirrt. Denn ich würde sie wohl bekämpfen, bis aufs Blut! Haha! Ich brauchte jetzt etwas frische Luft. Gehabt euch wohl alle Miteinander!"

Jens verbeugte sich würdevoll und die Gruppe löste sich auf. Er blieb letztlich allein zurück und starrte ins Leere. Kein Gedanke füllte mehr seinen Kopf; war wie leergesaugt. Alles Wissen hatte er in dieses Streitgespräch gelegt und nun fiel ihm nicht mehr auch nur ein einziges Wort davon ein. Was hatte er alles gesagt? Und wieso überhaupt? Er wusste nichts mehr. Ihm schien es als wäre ein Geist herbeigeschwebt, hätte sich seiner Stimme bemächtigt und durch ihn hindurch gesprochen. Aber gleichzeitig wusste er dass doch alles seinem Kopf entsprungen war. Sogar Gerlindes Stimme riss ihn nun nicht aus der Starre heraus. Erst, als sie ihm einen Hieb in den Magen gab zuckte er zusammen: „Ohhhh! Scheisse. Au!" „Ja, Scheisse! Was machst du denn da?! Stehst da rum wie bestellt und nicht abgeholt? Was ist jetzt mit Maligana? Warum bist du nicht mit denen mit raufgegangen, eh?" Jens rieb sich den schmerzenden Magen: „Weil... ich mich mit ihnen zerstritten habe." „Was?!" „Tjah, ich dachte es wäre die einzige Möglichkeit bei ihnen zur Geltung zu kommen. Niemand hört einem Ja-Sager zu, hast du selbst gesagt. Also habe ich... disputiert und..." „Hm?" „Ich habe - völlig vergessen zu fragen ob ich dem Kaiser mein Anliegen näherbringen dürfte!"

Gerlinde schnaufte und hieb erneut nach Jens Magen. Dieser wich rechtzeitig zurück: „Lass es! Sonst kotz ich dich gleich voll!" „Macht mir nichts aus! Das war unsere einzige Chance du-du *Kaufmann*, du!" Jens lachte: „Das beleidigen müssen wir aber noch üben, oder?" Gerlinde lief rot an: „Idiot! Für mich ist es eine! Pfff! Ich hol mir erstmal was zu trinken! Jetzt habe *ich* nämlich eine Idee! Tzeh! Friesen!" Jens ließ sich mit schmerzendem Magen auf eine Bank nieder und schnappte nach Luft. Er starrte erschöpft an die reich verzierte Decke, lauschte dem allgemeinen Geplapper im Hintergrund und schloss müde die Augen. Er war erschöpft von seiner Rede und hatte darum nicht die Kraft Gerlinde von dem abzuhalten was auch immer sie vorhatte. Jemand stolperte ungeschickt an ihm vorbei doch Jens öffnete die Augen nicht.

Warum musste er auch so die Beherrschung verlieren? Er hatte sich hinreißen lassen von seinen eigenen Argumenten; aber es war alles so klar gewesen in jenem Moment. Nun stand er vor den Trümmern dieses Moments. Nimmer wollte der Hochadel mit jemandem verkehren, der ihnen ihre eigene Existenzgrundlage madig redete. Höchstens als sabbernder Narr, der lustig vor dem Kaiser rumhüpfte und von Kuhfladen sang. „Ich hatte auch schon bessere Ideen.", murmelte er und überlegte, ob das wirklich auch so war. In diesem Moment stolperte eine Person erneut an ihm vorbei, konnte sich aber nicht mehr auf den Beinen halten und landete so derbe ungeschickt auf ihm, dass ihr Ellenbogen sein Kinn traf. Sofort war Jens hellwach. Der Geruch von süßen Alkohol war erschlagend und eine lallende, junge Frauenstimme kicherte in seinem Schoss:

„Tschul…Tschulden sie bidde, hehe… Bin wohl verunglüc-hck-t. Hu-hups? Ah… Ich muss mich mal eben setz'n. Und vielleicht kotzen, ja…" Sie rollte sich von Jens ab und blieb wie ein nasser Sack neben ihm sitzen, lächelte selig vor sich hin und gluckste amüsiert; ganz so als habe sie eben etwas unheimlich witziges gesehen. Es war nicht Gerlinde wie Jens zu seiner Verwunderung (und Erleichterung) feststellte. Nein, dies war eine andere Betrunkene. Eine Unbekannte.

Jens war eigentlich nicht in der Stimmung mit einer vollgelaufenen Adelsschnepfe zu plaudern. Die junge Frau trug vergleichsweise schlicht-weiße Kleidung mit goldenen Rändern und Verzierungen und war (so Jens das im Sitzen besehen konnte) etwa 1 Schritt und 75 groß und trug ihre hellblonden, kurz geschnittenen Haare offen in einem heillosen Durcheinander; so als würde sie sich öfters die Haare raufen. Gepflegt sahen sie jedenfalls nicht aus. Ihre graublauen Augen hingen auf Halbmast und waren vom Suff gerötet. Ihr Gesicht war eigentlich schmal aber durch den Alkohol leicht aufgedunsen, insbesondere die roten Bäckchen. Sie lallte: „Und wie gefällt eusch diese Feierlichkeit, Herzogi-lein?" „Verzeihung, aber kennen wir uns?" Die Frau rührt mit dem Finger in ihrem Weinbecher und leckte ihn anzüglich ab. Jens rollte schon mit den Augen. Es war sinnlos mit dieser Person ein Gespräch anzufangen: Sie war völlig betrunken. „Ich gehe wohl besser." Jens erhob sich, aber die Frau riss ihn am Gürtel wieder zurück auf seinen Platz. Sie rutschte dann nahe an ihn heran und sprach ab da nüchtern und glasklar: „Ihr seid alles mein Lieber, aber ein Herzog seid ihr gewiss nicht. Nimmer." „Unsinn! Natürlich bin ich einer. Xaris von Towodu, zu euren…" „So einen ‚Xaris' gibt es nicht. Ich habe zufällig in der Gegend einige ‚Interessen' und euresgleichen gibt es dort nicht. Westlich von Karthago liegt nur noch Berberland und sonst nichts mehr. Keine Reichsenklave; und eine christliche schon gar nicht." „Wir sind noch nicht lange dort." „Achso? Gerade erst angekommen?" „Mit den Friesen, ja. Beim Kreuzzug." „Der schon zehn Jahre zurückliegt? Hm." Sie seufzte theatralisch und strich ihm zärtlich über die bärtige Wange.

Sie schien keinerlei Scheu vor ihm zu haben und ihr bitter-süßlicher Atem verriet dezent warum dem so wahr: „Ihr seid vielleicht gut genug um diese eitlen Pfauen zu täuschen, aber nicht, um mich hinters Licht zu führen." „Und wer seid ihr, werte Dame?" Die

Frau schmunzelte: „Noch etwas, wodurch ihr euch verratet. Denn jeder Hanswurst kennt mich in diesen Kreisen. Ich bin die ‚Peinlichkeit und Berühmtheit‘ in einer Person…" Jens zuckte mit den Schultern: „Ich habe trotzdme keine Ahnung, tut mir leid." „Vermutlich weil ihr Besseres zu tun hattet… Ich bin die ‚Schnapsdrossel‘, Stauferin und Sauferin." „Das ist aber kein sehr schmeichelhafter Name, oder?" „Meinen richtigen Namen benutze ich nicht mal mehr selbst. Er erinnert mich nur daran wie ich früher einmal war und sein sollte. Dumm ist es allemal…" Jens wusste nicht so recht wie er auf diese merkwürdige Frau reagieren sollte. Auf einmal schien sie nicht nur völlig nüchtern; sondern sogar ausgesprochen gebildet und gewieft. Sie hatte nahezu sofort durch seine Tarnung hindurchgesehen und auch Runas Illusionszauber bewirkte bei ihr nichts. Sie schien seine Bedenken zu bemerken: „Keine Sorge, ich verrate euch nicht." „Nein? Und wieso nicht?"

„Gute Frage. Vielleicht weil ich etwas von euch *will*." „Und was wollt ihr?" Sie druckste herum, rutschte auf ihrem Platz hin und her: „Zuerst - will ich mit euch reden. Mit jemandem, der ausnahmsweise nicht zu diesem grässlichen Haufen gehört." „Nagut. Aber dann nennt mir wenigstens euren Namen; euren echten." „Nennt ihr mir dann auch den euren?" Jens hielt inne. Dies konnte alles auch nur eine Falle sein schoss es ihm glühend heiß in den Sinn. Andererseits konnte es auch genau die Treppe zu Maligana sein, falls die Schnapsdrossel wirklich zur engeren Stauferfamilie gehören sollte. Erneut bemerkte sie sein Zögern: „Ein echter Geheimnisträger, wie? Ihr habt sicher Freunde, die es zu beschützen gilt, nicht?" „Woher wisst ihr das?!" „Haha! Niedlich. Ich habe euch *zugehört*, Dummerchen. Wie ihr abgegangen seid, mit welcher Inbrunst ihr eure Thesen vorgetragen habt! Und was ihr alles gesagt habt." „Aber ihr seid doch selber adelig? Hat es euch denn nicht verärgert?!"

Die ‚Schnapsdrossel‘ verzog angewidert das Gesicht, so als wäre sie mit nacktem Fuß in einen frischen Kuhfladen getreten: „Die Welt der Adeligen und Mächtigen? Pah." Sie sah sich angewidert um. „Ist Reichtum und Glanz, Intrigen und Dynastien, Familie und zugleich heimliche Nächte mit verruchten Liebhabern. Es ist Tod, Tücke, Rache, Leidenschaft, Drama. Klingt ja alles sooo spannend, nicht? Wie der Traum eines jeden Mädchens das Macht ausüben will. Aber es ist letztlich ebenso langweilig und dröge wie auf dem Erfurter Viehmarkt. Es ist kühl, abgedroschen und seelenlos. Ein Bauer auf dem Feld hat mehr Freiheiten über sein Gefühlsleben zu bestimmen als unsereins. Adelig sein heißt zunächst ein ‚Sklave der Macht‘ zu sein. Wie Hühner flattern wir zu einem Hahn oder fliehen panisch auseinander wenn er geköpft wurde… Freunde sind morgen schon Feinde, Feinde morgen Freunde, alles ist so wechselhaft, unbedeutend, leer. Völlig ausgeliefert sind wir den Ränkespielen und Mechanismen bis in alle Ewigkeit und verflucht... In jenem Wirbel aus Macht wird der Mensch zur bloßen, hirnlosen Marionette." Die Schnapsdrossel klopfte sich so stark auf die Brust, dass der Wein in ihrem Glas auf den Boden tropfte, „Mein eigenes Herz zum Beispiel. Was zählt es noch wenn die Politik sich ändert? Unsere Leben sind von Geburt an vorherbestimmt. Manche hier pochen zwar auf ihre ‚Familienehre‘ aber meinen nur Unterwürfigkeit gegenüber ihren Eltern. Diese zwingen ihre Kinder nach bloßen Machtaspekten zu heiraten: Welche Familie hat den besten Stand, das meiste Geld, die größte Flotte, die stärksten Ritter, die reichsten Städte, Bergwerke, Klöster, Schmieden oder die ertragreichsten Länder."

Sie grinste mit Genugtuung: „Oh, ich kenne genug Freundinnen hier im Saal die bei dem Gedanken an einen gut betuchten Herzog wie euch ganz feucht im Schritt würden. Da schlackern jedem Mann die Ohren wenn man die mal unbeobachtet hört. Mich hingegen ermüdet es nur noch… Schon seit eh und je blicke ich neidisch auf die Kammermädchen und ihre naive Hoffnung auf Liebe und Glück. Aber selbst sie sind in ihren Rollen gefangen; haben Väter und Mütter, welche sie drängen nach oben zu heiraten, hin zu unserem Stand und Einfluss… Nur die Niedrigsten, die Ärmsten und Elendigsten finden wohl jemals so etwas wie Liebe… Sie mögen auch sonst nichts haben aber darum kümmert es sie auch nicht mehr was andere von ihnen denken, was die Sippschaft von ihnen denkt. Denn sind sie schon am Ende. Sie sind warhaftig frei, wie die Vögel…"

Jens konnte nur gebannt lauschen als die Frau weiter ihr Herz ausschüttete. Ihre Begegnung war sicher kein Zufall mehr. Sie sagte: „Für die da unten mag es ja spannend scheinen in einer großen Adelsfamilie zu leben, den Ruhm und Wohlstand der Familie zu mehren und auf dem Politikparkett zu agieren. Sie sehen sich schon als künftige ‚Oberköniginnen', die ihrem Geschlecht, ihrer Brut zu Einfluss und Macht verhelfen. Aber was sie dabei nicht bedenken ist, dass sie dabei sterben werden; Tag für Tag wird ein Stückchen mehr aus ihnen geschnitten. Es ist wie ein Goldschatz auf hoher See den man nicht loslassen will, selbst wenn er in die Tiefe rast. Man hat dann zwar das Gold aber kann sich daran nicht mehr erfreuen weil man mit verkrampften Fingern am Meeresgrund ersoffen ist… Ach – seht mich an! Wie unhöflich! Ich langweile euch mit meinem dummen Palaver. Verzeiht. Ich merke sogar, wie ich schon wieder nüchterner werde. Offenbar bin ich nur angenehm zu ertragen wenn ich einen gewissen Pegel wahre, ha… Mein Herr - Verzeiht einer Schnapsdrossel. Ich rede wirres Zeug. Genießt den Abend!"

Nun war es Jens der sie im Impuls auf die Bank zurückzog: „Einen Moment mal! Soll das etwa heißen ihr habt wirklich verstanden was ich vorhin gesagt habe?!" Sie nickte langsam, etwas schockiert darüber, dass Jens sie zurückhielt: „Natürlich? Und jeder mit zwei Augen im Kopf kann es sehen. Was denkt ihr wieso ich mich so fleißig betrinke? Sichern icht weil es mir schmeckt. Sie gehen mir nur alle so ziemlich am Arsch vorbei, diese *Heuchler*." Jens bemerkte das Zittern in ihrer Stimme, denn es war mit Wut und Bitterkeit vermischt: „Das glaube ich euch nicht. Es ist doch eher das Gegenteil: Ihr sehnt euch nach ihnen, aber nicht nach dem was sie hier verkörpern. Nicht nach ihren Schaubildern, sondern ihren echten Herzen. Richtig?"

Die Schnapsdrossel bekam nun glasige Augen, er hatte ihren wunden Punkt zielgenau getroffen: „Ihr seid besser als ich dachte. Und der letzte Beweis dafür, dass ihr kein Adeliger seid. Denn ihr seht mich mit offenen Augen an; ohne Hintergedanken. Ihr sülzt mir nichts vor, sondern redet mit mir wie ein Mensch. Ohne Furcht." Sie setzte sich wieder zu ihm; sammelte sich und sah Jens direkt an. „Mein Name ist Irena von Rheinfelden, genannt die Schnapsdrossel. Bin Stauferin." „Und ich bin Jens Janssen aus Greetsiel, genannt Hühnerjens. Bin Friese." Sie schmunzelte: „Nanu? Also ein Friese? Daher kommt euer komische Akzent." „Ich hab ihn vorsorglich in meine Geschichte mit eingebaut; die ‚friesischen Kreuzfahrer von Towodu.'" „Klug, klug, Herr Janssen." Sie sah ihn aus ihren übermüdeten Augen aus an und lächelte; leicht unsicher.

Jens fragte direkt: „Verzeiht, Irena, aber ihr wirkt auf mich wie jemand der große Schmerzen erleidet." Ihre Augen blitzten da auf: „Die meisten halten mich für ein verwöhntes Gör und ich möchte dieses Bild ungern zerstören. Denn es schützt mich, sichert mir ihren Hass und damit die Kraft, die ich brauche um weiterzuleben. Wenn ich mich meinen dunkelsten Gedanken ergeben würde, ich… Ah! Da sind sie schon. Dann wär es kein schöner Anblick!" Jens seufzte erleichtert auf und lachte dann. „Hab ich etwas Witziges gesagt, Jens Janssen?" „Genau das Gegenteil! Es ist für mich nur sehr schön zu hören dass hier nicht alle mit dieser Art zu leben zufrieden sind. Ich könnte das auch nicht aushalten." „Ihr seid ja auch nicht in diese Welt hineingeboren worden. Der Mensch ist anpassungsfähig." „Darum betrinkt ihr euch? Weil ihr euch anpassen müsst?"

Irena stockte und lachte dann erstmalig glockenhell: „Ihr macht mir langsam Angst! Seht durch meine Lügen wie ein Hellseher! Ihr seid aber keiner, oder?" „Noch nicht.", antwortete Jens wahrheitsgemäß. Denn nach allem was Runa ihm erzählt hatte, schien in der Tat langsam ein Teil der Magie des Wirringer Zauberbuches auf ihn überzugehen. Er war es ja auch der mit seiner Kraft sein und Gerlindes Kleidzauber aufrechterhielt. Es war also gut möglich dass er auch anfing Gedanken unbewusst lesen zu können. Oder es war seine ohnehin ausgeprägte Fähigkeit Menschen einzuschätzen; ein, für einen Kaufmann, unverzichtbares Handwerkszeug?

Irena von Rheinfelden erzählte in ruhigem Ton: „Es fing schon früh an mit dem Trinken, wisst ihr? Schon als kleines Kind. Meine Eltern haben mir oft davon erzählt wie ich als Kind oft geschrien und getreten hätte...“ Sie gluckste: „Als wäre ich von einem Dämon besessen. Aber tatsächlich war mir nur kalt, so sehr *kalt*. Nicht, weil ich nicht genug Felle über mir gehabt hätte; davon hatte ich mehr als genug. Alles teure Felle aus dem großen Novgorod im Osten. Aber mir wurde trotzdem nicht warm. Ich erinnere mich vage...“

Sie kniff die Augen zusammen, „...an lange Stunden in meiner Krippe in der nichts zu hören war. Nur absolute Ruhe. Eine grässliche, ‚laute Stille‘, die sich in die Ohren frisst bis ein schrilles Pfeifen ertönt, das man nicht mehr ausschalten kann. Meine Stimme war das einzige was mich von dem Rascheln der Decken und der Stille bewahren konnte. Darum schrie ich so oft.“ „Ihr ward wohl sehr einsam. Was aber war mit euren Eltern oder den Hebammen?“ „Die dachten es würde sich bald auswachsen. Dass ich irgendwann von selbst einsehen würde, dass all mein Jammern mir doch nichts brächte. Sie wollten kein verwöhntes, quengeliges Kind großziehen. Nein, sie wollten eine ruhige, intelligente Erbin; von Kindesbeinen an. Nichts dem Zufall überlassen.“ Irena grinste grimmig: „Aber ich hörte nicht auf zu schreien und in Ermangelung besserer Möglichkeiten ein Kleinkind zu erziehen - außer durch Hiebe mit dem Stock vielleicht, was aber hässliche Narben gegeben hätte - gaben sie mir Honigwein. Süß genug für meinen Gaumen ihn zu genießen und stark genug um mich ruhig zu stellen bis ich ein Alter erreichte indem man mit mir ‚vernünftig‘ darüber reden konnte...“

Jens fröstelte bei der Vorstellung: „Aber das ist doch grausam!?“ Irenas erschreckter Blick verriet dass sie sich nach solchen Worten sehnte: „N-Niemand sonst hat das je so empfunden. Ich war ihnen auch zu vulgär; zu laut, zu auffällig... Bis auf die alte Hebamme die mich pflegte war da keiner sonst der mich bedauerte. Und sie tat es auch nur, weil sie sonst Ärger bekommen hätte wenn ich nicht ab und an Tränen in ihrem Gewand abladen konnte." Irenas Augen flackerten in alten Erinnerungen: „Das alles hörte erst auf nachdem ich ausgebildet wurde. In Stickereien, Lesen und Schreiben, in Politik und Heraldik, Musizieren und Etikette." „Ihr spielt also ein Instrument?" Die junge Stauferin winkte mit einem gequälten Lächeln ab: „Pah, kaum mehr als ein Schwein, dass mit seinen Borsten im Vorbeigehen die Harfenseiten streift. Ich zupfte immer zu langsam; will die Töne langsam ausklingen lassen. Aber damit kriegt man keine flotte Melodie hin." Jens stellte es sich im Geiste vor: "Jedenfalls keine für ein ungeduldiges Ohr. Ich wäre aber durchaus interessiert." Irena lachte und eine Träne rollte ihr über das Gesicht: „Nun hört auf euch über mich lustig zu machen!" „Tue ich nicht! Warum glaubt das jeder von mir?! Liegt es an meiner Stimme?"

„Jedenfalls ließ ich wenigstens den Wein in dieser Zeit stehen. Denn ich dachte, wenn ich mich anstrenge werde ich endlich die Achtung und Wärme erfahren, die man mir bislang verwehrt hatte. Meine Mutter und mein Vater waren auch stolz auf mich. Ich lernte schnell, war nicht blöd und tat alles was man mir sagte. Und dafür wurde ich geliebt. Aber mit den Jahren - schlich sich so ein beklemmendes Gefühl in meiner Brust ein… Mein Herz schlug nachts urplötzlich schneller und schneller bis ich schweißgebadet aufwachte." Jens hob die Hände: „Ihr müsst mir das nicht erzählen, wenn ihr nicht wollt?" Irena schüttelte den Kopf, fuhr fort: „Ich wusste nicht was mit mir los war! Ich eilte durch die Gemächer und fand den Schrank mit den Umtrünken... Und am nächsten Morgen... lag ich dort inmitten von all dem süßen Wein und meiner eigenen Pisslache. Ich hatte mich besinnungslos gesoffen…" Sie holte Luft: „Seitdem wusste ich was mein Schicksal ist. Ich verzichtete, nein, ich *schiss* auf meine Eltern und all diese grausame Liebe die man mir doch nur vorheuchelte. Aber fliehen? Dazu hatte ich nie die Kraft. Einzig Friedrich war mir ein liebender Onkel. Er hat - genau wie du - gesehen was wirklich mit mir los war. Aber auch er, bei all seiner Macht, konnte nichts an dem Ursprung meines Leidens ändern. Das ganze Reich ist unter seinen Fittichen und nicht mal er kann einem besoffenen Gör helfen... Naja - so viel zu meiner tragischen Lebensgeschichte und dem Grund warum ich euch wohl leiden kann." Sie streckte sich katzengleich und gähnte: „Und nun bin ich müde von all dem Plaudern, thehe… So müde."

Jens schluckte ob der Offenbarungen und seine Reaktion kam etwas verzögert: „Moment. Sagtet ihr Kaiser? Friedrich? Der dritte?!" Irena nickte: „Kaiser Goldbart ist mein Onkel, ja." Sie blinzelte und rutschte näher an ihn heran: „Hört mal, ich habe selten die Gelegenheit jemanden zu treffen der mich so gut versteht und zuhört. Ich möchte mich dafür erkenntlich zeigen. Einmal die warmen Hände eines Mannes spüren, der sich nicht um meine Titel schert; der mich nimmt so wie ich bin, nicht was ich verkörpere. Versteht ihr mich?" Jens lief rot an: „I-Ist heute irgendwas im Met? Irgendein ‚Kraut' dass alle Weiber willig macht?!" „Nicht das ich wüsste. Und ich kenn mich aus." Er hob abwehrend die Hände und rutschte zurück: „Bitte nicht! Ich verstehe ja euer Leiden, aber ich habe nicht mehr viel Zeit. Es geht um meine Freunde. Und außerdem bin ich schon einer anderen versprochen. Tut mir leid, Irena." „Wie langweilig, pfff." „Seid ihr jetzt verärgert?"

Irena tippte auf ihrem Kinn herum: „Och, keineswegs… na gut, ein bisschen. Passiert nicht oft dass mich einer ablehnt. Aber ich finde es schön, dass ihr so ehrlich zu mir seid. Sie muss eine glückliche Frau sein wenn sie euch hat." „Das soll sie auch bleiben!" „Warum seid ihr nun wirklich hier?" Jens erzählte es ihr und sie lauschte gebannt, konnte es bisweilen kaum glauben was er erzählte. Schließlich sagte sie spitzbübisch: „In Ordnung! Ich bringe euch zu Maligana. Sie ist eine eingebildete Gelfenzicke und lästert zusammen mit ihren Freundinnen nur zu gerne über mich. Es wird Zeit, dass ich es ihr einmal heimzahle. Aber auf meine Art, tjah." „Was habt ihr vor?" „Och, nur eine kleine Spezialität der guten, alten Schnapsdrossel. Gebt mir euren Austauschring und ich mache das dann für euch." „Wir brauchen aber auch noch den Ring von der Giertrud Schildaberg! Mindestens!" „Ach, die auch noch?! Die Gute trägt ihre Nase so hoch, dass sie damit den Engeln die Füße kitzeln kann." „Interessanter Vergleich." Jens zögerte. Die falschen Ringe, welche er hervorholte sahen alle identisch aus, golden glitzernd und ohne Verzierungen.

Jens erklärte ihre Funktion: „Ihr müsste sie für drei Sekunden an das Original halten, dann sollten sie deren Form annehmen. Runa hat sie so präpariert." „Gebt her. Ich mach das. Wartet hier." Jens zögerte und Irena lehnte sich zu ihm herüber: „Ich weiß ihr habt keinen Grund mir zu vertrauen, auch nach all dem was wir einander gesagt haben. Wenn ihr also wollt bringe ich euch mit nach oben und ihr könnt es selber versuchen?" Sie lächelte unsicher: „Ich… Ich würde mir selbst wohl auch nicht trauen." Der Greetsieler drückte ihr die Ringe in die Hand: „Ich kann es." Irena von Rheinfelden lächelte breit und dankbar. Sie erblickte etwas in der Ferne und Jens folgte ihrem Blick: „In der Zwischenzeit solltet ihr aber eure Freundin davor retten rausgeworfen zu werden."

Denn Gerlinde stand lallend, mit besudelten Klamotten vor einigen Wachen und verlange lautstark auf den ‚Donnerbalken' gehen zu dürfen. Man sagte ihr es gäbe genug ‚Klosets' auf den unteren Etagen, woraufhin sie aber stur blieb und verlangte die Notdurft auf dem Burgfrieds-Donnerbalken zu verrichten. Sie habe es verdient ‚edel zu fäkieren'. Jens rieb sich die Nasenwurzel: „Herr Gott Mädchen. Hättest du nicht eben ne halbe Stunde warten können bevor du die ganz großen Geschütze auffährst?! Entschuldigt mich bitte, Irena." Die Stauferin lächelte und sah amüsiert mit an wie Jens sich verzweifelt darum bemühte die Situation zu entschärfen. Er fing sich dafür eine saftige Ohrfeige von einer herumwirbelnden Gerlinde ein und zog sie zeternd und tretend nach draußen auf den Hof, an die frische Luft. Irena sah auf die Ringe in ihrer Hand hinab und wusste nicht so recht ob sie der Aufgabe gewachsen war. Dann liefen zwei schnatternde Damen an ihr vorbei welche sich über Gerlinde und Jens lustig machten: „Was für abscheuliche Menschen man hier doch treffen muss. Kein Benehmen." „Widerlich. Das sowas hier toleriert wird? Also ich hät sie längst rausgeschmissen. Und sowas nennt sich nun Adel!" Irena bemerkte den vernichtenden Blick den man auch ihr beiläufig zuwarf. Sie streckte den beiden frech die Zunge raus; dann umschloss sie die Ringe fest und lief los…

Kapitel 19

Großkammerdiener Seyton

Die große Abstellkammer mit den Regalen, Fässern, Säcken und Kisten befand sich im nordwestlichen Teil des Kronenberger Schlosses. Hier wurden auch die Ausrüstungsgegenstände aller bislang gefangenen Teilnehmer der Spiele endgelagert. Lochspinnen hatten hier schon in den Ecken ihre erfolglosen Netze aufgebaut um sich mit den Hundertfüßern zu bekriegen die in den feuchten Nischen hausten. Viel zu essen gab es hier nicht; dafür umso mehr Klingen, Schilde, zusammengelegte Kleidungsstücke unterschiedlichster Herkunft, Rüstzeug, Amulette und Ringe aus Bronze oder Silber; daneben Holzfiguren die Krieger darstellten, Knochenkämme, Flaschen mit ungeklärtem (aber stark riechendem) Inhalt. Kurz: ein buntes Sammelsurium all jener Dinge, welche junge, männliche Menschen mit sich führten und im Alltag gebrauchen konnten. Sie waren schön sortiert; so als würden sie nur darauf warten von ihren Besitzern abgeholt zu werden. Doch die meisten Dinge würden dort verharren bis sie verrotteten oder Seyton beschloss sie in einem Feuer zu verbrennen. Eigentlich hatte er es schon immer vorgehabt; sobald ein Teilnehmer ausgeschieden war denn es gab ja keinen wirklichen Grund mehr jenen Krimskrams zu behalten. Das Zeug nahm nur unnötig Lagerfläche weg und erfüllte keinen Zweck mehr außer der Erinnerung daran dass sie einst einem lebendigen Menschen gehört hatten. Doch just aus diesem Grund bestand Maligana darauf sie nicht fortzugeben. Was sie einmal besaß gab die Herrin Kronenbergs nie wieder her; ganz gleich wie gering der Wert auch sein mochte. Es gehörte ihr und niemandem sonst. Das allein zählte. Es waren ihre Trophäen.

In eben jener Nacht da Jens und Gerlinde auf dem Braunschweiger Festivitäten-Parket ihr Glück versuchten; begann einer der Waffenständer zu erzittern. Ein leises Klimpern und Rumpeln erfüllte bald den Raum; ebenso wie ein anwachsender grünlicher Dunst, das Flackern und Flüstern zischender Stimmen. Die Ratte welche gerade an einer knackigen Assel knabberte blickte neugierig auf, als grüne Nebelschwaden sich lautlos über den Fußboden ergossen. Das Tier schnüffelte daran und lief dann mit der Assel im

Maul davon, quiekte erschreckt.

Der grüne Nebel wanderte in die Mitte des Raumes und verdichtete sich zu einer menschgroßen Säule. Das nuschelnde, heidnische Stimmengewirr aus hohen Mädchenstimmen wurde jetzt intensiver und lauter und die Wache, welche in der Nähe ihren Rundgang machte, sah es durch den schmalen Schlitz unter der Tür grell aufblitzen. Üblicherweise war sofort Meldung zu machen wenn etwas Ungewöhnliches geschah, aber dennoch zögerte der Mann. Denn niemand ging mit Begeisterung in eine unbekannte Situation welche geradezu nach Dämonen schrie. Letztlich gewann die Furcht vor der Nicht-Beachtung der Regeln und der in ein Gambeson gehüllte Wachmann fingerte am Schlüsselbund um nachzusehen was in der Lagerkammer eigentlich los war. „Ist das wer?!", fragte er durch die halbgeöffnete Tür hindurch. Es gab keine Antwort, der Raum war stockdunkel.

Knarrend öffnete er die schwere Eichenholztür und just in dem Moment als das grüne Blitzen aufhörte stieg ihm ein merkwürdiger Geruch in die Nase. Es roch nach Wind und Salz; nach Meer und Wasser. Grüne Dampfschwaden krochen um seine Stiefel doch im Dunkeln war nichts weiter auszumachen außer den Umrissen von Regalen, Kisten und Fässern. „Eine Fackel…", murmelte er und schalt sich einen Narren ohne Lichtquelle in die Kammer gegangen zu sein. Just als er sich umdrehen wollte bemerkte er aber ein Glühen inmitten des Raumes und er hörte eine Stimme in unbekannter Sprache welche in sein Ohr drang und ihm eine Gänsehaut über den Rücken jagte.

Mit gezogener Hellebarde trat er einen Schritt auf das Glühen zu als sich dieses zu zwei leuchtend grünen Augen formte. Die Tür knallte hinter ihm zu und außerhalb war nur noch ein erstickender Aufschrei zu vernehmen, ehe es völlig ruhig wurde. Augenblicke später trat aus der Kammer ein nacktes, knabenhaftes Mädchen. Von Dampf umhüllt war sie; als käme sie gerade aus einem römischen Dampfbad. Sie nieste und rieb sich die kleine Stupsnase mit dem grünen halbmondförmigen Fleck darauf (welche auch ihren ganzen Körper bedeckten): „Hm, riecht nach Sachsengesindel." Sie sah an sich herab und meinte: „Ein bisschen mehr Bekleidung wäre wohl nicht verkehrt..." Sie ging darum zurück in die Kammer und kam angezogen mit einem losen Hemd, kurzen Hosen und einem Gürtel wieder heraus, alles eine Nummer zu groß. Thianna schüttelte noch einmal ihr kurzes, mittelblondes Haar mit den zwei, dünnen Zöpfen welche ihr bis zum

Hals an den Ohren vorbeiliefen. Ihre schmalen Augen strahlten hellgrün, ihr burschikoser Körper war schmal und kräftig; mit langen, festen Beinen, der Busen indes kaum als solcher erkennbar.

Sie machte sich auf den Weg: „Dann suchen wir mal diese Macht, welche meinen Hinnerk so quält!" Mit einem kräftigen Satz katapultierte sie sich direkt nach oben und drehte sich dabei in der Luft, sodass sie mit den nackten Füßen an der Decke landete – und dort ohne Probleme weiterlaufen konnte. Die Schwertkraft konnte ihrem überleichten, halbastralen Körper nichts anhaben sofern sie nicht wollte. Dies raubte ihr zwar etwas ihrer Energie (welche sie eigentlich für die Aufrechterhaltung ihres physischen Körpers benötigte) aber der Verbrauch an der Decke zu laufen war sicherlich weniger als wenn sie in permanente Kämpfe mit gelfischen Gardisten verwickelt würde. Denn an der Decke der hohen Schlossgänge konnte sie unbemerkt, wie ein vorbeihuschender Schatten, an den Wachen vorbeischlüpfen ohne dass jemand Alarm schlug. Ein Trupp Gardisten lungerte in der Küche herum und genoss gerade ein bisschen Dünnbier nebst Fleisch und Brot von einem gequälten Küchengehilfen, der kurz vor dem Zusammenbruch zu stehen schien um die ungebetenen Gäste einigermaßen zufrieden zu stellen.

Thianna bestätigte dieser Anblick nur in ihren Vorurteilen gegenüber anderen, ‚gebrochenen' Völkern. Für sie gab es keinen Zweifel daran, dass diese sächsisch-stämmigen Menschen ein typischer Haufen von Tyrannen und Sklaven waren wie es sie dank Franken und dem ‚Kreuz' zuhauf im alten Reich gab. Sie hatte darum auch kein Mitleid mit deresgleichen. Für sie waren sowohl Herrscher als auch die Beherrschten Feinde, welche früher oder später Friesland und seine Bewohner mit Unterjochung oder Kriechertum bedrohen würden. Die Sklaven, weil sie sich selbst in ihrer Freiheit beschnitten um ihren Herren gefällig zu sein und dieses wie eine Krankheit mich sich herumschleppten; und die Herren, weil sie nur um den Erhalt ihrer Macht kämpften ohne je zufrieden zu sein. Es war imgrunde eine debile Art der Koexistenz; ein ständiges Drehen im Kreis; wie der Hund der seinen eigenen Schwanz jagte. Aber wenigstens war ein Hund nicht so verblödet seinen Schwanz bis zum Erschöpfungstod zu jagen – diese Menschen aber schon. Es war ein sich selbst beschleunigender Elendskreislauf, eine ansteigende ‚Hysterisierung' allen Handelns und Denkens.

Vernunft und Weisheit war diesen Sachsen inzwischen ebenso fremd wie Muße oder innere Ruhe. Sie nannten es überdies keifend die einzig-selig machende *Normalität* welche sie insgeheim zwar verabscheuten aber zu feige waren es offen auch so zu sagen.

Mit diesen Gedanken kletterte Thianna bald auch an Seyton vorbei der gerade seinen abendlichen Rundgang durch die Schlossanlage machte. Das Klackern seines eisernen Stabes hallte weit durch das Kronenberger Gemäuer und er ging allein. Thianna krabbelte ihm nach bis er plötzlich abrupt im Gang stehen blieb. Sein Stab verstummte und sie verharrte erschreckt in einer dunklen Ecke, fast direkt über ihm.

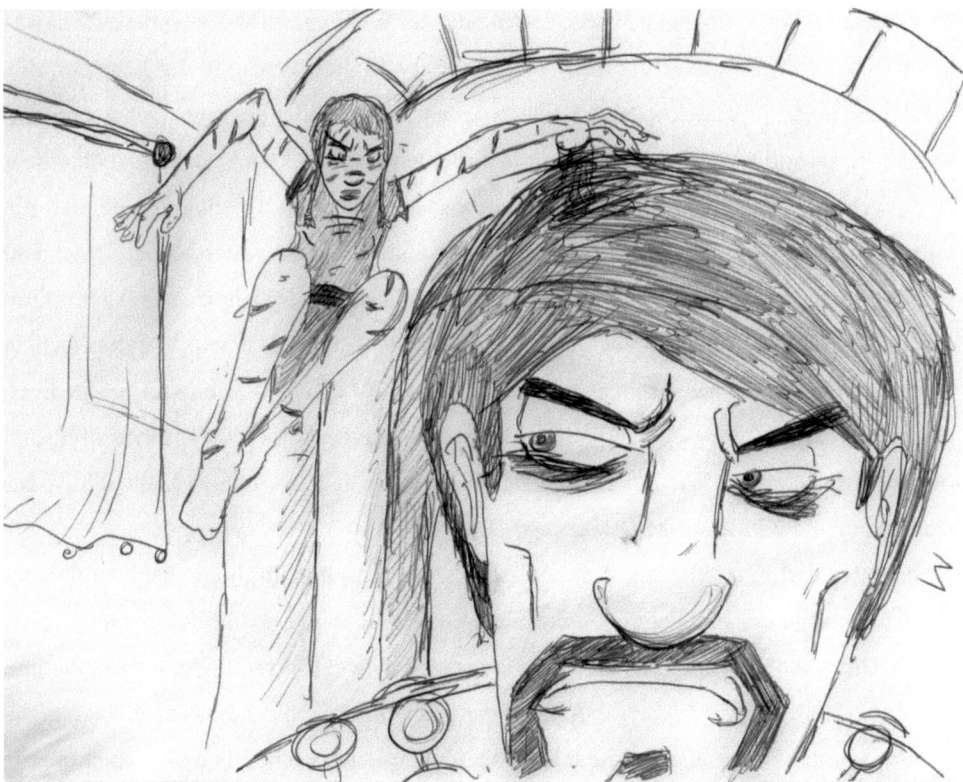

Sie verharrte komplett lautlos als sein Blick in ihre Richtung schwenkte. Sie löste darum notgedrungen ihre physische Gestalt soweit auf, wie sie es verkraften konnte ohne die Kontrolle zu verlieren. Effektiv wurde sie etwas durchscheinender; wie reflektierendes

Glas. Seyton kniff seine Augen fest zusammen, vermochte im dunklen Schatten aber nur einen wabernden Dunst auszumachen. Als er seinen Blick wieder abwandte und sein Stab sich laut klackernd entfernte atmete Thianna erstmal tief durch. Als Fylgie brauchte sie zwar eigentlich keine Luft zum Atmen aber dennoch hatte sie instinktiv die Luft angehalten. Ein Überbleibsel aus ihrem vorherigen Leben. „Was stimmt nicht mit dem Kerl?!", hauchte sie genervt und begann mit der (behutsameren) Verfolgung des Großkammerdieners. Er würde sie am ehesten zur geheimen Machtquelle führen können.

Thianna sah und hörte mit an wie er die essenden Gardisten zu Recht wies und sie zornig auf ihre Posten zurückschickte: „Auch wenn die Herrin nicht zugegen ist; habt ihr eure Aufgaben ordnungsgemäß zu erfüllen! Von Löwengardisten erwartete ich etwas mehr Disziplin!" Seyton erfuhr auch von der überwältigten Wache in der Kammer, die, (nachdem man sie geweckt hatte) sich aber an nichts außer grünem Dunst erinnern konnte. Er wies die Gardisten sofort an nach fehlenden Objekten in der Abstellkammer zu suchen doch alles war an Ort und Stelle, sogar Pakhaou. Thianna konnte sich ein Grinsen nicht verkneifen: „Ich bin hier und dort; an jedem Ort, alter Mann!" Nachdem er die Wache zur Bestrafung für ein unbotmäßiges Nickerchen in den Kerkerturm gesandt hatte und den Rest zur allgemeinen Vorsicht aufrief, machte Seyton sich in einen der oberen Türme Kronenbergs auf. Dort schob er einen Schlüssel in ein Loch einer schweren, eisenbeschlagenen Tür. Diese war ganze zwei Handspannen breit und öffnete sich knarrend, wie ein erwachendes Ungetüm. Kühles, blaues Licht schien aus dem Raum und wirkte sofort *bedrückend*.

In dem fensterlosen, kleinen Zimmer stand eine einsame hüfthohe Säule mit einer Schale darauf in der blubberndes, schwarzes Pech kochte und bedrohlich zischte. Sofort spürte Thianna die astrale Macht darin; eine schleichende, kratzende Wesenheit, die ihre dornenbewährten, *spindeldürren Todesfinger* nach ihrer Seele ausstreckte. Das blaue Licht stammte von zwei blauen Fackeln die ebenfalls ihr Licht aus dem Leben um sie herum zu saugen schienen. Kein Insekt, keine Spinne und auch kein Schimmel konnte hier auf Dauer überleben. Die Luft war eiskalt und Seytons Atem war so zu sehen wie im tiefsten Winter. Er holte eine Ampulle mit schwarzem Staub aus seinem Mantel hervor und schüttete den Inhalt dann in die Schale. Es knisterte und Seyton trat zurück als die blauen Flammen für einige Momente ausgingen und es komplett dunkel wurde.

Der Großkammerdiener legte dann seine Stabsspitze in die Schale und sprach mit tiefer Stimme: *„Faul ist recht und recht ist faul! Erfüll dies'n Stock mit deinem Graul!"* Ein dämonisches Heulen ertönte dann und heißer Wind kam kurzfristig auf. Er ließ die Fackeln in blutroten Flammen explodierten welche gierig an den Wänden entlangleckten. Thianna fröstelte, denn hier war eine Magie am Werk, welche die ihrige überstieg. Ohne Hinnerks ‚Seelenanker' war sie zudem nicht annähernd so stark wie sie sein müsste und daher blieb ihr nur zu beobachten und nach einem Weg zu suchen die Jochbänder des Warloga zu neutralisieren. Dieser Raum schien dazu ein Schlüssel dazu zu sein. Der Krach in der Kammer ebbte ebenso schnell ab wie er gekommen war und der Geruch von Schwefel und verbranntem Fleisch zog dunstig durch die Luft. Seyton nahm den qualmenden Stab dann zurück; hustete einmal und pustete die Spitze ab. Die Fackeln leuchteten nun wieder im kalten Blauton auf und er verließ den Raum, schloss ab. Thianna spürte, dass etwas faul war und es konnte sehr wohl heidnischen Ursprungs sein. Es fühlte sich jedoch massiv ‚verzerrt' an, so, als wäre die Kraft die in der Kammer lauerte *verdreht* worden. Eine ‚kranke Magie', die sich selbst verzehrte und nach immer neuen Opfern verlangte. Die Fylgie wollte daraufhin die Tür öffnen um diese Magiequelle nun zu zerstören doch kaum, dass sie die Tür berührte, wurde sie schon von einer immensen Kälte gepackt und brutal zurückgeschleudert, meterweit an die Wand. Ihre menschliche Form bekam grün-grelle Risse und sie musste all ihre Reserven mobilisieren um nicht zu zerfallen und ins Schwert zurückkehren zu müssen. Einen weiteren Versuch wollte sie dann nicht mehr wagen. Diese Quelle war zu mächtig für sie allein.

Thianna folgte Seyton daraufhin weiter und folgte ihm bis zu Maliganas Schlafgemach. Hier sah der Kammerdiener nur kurz nach dem Rechten und ging dann sogleich wieder hinaus. Thianna aber war im Zimmer gerblieben und landete geräuschlos mit ihren nackten Sohlen auf dem fellbedeckten Teppich. Sie machte sich sogleich daran die Schatullen und Kästchen zu durchwühlen, auf der Suche nach dem Ring welcher ihren Geliebten quälte. „Irgendwo muss der doch sein?! Die Aura – ich spüre die Aura nirgends?!" Thianna ließ sich schließlich entnervt auf Maliganas Bett nieder und dachte nach. Es war ja möglich, dass sich die Machtringe woanders befanden - daher kroch sie aus dem Fenster hinaus und lief an der windumpfifften Mauer entlang. Hier folgte Seyton von außen weiter bei seinem Rundgang bis er selbst mittels Balkon nach draußen schritt, dann die Außentreppe hinab; hin zu einer kleinen Baracke welche (neben einer Menge Ungeziefer) vor allem Geifer als einzigen Gast beherbergte. Seyton traf den Söldner mit geröteten Augen und einem verzerrten Grinsen; vor dem Gebäude auf einer Bank hockend. Der Kammerdiener ließ keinen Zweifel daran wie sehr er die Anwesenheit Geifers missbilligte: „Warum bist du nicht auf deinem Posten, Söldner? Die Herrin Maligana hat dich explizit hier gelassen damit du uns hilfst diese Bande im Zaun zu halten. Und doch lungerst du nur rum während sie ihre Runden um Kronenberg drehen?!"

Geifer kicherte; die Beine angezogen, die Rüstung in der Ecke liegend: „Ghiehaha! Was ist denn, Alter? Reichen die eisernen Gatter nicht mehr um ein paar Buben festzuhalten?!" „Du weißt genau was ich meine. Wenn du dir für diese Art Arbeit zu schade bist kannst du gerne wieder gehen; ohne Sold!" Geifer führte einen Tonkrug an die Lippen: „Denkst du wirklich die verwöhnte Göre würde das erlauben? Sie liebt mich zu sehr; findet mich geheimnisvoll und damit *geil*!" Seyton war schnell, aber Geifer war schneller. Der Söldner bekam den Stab zu packen noch ehe dieser seinen Bierkrug zertrümmern konnte: „Heda, Alterchen! Das hier ist mein letzter, guter Fusel. Ich wäre untröstlich wenn..." „Du wagst es mir zu widersprechen?!", bellte der Großkammerdiener, „Maligana hin und oder her! Ich lasse nicht zu dass du meine Autorität in Frage stellst! Verstanden?" Er riss den Stab heftig zurück, dass sogar Geifer verwundert blinzelte und dann seufzte: „Ach, lass mich doch einfach hier sitzen, Kerl. Als Wachmann bin ich eh eine Katastrophe, frag mal in Hamburg nach. Und worüber machst du dir eigentlich solche Sorgen?! Ist doch eh alles geklärt. Die Jochbänder und Ringe sind doch alle hier, nicht? Es kann also keiner entkommen. Die sind tot ehe sie den Waldrand erreichen würden."

Seyton schnaufte: „Du begreifst Garnichts! Die Ringe befinden sich nach wie vor bei der Herrin und ihren Freundinnen. Herrin Maligana lässt ihren wichtigsten Schmuck nicht zurück, dass hat sie noch nie getan." „Ja, aber was sollte die Kerle dann an einer Flucht hindern?" Seyton schnaufte: „Ihr *Unwissen* hindert sie!" Geifer grinste: „Ahhh...

ich verstehe. Nein, warte, ich verstehe Garnichts. Was?!" Er richtete sich wankend auf: „Ich dachte immer, die Jochbänder wären an die Edelsteine im Schmuck gebunden? Die Ringe und der andere Schmuck?" „Das sind sie auch, aber nicht in der Art, dass sie die Macht hätten die Teilnehmer zu töten. Sie übermitteln einzig und allein einen schmerzhaften Impuls. Wie einen Nadelstich in den Finger." „Mumpitz, Alter! Davon gehen die Jungs nicht in die Knie und winden sich wie Würmer?!" „Natürlich nicht, du Narr! Da kommt ja die Magie ins Spiel. Denn was sie in Wahrheit quält ist ihre eigene Furcht! Sie selbst sind die Energie, welche die Jochbänder befeuert und erst zu wirklichen Schmerzen anwachsen lässt. Ansonsten wäres nur ein leichter Stich."

Geifer zuckte mit den Schultern: „Versteh einer diese magische Technik." Seyton war es gewohnt Lehren zu erteilen, daher erklärte er: „Es ist doch ganz simpel: Diese Jochbänder sind nahezu harmlos solange sie niemand *ernst nimmt*. In dem Moment aber indem ein kleiner Schmerz durch die Steine gesandt wird, reagiert der Körper zunächst mit Furcht. Dieser Schock, diese ‚Initial-Furcht', wird dann vom Jochband absorbiert und in weiteren Schmerz umgewandelt; solange der Stein gedrückt wird. Und je mehr Furcht sie bekommen…" „…desto größer wird der Schmerz?", vollendete Geifer den Satz. „Du hast es endlich kapiert! Es ist des Warlogas Spezialität. Er täuscht, spielt mit den Ängsten. Und dadurch beherrscht er die Menschen. Er wendet die Menschen gegen sich selbst, zu seinem Vorteil."

„Aber wenn sie sich unsere Buben nicht mehr einschüchtern ließen?" Seyton nickte grimmig: „Könnten sie sich dagegen wehren und zwar sogar so sehr, dass die Jochbänder ihren Schrecken ganz verlören. Aber es gibt ja auch ein ‚universelles Jochband', welches hier in einer geheimen Kammer liegt und dafür sorgt; dass die anderen Jochbänder sich nicht zu sehr von ihm entfernen können ehe sie von selbst den Schmerz intensivieren. Allerdings gilt es nur für die Entfernung von Kronenberg, aber nicht; wenn sie hierblieben…" Geifer nickte: „Ahhh so? Dann sehe ich erst Recht keinen Grund zur Besorgnis, Alterchen. Die stecken zudem dort unten im Keller; hinter dicken Wänden und eisernem Stahl. Keiner von denen hat die Kraft da hinauszukommen, Jochband hin oder her. Basta la basta. Pico bello maximo!"

Der Großkammerdiener murmelte grimmig: „Vorhin habe ich einen Wachmann bestraft, der bewusstlos in der Kammer mit all dem Krempel der ehemaligen Teilnehmer lag."

„Ja, und? Wollte halt ratzen der arme Kerl!" Geifer gähnte aber Seyton hieb mit dem Stab auf den Lehmboden, so hart, dass Funken sprühten: „Nein! Hier geht etwas um, etwas Unvorhergesehenes ist geschehen. Ich habe ja Hengest in Verdacht, den Sachsen. Seit dem Totentanz wirkt er auf mich verändert. Hier auf Kronenberg ist viel dunkle Magie am Werk und ich habe vorhin erst die Reserven aufgefüllt; welche alle Kräfte im Gebiet wirkmächtig halten."

Geifer grübelte nach: „Von dem Friesen weiß ich, dass er ein magisches Schwert bei sich trug, welches seine Gestalt verändern konnte. Wir haben es auch mitgenommen." Seyton fragte hastig: „Hierher?! In die Abstellkammer?" „Si si. Lass uns mal nachsehen, ob es noch da ist, ja?" Sie eilten zurück in die Kammer; riefen auf dem Weg einige Wachen zu Hilfe.

Aber inzwischen war Thianna wieder zurück in das Schwert gefahren. Sie hatte ohnehin genug gehört. Geifer hob das Sax an. Es war so schwer wie ein kleiner Amboß: „Das ist Hinnerks Schwert, ja. Ich erkenne es an den Zacken. Und es ist schwer wie ein vollgefressener Pyrk! Miststück!" Seyton blieb skeptisch: „Es ist magisch aber es bewegt sich nicht... Ich will auf jeden Fall die Wachen hier verstärkt sehen! Und ihr achtet mit persönlich darauf. Verstanden, Söldner?" Geifer rollte mit den Augen; machte aber einen Hofknicks als er des Kammerdieners strengen Blick bemerkte: „So sei es, Herr. Wie ihr befiehlt und wünschet. Geifer, zu Diensten." Grimmig schnaufend stapfte Seyton wieder davon.

Thianna verharrte indes stumm in ihrer Abstellecke. Umgehend nahm sie gedankliche Verbindung mit Hinnerk auf um ihn von den neuen Erkenntnissen zu berichten. Aber sie prallte zurück. Sie versuchte es mehrmals, aber etwas hielt sie zurück. So als wäre sie in flüssigem Blei gefangen. „Was ist das für ein Mist?!", fluchte sie. Sie schrie Hinnerks Namen so laut sie konnte in der astralen Ebene; so lange, bis sie erschöpft in sich zusammenfiel und den Kontakt abbrechen musste. In dem Moment aber schreckte Hinnerk aus seinem unruhigen Schlaf auf und rieb sich die hämmernde Schläfe. Er wusste sofort: Etwas war mit Thianna geschehen aber als er sie in Gedanken suchte war da nichts, nur noch Stille. Etwas musste schiefgelaufen sein. Etwas Fremdes war auf sie aufmerksam geworden und blockierte ihre geistige Verbindung mit unheiliger Macht...

Gerlinde klopfte auf Jens ein lallte: „Lass mich los, du Drottel, blöder Idiooot! Ehhh!"
Jens ließ sie erst im Garten frei. Sie drehte sich dann um die eigene Achse und landete
bauchlängs im Gras: „Du bist unmöglich weißt du das?!" „Bin ich garnich! Ich hab
versucht da rein zu kommen! Und du – fummelst an diesem Flittchen herum?! Hää?!"
Jens schnaufte: „Dieses Flittchen namens Irena ist derzeit unsere einzige reelle Chance,
du Huhn! Sie steht auf unserer Seite; ich hab doch nur mit ihr geredet!" „Ich hab ihren
Blick…", sie rülpste nach innen, „…jesehen. Die war voll notgeil! Auf dich! Ich seh
sowas! Mit meinen Suppa-Augn! Versteh'j'ste?" Jens rieb sich die Stirn und grinste
dann: „Ach, du meine Fresse. Sag, bist du etwa *eifersüchtig*?!" Gerlinde erhob sich,
strauchelte und landete nur wieder bauchlängs im Gras: „Garnich wahr! Hau bloß ab, du
treuloser Streuner!? Geh und fick sie doch bis morgen früh, mir doch ehjahl! Völlish e-
jall! Isch hab auch so meinen Spass!"
Jens besah sich ihr Herumtorkeln noch eine Weile und half ihr dann auf die Beine, bis
sie aufgab. Er fragte: „Ist es wegen vorhin? Wegen dem Kuss?" Gerlinde zuckte mit den
Schultern: „Ja, was war'n das überhaupt?!" Er drehte sie zu sich: „Hör zu. Ich mag dich,
Gerlinde. Sehr sogar, warum auch immer." „Depp." „Und ich schätze deinen Versuch
dir mittels ‚Trunkenheit' Einlass zu verschaffen - auch wenn ich nicht weiß, wie du es
danach schaffen wolltest an Maligana heranzukommen. Aber wir sollten es auch bei
dem Kuss belassen… Ich habe Taalke und ich liebe sie. Ohne sie könnte ich all das hier
garnicht tun. Und du findest auch noch deinen Mann fürs Leben, falls es das ist was
dich bedrückt?" Gerlinde gab zu: „Ich bin ja net mehr die jüngste… Muss ich als alde
Jungfer sterben, Nasifix? Muss ich?!" Jens setzte sich mit ihr auf eine Bank: „Sicher
nicht. Aber mich wundert schon, dass du noch keinen Partner gefunden hast?! Warst
doch wohl dein halbes Leben mit Kerlen auf einem Schiff eingepfercht. Da muss doch
was passiert sein." „Aber das war was anderes. Das waren Kumpels, wie Brüder. Mich
kann doch kein Kerl leiden. Ich kann mich selbst ja nicht leiden… Sieh mich an, ich
mach schon wieder alles falsch."
Jens wischte ihr die Tränen aus den geröteten Augen: „Halb so wild. Du befindest dich
in bester Versager-Gesellschaft. Irena von Rheinfelden mag uns genau deswegen. Wweil
wir so menschlich sind. So dumm." Gerlinde nickte und löste sich von ihm. Sie

schwankte etwas und ihr Kleid war verrutscht: „Du hascht recht, Jensel-Pensel. Lasch uns beide total beschissen sein. Blöd, arm und unfähig! Wir kommen trotzdem dursch, nich?" Sie würgte und Jens ergriff sie: „Ich glaub bei dir kommt gleich was anderes durch!" Er half ihr sich in einem nahen Busch zu erleichtern.

Er konnte ihr nicht böse sein, denn er war ja im Grunde nichts besser. Sie beide hatten sich hierbei völlig übernommen. Dieses brutale Spiel um Macht und Einfluss konnten sie nur verlieren denn es war den ‚Rationalen' dieser Welt vorbehalten, denjenigen, die den Irrsinn als völlig normal empfanden. Nun hing alles an der staufischen Schnapsdrossel. Jens sah zu dem Burgfried hinüber und hoffte dass er sie richtig eingeschätzt hatte. Es war mehr als gewagt, doch sein Urteilsvermögen war bislang sein Kapital gewesen. Er setzte alles auf eine Karte…

Ratsherr Henning von Murkelen langweilte sich über alle Maßen. Keiner der anderen Hochadeligen verstand etwas vom Segeln oder dem Meer, den Schoten und Masten, Bielwasser oder dem kunterbunten Aberglauben der Seefahrer. Sein ganzes Leben lang hatte er sich danach gesehnt die See zu befahren und dank seiner Familienbande hatte man ihm dann auch eine Stellung als Ratsherr in Hamburg verschafft, mit der großen Aufgabe Seeräuber zu fangen und vor den Grasbrook zu führen, allen voran die garstigen Likedeeler. Aber das war nur der offizielle Aufhänger für Hennings wahre Liebe: Das Gefühl frei zu sein. Es war wunderbar sein Schiff jederzeit hinlenken zu können wohin man wollte, jenseits der Meere in ein neues, unbeflecktes Land und alles Alte; Schwere hinter sich zu lassen. Es jederzeit ‚tun zu können', einfach auf ein Handzeichen hin war schon ein herrliches Gefühl, vom würzigen Salzwind umtost.

Während der Festivitäten war Henning zusammen mit seiner jüngeren Schwester Maligana im östlichen Teil des Burgfried-Saales einquartiert worden, abseits der ‚wirklich großen' Familien. Ihre Familie gehörte ja erst seit zwei Generationen zum Gelfenzweig dazu und einzig und allein Kurfürstin Judith hatten sie beide es zu verdanken dass sie hier oben sitzen durften und nicht unten bei den Herzögen was eher ihrem Stand entsprochen hätte. Mehr noch sogar, eigentlich gehörten Henning und Maligana sogar *nach ganz unten*, denn ihre kleinen Besitztümer Kronenberg sowie das Murkeler Land waren eher einem Ministerialen angemessen. Aber so war das eben, wenn man die richtige Verwandtschaft hatte.

Henning konnte seine ‚Tante Jule' auch gut leiden aber mehr billigte er ohnehin niemandem zu, als denjenigen zu ‚er-leiden'. Er wurde immer unruhiger je länger er von seiner geliebten Kogge (welche in Magdeburg ankerte) getrennt bleiben musste. Er wollte nur noch schnellst möglichst zurück nach Hamburg und durch den Hafen wieder raus auf die offene See! Er hatte sogar einen guten Vorwand: Störtefad, Michels und Wigbold waren immer noch nicht gefasst worden und obendrein mitbeteiligt am desaströsen Vertragsbrand von Hamburg. Eine unerträgliche Schmach!

Der Ratsherr schmunzelte über diesen Einfall und der Brombeerwein stieg ihm langsam zu Kopf. Es scherte ihn ansonsten wenig was alles auf diesem Fest besprochen wurde, er war ohnehin nur eine kleine Nummer und wollte es auch bleiben. Seit Jahren drängten ihn seine Eltern zwar zur Heirat mit einer einflussreichen Frau aber da er oft fortblieb waren solche Planungen schwierig. Dieselbe Problematik teilte er sich kurioserweise mit seiner Schwester, welche sich ebenfalls störrisch weigerte endlich einen Mann zu nehmen, bevor sie irgendwann unfruchtbar wurde. Er würde dennoch nie verstehen was sie am öden Kronenberg fesselte und wie sie es mit jenen (durchaus hübschen) Mädchen aushielt; welche sie umschwärmten wie ein Knäuel Vipern einander.

„Darf ich mich zu euch setzen?", säuselte nun eine so verführerische Stimme, dass sein Blut ihm sofort in alle Glieder fuhr. Denn vor ihm stand – mit den Hüften wippend und einem süffisanten Lächeln auf den Lippen - Irena von Rheinfelden, eine Stauferin. Henning räusperte sich, verschluckte sich dabei und räusperte sich erneut: „Oh! Ihr seid die Schnapsdrossel, richtig?" „Wie direkt. Aber so nennt man mich, ja. Und wie nennt man euch, Herr?" „Henning. Von Murkelen. Ich ähm... bin Ratsherr in Hamburg! Bei der Hanse!" Sie setze sich ihm gegenüber und legte ihr Kinn auf die aufgestellten Hände: „Hab noch nie von euch gehört, von Murkelen." „Nun ich bin ja auch nicht sehr bekannt, zumindest nicht an Land. Ich bin aber *wirklich* Ratsherr in Hamburg und fahre dort zur See." Irena machte große Augen: „Ein echter Seebär also?" Henning errötete.

Nicht nur dass sich endlich jemand für die Seefahrt interessierte – es war auch noch eine hübsche Frau; in seinem Alter, mit einem offensichtlichen Interesse an ihm und seinem Leben. Dass sie Stauferin machte es dabei nur noch interessanter. Er lächelte nun:

„Sagt; interessiert ihr euch für die Seefahrt, Schnapsdrossel?" Irena schwenkte ihr Glas vor sich her: „Ich bin an allem interessiert was Männer so machen. An allem." Henning schluckte schwer, aber sein Hals war trocken.

Seine ganzen Erfahrungen mit dem weiblichen Geschlecht beschränkten sich seit auf die eigene Familie oder unscheinbare Mägde mit denen er sich abundan lose unterhielt. Eine wirkliche Beziehung pflegte er nur mit seinen Schiffen und der von ihm geliebten See. So begann er von seiner Begeisterung zu erzählen und Irena stellte dazu Fragen, war schnell von Begriff und auch sonst außerordentlich charmant; auf eine direkte, unverblümte Art und Weise. Sie lachte gerne und viel, was Henning sehr schmeichelte. Als sie dann aber einen ihrer Schuhe unter dem Tisch auszog und ihm mit dem Fuß am Bein entlangstrich sprang er auf und entschuldigte sich mit hochrotem Kopf. Irena sah ihm nach und lächelte bitter: „Das ist viel zu einfach..."

Henning lief mit pochendem Herz durch die Seitengänge des Burgfrieds. Er war so glücklich wie nie zuvor und bekam das Grinsen nicht mehr aus seinem Gesicht; auch nicht, als er stolperte und plötzlich Maligana aus einer der vielen Nischen hervortrat: „Na, amüsierst du dich schön?" Henning rappelte sich wütend auf und seine Mütze hing ihm nun schief im Gesicht: „Spionierst du mir nach? Bleib du bei deinem Kram und ich bei meinem!" Aber die Herrin Kronenbergs verschränkte die Arme vor ihrer flachen Hühnerbrust: „*Tzeh*! Du bandelst also mit der Schnapsdrossel an? Die ist Stauferin, du stinkender Vollidiot!" „Ich weiß? Na und?! Wir feiern hier doch die ‚Freundschaft von Gelfen und Staufern', oder etwa nicht? Nur allzu verständlich und sicherlich auch erbeten, dass wir einander besser kennenlernen…" „Pah! Verarschen kann ich mich selbst! Du warst die ganze Zeit nur am Sabbern wegen ihren dicken Möpsen! Die springen ja fast raus! Ne trunkene Hure ist sie, nichts weiter. Weiß jeder. Ist völlig unter deinem Niveau."

Henning knurrte genervt: „Hör auf mich zu beobachten, Mali." „War schwer dich *nicht* zu beobachten so wie du uns auf die Knochen blamierst. Wenn dann, such dir eine andere aus deren *Flatterhaufen*, aber nicht dieses Sauf-Flittchen. Ist ja peinlich! Die treibt's mit jedem!" Der Ratsherr winkte ab: „Ach, bleib mir bloß vom Leib mit deinen Anschuldigen. Ich weiß was ich tue; ganz im Gegensatz zu dir!" Maligana holte tief

Luft und zitterte am ganzen Leib. Henning fuhr fort: „Such dir gefälligst einen eigenen Freund! Ich brauch dich nicht mehr als Aufpasserin! Das ist vorbei! Klar?!" Seine Schwester scheuerte ihm nun eine das es klatschte. Se stapfte mit Tränen in den Augen davon. Er rieb sich die glühende Wange: „Blöde Kuh."

Er kehrte mit roter Backe zurück und erblickte Maligana nicht mehr. Dafür zog ihn Irena sogleich lachend auf die Tanzfläche. „Oh, nein! Ich bin ein übler Tänzer. Es könnte jemand dabei sterben!" Irena aber zog sich an ihn ran und beugte sich zu seinem Ohr herüber: „Dann wird es ein Massaker. Denn ich bin noch schlechter im Tanzen als ihr. Gehen wir es also ruhig an, ja?" „Wär mir lieb." Sie tanzten also langsam und sachte, gewannen aber mit jedem Schritt an Sicherheit (was trotzdem nicht viel war). Ihr Tanz war geprägt von Stolpern, halben oder ganzen Stürzen, Remplern in andere Paare und dergleichen Peinlichkeiten mehr. Beide lachten bald nur noch laut darüber und wurden alsbald ‚höflichst' von der Tanzfläche gebeten. Henning spürte den beißenden Blick von Maligana aus der Menge und sagte zu Irena: „Komm wir gehen ein Stück. Frische Luft." Sein Herz klopfte in einem zu, seitdem Irena neben ihm aufgetaucht war. Es war ihm, als wäre die ganze Welt mit einem Mal eine völlig andere; als hätte das vorherige keine Bedeutung mehr, wäre wertlos geworden. Einzig er und sie zählten noch, und die Welt leuchtete von innen heraus mit Glück.

Henning fragte sich sogleich ob der Alkohol ihn verrückt gemacht hatte aber da sah er wieder Irena; ihr zufriedenes Lächeln mit den verführerisch-schlaftrunkenen Augen. Er räusperte sich während sie durch die fackelerhellten Gänge schlenderten: „Ihr seid… wunderschön, wisst ihr das?", sagte er und Irena lächelte: „Du schleimst, Henning. Pass auf, dass wir nicht ausrutschen." „Wäre ja nichts neues, oder? Bei dem Tanz."

Sie gingen noch einige Schritte; dann stoppte Henning abrupt: „Was ist hier eigentlich los?" „Wie meinst du das?" „Welche Absicht verfolgst du, Stauferin?" Irena blinzelte mehrmals aber ihre Gesichtszüge verdunkelten sich, als sie merkte, dass Henning es ernst meinte und ihm nicht mehr auszuweichen war: „So skeptisch, nur weil ein Mädchen dich umgarnt?" Henning nickte heftig: „Ich weiß wie ich aussehe, und wer ich bin. Ich weiß auch, dass es einen anderen Grund geben muss mich so zu umgarnen als meine Titel. Denn die sind weit unter deinen, Irena von Rheinfelden. Also los! Rede!"

Irena lächelte müde: „Welch ein bitteres Schicksal alles so pessimistisch sehen zu müssen." „Ich hab mich daran gewöhnt. Also was soll das ganze Theater?" Irena lehnte sich gegen die Wand und wippte auf und ab: „Du weißt von Kronenberg?" „Der Spielplatz meiner Schwester, wieso? Willst du es haben? Dort Mitmachen? Dann frag sie oder Seyton." „Nein. Es geht um die Ringe, welche sie verwendet um die Jungen dort zu kontrollieren." Henning grübelte. Er selbst hatte nicht viel damit zu tun: „Ja und?" „Ich brauche sie. Am besten alle Ringe jener Mädchen, die dort ihre komischen Spiele treiben. Aber auch nur kurz, sie können sie danach wieder haben." „Ha! Dann viel Glück! Meine Schwester lässt ihren Schmuck nie aus den Augen und auf den Rest habe ich keinen Einfluss. Wieso überhaupt?!"

Irena grinste: „Es geht um etwas sehr wichtiges. Etwas, für das ich bereit wäre alles zu tun, verstehst du? Alles." Sie zupfte an ihrem Ausschnitt und Henning schluckte: „Wirklich alles?" Irena zuckte mit den Schultern: „Mein Leben ist im Grunde schon gelaufen. Was kümmert mich da noch der Rest; sowie dieser Leib? Also? Hilfst du mir? Du wirst es nicht bereuen, versprochen. Es hat sich noch nie einer beschwert…" Henning trat dicht an sie heran. Es verlangte ihm nach Irenas schönem Körper; auch wenn sie vom Alkohol blasser und ausgezehrter wirkte als es ihr Alter erlaubte. Sie war überdies genau sein Geschmack, alles an ihr schrie nach Perfektion. „A-Also gut.", willigte er ein und Irena nickte: „Erst die Arbeit dann das Vergnügen." Sie stieß Henning lächelnd zurück. Dieser begriff und stapfte dann mit glühendem Kopf los. Irena kicherte indes im Halbdunkel des Ganges. Ihr wahres Ich kam kurz zum Vorschein und sie fühlte sich, als wäre ihr Geist vom Körper entrückt und ihr war als ob nichts mehr Bedeutung hätte. „Ich bin doch nur eine Hure… Ich hab's gewusst."

Kapitel 20

Ringe der Macht

„Niemals, *Henning-Penning*! Diesen Schmuck habe ich vom Warloga selbst vermacht bekommen! Genau wie wir alle! Es sind wunderbare Ringe mit Juwelen und niemals gebe ich sie dir nur damit du deine Vogelbraut abschleppen kannst! Niemals!" Henning lief rot an: „Arg! Bitte, Malli! Ist ja nicht so dass er dir keine neuen besorgen könnte?!" „Bitte? Was sind das denn auf einmal für Töne hier?" Maligana schnüffelte und verzog angewidert das Gesicht: „Du stinkst nach Schweiß und Brombeerwein, Bruderherz! Stinkst nach ihrem Wein! Vergiss es; diesen Ring und auch die anderen kriegst du niemals. Verpiss dich jetzt und stör uns nicht weiter mit deiner peinlichen Notgeilheit!" Maligana genoss es sichtlich ihren Bruder zu quälen, aber dieser war keinesfalls gewillt locker zu lassen. In ihm kollidierten Alkohol, sexuelle Erregung und die Tatsache, dass er eigentlich der ältere Bruder war. Üblicherweise hielt er sich damit zurück; insbesondere in Gegenwart von Maliganas Freundinnen (welche nun respektierlich einige Schritte Abstand von ihm nahmen.). Es war Gesprächsstoff für Jahre: Maliganas großer Bruder, der hansische Ratsherr, welcher sich aufführte wie ein quengelndes Kind und Maligana, die sich aufführte wie ein störrischer Esel.

Henning bettelte weiter: „Ich brauche dieses Zeug nur kurz, ihr kriegt es ja auch gleich wieder!" „Pfff-ha! Es ist nur wegen dieser besoffene *Staufer-Schlampe*! Die will sich also meinen Schmuck unter ihre verdreckten Elsterkrallen reißen, eh? Und nur kurz? Von wegen, die haut doch damit ab! Pech gehabt! Nicht mit mir! Ich gebe meinen Schmuck nie aus der Hand! Nie, nie, *niemals*!" Henning griff wütend nach ihrer Hand und versuchte ihr den Ring gewaltsam abzuziehen: „So, du gibst mir jetzt den beknackten Ring oder ich brech dir die Finger!" Maligana biss ihm beherzt in die Hand, knurrte. Innerhalb weniger Sekunden war ein heftiger Kampf entbrannt bei dem sie um sich traten und kniffen, traten und schlugen. Das ganze blieb freilich nicht unbemerkt und es bedurfte keiner Gerüchteküche mehr um das peinlich Vorgehen der Geschwister zum ‚Ereignis des Abends' zu machen. Stühle, Becher, Teller, vieles flog quer durch die Luft und auf die teuren Abendkleider kreischender Hochadelsdamen.

Dies ging solange gut, bis jeweils ein gepanzerter Arm; einer in weiß, der andere in schwarz, die beiden keifenden Menschen am Kragen emporhoben wie zwei junge Kätzchen. „Lass mich los, Onkel Heinrich!", schrie Maligana zappelnd ehe sie dann aufgab. Denn aus des Herzogs Griff gab es kein Entkommen. Auch Henning versuchte sich aus dem schwarzen Griff zu lösen, schwieg aber dann ebenfalls mit hochrotem Kopf als Herzog Heinrich der Schwarze mit tiefer Tonlage sagte: „An deiner Stelle wäre ich jetzt still, Henning. Ganz, ganz still." Man brachte sie so vor die Füße der Kurfürstin in einem Nebenraum, welche ihren Vettern deutete die beiden abzusetzen. „Was ist hier los?", fragte sie ruhiger als erwartet. Beinahe amüsiert. Maliganas und Henning Zeigefinger zeigten je aufeinander: „Der-" „Die hat damit angefangen!" Judith von Braunschweig lächelte matt: „Mir wäre es lieber gewesen einer von euch hätte zuerst *aufgehört*… Aber so sind wir Löwenblüter eben. Wenn wir etwas wollen geben wir keine Ruhe, ehedem wir es nicht besitzen. Oder, Vettern?" Heinrich der Schwarze grinste wie ein Wolf: „Aye, Kusine! Wir reißen unsere Beute und schärfen an ihren bleichen Knochen dann die Zähne!" Und Heinrich der Weiße lächelte süffisant: „Mit strahlender Gewissheit der eigenen Überlegenheit zum ruhmreichen, göttlichen Sieg! Amen!" Judith trat zwischen Maligana und Henning und sie beide wirkten etwas eingeschüchtert, so, als fände nun eine Standpauke statt. In der Tat lagen alle Augen auf ihnen und erst jetzt bemerkten sie es. Es war seeehr peinlich und vor allem ungewohnt leise geworden.

Judith legte je eine Hand auf ihrer beider Schultern und sie zuckten zusammen: „Worum geht es bei diesem Streit?" Maligana schluckte: „Er…er wollte meinen Schmuck… Tantje Jule." „Aber doch nur ganz kurz!", rief Henning sofort aus, „Sie kriegt es gleich wieder. Es geht mir nur um diesen magischen Schmuck aus Kronenberg. Sonst nichts, Tante Jule!" Judith runzelte die Stirn: „Nanu? Seit wann interessierst du dich denn für solchen Tand, Henne?" Der Ratsherr blinzelte mehrmals wie ein ertapptes Kind: „Es… Es ist vielleicht eine Möglichkeit… die Likedeeler auszufragen? Nach Stützpunkten und Verstecken, genau! Der Eldermann bat mich darum sie mal anzugucken!" Maligana streckte ihm die Zunge raus: „Du lügst! Ohne Jochband nützen sie dir Garnichts, Depp! Und wieso willst du sie dann nur kurz ausleihen?! Lügner!" Judith sah sie finster an und Maligana verschränkte die Arme vor der Brust.

Sanfter fragte die Kurfürstin ihren Neffen: „Bruno hätte mich direkt gebeten. Er ließe eine solche Gelegenheit nicht aus, dafür kenne ich ihn zu gut. Also warum lügst du mich an, Henning?" Irena von Rheinfelden stand etwas abseits, in einem der Gänge. Sie überhörte dies und bekam eine Gänsehaut in ihrem Nacken. Kalter Schweiß legte sich auf ihren Rücken. Das Fiasko konnte weitreichende Konsequenzen haben. Henning aber seufzte: „Es geht um eine Freundin von mir. Sie wollte sich diese Schmuckstücke gerne mal ansehen – sie wollte dafür n-nett zu mir sein. Mehr nicht…" Judith sah ihn lange an und lächelte dann, strich ihm mit dem Zeigefinger über beide Pausbacken: „Soso. Hat unser kleiner Tiger doch noch eine Geeignete gefunden? Darf man wenigstens fragen aus welchem Haus sie stammt? Oder ist sie aus Holz, wie deine Schiffe?" Henning druckste herum und Judith begriff: „Alles klar; es soll keiner wissen. Nun gut. Maligana, du und deine Freundinnen können sich sicher kurz von ihrem Tand trennen. Bist du so lieb?" „A-aber, Tante Jule, das ist mein Schmuck und…" Judiths Blick verriet nun solch eine Härte die Hennings Schwester sofort zum Einlenken brachte. Von allen Anwesenden mochte die Kurfürstin sogar die einzige sein, die dies so schnell bewerkstelligen konnte.

Maligana streife brummend den Ring ab und deutete ihren Freundinnen ihre Warloga-Edelsteine ebenfalls an Henning abzugeben. Diese kicherten nun nicht mehr und zitterten sogar vor Ehrfurcht als sie zwischen die beiden gepanzerten Heinrich-Brüder und die Kurfürstin treten mussten. Sogar die sonst so unnahbare Giertrud von Schildaberg lächelte unterwürfig und nervös: „Bitte sehr, meine Kurfürstin. Bitte." Herzog Morkus konnte es sich nicht nehmen lassen nach llen zu schnappen und da stoben sie auseinander wie durch den Fuchs erschreckte Hühner. Judith schenkte ihrem Vetter einen vorwurfsvollen Blick, welchen dieser aber grinsend annahm und sich über die Lippen leckte: „Was denn?" Judith klatschte dann in die Hände: „Dann ist ja alles geklärt. Wir haben ein bisschen gebrüllt, ein paar Tatzenhiebe ausgetauscht doch nun geht der Abend heiter weiter." Sie lächelte: „Mir ist es ohnehin lieber sie zanken sich, als wenn sie sich in falscher Zuneigung ergeben. Selbst in den Nebenlinien wirkt es noch, unser heißes, stürmisches Gelfenblut." Die Menge applaudierte dazu und sie wandte sich mit wehendem Umhang ab; die beiden Herzöge hinter ihr her.

Maligana schnaufte: „Na, hoffentlich bist du jetzt glücklich." Henning wirkte verdutzt und keineswegs mehr streitlustig: „Das wollte ich dann auch nicht so…" „Wollte ich auch nicht so!", äffte Maligana ihn nach, „Du bist echt eine Blamage für unsere Familie." Dieser Kommentar riss Henning sogleich wieder aus der Versöhnung: „Sagt die richtige. Es ist nur blöder Schmuck! Darum so einen Aufstand zu machen! *Das* ist idiotisch!" Judiths Ruf kam von weiter hinten: „Bei euch alles in Ordnung, Kinder?!" „Ja, Tante Jule!", riefen die beiden zuckersüß im Chor zurück. Henning wandte sich nun mit seiner Beute ab und suchte Irena auf, welche sich weiter hinten in den Gängen versteckt hatte und ganz froh darüber war, dass es nicht eskaliert war.

Die Schnapsdrossel zog den Ratsherrn zu sich heran und in eine Nebenkammer hinein. Sie schloss dann eilig die Tür mit dem Riegel und eine kleine, zweckentfremdete Kerze spendete ihnen hier schummriges Licht. Irenas Arme waren sogleich um seinen Hals geschlungen und ihr heißer Atem lag auf seinem Gesicht: „Hast du sie bekommen, ja?" Henning nickte: „Es war nicht leicht." „Dafür soll die Belohnung auch umso größer sein." Irena stieß ihn in mehrere Kornsäcke, setzte sich auf ihn drauf und führte seine Hand an ihrem Kleid empor, hin zu ihren festen Brüsten. Henning rollte mit den Augen, schnaufte und ihm drehte sich alles. Irena biss sich auf die Unterlippe, keuchte heftig während sie ihr Becken kreisen ließ. Dann aber stieß Henning sie zurück.
„Halt. Halt. Moment! *Mooment*!", rief er und Irena blinzelte irritiert: „Stimmt was nicht?" „Es… soll so nicht sein! Verdammt! Hier. Hier nimm den blöden Schmuck an dich. Maligana will ihn aber bald wieder haben. Da nimm schon." Er drückte ihr die Ringe zornig in die Hand. Irena lachte auf: „Du willst mich also auch nicht?! Welch ein Abend!" „Was soll das heißen, ‚auch nicht'? Wer würde dich denn nicht wollen?" „Nun jeder der beabsichtigt eine ‚angemessene' Frau aus edlem Stande zu ehelichen? Ich bin nur eine Hure, dass siehst du doch. Weiß jeder. Außerdem hab ich sie nicht mehr alle. Schon lange nicht mehr. Mir ist alles gleich geworden, alles. Also brauchst du auch keine Gewissensbisse zu haben. Es ist egal. Lass es uns tun. Ist egal…"
Henning schüttelte den Kopf: „Aber mir ist es nicht *egal*!" Irena erstarrte, wie ein aufmerksamer Vogel der etwas witterte. Henning legte den Schmuck beiseite und nahm sie bei den Schultern: „Mir ist es egal, wieso du diese Steine willst. Vielleicht schiebst du sie ja auch nur in den Arsch!" Irena lachte hell auf und Henning lächelte; verwundert über seine eigenen Worte: „Mir ist der Grund so egal, weil ich heute Abend glücklich gewesen bin, wie noch nie. Du warst nett zu mir; dass kann doch nicht alles bloß Lüge gewesen sein?" Irena schenkte ihm einen mitleidigen Blick: „Leider, doch." „Und die

Schiffe? Die Seefahrt?" „Interessieren mich nicht im Geringsten. Es war nur um an dich heranzukommen. Das war mein Plan." Henning starrte sie ungläubig an: „Das glaube ich dir nicht." „Glauben kann man was man will; es macht um nichts wahrer." „Das sehe ich anders! Glaube gibt uns erst die Kraft diese Realität zu verändern!"

Sie strich ihm über das pausbäckige Gesicht: „Es ist nichts zwischen uns; wird auch nie sein. Denn ich empfinde nichts außer Leere in mir." Sie entblößte ihren nackten Oberkörper: „Und darum ist es mir auch egal, was mit mir geschieht." Henning senkte den Kopf und knurrte: „Zieh dich wieder an. Ich will das nicht. Vorhin schon; aber jetzt müsste ich mich wohl übergeben." Er drückte ihr den Schmuck in die Hand: „Ich weiß nicht, wofür du es brauchst aber eines weiß ich: Es muss dir viel bedeuten. Und darum kannst du nicht so leer sein wie du von dir selber glaubst. Ich würde dir gerne zeigen, dass du mehr bist, denn ob nun gelogen oder nicht: Ich hatte einen schönen Abend. Und das ist die Realität." Er öffnete die Tür und Irena sagte: „So ganz komplett und völlig uninteressant war das mit den Schiffen ja nicht..." Henning nickte nur stumm und schloss die Tür.

Die Schnapsdrossel saß eine Weile nur so da und starrte in das Nichts. Sie hatte mit vielem gerechnet; aber nicht damit, dass er sie verschmähte. Wobei noch nicht einmal das stimmte. Er hatte sie ja nicht wirklich abgelehnt, sondern nur den Teil von ihr der sie selbst seit Kindertagen erdrückte und sie zwang jemand zu sein, den sie abgrundtief verabscheute. Aber glaubte dieser von Murkelen wirklich, er könne all das so einfach vergessen machen? In den Wind wischen? Was wusste er schon? Alles blieb sich doch gleich und einen Ausweg gab es nicht. Irena hatte jeden erdacht. Nur der Tod verhieß Erlösung von der Qual der Einsamkeit. Und dennoch… Dennoch schlug ihr Herz nun heftiger. Es schmerzte; brannte ob der ungewohnten Belastung. War da vielleicht doch ein anderer Weg? Eine Art, dem drögen Getümmel zu entkommen abgesehen von Selbstmord, denn sie schon in Raten praktizierte, indem sie sich immer wieder volllaufen ließ bis zur Besinnungslosigkeit?

Irena wusste es nicht mehr. Sie weinte nun, weil sie es nicht mehr ertragen wollte zu hoffen, nur um dann wieder enttäuscht zu werden. Waren denn nur Lügen der Ausweg? Die Lügen die Menschen sich erzählten um sich von sich selbst abzulenken? „Was mach ich bloß? Was mach ich…" Ihre Stimme erstickte unter bebenden Schluchzern. Dann bemerkte sie die Schmuckstücke in ihrer schmalen, weißen Hand. Diese erzeugten eine bedrohliche Atmosphäre, welche in ihre Seele stach wie heiße Nadeln in aufgerissene Augen. Irena wischte sich zornig die Tränen weg und begab sich geradewegs zu Jens Janssen, welcher eine Stufe unten mit Gerlinde an einem der Tische saß und gelangweilt in die Luft starrte während ein plapperndes Paar aus Tirol sie in starkem Tedeschi-Akzent belaberte. „Entschuldigt uns bitte.", sagte Jens diesen als er Irenas Handzeichen bemerkte. Sie folgten ihr nach draußen in den Garten und sie sagte: „Ich muss es aber bald zurückgeben." Jens nickte dankbar: „Kein Problem. Es dauert nicht sehr lange!" Er holte die schmucklosen Ringe aus seiner Jackentasche und hielt sie mehrere Sekunden an die Originale. Es blitzte kurz auf und dann waren sie identisch. Gerlinde meinte: „Krieg die jetzt bloß nicht durcheinander, Jensel!" Aber Jens passte genau auf, welcher Ring echt und welcher falsch war. Eine Fähigkeit, die er auch als Kaufmann gelernt hatte.

Irena sagte trotzdem: „Im Zweifelfalls ist es der Ring, der euch die meisten Kopfschmerzen verursacht." Jens gab ihr die Fälschungen zurück: „So. Das war der letzte. Danke! Für alles. War sicher nicht leicht." Er bemerkte Irenas verheultes Antlitz: „Habt ihr etwa geweint, Irena?" Gerlinde antwortete: „Hat sie. Ich erkenne diesen Blick. Und an der verlaufenen Schminke." Jens reichte ihr die Hand: „Ihr habt uns sehr, sehr geholfen. Aber wenn ihr etwas Schreckliches dafür tun musstet dann…" Irena schüttelte ihm die Hand: „Macht euch um mich keine Sorgen Herr Janssen aus Greetsiel. Es wird schon werden. Ich wünsche euch nun alles Gute. Denn was immer ihr vorhabt: Es gibt mir Mut dass es solche Freunde in der Welt gibt. Nur eines noch…"

Jens nickte: „Ja bitte?" „Versprecht mir dass ihr *wirklich* etwas verändern werdet. An all diesem verlogenen Irrsinn. Macht es anders." Jens schluckte: „Das ist ein schweres Versprechen." Irena lachte hell: „Es muss ja nicht für immer sein oder für alle gelten. Nur einmal, irgendwo - einmal sollten alle ehrlich miteinander sein können. Nein, ehrlich sein *müssen*! Zeigt dieser Welt, dass es einen Ausweg gibt. Ich verlange ja nicht, dass er andauernd nur das einmal wieder ein Lichtstrahl diesen dunklen Planeten erhellt…" Jens bemerkte ihre verzweifelten Blick und schüttelte ihr die Hand: „Ich werde sehen was ich tun kann, werte Dame." Irena küsste ihn auf die Stirn: „Nehmt diesen mit. Es soll euch beschützen. Auch wenn er nach Schnaps stinkt." Jens meinte:

„Es riecht eher nach einer Freundin." Irena lachte erneut auf: „Hahaha, ihr seid ein Schleimer, Jens Janssen!" Jens zuckte mit den Schultern: „Ich meinte es eigentlich ernst, aber nun ja." „Ich weiß, tut mir leid. Ihr solltet jetzt aber langsam gehen. Und zwar ohne Aufschub." Gerlinde fragte skeptisch: „Wieso denn das'n?" „Judith von Braunschweig hat höchstselbst dafür gesorgt, dass ich an die Steine kam. Ich habe zwar versucht meine Schritte zu verschleiern aber das ist hier unmöglich, direkt in der Höhle des Löwen. Hier haben die Wände Ohren und die Türen Augen, wenn ihr versteht? Man wird euch vielleicht schon verfolgen. Habt ihr einen guten Fluchtplan?"

Jens druckste herum: „M-mehr oder weniger? Aber wohl ist mir dabei nicht." Gerlinde zog ihn weg: „Wir schaffen das schon. Ich bin mit Messern geladen! Komm, mein Ehemann! Kasparle oder wie du heißt." Jens fragte sie: „Wo hast du die alle versteckt, wir wurden doch gefilzt? Halt! Halt! Ich will es gar nicht wissen!" Gerlinde zog ihn fort und er rief Irena zum Abshied zu: „Hoffentlich sehen wir uns mal wieder, Frau von Rheinfelden! Haltet bis dahin durch, klar?" Irena lächelte: „Und ihr bleibt euch gefälligst weiterhin treu!" Sie sah auf die gefälschten Schmuckstücke herab und empfand keinen Schmerz mehr wenn sie sie ansah; nur einen leichten Schwindel, so als wäre es nicht möglich die Ringe *genau* anzusehen. Die Illusionen Runas mussten vorerst ausreichen um Maligana zu täuschen.

Irena von Rheinfelden ging zurück zu Henning und Maligana, welche sich über den Tisch weg zornig anstarrten während Stefanie Treyer gerade von ihrem mysteriös-geheimnisvollen Hengest schwärmte, der ja ‚so ein Koloss' sei, ‚stark, heftig aber auch einfühlsam. Ein edler Wilder!'. Irena zeigte mit dem Weinglas auf Henning aber dieser schüttelte nur den Kopf, wie um damit zu sagen dass er unter Beobachtung stand und sich nicht mehr großartig von seinem Tisch entfernen konnte. Irena begriff und ging zum Tresen; kehrte schwankend zurück. Giertrud von Schildaberg bemerkte ihren wackeligen Gang als sie auf ihre kleine Gruppe zukam: „Sieh an wen haben wir denn da? Irena von Rheinfelden? Das du noch stehen kannst, meine Liebe? Bewundernswert." Irena grinste betrunken: „Ja, isch wollte euch nur schagen wie hübsch ihr alle scheiht! Dolle Kleider." Maligana spöttelte: „Natürlich sind wir hübsch! Ist ja auch die neueste Mode aus Mailand. Hat Laurenzia mitgebracht. Und du hast wohl die neueste Schnapssorte aus Brügge im Glas, wie? Auch nicht schlecht." Irena grinste breit und lehnte sich nach vorne über den Tisch: „Schigges Muschter!" Sie würgte, ein- zweimal und dann übergab sie sich in hohem Bogen auf Maligana und ihre Freundinnen. Es wurde schrill geschrien und geflucht und in dem Tumult schob Irena Henning den Beutel mit den Schmuckstücken unter. Dieser lächelte dankbar, obwohl auch er etwas von der Kotze abbekam. Aber es machte ihm nichts aus.

Irena entschuldigte sich mehrmals unter heftigsten Flüchen von Maligana und wurde dann ebenso wie sie zuvor von einem starken Arm gepackt. Diesmal aber war es der Arm eines riesigen Kerls mit rotem Haar und spitzen Zähnen. Es war der Kurfürst Frankens; Eberhard der Rote. Er war einer der wenigen welche bei diesem Anlass Waffen tragen durften und es wagte auch sonst keiner Hand an seine vier Wurfäxte zu legen. Der Kurfürst zog sie nun mit sich und setzte die sabbernde Irena vor der Ehrentafel des Kaisers ab: „Da hast du deine Nichte, Friedrich! Hat wieder alles voll gegübelt." Neben Kaiser ‚Goldbart' Barbaoro saß neben seiner Frau und Kaiserin Valeria Aurealia auch Kurfürst Chlodwig ‚der Mönch' von Lothringen und sagte: „Sieht ja arg mitgenommen aus die Ärmste. Ich habe sicher ein paar Kräuter, die ihr helfen könnten." Aber Kaiser Barbaoro winkte ab, stand auf und nahm die bibbernde Irena zu sich: „Schon gut, Chlodwig, ich mach das. Entschuldigt uns bitte kurz? Ich und die Dame müssen uns unterhalten, mal wieder. Valeria? Du passt mir derweil auf die Rasselbande auf?" Die Kaiserin nickte erhaben: „Natürlich, mein Kaiser." Ihre Stimme verriet dass sie dies schon vorhergesagt hatte: Die Schnapsdrossel war wieder mal die Peinlichkeit in Person für alle Staufer.

Der Kaiser zog Irena in einen Nebenraum, setzte sie auf ein Sofa und ging mehrmals auf und ab bis er fragte: „Was ist denn nur los mit dir? Ich habe dich immer vor allen verteidigt und nun machst du sowas? Du bringst uns noch alle in Verruf, und damit in Gefahr!" Irena grinste debil: „Du hasst mich jetzt auch, nicht?" Friedrich Golbart holte tief Luft, war wütend: „Nie werde ich mein eigenes Blut hassen! Aber ich verstehe nicht warum du dir das antun musst? Wieso, Irena? Wieso nur?!" Irena war ratlos, die Augen tränten und der Mund war offen vor Sprachlosigkeit: „Ich weiß es auch nicht? Ich… Ich bin wohl nur so verdammt *einsam*?!" Friedrich spürte ihre tiefe Verzweiflung, kam auf sie zu und drückte sie fest an sich: „Ich bin bei dir; was es auch kostet. Denn was für ein

Kaiser wäre ich, wenn ich nicht einmal meine Lieblingsnichte glücklich machen könnte?" Irena lachte schluchzend auf: „Es tut mir leid, Onggl..." „Ach, es ist ja nur Erbrochenes. Lassen wir dich also waschen und dann gehst du sofort ins Bett. Mir ist egal was heute passiert ist solange es nur morgen besser wird. Gut?" „Gut. Ich liebe dich, Onggl Friedrich. Wirklich." „Und ich liebe dich. Du und ich, wir sind uns ähnlicher als du denkst. Ruh dich nun aus." Irena von Rheinfelden wurde nun einigen Mägden übergeben welche sich um sie kümmern würden. Sie putzten auch des Kaisers Plattenrüstung wieder sauber. Er seufzte.

Als er wieder zurückkehrte kam ihm Kurfürst Chlodwig schon entgegen: „Ich habe einen Trunk bereitet der ihr helfen wird morgen früh aufzustehen." „Gib es auf, Mönchskutte!", bellte Eberhard von hinten, „Die Kleine will nichts von dir; niemals nicht, garhaha!" „Das ist doch gar nicht meine Absicht, du Barbar! Ich will nur helfen!" Eberhard nickte: „Natürlich willst du das. Rein christliche Nächstenliebe mit rein christlicher Beule in der Hose, wie?! Ich seh doch wie du sie anstarrst, seitdem ihre kleinen Tittchen sprossen! Garhaha!" Chlodwig explodierte: „Tausend Engel sollen dich beim Scheissen treffen, du Heidenhund, elender!" „Apropos Hund! Getroffene Hunde bellen am lautesten! Ghwahahaha!"
Barbaoro brachte alle beide sofort zum Schweigen: „Genug jetzt! Irena ist müde und will sich ausruhen. Eure Sorge wurde wohlwollend zur Kenntnis genommen, Kurfürsten. Belasst es dabei. Alle beide." Chlodwig und Eberhard funkelten sich zwar weiterhin an als wollten sie gleich einen Krieg zwischen Franken und Lothringen anzetteln, aber mit dem Kaiserpaar zwischen sich wagten sie es dann doch nicht. Eberhard der Rote brummte nach seinem sechsten Humpen Bier: „Schon bezeichnend, dass die gute Judith es vorzieht bei ihresgleichen sitzen zu bleiben, nicht?" Chlodwig erklärte: „Sie besitzt nun mal die größten Ländereien diesseits der Alpen. Mehr noch als Staufer, Franken, Bajuwaren, Schwaben, Thüringer oder sogar der böhmsche König! Das gibt ihr halt einiges an politischem Gewicht." Der Rote nickte: „Du meinst, die kann es sich erlauben, Friedrich hier so sitzen zu lassen?" „In gewisser Weise."
Die Kaiserin nippte nun an ihrem Weißwein und erklärte wie nebensächlich: „Der gute Boleslaw soll übrigens in Verhandlungen mit Judith getreten sein, heißt es. So fing es

auch bei deinem Großvater an." Friedrich zuckte mit den Schultern: „Jeder tritt doch mit jedem in Verhandlungen. Wegen Handelswegen, Stapelrechten, Geleitschutz, Zollabgaben… das alles ist ständig in Bewegung und muss ewig neu austariert werden." Die Kaiserin rümpfte die Nase: „Du lässt ihr zu viel Freiraum. Eine streunende Katze kennt keinen Respekt, außer für jene Macht, welche sie füttert oder straft." „Judith ist vieles, Schatz, aber sicher keine ‚streunende Katze'. Sie weiß um das zerbrechliche Gleichgewicht der Mächte im Reich.", erwiderte der Kaiser leicht genervt, „Ich vertraue ihr so, wie ich euch vertraue. Sie will nur nicht als schwach gesehen werden. Es muss sehr schwer sein, sich als Frau auf dem Posten der Gelfenanführerin zu behaupten. Sie ist kein Idiot; sie weiß genau was sie tut. Das wusste sie schon immer." Der Kaiser nippte nachdenklich an seinem Becher Kirschmet: „Sie ist ebenso gezwungen wie wir alle. Jeder spielt nur seinen kleinen Teil im großen, göttlichen Gefüge…" Chlodwig nickte: „Stimmt. In Gottes Plan ist jedem ein fester Platz zugewiesen. An dieser heiligen Ordnung ist nicht zu rütteln, soll diese Welt bestehen bleiben." Eberhard grunzte: „Gottes Ordnung? Die der Menschen ist es! Seit jeher regiert das Schwert und wer das vergisst wird vom Schwert in den Arsch gefickt werden!" Der Kaiser sah zu Judith herüber und lächelte ihr zu. Sie tat es ihm gleich, abgesehen von dem Lächeln.

Später dann, als die Kurfürstin alle zum Tanz aufrief trat auch der Kaiser zu ihr: „Du tanzt ja gar nicht, Judith? Das war früher mal anders." Diese lächelte matt: „Früher war früher, mein Kaiser." „Darf ich trotzdem um diesen Tanz bitten, ‚meine' Kurfürstin? Sie spielen unser Lied." Die Kurfürstin rümpfte die Nase: „Kann ich das ausschlagen?" „Ich befürchte nein. Es wäre eine ‚diplomatische Provokation sondergleichen'. Da heißt es Zähne zusammenbeißen und durch. Keine Sorge. Du schaffst das." „Du hast dich nicht geändert, oder?" „Enttäuscht?" Die Kurfürstin straffte sich und legte dann ihre gepanzerte Hand fest in die seine. Der Kaiser zog sie arg ruckartig auf die Tanzfläche und vielerlei Getuschel setzte sofort ein, vereinzelt sogar Applaus. Der Kaiser rief lautstark: „Auf die Freundschaft zwischen Staufern und Gelfen! Stoßt an, meine Freunde, Vasallen und Ritter! Auf unser aller Gesundheit! Und einen stabilen Magen! Esst und trinkt zu unser aller Ehren!" Die Menge hob lachend die Gläser.

Friedrich III. grinste Judith dann so unverwandt an, dass sogar sie Probleme hatte ihren stoischen Gesichtsausdruck zu bewahren. Er war ein charismatischer Mann, prächtig in seinem Stolz, seiner Weitsicht und ehrfurchtgebietenden Pracht. Er sagte nach einigen Schritten auf dem Parkett: „Die Leute reden schon über dich, weißt du Jule?" „Was sagen sie denn, *Friedel*?" „Autsch, ich hasse diesen Namen." „Ich weiß." „Nun, sie fragen sich: Warum ist diese adelige Frau immer noch allein? Sie ist reich, mächtig, intelligent – ja und immer noch ganz hübsch anzusehen. Also wo liegt das Problem, hm? War da nicht dieser kleine Kerl; von der Hanse? Der ständig um dich rumwuselte, schon damals? Soweit ich weiß ist er inzwischen Eldermann geworden." Judith lachte glockenhell auf: „Von Huse?! Der ist noch nicht mal adeligen Bluts!" Der Kaiser zuckte mit den Schultern: „Als ob ihr Gelfen nicht auch mal fünf grade sein lasst wenn nur der Preis stimmt."

Judith überging die geschmunzelte Provokation: „Du fragst nicht umsonst, oder?" Sie wich seinem Blick nur kurz aus und Friedrich lächelte: „Ich mache mir halt Sorgen um dich; ist das nicht Grund genug?" „Du hast deinen Weg gewählt, Kaiser, und ich wählte den meinen. Mir geht es ausgezeichnet danke der Nachfrage!" „Nun das glaube ich dir aber nicht." „Pah! Seitdem du diese Krone trägst, denkst du wohl du könntest Gedanken lesen was?" „Das nun nicht. Aber ich vermag mit meinen staufischen *Adleraugen* zu sehen wenn sich jemand verschließt... Zieh doch wenigstens diese eisernen Handschuhe aus. Ich trag doch auch keine?" „Tze. Das ist dein Fehler nicht meiner..." „Ist er das? Ein Fehler?" Der Kaiser lupfte Judiths Panzerhandschuhe von ihren Händen und viel zu verdutzt von dieser Anmaßung vermochte die Kurfürstin es nicht aufzuhalten. Ein Raunen ging durch die Menge und einzig Valeria Aurelia beobachtete es mit unberührtem Gesichtsausdruck. Der Kaiser ergriff Judiths nackte, helle Hände und lächelte: „Völlig verschwitzt die armen Kleinen. Aber das passt zu dir. Du hast immer Tücher getragen. Stahl und Eisen passt nicht zu deinem Teint." „Du bist unmöglich, weißt du das? Nach wie vor überheblich und respektlos." Sie sah ihm fest in die Augen und in beiden Menschen brach eine spontane Welle von alten Erinnerungen los, welche beide in eine fast schon euphorische Stimmung versetzte. Für einen winzigen Moment gab es für sie keine Festivität, keine Staufer, Gelfen, Kronen, Pläne oder Ländereien mehr. Das alles war nur noch ein Hintergrundrauschen, lächerlich und unwichtig. Es gab nur sie beide und sie tanzten mit ruhigem Schritt, absolut harmonisch; Hand in Hand zu sanften Klängen von sphärengleichen Harfen und sanften Flöten. Judiths Kopf senkte sich wie von selbst auf Friedrichs Brust, wie in einem Märchentraum. Ihre schmalen Finger schlossen sich um die seine feste Hand und er führte sein bärtiges Gesicht an das ihre, ganz nah; ehedem sie beide abrupt aufschreckten.

Eine Jungenstimme quengelte: „Papa ich bin müde. Können wir jetz' nach Hause?" Der Kaiser löste seine Finger von Judiths heißen Händen und sie tat einen Schritt zurück, sah, wie der Kaiser just seinen Sohn emporhob und lachte: „Haha! Was ist das, ein ‚Papa'? Junge, du sollst mich doch nicht mehr so nennen! ‚Vater' sollst du sagen! Aber Recht hast du trotzdem. Es ist schon spät und der Wein steigt uns allen zu Kopf. Dein Tantchen Irena hat es uns vorgemacht." Er drehte sich zu Judith: „Du hast sicher nichts dagegen wenn wir die Formalitäten auf morgen verschieben, oder? Wir sind gerade erst angekommen und noch etwas durchgeschüttelt von der langen Reise. Wir haben noch zwei ganze Tage vor uns. Dann holen wir auch unseren Tanz nach." Judith musste sich räuspern. Diplomatisch sagte sie: „Natürlich, Kaiser. Die Gästezimmer sind eingerichtet; nur vom feinsten. Der berbische Diener dort wird euch zu euren Gemächern verbringen. Ich wünsche euch allen eine angenehme Nachtruhe. Denn diese Stadt ist auch eure Stadt, nicht wahr?" Friedrich legte den Kopf leicht schief: „Von mir geht alle Reichsgewalt aus. So ist es in Worms abgestimmt worden, ja. Einstimmig, wenn ich mich recht entsinne?" Judith wandte sich nun ab, vergaß die übliche Verbeugung und stürmte mehr oder weniger aus dem Saal hinaus.

Valeria trat zu Friedrich, welcher den jungen Konstantin immer noch auf dem Arm trug und sagte: „Sie plant etwas. Ich spüre es." Kaiser Barbaoro lachte auf: „Wer? Judith?! Natürlich tut sie das sie war immer pfiffig." „Sie hat sich ja ziemlich an dich rangeschmissen…", fügte die Kaiserin wie beiläufig hinzu und ihr Mann schmunzelte: „Alte Geschichten, zum Spaß aufgewärmt. Ein jeder hier kennt unsere gemeinsame Geschichte. Doch wir sind nur noch gute Freunde, mehr nicht." Valeria Aurelia schüttelte den Kopf: „So etwas gibt es zwischen Männern und Frauen nicht, Friedrich. Ungewohnt blauäugig für dich." „Und du siehst Gespenster, meine kleine Schlange." Er küsste sie: „Nun kommt ihr beiden. Auch Adler kehren irgendwann ins warme Nest zurück."

Ein dunkelhäutiger Berber wartete mit gesengtem Kopf auf sie und führte sie in ihre Gemächer: „Schlafen wir uns mal endlich wieder in großen Federbetten aus! Es war eine lange Reise Zeit für etwas Ruhe und ein warmes, knisterndes Feuerchen." Er knackte mit den Halswirbeln: „Ich bin auch nicht mehr der Jüngste." Konstantin fragte mit großen Augen: „Hast du dir wehgetan?" Er war sofort kurz davor in Tränen auszubrechen. „Mir geht es bestens; bin nur etwas müde." Sie verabschiedeten sich noch von ihrem Hofstaat, Eberhard und Chlodwig und begaben sich dann in ihre Zimmer. Der restliche Abend der Festivität verlief sich in kleineren Grüppchen, bei ruhiger Musik und angetrunkenem Gemurmel. Die hohe Politik war vorerst gelaufen, die Begrüßung abgeschlossen. Nun schacherten nur noch Grafen, Ministerialen und Herzöge miteinander.

Die Kurfürstin von Sachsen hatte nun noch eine Unterredung mit einer im Schatten lungernden Figur, gekleidet in einen schwarzen Umhang: „Findet heraus wer diese beiden Hochstapler sind und bringt sie zu den Heinrichen, jeweils einen zu jedem. Die sollen auf ihre Art herausfinden für wen diese Figuren arbeiten." Eine surrende, weibliche Stimme antwortete ihr: „Wie ihr wünscht, Herrrrin der Höhle." Judith hakte nach: „Was ist inzwischen mit dem Reichsengel?" „Es gab leider viele Verluste, Herrrrin – aber der Vogel war ja schon geschwächt. Wir haben sie nun in unserer Gewalt." „Haltet sie unbedingt am Leben. Ich brauche sie noch für eine wichtige Sache." „Sehr wohlll." Mit diesen Worten verschwand der menschengroße Schatten in den Hofgarten und sprang dort mit nur einem Satz auf die drei Meter hohe Mauer und verschwand in der Braunschweiger Finsternis. Es schien einen Buckel zu haben.

Kapitel 21

Krallen im Nebel

Jochen Menneke war wie vor den Kopf geschlagen: „A-Aber ich kann euch helfen!?"
Jens aber winkte dies hektisch ab. Sie gingen gerade durch den Haupteingang und
wollten nur noch verschwinden, in ihre Herberge zurückkehren um Runa abzuholen und
sogleich nach Kronenberg weiter zu reisen, mit den magischen Ringen. „Nicht nötig uns
weiter zu helfen, Jochen!", erklärte der Greetsieler Kaufmann, „Du hast viel mehr zu
verlieren; könntest leicht Haus und Hof verlieren!" Und Gerlinde stimmte zu: „Lass gut
sein, Jockel. Wir kommen schon klar!" Jochen ballte die Hände zu Fäusten. Seine
Wangenknochen traten hervor: „Vielleicht habt ihr ja Recht…" Jens hielt an, klopfte
ihm auf die Schulter; weiter darauf bedacht zu gucken ob sie verfolgt wurden: „Geh zu
deinem Grafen zurück sonst bist du auch noch ein vogelfreier Spinner wie ich und
Gerlinde. Und das wünsch ich meinem ärgsten Feinden nicht. Und dir somit erst recht
nicht! Also husch, husch!" Jochen nickte langsam und trottete zum Parkett zurück. Jens
und Gerlinde nickten sich gegenseitig zu. Dann liefen sie in ‚zwanghaft ruhigem
Schritt' zur nächsten Gasse wo sie keiner mehr sehen konnte.

„Und los!", zischte Jens und sie rannten was ihre Beine hergaben. Gerlinde keuchte
bald: „Das ist dein toller Plan?! Einfach *wegrennen*?!" Jens nickte: „Das kann ich sehr
gut! Außerdem habe ich den Stadtplan im Kopf! Folge mir! Hier entlang!" Ihre Flucht
führte sie jetzt durch endlose Gassen, an Kisten, Tonnen und Karren vorbei; an
bellenden Hunden und einem betrunkenen Bettler, der sich über die Hektik der jungen
Leute heutzutage lallend beschwerte. Im Grunde hinterließen sie eine dicke Spur aus
Lärm, vor allem da die angetrunkene Gerlinde alles anrempelte und umstürzte was ihr
nicht rechtzeitig aus dem Weg rollte. Sie selbst lachte darüber: „Hast du auch eingeplant
dass die Fluchtwege voll mit *Scheisse* sind?!" Jens rief wütend: „Nein, aber auch nicht,
dass du voll wie zehn Prussen durch die Gegend stolperst!" „Das war ja wohl
einzuplanen gewesen, Nasifix!" Sie bogen um die Ecke. Und hielten an.

Denn vor ihnen standen, im fahlen Licht der Sterne, in drei dunkle Umhänge gehüllte,
bucklige Gestalten deren Augen gelb aufblitzten; die widerscheinlosen Pupillen

senkrechte, schmale Striche. Ihre Stimmen waren weiblich und *surrten*: „Eure Flucht endet hier, Hochstapler. Ergebt euch." Jens und Gerlinde bremsten gerade so ab: „Oh, ah! Meine Frau und ich brauchen dringend eine ‚Erleichterungsmöglichkeit', ihr versteht?", log Jens sein bestes und Gerlinde zog mit: „Die wollten mich nicht auf's Töpfchen lassen! Und wer seid ihr überhaupt?! Uss' der Bahn mit euch!" Eine der Kuttenträgerinnen trat vor und ein weißes Grinsen voll angespitzter Zähne kam zum Vorschein: „Wer wird sind? Wir sind ‚Krallen', und handeln auf direkten Befehl von Judith von Braunschweig, der Löwinherrin selbst. Ihr steht im Verdacht mit subversiven Elementen der Gegenseite zu paktieren. Darum seid ihr vorläufig festgenommen! Zu eurer eigenen Sicherheit natürlich."

Gerlinde rülpste: „*BÖRP*! Und jetzt nochmal für die normalen Menschen in dieser Runde?" „Ergebt euch und gesteht eure Verbrechen!" Jens schüttelte den Kopf: „Tut mir leid, die Damen, aber dem können wir nicht Folge leisten. Wir haben andere *Termine*." „Wie bedauerlich… Schnappt sie euch!" Die zwei anderen Kuttenträger schossen jetzt gebückt vor; mit enormer Geschwindigkeit, wie auf allen vieren. Gerlinde hatte da schon ihre Wurfmesser parat und warf sie in schneller Abfolge. Mit einem Klirren prallten diese jedoch ab, so, als wären die Krallen durch ein magisches Abwehrfeld geschützt. In der Tat hatten sie ihre eigenen Finger in geschärfte Stahlkuppen gehüllt mit denen sie die Wurfklingen einfach so aus der Luft schlagen konnten. Gerlinde schubste Jens brutal nach hinten und begegnete den beiden Angreifern mit ihren zwei Hauptmessern. Die beiden ‚Krallen' kicherten wie debile Mädchen: „Will die Maus ein wenig spielen?" „Komm, zuck noch etwas! Lass es noch nicht vorbei sein!" Gerlinde wehrte ihre Angriffe zunächst gut ab; doch bald hing ihr feines Runa-Kleid in Fetzen und verlor seine illusionäre Kraft. Nur noch graue Stoffreste und verwelkte Blüten und Blätter flogen jetzt zu Boden. Jens sah sich derweil der dritten Kralle gegenüber. Hektisch wie eine panische Maus wühlte er in seinen Taschen auf der Suche nach etwas, was sie aus dieser misslichen Lage retten konnte. Für einen Zauberspruch aus dem Buch war keine Zeit mehr.

Er fand dann eine grau schimmernde Kugel in seinem Hüftbeutel, die er schon fast vergessen hatte. Inmitten jener perfekt abgerundeten Kugel schimmerten graue Nebelschlieren und eine männliche Stimme hallte in seinem Kopf: *„Lasst mich raus!*

Lasst mich endlich raus!!" Es klang derart verzweifelt und voller Leid, dass Jens sogar für einen Moment die Krallen vergas. Einzig seinen Reflexen verdanke er es, dass er einem Hieb mit der eisernen Krallenhand entgehen konnte. Er sprang zurück und die gelfische Kralle bleckte die Zähne und schnurrte: „Nicht weglaufen, kleine Ratte. Ich will doch nur spielen. Nur spielen." Jens schockierte der Umstand, dass ihre Gegner offenbar Katzenmenschen waren nicht mehr sonderlich. Er hatte ja schon Spinnenmenschen, Echsenmenschen und Schweinemenschen kennengelernt. Katzenmenschen waren da schon regelrecht ‚gewöhnlich'. Er erinnerte sich derweil an die Kugel. Sie hatten sie damals von Zauberer Katzwiesel erhalten; nachdem Hinnerk Thiannas Geist aus den Fängen des bizarren Nebelgeistes befreit hatte, welcher sich ‚Hymellak' nannte. Nachdem Hinnerk dessen ursprüngliches Gefäß, die Nebelleuchte auf dem Schmugglerschiff von Lassmann, zerstört hatte, war Hymellaks Geist in Pakhaou eingedrungen und hatte dort kurzzeitig die Macht über das Schwert übernommen. Erst mit Katzwiesels Hilfe war es Hinnerk und Thianna gemeinsam gelungen ihn von dort zu vertreiben und letzlich in jene perfekte Kugel zu sperren die Jens nun in Händen hielt.

Hymellak schrie nach Befreiung, aber da war noch eine andere, schwächere Stimme die Jens riet es nicht zu tun. Letztlich bestimmte aber der Umstand, dass er gleich eh sein Gesicht in Fetzen gekratzt bekommen würde seine finale Entscheidung. Er holte aus und schleuderte die Kugel direkt vor die Füße der Kralle. Es knackte wie silberfeines Kristallglas und umgehend schoss grauer Nebel heraus, breitete sich schlagartig in der Gasse aus wie aus einem Dampfkessel. Die Sicht war schlagartig komplett vernebelt.

„*FREI! ENDLICH FREI! ICH DEHNE MICH AUS! IMMER WEITER AUSDEHNEN, HAHA! FREEIII!*" Ein Nebelgesicht voller Freude; einem menschlichen König mit Krone gleichend, huschte an ihnen vorbei und stieg gen Himmel, blähte sich auf. Innerhalb von wenigen Sekunden war die ganze Straße in dichtesten Nebel gehüllt und die Sicht gleich null.

Jens griff in einem Impuls nach Gerlinde um sie wegzuziehen. Er kannte die Straßen und Gossen gut genug um einen Weg zu finden. Gemeinsam entfernten sie sich während die Krallen Flüche und Fauchen ausstießen und über ihr nun ‚nasses Fell' jammerten. Hymellaks Nebel breitete sich nun über ganz Braunschweig aus, er jagte durch Tore und

Fenster, Ritzen und Nischen. Selbst die Festivität wurde komplett eingehüllt und sorgte für einige Verwirrung unter den Gästen. Hymellaks Stimme lachte durch alle Bereiche, so als wäre er überall zeitgleich. Gerlinde blinzelte und sah die Hand vor Augen nicht: „Wieso kannst du so gut sehen?! Ich sehe Garnichts!?" Jens hatte eine Vermutung: „Es muss an dem ‚goldenen Zeug' in meinen Augen liegen. Hat Runa zumindest gesagt, dass es ich den Blick dafür kriegen würde." Gerlinde akzeptierte die Antwort (ihr blieb ja nichts anderes übrig) und sie erreichten so gerade ihre Herberge als Hymellaks Stimme plötzlich panischer wurde. Die Freude darin war Furcht gewichen: *„NEIN... DAS IST NICHT RICHTIG! ICH HABE KEINE GRENZEN MEHR?! ICH KANN NICHT AUFHÖREN! ICH GEHE IMMER WEITER, MEINE SEELE! MEINE SEELE ZERREIßT?! ICH - MUSS ZURÜCK! LASST MICH ZURÜCK IN DIE KUUUGEL! ICH VERGEHE! ICH ZERFALLE!! ICH WILL ZURÜCK! NEIN! ICH – KANN – ICH – BIN – ICH WAR....HYMEL...A...aaa..."* Der Nebel hatte die ganze Stadt eingehüllt und der Geist Hymellaks war verstummt. So schnell wie er gekommen war, löste sich der Nebel nun wieder auf, zerfaserte sich rasend schnell. Der Geist war nicht mehr, sein Wesen nun in alle Winde zerstreut. Jens schob Gerlinde und sich in die Gaststube und sah hinaus aus dem Fenster. Sie hatten ihre Verfolger vorerst abgehängt.

Er saß er eine Weile da und starrte ins Leere: „Was habe ich getan?" „Was du tun musstest.", antwortete Gerlinde und schnaufte, „Außerdem: Hymellak war doch eh ein Arsch, nicht?" Jens nickte: „Schon, aber nun tat er mir leid?" Wie auf Kommando flatterte Runa zornig die Treppe hinunter und wirkte halbwegs ausgeschlafen. Ihr vorwurfsvoller Blick sprach Bände: „Habe ich dich nicht noch gewarnt?! Hab ich?!" Jens erinnerte sich: „Achso. Deine Stimme war es, die mich aufhalten wollte?" Runa wippte energisch auf und ab: „Allerdings! Diese Seele war zwar eingesperrt, aber das bewahrte sie davor sich aufzulösen! Ohne die Kugelhülle war sie unfähig ihre diesseitige Form zu erhalten; denn sie hatte ja keinen physischen Körper mehr. Schon damals nicht als sie aus just diesem Grund die Nebelleuchte verlassen und in Pakhaou eindringen musste!"

Gerlinde stupste sie an: „Heda, ruhig Blut, Fräulein! Wir wären sonst gestorben, klar? Jens hat das einzig richtige gemacht. Diesen doofen Hymellak vermisst doch keine Sau." Runa schnaufte, Tränen in den Amselaugen: „Es gibt keine Seele, die ein solches

Schicksal verdient hätte! Nicht einmal eine solch gematerte wie die vom Nebelgeist."

Jens schluckte: „Aber war er nicht ohnehin schon tot? Was kann ihm noch passieren?"

„Die Seele ist unsterbliches Gefäß, Lehrling-Jens; ein ewiger Teil der Welt die uns umgibt, im Leben wie im Tode. Was die Kirche daraus gemacht hat ist (gelinde gesagt) eine Verballhornung und Vereinfachung. Die Seele ist die Essenz der Existenz, das Bindeglied zwischen Magie und Materie, zwischen den sichtbaren und unsichtbaren Strömen der Hier- und der Anderswelt. Die Seele ist ein persönlicher Nukleus der Bindekraft ohne den das Leben nicht möglich wäre. Und du hast diesen Nukleus zerstört. Hymellaks Seele war auch ein Teil dieser Welt, wie wir alle. Über den Tod hinaus. Nun aber ist seine Essenz für immer im Zwischenraum verschollen. Unrettbar verloren!"

Gerlinde fragte: „Aber du kannst mir doch nicht erzählen, dass Jens schuld daran sein soll? Mach mal nen Punkt." Runa seufzte: „Nein, natürlich nicht. Ich wollte nur nicht, dass… Oh! G-Geht es euch gut?! Ihr seid ja wieder da! Eure Kleider sind weg?! Was ist passiert?! Wie?! Wo? Warum?!" Jens schmunzelte und strich ihr über den Schnabel: „Uns geht es gut und wir haben was wir wollten. Zumindest einen Teil davon. Das mit Hymellak tut mir trotzdem leid." Runa nickte: „Du musst noch viel lernen, Zauberlehrling-Jens. Sei in Zukunft bitte vorsichtiger." „Ach, ich habe nie darum gebeten, diese Kräfte zu besitzen. So langsam kann ich Leevke verstehen."

Gerlinde würgte einen Rülpser herunter: „Apropos, Herr und zu Seelenzerstäuber vom Dienst! Was haben wir eigentlich über Leevkes Aufenthalt herausgefunden?" Jens Kopf klatschte jetzt laut auf die Tischkante und er stöhnte lang: „Ouuuhhhhhh! Schkietndidi! Ich war so damit beschäftigt an Maligana heranzukommen, dass ich es völlig vergessen habe?! Wir müssen nochmal zurück! Nein, ich muss zurück, ich habe es ja vermasselt."

Gerlinde wuschelte ihm durch das Haar: „Hast du denn noch einen Hymellak im Ärmel, hä? Diese wilden Krallenweiber suchen uns noch und wissen jetzt sogar wie wir aussehen!" „Aber so eine Gelegenheit bekommen wir nie wieder! Nie!"

Gerlinde lächelte: „Keine Panik. Ich hab mich schlau gemacht während du mit deiner Schnapsdrossel salbadert hast…" Jens sprang auf: „Wirklich?! Und?! Irgendetwas über Leevkes Aufenthaltsort?" Gerlinde grinste und zögerte ihre Antwort quälend lange hinaus. „Sag schon! Gerlinde!? Ich könnte Hinni nie wieder in die Augen sehen wenn ich ihm sagen müsste, ich wäre nur zu trottelig gewesen nach Leevke zu fragen! Ich auch noch!" Gerlinde hob abwehrend die Hände als Jens schon fast auf ihr lag: „Jaja, ruhig Blut. Jisses, du kannst aber nerven, haha!" Jens Nase lag zwischen ihren Brüsten: „Und?! UND?!" Sie schob ihn lachend beiseite: „Pahaha! Schon gut, schon gut! Wie ein kleines Kind. Also! Bevor ich eifrig rumgekotzt habe; habe ich mich mit einigen Damen unterhalten und pauschal in Richtung Harz-Gebirge gefragt. Dort gibt es wohl eine große Unternehmung eines gewissen Erzbischofs namens ‚Mammon'." Jens rutschte zurück: „Erzbischof Mammon? Komischer Name." Gerlinde nickte: „Hat mich auch gewundert, is' doch eigentlich n' Dämon, oder? Na, jedenfalls soll dieser Bischof dort die größte Kirche der Welt bauen. Direkt am Brocken, oder irgendwie in ihn hinein, genau hab ich das nicht verstanden." „Aber was hat das alles mit Leevke zu tun?" „Laut den Gerüchten brauchen sie für diese ‚Arbeiten' eine Menge, Meeeeeenge Leute. Die Kinder; welche der Warloga-Penner da in Haldersleben mitschleppte sind auch dafür gedacht gewesen. Einige unterirdische Tunnel müssen gebaut werden und Kinder haben die perfekte Größe und ‚Kraft der Jugend' um dort herumzukrebsen. Ehe sie elendig ersticken natürlich."

Jens rieb sich das Kinn: „Hm, du denkst, sie haben Leevke für Arbeiten dahin verschleppt? Ist ein bisschen dünn, oder? Nur dafür." Gerlinde zuckte mit den Schultern: „Willst du ein Gemälde auf dem Leevkes derzeitiger Aufenthaltsort mit einem roten Pfeil eingezeichnet ist? Also nochmal: Für's Kinderverschleppen ist der Warloga bekannt und unsere ‚Reichsengelin Tapete' finden wir eh niemals mehr. Deren Spur ist so kalt wie eine tote Hundeschnauze." Jens nickte: „Stimmt. Hätten wir nur das Wort Reichsengel in den Mund genommen wären wir sofort im höchsten Verdacht gewesen. Man spricht nicht darüber, es ist ein Tabu-Thema. Eine unausgesprochene Botschaft."

Runa fiepte empört: „Ja, aber stört es die Menschen denn nicht, dass arme Kinderküken vor ihren Augen verschleppt werden?!" Jens grübelte: „Wohl kaum. Es geschieht jenseits ihres Alltags. Vielleicht sogar mit heimlicher Billigung. Getreu dem Motto: Solang ich damit nichts zu tun habe krieg ich auch keinen Ärger. Wundern täte es mich jedenfalls nicht. Kinder sind billige Arbeitskräfte aus Kriegen und die Römer haben es ja auch so gemacht. Darum waren sie ja auch so erfolgreich. Die Wirtschaft und der

Handel mit ihnen brummt." Runa schüttelte den Amselkopf: „Oh, oh, oh. Je mehr ich über die Menschen erfahre desto weniger verstehe ich sie. Sie machen mich sehr traurig..." Jens seufzte: „Ich verstehe sie dafür nur allzu gut. Und das ist nicht gerade besser." Die Vertraute schüttelte ihr Gefieder: „Ich frage mich jedoch..." „Ja?" „Hymellaks Seele war verdreht worden. So als hätte jemand eine normale Seele genommen und sie – gewaltsam verformt." „Hm. Eine Idee, wer sowas tun könnte?" Die Amsel krallte sich nun im rauen Tisch fest, schien sehr angespannt: „Leider ja. Aber wenn meine Theorie stimmt, dann brauchen wir weit mehr Hilfe als ich euch bieten kann. Wirringer muss bald erwachen... Aber uns fehlt nur noch die Wut zur Komplettierung! Wir haben derzeit nur ‚Angst, Liebe und Freude' zusammen!"

Jens nickte, als er sich an seine Aufgabe erinnerte. Er sollte (als erwählter Zauberlehrling des Wirringer) dessen gespaltene Persönlichkeit wiederzusammensetzen, indem er die vier Hauptemotionen in sich hervorrief die diesen ausmachten. „Also zum wütend werden fehlt mir grad die körperliche und astrale Energie, Runa." Gerlinde drückte ihren Rücken so durch, dass es knackte „Apropos schlaffig: Ich bin hundemüde." Jens stand auf: „Keine Zeit! Wir müssen dringend nach Kronenberg und Hinni und Puk von ihrem Elend befreien. Je länger wir hierbleiben, desto eher finden die Kronenberger heraus, dass die Ringe nicht echt sind. Außerdem sind jetzt diese Krallen hinter uns her. Braunschweig ist immerhin Gelfen-Territorium. Also los; bevor sie die Tore schließen! Schwingt die Hufen und Federn!"

Sie packten eiligst ihr Hab und Gut, ließen Geld für den Wirt auf dem Tresen und stahlen sich im Schutz der Nacht davon. Die Stadttore waren jedoch versperrt und so war es an Gerlinde mit Messer und Seil über die Mauer zu klettern und Jens hinüberzuhelfen. Runa flog natürlich einfach hinüber. Zu ihrem Glück hatte der Nebelvorfall mit Hymellak einige Wachleute abgezogen um in der Stadt nach dem Rechten zu sehen und so verließen sie Braunschweig unbehelligt in östlicher Richtung. Es ging ja darum ihre Freunde zu retten und dies verlieh ihnen die Kraft durchzuhalten. Jeder Moment konnte nun der Entscheidende sein.

Judith von Braunschweig ließ am späten Abend noch Maligana und Henning zu sich kommen, schickte die Bediensteten fort: „Was war da heute Abend eigentlich los? Ihr wisst, dass ich es weiß. Aber wenn ihr es mir von euch aus sagt, bin ich gewillt nicht so streng zu sein. Klar?" Henning zögerte, trat dann aber fest vor: „Ich wollte Irena von Rheinfelden einen Gefallen tun, Tante!" Judith nickte: „Gute Antwort. Sie gefällt dir also? Diese ‚Schnapsdrossel'?" „Nun - etwas, ja. Doch! Ja!", antwortete der Ratsherr. „Dir ist aber bewusst dass sie eine von den Staufer-Vögeln ist?" „Aber du hast doch auch mit einem Staufer...?" Er erstarrte, denn Judiths Blick war eine einzige, unausgesprochene Warnung mühevoll zurückgehaltener Wut: „Was habe ich?" „Nichts. Verzeihung. Ich habe einen Fehler gemacht. Tut mir Leid, Tante Jule. Komm nicht wieder vor..." Maligana lachte: „Richtig, genau richtig! Oh, Tante Jule!" „Was, Maligana?" „Kann ich nicht morgen schon mit meinen Freundinnen nach Kronenberg zurück? Es gefällt mir hier gar nicht, ist alles sooo langweilig. Und die Schnapsdrossel hat außerdem unsere Kleider vollgespuckt! Wir sind alle sehr aufgebracht und brauchen Entspannung! Bitteee!"

Judith nickte ihr zu: „Also gut. Ich habe Henning einen Wunsch erfüllt, dann muss ich dir auch einen erfüllen. Wenn es euch so viel bedeutet, könnt ihr morgen schon wieder abreisen." Henning stand da wie ein begossener Kater und schnaufte: „Es war ein Fehler von mir! Zu glauben ich hätte ihr ebensolche Rechte wie meine Schwester! Ihr schlägst du nie etwas aus, sie darf tun was sie will, aber ich...!" Judith legte den Kopf leicht schief: „Ich habe dich persönlich beim Eldermann vorstellig werden lassen. Du hast damit deinen Traum verwirklicht und darfst zur See fahren, so oft wie du willst, Henning. Mit einem großen Schiff, dass dir allein gehört. Was denkst du, wie viele in unserer Familie dich darum sogar *verachten*? Dass du dich vor den adeligen Pflichten drückst? Ich aber tue das nicht denn ich denke, du hast das Recht dein Leben so zu führen wie es für richtig hältst. Nur solltest du nicht vergessen woher dieses Recht stammt und was es letztlich aufrechterhält. Sich mit den Staufern einzulassen ist nicht ratsam. Und just diese von Rheinfelden...", Sie gluckste, „Ich kann ja verstehen, dass ihre verruchte Art anziehend auf junge Männer wirken muss. Aber sie ist unseres Blutes nicht würdig. Wir müssen an einem Strang ziehen um uns dieser Tage zu behaupten. Die Familie, die als erste zerbricht wird verlieren. Du darfst übrigens auch morgen losgehen und zu deinen Schiffen zurückkehren wenn du das möchtest. Soviel zur

Gleichberechtigung, du ungeduldiger Hitzkopf." Henning zitterte: „Ist gut, Tante Jule. D-danke…" Judith lachte und ihre tief-sonore Stimme wich einem ungewohnt hell-melodischem Klang: „Ihr beiden seid mir nach wie vor die Liebsten auf der Welt. Kommt, lasst euch umarmen!" Judith drückte sie beide fest an sich, küsste sie auf die Stirn und verabschiedete sich dann von ihnen. Vom Fenster säuselte eine mauzende Stimme herein: „Haltet ihr das für klug, sie gehen zu lassen, Herrin der Krallen?" „Habt ihr die Hochstapler gefunden?" „Ja, aber sie sind uns - entkommen." „Euch entkommen? Hier?!" „Sie verfügten über eine Art ‚Nebelmagie'…"

Judith überlegte: „Merkwürdig. Ein Zauberer mischt sich nicht in unsere Belange ein, das ist nicht ihre Art… Da muss etwas anderes dahinterstecken. Hm. Schicke einige deiner Schwestern mit Maligana nach Kronenberg mit. Sie sollen dort mal nach dem Rechten sehen. Ich habe irgendwie ein ungutes Gefühl." „Sehr wohl, Herrin!" Die Kralle verschwand daraufhin lautlos in der Nacht.

Während in Braunschweig der dritte und somit auch letzte Tag der Festivitäten eingeleitet wurde waren Maligana und ihre Freundinnen schon wieder in Kronenberg eingekehrt und bereit ihre Spieltage wieder aufzunehmen. Sie kehrten gegen Mittag im Hof ein, doch es regnete schon den ganzen Tag in herbstlichen Strömen. Der Regen prasselte trommelnd gegen die purpurnen Dachschindeln und der Wind pfiff schrill um Kronenbergs wuchtige Zinnen. Die Bauern des Umlandes hatten ihr Vieh und Korn schon in Sicherheit gebracht und scharten sich dann um die kärglichen Feuerchen in ihren ostfälischen, hölzernen Langhäusern. Etwas Dunkles lag in der Luft, orkaleten die Alten.

Seyton hieß die Herrinnen mit mehreren Regenschirmen willkommen und verkündete ‚keine besonderen Vorkommnisse' während ihrer Abwesenheit. „Ich bin nur verwundert dass ihr so früh aus Braunschweiga zurückgekehrt seid?" Maligana winkte ab: „Mach dir darum keinen Kopf, Seyton. Ahhh! Tut das gut wieder hier zu sein! Unseren Jungens geht es also gut, ja?" Seyton verbeugte sich: „Wie angeordnet! Sie hatten keinerlei Zeit etwas anderes zu tun als ihre jungen Körper zu stählen." „Gut, gut! Lasst sie gut waschen und heut Abend zu uns bringen. Wir wollen ein bisschen Spaß nach dieser bitter-biederen Zwangsveranstaltung haben! Lass den besten Wein entkorken und den ganzen Klimparabim, ja? Heute wird gefeiert!" „Sehr wohl. Herr von Murkelen ist nicht mit euch zurückgekehrt?" Maligana schnäuzte: „Henning betrinkt sich sicher in Magdeburg und wartet auf seinen Auslauf. Oder Einlauf. Oder wie man das da so nennt mit ‚diese Schiffe' da. Tze! *Kinderkacke* das alles!" Seyton nickte stumm. Seine ferne Hoffnung, dass die beiden Geschwister sich jemals wieder versöhnten blieb wohl ein vorläufiges Ding der Unmöglichkeit. Dazu saß der alte Schmerz wohl noch zu tief.

Hinnerk saß mit einem ausgestreckten und einem angewinkelten Bein in seiner Zelle und starrte an die Wand mit Puks Guckloch. Dieser fragte ihn leise: „Und? Hast du schon etwas Neues von Thi gehört?" Hinnerk schüttelte sich, so, als wäre er gerade erst aufgewacht: „Hm? Nein. Es ist als wäre sie hinter einer Wand; nur dumpfes Geblubber. Völlig unverständlich." Puk nickte: „Schein fast so, als hätte jemand von eurer Verbindung Wind bekommen." Hinnerk knackte mit den Halswirbeln: „Sie klingt aber aufgeregt. Etwas liegt im Argen." Der Byzantiner überlegte eine Weile, dann sagte er: „Wollte sie nicht nach den Steinen und der Quelle suchen, die uns hier festhält?" „Ja." „Was also, wenn sie etwas herausgefunden hat und uns nun mitteilen will. Etwas über die Steine oder die Jochbänder? Ihre wahre Natur?" Wiek hatte zugehört: „Aber was? Einen Zauberspruch mit dem wir sie abfallen lassen können? Ein geheimes Passwort vielleicht? Oder dass wir sie nie wieder abkriegen, falls wir uns nicht auf den Kopf stellen und ‚Alle meine Entchen' rückwärts singen?" Ratibur hatte sein Ohr an die Wand gelegt und vermeldete: „Haltet mal allesamt eure stinkenden Guschen! Mehrere Karren sind gerade eingetroffen. Ich denke unsere geliebten Mistfotzen sind vorzeitig zurückgekehrt." Tatsächlich wurden sie schon kurze Zeit später darüber informiert, dass sie sich für eine abendliche ‚Vorstellung' vorzubereiten hatten. Der Pommeraner knurrte: „Ich hasse es Recht zu behalten."

Man verbrachte Hinnerk, Puk, Wiek, Ratibur und Hengest wieder in das Badehaus um sich zu reinigen. Der Regen hatte den Boden überall auf dem Hof aufgeweicht und das Nass floss in Strömen vom Kronenberg herab in die offene Ebene darum. Geifer beobachtete durch ein schmales, hohes Fenster im Schloss wie die Bande durch den Regen stolperte und dabei völlig durchnässt wurde. Der große Hengest zeigte als einziger keinerlei Anstalten von Zügigkeit. Der Regen perlte einfach von ihm ab. Der langhaarige Sachse verhielt sich sogar noch merkwürdiger als sonst und irgendetwas an seinem Gang wirkte beherrscht, *kontrolliert*. Maliganas Stimme riss ihn aus seinen Überlegungen: „Komm doch her, Söldner, und erzähl noch etwas von euren Schlachtgeschichten!" „Ja, bitteeeee!", rief auch Laurenzia Adabei und schlug die Augen auf. Sie alle hatten schon etwas Wein getrunken und sahen ihn als ihren persönlichen, gutaussehenden Narren an der sie zu unterhalten hatte.

Geifer seufzte innerlich. Er bevorzugte einen guten, harten, ehrlichen Kampf und nur darüber zu palavern war nicht seine Art; außer es waren ebenfalls Söldner. Aber diese Weiber begriffen Garnichts von der Materie; wollten nur einen Nervenkitzel fremderleben; über deftige Geschichten kichern und einen Hauch von jenem Kampf auf Leben und Tod erhaschen, dessen wimmernder Wahnsinn Geifer seit Jugendtagen begleitete. Sie waren diejenige Art Mädchen, die sie sich erst wohl fühlten wenn bucklige Bauern auf kargen Feldern bei Sturm und Regen hart arbeiten mussten, während sie durch fein verglaste Fenster sahen und dabei ein prasselndes Feuer im Rücken hatten. Sie genossen es, zu sehen wie sehr sie über dem unteren Volk standen, Bauern ebenso wie Söldnern.

Er tat sodenn seine Pflicht und stemmte grinsend ein Bein auf einen Hocker, begann von der vierten ‚Belagerung Genuas' zu erzählen als kaiserliche Truppen die halbzerstörte Stadt erneut einnahmen und die päpstlichen Truppen und Geifers Söldner zurückdrängten. Solange jedenfalls bis die lombardische Entsatzungsarmee doch noch kam um das Schlimmste zu verhindern. Er erzählte, wie Männer mit aufgeschlitzten Bäuchen durch die Straßen rannten auf der Suche nach Naht und Faden. Er erzählte von nackten, blutigen Kindern, die versuchten die Toten zu plündern bevor es andere tun konnten und die dafür sonst grün und blau geschlagen wurden. Er erzählte von vergewaltigten Mädchen mit gebrochenen, leeren Blicken, den gefolterten Knechten denen man die Augen ausstach oder langsam die Zähne einzeln zog… Vom Elend auf allen Seiten, ein Gemälde aus Verzweiflung, Blut und Tränen.

Er bemerkte die unverhohlene Neugier der Kronenberger Frauen ob der Brutalität und wie sie sich daran ergötzten. Er wusste nicht ob er sich darüber freuen sollte. War sein Leben wirklich so ein Witz, solch eine amüsante Anekdote? Das Leid und Elend seiner Kameraden mit denen er in Pisse und Scheisse gestanden hatte letztlich nur dazu gedacht, einigen eitlen Hühnern ein paar wohlig-mollige Schauer über den Rücken zu jagen? Der Söldner fragte sich in diesem Moment ob es nicht besser gewesen wäre wenn jener Kaufmanns-Friese ihn damals bei Wittmund umgebracht hätte. Grimmig fegte er diesen Gedanken beiseite, denn nur wer sich nur auf die Gegenwart konzentrierte konnte durchhalten, konnte das Spiel gewinnen und überleben. Die Vergangenheit war tot und die Zukunft unveränderlich festgeschrieben. Man konnte nichts ändern, man musste nur zurecht kommen im Moment; jede Gelegenheit beim Schopfe greifen und sich nicht mit Bedenken aufhalten. So war es in allen Bereichen. Der Körper überlebte und der Geist folgte irgendwann, allein aus Hunger, nach.

Kapitel 22

EWIC WRAKA

Die Löwen-Garde führte die Teilnehmer in die große Halle, wo schon ein langer, schmaler Teppich ausgebreitet worden war der in einem kreisförmigen Podest endete, von dutzenden Kerzen hell umringt. Die Edeldamen saßen davor an einem langen, quergestellten Tisch, vor sich Zettel und Schreibzeug ausgebreitet; dazu Speis und Trank in Hülle und Fülle. In einer Ecke an einer Säule angelehnt erspähte Puk eine vertraute Gestalt: Geifers verbeulte Rüstung war schon sowas wie sein Markenzeichen geworden, das verblasste Banner auf seinen Schulterplatten kaum noch als solches zu erkennen. Man deutete den frisch gewaschenen Burschen an der gegenüberliegenden Wand Aufstellung zu nehmen. Als erster wurde dann Puk vorgeführt und Seyton; das knallende Donnern seines Stabes ihnen allen schon Gewohnheit geworden, verkündete: „Erster Kandidat ist der byzantinische Junge, namentlich Puk, derzeit im Besitz der Herrin Giertrud von Schildaberg!" Giertrud erhob sich nun und stemmte sich auf den Tisch: „Also gut, meine Damen! Seht wie ein wahrer Diener aussieht. Präsentiere dich, Byzantiner! Unterhalte uns. Je besser du es machst, desto mehr Punkte gibt es am Ende!" Puk verstand sofort worum es hierbei ging, während die anderen noch überlegten was gemeint war. Er folgte dem langen Teppich bis zu dem vorderen Podest, auf das er nun stieg.

Laurenzia Adabei schmunzelte: „Wir wünschen eine gute Unterhaltung." Puk nickte: „Ich verstehe. Haben wir vielleicht eine Flöte?" „*Seyton*!!", schrie Maligana schrill und dieser ließ eine Kiste mit Instrumenten herbeischaffen. Puk griff hinein und begann dann auf einer Flöte zu spielen; ein griechisches Flötenspiel. „Singen soll er auch!", rief Stefanie Treyer aber Puk wartete noch auf Giertruds Zustimmung. „Tu es.", sagte sie und er gehorchte, vollführte alles was man von ihm verlangte. Er sang, sprang, vollführte akrobatische Übungen an einem Gestell, erzählte Witze, die sogar lustig waren. Alles wurde erwartungsvoll bewertet, begutachtet und seine Punkte niedergeschrieben. Die Damen hatten ihren Spaß ihn herum zu scheuchen doch Puk hatte kein Problem damit. Er kannte solch ‚lustigen Abende' zur Genüge, hatte oft genug daran teilgenommen. Tatsächlich war dies sogar noch weit biederer als er es gewohnt war. Aber der Abend war ja noch jung und je mehr Wein floss, desto mutiger wurden die Gäste erfahrungsgemäß; bis hin bis zum ‚bacchantischen Exzess‘. Die ganze Zeit war er noch nicht einmal wirklich bei der Sache denn seine Sorge galt einzig und allein Hinnerk und wie er sich schlagen würde.

Geifer sah mit einiger Genugtuung wie sich jener arrogante Puk zum Hampelmann machte. Allerdings tat dieser es auch so routiniert, dass keine ‚richtige‘ Schadenfreude aufkommen wollte. Wo auch immer der glatzköpfige Junge herkam und weshalb er mit Hinnerk reiste war Geifer ein absolutes Rätsel. Es schien ihm fast so als hätte der Friesenbengel Gefolgsleute aus aller Herren Länder um sich geschart; vermutlich um seine verblödete ‚Geist der Freiheit‘-Bewegung zu unterstützen. Geifer konnte darüber nur müde lächeln. In Hamburg hatte ihr ‚toller Aufstand‘ nur mehr Leid und Elend gebracht. Das dieser dumme Friese auch nicht einfach die Gegebenheiten akzeptieren konnte wie sie waren und stattdessen dagegen aufbegehren musste, in einer Tour, unablässig, wie ein tollwütiger Hund! Umso passender war es darum, dass sich ihre Wege erneut an diesem Ort kreuzten.

Die verwöhnte Schnepfe Maligana hatte Geifer leicht um den Finger gewickelt. Die Göre war oberflächlich und leicht durch ein paar Schmeicheleien eines muskulösen Schönlings zu verwirren; Sabberlatz hin, Sabberlatz her. Dasselbe galt zudem für ihre Freundinnen, die (obgleich sie unterschiedlich zu sein schienen), in ihrer verlogen-hinterhältigen und insgeheim notorisch-notgeilen Art doch alle wieder gleich waren. Man sah es an der Art wie sie sich kleideten, redeten, sich Blicke zuwarfen sobald sie dachten es würde sie keiner sehen. Sie standen ständig kurz davor sich gegenseitig die Augen auszukratzen aber solange sie unterhalten waren, sahen sie davon ab und wälzten ihre perfiden Neigungen auf all jene ab, die sich nicht wehren konnten; entweder durch geistige oder körperliche Fesseln. Geifer verabscheute sie deshalb zwar nicht aber sie kümmerten ihn auch kein Stück. Sie waren in etwa so interessant wie der Mörtel zwischen den Schlosssteinen oder die Stickfehler in einem Tischtuch. Ob sie nun in ihrer Freizeit Jungen quälten und über Wiesen jagten; was kümmerte es ihn? Jeder musste sehen wo blieb, dass allein verbrauchte oft schon die ganze Kraft eines Menschen. Er schreckte aus seinen Gedanken hoch, als Seyton seinen Stab auf den marmornen Boden aufknallen ließ.

„Irgendwann schieb ich dem Kerl seinen Stab noch in seinen Arsch.", brummte der Söldner und wischte sich den Speichel aus dem Mundwinkel. Er sah nun, dass Puk wieder zurück an die Wand musste und dafür der große Hengest an der Reihe war. Dieser war eigentlich eine urheidnische Kämpfernatur wie Geifer sogleich anhand seiner kräftigen Bewegungen feststellte. Jedoch war da noch etwas anderes in seinem Gang. Die Art wie er fest auftrat und scheinbar trotzdem nach Halt suchte; fast wie ein Luchs der jederzeit im Begriff war wie ein Biest loszuspringen. Die Mädchen tranken davon ungeachtet lachend ihren Wein und knabberten an dem aufgetischten Speisen, als Hengest auf das Podest trat und durch die schwarzen Haare zu ihnen allen hinaufblickte. Maligana forderte ihn mampfend auf: „Los! Unterhalte uns. Los, du Hüne, du... Hups! Ach ja, Stefanie ist ja deiner. Lass ihn singen. Ich will wissen wie der sich anhört!" Stefanie stöhnte: „Lieber nicht! Nachher hat er noch eine ganz hohe Stimme?! Ich will die Illusion nicht zerstören. Können wir ihn nicht nur ein paar Übungen machen lassen? Oder spielst du vielleicht ein Instrument? Was spielen die so Altsachsen in ihren geheimnisvollen Wäldern? Trommeln, hehe? Bumm-Bumm?" Hengest rührte sich nicht. Maligana hörte da auf zu kauen: „Heda! Hörst du schlecht? Zuviel Muskelschmalz im Ohr?!" Der junge Mann schwieg weiterhin und Treyer schmachtete: „Oh, so eine verschwörerische Figur! So geheimnisvoll, mysteriös und anrüchig..." Giertrud zuckte mit den Schultern: „Jaja, Muskeln hat er wohl aber gehorchen tut er nicht. Ich würde ihm an deiner Stelle ein wenig Respekt einbläuen, Fräulein Treyer!" Aber Stefanie rutschte auf ihrem Stuhl hin und her: „Nein. Er wird mich hassen wenn ich seiner geschundenen Seele nicht etwas entgegenkomme. Er braucht mich! Das ist wahre Liebe." Sie lehnte sich über den Tisch, ihre schweren Brüste offen einsehbar: „Was wünscht du dir, mein düsterer Krieger? Wonach sehn sich dein schwarzes Herz?" Laurenzia Adabei kicherte: „Thehihi - versteht der überhaupt unsere Sprache? Oder ist der nur blöd im Kopf?" Heidel Kloros lachte da auf: „Groß und blöde – passt genau zu deinem Geschmack Stefanie, khihihi!" Und Antonia Gateux prustete los: „Wenn sich der ‚Wurm' mal nicht in der zu ‚großen Höhle' verläuft!? Bwihihihiha!" Treyer knurrte da: „Er ist bestens bestückt, ihr *Neidertanten*!"

Hengest verspannte sich, noch während sie gackerten. Geifers Nackenhaare stellten sich auf, denn irgendetwas im Raum hatte sich verändert. Etwas lag in der Luft, eine drückende Intention; ein brennendes, zähneknirschendes Verlangen aus blindem, kochendem Zorn. Hengest tiefe Stimme donnerte durch die Halle wie ein reinigendes Sommergewitter und ließ alle verstummen. Seine schwarzen, langen Haare flatterten wie im Wind: „Ich!? ICH! Ich will nur eines… Rache. Rache, Rache, Rache, *RACHE*! RACHE FÜR *HORSA*! RACHE! RACHE! WRAKA ANO! WRAKA ANO, WRAKA BROTA! WRAKA SAX! WRAKA SAX! *EWIC WRAKA SAX*!“ Der Tisch der Herrinnen explodierte nun und riss die Damen von Kronenberg von ihren Stühlen. Obst, Wein und Geschirr flogen in hohem Bogen quer durch die Halle. Hengests Stimme gellte durch das Schloss bis hin zum Waldrand. Die dortigen Bauern blickten verschreckt auf und sahen einen dunklen Wolkenberg, der sich rasend schnell über Kronenberg formte. „Der Teufel!“, sagten sie und flohen in ihre Hütten, die Hände zum Gebet gefaltet.

Es war, als hätte Hengest alle Kraft für diesen Auftritt gespart, alle Kräfte der vergangenen Wochen und Monate in sich angesammelt und ganz darauf geachtet, dass er diese Anspannung nicht durch eine Unachtsamkeit vorzeitig verlor. Geifer begriff nun warum ihm der Gang des jungen Mannes so ‚mekwürdig schwerfällig‘ vorgekommen war: Er wär beinahe vor angesammelter Kraft explodiert! Sein schlechtes Abschneiden bei all den bisherigen Spielen machte nun ebenfalls mehr Sinn. Unbeholfen hatte er stets gewirkt; wie jemand der ständig versuchte ein rohes Ei auf dem Kopf zu balancieren während er heftig tanzen sollte. Es war aber nicht nur die reine Muskelkraft welche nun den Tisch und all das Geschirr durch die Luft wirbeln ließ. Da war eine wutentbrannte, im Kopf spürbare Präsenz; reiner, ungefilterter *Hass*.

Geifer erkannte dass er seinem Ruf als Leibwächter Ehre machen musste wenn er noch seinen Sold in Empfang nehmen wollte und todesmutig (sowie geldgeil) stürmte er mit gezückten Waffen nach vorne und trat Hengest entgegen, welcher nun den umgestürzten Tisch mit einer bloßen Geste beiseite schleuderte; wie ein Spielzeug und in die entsetzten, weit-aufgerissenen Augen der Kronenberger Damen starrte. Diese hatten keine Zeit ihre (ohnehin falschen) Ringe zu justieren; dazu war sein Überfall zu schnell und ihr Alkoholpegel zu hoch gewesen. Sie erwarteten zwar generell

,Widerspenstigkeit', aber nicht einen solchen Gewaltausbruch eines zuvor beinahe unscheinbaren, stillen Kerls der sich bislang alles stoisch gefallen ließ. Selbst Seyton und die Löwen-Ritter waren auf kaltem Fuß erwischt worden. Solch offene Rebellion aus dem Nichts, dabei war gerade doch noch alles ruhig gewesen?!

„DU ALS ERSTES!!", grölte Hengest mit einer Gigantenstimme und zeigte auf Maligana, sodass diese komplett erstarrte. „I-ich?!" Die anderen Damen krabbelten von ihr weg denn seine Faust zielte genau auf ihren Kopf. Geifer kam gerade noch rechtzeitig dazwischen. Er spuckte Blut als sich seine Rüstung ob der Urgewalt des halb-astralen Hiebes nach innen beulte und seinen Brustkorb dabei stark einquetschte. Die pure Gewalt schickte ihn zu Boden, ließ ihn quietschend meterweit über den Boden rutschen. Hengest knurrte davon genervt, die schwarzen Haare wehten um ihn herum als der; durch die geplatzten Scheiben kreischende Wind ihn umstürmte: „Ich speie meinen letzten Atem auf euch, ihr kranken Ungeheuer von Kronenberg!" Der Hüne legte den Kopf in den Nacken holte tief Luft. Die Gardisten unter Hauptmann Rowolt waren indes aus ihrer Schockstarre erwacht und stürmten mit Hellebarden auf ihn ein. Sie wurden dann aber durch den Druck seiner sich stoßartig entladenen Energie zurückgeworfen; ganz so, als wäre eine unsichtbare Mauer zwischen ihnen hochgezogen worden, gegen welche sie nun prallten.

Aus Hengest Mund quoll schwarzer Qualm; undurchdringlich wie ein dicht gewebtes Leinentuch, immerzu. Es schwappte über seinen Körper und breitete sich dann knisternd bis hin zu dem umgekippten Tisch aus. Dort löste es alles ihn in seine Bestandteile auf. Obst verdarb in Sekundenbruchteilen, wurde schwarz und schimmelig, zerfiel zu Asche. Feine verzierte Gläser zersprangen vor Alter und Silberbesteck setzte grünen Belag an. Geifer riss die paralysierte Maligana hoch: „Los weg hier, Mädchen! Das ist pures Gift!" Der Qualm breitete sich weiter aus aber die anderen Damen rührten sich trotzdem nicht. Sie waren teilweise sogar eher *fasziniert* von der Darbietung, starrten es mit offenen Mündern an, so als wären sie nur Zuschauer und nicht das Ziel jener finsteren Todeswolke. Stefanie Treyer insbesondere gluckste gar erfreut ob er spektakulären Zuschaustellung ihres Champions: „Wunderbar! Einfach wunderbar!" Rowolt hielt vorsorglich seine Hellebarden in den dunklen Qualm nur um sie verrostet und mit morschem Holzstumpf wieder zurückzuziehen: „Es zersetzt alles, Herrin!

Haltet euch ja fern!" Hengest indes stand unversehrt inmitten dieses schwarzen Qualms, als würde es ihn verschonen. Die Aura seiner angesammelten Macht wurde schon wieder schwächer und ein grimmiges, bitteres Lächeln huschte über seine blass-trockenen Lippen während sich der Qualm ausbreitete und weiter auf die Damen zuhielt: „Alles was ihr tut, fällt auf euch selbst zurück…", keuchte er, „Unaufhaltsam… Du bist gerächt, Horsa… Diesen Hort des Bösen reiße ich ein, in deinem Namen… für dich und alle... die hier starben… rächt euch. Es ist Zeit…"

In den pfeifenden Tumult hinein ertönte jetzt das klare, peitschenartige Knallen eines Stabes und der Qualm teilte sich vor Hengest, als Seyton daraus hervortrat; unversehrt: „Hier in diesem Haus bestimme immer noch ich, *Junge!*" Der Großkammerdiener schlug den Stab mehrmals auf den Boden und der Qualm zog sich dadurch zurück. Hengest lachte bitter: „Verschwinde, alter Mann. Ich habe auch dich von diesen Hexen befreit." „Ich brauche keine Befreiung; ich kenne meinen Platz! Und der ist an der Seite meiner Herren! Bis zum bitteren Ende werde ich sie begleiten und bewahren vor heidnischer Zauberkunst!" Hengest sah ihn angewidert von der Seite her an. Immer noch quoll das schwarze Zeug aus seinem Mund, wie Erbrochenes: „Du kennst diese Verderbnis also?" Seyton erklärte: „Ich kenne die Geschichte dieses Landes, insbesondere die der heidnischen Widukinder. Als der Frankenkönig einst eure Wälder bekriegte sind eure obersten Beschwörer zusammengekommen um die ‚Rachegeister' zu erwecken. Sie spien dabei schwarzen alles verderblichen Rauch, welcher das Land verwüstete und den Heerbannern der Franken Hunger brachte und sie zum Rückzug zwang. Du bist einer der Nachkommen dieser Beschwörer! Altsachse!" Hengest lachte hämisch, sein langes Haar zitterte dabei: „Man merkt du bist Gelehrter. Doch es ist zu spät es zu stoppen. Der Wraka-Qualm wird sich durch ganz Kronenberg fressen und niemanden hier am Leben lassen..." „Auch nicht die anderen, deine Freunde?!" Hengest zuckte mit den Schultern: „Was sollten sie mich kümmern? Sie wollten um jeden Preis überleben anstelle sich zu opfern und ihre Ahnen stolz zu machen… Sie sind auch nichts besser. Besser tot als von Peitschen rot..." „He danke, Arschloch!", rief Ratibur ihm von hinten zu.

Hengest schien zu schrumpfen und Seyton statierte: „Du verzehrst dich selbst. Ist dir deine Rache so viel wert?" „Mehr als du ahnst!" Seyton musste jetzt zweimal mit dem Stab aufschlagen um den tödlichen Qualm von sich fernzuhalten. Es saß ebenso in der Falle wie alle anderen auch. Die Gardisten feuerten zwar Bolzen mittels Armbrüsten auf Hengest ab aber diese zersetzten sich noch in der Luft und prallten harmlos von seiner Haut ab, als kleine Holz- und Eisenspäne. Geifer zog die Damen derweil nach hinten zum Kamin aber für eine kam er zu spät: Stefanies Füße wurden schon vom Qualm erfasst. Sie wurde zu Hengest gezogen doch noch bevor sie bei ihm ankam, zerfiel ihre Haut, das Fleisch trocknete aus und fiel in toten, grauen Klumpen zu Boden. Sie krächzte mit vertrockneten Augen und fleischlosen Knochenzähnen ihre letzten Worte: „Wir werden vereint sein im Tod, mein Hengst. Wie romantisch…" Ihre bleichen Knochen und Gedärme purzelten zu Boden; und am Ende rollte nur noch der blanke Schädel über den Marmorboden. Übrig blieb Schmuck und Asche.

Hengest selbst war nun wie abgemagert; die Wangen völlig eingefallen. Einzig seine Augen glühten rot. Er stapfte schwankend auf Maligana zu und der Qualm folgte mit ihm als Zentrum. Geifer und die Damen saßen in der Falle, wurden zum Kamin gedrängt. Seyton und die Wachen waren zu weit entfernt um sie zu erreichen. Antonia Gateux fand aber auch jetzt noch Grund zu lästern, so als wäre es ihre natürliche Abwehrreaktion: „Stefanie?! Du siehst ziemlich blöd aus, viel zu dürr. Ekelig!" Heidel Kloros lächelte, leicht debil: „Aber, Antonia, haha! Ihr tat doch mal ganz gut ein paar Pfunde zu verlieren, thihi!" „Genau! Hast du gesehen wie sich ihre Schuhe gebeult haben? Könnt ich niemals tragen sowas." „Echt jetzt!"

Geifer brüllte: „Könnt ihr auch die Klappen halten, ihr dämlichen Fotzen?!" Dies verstummte die beiden schlagartig. Maligana fingerte indes panisch an ihren Ringen und am Schmuck um ihren Hals, als würde es sie beruhigen. Laurenzia hob ebenfalls ihren Rock um ihre teure Kleidung vor dem Qualm zu bewahren (damit sie wenigstens bei der Beerdigung gut aussah). Seyton versuchte indes zu ihnen durchzukommen, indem er sich mit seinem Stab als Stütze von Punkt zu Punkt schwang wie ein friesischer ‚Schlootspringer'. Geifer bewunderte die Agilität in dem doch schon älteren Mann. Jedes Mal, wenn der Stab auf den Boden krachte erzeugte dies eine kleine Sphäre der Reinheit um diesen herum, welche er sofort nutzte um damit weiter zu springen. Hengest ignorierte ihn völlig; für ihn gab es nur noch Maligana. Sie alle, die fünf Frauen sowie Geifer, wurden den Rand der Mauer gedrängt und stellten sich dort schon auf die Zehenspitzen.

Maligana schrie: „Nein! Du kriegst nichts! Das ist meins! Mein's allein! Seyton? Seyton sag ich! Lass ihn nicht in meine Kammer!! Vertreib ihn gefälligst!" Der Stab donnerte nun so hart auf den Marmorboden, dass dieser knackte und Risse bekam. Mit einem letzten großen Satz stand Seyton dann auch zwischen Hengest und den anderen, die Wucht seines Stabes vertrieb den schwarzen Qualm für mehrere Meter, schwappte aber sofort wieder zurück, kräuselte sich jedoch. Seyton hämmerte den Stab nun immer wieder auf den Boden, sodass der Bereich frei blieb. Vorerst jedenfalls.

Hengest lachte nur grimmig darüber und blieb stehen: „Unaufhaltsam ist die Rache. Wie der Wind und das Meer. Sie mag in Sekunden geschehen oder erst in tausend Jahren, doch irgendwann gewinnt sie doch! Ewic Wraka, ewic Wraka…" Seytons Hämmern hallte durch den Saal wie das wütende Trommeln tausender, hysterischer Pyrks. Hengest wurde derweil schon so schmal, dass seine Knochen im Gesicht klar sichtbar wurden. Einzig sein Rachezorn hielt ihn nun noch aufrecht. Nichts sollte ihn aufhalten; alles in ihm drängte zur Vernichtung derer, die ihm alles genommen hatten – seine Liebsten, seine Hoffnungen, seinen Willen zum Weiterleben! *Alles*!

Einige Jahre zuvor...

Tief im Wendenwald, westlich der Elbe gelegen, befand sich ein altsächsisches Dorf; umgeben von schützenden Eichen, Buchen und dichtem Buschwerk welches sich über viele Meilen erstreckte und dem Ort einen natürlichen Schutz vor allen Feinden bot, und dies schon seit Jahrhunderten. In diesem abgeschiedenen Waldorf lebten die Abkömmlinge jener fälischen Altsachsen, welche ihre Ahnenlinie bis zu den legendären Begründern ihres Stammes zurückführen konnten. Frisches Blut kam zwar sporadisch hinzu, doch jeder unerwartete Verlust in ihrer Gemeinschaft wog sehr schwer. Diese ‚Altsachsen‘ wurden selbst von dem anderen Waldvolk; den Chauken, Ostfalen, Langobarden und Wenden zu Geheimniskrämern erklärt, denen man nachsagte, sie wären (wie einst der Heiden-Herzog Widukind) in der Lage mit dem Wald selbst zu verschmelzen, wie Geister und Elfen. Tatsächlich pflegten die Altsachsen aber nur ihre alten Gebräuche weiter und opferten zur ‚Sicherheit‘ nicht nur dem arianischen Christengott sondern auch noch Saxnot und Biel. Letzterer war der Schutzgott des Waldes.

Wegen ihrer nur noch geringen Zahl war das Freudengeschrei über die Geburt zweier kräftiger Zwillingsbrüder umso lauter. Viele Tränen wurden dabei vergossen, Loblieder auf altvergessene Ahnen gesungen, Honigwein ausgeschenkt und teure Geschenke freimütig vergeben. Es war ein Zwillingspaar wie aus den Legenden um Hengest und Horsa; jenen sächsischen Helden, die einst große Teile von Angelland erobern konnten um ihren, auf dem Festland bedrängten, Familien damit eine neue Heimat zu schenken. Schon wurden die alten Träume wiederentfacht, in denen die Sachsen in großen Heeren und auf weißen Schimmeln die Franken und ‚Verrätersachsen‘ hinfort fegen würden. So groß war ihre Euphorie, so lange schon hatten finstere Gedanken die Menschen in dem isolierten Ort vergiftet, dass die Zwillingsgeburt sie vor Aufregung halb wahnsinnig machte.

Hengest war der jüngere der beiden und sein Bruder Horsa war nur um wenige Augenblicke älter. Als eineiige Zwillinge waren sie von einem altsächsischen Elternpaar geboren worden, als Pyrks noch kein so großes Problem darstellten und der Handel mit der Außenwelt noch unter dem Schutz des Kurfürsten stand. Damals waren es aber schon Gelfen, welche nichts lieber sahen als ihren Einfluss und ihre Beziehungen mit Macht auszuweiten. Ihr Expansionsdrang war durch alle Generationen hindurch ungebrochen, doch trotz diverser Streitigkeiten sorgte des ‚Kaisers Gebot' für Gerechtigkeit und Frieden im Wendenwald. Und trotz des nur geringen Unterschiedes in ihrer beider Alter kristallisierte sich Horsa schnell als der Anführer der beiden heraus. Hengest übernahm den ruhenden, vorsichtigen Pol und sie beide ergänzten sich perfekt. Horsa war energisch, abenteuerlustig und nie um eine Ausrede verlegen. Es gab nichts wovor er Angst hatte und obschon sie bisweilen aneinander gerieten, rauften sie sich ebenso schnell wieder zusammen; ergänzten einander in jeder Hinsicht so perfekt, dass es manchem an Magie grenzte.

Sie teilten viele Freuden aber auch viel Leid miteinander und wurden beide von alten, bärtigen Sachsenkämpen in der Kunst des Waldkampfes unterrichtet, wie alle Kinder des Dorfes. Durch Freud und Leid war ihr Bund bald geschmiedet und jeder kannte die Schwächen des anderen. Horsa neigte zum Beispiel dazu Mädchen seines Alters viel zu abschätzig zu behandeln; dabei sehnte er sich so sehr nach deren Gesellschaft, konnte es aber nie zugeben da er ein arrogantes Selbstbild von sich selbst hatte, welches er nicht überwinden konnte. Hengest hingegen galt als ruhig und besonnen, aber tief in seinen Eingeweiden rumorte es und sporadisch und es brach sich auch gewaltsam Bahn. Er fraß alles in sich hinein und wirkte so oft etwas teilnahmslos. So unterschiedlich sie sich gaben, so ähnlich waren sie sich in ihren unterdrückten Neigungen. Sie liebten sich mit all ihren Stärken und Schwächen.

Ihre perfekte Einheit wurde jedoch jäh unterbrochen als es für Horsa und Hengest langsam Zeit wurde mit den Kriegern des Dorfes auf Beutezug zu gehen. Mit Pfeil und Bogen, Wurfspeeren und Netzen machten sie sich zunächst daran Hirsche und Wildschweine zu erlegen um aus deren, in Gerbwurzel gebratenem Fleisch einen Eintopf zu kochen, welcher dem ganzen Dorf Nahrung für eine Woche bot. Es gelang ihnen danach immer öfter Tiere zu erlegen, aber dazu mussten sie sich bis an den westlichen Waldrand wagen. Dort wo das Unglück damit begann, dass ein dutzend wilder Pyrkkrieger aus dem Unterholz brachen und die Jagdgruppe attackierten. Ein besonders großes Exemplar höhnte: „Ich bin Dominoho! Ich Hunger!" Hengest und Horsa trugen gut zu der Verteidigung der Jagdgruppe bei und zwangen die Pyrks bald zum Rückzug auf die offenen, fälischen Ebenen. Der Kampflärm war von sächsischen Grenzreitern bemerkt worden welche erst abwarteten bis die Pyrks vertrieben waren um dann die geschwächten Altsachsen anzugreifen.

Völlig überrumpelt von den Berittenen gelang es einem sächsischen Reiter Hengest gefangen zu nehmen. Sie wollten schon davonreiten aber Horsa schrie: „HALT! NEHMT MICH!" Er versprach an Hengest Stelle mitzugehen und die Reiter akzeptierten diesen Vorschlag kurzerhand; wenn auch nur deshalb, weil in ihrer Begleitung ein, in purpurnen Umhang gehülltes, blondhaariges Mädchen mit schiefen Augen saß, welche dies explizit duldete. Es war die junge Maligana von Kronenberg wie sich bald herausstellen sollte. Hengest begehrte natürlich auf und wäre beinahe noch getötet worden wenn sein Zwillingsbruder ihn mit einem heftigen Faustschlag bewusstlos geschlagen hätte.

An die Waldbrüder gewandt sagte Horsa noch: „Ich komme wieder! Sagt ihm das wenn er wieder aufwacht. Ihr alle, Ich komme wieder! Versprochen! Lasst es euch solange den Eintopf schmecken. Und lasst mir etwas übrig." Sodenn ging Horsa als freiwilliger Gefangener von dannen. Das große Eintopfest wurde nicht annähernd so fröhlich wie es hätte sein müssen. Hengest selbst weinte tagelang über seine verlorene Hälfte und konnte das Warten auf ihn nicht lange ertragen. Im Alleingang verfolgte er die Reiterspur bis hin nach Kronenberg, wo er mit Schrecken besah wie Horsa sich für die Adeligen zum Narren machen durfte. Hengest schlich sich bis zum Wall des Spielfeldes und suchte Horsa um dann mit ihm zu fliehen.

Als Horsa ihn dort erblickte, lächelte er; sichtlich müder als jemals zuvor: „Fliehen? Oh, dass geht nicht, Bruder. Siehst du nicht dieses Halsband? Es ist ein *Jochband*. Damit haben sie uns am Wickel. Aber ich habe trotzdem eine gute Chance hier heil herauszukommen. Ich muss nur all die anderen Idioten hier besiegen und dann kann ich endlich heimkehren, hehe. Es wird wie früher sein du wirst sehen! Wart es nur ab. Dank deinem Besuch hab ich schon neue Kraft geschöpft. Kehre nun heim und wartet auf mich. Bete zu Saxnot, dass es gerecht enden wird." Widerwillig akzeptierte Hengest seines Bruders Entscheidung und kehrte erstmal in den Wendenwald zurück, machte täglich Jagdausflüge an den äußeren Waldrand um sich abzulenken und sehnsüchtig nach seinem Bruder Ausschau zu halten.

Bange Wochen der Ungewissheit später war es dann soweit und Horsa kehrte in sein Dorf heim. Völlig ermattet sank er auf einer Bank nieder und löffelte den kalten Brei vom Vortag in sich hinein, sagte dabei kein Wort. Man umjubelte ihn sogleich und feierte ihn wie einen Helden. Er erzählte dafür von den Spielen und wie er sie alle gemeistert hatte; mit Kraft, Geschick und Tücke. „Wie der alte Widukind persönlich, haha!", lachte der Altmann des Dorfes und klopfte ihm väterlich auf die Schulter. Einzig Hengest bemerkte, dass Horsa dabei leicht zusammenzuckte. Überhaupt wirkte die Zuversicht seines Bruders etwas aufgesetzt; wie eine Maske die verzweifelt versuchte, etwas Schreckliches zu verbergen. Hengest sprach seinen Bruder natürlich darauf an erntete aber nur Abwehr und Schweigen. Vertröstungen der Art: „Es ist nichts. Mir geht es gut. Du siehst Gespenster." Aber Hengest kannte seinen Bruder besser. Etwas in Kronenberg hatte ihn völlig verstört und niemand (nicht einmal Hengest) konnte ihn jetzt noch erreichen. Die anderen Dorfbewohner freuten sich nur über seine physische Rückkehr doch war sie keineswegs so vollkommen, wie sie es sich vorstellten und heimlich wünschen mochten.

Horsa sprach bald kaum noch, schloss sich von den anderen aus und schwieg vermehrt betroffen, sobald ihn die Kinder des Ortes über den Sieg in Kronenberg ausfragten. Hengest hielt es da nicht mehr aus und nagelte ihn schließlich, während einer gemeinsamen Jagd, fest. Horsa hatte so grimmig gegrinst, in so einer verzweifelten Manier, dass es ihm Hengest vor seinem eigenen Bruder graute: „Was zum Teufel ist nur los mit dir, Bruder? Rede endlich! Sprich! Was ist nur los?!" Horsa drückte ihn sanft aber bestimmt beiseite: „Lass gut sein, Henge. Alles kommt ins Lot. Wirst sehen... Bald schon."

Einen harten Winter später war der fast schon lethargische Horsa plötzlich verschwunden. Weißer Schnee hatte den ganzen Wald belegt und lag meterhoch. Hengest und das ganze Dorf suchte ihn den ganzen Tag, aber erst als es schon dunkel wurde fand Hengest ihn unter einem Baum sitzend, mit Blick auf einen eingefrorenen Bach, an dem sie früher oft angeln gingen, nur sie zwei. Die winterlichen Abendsterne funkelten hell am blauschwarzen Himmel und es war sehr still. Hengest wollte seinem Zwillings schon auf die Beine helfen aber als dieser sich zu ihm umdrehte wurden ihm die eigenen Knie ganz weich. Er sank auf die Knie. Leichenblass war Horsa und unter ihm der Schnee, glühend rot. Seine aufgeschlitzten Handgelenke hingen schlaf und erfroren herab und es war kaum noch Leben in ihm, das letzte Glimmen eines erlöschenden Feuers in seinen müden Augen.

Hengest weinte sofort los. Aller Zorn auf seinen geliebten Bruder war mit einem Mal verflogen: „Warum?! Warum nur, Horsa?! Warum hast du das getan?! Es tut mir leid, wieso? Wieso nur?!" Er schüttelte seinen Bruder und begriff nicht was geschehen war, wollte es nicht. Horsas Stimme war schwach aber so kristallklar wie die Winternacht: „Ich… bin kein Held, Henge. Es gibt überhaupt keine Helden… keinen Sieg… All diese Menschen… Ich habe sie in den Tod geschickt, Henge… Sie haben versucht mit mir zu reden… aber ich *konnte* es nicht. Habe sie ignoriert. Aber ich träume seitdem jede Nacht von ihnen, werde sie nicht mehr los..." Horsa schluchzte: „Sie wollten fliehen, einfach nur weg von diesem verdammten Ort!? Dort, wo alle Hoffnung verreckt wie ein waidgeschossenes Reh... Ich verriet sie… Ich bin ein Verräter, Henge. Kronenberg ist eine einzige Lüge… Von dort kommt niemand lebend zurück… Ich bin schon tot hier angekommen." Hengest umarmte seinen sterbenden Bruder innig: „Mich kannst du nie verraten, Bruder. Mich nicht! *Niemals!*" Horsa liefen kalte Tränen die Wangen hinab: „Mein geliebter, dummer Henge… Es gibt keine Helden…Geh nie dorthin, lass dich nicht mit ihnen ein… Ich liebe dich zu sehr, als dass ich…. sehen wollte… wie du dein Leben… vergeudes…" Horsas letzte Worte waren nur noch ruckartig ausgestoßen als sich sein Körper ein letztes Mal gegen den Tod aufbäumte, den Kampf verlor und dann erschlaffte. Seine hellen Augen wurden matt und das innere Leuchten wich dem reflektierten Sternenglanz am klaren Himmel.

Hengest streichelte und küsste ihn verzweifelt, aber das einst pralle Leben war aus seinem Bruder gewichen, für immer. „Wie kannst du von mir verlangen, nun nicht dorthin zu gehen?", flüsterte er mit gebrochener Stimme, welche schon in knirschende Wut umschlug, „Wie kannst du das nur verlangen?! Ich *muss* dahin, denn ich will sie büßen lassen! Oh, Bruder, das schwöre ich, bei deinem und meinem Leben, bei den Ahnen und allen Kindern des Waldes! Beim großen weißen Ross! Zertrampelt sollen sie sein von seinen brennenden Hufen! Sie alle! Der verfluchte Kronenberg soll über ihnen einstürzen, ihr lebendiges Grab werden! Und bei unseren Ahnen werden wir wieder vereint sein! Hörst du? Hörst du mich?!" Seine Stimme brach: „Hörst du mich noch, Bruder…?!" Der tote Horsa lächelte selig. Und das Eis knackte.

Hengest trug seinen toten Zwillingsbruder in ihr Dorf zurück und das Klagen war gewaltig, bei Eltern, Männern, Frauen, Alten und Kindern. Einzig Hengest behielt vollends die Fassung, war vollends von Gram erfüllt. Sie bestatteten Horsas Leichnam, wie bei ihnen üblich in einem Hügelgrab, und legten ihm seinen Speer, Helm, Kleidung und Schild als Grabgaben bei. Hengest wandte sich danach an den einzig verbliebenen Zauberer, welcher die uralten Rituale noch kannte. Sie nannten ihn einen ‚Hergewerd‘, einen Hüter des Wissens der alten Gottheiten, Saxnot und Biel, und er lebte im südlichen Gebirge nahe bei den Externsteinen. Seine Augen waren schon milchig-weiß, das Gesicht eingefallen bis auf die Knochen und der graue Bart sehr dünn. Es gab keinen Nachfolger für seine geheime Kunst, denn die Macht der alten Götter war im Schwinden begriffen.

Dieser ‚Hergewerd‘ erfüllte letztlich (nach einigen Prüfungen) Hengest Wunsch nach Rache und zog letztlich einen Beschwörungskreis auf einer kleinen Lichtung, geformt aus Felsen und Zweigen des Waldes. Dann bemalte er Hengest nackten Körper mit Runenzeichen welche mit Wolfsblut geschrieben waren und sich tief in die Haut hineinzogen. Danach musste er tagelang im Mittelpunkt des Kreises verharren, bei Schnee und Eis. Nach drei Tagen dann, als das Heulen des Windes durch die laublosen Bäume heulte, schlug er die Augen auf und erhob sich wieder. Der heidnische Zauberer trat an ihn heran und reichte ihm einen heißen Becher mit bitterlichem Kräutersud: „Du bist jetzt vollends angefüllt mit dem alten Zorn unseres Volkes. Die Toten klammern sich an dich und je mehr du von ihnen aufnehmen kannst desto größer wird deine Rachemacht letztlich sein. Aber es wird auch dein Ende sein, Hengest, Bruder Horsas. Vergiss das nie. Es ist wird dich verzehren wie es jede Rache tut!“

Hengest nickte: „Ich verstehe das und akzeptiere diesen Preis. Habt dank, edler Hergewerd. Ihr seid ein guter Mann. Ich werde diese Brutstätte der Ausbeutung auseinanderreißen. Für dich, Horsa, unser Volk und all unsere Ahnen. Denn kein Unrecht geht ungestraft vorbei, nicht wahr?“ Der heidnische Zauberer nickte langsam: „Ob jetzt oder erst in tausend Generationen: Unrecht kann nicht bestehen, niemals nicht. Rache wird sein. Wraka ewic. Wraka ewic.“ Hengest trat wieder aus dem Kreis und zog sich seine Kleidung an. Er zitterte dabei, denn er wäre beinahe in der Kälte erfroren. Der Hergewerd fragte ihn bei einer heißen Pilzsuppe: „Und was hast du konkret vor, Junge?“ „Ich werde mich jetzt schnappen lassen.“, war die klare Antwort.

Der junge Altsachse unterrichtete das dörfliche Thing von seiner Absicht und obwohl das Schluchzen der Frauen groß und das Murren der Männer laut war, akzeptierten sie letztlich seinen Wunsch nach Rache. Es war ja sein althergebrachtes Recht dies zu fordern und sodenn verließ Hengest seinen versteckten Heimatort im Wald, fest entschlossen nie wieder dahin zurückzukehren. Er schenkte er seinem Volk ein letztes, offenes Lächeln, ehe er verschwand…

Der schwarze Qualm formte grässliche Phantomgesichter und Hände die nach Maliganas Herz griffen. Sie selbst erblickte Hinnerk am anderen Ende der Halle. Maligana riss den Arm hoch und befahl ihm lauten Halses und mit dem Aktivieren ihres Jochringes: „Los! Ihr da! Rettet uns vor eurem irren Freund! Los, tötet ihn! Werft euch auf ihn! *Tut etwas!*" Die anderen Mädchen taten ihr es gleich und riefen ihren ‚Spielzeugen' zu sich gefälligst für das ‚höherwertige Leben' ihrer Herrinnen einzusetzen. Auch sie drehten hektisch an ihren Ringen und Steinen um sie entsprechend zu motivieren. Ratibur, Puk und Wiek zuckten sogleich schmerzerfüllt zusammen, aber einzig Hinnerk blieb stehen.

Ratibur blinzelte verwirrt: „Was ist los?! Spürst du den Schmerz nicht?" Hinnerk antwortete mit ruhiger Stimme: „Nein. Weil es keinen gibt. Außer dem was wir befürchten." Puk erkannte: „Thianna?" „Sie ist gerade zu mir durchgekommen." Er riss sich das Jochband mit einem kräftigen Ruck vom Hals und Wiek schrie: „Nein, du Idiot! Es wird dich töten!" Aber nichts geschah. Hinnerk atmete normal weiter und massierte sich den Nacken. „Ich verstehe das nicht? Was ist hier los?", fragte der Gote und Hinnerk erklärte: „Was uns die ganze Zeit quälte war nur unsere eigene Furcht. Wir erwarteten Schmerzen also bekamen wir Schmerzen. Indem wir uns ihnen vorzeitig unterworfen haben haben wir unser ‚eigenes Jochband' überhaupt erst geschaffen. Diese Dinger haben keine wirkliche Macht. Nur weil wir glaubten sie hätten es. Es ist eine Illusion. Reine Verarsche!"

Ratibur zerrte an seinem Halsband und verzog schmerzerfüllt das Gesicht: „Ich krieg es trotzdem nicht ab?!" Puk konzentrierte sich kurz und riss sich das Jochband vom Hals. Ratibur schrie: „Scheisse, wie macht ihr das? Es schmerzt wie Sau!?" Wiek versuchte es aber auch er hatte Probleme das Band einfach so abzureißen. Es war wie ein Teil von ihm. Puk erbarmte sich es ihnen zu erklären: „Es ist nie leicht die eigene Stimme zu hören und ihr dann auch zu folgen. Ihr seid unsicher, haltet noch unbewusst an den Jochbändern und ihren Lügen fest. Es ist aber genau wie der Friese sagte: Sie haben nur Macht über euch weil ihr es zulasst." Hinnerk fügte hinzu: „Ihr müsst eure ureigensten Ängste überwinden; eure Panik vor dem Schmerz! Findet einen inneren Kern der unverrückbar ist. Euren Fels in der Brandung." Puk lächelte: „Ist für mich leicht, denn ich habe diesen ‚Kerngedanken' direkt vor mir." Hinnerk schubste ihn spielerisch: „Du musst es nicht offen sagen, du Hirnschiss! Ich verrate meinen ‚Felsgedanken' auch nicht jedem Deppen." Ratibur fragte: „K-können es auch mehrere ‚Felsen' sein?" „Klar, sicher!" Wiek hatte die Augen geschlossen und riss sich dann das Jochband unter Knurren vom Hals. Er hatte gläserne Augen als er freudig ausrief: „Ha! HA! Es - Es hat geklappt! Ohhhh, wie guuut das tut! Und dieser Mist hat uns gefangen gehalten?! Wirklich? Nur das? I-ist ja lächerlich! Ha! Komm Ratibur! Denk an etwas Schönes! Ein nettes Mädchen zum Beispiel! Du fehlst uns noch, du irrer Pommern-Kerl!"

Der Pommeraner zerrte an seinem Kragen, Tränen der Verzweiflung stiegen in ihm auf: „Ich *kann* nicht! Ich habe nichts Gutes, keinen verkackten Fels! Ich… finde einfach nichts." Wiek schüttelte den Kopf: „Es ist dir bloß verschütt gegangen. Denk nach." Ratibur seufzte lange und tief: „Ich wollte nur nicht mehr so verfickt einsam sein, versteht ihr miesen Penner das? Ich hab gedacht hier; wo wir alle eh sterben müssten; könnte ich sie vielleicht finden. Dann hätte ich wenigstens froh sterben können. Aber ich war zu feige. Und dann ist Lars gestorben. Ich mochte den dummen Klops und hätte… gern mal seine Scheiss-Suppe probiert von der er immer geredet hat. Mit euch Bastarden zusammen!" Tränen liefen ihm nun über die Wangen. Wiek führte seine Hand an sein Jochband und Ratibur nahm es mit einem Ruck vom Hals. Der Gote lächelte breit und tippte auf die Brust: „Da finden wir die innere Wahrheit. Jene Wahrheit, die keine Furcht mehr kennt. So einen ehrlichen, aufrechten Kern hat ein jeder. Fick die Angst." Er half Ratibur wieder auf die Beine. Alle waren sie nun frei.

Hinnerk rief quer durch den Saal: „Heda! Ihr Schlampen! Befehl wurde verweigert! Kloar?" Maligana fiel die Farbe aus dem Gesicht: „Was?! W-Wie ist das möglich? D-Der Warloga hat versprochen, dass niemand diese Bänder überwinden kann?! Was ist da los?! Seyton?!" Dieser brummte: „Mein Stab kann nicht ewig den Dunst fernhalten,

Herrin von Kronenberg. Mir dünkt darum wir haben keine andere Wahl. Ihr müsst den *Geheimgang* nehmen." Maligana schrie: „Niemals! NIE!" Aber Giertrud fragte: „Ein Geheimgang?! Wo?" Und Heidel Kloros schrie: „Schnell Maligana! Sonst sind wir alle tot!" Laurenzia Adabei nickte heftigst: „Ja Mali! Wir sind doch Freundinnen, oder? Lass uns also gemeinsam fliehen!" Maligana schlug sie alle heftig beiseite: „Nein! *Nein!* Das ist meins, alles meins!" Geifer brüllte: „Nützt es euch noch, wenn ihr tot seid?!" Maliganas Augen starrten ins Leere, so, als würde wirklich darüber nachdenken müssen. Dann ballte sie die Hände zu Fäusten und ging in die verbliebene Kaminnische hinter ihnen. Dort drücke sie zwei der kleinen Mosaiksteine, welche einen gekrönten Krieger zeigten der gerade einen Lindwurm mit seiner Lanze erstach. Es rumpelte im Gemäuer als die Nischenwand zur Seite rutschte und einen Treppengang freigab, welcher nach unten führte. Blaue Kaltfackeln sprangen an. Maligana ging ihnen voran, sagte aber kein Wort. Antonia Gateux atmete auf: „Puh. Wir sind gerettet!" Die fünf flohen durch den Gang. Geifer blieb bei Seyton zurück welcher den Nebel immer noch mit seinem Stab zurückhielt: „Kommst du nicht mit, Alter?" „Ich verharre hier. Denn das ist meine Aufgabe, bis zuletzt." „Wie du meinst. Frohes Sterben!" Geifer verschwand achselzuckend im Geheimgang, der sich hinter ihnen schloss. Der Qualm konnte nicht hindurchdringen.

Dem Großkammerdiener lief der Schweiß von der Stirn: „Gib auf, Sachse! Sie sind dir entwischt!" Hengest glich nun mehr einem Skelett als einem lebendigen Menschen: „Lauft nur. Doch am Ende holt die Rache euch doch ein…" Hengest spuckte Blut und fiel in sich zusammen. Ein heftiger Windstoß fegte an Seytons Gesicht vorbei. Sie sahen, wie der schwarze Nebel sich in Richtung Ausgang bewegte; an Hinnerk und den anderen vorbei ohne diese aber anzugreifen. Er schwebte hinaus und verflüchtigte er sich im Innenhof, vor den Augen panisch zurückweichender Gardisten. Hengest lag nun tot darnieder, völlig ausgedörrt – und der Qualm löste sich komplett auf. Es war vorbei.

Seyton räusperte sich mehrfach, sichtlich erschöpft von der Auseinandersetzung: „Sieht so aus als wäre nun alles geklärt, ja? Und ihr? Ihr habt vielleicht die Jochbänder überwunden, aber Kronenbergs Mauern werdet ihr nicht überwinden!" Hinnerk sah wie die Löwengardisten hereinstürmten: „Das wollen wir doch einmal sehen." Er rannte auf den ersten Trupp zu, streckte die Arme in die Luft als sich schon Thiannas schmaler

Körper direkt von der Decke über die Wachen hinwegkatapultierte, direkt in seine Arme hinein. Er fing sie auf und sie lachte: „Bin ich zu spät?" „Du kommst gerade rechtzeitig. Magst du meine Lanze sein?" Die Fylgie nickte: „Schlitzen wir sie auf; mein ‚Geist der Freiheit'!" Sie holte jetzt weiße Maske aus ihrer Bluse und presste sie Hinnerk auf's Gesicht. Innerhalb eines Augenblickes schrumpfte ihr Körper zu einem Speer zusammen. Hinnerk kam dann als ‚Geist der Freiheit' wieder hoch, grüner Nebel waberte um ihn herum wie ein Umhang. „Angriff! Zum Angriff, sag ich!", brüllte Seyton und der Kampf im Saal begann...

Kapitel 23

Allein unter Freunden

Der Kampflärm hallte durch den schmalen Geheimgang als er sich wie von Geisterhand hinter ihnen schloss. Nur noch kaltes, blaues Fackellicht erhellte ihren Weg und führte sie bis hinunter an eine schwere Eichenholztür. Maligana zögerte als sie davor stand. „Was ist?", drängelte Giertrud, welche mit einem Mal nicht mehr so ruhig wirkte; sondern angsterfüllt nach hinten blickte; von wo ihr Geifer aus zuwinkte und wölfisch grinste. Schließlich öffnete Maligana doch noch die schwere Tür indem sie eine ihrer vielen Ketten abnahm und ein Amulett in eine Einkerbung steckte und drehte. Die Tür schwang knarrend auf und sie betraten einen weiteren Gang, welcher zu einer noch größeren, dickeren Stahltür führte. Auch hier öffnete Maligana das Tor mittels eines weiteren Ringes an ihrer Hand, welche sie in die Nische steckte und versteckt herumdrehte. Sie sprach überhaupt kein Wort; nicht, seitdem sie hier heruntergekommen waren. Die stählerne Tür war zweigeteilt und einen halben Schritt dick. Sie schwang nun quietschend auf.

Dahinter offenbarte sich eine große, von Stahlwänden eingerahmte, Säulenhalle, welche so groß war dass sie sicher das ganze Schloss unterlief. Die Mädchen machten große Augen als sich die blauen Fackeln hier von Geisterhand entzündeten und alles im Raum zum Leuchten und Glitzern brachten. „Das ist ja… eine gigantische *Schatzkammer*?!", rief Laurenzia Adabei aus und alle Mädchen jauchzten ob der schieren Ansammlung von Münzen, Ketten, Statuetten, Geschmeide. Es war bis unter die Decke gestapelt, in Truhen, Bergen von Gold, Regalen und Gefäßen. Die schwere Stahltür schloss sich mit einem lauten Knall hinter ihnen.

Neben den Schätzen gab es zudem noch einen eigenen Wohnbereich mit einem Hochbett; eingehüllt von den Goldmünzenbergen drumherum. In einer hinteren Ecke war auch ein Bereich mit Regalen voller Töpfe und Vasen zu sehen, dazu Tische und Stühle. Sogar ein Abort war hier, sowie ein Becken mit plätscherndem Wasserbrunnen zum Baden. Giertrud staunte: „Das ist also dein Rückzugsraum? Die Wände ganz aus Stahl, eingemachte Nahrung für Jahre, ein unterirdischer Brunnen. Wahnsinn." Heidel

Kloros und Antonia Gateux machten sich schon lachend über den Schmuck her, deckten sich gegenseitig mit Ketten und Krönchen ein. Laurenzia lachte: „Also hier lässt es sich sicher aushalten. Ein uneinnehmbarer Ort, ganz für dich allein, Maligana! Sehr schön! Wusste ich garnicht." Sie wirbelte zu der Gastgeberin herum und erstarrte. Etwas stimmte nicht. Überhaupt nicht.

Maligana stand direkt neben Geifer und sah durch sie und alle anderen Mädchen hindurch. In ihrem Blick lag kaum verhohlener Zorn: „Lasst eure stinkenden FINGER von meinem GOLD!", schrie sie, „Es ist mein, und mein allein. Niemand sonst hat Anspruch darauf. Ich habe JAHRE gebraucht um so viel zu sammeln und ihr nehmt es mir nicht einfach weg!" Laurenzia zögerte: „W-wieso denkst du wir wollte...?" Maligana bellte: „Geifer! Los, töte sie! Töte sie alle!!" Geifer schnalzte mit der Zunge: „Ja, aber ist das nicht ein wenig übertrieben, Herrin?" „Hast du zu widersprechen?! Willst du deinen Sold, ja oder nein?! Sie haben zu viel gesehen. Das durfte nie jemand sehen. Niemand. Jemals. Also los!" Der Söldner seufzte. Maligana sprühte vor Entschlossenheit und er erkannte Fanatiker wenn er sie sah. Ihm kam kurz die Idee Maligana selbst niederzuschlagen, aber andererseits konnte das zu unangenehmen Fragen führen wenn sich die Lage draußen wieder beruhigt hatte. Derart beladen mit Gold würde er zudem auffallen wie ein bunter Hund. Er tat einen Schritt auf die vier Mädchen zu. Es gab kein Entkommen aus dieser Stahlhalle. Sie waren ihm vollkommen ausgeliefert.

Laurenzia wich zurück: „Ha-halt! Wir bezahlen mehr! Wir alle zusammen! Sicher!" Und Giertrud fluchte: „Das ist doch nicht dein Ernst Maligana?! Das ist doch Mord!? Damit kommst du nicht durch!" Maligana lachte schrill und gehässig: „Kriahahaha! Ich bin die Lieblingsnichte der künftigen Kaiserin und ihr seid nur geringer Pissadel, der Reden nicht wert. Oder glaubt ihr ernsthaft, ich hätte mich mit Weibern abgegeben die mir über sind?! Wer wäre denn so dumm? Nein, ich hab schon immer drauf geachtet, dass ihr weniger wert seid. Ihr könnt mir also garnichts und eure Familien genauso wenig!" Heidel Kloros trat vor Geifer: „Nun ist aber Schluss mit dem blöden Gequacksel, Malli. Das ist ja schon fast nicht mehr witzi..." Geifer schlitzte ihr die Kehle durch; es ging ganz schnell. Blutsprudelnd ging das Mädchen zu Boden.

Antonia Gateux machte große Augen und eine gelbe Pfütze bildete sich unter ihrem

Kleid. Sie lächelte debil: „Da-Da-Das ist nicht wahr. Du verarscht uns nur, was, Malle? Das ist ein Trick, oder? Hehe? Ein Trick, genau! Ein weiteres Spiel!" Maligana wies Geifer an sie zu töten: „Ja, genau. Es ist nur ein böser Traum. Der gleich vorbei ist." Geifers Klinge trennte Antonias grinsenden Kopf sauber von ihrem Rumpf. Sie blieb sogar noch einige Sekunden lang stehen ehe sie zusammenklappte. Giertrud war die nächste und suchte immerhin nach einer Art Waffe, fand aber nur einen goldenen Dolch, den sie zitternd vor sich hielt. Maliganas Grinsen wurde breiter: „Na was haben wir denn da? Was willst du dich wehren, Giertrudel? Für dich muss der Tod doch der ultimative Genuss sein? Die größte ‚Stimulation' von allen? Denk daran wie die Klinge deinen weichen Leib zerschneiden wird, wie deine Muskeln zerfetzt werden, wie das Leben dich stoßartig verlässt bis zum völligen Erschlaffen? Ist doch genau dein Ding, Gierdel."

Die june Frau aus Schildaberg bekam Tränen in den Augen: „So hab ich das nie gewollt, du hirnrissige Schlampe!?" „Nicht? Och! Gerade wollte ich dich am Leben lassen um dir eine Chance bei den nächsten Spielen zu geben. Frauen hatten wir ja noch gar nicht bei den Spielen. Allerdings müsste ich dir dann vorher die Zunge rausschneiden, damit du nichts Ausplaudern kannst..." Giertrud wurde noch blasser: „H-Halt. So war das nicht gemeint. Du kennst mich doch. Ich kann ein Geheimnis für mich behalten!" Maliganas Stimme war wie Eis: „Das kannst du und das wirst du." Irgendwie tat Geifer das Mädchen leid. Giertrud hielt den Dolch aus dem weichen Metall mit beiden Händen und wehrte seinen ersten Angriff gerade so ab; nichts ahnend, dass es nur eine simple Finte war. Geifers Falchion schlitzte sie dann mit dem Falchion von Bauch her bis zum Kinn auf. Gurgelnd, röchelnd ging Giertrud zu Boden. Sie zuckte etwas und war dann auch tot.

Laurenzia Adabei war als einzige verblieben und ihr schmaler Leib bebte vor Furcht: „W-warum tust du das, Maligana? Bedeuten wir dir denn Garnichts? Bitte!" Maligana hielt tatsächlich inne. Sie konnte ebenso gut noch ein wenig mit Laurenzia diskutieren, ehe sie sie zum Schweigen bringen ließ, dachte sie. Es war ein schönes Gefühl solch absolute Macht zu haben und sie sagte: „Ihr? Ihr seid ein notwendiges Übel gewesen, genauso wie der Söldner hier oder die bescheuerten Veranstaltungen – all das. Hier aber... inmitten dieser Reichtümer bin ich perfekt geschützt, vor allen Übeln. Hierher kann keiner dringen und wer es doch tut ist des Todes. Ich habe hier genug Gold um jeden gegeneinander aufzubringen bis sie *alle* tot sind. Ja, hier ruht die ultimative Macht über alles und jeden. Hier bin ich sicher vor Verrat, hier nur schlägt mein Herz, mein ganzes Wesen, meine ganze Seele! Da habt ihr nichts verloren, ihr nicht..." Laurenzia schniefte. Sie ahnte, dass Weglaufen oder Kämpfen völlig aussichtslos war. Wenn sie durch Reden ein paar Sekunden mehr Leben gewinnen konnte - Vielleicht ergab sich noch was? „Und? Bist du glücklich hier, Malli?" Die Herrin Kronenbergs lachte: „Pfahaha! Was soll diese dumme Frage? Wer wäre denn nicht glücklich wenn er all diese Macht hätte? Wenn er nichts mehr fürchten muss, weil solch ein Polster ihn vor allem Schaden bewahrt?! Kjahahah! Du bist so einfältig, Adabei! Immer die schönsten Kleider aber die verdecken wohl nur dein kleines Gehirn, wie? Kjahahah!"

„Schön, dass ich dich noch zum Lachen bringen konnte. Aber aus dir spricht doch nur Verzweiflung." „Pfft. Unsinn." „Wusstest du, dass ich einmal geliebt habe? So richtig geliebt?" Maligana verzog angewidert das Gesicht während Laurenzia Tränen lachte: „Es war wunderschön und wenn ich jetzt so drüber nachdenke, sind all diese Kleider wirklich völlig wertlos; nur bunte Fusseln aneinandergesteckt. Aber diese Liebe noch einmal zu spüren, dieses Lachen und Leben… Wiek ist ihm ja so ähnlich… Und er brachte mich immer zum Lachen oder auch zur Weißglut. Je nachdem." Sie lächelte: „Ich habe mich vor ihm ganz ausgezogen, so ganz ohne Kleider - und er hat mich trotzdem aufgefangen. Er hat mich wirklich geliebt."

Laurenzia lächelte matt: „Seitdem er von mir ging, trauere ich dieser Zeit nur noch hinterher. Aber sie wird nicht wiederkommen, egal wie sehr ich mich auch schick mache oder mir Zeug ins Gesicht schmiere. Ich spüre nur, wie ich täglich bitterer werde, weil ich ihn gehen ließ. Ich komme nicht über meinen Schatten hinweg... nicht über diese Liebe von damals."

Maligana zuckte mit den Schultern: „Ne dolle Geschichte, Adabei. Dann ist es wohl besser dich von deinem Elend zu erlösen, ja? Ich brauche niemanden sonst, habe nie jemanden gebraucht! Sie alle beugen sich vor mir und dies ist mein Thronsaal der *Macht*!" Sie riss die Arme in die Höhe und ihre Stimme hallte von den stählernen Wänden wieder. Geifer trat nun hinter Laurenzia, bereit zum Hieb. „Tut mir leid, Kleine." Laurenzia weinte: „Arme Maligana. Es ist doch nur deines Herzens Grab." Das

Falchion stach ihr quer durch den Rücken und kam vorne aus der Brust wieder heraus. Laurenzia spuckte Blut, gurgelte und fiel mit totem Blick zu Boden; ihre schönen Kleider rotgetränkt. Maligana nickte: „Es ist viel mehr euer Grab. Du Schnepfe." Alle vier Damen waren nun tot.

Geifer sah sich nach dem Gemetzel erst einmal um: „Nette Bude. Soll ich mich jetzt auch umbringen, nur weil ich das hier gesehen habe? Hm?" Die Herrin von Kronenberg klopfte sich ab: „Würdest du das tun?" „Nein. Aber ich bin loyal dem Geld gegenüber." „Darum darfst du auch in meinen Diensten verweilen. Du gehst jetzt besser wieder nach draußen und sorgst für die Wiederherstellung der allgemeinen Ordnung dort. Hilf Seyton. Und diese Bastarde; welche sich erdreisteten sich mir zu widersetzen sollen auch alle krepieren! Ist das klar?" Der Söldner grinste, trat zu ihr, frisches Blut auf seiner verbeulten Rüstung. Er war einen ganzen Kopf größer als sie: „Wisst ihr, es wäre mir ein leichtes euch euren dürren Hals umzudrehen, wie einen morschen Ast." „H-Haltet einfach die Schnauze, Söldner. Ihr würdet nicht weit kommen! Die Kurfürstin wird euch öffentlich auseinandernehmen lassen, wenn sie davon erfährt. Und das würde sie."

Geifer legte ihr einen blutbespritzten Finger auf die Lippen und sie erstarrte: „Ihr seid ein echtes Ungeheuer, werte Prinzessin von Kronenberg. Aber auch ein sehr, sehr reiches Ungeheuer… Und wenn ich eines gelernt habe dann, dass man sich mit solchen Ungeheuern besser gut stellen sollte. Helden haben ein kurzes und sehr armes Leben." Er ließ den Finger über ihre Lippen springen und sah an Maligana herab. Sie hatte den Körper eines Jungen, es gab keinerlei Erhebungen unter dem Kleid. Er schniefte: „Doch denkt niemals, dass ihr auch das ‚einzige' Ungeheuer in dieser Welt seid." Er ging los und Maligana atmete erst jetzt wieder aus. Eine Mischung aus Erregung und Furcht tobte in ihrer Brust. Geifer klopfte an die Eisentüren: „Wärt ihr so freundlich aufzumachen, Herrin?" Maligana sah sich um: „Schafft mir zuerst noch diese Leichen aus den Augen." „Das muss warten. Und keine Sorge: Ich denke nicht, dass sie Wiedergänger sind." „Ich sagte: Schafft sie mir aus den Augen!!" Geifer rollte mit den Augen und brachte die Überreste der ehemaligen Freundinnen in den vorderen Gang. Hernach schloss Maligana hinter ihm das Eisentor zu und Geifer stand allein im Licht der kalten, blauen Fackeln. „Stell es richtig an, Geifer, und du bist ein gemachter Mann. Ausgesorgt für alle Zeit." Er ging zur Eichentür und trat sie mit seinen Stiefeln wuchtig ein. „Hier kommt Geifer!"

Ganz Kronenberg war nach Hengest Wraka-Zauber in heller Aufruhr. Die Wachmannschaften legten ihr Rüstzeug an und eilten dann zum Hauptschloss um dort für Ruhe zu sorgen. Gerüchte von einem tödlichen, schwarzen Nebel machten schnell die Runde. Hinzu kam ein starkes Gewitter aus schwarzen Wolken über der ganzen Festung. Viele normale Fackeln mussten wegen des aufkommenden Windes ausbleiben und einzig die blauen Lichtquellen sorgten für ein schummriges, kühles Zwielicht auf der sonst finsteren Burganlage. Garde-Hauptmann Rowolt koordinierte die Abwehr von den Zinnen der Innenmauer aus.

Im Hauptsaal standen indes Hinnerk, Wiek, Ratibur sowie Puk Rücken an Rücken; jeder inzwischen halbwegs bewaffnet und im Kampf mit den Löwenhelm-tragenden Wachsoldaten verwickelt. Pakhaous grünes Leuchten zog geisterhafte Schlieren wie ein Leuchtstab hinter sich her und zerschmetterte sogar Eisenschilde als wären sie aus gespanntem Papyrus gemacht. Puk nutzte indes das gedimmte Licht sowie das Heulen des Gewittersturmes um seine Gegner mit lautloser Akrobatik zu verwirren, unter sie durchzurutschen oder über sie wegzuspringen und dann mit eilig gegriffenen Dolchen gekonnt abzustechen. Es blitzte sporadisch von draußen herein und warf dann einen hellen Blick auf das sich ausbreitende Blutbad im Saal. Ratibur hatte sich indes eine Hellebarde geschnappt und Wiek ein Schwert und Eisenschild. Auch sie schlugen sich wacker; waren ja gut in Form und Unwillens jemals wieder in ihre Kerkerzellen zurückzukehren. Ratibur rutschte jedoch unglücklich aus und als er aufsah lag dort Stefanie Treyers kalkweißer Schädel vor ihm, starrte ihn aus leeren Augenhöhlen an. Der Geruch von altem Wein, zermatschtem, verfaultem Obst, Blut, Schweiß und der Asche Treyers lag in der Luft; aufgewirbelt vom hereinpeitschenden Sturmwind. Die Wandteppiche flatterten und erzeugten so die Illusion, als wären die darauf abgebildeten Kämpfer und Kreaturen lebendig geworden. Großkammerdiener Seyton sah dem Kampf solange teilnahmslos zu bis keine Wache mehr übrig war. Hinnerk (der immer noch seine Maske trug) verkündete nach kurzer Verschnaufpause: „Du bist allein, alter Mann!" Seyton aber hieb seinen Stab auf den Boden und von der Decke fielen drei große Fellkugeln: „Inzwischen nicht mehr. Verstärkung."

Ratibur fragte: „Was ist das für ein Mist? *Gewölle*?!" „Vorsicht!", rief Puk noch ungewohnt scharf, aber da explodierten die Kugeln auch schon und drei schmale, halbverhüllte Gestalten schossen auf sie zu. Puk blockierte eine von ihnen sogleich mit seinen Dolchen und Hinnerk die andere. Ratibur aber wurde von scharfen Messern erwischt und schrie vor Schmerzen. Wiek stach sofort nach der Kugel doch diese sprang in der Luft wirbelnd zurück. Die beiden anderen Kugeln taten es ihr gleich, als sie merkten dass sie vorerst nicht weiterkamen. „Alles in Ordnung?", fragte Wiek doch Ratibur spuckte schon Blut. Sein Brustkorb war völlig zerkratzt, Fleisch und Stoff hingen in Fetzen. „Es geht mir bestens, Arschloch.", log er und stand zitternd auf, ergriff wieder seine Hellebarde.

Ein Schnurren und Mauzen erfüllte die Halle und sechs gelbe Strichaugen sahen aus dem Halbdunkel der Kapuzen auf die jungen Männer. Die Kugeln erhoben sich dann, bis hin zu ihrer Menschengestalt. Eine von den Katzenmenschen kicherte: „Hat die Herrin also recht gehabt, wie? Ein Anschlag auf Maliganas Leben. So weise. Die Ringe sind - mmm - vertauscht worden! Soso!" Puk fragte: „Wovon redet ihr da, Krallen?" „Oh? Der Lustknabe kennt unsere Namen? Welch Ehre!", säuselte diejenige mit der die Klingen gekreuzt hatte. Sie schnüffelte: „Rieche ich da etwa Furcht? Hmmm?" Hinnerk zuckte mit den Schultern: „Riecht doch was ihr wollt, Chimären! Aber ihr werdet uns nicht mehr aufhalten." Die Kralle in der Mitte sagte: „Oh! Wir sind keine Chimären, Junges. Wir sind wie Reichsengel, mit Ahnenblut gefüllt. Wir wollen nur etwas mit euch spielen. Mehr nicht. Nur spielen. Ist doch kein Problem, oder?" Hinnerk grinste unter der Maske: „Nein danke aber nö. In letzter Zeit haben wir wirklich genug Scheissspiele gespielt." Er lief vorwärts und die mittlere Kralle schlug mit ihren krallenbewehrten Handschuhen nach ihm. Er aber duckte sich gekonnt darunter hinweg und schlug dann mit Pakhaou zu, trennte ihren Ober- sauber vom Unterkörper. Zuckend fiel der Oberleib zu Boden und entblößte unter der Kapuze das Antlitz einer Mensch-Katzen-Hybriden, mit scharfen Zähnen und plattgedrückter Nase. Er sah zu Puk herüber: „Sind nicht so hart wie ein Reichsengel. Kein Vergleich!" Die anderen Krallen zischten und fauchten, denn damit hatten sie nicht gerechnet.

Hinter Seyton öffnete sich derweil die Geheimtür und Geifer trat hinaus: „Scusi für die Verspätung. Hatte noch zu tun!" Der Kammerdiener sah ihn misstrauisch an: „Was ist mit der Herrin Maligana?" „In Sicherheit, Alterchen. Aber was ist denn hier los? Kaum ist man mal für ein paar Minuten weg, fackelt ihr gleich die ganze Bude ab?!" Er erblickte Hinnerk. „Ah! Hast du also deine Maske wieder rausgekramt, Friesenbubi? Da werden ja Erinnerungen wach, ghiehaha! Herrlich!" Hinnerk wirbelte mit Pakhaou herum: „Wird Zeit das wir es zu Ende bringen, Bastard." „Uhhhh! Ich zittere vor Angst. Na dann komm, Bürschchen. Seit Bruchtorf liegst du mir quer im Magen!" „Dann ist es Zeit dass ich mich da herausschneide, *Wolf*! Puk? Kümmer du dich um die anderen. Geifer gehört allein mir."

Der Byzantiner antwortete: „Verstanden! Wiek? Nimm du Ratibur und folgt mir. Ich suche uns einen Weg hier heraus…" Seyton brüllte wütend: „Es gibt kein Entkommen von diesem Ort! Die Löwengarde wird euch zermalmen! Ihr da! Krallen! Haltet sie gefälligst auf!" Wiek half dem verletzten Ratibur als sich schon eine der Katzenchimären auf sie beide stürzte. Puk sprang dazwischen und trat sie im Flug so hart gegen die Wand, dass diese bröckelte. „Los nach oben, die Treppe rauf. Verbarrikadiert euch dort.", sagte er in ruhigem Ton und Wiek brachte Ratibur aus dem Saal und die Treppe hinauf; eine Stufe höher. Noch war die Verstärkung der Garde noch nicht eintroffen, formierte sich vor dem Haupteingang.

Geifer fragte Seyton: „Heda. Was ist mit dem Sachsen passiert? Ist der Qualm Unsinn vorbei?" „Er ist tot. Hat sich selbst verzehrt." „Umso besser." Der Söldner wirbelte seine Waffen; ein Falchion und einen Dolch, in beiden Händen herum: „Geist der Freiheit, wie? Es gibt keine Freiheit, nur Abhängigkeiten." „Für dich gibt es gleich *garnichts* mehr!" Ihr Kampf begann mit einem Donnergrollen von draußen.

Unter der Führung von Rowolt hatte sich ein Einsatzkommando geformt, welches nun ins Schloss spülte. Mit tiefer Stimme; die kaum von gutturalem Gebrüll zu unterscheiden war, sprach er mit roten Zackenkranz um seinen vollgepanzerten Gardehelm: „Zerreißt die Eindringlinge! Macht keine Gefangenen! Tötet sie alle! Vorwäääärts!" Unter Gebrüll stürmte die Wachmannschaft dann ins Schloss, während

Regen und Wind an ihren gelfischen Umhängen zerrten; Das blaue Zwielicht der umstehenden, kalten Fackeln immer wieder von grellen Blitzen des tosenden Gewitters durchbrochen.

Wiek war kaum die Treppe hinauf, als er die hereinstürmenden Wachen bemerkte und sich sogleich mit Ratibur in eine Nische verdrückte: „Scheisse! Hier kommen wir doch nie mehr raus. Unmöglich. Mist. Wo bleibt Puk?" Ratibur lächelte matt und Wiek setzte ihn ab; versuchte die starke Blutung irgendwie zu mildern. Aber es waren zuviele Wunden und höchstwahrscheinlich auch noch vergiftet. „War ein guter Kampf…", sagte der Pommeraner. Er wirkte müde, aber dennoch merkwürdig zufrieden. „Stirb mir jetzt nicht weg, du mieser Spinner! Wir brauchen dich hier noch!" „Um zu kämpfen?" „Nein, um blöde Sprüche zu reißen und uns allen derbe auf die Eier zu gehen!" Ratibur liefen Tränen über die Wangen: „Danke, Mann." „Was? Wofür? Oi, mach keinen Scheiss! Oi! Wachbleiben!" „Ich sage danke dafür, dass ich nicht alleine sterben muss. Es ist schon gut so, Freund Gote… Ich spüre meine Beine nicht mehr. Es kriecht in mein Gedärm, das Gift der Krallen… Ich folge Lars… War ich denn wenigstens ein guter Freund?" Wiek nahm sein Gesicht zwischen die Hände: „Einer der besten!" „Nur.. einer?" „He, du willst doch nicht das ich dich noch auf dem Totenbett belüge, oder? Ein bisschen Verbesserungspotenzial ist noch vorhanden!" Ratiburs Augen wurden nun matt, verloren ihre Klarheit: „Was heulst... du mich… hier voll… Ke…" Der Pommeraner sackte weg und entschlief. Er war tot.

Wiek schloss ihm die Augen und schluchzte. Zumindest solange, bis das dumpfe Gebrüll von der Treppe ertönte: „Da ist er! Schnappt ihn euch!" Er biss die Zähne aufeinander, stellte seinen Gotenzopf gerade und schnappte sich Ratiburs Hellebarde. Er sprang dann in den Gang und brüllte die Treppe hinunter: „Heda! Denkt ihr etwa, ihr könnt mit uns machen was ihr wollt?! Falschgedacht!" Auf der schmalen Treppe war die zahlenmäßige Überlegenheit der Wachsoldaten nicht ganz auszuspielen. Wiek machte sich bereit. Er würde nicht kampflos untergehen, keiner von ihnen würde das.

Puk wollte zu den anderen aufschließen, aber er sah sich gleich zwei Meuchelmörderinnen gegenüber deren immenser ‚Gleichgewichtsinn' selbst für ihn beeindruckend war. Da die Krallen durch alte Blutmagie an ihre übermenschlichen Kräfte gekommen waren besaßen sie auch die Eigenarte der Tiere dessen Hybriden sie waren. Bei Katzen war dies ihre instinktive Wendigkeit, ihre Lautlosigkeit und blitzschnellen Reflexe; weniger die schiere Muskelkraft. Er selbst war vom byzantinischen Geheimdienst ausgebildet worden und die ‚gelfischen Krallen' waren laut den Berichten nicht ganz auf dem Niveau eines Reichsengels. Aber sie waren dafür zahlreicher und in ihrer Rudelmentalität erschreckend gut aufeinander abgestimmt. Es war eigentlich nur Glück, dass Hinnerk die dritte Kralle so auf kaltem Fuß erwischt hatte. Sie griffen Puk nun mit ihren Klauenhänden an und erwischten ihn schließlich sogar am Oberschenkel. Sofot hatte er aber ein Pulver zur Hand um das Gift zu neutralisieren ehe es sich über seine Blutbahn im Körper ausbreiten konnte. Dennoch blutete er jetzt. Und da die Krallen ihn von zwei Seiten gleichzeitig angreifen wollten, zog er sich rückwärts aus der Haupthalle zurück; direkt in einen der Nebengänge hinein, während die beiden Krallen ihm folgten. Ihre an die Dunkelheit angepassten Pupillen waren geweitet und kreisrund.

Licht gab es in dem Gang nur sehr schwach durch ein rückwärtiges Fenster, durch welches jetzt manchmal ein Blitz zuckte und dann scharfe Schatten warf. Der Gang war schmal und besaß zudem mehrere Nischen zu Puks rechter Seite. Der Byzantiner hielt beide Dolche vor sich erhoben, ohne die Krallen je aus den Augen zu lassen. Denn dies würde seinen Tod bedeuten, ein Moment der Unachtsamkeit reichte schon aus. Zum Glück war er so ausgebildet, dass er stundenlang ohne zu blinzeln ausharren konnte. Die schrillere der beiden (welche ihn erwischt hatte) leckte sich genüsslich die blutigen Krallenhände ab und die mit der tieferen Stimme surrte: „Und? Wie schmeckt es dir?"

„Lasch! War aber zu erwarten von einem *halben Mann*!" Puk lächelte darüber nur: „Nun immerhin bin ich keine ‚halbe Katze'. Oder ein ‚halber Vogel'. Ihr seid Veränderte, durch Dynastienblut verschmolzen mit dem Wappentier der Familie derer ihr dient. Löwinnen für die Gelfen, Adler für die Staufer. Ihr seid so nicht geboren worden, sondern habt euch entschlossen eure Menschlichkeit aufzugeben; habt euch damit zu Werkzeugen machen lassen um so einen Hauch von Macht zu spüren." Die murrende Kralle lachte: „Ja, genau! Es ist pure Macht; und wir sind jedem Normalsterblichen weit überlegen! Wir sind schneller und stärker! Unsere Krallen sind wie Stahl, unsere Pfoten absolut lautlos und unsere Augen an die finsterste Nacht gewöhnt! Was bist du da schon, hä?! Burschen, die man von klein auf zurecht gestutzt hat! Verstümmelt bist du! Wir aber sind erweitert! *Verbessert*!" Die Schrille lechzte und krümmte ihren Buckel, bereit zum Gewaltsprung.

Puk blieb aber stehen, ein leichtes Lächeln zuckte kurz um seine Mundwinkel: „Ihr habt Recht. Ihr seid mir in vielem überlegen, außer in einer Sache." „Und welcher?" „*Selbsteinschätzung*. Schwäche ist meine Stärke..." „Lächerlich, ha! Wir werden dich *zerfetzen*!", lachte die Murrende und die beiden Krallen sprangen wie von einer Balliste abgefeuert. Es blitzte nun draußen und Puk drehte seine blanken Dolche so in seiner Hand, dass die Reflektion die lichtempfindlichen Augen der Katzenartigen blendete. Dann schlug Puk beide Klingen aneinander und stieß einen kurzen, schrillen Schrei aus. Die Töne dabei brachen sich mit Schallgeschwindigkeit in den Nischen und erzeugten somit einen Echo-Effekt der im Gang hin und her sprang. Die Krallen brachen ihren Angriff ab, jaulten und ihre Angriffe gingen ins Leere.

„Meine Ohren pfeifen!!", kreischte die Schrille als Puk ihr schon von hinten den Hals durchstach. Ein schneller Stich und sie kippte röchelnd zur Seite, blutete aus. „Du Schwein!", keifte die Murrende halbblind und holte mit ihren Eisentatzen aus. Aber Puk duckte sich nun mühelos unter der giftigen Attacke hinweg und legte ihr seine rechte Hand auf die Schulter; stieß sich von ihr ab und überflog die Kralle. Als er wieder hinter ihr aufkam rührte sie sich nicht mehr. Blut quoll ihr aus einer kleinen Stichwunde im Kopf. Puks Dolch hatte nicht mal Blut mitgenommen, so schnell war der Einstich gewesen. „Wie hast du...?", fauchte die Kralle noch im Sterben fassungslos. Ihr war unbegreiflich wie sie Puk hatte verfehlen können. „Ich erkläre es euch gerne.", erklärte der byzantinische Junge höflich: „Ihr *empfindet*. Ihr haltet euch für etwas Besseres und setzt gekonnt auf eure Stärken. Das gehört zu eurem Wesen. Doch die Realität ist stets weit profaner. Es gibt keine Wunder in einem Kampf. Nur nacktes, menschliches Kalkül... Das ist es, was einen ‚Agenten in Rebus' ausmacht. Das und komplette Selbstbeherrschung." Die Kralle sackte tot in sich zusammen. Puk verweilte nur noch eine Gedenksekunde ehe er zurückkehrte in die Halle, dort wo der Kampf zwischen Geifer und Hinnerk eine völlig neue Dimension erreicht hatte.

Hinnerk hatte den sabbernden Söldner schon einmal durch die Halle gescheucht und dieser keuchte schwer; röchelte als Hinnerk ihn dann zu Boden schickte. „Das ist für Ulrich Janssen, Arschloch!", brüllte der Friese mit magischem Hall und versetzte seinem Gegner einen solch heftigen Tritt, dass dieser quer durch den Raum flog, dabei die Schlossmauer zertrümmerte und letztlich mitten vor den Füßen der Kronenberger Gardisten landete. Felsbrocken regneten wie Hagelkörner herab und vermischten sich mit den prasselnden Regentropfen. Geifer kam hustend hoch und befahl einem der gepanzerten Löwengardisten der just Hinnerk durch den Spalt erspähte: „Tötet den Maskenträger! Da ist der Feind!" Die Wachen griffen ihn durch das Loch an; die schweren Lanzen zum Stich gesenkt. Doch Hinnerk tötete mehrere von ihnen in schneller Abfolge und die anderen brachen daraufhin ihren Angriff ab. Sie gingen respektvoll auf Abstand ganz so, als spränge gleich eine gefährliche Bestie aus dem Spalt.

Hauptmann Rowolt sprang mit seinem Breitschwert und Eisenschild dazwischen: „Los,

ihr Feiglinge! Es ist nur ein Junge! Ein Junge mit einer blöden Maske! Nichts weiter!"
Er schlug auf seinen Schild und brüllte in gutturalem Ton. Davon angefeuert griffen die
anderen Gardisten erneut an, aber Hinnerk sprang ihnen jetzt entgegen und tötete sie
erneut ohne Probleme. Ihre Lanzen stachen ins Leere und Pakhaous grünleuchtende
Klinge zerschnitt ihre eisernen Kettenhemden, Helme und Stoffrüstungen wie Stoff.
Geifer stand auf und klatschte erfreut in die Hände: „Endlich, endlich Junge! Endlich
bist du wie ich! Endlich ein ,Gott des Gemetzels'! Hörst du die Schreie der Sterbenden
und das Gnade heischende Wimmern der noch Lebenden?! *Willkommen*! Herzlich
Willkommen im Zentrum der Existenz! Willkommen im puren Leben, ghiahaha!"
Hauptgardist Rowolt fluchte: „Aus dem Weg, unfähiges Pack! Ich, Rowolt, übernehme
das selbst!" Der Löwenkrieger schlug zu und sein Hieb war absolut vernichtend, ging
aber trotzdem ins Leere. Sein Schwert traf nur Teile der Mauer und sprengte sie mit
einem lauten Knall beiseite. Geifer nickte anerkennend: „Nicht schlecht, Meister
Löwenhelm. Aber er ist einem einfachen Ritter schon über, unser Geist." Rowolt brüllte:
„Wo ist er hin?!" Hinnerk schien in der Tat verschwunden und nur grüner Nebel
verflüchtigte sich an der Stelle wo er gestanden hatte. Die anderen Wachen sahen sich
um und faselten was von einem echten Geist. „Ruhe!", brüllte der Hauptmann, „Es gibt
keine Geister! Und selbst wenn, dann ist dieser Bastard sicher keiner! Es ist nur ein
Junge! Ein Teilnehmer der Spiele!"
Von oben ertönte die vereinte Stimme von Thianna und Hinnerk. Sie sprachen
gemeinsam: „Alles falsch! Ich vereine Leben und Tod, Körper und Geist. Wir sind
eins!" Es blitzte grell über Kronenberg und die Gardisten sahen wie der Maskierte auf
dem Vordach der Eingangstreppe hockte und Pakhaou angewinkelt mit beiden Händen
vor sich hielt. „Armbrüste! Feuer! FEUER!", brüllte Rowolt und wappnete sich mit
erhobenem Eisenschild. Thianna hauchte heiß in Hinnerks Gedanken: *„Dörslach..."* Ein
grüner, faustdicker Strahl durchstieß da den Hauptmann. Innerhalb nur eines
Augenblickes hatte Hinnerk seine Position gewechselt und stand nun direkt hinter
Rowolt. Dieser war zur Salzsäule erstarrt, hatte die Augen weit aufgerissen und spuckte
durch den Löwenhelm hindurch rotes, dampfendes Blut. „Wie?!" Er sank auf die Knie
und Hinnerk stieß ihn mit Pakhaous Spitze um wie einen nassen Sack Getreide.
Gardehauptmann Rowolt lag erschlagen und war auf einmal tot.

Die Wachen riefen jetzt wild durcheinander, wichen zurück. Einzig Geifer applaudierte: „*Rispetto, rispetto*! Das nenne ich ein schönes Spiel, hiaha! Ich wäre ja fast schon stolz wenn du nicht so ein kleiner Pisser wärst, Hinnerk Wiards!" Die weiße Maske drehte sich zu ihm hin und der Regen perlte daran herunter. Die anderen Wachen waren der Beachtung nicht weiter wert. Sie waren nach dem Tod Rowolts nicht mehr in der Lage ihm gefährlich zu werden. Er war der stärkste von ihnen gewesen, nun gab es nur noch einen echten Gegner für ihn. Der Geist sprach: „Du bist erstaunlich gut gelaunt für jemanden der gleich sterben wird." Geifer knackte mit den Halswirbeln und lockerte sich: „Ich bin halt *allegro*. Aber du bist nicht der Einzige, der sich neue Kräfte besorgt hat. Vor zwei Tagen war ich in Haldersleben und habe dort Kontakt mit dem Gossenhändler meines Vertrauens aufgenommen. Da unser ‚feines Mundwerk', alias Kodo ja leider geplatzt ist, musste ich mir einen anderen *Supporti* besorgen. Die sind inzwischen so gut wie in jeder größeren Stadt anzutreffen! Das Geschäft brennt regelrecht, gheheh!" Geifer holte jetzt eine große Ampulle mit gelb-rötlich schimmernden, erbärmlich stinkenden Gesöff hervor. Hinnerk erkannte es: „Sanguin." Geifer grinste wölfisch: „Si. Ich sag dir was. Geh artig auf die Knie und ich lasse dich am Leben. Ich sage es aber kein zweites Mal. Nun?" Hinnerk schwieg und Geifer zuckte mit den Schultern: „Wie du willst, großer Geist der Blödheit. Ich habe dich gewarnt!"

Der Geist aber antwortete: „Du wirst sterben. Und wenn nicht durch mich dann durch dieses Zeug." „Sterben, ja warum nicht? Nehme das Schicksal seinen Lauf!" Hinnerk legte den Kopf schief und wich damit einem Bolzen aus welcher haarscharf an ihm vorbeischoss. Der schuldige Schütze auf der fernen Hofmauer rannte jetzt panisch in den Wehrturm zurück um dort in Ruhe nachzuladen. Der Geist ignorierte es einfach und sagte: „Klingt ja fast so als würde es dir dein zielloses Töten nicht mehr gefallen?" Geifer lachte: „Ghiahaha, Unsinn. Genau das Gegenteil ist der Fall! Nichts wäre für mich schlimmer als ein Leben mit Zielen oder Träumen! Voller Meilensteine, Familie, Häuschen und einem friedlichen Tod im Bett? Nein, danke! Scheiss drauf! *Maximalis* drauf geschissen! Ich kämpfe, saufe, ficke mich durch diese kranke Welt! Und ich habe meinen Spaß dabei, atme für niemanden sonst als mich selbst." Er klopfte sich auf seinen verbeulten, mehrfach geflickten Plattenpanzer: „Das ist *meine* Freiheit! Die

Freiheit, die ich mir selbst erkämpft habe, jeden Tag auf's Neue! Denn wer nicht kämpfen will und nur träumt der bleibt, auf ewig. Ein. Sklave!" Geifer schüttete sich das Sanguin komplett in seinen Hals. Das rote Zeug lief ihm an den Mundwinkeln herunter und er ging in die Knie, packte sich an die Brust. Er schnaufte und keuchte mit aufgerissenen Augen. Die Äderchen darin waren sofort geplatzt. Sein Herz raste und drohte ihm aus der Brust zu springen. Hinnerk erklärte es, während weitere Bolzen wirkungslos an ihm vorbeiflogen. Thianna kümmerte sich schon darum durch ihre Aura. „Zuviel. Du hast zu viel genommen. Du wirst einfach verwelken und sterben." Geifer fletschte die Zähne wie ein Wolf und seine Gesichtszüge spannten sich bis zum Zerreißen. Dicke Adern traten pulsierend an seiner Schläfe hervor und sein Speichelfluss intensivierte sich, bis hin zum Lechzen. Sein Atem war schwer wie der einer großen, wilden, schnaubenden Bestie.

Die Wachen um ihn herum nahmen vorsichtshalber Abstand und einzig zwei der stärkeren Löwengardisten stellten ihn zur Rede: „Söldner! Tu deine Arbeit!" Geifer keckerte hyänengleich. Es schien als habe er den letzten Rest Verstand verloren: „Schwach… schwach seid ihr alle. Und schwach werdet ihr bleiben. Nur wer alles hinter sich lässt steigt empooor… bis zur absoluten Macht, ghihihihi…" Geifer griff dann an; auf allen Vieren wie ein eiserner Wolf. Sein Absprung hinterließ knackende Risse im Pflasterboden und fegte die Wachen von ihren Füßen. Durch die Droge wurden Energien entfesselt welche weit jenseits normalmenschlicher Möglichkeiten lagen. Die ungefesselte Kraft eines tobenden Riesen. Hinnerk duckte sich unter dem ersten Hieb hinweg als Geifer ihn schon mit beiden Stiefeln im Sprung traf und so quer über den Schlosshof schleuerte, direkt hinein in den zweiten Stock des Schlosses hinein; welcher dann krachend über ihm zusammenstürzte. Die ganze Fassade stürzte in den Hof hinein. Regen wie Felsen prasselte erneut auf die Menschen nieder.

Ehe der Qualm sich legen konnte hatte Geifer schon nachgesetzt und war Hinnerk nachgesprungen. Ein Löwengardist rief: „Sollen die es unter sich ausfechten! Wir sichern derweil Kronenberg! Los! Rein da!" Die schon reingeschickten Wachleute kamen aber herausgestolpert, Wunden an Kopf und Leib: „Der Gotenjunge, Herr… Er spinnt total! Er hält die Treppe besetzt!" Der Löwengardist fluchte: „Nur ein gotischer Bengel?! Versager, lasst mich ran! Und ihr sucht derweil einen anderen Weg nach oben, klar?! Es gibt mehrere Zugänge!"

Ein einfacher Wachmann erwiderte: „Aber da kämpfen doch diese beiden Ungeheuer, nicht?" „Es sind Menschen, sowie Hauptmann Rowolt sagte! Also keine Ausflüchte oder ihr könnt euch auf eine Reise zu den Minen Mammons gefasst machen! Zum Angriff! Ohne Unterlass! Angriff!" Die letzte Drohung zeigte Wirkung und die Wachen drängten wieder ins Gebäude. Sie betraten zögerlich die Eingangshalle und oben auf der Treppe erstach Wiek gerade einen Gardisten, indem er diesem den Schild weggetreten und mit der Hellebarde nachgestochen hatte. Der Mann fiel hinunter und riss seine Kollegen mit sich hinunter, bis zum Eingang zurück.

Der Löwengardist nickte als er hineinstapfte: „Gut gekämpft, aber vergebens. Wir ehren deine Tapferkeit und schenken dir das vorläufige Leben. Sofern du dich ergibst!" Der junge Gote schnaufte zunächst, lachte dann laut und hell: „Bwahaha! Vorläufiges Leben?! Wunderbar, welch freundliche Worte! Tiefgründig, wahrhaftig und all das, hahaha!" „Spotte nicht! Wenn du sterben willst dann nur zu!" „Ich sagt dir mal was, du oller Mähnenritter vom Dienst! Sterben ist nicht schlimm, denn das müssen wir eh alle. Aber allein und ohne Respekt für sich allein zu sterben: Das ist die Hölle!" Er zuckte mit den Schultern: „Und darauf hab ich keinen Bock." „Wie du willst, Ostrogothe!" Der Löwengardist stürmte die Treppe hoch, schwang sein Breitschwert und von der Wucht allein wurde Wieks Hellebarde zerbrochen und er selbst die Treppe hinaufgeworfen.

Hier aber griff Wiek sich einen Speer, welchen ein Wachmann zuvor verloren hatte und lockte den Löwengardisten dann in einen schmalen Gang hinein. Kaum war dieser ihm gefolgt erbebte schon das ganze Gebäude; die ganze Burg. „Was war das?", fragte Wiek als der Mörtel schon durch die Decke rieselte. Und der Gardist brummte: „Unwichtig! Kümmere dich lieber um dich selbst!" Der Gardist griff an hatte aber nicht mehr genug Platz um sein schweres Schwert effektiv zu schwingen. Es war mehr eine Hieb- und keine Stichwaffe so wie der Speer von Wiek. „Haha! Für Theodroic!", rief dieser triumphierend und stach zu. Die Speerspitze aber prallte an der dicken Plattenrüstung des Ritters ab. Wiek lächelte schief und machte dann eine Kehrtwende, rannte fluchtartig davon: „Scheisse, scheisse, scheisse! Wie komm ich hier nur raus?! Was soll ich auch gegen so eine fette Rüstung ausrichten?!" Der Gardist hinter ihm hatte keine Eile. Er wusste genau, dass ein Entkommen von Kronenberg unmöglich war. Das hatten schon ganz andere versucht.

Kapitel 24

Disput in der Küche

Die Erdbeben reichten bis in Maliganas gepanzerte Schatzkammer hinunter. Zwar war es stark abgeschwächt, aber dennoch hör- und spürbar. Sie selbst saß nun an ihrem gedeckten Tisch und hatte sich etwas stärkeren Burgunderwein aufgemacht um ihre Nerven zu beruhigen. Das rote Getränk schwappte im Kristallglas herum. Sie grinste, den Blick an die Decke gerichtet: „Versucht es nur. Hier kommt keiner herein. Das ist bester ‚kroppscher Stahl' und von Meister Braun höchst selbst konzipiert! Ihr könntet den ganzen Berg einebnen und ich wäre hier immer noch sicher, hier in meiner Goldhalle, kriahaha!" Ihr Lachen hallte mehrfach durch die Kammer und erzeugte dabei ein leichtes Echo. Ihr Blick wanderte nur kurz zu der schweren Doppeltür, dann wieder zurück auf ihren Tisch. Hier war sie sicher aber dann wurde es merkwürdig still. So still sogar, dass sie das Pochen ihres eigenen Herzens hören konnte.

Warum nur schlug es jetzt auf einmal so schnell? Aber vielleicht war es gar nicht ihr Herz sondern das eines der anderen Mädchen? Hatte Geifer vielleicht eines vergessen, hatte eine *überlebt*? Giertrud vielleicht?! Nein, sie war sicher tot. Oder? *Oder*?! Zweifel krochen wie knackende Käfer Maliganas Rückgrat empor und frästen sich dort in ihren Geist. Jemand stand doch hinter ihr?! *Oder nicht*?! Maligana wirbelte herum doch sah sie nur ihre Schätze, Berge von Gold und Silber. Sie seufzte lautstark: „Nein, alles in Ordnung." Da war niemand, konnte gar niemand sein. Sie hatte zudem alles hier was man zum Überleben brauchte. Hier war für alles gesorgt. Für immer und ewig.

Ihr Kampf brachte Wände, Stützpfeiler und Räume zum Einsturz und Geifers schweres Falchion zerteilte gerade mühelos einen schweren Eichenholztisch, als sie sich bis in die Schlossküche vorgekämpft hatten. Die Köche, Metzger und Diener waren allesamt vorsorglich geflohen. Der Söldner sabberte: „Grihehe, das ist bester genuesischer Stahl, ghehehe! Schwer und wuchtig, gut zum Knochen hacken!" Hinnerk hüpfte seinerseits auf den großen Kaminsims und schnappte dort erstmal nach Luft. Auch mit Thiannas

Hilfe war er sichtlich angeschlagen und dass nicht ohne Grund. Geifer quoll über vor Sanguin-Energie, eine rohe, tödliche Gewalt.

Der Söldner riss seine nun Klinge knackend aus dem dicken Holz, überprüfte dessen Schärfe und fragte im Plauderton: „Sag mal, Friese: Dachtest du wirklich du würdest irgendwas verändern mit deiner kleinen Veranstaltung in Hamburg? So wirklich?" Der Geist schwieg und Geifer spielte derweil weiter mit seinem Schwert, ließ es in der Luft wirbeln und schien zu einem letzten Plausch bereit: „Ich werde dir jetzt sagen wie es mit eurer kleinen Rebellion zu Ende geht; wie es mit jedem Aufstand, jedem ‚heroischen Akt' zu Ende geht und das seit Anbeginn der Zeit bis in alle Ewigkeit. Amen! Amen. Gheheh…" Als Hinnerk immer noch nichts sagte fuhr er oberlehrerhaft fort: „Nach eurem ‚superben Triumph' werden erstmal die Jahre ins Lahn ziehen und eure Kinder werden schon nichts mehr über die Schrecken wissen, welche ihr durchlitten habt und welche euch dereinst soweit brachten dass er euch die Kraft gab gegen Adel, Ratsherren und Bischöfe zu Felde zu ziehen. Diese Erinnerungen werden verblassen und bald nur noch Geschichten sein, die irgendwann sogar nerven; wegen ihrer Penetranz! Und eure Kinder werden faul und gemütlich, leben dann in der von euch hart erkämpften Sicherheit. Und trotz all eurer ernst gemeinten Warnungen verstehen sie es nicht; können den ‚Terror' nie verstehen. Wollen es auch garnicht. Wer will das auch schon? *Impossibile!*" Geifer grinste breit und Hinnerk fragte: „Warum laberst du mich hier eigentlich voll? Was willst du hier beweisen?"

Der Söldner setzte sich auf einen nahen Stuhl welchen er mit einem geschickten Tritt wieder in aufrechte Position brachte, ließ sich darauf fallen und starrte dann ins Kaminfeuer, ganz so, als wäre er plötzlich nicht mehr an einem Kampf interessiert. Von draußen durch die Fenster erklangen der Kampflärm Wieks und das Wüten des krachenden Gewitters.

Geifer löste seinen Blick, grinste und wedelte dann mit der Hand: „Ich bin noch nicht fertig, mein kleiner Hüpfgeist. Also: Deine Kinder haben ein gutes Leben, Elend gibt es für sie nicht mehr. Sie wollen es sich bewahren und während eure Generation dahinsiecht durch Alter und Gebrechlichkeit, kämpfen und balgen sie sich wieder wegen Kleinigkeiten. Diese ‚Kleinigkeiten' aber, mein lieber Knabe, steigern sich mit den Jahren zu Hass und Zorn auf. Zunächst sind's nur Gewaltausbrüche im Kleinen, aber bald ist es schlimm genug damit ein Funke das vertrocknete Verhältnis wieder zu entflammen droht. In ihrer Sehnsucht nach Gemütlichkeit schlagen sie auf jeden ehrlichen Wutausbruch ein weil sie, ja ‚nur ihre Ruhe' haben wollen. Sie wollen von echten Problemen nichts mehr wissen, kehren sie überall unter den Teppich und machen jeden mundtot der sie vor den wachsenden Verwerfungen warnen könnte. Die Menschen verdrängen ja sooo gerne." Geifer wippte auf und ab: „Und ich verstehe das. Es liegt uns halt im Blut. Niemand weiß woher dieser Drang kommt – aber alles verlagert sich schließlich auf das reine, hysterische Bekämpfen von Oberflächlichkeiten welche das eigentlich Problem ignorieren..." Geifer lehnte sich gelangweilt zurück und schniefte: „Es kommt dann zu Verteilungskämpfen, zunehmendem Leid dass offiziell keine Beachtung findet, *blablabla*. Von unten ansteigend bis allen das Wasser bis zum Hals oder auch darüber steht. Bisse ersaufen, nich? Neue Mächtige, Brutale, kristallisieren sich dann im Gewirr heraus, welche sich mittels roher Gewalt ihre Stellung sichern - und sei es nur indem sie den anderen Brot und Wasser vorenthalten. Und zack!!" Er klatschte in die Hände: „Just dann sind wir auch schon wieder bei dem was ihr ursprünglich bekämpft habt! Bei Adel und Sklaven, Reich und Arm. Es braucht diese ‚brutale Kontrolle'!" Hinnerk fragte lapidar: „Wieso?" „Weil sonst die *Angst* überhandnimmt. Und weil Angst die Menschen hysterisch macht, gefährlich in ihrer panischen Furcht. Es ist eine innere Furcht, die sie nicht loswerden können; welche sie bestimmt sobald es ihnen bewusst wird: Die Endlichkeit ihres Seins auf Erden. Uns besser bekannt als der gute alte ‚Gevatter Tod'." Es blitzte und donnerte draußen als der Sturm weiter zunahm und durch die zerstörten Gänge heulte. Wasser drang durch alle Ritzen.

Der Söldner sprach: „Ihr seid auch nur Teil dieser großen Verweigerung das Unvermeidliche anzuerkennen, ihr verlängert nur das Leiden. Der Untergang ist aber unaufhaltsam. Es ist eh alles ein Beschiss… Aber freut euch also solange ihr könnt und denkt euer kleiner Sieg – eure Freunde, eure Liebe, eure Völker, eure Familie - wäre für immer und ewig. Nichts davon wird wirklich passieren. Alles ist für den Arsch." Er hob den Zeigefinger und gab zu: „Es sei denn - ihr könntet wie durch ein Wunder die taube Masse wachrütteln und zur Ehrlichkeit; zur absoluten, erbärmlichen Wahrheit, anhalten. Dann und nur dann wäre etwas machbar. Aber das passiert nie. Dazu sind die meisten zu naiv und trottelig. Es ist somit sinnlos, Junge! Wir leben in einem großen Scheisshaufen und das Beste was wir darin erreichen könnten ist oben auf dieser Kacke zu stehen wenn der nächste Kollaps kommt! Denn so wird Krieg sein bis in alle Ewigkeit. Amen!" Hinnerk wartete ab und fragte dann: „Bist du jetzt fertig?" „Ja? Das war's von meiner Seite. Und jetzt? Keine heroische Antwort? Kein Freiheitsapell an mich? Keine letzte, große Auseinandersetzung zwischen unseren verschiedenen Ansichten? Nanu? Was ist denn los, Kleiner? Hab ich etwa gewonnen? Sollte ich etwa wirklich recht behalten?!"

Geifer stockte, schien regelrecht irritiert: „Natürlich hab ich recht, aber das du so schnell aufgibst – schade! Enttäuschend." Der Geist sprach endlich: „Ich gebe nicht auf, ich warte nur." „Worauf?! Auf besseres Wetter?" „Nein. Nur darauf, dass sich dein Sanguinhoch verflüchtigt. Du schwitzt schon." Geifers Grinsen erstarb und er sprang auf. Gerade noch rechtzeitig kam er an seine Waffen um Hinnerks explosionsartige Sprungattacke nun anzunehmen und ihn in die Wand abzulenken, sodass dieser durch sämtliche Küchenutensilien raste. Es schepperte und polterte als Hinnerk sich in der Luft drehte; an der Wand abstieß und erneut angriff. Geifer spürte da einen Stich im Herzen, verlor kurz die Kontrolle und wurde vom Geist durch eine weitere Wand getreten. Stützpfeiler barsten unter der kombiniert-kinetischen Energie eines schweren Mannes in Plattenrüstung und einem Tritt, der die Kraft eines Riesen beinhaltete.

Hinnerk und Thianna waren sich so einig wie noch nie zuvor; ihre Gedanken gingen ineinander über, verschwammen miteinander und auch ihre Gefühle überlagerten sich schon. „Ich habe genug von dir.", sprachen sie mit einer Stimme als sie durch das herabregnende Geröll in den Raum schritten wo Geifer sich hustend und Blut spuckend erhob. Der Geist sprach: „Du bist kein Wolf und du bist auch kein Mensch – du hast beide Titel nicht verdient. Du bist nur mehr ein totes Objekt; ein Ding ohne Bestimmung." Geifer nickte: „Du willst mir das Recht auf Leben absprechen? Nicht sehr nett." Hinnerk schüttelte den Kopf: „Das hast du dir soeben abgesprochen. Denn ohne Hoffnung ist ein Leben nichts mehr wert." „Sieh dich an! Guck! In Bruchtorf hab ich dir noch den Hintern versohlt und nun reißt du mir meinen Arsch auf?! Ahhh - Du wirst wirklich wie ich. Wirst noch sehen!" „Wie soll ich werden?" Geifer setzte die zweite Pulle Sanguin an und Hinnerk ließ ihn gewähren. Der Söldner lächelte: „Ohne. Jede. *Hoffnung*!" Geifer griff an und bekam Hinnerk am Hals zu packen; drückte ihn durch die nördliche Wand bis auf den Hauptflur. Schreiend wichen die Mägde zurück und suchten nach draußen zu gelangen, nur weg von diesen Irren.

Ein zitternder Geifer stand über Hinnerk und sein Speichel tropfte auf seine Maske hinab: „Du - sagst mir nicht wie ich mein beschissenes Leben zu führen habe! Klar?!" Ein heftiger Schlag von Geifers Faust reichte aus um die Maske in Teilen abzusprengen. Dahinter kam eines von Hinnerks nun grünlich schimmernden Augen zum Vorschein. Dunkelgrüne Kratzer wie bei Thianna waren auf seinem Gesicht abgebildet. Geifer lechzte und keckerte: „Ein Vorbild willst du sein?! Wir sind alle gleich viel wert! Nämlich rein Garnichts!" Er schleuderte Hinnerk den Gang hinunter wo er noch einige Meter weiterrutschte.

Geifer knackte mit den Halswirbeln und stöhnte gelangweilt: „Komm schon, komm schon Geist! Komm schon, *Hinnerk*! Entfesseln wir die althergebrachten Rituale des Krieges! Lass uns schnaufen, raufen und zerreißen! Wilde Bestien sind wir, alles andere ist nur gespielt! Lügen, nichts als Lügen! Ich will aber die nackte Wahrheit, das wahre Sein finden, mit Haut und Harren, Blut und Spucke! Ghiahaha! Denn so ist er Mensch! Irre vor Angst!" Geifer griff erneut an und durchbrach Hinnerks Abwehr schon nach kurzem Schlagabtausch. Sein Leib krachte durch die Holztür hinter ihm und sie befanden sich jetzt auf der Wendeltreppe des mächtigen Burgfrieds von Kronenberg. Die Treppe führte bis zum höchsten Punkt des Schlosses; einer zinnbewehrten Turmspitze. Hinnerk rappelte sich aus den Trümmern auf und knackte mit den Halswirbeln; brachte sich in eine Abwehrhaltung. Der Söldner ließ nicht lang auf sich warten. Es ging dem Ende zu.

Wiek versteckte sich mit pochendem Herzen in einem Nebenraum und wartete bis der Löwengardist an ihm vorbeigezogen war. Er atmete rasselnd wieder aus und rieb sich die vor Aufregung tränenden Augen: „Hier kommst du nicht mehr raus, Kecknitzer. Diesmal nicht." „Jedenfalls nicht wenn du hier so sitzen bleibst, Gote." „P-Puk?! Du lebst?" Der byzantinische Knabe fiel von der Decke: „Mehr schlecht als recht, aber ja. Ich lebe noch." „Immerhin besser als garnich, haha! Schön!" Puk lächelte: „Wie immer eine Ansichtssache. Aber diese Krallen werden uns nicht mehr belästigen." Wiek bemerkte die Wunde an Puks nacktem Oberschenkel: „Oh, du blutest? Warte. Das haben wir gleich. So." Der Gote zerriss Teile seines Hemdes und knotete es eilig über der Wunde zusammen. Puk verbeugte sich dankbar: „Ein guter Verband." Wiek winkte ab: „Ich wollte immer eher Wunden verbinden als schlagen." „Werde doch Medicus? In Byzanz gibt es viele Schulen dafür." „Ich?! Ein Heiler? Ne, bin ich viel zu blöd dafür." „Alles ist erlernbar." „Wenn du meinst." Puk schmunzelte: „Ob Barbaren oder Romani: In der Not halten Menschen zusammen, wie?" Wiek winkte prustend ab: „Ha! Kein

Problem du Vogel! Haha!" Er stockte: „Ratibur - ihn hat es allerdings erwischt." „Ich hab ihn gesehen. Starb er wenigstens glücklich?" Wiek schluckte: „Ja, ich denke schon? Noch vor wenigen Tagen hätte ich nie gedacht, dass wir wilder Haufen sowas wie Freunde werden könnten. Du etwa?" Puk schwieg. „Ich meine; Warum muss es immer erst zum Schlimmsten kommen damit wir aufeinander zugehen können? Warum muss es immer erst so ausarten? Ist doch völlig hirnrissig!" Puk erklärte abgeklärt: „Weil die Menschen erst in ihrer Pein begreifen, worum es wirklich geht. Vorher lügen und täuschen sie einander, bis es halt nicht mehr geht. Und dann ist es oft zu spät. Ihr ureigenstes, ewiges Drama."

Das Schloss erbebte wieder und Geröll rieselte in ihre kleine Kammer. Puk bemerkte: „Das wird Hinnerk sein. Er und Geifer kämpfen und entfesseln dabei große Kräfte..." „Wir sollten ihm helfen! Komm mit, du ‚Drama'!" Er wurde von Puk gestoppt: „Nein, Wiek. Lass mich vorgehen. Geh gebückt und halt dich fern vom Licht. Wir müssen *schleichen*." Wiek begriff und gemeinsam öffneten sie leise die Tür und huschten durch die finsteren Gänge. Gebrüll und Verwirrung der Wachleute hallte durch das ganze Schloss und das Geschrei von Mägden und Knechten vermengte sich mit dem allgemeinen Getöse, welches stoßweise Kronenberg zum Erzittern brachte. Sie kamen bald in einen Nebengang an dem mehrere gelfische Wachleute gerade vorbeirannten – sie warteten diese ab, bis Puk sagte: „Sprich! Du willst uns nicht töten, also bist du ein Freund?" Wiek blinzelte, verwirrt: „Bitte was? Hö? Redest du mit mir?!" Aus dem Schatten vor ihnen schälte sich jetzt eine bekannte Gestalt heraus. Der Mann lächelte süffisant unter dem Schnauzbart und brummte leise: „Kommt immer drauf an wer fragt, nich? Wir beobachten Kronenberg schon seit Tagen und euer kleiner Tumult heut Abend blieb nicht unbemerkt. Wir dachten uns also: Jetzt oder nie." Puk nickte: „Arkim Mentzeler, richtig?" „Richtig. Ich bin hier um euch etwas zu übergeben." Der Wende übergab ihnen einen Beutel mit Ringen und Wiek runzelte die Stirn: „Sind das...?" „Genau, die Ringe und Kristalle die euch hier festhalten."

Der Waldläufer hielt inne: „Moment mal... Wo sind denn eure Jochbänder? Schon ab?! Wie?!" Wiek grinste: „Es war nur ein fauler Zauber." Mentzeler blickte ungläubig: „Wie jetzt? War es also völlig vergebens diese Ringe zu besorgen?" „Was?", fragte Puk. „Na, die Arbeit die sich der Janssen und diese ‚Gurtlinde' gemacht haben! Von denen hab ich den Krempel doch erst!" Puk erwiderte: „Also hatten unsere Damen nur Fälschungen dabei? Das erklärt zumindest wieso wir keinen Initiali-Schmerz empfanden. Es war also doch nützlich. Aber sagtet ihr Jens und Gerlinde? Sie sind auch hier?" „Natürlich sind sie das.", antwortete der Waldläufer ruhig, „Sie sind heute Morgen erst angekommen; völlig erschöpft bei uns im nördlichen Lager im Wald; zusammen mit diesem sprechenden Vogel. Sie sagten uns diese Schmuckstücke müssten dringend zu euch gebracht werden um den Bann zu brechen. Und ich dachte bei dem Sturm und bei der Aufregung könnte ich leichter zu euch gelangen. Aber im Kerker ward ihr ja nicht mehr?!" Wiek sagte: „Folgt einfach den Leichen." Der Waldläufer stützte sich auf seinen sächsischen Langbogen: „Gut: Was ist hier eigentlich los, hm?" Puk winkte ab: „Später. Zunächst sollten wir hier verschwinden." „Verschwinden? Drauf geschissen, Staps! Ich bin ja nicht allein hier. Heut Nacht wird Kronenberg fallen!" Wiek scherzte: „Bei dem Wetter?" „Oho! Unterschätzt nicht die Widukinder, meine jungen Freunde." Puk sagte dann zu Wiek: „In Ordnung, du gehst mit Arkim Mentzeler mit. Ich gehe und hole derweil Hinni! Allein hab ich weit bessere Chancen an den Wachen vorbeizukommen, nichts für ungut." Wiek wollte erst widersprechen, aber dann klopfte er Puk auf die Schulter und umarmte ihn: „Pass auf dich auf, mein komischer Freund. Wir wollen später noch einen Becher miteinander heben. Wir alle, im Gedenken der anderen!" Puk setzte zu einer Antwort an ließ es dann aber. Er verschwand in den blaubeleuchteten, schwankenden Gängen. Arkim Mentzeler sagte: „Komische Type, oder?" Der Gote aber zuckte mit den Schultern: „Immer noch besser als ein leeres Blatt." „Laberzeit ist um; hier entlang! Auf mein Signal geht es rund!" „Ihr Widukinder greift also wirklich Kronenberg an?" „Ja. Der Rossreiter hat es nicht mehr ausgehalten, und diese Entführungen müssen endlich gestoppt werden. Außerdem ist ihm diese Bande wohl ans Herz gewachsen, wie mir scheint! Haha! Endlich! Endlich wieder in die Offensive! Der Wald wächst wieder, schlägt neue Wurzeln!" Mentzeler führte Wiek denselben Weg zurück den er gekommen war. Von Pfeilen durchbohrte Wachen lagen auf ihrem Weg bis zur nordöstlichen Mauer. Von den Zinnen aus sah Wiek dann, durch den Sturm hindurch, viele verhüllte Gestalten im Schatten vor Kronenbergs Mauern stehen. Es war eine Armee aus Waldläufern; eine Armee die sich gänzlich ohne Licht im Schutz des Sturms bewegt hatte!

Sie lief jetzt immer nervöser auf und ab, hob eine Goldmünze, drehte sie in der Hand und setzte sich dann wieder auf eine Truhe. Maligana liebte den Glanz ihrer Münzenberge welche seit Ewigkeiten die Schicksale der größten Könige und mächtigsten Reiche bestimmte. Sie murmelte: „Nur wer das Gold hat, hat die Macht..." Ganze Imperien erstiegen mit der Hilfe dieses weichen Edelmetalls aus der Asche zerrissener Flickreiche neu empor. Und dieselben, neuen Imperien zerfielen in ewigen Streitereien um die Macht sobald das Gold wieder weniger wurde. Das Gold selbst aber blieb. Perfekt, unsterblich war es, für alle Zeit. Maligana redete öfters mit ihrem Schatz, so auch nun: „Dir ist es egal wer dich besitzt oder? Denn niemand würde dich je verraten, nicht wahr? Niemand würde dich in einen Sumpf werfen oder ins Meer... Denn du selbst bist die Ewigkeit, das ewige Leben. Setzt nicht einmal Moos an, so wie das mindere Silber." Maligana hauchte zärtlich auf das Goldstück und leckte kurz mit ihrer Zunge darüber - um einen Hauch jener Unsterblichkeit zu spüren, welche sie so glitzernd umgab und aus der sie ihre ganze Kraft bezog. Sie legte sich dann auf die Schätze, hinein in eine Kuhle welche sie eigens eingelegen hatte. Nicht zum ersten Mal war sie hier unten und sonnte sich in den güldenen Reflektionen des Metalls welches ihre Haut beschien wie die Sonne selbst. Sie räkelte sich und zog die Beine an – ließ Münzen auf sich prasseln und schloss dann selig-zufrieden die Augen.

Sie war sicher hier in Kronenberg, im ausgehöhlten Berg; im Stahlraum umgeben von all dem prächtigen Gold. Es war wie im Mutterleib: Ein Ort an dem einem keine Gefahr drohte. Kein Schmerz, der sie hier erreichen konnte. Einzig das dumpfe Brummen eines oberirdischen Bebens störte sie manchmal. Genervt davon richtet sie sich irgendwann auf und sah zur Tür hinüber. Es war wiedermal so schrecklich *still* geworden. Täuschte sie sich, oder war da nicht ein Kratzen? Es war *unmöglich*. Die Tür war meterdick und aus kroppschem Stahl – niemand ‚kratzte' daran. Es mochten tausend Schwerter sein, welche gerade drauf einschlugen; aber alle vergeblich. Maligana ging zur Tür und hielt eine Münze zwischen den Fingern. Das Kratzen, wie von tausend Mäusefüßen wurde lauter und lauter; warf immer höhere Wellen. „Aufhören!!", brüllte Maligana schließlich und trat wütend gegen die Tür. Ihr Fuß schmerzte und sie ließ die Münze dabei fallen, diese rollte über den Boden davon. Das nerv tötende Kratzen war aber verstummt. Sie schnaufte und folgte der rollenden Münze bis zu einer Säule wo diese zum Erliegen kam. Aber etwas an der Säule stimmte nicht – denn jemand stand dort! Ganz in Schwarz, ein Schatten!

Maligana blieb sofort wie angewurzelt stehen. „He…! Heda!", rief sie und suchte ihren kleinen Stichdolch (welchen sie als Dame von Welt stets bei sich führte). Ihr Herz klopfte wie wild als sie sich langsam der Säule näherte. Die ‚schwarze Gestalt' aber rührte sich nicht, stand nur da. Maligana umrundete die Säule in sicherem Abstand, doch der Schatten bewegte sich mit ihr mit. „Komm raus! Und ich verschone dein Leben! Los!" Da war doch jemand? Da war ganz sicher jemand! Die Herrin von Kronenberg verlor letztlich die Geduld und rannte auf die Säule zu, den Dolch zum Stich gezückt. Sie setzte dem Schatten nach aber er blieb immer außer ihrer Reichweite, in nahtloser Bewegung. Ein kalter Schauer lief Maligana über den Rücken. Was ging hier nur vor?!

Sie versuchte es dann von der anderen Seite aber dort war es dasselbe Spiel. Es war ihr als spielte jemand mit ihrem Geist. Sie entfernte sich von der absolut lautlosen Gestalt, welche nur die ‚Umrisse eines Menschen' hatte aber sonst nichts. Es blieb regungslos, ein Schattenbild nur. „Ich muss mich täuschen? Es ist wohl das Licht der Fackeln… Dieser elende Hexenmeister und seine blöden, magischen Fackeln!", erkannte Maligana schließlich und steckte den Dolch wieder ein. Sie ging zur Säule und nahm die Münze wieder auf: „Das gehört mir, klar?", sagte sie zum Schatten. Niemand widersprach ihr, denn niemand war da um zu widersprechen. Sie ging zurück in ihre goldene Bettstatt und legte sich entnervt hinein.

Da! Doch ein Tuscheln, ganz nah; direkt neben hinter ihrem Ohr. Sie wirbelte herum aber niemand war zu sehen. Das Tuscheln kam jetzt aus einer anderen Ecke: „Giertrud? Bist du das?!" In das Murmeln mischte sich nun ein helles Kichern: „Laurenzia? Du Miststück, bist du das?!" Maligana hielt den Dolch mit beiden Händen so fest umklammert, dass ihre Knöchel weiß hervortraten. Die Stimmen von jungen Männern mischten sich in das Gemurmel hinein. Sie klangen irgendwie vertraut und zumindest eine Stimme erkannte sie als die von Ratibur wieder. Oder war es die Stimme vom dicken Wenden, Lars Tipmann? Aber nicht nur deren Stimmen zogen jetzt wie sirrende

Pfeile durch die goldgefüllte Halle, sondern auch die von Hengest und dem lange verstorbenen Horsa. Das Stimmengewirr ließ Maligana jedes Mal zusammenfahren wenn es an ihr vorbeihuschte, denn verstehen konnte sie davon kein Wort. Es wurde unerträglich und sie schrie: „Haltet die Klappe! *Sofort*!! Ihr dürftet gar nicht hier sein! Ihr seid doch alle tot!!! LASST MICH IN RUHE!" Das Stimmgewirr ebbte ab, aber die folgende Stille war entnervender als der Lärm selbst. Dann sprachen die Geister mit einer gemeinsam-hallenden Stimme, die so tief und gewaltig war, als entstammte sie Gott selbst: „DU. BIST, ALLEIN."

Maligana klingelten die Ohren, sie rutschte zu Boden, schlotterte. Drei Worte nur. Drei Worte nur brauchte diese körperlose Stimme um sie bis in Mark zu erschüttern, so dass sie keine Kraft mehr hatte um aufrecht zu stehen. Ihre Beine waren aus Wachs. Furcht, Panik kroch in ihr hoch. Die Wände der Kammer bogen sich über ihr, die blauen Fackeln zuckten verzückt und das Gold selbst schien sich zu dämonischen Fratzen zu verformen, immer und immer wieder. Die einst absolut sichere Welt selbst bot keinen Halt mehr. Sie war allein in einem Gefängnis welches ihr die Luft zum Atmen abschnürte. Sie kroch zu ihrem Goldhaufen doch auch es versprach ihr keine Sicherheit mehr. Es wirkte so *krankmachend*, trostlos und widerwärtig, und war von so einer verlockend-süßlicher Übelkeit, dass sie sich spontan übergeben musste. Die Säulen und Wände bogen sich über ihr und schmolzen dahin. Maligana torkelte hin und her als wäre sie von schlimmen Kräutern benebelt. Die tuschelnden Stimmen flatterten wieder an ihr vorbei, verspotteten sie, bemitleideten sie, verfluchten sie; und das alles auf einmal. Nichts war mehr fest, dabei war alles doch so sicher gemacht worden wie nur irgend möglich. Träumte sie? Was geschah nur mit ihr? Die Stille – Die elende Stille fiepte jetzt schrill in ihren Ohren wie ein hochfrequentes Pfeifen, welches immer lauter wurde. Sie schrie aber es klang dumpf. Das Pfeifen ebbte langsam ab und just als sie sich sicher fühlte, kehrte es mit umso größerer Wucht zurück. Die Schatten! Mehrere Schatten an den Säulen huschten jetzt blitzschnell vorbei, wie Schwärme von Ratten! Wohin sie sich auch drehte, nichts bot ihr mehr Sicherheit. Sie wusste es und in diesem Moment quoll es aus ihr hervor.

Ein erbärmliches Wimmern, ein Schluchzen quoll aus ihrer Brust; gefolgt von einem leisen Kichern: „D-Das ist doch alles nicht wahr. Das passiert doch nicht wirklich; ist alles nur in deinem Kopf, alles nur in deinem Kopf…?" Dann traf es sie wie ein Schlag in die Magengrube. Die Welt kehrte wieder zu alter Form zurück, die Schatten und das Pfeifen verhallte. Genau das war das Problem: Alles war nur in ihrem Kopf! Sie musste es herausbekommen; musste einen Weg finden sich abzuschirmen gegen jene Wahnvorstellungen! Ihr Gold würde sie davor nicht bewahren können, die Stahlmauern ebenso wenig! Sie brauchte Hilfe, magische Hilfe! „Wenn nur dieser leidige Hexenmeister hier wäre! Er soll das in Ordnung bringen! Seine Hexerei hält Kronenberg aufrecht…" Maligana stapfte zur Doppeltür. „Ich will hier raus. Sofort! Seyton?! SEYTON!!" Sie zog an den Balken und Ketten. „Öffne dich! Öffne dich, du Scheissding!! Wieso? Wieso geht das nicht auf…?" Das Stimmengewirr hämmerte von jenseits der Tür und das Gelächter von Giertrud, Laurenzia, Stefanie Treyer, Heidel Kloros, Antonia Gateux Horsa, Hengest, Lars Tipmann, Ratibur und allen anderen Opfern der Kronenberger Spiele – vermengte sich mit den hunderten von Geistern vom Totentanz. Sie alle höhnten: „DU BLEIBST. ALLEIN." Dann schlagartig wieder Stille. Maligana drehte sich um, zitterte. Dann schrie sie. Denn *alle* waren sie jetzt hier, starrten sie aus leeren Augenhöhlen an; ihre Gesichter zu einem unnatürlichen Grinsen verzerrt wie abstrakte Karikaturen ihrer selbst. Eine Halle ganz voll Toter die um sie herum standen und direkt anblickten. Sie verabschiedeten sich von ihr, ein letzter Abschiedsgruß. Maligana sank wimmernd an der Tür hinab, das Blut rauschte in ihren Ohren wie tosendes Wasser. Sie blinzelte einmal - und alle waren sie schlagartig verschwunden.

Maligana stotterte: „I-I-Ich bleibe allein? Hehe – dafür… hehe … bin ich reich! U-U-Und ihr seid tot! *Tod*! I-I-Ich aber lebe EWIG!! Hört ihr?! HAHA! Ewig lebe ich, für alle Zeit bis die Gezeiten sich auf den Kopf stellen! Höh! Geht nur! Haut doch ab! Ich aber bleibe hier! Gefällt mir besser so ohne eure beknackte Scheisse! Thahaha! Hahahah!!" Sie lachte lauthals und ihr Gackern hallte tausendfach von den Wänden wieder. Hengest Rache war damit vorüber. Die Geister der ganzen Opfer Kronenbergs hatten ihm geholfen in diese Halle einzudringen. In der Schwärze des Übergangs zum Totenreich sprach Hengest: „Kein Unrecht…" „…bleibt bestehen.", vollendete Horsa. „Willkommen zurück, Bruderherz." Die Zwillingsbrüder verließen dann Hand in Hand die Szenerie dieser Welt – aber ihre Taten würden weiterleben; durch jene Berührungen mit all denjenigen die sie getroffen hatten und deren Leben sie beeinflusst hatten. Das war ihre ureigene Unsterblichkeit, die nicht auf goldenem Metall fußte; sondern auf dem nun tobenden Wahnsinn Maliganas. Diese richtete sich auf, krumm und mit irrem Blick; Schweiß im Nacken und auf der Stirn. Dabei wiederholte sie ständig: „Ich hab hier alles was ich brauche. Alles was ich brauche. Leben werde ich. Ihr seid tot. Ewig leben, hehe… jaja… ewig leben…" Je nachdem, wie man es sah war sie umgeben von unermesslichem Reichtum und bitterster Armut zugleich.

Niemand kratzte jetzt mehr an ihrer Tür – aber dennoch schreckte sie auf als sie ein Geräusch vernahm. Aber es waren nur ihre eigenen Finger, die nervös über die Arme kratzten bis sie rot und wund waren: „I-I-Ihr wollt nur mein Geld. Alle nur mein Geld. D-da hört die Freundschaft e-eben auf?! Da versteh i-ich keinen Spaß, hehehe! Versucht e-e-es nur! Haha! Beißt euch die Zähne aus, die Arme sollen zu blutgen Stumpen euch werden, thehaha… Thehhehe…" Sie wippte auf ihrem Stuhl auf und ab, starrte auf die Tür zur Außenwelt und kicherte immerzu. Hier ging nichts mehr hinaus. Nie mehr. Sie war in Sicherheit. In absoluter Sicherheit…

Seyton stand, umringt von schwer bewaffneten Söldnern auf dem Torhaus vor dem Burghof und sah hinüber zum teils zerstörten Schlossgebäude; seinen eisernen Stab fest umklammert. Der heulende Wind peitschte in sein Gesicht doch er blieb ganz ohne Regung. Er bemerkte einen der angeheuerten Söldner; einen dürren Kerl mit eingefallenem Gesicht der sich durch das Tor schleichen wollte. „Halt! Hier flieht niemand! Kämpft!" Der Mann bekam große Augen und rannte los. „Gatter!", brummte Seyton doch es war zu spät, er entkam ihnen. Darum befahl er den Wachen neben sich: „Tötet ihn." Sie nahmen ihre Armbrüste von den Schultern, spannten, legten Bolzen ein und feuerten. Der dürre Söldner stürzte getroffen zu Boden, während dicke Regentropfen auf ihn niederprasselten, mit dem Gesicht im Schlamm.

Seyton wandte sich an die anderen Wachen im Hof und hieb mit dem Stab auf die Torhauszinnen: „Hört, hört! Wer hier flieht, verwirkt sein Leben! Wer aber kämpft wird reich belohnt! Also tötet diese Bastarde! Für Kronenberg! Für das Gelfenhaus! Zum Angriff!" Der Aussicht auf erhöhten Sold ließ die Söldner freudig aufbrüllen, doch kurz darauf gingen ihre Stimmen gurgelnd unter als von den gegenüberliegenden Wällen Pfeile herabsausten und ihre Helme quietschend durchschlugen. Es tönte durch den Sturm hindurch, leise, aber mit einem tiefkehligem Gesang. *„Heb auf den morschen Schild; schwing die schartge Axt! Wirf den alten Speer und zeig ihnen wer wir sind! Wir sind! Wir sind! Wi-du-kind. Widukind! WI-DU-KIND!"*

Seyton fluchte: „Das Sachsenpack! Los, steht da nicht dumm rum, Löwengardisten! Schmeißt dieses Gesindel von den Wällen herunter!" Er hämmerte mit dem Stab knallend auf das Torhaus und Blitze zuckten zeitgleich vom Himmel. Es war ein Weckruf und nunmehr brach die Hölle vollends los als widukindische Krieger mit Wurfhaken und Leitern die Mauern erklommen und Söldner und Löwengardisten die Treppen emporstiegen, ihre Armbrüste luden und in die sturmumtoste Nacht feuerten, in der Hoffnung ihre Feinde damit zu durchbohren. „Woher kommen die alle auf einmal? Wo waren unsere Wachposten?!" Der Großkammerdiener knurrte genervt, aber immerhin war Herrin Maligana in Sicherheit. In ihrer ‚goldgetränkten Kammer' würde sie für Jahre überleben können wenn es nötig wäre. Wenn nicht wesentlich länger.

Geifer focht gerade ein Rückzugsgefecht und beide stiegen sie Attacke um Attacke, Parade um Parade die Stufen hinauf. Sie durchquerten dabei den kompletten Burgfried während Sturm und Kampfgeschrei von den Gardisten und Widukindern durch die flatternden Vorhänge heulte. „Hörst du das, Junge?", rief Geifer freudig, „Die Musik von Leben und Sterben, das Zerschneiden von Gliedern, das Schlitzen und Ritzen; das Bluten und Sabbern, das Scheissen und Besaufen, ghiahaha! Hick und hack, hin und her! Streben und vergehen. Kommen und gehen…. Nanu?!" Hinnerk senkte Pakhaous Klinge. Der Söldner knurrte verwirrt: „Weiter!? Los! Alles muss kämpfen um zu bestehen, selbst du!" Hinnerk aber schüttelte den Kopf: „Mir ist gerade eines klar geworden. Ich muss dich gar nicht bekämpfen, das gibt dir nur mehr Kraft. Du wirst dich bald schon selbst verzehren. Ich muss doch nur warten. Denn das was diese Welt zusammenhält seid nicht ihr und ist nicht eure erbärmliche Selbstbeweihräucherung auf dem Rücken der Schwachen. Aber genau das wird euch überdauern, dieses Band aus Schwäche geboren. Und irgendwann wird es seinen ungestörten Triumphzug über euch feiern. Die einzigen, die einen aussichtslosen Kampf führen sind jene, die nur mit Drogen das Leben ertragen können. Ihr seid voller Scheisse und du insbesonders!"

Geifer sprang mit einem Satz gleich mehrere Stufen höher: „Also wirst du mich verschonen, wie? Damit ich weiter leiden darf, hm? Darum die defensive Haltung, eh? Wie grausam!" Sie kämpften weiter und erreichten das sturmumtoste Dach des Burgfriedes. Von hier oben sah man das Kampfgetümmel unten im Hof während der Wind stark an einem zerrte. Ein Ausrutscher auf den feuchten Steinen und man wäre haltlos in die Tiefe gerauscht – wenn da nicht die Zinnen gewesen wären. Niemand sonst war zugegen. Sie waren allein.

Hinnerk erklärte sein Zögern: „Eigentlich wär es mir wirklich gleich was mit dir passiert, ja, aber ich habe nicht vergessen was du Ulrich Janssen, Silke, den Friesen, meinem Vater Okko und Leevke angetan hast! Nein, du bist jenseits meiner Gnade. Und jetzt bist im Arsch, Köter. Drum stirb endlich." Geifer lächelte mitleidsheischend: „Jenseits der Gnade?! Pfff." „Gnade ist Mangelware, Arschloch." Der Söldner sah sich um, die Haare und der Umhang klebten vom Regen nass an ihm: „Na dann? Ein schöner, letzter Schauplatz! Feucht, dunkel, kalt und voll mit donnerndem Dreck... Zeit zu sterben." „Wappne dich." Geifer lachte: „Ghaha! Gut so, ‚Traumjäger'! Komm ruhig her wenn du es wagst!" Sie kreuzten die Klingen dann so hart, dass Funken stieben, tauschten Hiebe und Tritte aus während über ihnen der Himmel blitzte und krachte. Sie rutschten auf dem nassen Stein herum bis an die Zinnen heran welche von ihrer Wucht bedenklich schwankten. Geifers Brustkorb hob und senkte sich in rasender Geschwindigkeit. Er pfiff und schnaufte; traf Hinnerk dann mehrmals mit solcher Wucht, dass dieser ebenfalls über die Zinnen rutschte und Blut spuckte. Thi warnte ihn, ebenfalls erschöpft: „Mehrere Rippen sind angeknackst! Ich kann dich nicht ewig zusammenhalten!" Geifer würgte den letzten Rest Sanguin herunter und schleuderte die Phiole den Turm hinunter: „Ach, was solls."

Er riss Hinnerk hoch und sie begannen dann mit bloßen Fäusten aufeinander einzuprügeln. Geifer gewann aber die Oberhand und lachte: „Ich hab mehr Erfahrung im Straßenkampf, Kleiner!" Er verpasste Hinnerk eine heftige Kopfnuss, welche ihn halb bewusstlos schlug und hob ihn dann am ausgestreckten Arm über den gähnenden Abgrund: „Ein weiter Weg nach unten, wie?!", schrie Geifer gegen den Sturm an.

Hinnerk aber grinste nur grimmig durch seine kaputte Maske. „Wie willst du dich jetzt retten, eh? Kannst du wirklich fliegen, Geist?! Oder zerplatzt du am Boden wie ein Sack voller Schweinedärme?! Thaha, ich hab alles schon gesehen! Und da wurde mir klar: Es gibt keine Hoffnung! Nur Rotz und Blut, Wichse und Tränen. Träume haben mir nicht den Bauch gefüllt als ich zerfickt in der Gosse lag! Nein! Aber der Mönch der mir sein Ding reingesteckt hat, der hat mir danach den Bauch gefüllt! Und so geht es wirklich zu! So ging es schon immer zu! Da ist nichts mehr! Da ist nichts was uns beschützt! Kein Gott! Keine Engel! Keine Mutter! Und auch kein Vater! Alles versackt elendig im Dreck, kriecht im Schlamm eigener Exkremente! Lasset alle Hoffnung fahren, ihr die ihr da Menschen seid! Sterben, ja warum nicht?! Es macht die Welt doch nichts schlechter, oder? Denn sie ist ja schon völlig, total, unwiederbringlich und für alle Zeit: IM! ARSCH! RAAAAAAAAAAH!!!!" Geifer ließ los und Hinnerk fiel. Für einen Moment jedenfalls.

Dann schnellte Geifers linke Hand vor und bekam ihn zu packen. Mit grimmig-schnaufendem Wutgebrüll riss er den Friesen dann herum, schleuderte ihn über seinen Kopf hinweg mitten hinein in das Zentrum des Turms. Alle kinetische Kraft vom Sanguin-geladenen Geifer und Thiannas schützender Hülle entlud sich nun schub- und schockwellenartig im ganzen, hölzernen Gebälk des Burgfriedes, vibrierte durch die gesamte Struktur hindurch wie ein elektrischer Impuls. Die kinetische Energie folgte diesem Impuls als nacheinander; von der Spitze ausgehend, Steine, Mörtel und Holzbalken krachend zerbarsten bis in die Fundamente Kronenbergs hinunter. Der große Turm fiel, sein Inneres presste nach außen und barst auseinander wie ein überfülltes Fass unter zu hohem Druck. Die Erschütterung ließ den ganzen Berg erzittern, pflanzte sich fort bis in die Eingeweide der darunterliegenden Erde. Die Gänge unter Kronenberg, stürzten tosend ein und der Rest des Berges folgte alsbald in großen Teilen. Die gewaltigen Mauern rutschten wie titanische Mahlsteine aneinander weg, bröckelten auseinander, rissen entzwei, begruben die Menschen unter sich.

Es war eine Kettenreaktion die ihresgleichen suchte und noch bis weit nach Haldersleben zu spüren war. Die Erde bebte und des Bergfrieds tonnenschwere Steine stürzten in die Tiefe; zermalmten Gebäude, Mensch und Tier gleichermaßen. Der Turm stürzte ein und direkt auf den Palas drauf. Innerhalb von Sekunden war bei den Kriegern jeder Wille zum Kampf erloschen – ob nun bei Widukindern, Gardisten oder Söldnern. Es ging nur noch darum, sich in Sicherheit zu bringen als sich der Schatten des Turms über sie schob. Der einzige der bis zuletzt stehenblieb, war Seyton auf dem Torhaus. Dieser sah recht ungerührt mit an wie der gewaltige Turm auf ihn hinabstürzte. Die Wachen an seiner Seite sprangen in Panik vom Torhaus, brachen sich dabei die Beine und krochen wimmernd weiter – doch es war aussichtslos. Es gab kein Entkommen.

Der Großkammerdiener wusste es und starb immerhin aufrecht; mit dem Gewissen sein Leben zwei jungen Menschen gewidmet zu haben, deren Taten noch viel Gewicht haben würden. Maligana war in ihrem Keller in Sicherheit und Henning von Murkelen war auf dem Weg zurück nach Hamburg. Es wurde dunkel über ihm und obwohl Seytons Stab ihm doch eine Sekunde mehr Lebenszeit gab; indem er den Turm für einen winzigen Augenblick stoppte, zerbarst er letztlich doch in einer Wolke aus splitterndem Stahl und blau-magischem Dunstschleier der ihn kurz einhüllte. Das eiserne Gatter flog aus seinen Eisenangeln als althergebrachte Kräfte das von Menschenhand Erbaute niederrissen wie ein jähzorniges Kind, das seine Sandburg zertrat…

Geifer fiel mitsamt dem Turm in die Tiefe, während dieser um ihn herum eintürzte. Dass er fiel war ja nichts ungewöhnliches, denn sein ganzes Leben war ein einziger Fall gewesen. Seinen wahren Namen hatte er längst vergessen aber er zwängte sich ihm jetzt gerade mit solcher Klarheit auf, dass der Titel ‚Geifer' keine Bedeutung mehr für ihn hatte. Während er also mit Hinnerk, dem Turm und dem Byzantiner (wo kam der denn auf einmal her?) in die Tiefe stürzte, zog sein Leben gedanklich noch einmal an ihm vorbei… Cesenas türkis-glitzernder Hafen tauchte aus seinen verblassten Erinnerungen grell wieder auf. Jene Hafenstadt im Osten Italiens, welche Kreuzzüglern eine sichere Überfahrt ins Heilige Land ermöglichen sollte. Dort nun begannen seine Erinnerungen. Während Kronenberg fiel.

Kapitel 25

Kinderkreuzzug

15 Jahre zuvor, an der Nordostküste Italiens, die Hafenstadt Cesena

Möwenkreischen, das laute Brüllen von Kriegern; dazu überzeugte Priester welche zum ‚gerechten Krieg wider die Heiden' aufriefen um ‚Mutter Jerusalem aus den Klauen der Sarazenischen Ungeheuer zu befreien und Rom Ruhm und Ehre zu bringen!', vermengten sich alle zugleich an jenem Tag, im sonnigen Hafen von Cesena. Diese Laute verbanden sich mit dem Johlen der Marktschreier und dem Kichern der Hafendirnen welche ein angeblich ‚sündenfreies Abenteuer' versprachen, alles feierlich abgesegnet vom Papst und dem großmächtigen Konzil. Viele der Kreuzzügler waren ja nur mitgeschleppte Knechte, nicht halbwegs so gläubig und überzeugt von diesem Kreuzzug wie ihre reichen Herren in deren achso stolzen Rüstungen. Aber selbst von diesen Edlen gingen viele vermehrt auch aus dem Wunsch nach Reichtümern auf die Boote anstatt nur mit inbrünstiger Überzeugung. Gold, Juwelen, braunhäutige Weiber: all das lockte im fernen Morgenland, versprach auch eine Chance zum Aufstieg in der doch so kargen Heimat.

Im heiligen Land so hieß es mit leuchtenden Augen; konnte ein Knecht zum König aufsteigen wenn er es nur richtig anstellte. Es herrschte darum eine entschlossene, heitere Aufbruchsstimmung. Doch nicht alle würden die Überfahrt überleben denn das Mittelmeer war unerbittlich und die Seelenverkäufer, welche im Hafen ankerten waren qualitativ weit entfernt von den hochseetauglichen Neubauten der Hanse; jenseits der Alpen im hohen Norden. Dafür waren sie billig und die Kreuzfahrer zahlten gut um ihre einmalige Chance auf Ruhm und neuen Landbesitz zu erhalten. Jeder von ihnen glaubte es schaffen zu können, dass sie ein besseres Leben ergreifen konnten, durch Plündern, Belagern, Siegen und das alles mit der Kirche Segen und somit Gottes Schutz.

Inmitten dieses allgemeinen Tumultes (es war ein heißer Sommertag und das Meer glitzerte herrlich saphirblau) stach eine zwischenmenschliche Szene besonders heraus. Sie wirkte eigentlich zu unschuldig, zu rührend um in das hektische, energische Treiben zu passen. Ein hellbärtiger Ritter in Plattenrüstung kniete vor einem weinenden Jungen, der sich beständig die Augen rieb und so verheult und verrotzt aussah, dass wohl bald kein Wasser mehr im Körper sein mochte. Der Ritter sprach mit ruhiger Stimme; etwas streng aber doch liebevoll. Hinter ihm standen zwei jüngere Krieger in glänzenden Brünnen und blickten ungeduldig auf ein Schiff, welches bald ablegen sollte. „Du bist ein wirklicher Narr. Weißt du das, Hildebrand?" Der Junge schluchzte: „Geh nicht, nicht weggehen. Bleibt hier! Ich will bei dir bleiben, Papa... Ich komm mit." „Nein, mein Junge. Du gehst zurück nach Hause! Deine Brüder gehen schon mit mir; Berthold und Gero, siehst du sie? Du aber bist noch zu jung und diese Überfahrt; all die Entbehrungen die wir erleiden müssten - Du würdest es nicht überleben! Es ist eine gefahrvolle Reise und eine, der ich dich nicht aussetzen möchte. Hörst du?" „Aber... Aber... Wer ist dann noch hier?! Wer?" Der Ritter seufzte und nahm den Jungen auf seine gepanzerten Arme: „Du bist uns den ganzen Weg von Pfullersdorf nachgelaufen, oder? Wie hast du das überhaupt geschafft?" „Ich hab gefragt!", war die einfache Antwort, „Wohin ist Ritter Rudolfus gegangen, hab ich gefragt!" Der Ritter lachte: „Und wir haben dich nicht bemerkt?! Was hast du denn gegessen, wo hast du geschlafen?" Der junge Hildebrand zuckte mit den Schultern und legte den Kopf an seine Schulter: „Irgendwo, irgendwas." Rudolf schüttelte den Kopf: „Wir können dich jetzt nicht ganz nach Säcklingen zurückbringen, du kleiner *Nachstellkönig*. Aber ich werde deiner Mutter Nachricht schicken lassen und sobald wie möglich zurückkehren. Aber diese Pilgerfahrt ist sehr wichtig für unsere Familie; wir haben geschworen ins heilige Land zu gehen. Ich suche dort Vergebung für meine Sünden im Krieg. Danach aber...." Er lächelte so breit, dass Hildebrand auch lachen musste: „Danach kehre ich als ‚freier Mann' zurück! Beladen mit nichts als der Luft auf meinem – hoffentlich sündenfreien - Rücken!" Der schmalere der beiden Brüder; der Zweitälteste namens Gero rief: „Und mit ein paar Rubinen, Vater!" Der älteste der Brüder mit dem Schnauzbart und dem Namen Bertholt stieß ihn an: „Hier geht um unseren Glauben, du Narr! Nicht um schnöden Mammon!" Ihr Vater brüllte: „Wollt ihr wohl aufhören? Wir sind noch nicht einmal auf der Überfahrt und schon tobt ihr beiden wieder wie Küste und Meer! Benehmt euch, beim Herr Gott!" Er winkte dann einen schwarzen Mönch herbei der vor einem Hospiz stand und dort Armengaben an die Bettler verteilte. Es war einer jener Mönche, die so alt waren, dass es niemanden mehr störte, dass sie sich nicht ordentlich rasierten.

Sein Bart war weiß und die knochigen Hände tattrig, seine Augen vom Kerzenlicht milchgetrübt: „Ja, Herr?" Rudolf verwies auf Hildebrand: „Ihr betreibt dies Hospiz, guter Bruder?" „Zusammen mit meinen Brüdern vom Orden des heiligen Mystikus, ja, Herr. Schon seit vielen, *vielen* Jahren. Es begann einst mit dem Märtyrertod des Mystikus, einem Wanderprediger aus Damaskus der, nachdem er den Häschern des

Kalifen knapp entkommen war, bei welchem er in Ungnade gefallen war, aufgrund von einer…"

Rudolf unterbrach ihn: „Guter Mann! Bruder, ich bitte euch nur für meinen Sohn zu sorgen bis jemand kommt um ihn wieder abzuholen. Hier habt ihr zehn Gulden für die anfallenden Versorgungskosten." „Zehn Gulden?!", echote der alte Mönch erstaunt, „Soviel, Herr? Seid ihr sicher?" „*Sicher* ist eure Nächstenliebe groß genug für alle Christen, aber kostenlos ist das Brot auch nicht, oder?" Der Mönch schüttelte den Kopf: „Leider nein, Herr. Aber wir haben immer Speisungen für die Armen." „Das wird nicht reichen. Gebt ihm eine Unterkunft und alles was er sonst so braucht. Jemand aus Pfullersdorf wird ihn in einigen Wochen dann abholen kommen. Habt ihr verstanden?" „Ja. Sicher doch. Pfullersdorf. Hmh. Ich verstehe, Herr. Wir werden uns des Buben annehmen bis eurer Gefolge eintrifft um ihn abzuholen." „Ich danke euch, Bruder…?" „Tattarius, Herr. So heiße ich, jawohl." „Passt gut auf ihn auf, Bruder Tattarius und gebt ihm beizeiten ruhig eine Aufgabe – er wird es wohl machen!"

Zu Hildebrand sagte er: „Hör also auf das was die Mönche dir sagen. Ich lass von einem Boten Kunde nach Hause bringen und in nur einem halben Monat wirst auf dem Weg nach Hause sein, zurück in dein eigenes Bett." Hildebrand schluckte: „Ich hab aber Angst!" Rudolf küsste ihn auf die Stirn: „Das musst du nicht. Cesena ist sicher nicht der glücklichste Ort der Welt, aber hier gibt es aufrechte Kreuzfahrer die es sich nicht auf die Seelen laden wollen einem Kind Hilfe zu verwehren. Denn in den Kindern steckt unser aller Seelenheil verborgen." „A-Auch in mir?" „Vor allem in dir, Hildebrand. Das du uns den ganzen Weg hierher verfolgst hast; nur, weil du dich nicht von uns trennen wolltest, beweist es mir. Es war töricht und hätte dich dein Leben kosten können aber du hast treu daran festgehalten. Im Glauben treu und mit Gottes Segen. Hier." Rudolf nahm eine Kette mit silbernem Kreuz vom Hals und legte sie seinem Sohn um: „Bewahre das für mich auf bis wir wiederkommen." „Brauchst du das Kreuz denn nicht selbst?"

Der Graf von Pfullersdorf schmunzelte: „Nein. Denn ich ‚nehme ja das Kreuz' und hiernach werde ich keine Amulette mehr brauchen um mich Gottes Segen zu vergewissern. Mach's gut. Und bestell deiner Mutter alles Gute. Du kannst ihr immerhin sagen, dass wir sicher abgereist sind. Ich werde zudem mitteilen, dass sie dich nicht allzu hart bestrafen soll." Er zwinkerte und Hildebrand senkte den Kopf. Er würde seinen Vater und seine Brüder nicht umstimmen können. Hier trennten sich vorerst ihre Wege, hier im Hafen. Der alte Mönch Tattarius nahm ihn bei der Hand und Hildebrand erschrak wie knochig und kalt sie war. Der Tod hatte schon sein Leichentuch über den alten Mann ausgebreitet. Hildebrand winkte seiner Familie am Hafen lange nach. Sie bestiegen das Schiff und legten dann ab, die Segel blähten sich im kräftigen Nordwestwind.

Der Mönch sagte später am Abend: „Komm... äh... Junge. Holen wir dir eine warme Suppe, ja?" Hildebrand knabberte nervös an seinem Zeigefinger als man ihn in das Hospiz führte. Merkwürdige, verschreckte Augen von Bettlerkindern sahen ihn vor dessen Toren neugierig an. Etwas kam ihm merkwürdig vor, doch er konnte es nicht recht benennen. Fest umklammerte er sein Kreuzamulett als er in einer staubigen, kahlen Halle eine dünne Suppe mit Brot serviert bekam und ihm eine, von Spinnweben belegte, Kammer mit winzigem Loch als Fenster zugewiesen wurde. „Stroh liegt in der Futterkrippe. Ist sonst für die Esel, aber du kannst es dir nehmen. Aber nicht zu viel, ja?", sagte der alte Mönch und schloss die Tür mit schwerem Riegel.

Die nächsten Tage verbrachte Hildebrand damit im Dienst der Ordensbruder zu fegen und etwas zu putzen. Es gab noch andere Ordensbrüder als Tattarius, darunter einen ziemlich beleibten Mönch, der für das Kochen zuständig war. Dieser holte ihn öfters in die heiße Küche wo der Junge dann; nur mit einem Lendenschurz bekleidet am Topf auf einem Hocker stehen musste um umzurühren. Der dicke Mönch beobachtete ihn dabei sehr genau und strich ihm immer mal wieder mit den fleischigen Händen über die nackte Haut. Hildebrand war es zwar unangenehm aber er ließ es geschehen; umso fester umklammerte er sich abends dann an sein Kreuz.

Eines Nachts dann; als es ihn aufgrund der brütenden Nachhitze nicht mehr im Bett hielt, hörte er Lärm von außerhalb seiner Kammer. Er öffnete die Tür und sah wie ein Mönch dort am Boden lag und sich nicht mehr regte. Ein anderer stand über diesen gebeugt und durchsuchte dessen Habseligkeiten. Er rannte sofort davon als Hildebrand ein allzu lautes Jauchzen entfleuchte. Jener diebische Mönch war klein und schmal, die Kleidung wollte ihm wohl kaum passen, war viel zu groß dafür. Hildebrand ging auf den Toten zu und sah, dass es Tattarius war, welcher mit verdrehten Augen und ausgestreckter Zunge dahinter lag, den gebrochenen Hals von Würgemalen übersät. Geifer klopfte an die anderen Kammern und die Mönche kamen herausgestolpert. Groß war ihr Wehklagen. Man gab Hildebrand zwar keine Schuld, aber nunmehr war sein Beschützer verstorben. Der dicke Mönch nahm dies zum Anlass ihn noch mehr zu bedrängen und in einer Sprache zu reden die er nicht verstehen konnte. Es war jedenfalls kein Tedeschi und andere Dialekte kannte Hildebrand sowieso nicht. Es löste trotzdem in ihm eine Gänsehaut aus, war ihm unheimlich.

„Wann kann ich gehen?", fragte Hildebrand einen der anderen Mönche welcher aber ebenfalls in derselben fremden Sprache redete. Dieser plapperte zwar freundlich aber trotzdem unverständlich. Hildebrand kam sich arg verloren vor und versuchte eines Nachts sogar zu fliehen. Es gelang ihm auch das Hospiz zu verlassen, aber er fand sich in einem Alptraum aus verwinkelten Gassen und allerlei unheimlichen Geräuschen wieder. Dirnen lachten schrill in sein Gesicht, stumme Kinder fuchtelten mit ihren Messern vor seinem Gesicht herum und grobe Männer torkelten besoffen durch die Gassen, sprachen keinen zusammenhängenden Satz mehr. Hildebrand war heilfroh, dass er zumindest den Weg ins Hospiz zurückschaffte. Dort lief er direkt in den Koch hinein, der ihn in sein Zimmer verbrachte um ihn dort zu ‚bestrafen'. Erst am Morgen durfte er die Kammer wieder verlassen.

Mit geschundenem Leib kauerte Hildebrand alleine in seiner Kammer, wippte schluchzend auf und ab und starrte das Kreuz so fest an, dass er es fast in Brand gesetzt hätte. Seine Tür war nun immer versperrt und egal wie sehr er rüttelte und zehrte, niemand ließ ihn mehr hinaus. In diesen elenden Tagen kam endlich der Bote von Pfullersdorf und fragte nach Hildebrands Verbleib. Die Mönche sagten ihm, sie seien untröstlich aber Junge sei abgehauen und wollte sich alleine nach Hause zurückschlagen. Der Bote sah keinen Anlass den Mönchen zu misstrauen und erfragte wohin er gegangen sein könnte. Die Mönche mutmaßten, auf demselben Weg wie er gekommen wäre. Der Pfullersdorfer bedankte sich, als er sich schon wieder zum Gehen wandte. Dann hielt er aber inne. „Schreit da nicht ein Kind?" Hildebrand klopfte heftig an seine Tür und schrie; tat dies immer mal wieder. Auch wenn seine Hände schon wund waren, er hielt es hier nicht mehr aus. Der dicke Mönch versuchte den Pfullersdorfer noch abzuwimmeln, aber dieser schob ihn so heftig beiseite, dass er stürzte in den Schlamm vom Vortag. Er öffnete die Tür und Hildebrand sprang ihm entgegen, trommelte auf ihn ein: „Lasst mich raus! Lasst mich raus!" „Ruhig! Ruhig! Hildebrand! Ich bin es, Hauptmann Höri! Du kennst mich doch?!" Hildebrand erkannte ihn und weinte: „Bring mich weg, Höri! Bitte, bitte, *bitte*!"

Der Pfullersdorfer warf sich den dürren Jungen über die Schulter und sagte den Mönchen grimmig, mit der Hand am Schwert: „Dies wird noch ein Nachspiel haben. Es war nicht die Abmachung, die ihr mit Herrn Rudolf getroffen habt! Gewiss nicht! Los, gebt die zehn Gulden wieder raus!" „Wir sind untröstlich, Herr, aber es ist schon alles verteilt worden; an die Armen und Bedürftigen..." Höri hatte sein Schwert gezogen und dem dicken Mönch auf den Bauch gesetzt: „Sofort! Oder ich schlitz euch auf!" Hildebrand schluchzte: „Das Geld ist mir egal, bring mich nur weg..." Aber Höri ließ sich nicht erweichen und unter Entschuldigungen brachte man ihm dann die zehn Gulden doch noch.

Höri verließ erst dann das Hospiz des heiligen Mystikus, setzte Hildebrand auf ein Pferd und hüllte ihn in eine Wolldecke ein. So führte der Hauptmann ihn endlich aus Cesena heraus. Aber der Junge wollte nicht aufhören zu wimmern: „Mir tut alles weh." Höri nickte: „Bist auch ganz blass. Warte. Wir übernachten hier." Sie besuchten eine Gaststube kurz außerhalb der Stadt – eine alte römische Mansio - mit feinen Betten die Höri bezahlte. Auch ein heißes Bad ließ man ihnen hier ein und der Hauptmann gab Hildebrand seinen ersten Schnaps damit der Junge gut einschlafen konnte. „Ich halte Wacht. Gute Nacht, morgen geht es endlich nach Hause." Hildebrand lächelte; von Wärme und Kornbrand benebelt. Endlich war er wieder in Sicherheit...

Man zerrte ihn brutal aus dem Bett und obwohl er schrie und sich tapfer wehrte entkam er den erwachsenen Händen nicht. Man trug ihn an der Tür vorbei und dort sah er Höri sitzen, mit aufgeschlitzter Kehle, den Kopf an die Decke gerichtet. Ganz so als wäre dort noch irgendwas anderes als morsches Holz und Rattendreck. „Höri!!", schrie der Junge als man ihn auch schon mit einem Schlag auf den Hinterkopf in die

Bewusstlosigkeit schickte. Aus irgendeinem Grund träumte er viel von Spinnen die ihn verfolgten. Wer diese Leute waren, erfuhr er nie…

Als er wieder zu sich kam saß Hildebrand in einem lichtdurchlässigen Holzbehau welcher wohl über eine römische Straße gezogen wurde, so ruhig war nämlich ihre Fahrt. Er war allerdings auch nicht allein in diesem Käfig: Einige weitere Kinderstimmen dümpelten in der Dunkelheit, wimmerten, tuschelten oder knurrten grimmig vor sich hin. „W-Wer seid ihr?", fragte Hildebrand verwirrt in die düsteren Schemen. Einer der Jungen rutschte sofort zu ihm herüber: „Soll ich dir die Kehle aufschlitzen?! Hä? Willst du das? Hä?" „Lass ihn in Ruhe.", sagte eine andere, tiefere Stimme und schob den ‚Schlitzerjungen' beiseite. Er sagte dann zu Hildebrand: „Keine Angst. Der da hat gar kein Messer; nur eine große Klappe." Hildebrand fragte: „Was ist hier los? Wo ist Höri… Warum ist er nicht hier?!" Er schluchzte als er sich daran erinnerte was passiert war. Der ältere Junge tröstete ihn: „Ruhig, Kleiner. Bist du aus dem Südreich? Dein Tedeschi, ich erkenne seinen Klang wieder. Südlich von Stuttgarten, nicht wahr?" Hildebrand nickte stumm: „Aus Pfullersdorf." „Hm. Nie gehört, aber das muss ja nichts heißen. Ich bin eh nur ein dummer Müllersohn. Wir waren alle auf dem Weg in heilige Land. Ich war sogar einer der Gruppenführer!"
Hildebrand schniefte, schon etwas ruhiger: „Kreuzzug?" „Ja. Wir wollten alle ins heilige Land; da wo angeblich Milch und Honig fließen. Viele Kinder folgten diesem Ruf des Papstes. Mal wieder - Aber es endete in einer Katastrophe und das nicht zum ersten Mal, wie ich jetzt weiß…" „Was heißt das?" „Wir werden verkauft, als Sklaven…" Hildebrand bekam große Augen: „Bitte! Beschütz mich. Ich habe Angst!" Der Müllersohn lachte: „Denkst du ich nicht?! Man hat sich hier an den Küsten Italiens schon auf solch gläubige Kinder wie uns eingestellt. Der Priester, der uns hierher führte, gehörte auch dazu. Nein, trauen kannst du hier keinem. Wir werden verkauft und wenn wir Glück haben an einen italienischen Adeligen, damit wir dort auf den Feldern malochen müssen. Bloß nicht in die Hände von Byzantinern oder Arabern! Die machen aus dir einen Lustknaben oder Eunuchen zum Singen…" Hildebrand fröstelte: „Das will ich nicht!" „Wer will das schon. Heda?" „J-ja?" „Bist du hübsch?" „Mama hat immer gesagt…" „Was deine Mutter sagte, zählt nicht. Was sagen *andere*? Ich seh dich so

schlecht in diesem Licht?" Hildebrand überlegte während der Wagen weiterpolterte und der Messerbursche ein anderes Opfer zum Drangsalieren gefunden hatte.

Hildebrand sagte dann: „Oft hat man mich mit einem Mädchen verwechselt! Aber Mädchen sind hässlich." Der Müllersohn schwieg kurz: „Du bist echt noch ein Kind, was? Hör zu: Ich kann dich verunstalten. Im Gegensatz zu dem Spinner da hinten habe ich nämlich ein echtes, abgebrochenes Messer dabei. Dann hättest du bessere Chancen nicht bei den Byzantinern oder Arabern zu landen. Ich hab mir auch schon drei Finger abgehackt. Vielleicht tauge ich noch als Sklave auf den Feldern, aber bloß nicht in die Minen, das ist sogar noch *schlimmer*!" Hildebrandt überging seinen Vorschlag: „Das ist doof. Wir sollten lieber fliehen, ausbrechen! Du und dein Messer!" „Du machst mir Spaß. Das schaffen wir niemals." Hildebrand zog sich daraufhin in seine Ecke zurück. Immerhin hatte er ja noch sein Kreuzamulett noch bei sich, dachte er trotzig.

Die plötzliche Helligkeit blendete und man drückte ihnen brutal Wasserbeutel in die Hand: „Trinken, Waschen. Los, los!", kam der Befehl eines grobschlächtigen, lockenhaarigen Mannes mit Stockpeitsche in der Hand und Schulterbehaarung. Man führte Hildebrand und die anderen Gefangenen mit verbundenen Händen daraufhin durch helle, belebte Straßen, bis hin zu einem Podest vor dem eine große Menschenmenge stand. Hier hielten Männer und Frauen sporadisch kleine Schildchen mit römischen Nummern hoch. Es war eine Versteigerung. Vielerlei Käufer aus allen Schichten waren vertreten; von reichgekleideten, wohlduftenden Edeldamen und Herren, betuchten Gutsbesitzern in Togen, bis hin zu, von Kohle schwarzen Männern in öligen Hemden. Sie begutachteten die Kinder wie man Vieh begutachtete und steckten ohne Fragen ihre Finger in deren Münder, sahen in Augen und Ohren, packten an die Hintern und auch gerne mal in den Schritt. Dabei stellten sie Fragen: Woher die Kinder kämen, welche Vorbildung sie hatten, ob sie bissig waren, Jungfrauen und dergleichen mehr. Es war ein Geschäft wie jedes andere auch.

Hildebrand sah wie man den sommersprossigen, schmalgesichtigen Müllersohn an einen mit Kostbarkeiten beladenen, dicken Berber verkaufen wollte. Offenbar war seine selbstverursachte Verstümmelung nicht so abschreckend wie dieser ursprünglich gehofft hatte. Hildebrand warf ihm einen hilfesuchenden Blick zu aber er wurde nicht beantwortet. Nunmehr trat eine reiche, dürre Dame vor Hildebrand und ihr Atem hatte den Geruch von schimmeligen Mottenkugeln: „So ein hübsches Ding. Sagt, ist das ein Junge oder ein Mädchen? Ich kann's nicht sagen." Der Sklavenhändler hob kurz das Unterhemd von Hildebrand an: „Seht selbst, Herrin." „Ja, darf ich denn fühlen ob auch alles am rechten Fleck ist, ja?" „Nur zu." Hildebrand schluckte als die kalten, knochigen Finger der Frau ihm zwischen die Beine fuhren und befummelten. „Aus dem Weg, Hexe!", brüllte da jemand und stieß die dürre Frau vom Podest. Der Müllersohn hatte sich von seinen Fesseln losgeschnitten, befreite nun auch Hildebrand; packte ihn am Arm und rannte mit ihm davon. „Tötet ihn! Er hat mich verwundet!", schrie der Berber von seiner Sänfte und hielt sich den blutenden Handrücken.

Hildebrand fiel ein Stein vom Herzen und dies gab ihm neue Kraft. Ihre hektische Flucht führte sie nun durch verwinkelte, mediterrane Gassen, über Karren und Fässer hinweg, welche sie den verfolgenden Wachen immer wieder in den Weg schmissen. Am nördlichen Stadttor herrschte zum Glück so viel Betrieb, dass es den beiden leicht gelang im wirren Getümmel aus dem Ort zu fliehen. Umgehend rannten sie einen ortsnahen Hügel hinauf und fanden dort Zuflucht in einer kleinen Höhle. Pferdehufen donnerten alsbald über sie hinweg und suchten sie für einige Zeit. Dann wurde es still und auch wieder dunkel.

„Ich habe ihn fast umgebracht.", stotterte der Müllersohn in der Abendsonne und betrachtete seine zitternden Hände; das blutige Messer noch fest mit rechts umklammert. Die linke Hand war nur mehr ein blutiger Stumpen mit drei abgetrennten Fingern. „Bei Gott, ich war bereit sie *alle* zu töten... Was geschieht nur mit mir?!" Er kauerte sich nieder und Hildebrand rutschte zu ihm herüber, streichelte ihm den Kopf und zeigte ihm dann sein Amulett: „Hier, schau. Das hat Papa mir gegeben. Es soll mich beschützen. Aber nun hast du es dir verdient." „Du hast mich ja erst auf die Idee gebracht zu fliehen, Depp." Er drückte es zurück in Hildebrands Hand: „Behalt du es. Wenn es Nacht wird, sehen wir zu, dass wir nach Hause kommen, bevor der Winter naht. Dann sind die Alpenberge unpassierbar." „Wirklich?" „Es sei denn du fragst Hannibal." „Wen?" „Egal. Erzähl ich dir, wenn wir daheim sind und man wieder alamannisch spricht." Hildebrand schlief dann an seiner Seite ein.

Sie waren schon seit Tagen am Verhungern aber es gab niemanden der ihnen etwas zu Essen schenkte. Dennoch teilte der Müllersohn alles was er finden konnte mit Hildebrand der jedes Mal weinen musste wenn er etwas zu essen bekam und sein Freund dafür nichts. Dieser tat es immer ab: „Ich muss für meine Sünden Buße tun, du Heulsuse. Das ist schon in Ordnung." Immerhin verriet er ihm auch seinen Namen „Dinkel heiß ich übrigens. Dinkel Müllersohn. Nicht sehr originell mein Vater, was? Hat uns alle nach Getreidesorten benannt: Dinkel, Emker, Rogg, Weiz, Harf...", scherzte er mit schon spröden Lippen. Sie kamen zu spät an den Alpenpass und den nun folgenden Winter überlebte Dinkel Müllersohn nicht mehr. Ausgemergelt und von schlimmem Husten geplagt verstarb er in einer rattenverseuchten, ausgebrannten Scheune, irgendwo in der norditalienischen Po-Ebene. Die ruinöse Scheune selbst war Resultat des Krieges von kaiserlichen und päpstlichen Truppen im Frühjahr. Es war irgendwo südlich von Pavia passiert. Hildebrand schaufelte alleine das Grab im harten Boden und legte ihm sein Kreuz bei. „Du hast es dir doch verdient.", sagte er zum Abschied und bekreuzigte sich; so wie er es von seinem Vater gelernt hatte.

Er irrte hernach völlig entkräftet durch die Landschaft, lebte nur von der Hand in den Mund. Er zerkratzte sich die Haut an Dornenbüschen um an die Sanddorn-Beeren zu gelangen und stahl Eier sowie Getreide welches er sich direkt in den Mund stopfte. Keiner wollte sich seiner Annehmen und diejenigen, die es wollten, verlangten etwas von ihm, dass er nicht tun wollte. Höris und Dinkels Opfer sollten nicht umsonst gewesen sein. Mehr tot als lebendig geriet er so irgendwann in ein kleineres Söldnerlager, irgendwo in der herrenlosen Wildnis Italiens. Der Boden war matschig vom Platzregen, wilde Hunde bellten, Betrunkene lachten, Dirnen fluchten. Das Lager war voller bunter und rauer Leute, stinkend, saufend und laut. Verschiedene Zelte waren aufgebaut und Würfelspiele wurden mit Knochen gespielt. Der entkräftete Hildebrand wurde herumgeschubst bis ein älterer Söldner mit Hinkebein ihn stellte, mühelos überwältigte und dann in ein Zelt zog. Hildebrand hatte kein Interesse daran nochmal misshandelt zu werden und griff sich eine der Klingen die in einem Waffenständer steckten. Adrenalin pumpte heiß durch seine Adern als er sich losriss: „Ich töte dich!", sagte er zähnefletschend, aber seine zitternden Knie verrieten etwas anderes.

Der Söldner stoppte erstaunt und lachte dann: „Sieh an! Ein echter Kämpfer, wie? Wau-Wau! Hahaha! Ein kleiner Kläffer! Wau-Wau! Haha!" „Ich mein es ernst! Ich schneid dich auf und *ess dich*!" Der Söldner schmunzelte und trat näher: „Töten willst du mich? Junge, das kannst du nicht…" Er schlug Hildebrand das Schwert mühelos aus der Hand und zwang ihn zu Boden: „Denn dazu musst du *hassen*. Unendlich hassen!" „Ich hasse dich! Ich hasse euch alle! Ihr seid gemein! So gemein!" Hildebrand weinte und knurrte zugleich, als das Knie des Söldners ihm die Luft aus dem Brustkorb drückte. Der hinkende Mann stand schließlich auf: „Na, Kläffer? Das ist doch immerhin ein Anfang." Hildebrand hustete als der Mann ihn hochzog: „Diese Welt, pah! Solche ‚Kinderkreuzzügler' wie dich haben wir öfters hier. Sie leben nur nicht sehr lange, weil sie dumm sind und weil sie zu viel jammern. Wenn du bei uns bleiben willst dann musst du zeigen dass du es wert bist. Du bist zornig, gut, aber du jammerst noch zu viel! Du musst lernen es zu *genießen*. Genieße deinen Zorn und die Wut – und dann… dann lässt du andere jammern! Na wie klingt das? Besser als selber rumheulen, oder?" Hildebrand schniefte: „Etwas besser, ja… Kann ich dann nach Hause?"

„Hahaha! Nach Hause?!", lachte der Hinkende, „Du gehörst jetzt uns, Bursche! Und solange du mich nicht besiegen kannst gehörst du weiterhin mir. Du kriegst was zu Fressen und zu Saufen; aber auch nur wenn du dich bewährst. Denn so ist das Söldnerleben! Du bist ja nich' verunstaltet und hast noch alle Glieder. Oder?!" Hildebrand zuckte mit den Schultern: „Denke ja?" „Finden wir auch noch raus. Ich stell dich erstmal dem Rest des Haufens vor. Na komm, Köter!" Er führte den Jungen hinaus und erklärte (völlig unpassend) pompös: „Willkommen im ehrenwerten Lager der kaiserlich-vollgewichsten Streitkräfte seiner königlichen Oberhohleit; Friedrich des Zweiten! Manchmal sind wir auch die päpstlich-vollgeschissenen, armen Teufel des heiligen Bonifatius; dem unheiligen Esel auf dem Donnerbalkenstuhl in Rom!" Ein Chor Männerstimmen johlte: „Wer uns berappt, hat uns nicht zu fürchten!" Der hinkende Söldner bellte: „Auch sonst nicht, wenn ich euch faules Gesindel so seh'! Also Bursche! Schau dir diese fiese Saubande gut an. Kein Funken Ehre im Leib, zehn Kinder in aller Herren Länder; kein Erbe, um dass sie sich balgen könnten und auch sonst nichts weiter als Scheisse in der Birne, mit Seelen aus Pech und Teer! Aber weißt du was, Junge? Genau darum geht es im Leben. Und jeder der dir was anderes erzählt sülzt dir die Ohren mit klebrigen Lügen voll. Uns kümmert hier nicht wer du warst oder wer bist oder wer du glaubst zu sein! Wir kämpfen, ficken, krepieren und das war es dann auch schon. Keiner kann uns leiden, nicht mal wir selbst. Aber bei Gottes prallem Gehänge wir werden verdammt noch mal *gebraucht*! Wir sind die Huren des Schlachtens, die Hunde des Krieges; von allen gehasst, von allen bespuckt. Ehre und Respekt ist für verwöhnte Muttersöhnchen, denen der Schwanz schon in den Arsch wächst weil sie ihn nie richtig gebrauchen konnten! Wir sind der letzte Abschaum, aber brauchen, ja *brauchen* tun sie uns immer! Unsereins wird niemals ohne Arbeit sein, genau wie ein Schwert oder eine Fackel! Darauf ein Hoch! Auf unseren Neuzugang! Auf das heit're Hauen und Stechen! Niemand sonst ist so nah am Leben wie wir! Ein Hoch!" Die Söldner stießen laut grölend auf und stimmten sogleich ein paar deftige Lieder an. An diesem Abend schlief Hildebrand; aller Rauheit und Grimmigkeit des Lagers zum Trotz so gut wie seit Monaten nicht mehr. Es war die unverblümte Ehrlichkeit und Klarheit der Männer, die ihm nun Sicherheit gab; nicht mehr das Säuseln und Vertrösten der ‚vernünftigen' Erwachsenen. Hier herrschte zwar viel Elend, aber keiner tat so als wäre es jemals anders. Keiner machte ihm mehr etwas vor.

Kapitel 26

Sassasino

Der hinkende Krieger stellte sich Hildebrand am nächsten Tag offiziell als ‚Hauptmann Sassasino' vor und bewies erstaunliches Kampfgeschick trotz seines nachziehenden, rechten Beines. Er zeigte dem Jungen schnell das Kraft allein nicht alles war, indem er einen Hünen zu Fall brachte, mit nicht weiter als seinem Gehstock. Sassasino erklärte ihm: „Wenn du auf dem Schlachtfeld überleben willst musst du lernen zu kämpfen, aber auf deine Art. Mach mich nicht nach, sondern lerne wo deine natürlichen Stärken und Schwächen sind. Denn niemand ist schneller bei den Würmern als der überhebliche Bastard, der seine Grenzen nicht kannte! Ha!" Hildebrand bekam nur ein Minimum an Nahrung und war darum beständig hungrig. Dies änderte sich erst in seinem ersten Kampfeinsatz bei der Belagerung einer kleinen Hafenstadt, westlich von Genua, die laut Sassasino dem ‚merkantilen Lombardbund' angehörte. Nach mehrwöchiger Belagerung waren die Söldner ausgehungert, darunter auch Hildebrand; welcher, halb wahnsinnig und aggressiv vor Hunger, durch die umkämpften Straßen schlurfte. Sassasino bläute ihm ein: „Wenn du mir heute keinen töten kannst waren alle meine guten Lektionen für den Arsch! Heute musst du deinen Wert beweisen, die anderen murren schon, dass sie dich mit durchfüttern müssen! Also ran, ran!"

Mit kaum mehr als einem zerschlissenen, zurecht geschnitzten Gambeson und einem morschen Speer nebst rostigem Messer stürmte Hildebrand halbverhungert die Stadt, Seite an Seite mit den anderen erwachsenen Haudegen. Noch waren die Verteidiger nicht am Ende und hatten die Straßen mit Holzbalken blockiert und feuerten fette Armbrustbolzen in die heranstürmenden Feinde. Hildebrand entging ihnen nur weil er zu klein war. Die Söldner verteilten sich, quollen in alle Gassen und Häuser. Überall waren bald die Schreie von Kindern, Frauen, Männern zu hören und die ersten Häuser wurden angezündet. Heißer Funkenqualm bohrte sich in die Lungen. Hildebrand lief Sassasinos Truppe nach welche dann über einen kleineren Platz lief und dort dann von mehreren Seiten zugleich attackiert wurde. Genuesische Armbrustschützten belegten sie mit heftigem Abwehrfeuer und dann brachen die Verteidiger aus ihren Verstecken vor und griffen die überraschten Söldner im Nahkampf an. Hildebrand erhielt einen Schlag auf den Kopf und landete hart auf dem gepflasterten Boden. Der metallische Geschmack von Blut lag ihm auf der Zunge ehe er ohnmächtig wurde.

Als er wieder zu sich kam, hatte sich der Kampf schon verlagert. Der vormals umkämpfte Platz war wieder ruhig. Leichen lagen überall und Hildebrand weinte, schluchzte Rotz, Dreck und Wasser. Er hatte seine Chance vertan und war zudem am Ende seiner Kräfte. Sein Magen knurrte und schmerzte fürchterlich. Da liefen plötzlich mehrere Männer der genuesischen Armbrustschützen an ihm vorbei. Einer bemerkte den kauernden Knaben und schickte seine Kameraden weiter. Er sagte: „Heda, Junge!? Was machst du hier? Geh sofort nach Hause! Hier ist es zu gefährlich!" „Ich will nicht nachhause… Ich will was zu essen… was zu essen…", keifte Hildebrand halb wahnsinnig und griff nach seinem Speer. Der Mann hob die Hand: „Oi! Leg den Spieß beiseite, dummer Junge!" Aber Hildebrand schüttelte den Kopf: „Nein! Nie mehr! Ich will… endlich was *zu essen hamm*'!" Er stürmte vor, mit geröteten Augen. Den Speer in den Kinderhänden warf er sich dem gepanzerten Mann entgegen. Dieser sah den Angriff natürlich von weither kommen und hatte keine Mühe dem auszuweichen. „Greift an wie ein Wildschwein.", seufzte er und drehte sich zur Seite weg.

Was er allerdings nicht beachtete war die pure Verzweiflung, die in dem Jungen steckte. Die vergangenen Wochen war er nur gedemütigt und immer getreten worden. Auf die Art hatte er bislang nur Brei sowie Knochenreste erbeuten können. Er sehnte sich so sehr nach einer warmen, ausgewogenen Mahlzeit dass ihm nichts anderes mehr im Kopfe war als *„Essen! Essen! Essen!!"*. Der Genuesen indes war noch gut gesättigt. Die Verteidiger erhielten stets die beste Versorgung bei einer Belagerung um die nötige Kraft für den eventuellen Kampf aufzubringen. Zudem hielt er einen abgemagerten Knaben in zerfetzter Kleidung nicht für eine große Gefahr. Dies alles ermöglichte es Hildebrand nun zuzustechen, sich dann unter dem Schwert seines Gegners wegzurollen, wieder hochzukommen und dem Mann die Speerspitze hoch erhoben ins rechte Auge zu rammen. Dieser murmelte noch etwas unverständliches, sein linkes Auge wurden schal und fiel dann um. Blut lief aus seinem Mundwinkel und er zuckte noch einige Male ehe er komplett regungslos liegenblieb.

Hildebrand keuchte und schnaufte, sah sich um: „Sassasino?! Hauptmann?! Ich habe einen umgebracht! Krieg ich jetzt was? Krieg ich jetzt endlich was zu essen?! Bitte…? Bitte? Was zu essen…" Der Junge nahm schniefend sein Messer und ging auf sein Opfer zu während die Stadt schrie und brannte. Ihm selbst bedeutete das nichts mehr; sollte sie doch brennen, sollten die Menschen doch schreien und sterben. Er musste zuerst an sich und seinen Magen denken. Denn niemand sonst tat es.

Gegen Abend hatten sich die letzten Verteidiger in der inneren Stadtfeste verschanzt während die Söldner rund herum in den Straßen Stellung bezogen hatten und sich schon mit dem erbeutetem Wein volllaufen ließen. Überall hatten sie Feuer in den Gossen entzündet und warfen ihre Beute auf einen großen Haufen. Ihre Verluste waren eher gering gewesen und Sassasino war darum bester Laune. Als Hildebrand ihn schließlich fand sah er das Blut am Jungen und nickte: „Ich hoffe mal das ist nicht passiert als sich ein feistes Weib mit ihren Tagen auf dich drauf gesetzt hat, oder?" Die Söldner lachten lauten Halses; verstummten aber schlagartig als der Junge den Kopf des Genuesen anhob; am Halse abgetrennt mit einem schartigen Messer.

Sassasino grinste breit im Fackelschein: „Na, sieh einer an! Bist ja doch zu was zu gebrauchen, Köter! Sehr gut. Und denk immer daran: Lieber der, als…" Hildebrand setzte dem Söldner seinen Speer auf die Brust. Keine Regung war in ihm zu sehen, absolute Gleichgültigkeit für den Wert eines Lebens: „Krieg ich jetzt was zu essen?" Sassasino stockte, lachte dann und die anderen Söldner stimmten mit ein; junge Mädchen mit zerrissenen Kleidern auf ihren Schenkeln: „Beim Bart meiner fetten Großmutter; du hast dir deinen ersten Sold redlich verdient, kleiner Bastardo! Aber…" Blitzschnell schlug er Hildebrand den Speer aus der Hand, wirbelte ihn herum und setzte ihn dann dem Jungen selbst auf die Brust. „Mach den Scheiss noch einmal und du bist tot. Verstandne? So, hier!" Er warf Geifer ein Stück gebratenes Fleisch zu: „Is' die Ziege, kleiner Wolf!"

Dieser starrte das Fleisch an und Speichel lief ihm unkontrolliert aus dem Mundwinkel. Der Hüne, den sie alle ‚Towado, den Würger' nannten, lachte: „So eine Menge Rotze! Hey, Sassasino, nennen wir ihn ‚Rotzer'! Der braucht eh noch einen Namen! ‚Hildebrandt' ist doch kein Name für einen echten Reisenläufer, haha!" Sassasino stimmte zu während Hildebrand das noch heiße Fleisch aß wie das ausgehungerte Menschlein, dass er war. Der hinkende Söldner lachte: „Nein ‚Geifer'! Geifer, der sabbernde Söldnerjunge! Ja so wollen wir ihn nennen! Willkommen im Kreis, Geifer! Hier! Junge, nimm noch etwas Käse! Dazu Eintopf, Wein und Brot! Mit besten Grüßen vom merkantilen Lombardbund, ghaha!" Sie lachten und Hildebrand stopfte alles in sich hinein, würgte es gierig mit dem roten Wein herunter. Er schlief danach, gestopft wie eine fette Gans, in einem stinkenden Fell ein während um ihn herum die Belagerung mit brennenden Geschossen zu Ende geführt wurde. Während draußen die Menschen verreckten, schlief er nie ruhiger, nie zufriedener.

Hildebrand freundete sich schnell mit seinem neuen Spitznamen an. Es half ihm zudem sein bisheriges Leben von dem Neuen zu trennen. ‚Geifer' begleitete den Söldnerhaufen weiterhin und trainierte sehr oft mit Sassasino. Jener wurde zu so etwas wie eine Vaterfigur für ihn; auch wenn er selten ein gutes Wort für ihn übrig hatte, dann aber war es umso schöner. Geifer lernte nach anfänglicher Begriffsstutzigkeit schnell und zeigte sich besonders befähigt im direkten Kampf Mann gegen Mann oder wie Sassasino gerne übertrieben betonte: „Mano a' Mano! Das ist dein *Dingo*, ghaha!" Noch aber war der Junge weit davon entfernt sich mit dem alten Haudegen messen zu können um so seine Freiheit zu erlangen. Nach ganzen zwei Jahren machte Sassasino aber die Entdeckung, dass Geifers Elan ihm gefährlich werden konnte. Der junge Mann verwandelte sich immer mehr in eine reine Tötungsmaschine, welche nichts lieber sah als wenn die Häuser rot brannten, die Menschen panisch schrien, die nackten Mädchen heulten, alte Männer flehten und das rote Blut in den Gossen floss. Es war so als wäre da nichts mehr was den Jungen zurückhielt; als gäbe es keinen Anstand, keine Bindungen, rein Garnichts mehr welches einen inneren Wert für ihn besaß. Alles war beliebig, alles banal.

Seit seinem ersten Opfer schnetzelte sich Geifer also durch die feindlichen Reihen wie ein junger Achilles, und jede Auseinandersetzung, jeder Kampf, jede Belagerung und jede größere Schlacht machte ihn nur noch unempfindlicher, grausamer und stärker. Drei weitere Jahre gingen so ins Land. Drei lange Jahre in denen Hildebrand sogar vergas wer er eigentlich war, wo er herkam und in der ‚Geifer‘ seinen Platz einnahm. Der Körper war noch derselbe nur der Geist war ein völlig anderer. Sassasino machte sich nichts vor: Er war nicht mehr der Jüngste und es war nur eine Frage der Zeit bis er dem aufstrebenden Geifer unterliegen würde. Aber er wollte auch nicht auf dessen Fähigkeiten verzichten.

Einmal dann; bei ihrem fast schon routinierten Duell, schaffte es Geifer erstmalig ihn zu Boden zu schicken. Sassasino rappelte sich trotz Hinkebein schnell genug auf um dem Hieb zu entgehen und Geifer mit einem gezielten Tritt in die Kniekehlen zu Boden zu schicken: „Du wirst ja langsam ein bisschen gut.“, log er keuchend. Geifer kicherte: „Ein bisschen? Ich werde zur *Gefahr* für dich alter Mann!“ „Unsinn. Ich hab gestern nur wieder zu viel gesoffen, Bursche. Hast mich mit einem Kater zu Boden geschickt.

Nüchtern packst du mich nie." Geifer lachte: „Ghiahaha! Und wann soll das sein dass du nüchtern bist?!" Die Veränderung vom weinenden Jungen zum Sprüche-klopfenden Söldner war erstaunlich und sogar ein wenig beunruhigend. Geifer trug noch keine Narben am Körper, denn kein Gegner hatte sein schönes Gesicht je verunstaltet und die harten Übungen hatten seinen Körper nur noch muskulöser gemacht, geschmeidig wie eine Raubkatze. Sassasino nahm ihn alsbald beiseite: „Diese Übungen werden immer heftiger, findest du nicht?" „Liegt doch in der Natur der Sache, oder?" „Nun ja, aber wem wäre denn gedient wenn ich dich im Eifer des Gefechts nun doch verstümmeln oder gar töten würde?! Du musst zugeben, dass wäre nicht gut für's Geschäft. Für uns beide nicht." „Irgendwie unnötig, si.", gab Geifer zu. „Du hast genug gelernt um auf eigenen Beinen zu stehen. Du brauchst meine Anleitung nicht mehr." „Und wie soll ich dann frei kommen?" „Ganz einfach: Du gibst mir einfach was von deinem Sold ab. Sagen wir fünfhundert Florine? Dann bist du frei! Und keiner muss sterben." Geifer lachte: „Ghihahaha, das sagt der richtige! Der Tod hockt da vorne und verpustet sich von unserm wilden Treiben!" „Haha, du hast Recht, Kleiner. Also? Was sagst du?" Geifer dachte nach und zuckte dann mit den Schultern: „Solange ich was zu fressen bekomme, ist es mir eigentlich gleich. Va bene, va bene." Sassasino grinste: „Am Essen soll es nicht scheitern! Wobei du am besten kämpfst wenn du nichts im Magen hast. Ist wohl deine Geheimtaktik, wie?" „Mag sein. Deine ist es wohl dich schwächer darzustellen als du bist. Hab dich schon öfters mal schneller laufen sehen als manch einen mit gesunden Beinen…" Sassasino nickte anerkennend: „Täuschung ist eine der größten Waffen der Menschheitsgeschichte, mein junger Freund. Auf dem Schlachtfeld, so wie im täglich Leben, ist universell einsetzbar. Lass dir ja nie von jemanden in deine Karten gucken. Lügen ist überlebensnotwendig, vergiss das nie!" Geifer sollte es nicht vergessen und forderte daraufhin seinen Sold ein welchen er nahezu vollständig an Sassasino übergab. Für sich selbst behielt er nur gerade so viel, dass es für ein deftiges Essen und Wein reichte. Er liebte es vor vollen Tellern mit gebratenen Hühnchen, Schweinekeulen und Bergen aus Fladenbrot zu sitzen und sie solange in sich hineinzustopfen bis es in einem Schwall herauskam und er den Schweinetrog des Wirtes damit auffüllte.

In den Wirren der italienischen Kriege gab es auch viele junge, heimatlose Mädchen die sich mit Liebesdiensten über Wasser hielten. So umgab sich Geifer dann auch mit jenen kichernden Wesen, die ihn emsig küssten und streichelten. Nur war er für den eigentlichen Akt danach meist viel zu betrunken und fiel einfach zufrieden sabbernd in seine Bettstatt. Das er ein ‚von Pfullersdorf‘ war und sein Vater und seine beiden Brüder auf dem Kreuzzug waren, hatte er längst verdrängt. Es erinnerte ihn doch nur daran wie schwach und hilflos er gewesen war, wie er weder sich selbst noch Höri, noch Dinkel hatte retten können. So begnügte er sich also mit Suff, Weibern und Gelage; Raufereien und Krieg. Inzwischen brauchte auch nur noch ein Kampf in Aussicht zu stehen und der Speichel begann bei ihm zu fließen, in vorfreudiger Erwartung. Er verband den Kampf instinktiv mit Essen und dem Glücksgefühl eines warmen, gefüllten Magens. Für Sassasinos Freikaufpreis blieb dabei immer weniger übrig und es schien fast so, als wollte Geifer garnicht mehr frei kommen, als gefiele er sich in seinem neuen Leben so sehr. „Kämpfen, vollfressen, auskotzen und dann mit geilen Mädchen schlafen gehen! So sollte jeder Mann leben, ghiahaha!“, lachte er und stieß mit seinen Söldner-Freunden an. Er hatte bald schon einen Ruf, der dem des hinkenden Sassasino in Teilen sogar schon übertraf.

Es war Geifer völlig gleich wo oder für wen er kämpfte. Werber für Söldner gab es an jeder Ecke und der Krieg war in Norditalien ein alltägliches Ding im politischen Gerangel um Macht, Einfluss, Titel und Privilegien. Ein jeder Adelige und ein jeder Kaufmann suchte sich hier seine Nische, seine sichere Ecke, sein geregeltes Auskommen und nicht selten kollidierten diese Interessen dann (oft sehr heftig) miteinander. Dann hieß es: Söldner anheuern und die unliebsame Konkurrenz mit Waffengewalt niederzuringen. Am liebsten sollte zwar alles vertraglich geregelt werden (denn keine Eisenkette band derart stark wie Papier, Gesetz und Siegel) aber das war leider nicht immer möglich. Ein Siegel und eine Unterschrift war eine bewusste, im gegenseitigen Einvernehmen geschlossene Vereinbarung und somit völlig ‚freiwillig‘. Keiner *musste* ja das katastrophale Kapitulationsangebot unterschreiben wenn er nicht wollte. Das aber die Alternative Verbannung, Folter oder der qualvolle Hungertod waren wurde hingegen eher seltener erwähnt. Und indem sie es verschwieg blieb es so im allgemeinen Bewusstsein immer gerecht, blieb es immer eine ‚eigene Entscheidung‘, zu der ja offiziell niemand gezwungen wurde. Man konnte ja auch einfach sterben gehen. Freie Entscheidung.

Geifer konnte über solch eine absurde Heuchelei und Verdrehung der Tatsachen nur lauten Halses lachen. Diese ganzen feinen Leute, die auf ihn herabblickten waren doch nur feige Aasgeier, die sich krächzend und scheissend davonmachten sobald die eisernen Wölfe kläfften. Selbst rote Wachssiegel schmolzen dahin wenn eine blutrote Fackel sie berührte. Und ein neuer Stadtrat konnte alle bisherigen Vereinbarungen für nichtig erklären wenn keiner es wagte, das alte Gesetz durchzusetzen, oder wenn es schlichtweg niemanden mehr kümmerte. So also schwappte der Krieg mitsamt den Verträgen ewiglich hin und her. Menschen wurden getötet, Menschen wurden geboren, genauso wie Häuser zerfielen und wieder neu aufgebaut wurden. Immer wieder aufs Neue. Geifer erkannte in all dem Treiben eine fast schon philosophische Harmonie des ständigen Entstehens und Vergehens. Nirgends äußerte es sich aber so direkt; so unverblümt und klar wie im Gemetzel des Nahkampfes. Es war kein heroischer Akt, kein tugendlich-ritterliches Streiten für eine holde Jungfer gegen einen finsteren feuerspeienden Drachen. Es war ein mieses, stinkendes Geschäft, eine trockene Vereinbarung, ein knapp kalkuliertes, durchgerechnetes Spiel mit zig Zahlen und Werten dahinter. Im Grunde war es sogar eher wie eine Glücksspielwette auf den Sieger; und man setzte vermehrt auf Geifer und seine wachsende ‚Expertise‘.

Mit achtzehn Jahren kam er dann (noch arg betrunken vom vorherigen Abend) in eine Stadt an der Küste, von der es hieß, dass dort ‚wahnsinnige Ketzer‘ den Stadtrat überrumpelt hätten und nun versuchten Lösegeld von der Kirche zu erpressen. Die genauen Gründe scherten keinen der Söldner; Geifer umso weniger. Er hatte hämmernde Kopfschmerzen und wollte es nur schnell hinter sich bringen um seinen Rausch auszuschlafen. Während er also von der Belagerungsrampe in den Graben pisste, sah er, wie Triböcke Felsen auf die Stadtmauern schleuderten und Rammböcke und Leitern gezimmert wurden. Neuartige bronzegegossene Bombarden schleuderten ihre schweren Bleikugeln auf die Stadtgatter und Onager katapultierten verwesende Kühe über die Dächer der Stadt damit die Bürger an Krankheiten dahinsiechen mochten. Das übliche halt, ein ganz normaler Morgen im umkämpften Norden Reichitaliens. Er aber stand seelenruhig da und pisste einfach.

Geifer gähnte herzhaft angesichts des gewohnten Treibens. Sassasino hatte schon 376 Florinen von ihm bekommen, aber seit drei Monaten nichts mehr. Irgendwie hatte Geifer das Interesse verloren sich selbst freizukaufen. Die Stadttore brachen bald auseinander einen Glückstreffer der Bombarde und Geifer schnappte sich schnell Armbrust, Falchion und Stichdolch; seine bevorzugten Waffen. Sassasino ließ zum Sturmangriff trommeln und die Söldner rückten unter schweren Pavesen vor. Geifer schoss sogleich zwei Gardisten von der Mauer, ehe die Sehne seiner Armbrust riss: „Ficker. Ihr solltet sie doch ölen?!" Helle Schreie kamen da vom Tor, denn heißes Pech goss sich zischend auf die gepanzerten Krieger und verbrühte Haut und Haare; erstickende Schreie unter schwarzer Teigmasse, die einem die Luft zum Atmen raubte. Man erstickte und verbrannte zugleich. Eine Fackel flog dann in hohem Bogen darauf und steckte sie in Brand. Es folgten schrillere Schreie; das Zurückweichen und dann ein erneutes Anstürmen. Für eine zweite Ladung Pech sollten die Verteidiger keine Zeit mehr haben und ihr Torhaus wurde brutal gestürmt, die dort aushelfenden Stadtkinder unter Johlen von den Mauern geworfen.

Geifer trottete den anderen Söldnern gemütlich hinterher. Fünf Angreifer stürmten zeitgleich auf ihn ein; mit Streitkolben, Krummschwertern und Speeren. Er tötete sie im Vorbeigehen, mühelos. Sie boten keine Herausforderung und er sah sie nicht einmal mehr an. Sassasino trat an ihn heran während die Stadt weiter gestürmt wurde: „Was ist denn mit dir los?! Du machst es ja im Alleingang, haha!" Geifer gähnte: „Tschuldigung, Sassel... Es ist noch so *gähn* früh, und ich bin noch nicht richtig wach." Sassasinos Grinsen erstarb; denn er malte sich aus was es bedeuten würde wenn Geifer völlig wach sein würde. Der einst heulende Junge war zu einem wahren Kriegsgott herangewachsen. Spätestens in diesem Moment wurde dem hinkenden Söldner klar, dass er richtig entschieden hatte indem er ihre Abmachung vom Duell ins etwas Finanzielles umgewandelt hatte. Ein Söldner namens Danton; mit einem Federhut und Degen sprang vor ihnen auf ein Fass und rief: „Los doch! Auf dem Marktplatz machen sie ihren letzten Stand! Das sind wohl wahre Überzeugungstäter, haha! Die haben Barrikaden aufgebaut; da kommt kein Elefant mit seinem Arsch nicht durch! Dreifachen Sold gib's für jeden, der einen Durchgang hauen kann! Also dran! Dran, Dran, Dran!" Die Söldner liefen los und Geifer trottete ihnen gelangweilt nach.

Irgendetwas an den Angreifern irritierte Geifer. Zunächst einmal waren sie ein arg gemischter Haufen; ein wildes Sammelsurium aus unterschiedlichsten Kulturen und Regionen. Geifer erkannte zum Beispiel einen Ägypter mit Sensenschwert, einen iberischen Krieger mit fränkischem Schwert, einen dunkelhäutigen Berber; einen Perser in fein gesticktem Mantel mit Lanze sowie einen fränkisch-stämmigen Mann mit weißem Bart und großen Kreuz auf dem Waffenrock. Es mochten ihrer dreihundert sein und sie machten allesamt den Eindruck eines zusammengewürfelten Haufen von Verstoßenen und Plünderern, die versucht hatten die Stadt in geiselhaft zu nehmen.

Die Zuwege zum Marktplatz waren gesäumt mit Söldner-Leichen und die Verteidiger hatten alles zusammengezogen was an Blockadematerial zu finden war. Sie nutzten ihre Armbrüste und Bögen mit erschreckender Effektivität und jeder der insgesamt fünf Marktzugänge wurde zudem von einem Priester bequatscht, welche den Söldnern ihre ketzerischen Thesen zuriefen: „Lasst ab von den falschen Götzen, Brüder, und erkennt die wahre Natur der Kirche und des Kaisers! Sie alle sind ‚Abtrünnige Gottes'! Sie haben Jesu Lehren verraten und für sich selbst verdorben! Sie sind Luzifers Diener in goldbestickten Tüchern und seidenen Gewändern! Ihr dürft ihnen nicht länger dienen wenn ihr jemals frei sein wollt von Luzifers tückischem Joch! Befreit euch, Brüder! Befreit eure Seelen von dem Irrglauben der euch gefangen hält!"

Sassasino kauerte hinter einem umgestürzten Tisch als Geifer sich neben ihn stellte, ungeachtet der fliegenden Bolzen und Pfeile: „So geht das schon die ganze Zeit. Die denken wirklich hier liefe jemand zu ihnen über. Gerade jetzt noch?! Idioten." Geifer starrte weiter auf die Priester und Sassasino ahnte was er vorhatte: „D-Du willst da doch nicht so einfach reinrennen, oder?!" Der junge Söldner sprang schon an ihm vorbei, hüpfte behände über den Tisch. „Scheisse!", fluchte Sassasino. Kein anderer folgte Geifer denn sie hatten schon genug Verluste durch die Armbrust- und Bogenschützen erlitten. Er aber stürmte voran und duckte sich unter den prasselnden Salven hinweg, kam wieder hoch und schlug zwei Schützen, die hinter einer Barrikade hockten in schneller Folge die Köpfe ab. Ein Pfeil sauste dicht an seinem Ohr vorbei und er schnappte sich noch im Wegrollen eine der geladenen Armbrüste und traf den

Bogenschützen im fernen Rathaus direkt ins Auge. Weitere Angreifer stürmten auf ihn ein, Krieger aus aller Herren Länder. Die Vielfalt an Waffen, Rüstungen und Kampftechniken brachte selbst Geifer in Schwitzen doch er lachte dabei. Lachte, weil er endlich wieder etwas ‚Neues' erleben durfte: „Herrlich wieviel Irre es in der Welt gibt! Ghiahaha! Herrlich! Bene!" Als der Beschuss abebbte griffen auch Sassasino und die anderen Söldner an. Der Zusammenbruch der Verteidiger stand kurz bevor, sie spürten es alle. Geifer erreichte die Mitte des Marktplatzes, wo sich ihm einer der Priester in den Weg stellte: „Halte ein, Sohn. Du begehst einen großen Fehle…" Geifer tötete ihn wie nebensächlich: „Schnauze, Ketzerratte."

Ein großer Ritter in der Mitte des Platzes stand mit dem Rücken zu ihm. Offenbar war er der Anführer der Ketzer. Ein großes, selbstgeschneidertes Kreuz prangerte auf seinem zerschlissenen Umhang, kaum mehr als ein Bettlertuch. „Du hast soeben einen Mann Gottes getötet!", sprach dieser mit tiefer Stimme aber Geifer zuckte nur mit den Schultern: „Nur ein Ketzer." Der Ritter drehte sich zu ihm um. Tiefe Sorgenfalten und gerötete Augen zeugten von einem sorgenzerfressenen Mann, der Bart und die Haare schneeweiß. Geifer erkannte: „Du bist also der Anführer dieses kleinen Tumultes?" „Gott ist der einzige Anführer!" „Mir auch egal. Es gibt zehnfachen Sold für den Kopf des feindlichen Anführers." „Ist dir dein Seelenheil so wenig wert, Junge? Das du darum feilschst?" „Seelenheil? Was konkret hab ich denn davon? Nichts im Magen jedenfalls. Bereite dich also auf den Tod vor, alter Mann!" Geifer griff an doch gleich wurde klar, dass der bärtige Ritter von einem ganz anderen Kaliber war. Er war wie ein mächtiger Turm und seine Hiebe mit dem schweren Breitschwert brachen Geifer fast jedes Mal den Arm, wenn er sie parierte. Er verlagerte sich darum auf schnelle Angriffe und schwächte seinen Gegner soweit, dass dieser die Deckung verlor. Ein schneller, starker Tritt riss ihn von Beinen und der ‚Ketzerritter' fiel. Blut spuckend kam dieser hoch und sah zu Geifer hoch, welcher ihm sein Falchion an die Kehle setzte und höhnte: „Ghiehehe… Du hast verloren, alter Mann! Ein guter Kampf, aber du bist zu alt. Die Zukunft gehört der Jugend. Sie gehört mir."

Der Ritter richtete sich schweigend wieder auf und Geifer sah ihn verdutzt an. „Was starrst du mich so an, du Kerl?!" „Du bist es…" „Hä?! Schwätz deutlich, alter Knacker!" „Hildebrand! Du bist es! Du bist es doch! Gott gewährt mir also diese letzte

Gnade, so kurz vor meinem Tod…" „Hildebra…" Geifer stockte, machte tellergroße Augen. Erst jetzt achtete er auf das Wappensymbol an den Schulterplatten des Ketzerritters. Es war das Zeichen derer von Pfullersdorf. „Ich bin es, mein Sohn, dein Vater! Dein *Papa*! Erkennst du mich nicht mehr?" Der Söldner fühlte sich nun brutal zurückgeschleudert auf jenen Tag im Hafen, wo sie sich voneinander verabschiedet hatten. „Welche - Stadt ist das hier?", stotterte er nervös. „Cesena ist dies, mein Junge! Das weißt du nicht mehr?! Dort wo wir uns zuletzt sahen! In diesem Hafen, dieser Stadt!" „Ich… es hat mich nicht interessiert was hier ist. Dieser Ketzeraufstand… Wieso?"

Graf Rudolf von Pfullersdorf lächelte mit grenzenloser Vergebung: „Mein lieber Junge, mein guter Hildebrand!" Seien Augen wurden trüb vor Tränen: „Deine Brüder… Ich - Ich habe sie im Stich gelassen. Dein Bruder Bertholt starb im Kampf gegen die Sarazenen. Er dachte felsenfest, Gott würde ihn beschützen, doch das tat er nicht. Ebenso wenig wie er den Sohn des Amir retten konnte. Wir beide klagten Gott unser Leid und kamen dann überein…" Geifer schluckte: „Und was ist mit Gero?" „Der blieb in Antioch, gewann die Gunst einer Kaufmannstochter und nunmehr planen sie die Übernahme von Pfullersdorf. Verzeih einem Narren, mein Sohn. Wir haben versagt. Es war eine Katastrophe. Der ganze Kreuzzug!" Die Erkenntnis brach über Hildebrand wie eine Flut die alle Barrikaden wegspülte: „P-Papa?", stotterte er schwankend. Nichts hielt die hervorquellenden Emotionen zurück; kein Schild und kein Helm konnten ihn davor bewahren rückstandslos auf jenes kleine Kind zurückgeworfen zu werden, dass damals allein in Cesena zurückbleiben musste. All die Jahre hatte er wie in einem Traum gelebt, so als wenn er jemand völlig anderes gewesen wäre.

„Ich hatte solche Angst, war ganz allein!", schluchzte er und der Graf erhob sich und nahm in die Arme: „Ich weiß. Ich weiß! So viel ist verloren gegangen, soviel haben wir verpasst. Ich habe nicht gesehen wie du zum Mann herangereift bist. Als Kreuzfahrer zogen wir von Schlachtfeld zu Schlachtfeld und nach Bertholts Tod… So ging es einfach weiter wie bisher. Der Kreuzzug geht jetzt seit Jahrzehnten schon so. Es gibt dort kein Ende der Gewalt und Gero erkannte dies. Er wandte sich ganz von Gott ab um im Gold sein Heil zu finden, während ich immer noch nach einer Antwort suche. Einem Zeichen Gottes!"

Geifer schluchzte: „Hier gibt es auch nur Krieg." „Ja, ich weiß. Es ist überall das Gleiche und ich sah lange Zeit auch keinen Ausweg mehr... Aber ich war nicht der einzige der so dachte." Rudolf von Pfullersdorf zeigte in die Runde seiner ketzerischen Mitstreiter. „Die Männer; die du hier bei mir siehst, haben alle genug vom Krieg, in jeder Form. Sie wollen sich eine neue Heimat aufbauen. Eine Heimat, in der die Götter nebenher leben und Dispute nur bei Wein und Brot gelebt werden; nicht bei Blut und Eisen. Oh, du armer Junge! Musstest du die ganze Zeit hier in dieser Hölle verleben? Was ist passiert?! Kam der Bote nicht durch?" „Höri wollte mich abholen aber sie haben ihn wohl umgebracht, weil er zu viel wusste... Dann musste ich hierbleiben und ich blieb. Bis heute, bei den Söldnern." Der Graf nahm das feine Gesicht seines Sohnes zwischen die gegerbten Hände: „Nur so kann man unter Wölfen überleben: Indem man selber zum Wolf wird. Aber wenn es nur noch Wölfe gibt; wenn fressen sie dann auf?" „Sich gegenseitig?" „Genau. Bis nur einer noch übrig bleibt und einsam sterben muss. Aber so muss es nicht sein. Hilf mir, Hildebrand! Hilf uns, die Lügen der Kirche und Adeligen zu widerlegen! Lass uns eine Welt ohne Wölfe schaffen; eine Welt der Lämmer und der Tauben!" Geifer wischte sich über das verheulte Gesicht: „Ehrlich? Klingt langweilig." Rudolf blinzelte mehrmals: „Oh. Findest du?"
Geifer grinste: „Aber besser langweilig als tot." „Das ist mein Junge, mein Hildebrand!" Geifer lächelte: „Übrigens, ihr habt verloren." Sein Vater seufzte: „Verlieren können wir nicht. Denn was hier in Bewegung geriet ist ein Streben das nie erlöschen wird. Die Suche nach Wahrheit, nach der ‚Auflösung der Lügen'. Das Ende des ‚Zeitalters der Wölfe'." Er reichte Hildebrand die Hand und erstarrte, als ein Trupp Söldner nun eine Salve Armbrustbolzen in seinen Rücken entlud. *„Aufhören!"*, schrie Geifer und warf sich schützend vor seinen Vater: „Lasst ihn in Ruhe! Lasst uns endlich! Verfickt und verdammt noch mal! IN RUHE! Ihr alle! Verschwindet!!" Er ging in die Hocke und hielt Falchion und Dolch vor sich, bissbereit wie ein sprungbereiter Wolf. Sassasino und die anderen wichen zurück: „Schon gut."
Die restlichen Ketzer-Verteidiger fielen nun wie die Fliegen und ihre Barrikaden gingen in Flammen auf. Graf Rudolf spuckte Blut und sank auf die Knie. Geifer legte seinen Kopf auf seine Knie: „Nein, jetzt nicht sterben, Papa, Nicht jetzt! Nicht schon wieder... Du bist doch gerade wieder da?!" Der Graf nickte: „Ich hätte bei euch bleiben müssen,

aber ich war blind. Blind vor falschem Stolz. Mein Seelenheil lag nie dort draußen, sondern hier, bei euch Kindern. Und nun... liegt alles was ich liebte in Trümmern. Nur du, du mein getreuer Sohn bist noch bei mir. Drum lebe gut, Hildebrand. Sag Gero, er soll den Glauben nicht verlieren... und sag deiner Mutter... sie wird mich wiedersehen, wenn..." Aber Rudolf entschlief, und Hildebrand weinte. Er weinte bis keine Tränen mehr in ihm waren und seine Stimme nur mehr ein heiseres Krächzen war: „Ich will sterben, ich kann nicht mehr..." Er kroch entkräftet wie ein Wurm auf dem Marktplatz umher: „Lasst mich doch einfach sterben..." Doch niemand hörte ihn.

Die Söldner steckten derweil die Häuser in Brand und plünderten die Leichen. Der Aufstand der ‚Kreuzzug-Flüchtigen' war im Keim erstickt worden. Towado der Würger trat an ihn heran: „Heda, Geifer! Nimmst du dir jetzt seinen Krempel oder kann ich das haben? Ich mein die Rüstung. So'ne Plattenrüstung ist viel wert." Geifer kicherte: „Ghihi... Du willst was, Würger?!" „Nur die Rüstung, Stupido. Also wenn du sie nicht gebrauchen kannst, nehm ich sie. Na mach schon. Krieg ich die jetzt? Na?! Was ist?" „Ich sag dir was du - was ihr alle kriegen könnt..." Geifer sprang jetzt auf und tötete den berühmten Söldner mit einem einzigen, harten Hieb: „Den Tod sollt ihr alle kriegen!" Er grinste wölfisch: „Sogar ganz *umsonst!*" Er erspähte Sassasino, der sofort seinen Beutel fallen ließ und eilig davonhumpelte: „Ach, du Scheisse! Geifer dreht durch! L-los! Knallt ihn ab!" Ein stumpfer Söldner brummte: „Moment. Und wer bezahlt uns dann dafür?" Geifer sprang und tötete ihn im Vorbeigehen. Er tötete jeden der sich ihm in den Weg stellte, Freund oder Feind – alles gleich. Cesena brannte und er trieb Sassasino vor sich her; bis in eine Sackgasse hinein. Dort hob dieser sein Schwert: „Verdammt nochmal, Geifer! Was denkst du was das hier ist? Es ist ein Geschäft, nichts weiter! Wenn wir es nicht tun, tut es jemand anderes! Du weißt doch am besten, wie es läuft?! Konnte Würger doch nicht wissen, dass der alte Mann dir was bedeutet, oder?! Du Penner!" „Als ob je einer fragen würde... Als ob es je jemanden gekümmert hätte. Aber du hast in einem Recht: Wenn wir es nicht tun, tut es ein anderer." Geifer spielte mit dem Falchion, kratzte die Hauswand damit an.

Dann grinste er, während links und rechts die Flammen aus einem einstürzenden Gebäude emporschossen: „Ich kann aber leider keine ‚Konkurrenz' gebrauchen. Mein ‚Marktwert' wär ja sonst dahin, nicht wahr? *Ghiehiahahaha!*" Sein Mentor griff an, solange er lachte. Es war ein beherzter Angriff der aber zum Scheitern verurteilt war: Geifer packte seinen Arm, brach ihn und schlug ihn dann mit einem einzigen, sauberen Hieb den Kopf ab. Der Rumpf des hinkenden Hauptmanns kippte zur Seite. „Ich hab viel von dir gelernt, Meister Sassel…" Geifer kehrte daraufhin zurück zum Leichnam seines Vaters. Die Söldner, die sich an der Rüstung zu schaffen gemacht hatten tötete er ebenfalls mit Leichtigkeit: „Ratten. Alles Ratten…" Er beugte sich über seinen Vater und schloss ihm die Augenlider mit zitternder Hand. *„Lächerlich.* Zu denken Hildebrand wäre noch hier, Vater… Alles was noch übrig ist, ist Geifer. Geifer von Cesena. Siehst du diese brennende Stadt, Papa? Siehst du, wie klar alles wird sobald das Feuer über einen kommt?" Er begann zu sabbern: „Es ist das Zeichen für das Heulen der Wölfe… Und ich bin einer davon, zu deiner ewigen Schande. Aber ich schwöre dir auch: Ich werde sie alle reißen, sogar die anderen Wölfe. Ich werde dann der ‚letzte Wolf' sein, der übrig bleibt und wenn ich gehe… sollen die Lämmer aus ihren Höhlen kommen können! Bis dahin werde ich weiter töten und es genießen. Denn alle sind sie verlogen und keiner hat die Klasse aus ihren Fehlern zu lernen, es ist vergeblich. Nur wenn ihre Kinder tot in den Straßen verwesen, von Maden zerfressen und von Bestien zerrissen; wenn man ihnen glühende Eisen in Hand und Magen sticht; wenn man ihnen die Zähne ausschlägt und die Augen in den Höhlen zerquetscht…. Dann tut sich was. Vorher nicht – alles wird erduldet bis kein Mensch mehr Mensch ist. Armer Vater. Du dachtest zu hoch von unserer Art. Lächerlich. Es ist alles so lächerlich dumm." Er verbrachte den Leichnam zum Hafen und legte ihn dort in ein kleines Boot. Die Rüstung zog er sich selber an. Sie passte genau. Dann befüllte er das Schiff mit Pech, schob das Boot ins Wasser hinaus und steckte es mit einem Brandpfeil an. Im Hafenbecken von Cesena ging es knisternd unter, sank hinunter in das saphirblaue Nass: „Auf Wiedersehen, Vater. Ruhe nun in Frieden."

Er kehrte zu den anderen Söldnern zurück, welche ihn erschreckt ansahen. Er lachte als er es bemerkte: „Keine Sorge, ihr Penner! Ich habe mich wieder beruhigt. Bleibt so mehr für uns, oder? Immer positiv bleiben, ghiahaha!" Die Söldner lächelten unsicher; aber nach einigen Bechern geplünderten Weins bejubelten sie ihn auch schon wieder, riefen seinen Namen im Chor: „Auf Geifer von Cesena! Hoch! Hoch!" Er war endlich zu Hause angekommen. Hier auf den Schlachtfeldern Italiens würde er der schlimmste Wolf von allen werden. Hier würde er das Leben so elend machen, dass keiner es mehr ertragen könnte. Hier sollte die Hölle auf Erden losbrechen damit endlich *verstanden* wurde; damit die Lügerei endlich aufhörte. Und wenn sie alle bei dem Versuch verrecken sollten – dann würde es eben so sein.

Kapitel 27

Tote Wunden

Als Geifer die Augen öffnete war er imgrunde schon tot. Er wusste dies sogleich, denn er hatte es oft genug selbst mit angesehen. Seine Arme und Beine waren taub; gefühllos und kalt, warmes Blut lief über die Lippen und ab der Hüfte abwärts war nichts mehr in Bewegung außer seinen leblos baumelnden Beinen. Er sah an sich herab und erblickte den Speerschaft der ihm direkt durch die Lunge stach und auf der Gegenseite wieder herausguckte. Seine altgediente, väterliche Plattenrüstung hatte die vereinte Kombination aus Pakhaous im Boden verankerter Speerspitze sowie der Fliehkraft seines eigenen Falles nichts mehr entgegenzusetzen gehabt. Er war sauber durchbohrt worden.

Hinnerk lag unter ihm und starrte ihn von dort an, selbst lädiert und blutend aus Nase und dem Mund. Er hielt den magischen Speer noch immer mit beiden Händen fest umklammert; im Gesicht eine Mischung aus Unglauben und sadistischer Zufriedenheit. Er knurrte: „Verreck endlich, du *Bastard*!" Geifer lächelte, aber nicht wütend oder gehässig. Er war einfach am Ende, im Geiste schon lange und sein Körper folgte nur noch: „Keine Sorge...", hauchte er lässig, „...das Sanguin fordert jetzt seinen Tribut..."

„Verreck! Ich *will das du verreckst*!" Hinnerk drehte den Schaft herum und Geifer sah die Entschlossenheit in seinem Gesicht: Aber auch einen winzigen Funken Mitleid. Trotz allem was er ihm angetan hatte, trotz aller Beschwörungen, dass er ihn mit Genuss töten wollte; für Hinnerk nun zu sehen wie seine Nemesis langsam dahinsiechte war ein trauriger Anblick. Es war eine Sache Männer mit einem Stich oder Hieb sofort zu töten, wie einem Hühnchen dem man den Kopf mit der Axt abschlug – aber etwas anderes war es, dasselbe Hühnchen langsam sterben zu sehen, wie es immer müder und schwächer wurde, die Augen quälend langsam erloschen.

Geifers Speichel war mit Blut vermischt: „Ich verreck doch schon - meine Güte... immer diese Hetze. Diese Jugend..." Hinnerk stieß mit dem Speer nach und Geifer rutschte nach unten auf ihn drauf, spuckte Blut. Er lachte so gut es seine blutverfüllten Lungen hergaben. „Was gibt es da zu lachen?!", schrie Hinnerk ihm ins Ohr. Der

Söldner schob sich über den Jungen, sah ihm dabei tief in die Augen: *„Lächerlich."* Seine Augen verloren ihren Glanz, die verspannten Muskeln seines Körpers erschlafften und Hinnerk spürte, wie sich das ganze Gewicht des gepanzerten Kriegers auf ihn legte. „Scheisse!", stieß er noch aus als der Ritter scho von ihm runtergezogen wurde. „Puk?!" Der byzantinische Junge rollte den toten Söldner beiseite: „Komm ich zu spät?" „Gerade richtig, würd sagen!" Puk half Hinnerk wieder auf die Beine: „Ist er tot, Hinni?" Dieser zog Pakhaou aus Geifers Brustwunde heraus. Nichts rührte sich mehr, kein Zucken oder Aufschrei. Hinnerk nickte stumm: „Das war es. Das war es mit Geifer. Es ist aus."

Der heftige Regensturm hatte aufgehört und der Morgen zeigte sich schon mit erster zaghafter Röte am Horizont. Um sie herum lagen die rauchenden, rutschigen Trümmer des eingestürzten Bergfriedes und der anderen zerstörten Gebäude von Kronenberg. Das Schloss selbst war weitestgehend eingestürzt und überall ragten die Überreste der Einrichtung sowie Leichen der Söldner und Widukinder gleichermaßen. Puk fragte, als sie sich nun in den Trümmern umsahen: „Wie habt ihr das eigentlich gemacht? Das war urgewaltig! Ganz Kronenberg ist zusammengestürzt!" Hinnerk erklärte: „Thianna hat mir dabei geholfen, mit ihrer Fylgien-Kraft. Was auch sehr gut war denn am Ende war ich im Grunde schon ohnmächtig. Da hat sie die Kontrolle übernommen und sich selbst in Geifers Rüstung gerammt und mich so beschützt." „Wie? Über deinen Körper hatte sie Kontrolle?" „Japp." Puk wusste nicht recht ob er sich freuen, neidisch sein oder sich Sorgen machen sollte.

Hinnerk stockte: „Es ist trotzdem irgendwie komisch…" „Was denn?", fragte Puk. „All die Zeit; seit Bruchtorf wollte ich Geifer unbedingt töten. Mich rächen für all den Scheiss, den er bei uns angestellt hat. Und trotzdem - werde ich das dumpfe Gefühl nicht los, als wenn wir uns… irgendwie ‚ähnlich' waren?" „Ich wüsste jetzt keine Gemeinsamkeiten, abgesehen vom kämpferischen Talent vielleicht." „Nein. Irgendwas anderes war da noch, etwas mir *Vertrautes*. Und was meinte er mit ‚lächerlich'? Fand er seinen Tod lächerlich? Fand er mich lächerlich; als Geist der Freiheit?! Oder fand er alles lächerlich, Gott und die Welt?" Geifers Leiche aber schwieg dazu und nur feiner Nieselregen trommelte leise auf seine zerstochene Rüstung. Sein zerfetzter, dunkelroter

Mantel flatterte im aufkommenden Wind, welcher den Staub vom Berg hinunterwehte. Hinnerk konnte seinen Blick nicht von diesem Anblick nehmen und erst als Puk seine zerschundene Hand in die seine nahm, schreckte er auf: „Wir sollten gehen, Hinni. Jens und die anderen warten schon sehnsüchtig auf uns." „Wie? Sie sind hier?!" „Laut Mentzeler schon. Na, komm." Puk führte den blutig-lädierten Hinnerk aus den Trümmern heraus bis in den vorderen Ring Kronenbergs, dort, wo die Zerstörungen nicht so gravierend waren. Hier hatten sich die überlebenden Widukinder inzwischen versammelt und mehrere Feuer entzündet. Man versorgte die Verwundeten und entwaffnete die Wachen, welche nach Seytons Dahinscheiden jeglichen Kampfeswillen verloren hatten. Auch die restlichen, stolzen Löwengardisten mussten zähneknirschend die Waffen strecken als die Aussichtslosigkeit des Widerstandes auch für sie erkennbar wurde: „Dafür werdet ihr alle büßen! All unsere Leute in das Schloss zu locken um es dann zum Einsturz zu bringen! Eine feige Taktik!", zischte einer von ihnen und streckte Mentzeler trotzig das Kinn hin.

Dieser erklärte wenig beeindruckt: „So ist das eben wenn man sich nur einem Mann, oder Weibe verschreibt. Ist dieser ‚Adelige' dann in Gefahr; rennen alle zu ihm oder ihr hin. Also: Pech gehabt. Hier, trinkt. Ihr habt trotzdem gut gekämpft." Mentzeler reichte dem Mann einen Weinkrug mit Henkel. Dieser sträubte sich: „Aus unseren eigenen Lagerräumen!?" „Sei froh, dass es nur beim Wein bleibt. Genug Blut ist vergossen wurden." Der Ritter nahm es schnaufend an. „Ah! Wenn das nicht Hinnerk der große Pyrkschlächter ist?!" „Moin Mentzeler.", begrüßte ihn Hinnerk, „Schön eure Bande wieder zu sehen. Aber ich verstehe nicht wieso…?" Ein großes Paar Brüste flog ihm jetzt heftig ins Gesicht und starke Arme drücktem ihm die Luft aus den Lungen: „Oh! Oh! OH! Da isser ja wieder, da ist ja mein kleiner Junge! Lass dich drücken und knuddeln, du frisologischer Prügelknabe! Sag, haben sie dir wehgetan? Haben sie?! Ja? Dann lass mich disch medicussen von meine Busse'!" Hinnerk schlug wild um sich als er keine Luft mehr bekam. „Lass ihn los du halbgares Weibsbild! Hnnnngr! Hau ab! So!" Jens sprang rettend dazwischen und verpasste Gerlinde einen heftigen Tritt in den Hintern, woraufhin diese schrie und dann grinste: „Oh holla! Da geht aber ein ran, was? Wird das hier etwa ein Dreier? Vierer gar, thehe?" Jens errötete: „B-Blödsinn! Du erstickst ihn nur mit deiner fiesen ‚Riesen-Hupenattacke'! Immer dasselbe mit dir!"

„Findest du sie wirklich groß?" Gerlinde blinzelte aufreizend und öffnete ihr Hemd ziemlich weit. Beinahe fielen ihr dabei die Glocken raus. Begeisterte Pfiffe von den teils schon angetrunkenen Widukindern wurden laut.

Jens strafte sich grimmig und schob sie barsch beiseite: „Genug von diesen Sperenzien!" Er stellte sich Hinnerk gegenüber: „So. Ist alles in Ordnung mit euch beiden?" Hinnerk hustete und lächelte: „Ach, halb so wild. Aber ich hab euch vermisst..." Jens nickte nur stumm, dann füllten Tränen seine Augen. Er umarmte Hinnerk innig und schluchzte: „Ich dachte schon wir kommen zu spät... Und dann stürzt hier alles ein und ich dachte nun ist es endgültig aus, da kommt er nie mehr raus." Hinnerk klopfte ihm auf den Rücken: „Schon gut, Jens. Wir sind ja wieder da. Puk übrigens auch." Jens schniefte und sah sich dann den byzantinischen Jungen an, Gerlinde ebenfalls. Eine Sekunde später wurde Puk dann (von ihnen beiden) auch fast zerdrückt. Inmitten von Jens und Gerlindes Umarmung dachte er aber nur dass es das schönste war, dass er seit langem spüren durfte; so schmerzhaft es auch sein mochte. Selbst Hinnerk gab ihm eine kurze Umarmung, knuffte ihn. Puk fühlte sich wohl: „Ich fühle mich ein wenig überrumpelt..." Gerlinde zwackte ihm in die Wange: „Nichts was ein Becher Schnaps nicht beseitigen könnte, glaub mir." „Das ist dein Allheilmittel, oder?", fragte Jens sarkastisch und Gerlinde grinste: „Klar isses das! Das und hemmungsloser, verschwitzter *Sex*!" Hinnerk lief sofort rot an aber Jens rollte nur mit den Augen: „Sicher, sicher."

Ein junger Mann mit Haarbüschel trat nun zu ihnen. Es war der Gote, Wiek Kecknitzer: „Entschuldigt? Aber seid ihr die Freunde von Hinnerk und Pukki?" Jens nickte: „Aye, mein junger Freund!" Hinnerk erklärte: „Also das ist Wiek. Er ist Gote oder sowas ähnliches." „Ostgote.", ergänzte Puk. „Wie auch immer. He! Wo ist denn der andere?" Wiek sah zu Puk und dieser schüttelte nur traurig den Kopf: „Ich befürchte, wir sind die einzigen Überlebenden der Kronenberger Spiele." Hinnerk sagte: „Also hat es Ratibur erwischt? Und was ist mit Hengest? Ihm haben wir doch unsere Flucht erst zu verdanken?" Runa flatterte da auf Jens Schulter und antwortete: „Guten Abend, Küken, Hennen und Hähne! Ich informiere: Hengest Rachegeister haben sich inzwischen verflüchtigt; genauso wie seine Seele und auch sein Körper. Etwas wabert zwar noch unter den Trümmern aber es ist sehr schwach." „Runa!", riefen Hinnerk und Puk erfreut im Chor aus und streichelten sie bis sich ihr Gefieder aufstellte. Wiek blinzelte mehrmals: „Ein sprechender... Rabe?" „*Amsel*! Ich bin eine Amsel! Bin ich schwarz? Nein! Ich hab ‚braunes Gefieder'. Seit ihr alle farbenblind?!" Wiek hob abwehrend die Hände: „E-Entschuldigung, Frau Amsel... Herrin?" Runa schüttelte sich. Versöhnlicher fiepte sie einen Moment später: „Oh. Tut mir Leid. Ich wollte nicht so wütend sein. Es waren nur - sehr anstrengende Tage für mich." Jens erklärte: „Uns alle möchte ich meinen! Runa ist die beste Vogelfreundin, die man sich nur wünschen kann." „Doch wir haben noch viel zu tun, Zauberlehrling-Jens! Viel!"

Arkim Mentzeler kam schmunzelnd hinzu: „Viel tun ist jetzt verboten! Erstmal setzten wir uns da in die Hütte und wärmen uns am Feuer; mit Decken und Schnäpsen! Ein schöner Morgen ist es trotz allem. Auf das diese grässliche Burg nie wieder aufgebaut wird oder zumindest nicht solange wir leben! Haha!" Gerlinde lachte: „Der Mann gefällt mir! Oder Jensel? Ist doch toll der Kerl?" Jens verspürte einen leichten Stich in der Brust. Er nickte darum nur stumm und bemerkte dann Hinnerks nachdenklichen Blick, hin zu den Trümmern gewandt. Abseits der anderen fragte er ihn: „Wohin geht dein Blick?" Der junge Friese zuckte mit den Schultern: „Ich weiß nicht ob wir Geifer einfach so da liegen lassen sollen." „Wie jetzt? Geifer ist tot?! *Wirklich*?!" „Ja. Nun eigentlich hat er sich selbst umgebracht, mit seinem Sanguin-Zeugs... Sag, bist du nicht erleichtert?"

Jens seufzte tief und lang: „Nicht wirklich. Ich selbst war zu feige ihn umzubringen als ich die Gelegenheit dazu hatte. Damals noch bei Wittmund." „Unsinn. Du wolltest Silkes Andenken ehren, indem du nicht für sie zu einem Mörder wurdest. Dazu braucht man wahren Mut; wahre Größe. Damals hätte ich das nicht verstanden..." „Hast du auch nicht, wenn ich mich recht erinnere.", schmunzelte er Kaufmann. „Aber heute, heute kann ich es irgendwie besser verstehen." Hinnerk drehte sich zu ihm und wirkte zu allem entschlossen: „Wir müssen besser sein als die da, Jens. Wir müssen *Vorbilder* sein! So wie der Geist der Freiheit, wie Störtebekker für den geselligen Mann! Wie Boudicca für die Icener! Wie Widukind für die Sachsen und Wenden an der Elbe!"

„Wie Radbod für die Friesen?", fügte Jens trocken hinzu und Hinnerk zuckte mit den Schultern: „Er ist doch auf der Seite seines eigenen Volkes, oder? Er ist nicht nur hinter Geld her gewesen." „Nein, das nun nicht." „Eben! Radbod - Sie alle! - sind *Symbole* und das könnten wir auch sein! Ein Banner, hinter dem man sich versammelt! Ich als Geist und du als ‚gute Seele'- vielleicht? Als nachsichtiger, weiser…'Kerl auf dem Deich' oder sowas! Verstehst du?" Jens lachte: „Nun machst du dich über mich lustig." „Nein, nein überhaupt nicht! Ich bin nur nicht so gut mit Worten, wie du." Jens lächelte: „Ach, du schlägst dich ganz wacker. Aber ich denke nicht, dass unsereins die Welt verändern kann." „Und warum nicht? Wo ein Wille ist, ist auch ein Weg!" Jens seufzte: „Sicher, schon. Aber auch der Wille hat seine Grenzen… Aber zunächst sollten wir uns ohnehin lieber um unsere eigenen Probleme kümmern bevor wir die ganze Welt retten. Leevke ist ja immer noch in den Fängen dieses grässlichen Warloga und nach allem was wir wissen, sind sie nach Wernigerode in den Harz geritten. Zusammen mit der Kinderkolonne aus Haldersleben."

Hinnerk brauchte einige Sekunden: „Leevke?" Jens lachte: „Ja, Leevke. Leevke Pultjen. Du erinnerst dich noch an sie, hm? Kurzes, purpurblaues Haar, ein paar Spangen, große, leuchtend-goldene Augen - hübscher Arsch?" Hinnerk prügelte auf ihn ein und Jens lachte: „Gnade! Es war nur ein Scherz, haha!" „Find ich garnicht witzig. Aber du hast Recht. Wir müssen Leevke retten, dass habe ich ihren Großeltern geschworen." „Das auch." „Aber dass sie sich auch wieder hat gefangenen nehmen lassen?! Ich meine sie hat die Möglichkeit eine ganze Stadt zu ersäufen und dann lässt sie sich von irgendwelchen ‚glatzköpfigen, halbtoten Vogelfrauen' entführen?" Jens zuckte mit den Schultern: „Du kennst doch unsere Leevke. Sie ist zu nett für diese Welt. Sie kann nicht dagegen an; gegen so viel Kaltschnäuzigkeit." „Wäre besser gewesen wenn Koralle da gewesen wäre. Die hat ja auch Tangermünde plattgemacht..." Jens gähnte: „*Huaaah!* Also im Moment möchte ich mich einfach nur noch hinlegen. Und was Geifer angeht: Er hat Silke damals eine angemessene Beerdigung zukommen lassen. Was für ein Arschloch er also auch war; er hat es nicht verdient dort so elendig zu verrotten. Er war doch auch ein Krieger, nicht?" „Wenn er auch sonst nichts war, aber das war er: Ein Hund des Krieges." Jens runzelte die Stirn: „Hund? Eher ein Wolf!"

Später am Abend (als sie sich alle gut erholt hatten) hatten sie genug trockenes Holz aufgetürmt und mit Unterstützung von Mentzeler und seinen Leuten ein großes Sterbefeuer entzündet. Der Sturm war inzwischen abgeflaut und der sachte Wind trieb die Glut weit hinaus auf die Ebene rund um Kronenberg. Die grausamen Kronenberger Spiele waren damit offiziell geendet und für lange Zeit auch vorbei. Geifers Leiche verschwand hinter der Feuerwand; immer noch in jene Rüstung gebettet, welche er seinem Vater in Cesena abgenommen hatte. Hinnerk sagte: „Da geht er hin. Geifer der Sabbernde. Ob das sein richtiger Name war?" Jens lächelte matt: „Wohl kaum. Er ist auch erst dazu geworden. Vielleicht war er als Kind sogar ganz in Ordnung?" Der Kaufmann fühlte sich nicht wohl bei dem Gedanken den Tod eines Menschen zu bejubeln und sprach: „Es fühlt sich nicht recht an wie ein Sieg." Hinnerk versuchte ihn aufzumuntern: „Du hast das Richtige getan." „Aber du hast hier viel mehr durchmachen müssen als ich." Der Friese winkte ab und versuchte lässig zu klingen: „Achwas. Es ist ja jetzt vorbei nur das zählt. Das und das wir dieser ‚Folterbude' ein Ende bereitet haben." „Welche ‚Folter' meinst du eigentlich genau?" Hinnerk lächelte, während das Feuer über sein Gesicht tanzte. Er überging die Frage: „Wie die Welt ist wird sie nicht bleiben. Du hast es doch selbst mitangesehen. Ob Krieg, ob Sklaverei, Unterdrückung. Überall dasselbe." Er schniefte: „Daher kommen all unsere Probleme. Das hier ist schon größer geworden als wir oder die Römer, die Icener, Friesen oder Hamburger…" Jens seufzte: „Es gärt überall, ja. Aber was schlägst du vor?" „Ich und Thi haben was vor. Wirst schon sehen." Jens blieb skeptisch. Andererseits sprach der Wiardsjunge wahre Worte. Er selbst hatte es ja in Braunschweig miterlebt, wie gering man ein Vasallenleben in Adelskreisen schätzte. Dennoch: Ein Sieg dagegen schien so unerreichbar und ohne Unterstützung ging es ohnehin nie. Doch just diese hatten sie ja auch immer irgendwie erhalten, dachte Jens. Ob nun durch den Hauptlinger Keno tom Brok, Reichsadmiral Menno von Bismark, Hochkönigin Boudicca, den Legaten Symmachus, Viktor Patuschke, den Seefahrern und Huren von Hamburg, den geselligen Mann, den Likedeelern oder auch jetzt von den Widukinder. Es gab vernünftige Leute überall in der Welt welche ebenso gegen Unrecht angingen, wie sie selbst. Aber war das Hinnerks Plan? Wollte er sie alle unter einem Banner vereinen? Sie alle zusammenführen? Um dann was zu tun? Ein weltweiter Aufstand?!

Jens fröstelte. „Das Feuer geht aus. Wir sollten uns schlafen legen." Sie kehrten in die ruinösen Burggebäude zurück, welche sie derweil mit den Widukindern zusammen besetzt hatten. Wiek erzählte dort gerade brühwarm von seinen Erlebnissen in

Kronenberg. Puk, als ruhender Pol, bestätigte seine ausgeschmückten Erzählungen und verlieh ihnen dadurch die notwendige Glaubwürdigkeit. Die Widukinder lauschten dem Ganzen gebannt; ebenso gebannt wie dem Bericht von Jens, Gerlinde und Runa und ihrem kleinen Abstecher in die Welt von Adel und Nobilität, oben in Braunschweig. Hinnerk fragte Mentzeler schlussendlich: „Sagt, wisst ihr etwas über ‚schwarzen Qualm' der alles zersetzt hat? Hengest hat ihn herbeigerufen und ist dann dabei gestorben. Runa weiß es nicht ganz genau." Der schnauzbärtige Waldläufer erklärte es ihnen allen, wurde dabei ungewohnt ernst:

„Es ist eine düstere Geschichte, Kinder. Hengest gehörte noch zu den Ursachsen, ein verschrobenes Völkchen, welches unter sich bleiben möchte. Wir im Wendenwald haben oft versucht sie zu überzeugen unserem Widukind-Bund beizutreten; denn immerhin war Herzog Widukind selbst ein Ursachse aber sie sahen in uns nur Verräter; weil wir den Kaiser als oberen Herren akzeptiert hatten. Sie aber haben sich nie taufen lassen, blieben Heiden durch und durch, durch die Jahrhunderte." Wiek runzelte die Stirn: „Auch nachdem Widukind sich hat taufen lassen?!" Arkim nickte: „Nur oberflächlich. Für sie war es nur ein weiterer von seinen Tricks gewesen um die verhassten Franken zu täuschen. Widukind hat sich nach ihrer Vorstellung niemals ‚wirklich' taufen lassen." Hinnerk nickte: „Kommt mir irgendwie bekannt vor. Widukind war nicht zufällig mit einem gewissen Radbod bekannt?" Mentzeler lächelte: „Den Legenden zufolge schon! Doch wo euer Radbod den offenen Kampf suchte, nutzte Widukind Tricks und Hinterhalte, weshalb ihn manche auch den ‚Trickser' oder ‚Schwindler' nennen. Viele von uns Waldläufern glauben sogar, dass der Heidenherzog immer noch in diesen Wäldern lebt und jenen hilft die ihm treu sind und den Wald respektieren."

Wiek fragte weiter: „Aber was war das nun mit dem Totentanz? Was hat Henge dort gemacht?" Mentzeler zog an seiner Pfeife: „Nun euer Freund Hengest hat sicherlich die Rachegeister der Verstorbenen in sich aufgenommen um seinen Zauber so zu stärken. Er muss es vorher gewusst haben, dass sie sich dort versammeln. Der ‚Wraka-Fluch' ist heidnische Magie; eine der letzten Geheimwaffen der Sachsen gegen die einfallenden Franken. Ich hätte nicht gedacht, dass es sie noch heute gibt. Der ‚schwarze Qualm' tötet auch immer diejenigen die ihn einsetzen; zerfrisst sie von innen heraus. Damals rannten die mit den Rachegeistern Beseelten mitten in die Reihen der fränkischen Milites, entluden dort ihren schwarzen Qualm und rissen so große Lücken für die sächsischen Krieger zum Durchbrechen." Wiek schluckte: „Aber das ist ja Wahnsinn, sich selbst so zu opfern!?" Hinnerk schüttelte den Kopf: „Das sind Helden die sich für ihre Familien geopfert haben." Wiek sah ihn grimmig an: „Du hast ein Herz aus Stein, oder?" „Und du eines aus schlabbrigem Käse wenn du immer noch denkst man könne so locker-flockig durchs Leben marschieren! Opfer sind nötig, immer. Ich jedenfalls bin Hengest dankbar. Wir alle sollten das sein. Auch dankbar für Lars und Ratibur und deren Opfer. Nur wegen ihnen sind wir vielleicht noch hier und gesund. Das sollten wir nie vergessen." Keiner widersprach und man stieß auf die Verstorbenen an, gedachte ihnen allen.

Sie lagen bald schlafend, bedeckt mit Wolldecken in den Hütten. Hinnerk hielt Pakhaou fest umklammert, Gerlinde schnarchte mit entblößter Poritze an der Feuersglut, Runa saß eingekuschelt bei Jens auf der Brust und Wiek schien ebenfalls rundum satt und zufrieden in der Ecke zu schlafen. Einzig Puk saß noch eine ganze Weile wach und sah ihnen nur zu. Mit angezogenen Beinen saß er bei ihnen und konnte nicht umhin zu bemerken wie geborgen er sich hier in dieser kleinen Runde fühlen konnte. Kein Hermelinfell oder feines Daunenkissen hatte ihm bislang eine solche Art der inneren Wärme vermittelt, wie dieser Anblick.
Von draußen tönte das verhaltene Lachen der Widukinder welche Wacht über sie halten würden. Inmitten dieser Trümmer waren sie heute Nacht sicher und die schrecklichen Spiele waren endlich vorbei. Dennoch blieb die dumpfe Ahnung, dass sich inzwischen etwas Fundamentales geändert hatte. Puks Brandnarben waren zwar kaum noch zu sehen, dafür traten die geistigen Narben immer deutlicher zu Tage; je mehr er sich von seinem alten Ich entfernte. Um jemals inneren Frieden und wahre Heilung finden zu können musste er diesen Leuten helfen, musste vorallem Hinnerk helfen. Denn dieser musste glücklich werden, sollte all seine Träume erfüllt sehen. Um jeden Preis wenn es sein musste. Er hatte in Kronenberg schon genug gelitten. Aber das sollte ihr beider Geheimnis bleiben – was hier vorgefallen war...

Epilog

Treue, ungebrochen

Nach mehreren Tagen des ausgiebigen Feierns und der politischen Disputationen bereiteten sich all die angereisten Adeligen, Grafen, Fürsten und Untergebenen auf die Abreise vor. Am Abend des vierten Tages jedoch lud Kurfürstin Judith den Kaiser noch einmal für eine persönliche Unterrichtung in eine Halle, tief in den Eingeweiden der Braunschweiger Festung. Zwei Reihen dicker Säulen säumten den Pfad zu einer größeren, kreisrunden Kammer an dessen Ende ein einzelner Thron vor einem übergroßen Kamin stand, indem die Glut hell flackerte und lange, schwarze Schatten warf. Kaiser Friedrich III. ‚Barbaoro' sollte alleine kommen und obwohl die Kaiserin Valeria dem widersprach, tat er es als ‚unnütze Vorsichtsmaßnahme' ab: „Du machst dir zu viele Sorgen. Es ist doch nur Judith. Sicher will sie noch über die eine oder andere Zuständigkeit reden, aber unter vier Augen. Dort wo niemand sehen muss, wie sie mich darum *bitten* muss.", lächelte er doch Valeria erwiderte kühl: „Und wo du es ihr bereitwillig geben wirst, soll also auch keiner sehen?" Kaiser Goldbart schmunzelte: „Deine Eifersucht ist völlig unangebracht. Was wir miteinander hatten ist über zehn Jahre her. Du magst es zwar nicht glauben, aber Menschen ändern sich mit der Zeit." „Weniger als man gemeinhin glaubt."

Der Kaiser war aber nicht abzubringen und so stand er schließlich vor Kurfürstin Judith, welche sich von ihrem Stuhl nicht erhob als er eintrat. Eine leichte Unhöflichkeit nur, die er schmunzelnd abtat: „Ist es sehr gemütlich am Feuer, Judith?", fragte er und die Kurfürstin antwortete kühl: „Du weißt: Im Feuer werden neue Dinge geschmiedet. Es macht das Eisen formbar damit es dem Menschen dienstbar werde…" „Und alles andere verbrennt es. Menschen sind nicht aus Eisen." Judith riss die Hand hoch und deutete ihm auf halbem Wege stehenzubleiben. Irritiert über diese brüske Geste tat der Kaiser es auch. Sie sprach ruhig weiter: „Aber Imperien sind, genauso wie Königreiche nur wirklich auf dem Schlachtfeld geschmiedet worden." „Auch nicht immer: Es gibt auch andere Mittel und Wege, die weniger Blutvergießen erfordern." „Diese Optionen habe ich aber nun nicht mehr." Judith erhob sich steif und ging auf ihn zu, in die Mitte der

Halle, ihm entgegen.

Friedrich wurde langsam ungehalten: „Verdammt noch mal, Judith! Was ist hier eigentlich los? Was für ein Spiel spielst du da, so plötzlich?" Die Stimme der Kurfürstin war Eis: „Ein Spiel? Nein. Aber du hast dein Reich verspielt, Kaiser. Sieh allein, was deine Lügen aus deinen treuesten Dienern gemacht haben. Sieh." In der Decke über ihnen schwang jetzt eine große Falltür auf. Rot glühende Hitze quoll in die runde Kammer und ein gefesselter Mensch, eine Frau wurde an dicken Ketten herabgelassen. „Erkennst du sie?", fragte Judith und Friedrich nickte; fassungslos: „Tarpeja, Abteilung Nord?!" Der Reichsengel wurde auf dem Boden abgesetzt. Sie war übersäht mit zig Schnittwunden und blauen Flecken, war halbtot, trotz ihrem Ahnenblut. Der Kaiser eilte zu ihr doch sie riss den Kopf hoch und krächzte verzweifelt: „Bleibt weg von mir! Bleibt nur ja weg von mir, mein Kaiser! Ich bin unrein! Bitte nicht, kommt nicht näher…" In ihrem Gesicht stand absolute Bitterkeit und tiefste Enttäuschung.

Kaiser Friedrich stampfte so hart auf, dass das Feuer im fernen Kamin *erschreckt zurückwich*: „Schluss mit lustig, Judith! Mach sie sofort los! Das ist nicht mehr lustig!" „Ich finde es sehr amüsant…", erwiderte diese. „*Was*?! Du hast sie ja nicht mehr alle!" „Sag es ihm, Tarpeja. Erkläre deinem geliebten Kaiser warum du ihn für mich verraten hast. Wo er und sein Reich scheiterte..." Tarpeja schluckte: „Er scheitert nie. Niemals! Aber… Dennoch…"

Reichsengel galten aufgrund ihrer Ausbildung als gefühllose, kalte Mörder im Auftrage des Reiches; als gnadenlose Agenten für die Sache des Kaisers. Tarpeja aber war nun völlig aufgelöst und ihre Stimme nur ein klägliches Krächzen. An ihrem Hals war noch die frische Narbe von Puks Schnittverletzung zu sehen. Ihre Stimmbänder waren einmal durchtrennt worden und nur durch die regenerativen Kräfte des ihr innewohnenden Kaiserblutes einigermaßen verheilt: „Ich - sollte im Namen des Reichs die Verbindung zum Eldermann herstellen um mich seiner Treue zu versichern." Der Kaiser nickte: „Ja, ich erinnere mich daran. Ich selbst war dabei als wir dir den Auftrag gaben." Tarpeja huschte ein bitteres Lächeln über das Gesicht: „Mein Kaiser, ich war beim Eldermann. Nur hab ich nicht für ihn vermittelt, sondern für die zukünftige ‚Kaiserin'; für Judith." Der Kaiser runzelte die Stirn: „Die künftige?!", er schielte rüber zu Judith und diese sah ihn überlegen an. „Unmöglich! Tarpeja, du warst mir stets die Treueste von allen!

Niemals würdest du mich verraten, solange ich noch lebte!? Und ich lebe! Sieh her!" Er wurde wütend: „Warum also?! Warum? Antworte mir, Reichstochter!" Tarpeja wich seinem stechenden Blick aus. Sie wand sich hin und her, sodass ihre Ketten nur so rasselten. „Oh - Nicht einmal jetzt könnt ihr euch erinnern, nein?" „Erinnern? An was denn erinnern?!" „An Frankenhausen." „Beim Kyffhäuser? Mein Großvater ist dort." Tarpeja schüttelte den Kopf: „Nicht deswegen. Sondern wegen dem, was dort vor vielen Jahren geschah, auf euren Befehl hin. Ihr habt ihn umgebracht." „Wen soll ich umgebracht haben, Reichsengel?"

Judith führte weiter aus, als Tarpeja es nicht vermochte: „Sie meint den Bauernaufrührer Rohrbach. Derjenige, der in Frankenhausen umherlief und von ‚Gottes weltlicher Gerechtigkeit' schwadronierte und so dem Adel sein Recht auf Herrschaft absprach." „Das ist nicht wahr!!", schrie Tarpeja jammervoll, „Das hat er nie getan! Er hat nur die Ungerechtigkeit gesehen und dagegen – nur dagegen - ging er vor! Er verabscheute Gewalt und hielt große Stücke auf den Kaiser und seine ordnende Macht! Er liebte ihn, genau wie ich." Sie senkte ihr Haupt und lächelte matt: „Rohrbach sagte: ‚Wenn der Kaiser wahrhaftig von Gottes Gnade erfüllt ist, dann wird er mich verstehen und sich mir anschließen. Daran zweifle ich nicht!'" Tarpeja schluckte: „Alles was er sagte, leuchtete mir ein. Ich glaubte so fest daran dass die Herrlichkeit der kaiserlichen Würde allein ausreichen würde um das Reich zusammenzuhalten. Regiert von Weisheit und Güte; in der Peitschen und Frondienste nicht nötig wären; In denen der Mensch nicht gezwungen werden muss, sondern völlig freiwillig, aus purer Dankbarkeit und Respekt seinen Dienst verrichtet." Der Kaiser erhob sich: „So eine Welt gibt es nicht. Kann es niemals geben." Tarpeja straffte sich: „Dann sagt mir: Was macht es euch unmöglich so zu herrschen? Seid ihr denn nicht Gottes Macht auf Erden? Was sollte euch hindern? Ihr seid der Kaiser, ihr seid alles was diese Welt braucht!?"

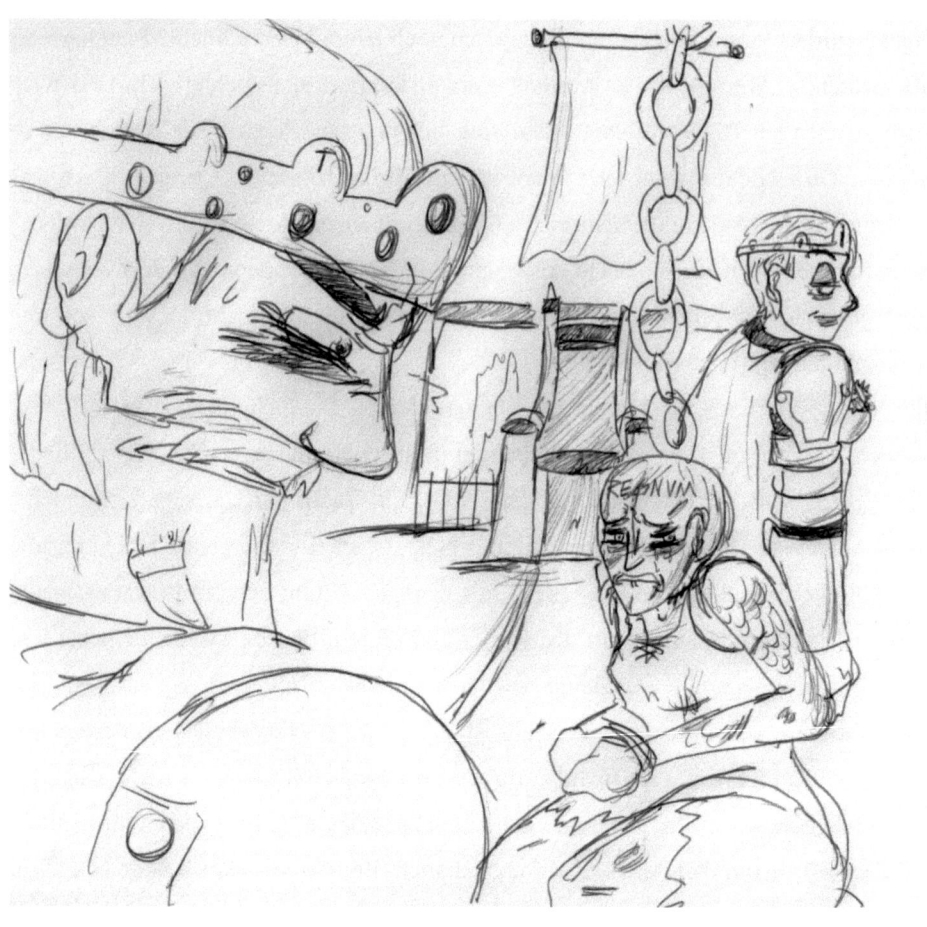

Friedrich III. schnaufte: „So naiv kannst du doch gar nicht sein, Kind. Ich bin nicht die einzige Macht welche auf Altera wirkt. Es gibt immer mehr Feinde als Freunde in meiner Welt!" Tarpeja seufzte lang und tief: „Dennoch... Als ich das vernichtende Urteil über Rohrbach hörte, welches von euch abgesegnet war war ich Unwillens – unfähig! - es zu glauben. Rohrbach war einer der fest an die Größe des Kaisers glaubte und auf ihn vertraute. Warum sollte just so einer sterben wie ein Ketzer? Darum witterte ich eine Verschwörung; und untersuchte in meiner Funktion als Reichsengel das Urteil..." Tarpeja schluchzte: „Aber es war wahr. Der Graf von Frankenhausen hatte es von höchster Stelle bestätigt bekommen - vom Kaiser selbst. Es hieß im Schreiben, ich weiß es noch ganz genau: *‚Dem bäuerlichen Aufruhr sei sofort Einhalt zu gebieten und*

der Reichsfrieden zu wahren. Hierzu sende ich dem Grafen von Frankenhausen eine Geldsumme die einzig zur Verwendung eines Heerhaufens verwendet werden soll um den Aufruhr einzudämmen und die Verantwortlichen nach Reichsgesetz hart zu strafen, damit die Menschen und Einnahmen der Provinz nicht darunter leiden mögen'…"

Tarpeja lächelte matt: „Dieser Textlaut hat sich bei mir eingebrannt wie ein Fluch… Aber ab da wusste ich was mein Kaiser wirklich brauchte um zu herrschen." Friedrich versteinerte innerlich. „Und was brauche ich?" *„Geld.* Geld um euer Reich zu erhalten; um diese Ordnung zu erhalten. Darum ging es die ganze Zeit, ich war wirklich zu naiv dies nicht zu sehen… Ihr wurdet erpresst, sonst hättet ihr doch nie so entschieden, nie hätte mein Kaiser sowas getan!" Sie schniefte und straffte sich: „Darum ging ich letztlich auch auf die Kurfürstin zu, denn die Gelfen haben Geld. Und sie pflegen ihre Beziehungen zu den Kaufleuten besser als die Staufer. Und als Preis für meine Dienste wollte ich so viel Gold wie ich tragen könnte; mit jeder Faser meines Körpers. Mit all meiner Kraft damit ihr das Reich damit erhalten könnt! Damit ihr dann derjenige sein könnt, der ihr im Inneren immer schon für mich ward und nach wie vor seid." Tränen liefen über ihre kaputten Wangen: „Ich wollte euch nur helfen, mein Kaiser…"

Friedrich Goldbart sah sie entgeistert an. Er erinnerte sich nun wieder an den gemeldeten Vorfall in Frankenhausen: „Man sagte mir, es wären mordende Plünderhorden in Frankenhausen unterwegs. Und dieser Rohrbach wäre ein blutrünstiger Mörder von Ministerialen… So jedenfalls sagte es mir der Graf." Tarpeja lachte kurz auf: „Dann wurden wir wohl beide getäuscht, nicht wahr, mein armer Kaiser?" Der Kaiser wandte sich nun wieder an Judith, die dem Ganzen mit kaltem Lächeln gelauscht hatte: „Und warum hat die ‚reiche Kurfürstin' dich dann jetzt von ihren Krallen schnappen und so zurichten lassen? Wenn ihr verbündet seid?" Judith schloss die Augen: „Nunja, einerseits; weil ich weiß dass du ihren *Schmerz* mitfühlen kannst; andererseits, weil ich ihr nie wirklich getraut habe. In Hamburg sollte sie zwar Bruno für uns gewinnen, schon aber der Vertragsbrand hat all diese Planungen vorerst zunichte gemacht. Welche Rolle Tarpeja dabei spielte kann ich nicht sagen, aber immerhin hat sie mir etwas anderes zugespielt. Etwas, dass noch sehr nützlich sein wird im nun aufkommenden Konflikt. Überdies weiß ich natürlich, dass die Blutsbande zwischen Kaiser und Reichsengeln stärker sind als alle andere Interessen. Sie wollte es nie zugeben aber insgeheim hat sie das alles nur für dich getan, Friedrich. Sie wäre niemals zu mir übergelaufen; nur für Gold. Es hatte stets einen tieferen Sinn und der warst immer du. Tjah, und nun hat der Moor seine Schuldigkeit getan." Tarpeja blickte auf, Tränen in den Augen. Sie lächelte: „Mit meinem Tod, diene ich euch ein allerletztes Mal, mein geliebter Kaiser... Kurfürstin? Meinen Lohn. Jetzt." Friedrich war wie versteinert und Judith stieß einen Pfiff aus: „Natürlich. Soviel Gold wie du tragen kannst! Ich halte mein Wort!"

Flüssiges, siedend heißes Gold schoss jetzt aus der Decke und Tarpeja sprang auf; stellte sich kerzengerade hin. „HALT!!", rief der Kaiser noch, als das zischende Metall schon über sie kam und unter sich begrub. Tarpejas Stimme zitterte noch, als sie sich ein letztes Mal in einen Vogel-Mensch Hybriden verwandelte: „Nehmt alles Gold mit euch, mein Kaiser! U-und kauft euch das Reich zurück - seid der Bote des Himmelreichs...der ihr schon immer... wart. Ich...liebe euch... s-so sehr." Das Gold schloss sie zur Gänze ein. Es zischte, dampfte und knackte als das glühend-flüssige Metall ihre Haut in Sekundenbruchteilen verbrannte. Eine einsame Feder von ihrem hybriden Gefieder segelte noch vor des Kaisers Stiefeln zu Boden, ein letzter Abschiedsgruß. Er spürte einen heftigen Stich in der Brust und verzog schmerzerfüllt das Gesicht.

Judith erkannte, dass dies das Zeichen war: „Sie ist also tot. Gut. Also folgendes wird nun passieren, Kaiser. Ich lasse dich gehen. Nimm dein Gold und deinen Reichsengel mit dir; ich werde es mir dann bald zurückholen. Aber dabei wird es auch nicht bleiben. Der Kaiserthron gehört endlich in Gelfenhand. Ihr Staufer ruiniert alles sonst nur. Es wird Zeit für einen Wechsel." Der Kaiser hob Tarpejas Feder auf. Er war ganz ruhig als er fragte: „Und denkst du wirklich du wirst es besser machen als ich?" „Immerhin verstehe ich die Regeln besser nach denen diese Welt funktioniert. Tarpeja tat es auch, wenn auch aus falschen Motiven. Erkenne es endlich, Friedrich! Die ‚Zeit der Schwerter und Treue ist' vorüber, und das schon sehr lange. Die ‚Zeit des Geldes und der Verträge' ist angebrochen und keiner kann sich dem auf Dauer entziehen. Ob nun ein schwertschwingender Söldner, oder der größte Idealist; der kleinste Bauerntölpel oder die größten Herren - alle dienen sie letztlich dem Gold, wie unmündige Kinder. Was denkst du denn, warum die Römer untergingen und ihr Weltreich? Es war nicht weil ihre Waffen nicht mehr scharf waren, sondern weil ihnen das Geld ausging; der Gold- und Silberanteil war letztlich zu gering. Offene Macht mittels Gewalt ist immer vergänglich und muss jedes Mal neu erstritten werden; aber die unsichtbare Macht des Handels währt ewig. So werde ich ‚unsichtbar herrschen‘. Doch dazu muss ich erst alle Bünde, alle alten Treueeide zerschlagen – und genau das verkörpern du und deine Staufer! Ihr seid Relikte alter Zeit, nicht mehr zeitgemäß.“

Der Kaiser schien nun etwas zu wachsen: Sein Gesicht war wie Eisen und die grauen Augen so stechend, dass selbst Judith mulmig zu Mute wurde. Seine Stimme war sehr viel tiefer geworden: „So soll es also sein, Kurfürstin Judith von Braunschweig? Ein neuer Krieg zwischen Staufern und Gelfen; zwischen Adlern und Löwen?“ „Ich habe meine Vorbereitungen gemacht. Auch ohne die Hanse als direkten Versorgungspartner habe ich mehr als genug Rückendeckung gegen dich und deine Vasallen.“ „Boleslaw?“ Judith winkte ab: „Der böhmsche König wird sich nicht einmischen, aber dies wird auch nicht nötig sein. Wir Gelfen alleine werden es auf dem Schlachtfeld entscheiden! Das Sachsenblut in unseren Adern verlangt es nach einer endgültigen Entscheidung!“

Friedrich nickte grimmig: „Die Erben von Heinrich dem Löwen… Und hier dachte ich, die blöden Streitigkeiten hätten mit unseren Großeltern ein wohlverdientes Ende gefunden.“ „Du weißt selbst, dass es nur ein kurzer Tagtraum war. Denn die Realität hat uns eingeholt; uns beide. Sodenn formiere dein getreues Heer, Kaiser! Lass die alten Treueschwüre ein letztes Mal aufleuchten bevor sie ihr Blut final auf dem Feld der merkantilen Interessen verlieren! Die Ära der stolzen Adler geht zu Ende; die Ära der herrschenden Löwen ist angebrochen!“

Der Kaiser griff nach der goldenen Statue von Tarpeja; ihr schmerzverzerrter Gesichtsausdruck für die Ewigkeit eingefangen. Barbaoro hob sie mühelos vom Boden, riss selbst die angebackten Steine mit heraus. Er legte sich die massive Goldstatue auf die Schulter, ohne Probleme. Sogar Judith machte dabei große Augen. Friedrich III. aber sprach: „Du übersiehst nur eine Kleinigkeit, Judith.“ „Und was?“ „Niemand will in deiner Welt leben. Sie hat keine Zukunft, blutet langsam aus.“ „Alles was blutet will auch leben.“ „Das ist kein Leben. Es ist eine *Schande*.“ „So will es nunmal die Natur des Menschen. Nicht meine Schuld“ Der Kaiser verließ daraufhin die Halle mit der goldenen Tarpeja auf dem Rücken. Die Tore schwangen auf und er ging, ungestört von der Löwengarde hindurch.

Die Kurfürstin lachte leise in ihrer Kammer, wurde dabei immer lauter. „Du hast ja keine Ahnung, haha, keine Ahnung wer da noch alles kommen wird, hahaha! Keine Ahnung! Hahahah! Friedrich! Du Narr, du elender Idiot!" Die Türen schlossen sich mit einem lauten Knall. Ein totgeglaubter Konflikt war nun neu entfacht; der Kampf um die Kaiserwürde, welche schon einst das Reich bis an den Rand der Vernichtung gebracht hatte. Dieser Konflikt flammte nun mit alter Glut und neuen Ambitionen wieder auf. Das Fest war eine Farce geworden, von Freundschaft zwischen den Adelshäusern war nun keine Rede mehr.

Der Kaiser verließ Braunschweig noch am selben Tag mit seinem Gefolge und Tarpeja im Gepäck. Er sagte seinem Großkutschmeister: „Bringt uns nach Goslar. Schickt Boten aus und lasst Eberhard und Chlodwig sofort umkehren." „Jawohl, mein Kaiser! Wie ihr befehlt, mein Kaiser!" Die Wagen rumpelten los. Er konnte heute nicht mehr selbst reiten; dazu fehlte Friedrich die Kraft. Valeria streichelte den schlafenden Kronprinz Konstantin und vermied sich jeden bissigen Kommentar, dass sie Recht gehabt hätte. Der Blick ihres Gatten sprach Bände genug. Er brauchte jetzt dringend Rat von einem, der schon einmal gegen die Gelfen gekämpft hatte. Friedrich I. Barbarossa, genannt *Rotbart*, der Herr im Kyffhäuser…

Ende Akt 7

Kronenberger Spiele

Alternative Titel:

FR07: Hengest und Horsa

FR07: Totentanz

FR07: Die Kronenberger Festspiele

FR07: Widukinder

FR07: Löwengebrüll

FR07: Tarpejas Gold

FR07: Dominhohos Demise

FR07: Schlächter der Pyrks

FR07: Der Rossreiter

FR07: Fleischfressender Schleim

FR07: Wraka

FR07: Von Schnapsdrosseln und Seebären

FR07: Niederkönig Lerarch

FR07: Getarnt im Maul des Löwen

FR07: Stolze Adler, herrschende Löwen

FR07: Sachsenlied

Autogrammkarte

Dies Exemplar von

Friesenrecht Akt VII – Kronenberger Spiele

befindet sich im Besitz folgender Person

_____

Alteras Dank sei ihr Gewiss!

Möge ihr nie der Met ausgehen,

die Speisekammer stets randvoll gefüllt sein

und kein Unheil je widerfahren!

gez. GBFakaDerAltmeister